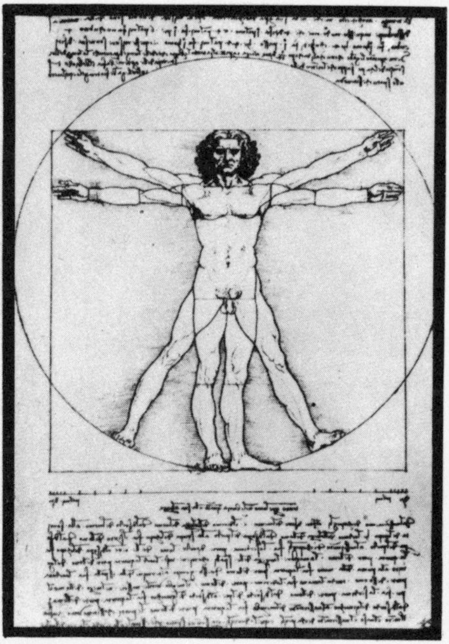

R & L

Heinrich Cornelius Agrippa von Nettesheim

Rosemarie Schuder

Agrippa und das Schiff der Zufriedenen

Roman

Rütten & Loening
Berlin

Mit 26 Abbildungen

Nanon

I

Lyon. April 1525

Von der Fachwelt lang erwartet, war endlich eine Richtlinie gegeben, wissenschaftlich begründet. Mit erlösender Gültigkeit war nun festgelegt, wie bei entzündlichen Prozessen in der Lungengegend der Patient zur Ader gelassen werden sollte. Die Sorbonne in Paris, anerkannte Mutter aller Universitäten, hatte gesprochen, es war ein ergreifender Akt der Einmütigkeit gewesen, als die Professoren der Medizinischen Fakultät beschlossen, den Namen eines Lehrers aus ihren Reihen zu streichen und alle Nachschriften seiner Vorlesungen einzusammeln und zu vernichten. Da er vor wenigen Jahren gestorben war, konnte man auf einen guten Erfolg rechnen, von dem ausgestrichenen Pierre Brissot würden keine neuen Gedanken mehr, alles verwirrend, hinzukommen.

Nur Uneinsichtige, mit der wirklichen Wissenschaft nicht Vertraute, konnten sich zu der Frage gedrängt fühlen: Sind denn so aufwendige Maßnahmen für einen durch Jahrhunderte erprobten Eingriff wie den des Aderlasses nicht unangemessen, nicht übergewichtig, mißt man da nicht einer Nebensache eine viel zu große Bedeutung zu? Hätte man das nicht stillschweigend schlichten können? Nur Leute außerhalb des Fachs, Ahnungslose, Unwissende konnten so oberflächlich fragen.

Revulsion oder Derivation. Revulsion, übernommen

von den Arabern, das Schlagen der vom Entzündungsherd entfernten Ader, die von der Sorbonne ausdrücklich erlaubte Methode, und Derivation, das Schlagen der nahen Ader. Es war ja die unerhörte, unvergessene Art des Pierre Brissot gewesen, die ein Verbot der Derivation zwingend notwendig machte.

Da war er in der Zeit der Epidemie, die man mit dem Wort Pleuritis umschrieb, Entzündung des Brustfells, da war er durch die Straßen von Paris gelaufen und hatte die Ärmsten der Armen von der Gasse aufgelesen, hatte sie unentgeltlich behandelt mit seiner Methode des starken Aderlasses nahe am Entzündungsherd, hatte sich auf Hippokrates dabei berufen, hatte mit der großen Zahl der von ihm mit dieser Methode Geretteten starkes Aufsehen erregt. Er hatte die strengen Regeln der Wissenschaft der Medizin verletzt. Er hatte absichtlich gegen die althergebrachte Ordnung verstoßen, er hatte die durch Jahrhunderte bewährte und in Lehrbüchern verbindlich festgelegte wahrhaftige Methode verlassen.

Was konnte schon sein Hinweis auf die Erfahrung am Krankenbett gegen das Gewicht der lang aufbewahrten und stets befolgten Worte des allein maßgebenden Avicenna bedeuten. Es war bedauerlich, daß ein so angesehenes Mitglied der Medizinischen Fakultät der Sorbonne sich zu einem derartigen Formfehler hatte hinreißen lassen. Ganz zu schweigen von der Geschmacklosigkeit, in den Zeiten einer Epidemie selber in die Gassen zu den Armen und Heruntergekommenen zu gehen und die Unsicherheit der eigenen zufälligen Erfahrung gegen das fest begründete, gesicherte Wort zu stellen. Der wohltätige Kanon des Avicenna, die Richtschnur, der Maßstab, die Regel, die Vorschrift, das Mustermaß. Das hütende, das tragende, das abschirmende Wort, das unantastbare.

Die Professoren der Medizinischen Fakultät der Sorbonne hatten keinerlei Zweifel daran gelassen, wer ein Stück aus dem Kanon öffentlich und im geheimen anzweifelt, muß, da die christliche Medizin sich voll und ganz der alten arabischen Lehre angeschlossen hat, bestärkt auch durch die klärenden Hinweise der Kirchenväter, wer also auch nur ein Stück hier anzweifelt, muß als ein Ketzer eingestuft werden, vergleichbar etwa, ungern wurde auf eine andere Fakultät, die theologische, verwiesen, Luther. Aus Sorge, es könne in Frankreich ein Brissotismus heranwuchern und das Ansehen der altehrwürdigen Mutter Sorbonne schmälern, schickten die Professoren der Medizinischen Fakultät eine Adresse der Ergebenheit an die Königin-Mutter Aloysia in Lyon, die gegenwärtig stellvertretend für ihren Sohn Franz die Geschicke des Landes leitete.

Die Adresse war so abgefaßt, daß unausgesprochen, ohne einen Namen zu nennen, der deutliche Hinweis auf den Stadtarzt von Lyon, Symphorien Champier, verstanden werden konnte. Nur mit äußerstem Mißtrauen mußte man das Wirken des Stadtarztes von Lyon beobachten. Ohne jeden Skrupel machte der sich daran, ein medizinisches Kolleg zu gründen. Es war schon höchst bedauerlich, daß in diesen Tagen der Hof es vorzog, die Regierungsgeschäfte nicht von Paris aus wahrzunehmen. Man brauchte nun nicht auch noch in einer anderen Stadt eine neue Sorbonne. Hatte man nicht einmal in Paris den ärgerlichen Zwischenfall in der Zeit der Pleuritis-Epidemie, die falsche Art des Aderlasses, verhindern können, wie sollte dann ein in der südlichen Ferne aufkommender Brissotismus erkannt und bekämpft werden. Die Eröffnung eines neuen medizinischen Kollegs, ausgerechnet unter Champier, von dem man gehört hatte, daß auch er Arme kostenlos behandelte, mußte verhindert werden. Aber der Süden war nicht ungesichert, die würdige Universität zu Montpellier hatte sich stets als eine stützende Säule erwiesen.

Es wäre nützlich, diese Einmütigkeit zu einer nachdrücklichen Verbindlichkeit anwachsen zu lassen. Ein gleichmäßiges Vorgehen in der Sache, ein Bewahren der althergebrachten Methoden im schließlich doch übergeordneten Reich der Medizin müßte sich auch außerhalb des Landes ergeben. Müßte erreicht werden. Tätige Anteilnahme war mit Gewißheit von jenen Professoren zu erwarten, die als Mitglieder im Orden des heiligen Dominikus geführt waren, bei ihnen konnte man auf verständnisvolle Disziplin rechnen.

Eine ähnliche Adresse wie an die Königin-Mutter Aloysia wurde in einer etwas abgewandelten Form, einer gewissermaßen etwas abweisenden Ergebenheit an Kaiser Karl V. gerichtet. Den verständlichen Vorbehalten gegen das Haus Habsburg, das ja immerhin unseren König Franz I. gefangenhält, wurde Rechnung getragen. Jedoch konnte und wollte man nicht auf das Wort des Kaisers an die Universitäten in den von ihm beherrschten Gebieten verzichten.

Es war ein bedauernswerter Umstand, daß gerade in den Tagen, als man auf eine günstige Beantwortung der Adresse hoffen durfte, ein Familienmitglied des Kaisers auf arabische Art zur Ader gelassen und daran gestorben war. Der Kaiser, so hieß es, sei zur Zeit überhaupt nicht ansprechbar, er habe nicht nur den behandelnden Arzt, sondern auch seinen Leibarzt entlassen und wünsche nicht, über die Methoden des Aderlasses zu diskutieren.

Einige besonders gewissenhafte Herren unter den scholastischen Professoren sorgten dafür, daß auch die Tochter der Königin-Mutter, man nannte sie die Margarethe aller Margarethen, eine Abschrift der Adresse er-

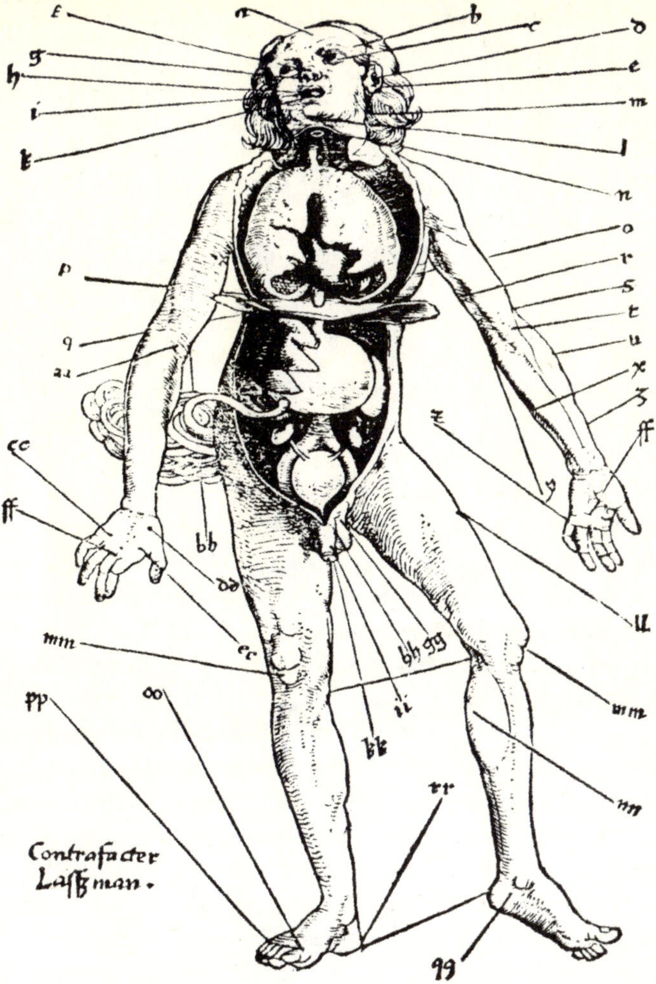

Jacob Wechtlin, Hinweise für den Aderlaß, Farbholzschnitt, 1540

hielt. Immerhin gehörte sie zur Dreifaltigkeit, die über Frankreich gesetzt war. Diese Bezeichnung für Mutter Aloysia, Sohn Franz und Tochter Margarethe hatte sich durchgesetzt.

Im Januar 1515 hatte das Zeitalter der Dreifaltigkeit begonnen. In diesen zehn Jahren hatte anfangs Madame Aloysia gemeinsam mit ihrem, es ließ sich nicht verschweigen, und sollte wohl auch nicht verschwiegen werden, Liebhaber, dem Herzog Karl von Bourbon, versucht zu regieren. Dann hatte der Liebhaber hinübergewechselt zum Feind. Und Madame hatte Einfluß verloren. Wer nun etwas erreichen wollte, wandte sich an Franz, den Ersten.

Ein wenig im Schatten, aber nicht ohne Glanz, wie genug Schmeichler versicherten, nahm Margarethe teil. Ihre Teilnahme an den Geschicken des Landes betrachteten einige Herren der Sorbonne nicht ohne ein gewisses Mißbehagen. Mit ihrer Neigung zur Literatur bestärkte sie diejenigen, die als Neuerung für den Kirchengebrauch das Französische an Stelle von Latein eingeführt hatten. Gewiß, es war nicht unrühmlich zu wissen, daß, längst bevor ein Augustinermönch aus Wittenberg die Heilige Schrift in die Landessprache übertragen, im französischen Mutterland eine gute Übersetzung zur Hand war. Aber so war eben leider auch die Gefahr eher gegeben, daß gewöhnliche Menschen, grobe Leute, Handwerker, Bauern, Zugang fanden zu Gedanken, die sonst den Gebildeten, den Geweihten, vorbehalten waren. Und leider, so mußten die scholastischen Professoren feststellen, gab es unter den Gebildeten, ja unter unseren Theologen, unverständliche Beispiele eines gefährlichen Sichannäherns an die einfachen, die einfältigen Menschen. Wie Briçonnet, Bischof von Meaux, der das Verlangen von Wollwebern und Wollkämmern nach dem Verständnis der Schrift unterstützte. Schrift in beiderlei Bedeutung: Das heilige Buch. Und die Landessprache.

Aber in diesem Frühjahr 1525 werden wir unsere Aufmerksamkeit der erstaunlichen Stadt Lyon schenken. Beide Damen, Königin-Mutter und Tochter Margarethe, haben hier im Schloß des Erzbischofs ihren Sitz aufgeschlagen. Die Tochter, eben Witwe geworden, zur Genugtuung der Mutter zurückgekehrt. So haben sie sich mit großem Gefolge in die Stadt gesetzt. Aus einer kleinen Reise zur Begleitung des Königs zu einem siegreichen Feldzug ist ein Aufenthalt geworden.

2

Leider tritt uns in diesem Augenblick der schöne Doktor Leporis in einem Zustand beklagenswerter Hilflosigkeit vor Augen. Er steht am Krankenbett einer Frau und weiß nicht, wie er sie behandeln soll. Das war über ihn hereingebrochen wie eine Strafe. Ausgerechnet in dieser Nacht mußte er gerufen werden. Er wollte mit dem Diktat an seinem Buch beginnen. In der Eile hat er vergessen, sich einen Mantel anzuziehen. Der April ist kalt dieses Jahr. Er friert.

Sie hat Schmerzen. Und sie redet nicht mit ihm. Sie zeigt nur auf ihre Brust. Da steht er und kann sich nicht entscheiden, was er tun soll.

Ich bin Theoretiker. Gottverdammt, ja, ich bin Arabist mit Leib und Seele und hatte mir den Anfang für mein Buch über die Geschichte der französischen Medizin zurechtgelegt. Meine Geschichte beginnt mit dem am Ende doch berühmtesten Arzt, mit Leporis. Dem Urgroßvater, dem Maître régent an der Medizinischen Fakultät zu Paris. Sein Tag war der 7. Oktober 1407, als er in der Öffentlichkeit und vor Fachkollegen den Leichnam des Bischofs von Arras öffnete. Urgroßvater Leporis, ihm gehörte der Ruhm: die erste Sektion in Paris. Von da an war alles zu messen. Er brauchte den Urgroßvater, um sich selbst zu bestätigen. Für sein Buch nannte er das: die Periodisierung, die das Präzisieren ermöglicht. Besondere Erscheinungen – etwa den Urgroßvater – stärker in den allgemeinen Rahmen hineinzustellen. Seine umständliche Sprache, leider glanzlos.

Da steht er am Krankenbett und hat Angst, der sichere Theoretiker, alle seine sonst so guten Stützen sind wie weggeschlagen. Was nützen jetzt Perioden, Zäsuren. Wenn die Anzeichen nicht trügen, hat sie Brustfellentzündung. Sie müßte zur Ader gelassen werden. Er müßte alles schnell vorbereiten, warme Leinwandtücher. Aber dann müßte er entscheiden, welche Ader er schlagen wird.

Er wird Zuschauer haben. Das ist keine Angelegenheit allein zwischen ihm und dieser Frau, das ist eine Staatsangelegenheit. Diese hier, Madame Aloysia, ist die Mutter des Königs von Frankreich. Und da ihr Sohn, ihr Franz, am liebsten unterwegs ist, auf seinen Feldzügen, auf seinen Jagdzügen, dann und wann eingefangen von feindlichen Heerführern oder von freundlichen Damen, da der König also derzeit jedenfalls nicht fähig ist, sein Land zu regieren, wird von hier aus, vom Hofe der Königin-Mutter Aloysia in Lyon, das Land verwaltet.

Er, Leporis, wird nichts, keinen Handgriff, kein Wort, keinen Augenaufschlag geheimhalten können, er ist der Leibarzt, er ist jetzt Leibarzt, er steht in einer Reihe von Medizinern, die sie alle schon verschlissen hat. Die Ärzte sind bisher an ihr krank geworden. Sie sind alle vor ihr gestorben. So hat Madame ihnen im Grunde immer die Treue gehalten. Wenn er, Leporis, den geringsten Fehler macht, wird er davongejagt werden.

Das schlimmste ist die Unentschlossenheit, gegen die er nicht ankommt, er ist wie gelähmt. Weil er zwei Möglichkeiten hat. Und weil er beide Möglichkeiten nur aus dem Buch kennt. Und aus den Erfahrungen anderer Ärzte. Die erlaubte Methode: Eine entfernte Ader schlagen, das Blut tropfenweise ablassen, und die Prozedur wiederholen, bis zu vierzigmal. Ja, die von der Sorbonne ausdrücklich empfohlene Methode, obwohl tödlicher Ausgang häufig zu beklagen ist. Die nicht erlaubte Methode: Eine Ader nahe am Entzündungsherd öffnen und ausgiebig Blut entnehmen.

Verboten, mein Gott, in lebensbedrohlichen Situationen könnte es erlaubt sein, ein Verbot zu übertreten.

Er sollte, könnte, müßte den Stadtarzt Symphorien Champier holen und zu Rate ziehen, der da unten in der Stadt wirkt. Den Armenarzt, wie er, Leporis, ihn gern ein wenig verächtlich nannte. Er gab es nicht zu, neidisch. Über ihn, Champier, waren die Legenden im Gange, ihn verehrten die Handwerker und die Leute dort unten an den beiden Flüssen. In den Zeiten der Messen besuchten ihn aber auch die Kaufleute. So war die Bezeichnung Armenarzt nicht recht zutreffend, zumal der Kollege Champier Besitzer nicht nur eines großen Hauses, sondern auch eines ausgedehnten Weinguts war. Und nur weil Champier Bücher veröffentlicht hatte, Lebensbeschreibungen berühmter Ärzte alter Zeiten und anderer Länder, hatte er, Leporis, im Gegenzug sich nun hingesetzt zu seinem Buch über den Ruhm der französischen Medizin. Ein Buch, der Königin-Mutter Aloysia gewidmet. Ein Buch auch zur Verteidigung der althergebrachten und durch nichts widerlegten Kunst der Medizin, wie sie von den Arabern auf uns gekommen ist. Er wußte, durch

Schüler und Patienten hatte er es ausforschen und von der Reinemachefrau hatte er das Titelblatt entwenden lassen, er wußte also den Titel der neuen Arbeit, an der Champier saß: »Ein Sendschreiben zur Verteidigung der Griechen gegen die Irrtümer der Araber«. Das konnte nur persönlich gegen ihn, Leporis, gemeint sein. Und dem mußte er mit einem Schlag zuvorkommen. Er mußte das arabische System vor dem Armenarzt unten in der Stadt verteidigen. Das Ansehen der Medizin überhaupt, wie sie gelehrt wurde an der ehrwürdigen Mutter Sorbonne. Unsere Hohe Schule von Paris.

Gerade für diese Nacht hatte er einen Schüler zum Diktat hergebeten, diese Nacht sollte der erste entscheidende Stoß gegen alle, die an den alten Regeln mäkelten, geführt werden. Mit seiner Sprache, die er für schön hielt. War er nicht an der Sorbonne einer der glänzendsten Redner gewesen, und hatte er nicht im Redestreit sogar den gewandten Henri, den Heinrich Cornelius Agrippa von Nettesheim, überwunden. Wobei eigentlich, wie war das gewesen, die Studienzeit in Paris?

So unschlüssig am Bett der mühselig und flach Atmenden zu stehen, geht nicht lange und geht nicht gut. Zumal sie jetzt unruhig wird. Das Fieber ist nicht gestiegen. Er hat seinen Verstand wiedergewonnen. Sie wird nicht sterben, nicht in dieser Nacht und nicht am nächsten Tag. Und er wird sie nicht zur Ader lassen. Er nicht. Und er wird auch nicht Champier unten aus der Stadt holen, dem wird er den Ruhm nicht gönnen, dem wird er das Tor zum königlichen Hof nicht öffnen, den Weg zum Bett der Madame nicht freigeben, zum Krankenbett. Dem nicht armen Armenarzt.

Er wird einen anderen rufen. Seinen Henri. Auf den er sich immer verlassen konnte. Er erinnert sich an alles. Damals in Paris. Und in Spanien. Anfangs ging der Streit darum: Was ist das beste Erkennungszeichen für unsere geheime Gesellschaft. Er, Leporis, hatte für das Lorbeerblatt starke Argumente gefunden. Ruhm und Ehre und auch Rückverwandlung des Lorbeerblattes in eine Frau. Daphne. Er erinnerte sich noch genau an jedes Wort. Was kann unsere Gesellschaft der Großmagier oder unsere geheime Gesellschaft von der neuen Magie besser kennzeichnen? Wir, einige Studenten der Sorbonne zu Paris, haben beschlossen und einen Eid geleistet, immer füreinander dazusein. Niemanden von uns preiszugeben. Den anderen aus jeder Gefahr zu retten. Wir wollen den Reichen das Geld abnehmen: Wir lassen uns von ihnen unsere magischen Kunststücke hoch bezahlen. Wir können mit Hilfe der Magie Burgen erobern, ungetreue Frauen beobachten und aufdringliche Liebhaber erschrecken. Alle unsere Dienstleistungen lassen wir uns vorher bezahlen.

Da hatte er, Leporis, sich durchgesetzt, bis Henri den Vorschlag brachte: Dann, unserem Kennzeichen entsprechend, bin ich dafür, daß wir auch Frauen in unsere Geheimgesellschaft aufnehmen. Und abermals hatte er über Henri Agrippa triumphiert: Keine Frauen in die Gesellschaft von der neuen Magie. Das war ein glänzendes Redegefecht gewesen, Henri hatte die Vorzüge der Frauen gepriesen, und er hatte für jeden Vorzug drei Nachteile angeführt. Geblieben war am Ende als Kennzeichen ein Ahornblatt.

Henri wird kommen, er weiß das. Er ist im Augenblick nahe genug. Wenn auch Henri über die Wirksamkeit der geheimen Gesellschaft heute eine andere Auffassung hat, wenn er leider abgerückt zu sein scheint vom heiteren Beginn, die Welt durch magische Kunststücke in Verwunderung zu setzen, so ist doch das Versprechen geblieben, immer füreinander dazusein.

Und Henri wird entscheiden, wo die Ader zu schlagen ist. Und dann wird Henri wieder wegreiten. Lächelnd wie immer. Wieder ein Abenteuer, das sie gemeinsam gehabt haben. Die Freundschaft befestigt. Madame Aloysia wird ihn kaum wahrnehmen. Und er wird an seinem Buch weiterschreiben, wird ein glanzvolles Kapitel über Urgroßvater Leporis liefern. Und es wird niemand sagen können: Theoretisch tritt Leporis für die arabische Medizin ein, aber wenn es um die praktische Ausübung geht, schwankt er.

Nein, er hat nicht geschwankt, nicht einen Augenblick. Er hat nicht an den nicht armen Armenarzt unten in der Stadt gedacht, nicht an Verschiedenheiten in der Auffassung, wie man zur Ader lassen könnte, er hat von vornherein genau gewußt, was zu tun ist: Er beginnt die Behandlung mit Abführen. So sagt es Avicenna, so wird es gemacht. Keine Frage, keine Unsicherheit. Das bringt dem Kranken die erste Erleichterung.

Bedauernswerter Leporis, er wußte es selber von sich gut genug, er war ein Leibarzt für gesunde Tage, für die Tage, an denen es seine einzige Aufgabe war, ihre schlechte Laune zu bekämpfen. Und einen anderen Wein empfehlen und den Wein vorher probieren, auf die Stellung der Sterne aufmerksam machen, auf Mäßigkeit im Essen hinweisen, mitreiten bei der Jagd, vor zu schnellem Reiten warnen, auf die Sonne aufmerksam machen, den Platz bestimmen, wo im Halbschatten das Mittagessen eingenommen werden soll.

Er wird die Kraft des Cassienbaumes einsetzen: erweichen, lindern, purgieren. Von der Cassia fistula, auch Cassienröhre genannt, vom wunderbaren arabischen Baum mit den bitteren schwarzbraunen Samen in schwertförmigen Hülsen, wird er das Mark aus den Hülsen nehmen. Er weiß, Madame wird starken Unwillen zeigen, er hat immer Schwierigkeiten mit ihr, wenn sie Medikamente einnehmen soll, so wird er gestoßenen Anis, Fenchel, Ingwer und Zimt daruntermischen und ein wenig Zucker. Im Lehrbuch vergewisserte er sich noch einmal: Das Mark der Cassien ist warm und feucht im ersten Grad. Und, das hatte er vergessen, auch wird es im allgemeinen gegeben, bevor man die Adern öffnet.

Und wie er das wunderbare Mark vom wunderbaren Cassienbaum, dem arabischen, seiner Madame Aloysia einlöffelte, das Mittel auch bei Fieberanfällen empfohlen, fühlte er sich selber ohne Einnahme eines Medikaments auf andere Art erleichtert. Ein schneller Bote ist unterwegs, Henri wird kommen, sind sie doch wie Brüder. Er wird sich geehrt fühlen, daß er zum Krankenbett der Königin-Mutter gerufen wurde. Wer kann sich da einem Gefühl der Genugtuung entziehen.

Sein Henri wird gar nicht merken, in welche Falle er ihn hineingelockt hat. Denn zur Ader gelassen werden muß sie, unsere Madame Aloysia, daran gibt es gar keinen Zweifel. Nur die Frage ist, wie. Henri, so wie wir ihn in seiner draufgängerischen Art kennen, wird nicht zögern, er wird sich für die wirksame Methode des Hippokrates entscheiden, er wird darauf pfeifen, ob das die Professoren der Sorbonne verboten haben oder nicht. Er wird mit seiner beneidenswert leichten Hand den öffnenden Schlag führen. Und er wird das Blut so lange verströmen lassen, bis sie in die wohltuende Ohnmacht fällt, die heilsame Schwäche.

Für ihn steht mehr auf dem Spiel, als sein Henri je einsetzen kann. Für ihn, Leporis, steht alles auf dem Spiel. Wenn die Königin-Mutter stirbt, wenn sie unter seiner Hand stirbt, ist er es, der Urenkel, der den ruhmvollen Namen Leporis verdunkelt. Das Buch, sein Lebenswerk, seine glanzvollen Betrachtungen über Perioden und Zäsuren, das noch nicht einmal begonnene, wird unvollendet bleiben. Dem Wirken des Armenarztes da unten in der Stadt, des Haus- und Weingutbesitzers Champier, wird er nichts entgegensetzen können, der wird sein Buch fertig und sein medizinisches Kolleg eingerichtet haben, der wird bewundernde Schüler um sich scharen, während für ihn nichts anderes bleiben wird als Verzweiflung.

Aber wenn sie unter den Händen seines Henri stirbt, wird der Name Leporis bleiben. Er wird bleiben als der eines vorsichtigen, bedachten Mannes, der so bescheiden war, daß er zurücktrat vom Krankenbett der regierenden Mutter, um eine auswärtige Kapazität zu Rate zu ziehen. Nein, es wird kein Schatten auf seinen Namen fallen, und wenn sie leben bleibt, wird er den Ruhm haben, gleichviel, auf welche Art sie zur Ader gelassen wurde. Und wenn sie wieder hochgekommen ist, wird er überlegen, ob er Henri einen Platz in seinem Buch widmen wird. Und wieviel Zeilen. Nur darf das keinesfalls wie ein Zugeständnis aussehen, er, Leporis, habe sich nicht in allen Stücken an den Kanon des Avicenna gehalten. Er hatte sich wieder gefangen. Er war wieder er selbst, der sichere, unerschütterbare, der Leibarzt für gesunde Tage. Madame kommt zu sich, bekommt Farbe ins Gesicht, die Kraft des wundertätigen arabischen Baumes setzt ein. Er selbst überwacht den Vorgang des Purgierens. Der schöne Leporis.

3

An diesem ersten Abend, als Heinrich Cornelius Agrippa von Nettesheim für ihn entschieden, als er Madame Aloysia nach der verbotenen Art zur Ader gelassen hatte und als der Erfolg sich einzustellen schien, lebte Doktor Leporis auf. Alles wird in Lyon bleiben, wie es war. Er wird oben bleiben. Bei denen vom Schloß.

Lyon, Lugdunum, Rabenhügel. Von Gott selbst so geschaffen, um oben und unten bedeutungsvoll zu trennen. Der sicherste Platz der Erde. Ein steil aufragender Berg mit bequemem Rücken für prunkvolle Bauten. Im Tal, um die Sicherheit für da oben doppelt zu unterstreichen: zwei Flüsse, fast nebeneinander fließend. Und an ihren Ufern wohnten die arbeitsfreudigen Leute. Noch galt der Spruch: In Lyon sind sie im Arbeiten gut, im Essen noch besser. Die geschickten Handwerker. Ein uneinnehmbarer Mittelpunkt der Welt. Schiffbare Flüsse. Nein, es gab keinen Zweifel, Gott persönlich hatte die Stadt, nach mehrfachem Ausprobieren, so in seine Schöpfung gestellt. Und hatte dazu in wohlbedachter Vollkommenheit die arbeitswilligen Leute mit ihrem Hang zum guten Essen und Trinken hineingepflanzt. Das war Sprichwort geworden und saß fest in den Köpfen, selbst von gelehrten Professoren in Paris, die nicht in allem mit der alten Sorbonne übereinstimmten, auch sie führten das einem gönnerhaften Schulterklopfen gleichkommende Gerede vom guten Arbeiten und noch besseren Essen häufig im Munde. Ach, Beaujolais, Triumph des Rotweins, nicht chambriert getrunken, sondern nur aus der Kühle des Kellers genommen. Ach, Leberpastete, mit Mustern wie Blumen in den frisch geschnittenen Scheiben. Und ach, Lyon, dein Hecht, passiert durch ein feines Sieb, im Mörser gestoßen und Eier hinzu unter ständigem Rühren und umgewandelt mit abgebranntem Teig zu Formen wie Spatzen und mit Krebsschwänzen garniert.

Alles wird bleiben, wie es war mit unserer Königin-Mutter. Die Jagden, die Feste zu Gedenktagen, der Stall mit den schwarzen Böcken, Geheimnis des schönen Doktors Leporis. Es werden bleiben seine Destillierkunst und sein Buch und seine Träume, seine ehrgeizigen Träume, mit seinen Veröffentlichungen die Fachwelt in Erstaunen zu versetzen. Und auch dem Armenarzt Champier da unten in der Stadt eins auswischen. Der will ja nur die Aufmerksamkeit auf sich lenken, mit seinem Wunsch nach einem neuen medizinischen Kolleg. »Ich«, sagte der schöne Doktor Leporis an diesem langen Abend des Wiedersehens, »brauche das nicht. Ich bin selber das medizinische Kolleg.«

Eine Abhandlung schwebte ihm vor: Das Wachstum des menschlichen Nagels und der Bockshuf. »Daran muß ich noch feilen«, meinte er in einer gewissen eitlen Geschwätzigkeit, »immer denke ich an Cicero, du weißt, Henri, man sagte von ihm, die Schönheit seiner Sprache käme daher, weil er jeden Satz leckte, wie eine Bärin ihr Junges.«

Henri dachte nach über den eigentümlich langen, forschenden Blick der Madame Aloysia. Sie wollte irgend etwas sagen, und es schien, als sei sie gar nicht überrascht gewesen, mich zu sehen. Das war so ein Blick, als habe sie mich schon immer gekannt.

Der schöne Leporis dazwischen: »Nur wer lange genug in Lyon lebt, weiß, daß die Stadt im Grunde an den vier Meeren liegt. Die Flüsse tragen uns dorthin, wir sind das Herz der Welt. Oft wünsche ich mir, Schiffsarzt zu sein. Ich habe mir meinen Wunsch wenigstens teilweise erfüllt und schon unten in der Stadt etwas in den Druck gegeben, eine Anleitung zur Errichtung einer Schiffsmedizinkiste.«

Das ist der halbe Weg, wollte Henri sagen, aber Leporis hatte seine Schiffsmedizinkiste schon wieder verlassen. »Manchmal frage ich mich, soll ich nicht meine Abhandlungen in Briefform schreiben. Ich denke da an Apsyrtus von Prusa, der begleitete als Roßarzt das Heer Konstantins bis an die Donau. Er schrieb seine Hippiatrica als eine Sammlung von Briefen an verschiedene Leute. Er schrieb über die Krankheiten der Pferde im Verlauf der Schlachten.« Es klang ehrerbietig, bewundernd, wie Leporis redete.

Sein Henri wiederholte die Sätze Wort für Wort, das mit den Briefen und den Krankheiten der Pferde im Verlauf der Schlachten. Es war teuflisch. Durch die Art, wie der Gast es aussprach, wurde sein Bemühen ins Unernste gerückt. Ganz leise, unmerklich. Er, Leporis, wollte sich wehren, aber der Angriff war ihm nicht deutlich genug, und warum sollte sein Henri ihn kränken wollen. »Wie meinst du das?« fragte er nur. Und Henri entgegnete trocken: »Schreib deine Briefe.« Nichts sonst.

Und dachte: In dieser großen, bewegten Welt, in der ein Mann gefordert wird, in der er beweisen kann, wer er ist, gibt es Leute, deren kühnste Träume Schiffskisten sind. Vielleicht ist er aber auch nur ein gottverdammter Gauner geworden, der ehemals gute Junge Leporis, vielleicht hat er sich hier am Hofe verändert. Und will ihm nun etwas vormachen, etwas von der Genügsamkeit des Gelehrten. Was will er wirklich? Er redet nur vom engen Fachbereich der Medizin. Will er darüber hinaus nicht noch mehr? Die Leute sagen, in Frankreich regiert die Dreifaltigkeit, die Königin-Mutter Aloysia, der Sohn Franz und die Tochter, genannt die Margarethe aller Margarethen. Und man weiß, die drei stimmen nicht immer in allem überein. Wem dient Leporis? Da sind noch die Generäle, man sagt, sie werden bei allen Entscheidungen gefragt. Vielleicht wollte Leporis ihm das andeuten, als er vom Roßarzt in Konstantins Heer erzählte. Vielleicht hat hier am Hofe jeder Satz zwei Bedeutungen, man muß nur die Schlüssel kennen, um den Sinn aufzuschließen. Wem dient Leporis in Wirklichkeit? Und hat er nicht auch das Ersuchen der Professoren von der Sorbonne an Kaiser Karl, den Habsburger, den Landfremden, mit unterzeichnet, im Streit um die rechte Art des Aderlasses?

Ihn, Heinrich Cornelius Agrippa von Nettesheim, gingen diese Gebote und Verbote nichts an. Er wußte von sich selbst und jeder wußte von ihm, daran wird er nicht gemessen. Er steht außerhalb dieser Maßstäbe, die für alle anderen gelten. Er, Arzt, Philosoph, Jurist und erfahren in den Dingen der Theologie, hat in Metz als Verteidiger einer alten Frau in einem schwierigen Prozeß, bei dem es um Leben und Tod ging, bewiesen, daß er nicht zu erschrecken ist. Er hat gezeigt, wie er siegen kann ohne Auftrag irgendeiner menschlichen Dreieinigkeit. Das hat ihn eitel gemacht, gewiß, ja, er kennt sich selber gut genug, aber nicht selbstzufrieden.

Er weiß, es wird mehr von ihm erwartet. Die Rätsel der Welt sind noch verschlossen. Woher kommt der Mensch. Wohin geht der Mensch. Und was ist seine Seele. Wo ist seine Seele. Er wünschte sehr, Leporis möchte doch schweigen. Er wäre jetzt gern weggegangen, hinunter in die Stadt. Den Mann kennenlernen, mit dem Leporis sich ständig verglich. Es war bekannt, Symphorien Champier erforschte schon jahrelang die Kammern des menschlichen Herzens, vielleicht hatte er dort den Sitz der Seele längst entdeckt, diesen von niemandem bisher genau beschriebenen schleimigen Beutel. Aber es war nicht möglich, sich Leporis zu entziehen.

4

Am anderen Tag weihte er seinen Gast in das Geheimnis ein, das er mit der Königin-Mutter hatte. Von Zeit zu Zeit, in ihren gesunden Tagen, war eine Schwitzkur bei ihr angeraten, und er, Leporis, hatte herausgefunden, sie reagierte nur auf Bocksblut. So hatte er für die Bereitung des Arzneimittels alles Notwendige in die Wege geleitet und überwachte die Aufzucht und die Auswahl der Böcke selbst. Er ging mit Agrippa in den Stall und erklärte die Ordnung, nach der die schwarzen Böcke lebten. In diesem Augenblick empfand Henri ihn so trocken, so leblos, als sei er zu einem Lehrbuch aus Papier geworden, ohne Seele auch, ja. Aber, sogar im Stall machte Doktor Leporis eine gute Figur. An seiner Kleidung war nichts auszusetzen. Er faßte ja auch die Tiere nicht an, zum Füttern und zum Säubern hatte er Knechte. Leporis war ein fanatischer Verfechter der Lehre vom heilsamen Bocksblut: »Im Sommer, wenn die Sonne im Löwen ist, nehme ich einen schwarzen Bock, der drei oder vier Jahre alt ist, sondere ihn von den anderen ab, sperre ihn drei Wochen ein und beginne ihn zu füttern. Mit Petersilie, Pappelblättern, Pimpinelle und Efeu, der um die Eichen wächst, Steinbrech, Erdbeerkraut, Hülsen von grünen Bohnen, jungen Rebenschößlingen. Abwechselnd gebe ich mal dieses, dann ein anderes. Und ich beginne ihn mit rotem Wein zu tränken. Alle drei Tage muß er frisches Brunnenwasser trinken. So lasse ich das Tier drei Wochen lang füttern. Unter meiner Aufsicht. Dann, bei Vollmond, wird es abgestochen. Und es steht geschrieben: Das erste Blut laß verlaufen. Ich selbst bestimme, wann das Blut aufgefangen wird. Das muß nun getrocknet werden, an der Luft, nicht an der Sonne. So lange trocknen, bis man es zu

Pulver stoßen kann. Sollte sich aber das Trocknen zu lange hinziehen, schiebe ich es gut zugedeckt bei ganz sachter Hitze in einen Backofen, damit es nicht stinkend wird. Und so behalte ich es am trocknen Ort immer gut zugedeckt. Das ist das eine, das ist das Pulver. Ich kann es aber auch destillieren.«

Es war ihm eine Genugtuung, das Geheimnis seines kunstvollen Mittels vor Henri auszubreiten. »Ich nehme zehn Teile Blut, halb soviel Essig, der zwei- oder dreimal destilliert ist, Salz, dazu Rettich, Baldrian, Wegwartwurzel, Ingwer, Zimtrollen, Fenchel, Kümmel, wilden gelben Rübensamen, Petersiliensamen, weißen Augenstein, Schwefel. All das, kleingestoßen und zerhackt, vermischt, in einem fest verschlossenen Glas vergraben, das muß zwei bis drei Wochen im wärmenden Pferdemist ruhen, bis sich die Materie vermischt und Wasser oben schwimmt. Dann brenne ich es langsam im Glas. Das Wasser kommt erst klar, wenn es zwei- oder dreimal destilliert wird. Es muß alles vom Wasser gesondert werden. Bei der ersten und zweiten Destillation wird wenig Öl kommen, aber dann, wenn ich Wasser und Öl gewonnen habe, vermische ich es in einem Gefäß, schließe den Deckel fest zu, das hält sich zwei oder drei Jahre. Madame Aloysia darf das, was unter meiner Aufsicht hergestellt ist, nur unter meiner Aufsicht nehmen. Und nur ich bestimme die Zeit.«

Jetzt war auch Zeit, zur Kranken zu gehen, zugegen sein, wenn sie erwacht. Henri weiß, das ist für sie ein feierlicher Augenblick. Für sie ist er, der sie in die Ohnmacht versenkt hat, nun der Schöpfer geworden, der ihr neue Lebenskräfte gibt. Sie wird dann mehr von seiner Kraft verlangen, er kennt das. Sie wird ihn anfassen wollen.

Er löst seine Hände aus ihrer Umklammerung, befiehlt der Frau, die es gewohnt ist, Befehle zu geben: »Stehen Sie auf.« Ja, ja, das ist schon eine gewisse Machtausübung, das trägt so den Schein des Göttlichen, Leporis entgeht das nicht. So hat er nie mit ihr geredet, in diesem harten Ton.

Mit einer gewissen Erleichterung sieht er, wie Agrippa sich von ihr verabschiedet. Das hat etwas Endgültiges. Er wird ihm noch ein gutes Mittagessen geben, den Nachmittag und Abend soll er für sich allein haben, durch die Stadt zu streifen, wenn er will. Und morgen wird er zum Tor hinausfahren, man wird jemanden finden, der ihn mitnimmt, Kaufleute fahren jeden Tag von hier aus in jede Himmelsrichtung. Er wird seinem Henri nicht zeigen, daß es ihn doch ein ganz klein wenig gekränkt hat: Madame Aloysia hat ihn bei der Morgenvisite nicht gegrüßt, nicht einmal mit einem leichten Kopfnicken. Er tröstet sich schnell: Es war die Schwäche. Und freut sich auf das letzte Mittagessen mit dem Freund. Und redet wie immer, immer nur von sich: »Ich habe alle zehn Bücher des Avicenna gelesen, mehrmals, und immer wieder erfüllt mich Ergriffenheit, wenn ich an die Stelle komme, wo er bekennt, hinsichtlich der Blattern habe er sich ganz verloren von Galen, dem Lehrer, gefühlt. Ich sage dir, niemand von uns ist so groß, daß er irgendwann einmal zugeben wird, er sei verloren. Und wie fein er das ausdrückt. Er erinnert an den Lehrer, aber er schiebt seine Unkenntnis, eben das Verlorensein, nicht auf einen anderen. Und findet einen Weg, gegen die Blattern vorzugehen. Da ist jedes Wort von doppelter Sicherheit, eine unzerreißbare Richtschnur.«

Merkwürdig, sie hat mein Wort zum Abschied nicht erwidert. Als sei da noch etwas nicht beendet. Aber das kann auch nur seine Auslegung sein, Henri ißt und trinkt und läßt die Worte des schönen Leporis über sich niederrinnen und denkt schon nicht mehr an Madame Aloysia. Sobald es schicklich ist, wird er vom Tisch aufstehen und sehen, ob er Symphorien Champier unten in der Stadt antreffen kann.

Weiter Leporis: »Für mich ist Avicenna nicht wie für andere nur ein Wort, das sie wie ein Kriegsgeschrei von sich geben. Für mich ist er ein Vorbild. Für mich ist er der große Philosoph, der gesagt hat: ›Die Wahrheit in der Medizin ist ein nahezu unerreichbares Ziel.‹ Ich bewundere ihn. Mit sechzehn Jahren Leibarzt beim Sultan. Er stirbt mit siebenundfünfzig. Und hat uns sein Lehrgebäude hinterlassen, den großen medizinischen Kanon. Und als Erben für sein ganzes Vermögen setzte er die Armen ein. Was sind wir dagegen?«

Es ist nicht nötig, ihn zu unterbrechen und seine bescheiden klingende Frage zu beantworten. Er ist zu ergriffen von sich selbst, man soll ihn nicht stören.

»Wer von uns sammelt zu Lebzeiten ein Vermögen, um es am Ende den Armen zu geben. Wer von uns wird zehn Bücher von dieser Klarheit zustande bringen, daß sie noch nach Jahrhunderten brauchbar sind. Allein die Anordnungen, die Abschnitte. Jeder Abschnitt geht auf in Traktaten, jedes Traktat geht auf in der Summe. Und die Summen wachsen an zu Kapiteln. Ich liebe diese Systematik. Das ist die vollendete Form, das ist letzte Sicherheit: Jede Frage wird beantwortet. Er ist eine wirkliche Autorität. Ich habe den Kanon auswendig gelernt. Und der Kanon hat mir jetzt bei dem Zwischenfall mit unserer Königin-Mutter Sicherheit gegeben, daß ich warten konnte, bis du kamst. Es steht geschrieben, im Frühstadium der Krankheit soll der Arzt noch nicht eingreifen. Drei Kräfte stehen ihm zur Verfügung, die ausleerende, die verändernde, die zurückhaltende. Die richtige Kraft in der richtigen Weise zu nutzen, das ist die

Kunst des Arztes. In diesem Falle haben wir uns zweimal für die ausleerende entschieden. Glaube mir, die drei Nächte, bis du kamst, habe ich wach gelegen und habe für mich selbst aus dem Gedächtnis Stellen aus dem Kanon zitiert. Es hat mich gestärkt wie andere ein Gebet.«

»Für mich«, entgegnete Henri, und es war schrecklich, daß er nicht einmal dabei lächelte, so fiel es dem schönen Leporis wiederum schwer, sich zu entscheiden, ob er gekränkt sein sollte oder nicht, »für mich ist ein anderer unter den Alten der größte, niemand kennt seinen Namen, und dabei müßte er am meisten gefeiert werden. Derjenige, der das wörtliche Abschreiben erleichterte. Ich sehe den Augenblick, in dem ein Mensch zum Messer griff, ich stelle mir das Messer sehr genau vor, ich sehe, wie er die Schriftrolle zerschnitt und Papierstücke neben sich legte. Und übereinander. Ich kann mir genau vorstellen, wie er endlich seinem Hang zur Bequemlichkeit nachgab. Das ewige Aufrollen, bis er die Stelle fand, die er abschreiben wollte, hatte nun ein Ende. Welch ein Entschluß, aus dem Ganzen ein Stück neben sich zu legen. Der Übergang von der Rolle zum Buch.«

Das ist seine Art, sein Ton.

5

Symphorien Champier, der Gelehrte, von einigen auf dem Schloß mit dem Neid, der gern herabsetzen möchte, einfach der Armenarzt genannt, war nicht zu Hause. Henri wurde gebeten zu warten. Die Eingangshalle war groß wie ein Saal. Fünf Türen und die Treppe nach oben. Die Wände waren von einer feierlichen Kahlheit. Aber fünf Standbilder, fünf Männerköpfe auf Marmorsäulen waren aufgestellt, nein, nicht Schmuck, eher eine Selbstdarstellung. Ein Mann zeigt – wie die vier Elemente und die Quintessenz – die fünf Stufen seiner Vorbilder. Sieh an, er hat darunterschreiben lassen, wer sie sind. Also denkt er an Besucher, die er in Erstaunen setzen will. Für sich allein brauchte er keine Bezeichnungen, er weiß doch, wen sie darstellen. Und ging von Kopf zu Kopf. Der Apostel Petrus und der Apostel Paulus an der einen Wand und gegenüber der griechische Philosoph Pythagoras, der die Kunst, mit Zahlen umzugehen, beherrschte, und der griechische Philosoph Demokrit, der als eine bewegende Kraft das Lachen entdeckt hatte, nicht das billige, das wohltuende, und der fünfte Kopf, bei Champier konnte es nicht anders sein: der griechische Arzt Hippokrates, gleichsam als Vater und als Schutzschild gegen die Arabisten mit ihrem Avicenna.

Ewige Treppe, vielleicht nur dafür erfunden: Eine Frau zeigt, wie sie gehen kann. Das ist die höchste Kunst der Eroberung, der unabsichtlich, absichtlich leichte Gang, das kaum merkbare Anheben des Rockes, damit der Fuß weiter kann. Und Erregung beim Zuschauenden verbreiten: Sie geht zu unbekümmert, sie könnte stürzen. Aber ich bin da. Hier unten. Sie ist schön, sie weiß es, sagt es mit jeder Bewegung. Aber jetzt hat sie das Lärmende, das Aufgesetzte, er kennt es: Sie hat den Allerweltston des Hofes. Gehen und Plaudern, das kann sie. Frau Champier. Klein und zierlich. »Nennen Sie mich ruhig Daphne, jeder nennt mich Daphne. Der Alte auch, er hat es erfunden. Ich bin sein Lorbeerblättchen. Ist das nicht süß?« Sie sagte nicht mein Mann, auch nicht seinen Namen, sie brauchte eigentlich von nun an nichts weiter zu reden, unser

Henri hatte schon durch und durch begriffen, wie sie ist. Aber es war auch hübsch, in der Fremde als ein Bekannter begrüßt zu werden mit dem schwirrenden Ton der Bewunderung: »Heinrich Cornelius Agrippa von Nettesheim bei uns. In Lyon. In meinem Haus.« Sie verbesserte sich: »In unserem Haus.«

Und ging auf ihn zu, faßte ihn mit den Fingerspitzen an der Hand, geleitete ihn mit einer nicht unangenehmen Feierlichkeit in das Arbeitszimmer ihres Mannes. »Mein Gott, wird der Alte sich freuen. Er schwärmt ja von Ihnen, nein, das ist nicht richtig, er verehrt Sie. Er hat sogar Abschriften Ihrer Vorlesungen aus Ihrer Zeit an der Universität zu Dôle.«

»Das habe ich nicht einmal.«

»Warum haben Sie sich nicht angemeldet, mein Mann ist auf unserm Weingut, er muß beaufsichtigen, wie der Zaun neu gerichtet wird, es gibt da immer wieder Grenzstreitigkeiten. Und das muß schon ein Mann machen. Aber Sie geben mir die Ehre. Ich könnte Ihnen unser Lyon zeigen. Wir nehmen die Kutsche und fahren durch die Straßen. Sagen Sie mir, was Sie essen wollen, der Koch wird es richten. Endlich einer, der vom Schloß kommt. Sie können nicht ahnen, wie ich die Schloßluft entbehre. Manchmal kommt mir das Haus hier unten wie eine Höhle ohne Ausgang vor. Mir fehlt das Licht von oben, vom Schloß. Mir fehlt das Leichte, die Musik, der Tanz. Es ist schwer, die Frau eines Gelehrten zu sein, der gar keinen Sinn hat fürs Lachen.«

Es wäre sinnlos gewesen, ihr jetzt vorzuhalten, immerhin hat er unter seinen Standbildern den lachenden Demokrit. Henri hatte die Vermutung: Sie kennt nicht die Bedeutung der Köpfe. Mag sein, für sie sind das alles Apostel. Er wollte ihr Wissen nicht auf die Probe stellen. So schwieg er und lächelte sein unvergleichliches Lächeln. Schamlos, selbstbewußt und gütig. Sein verwirrendes Lächeln.

»Einmal habe ich ihn gefragt: Warum lachst du nicht. Der Alte antwortete wie mir schien auf eine ganz andere Frage, vielleicht die Frage: Bist du glücklich. Jedenfalls sagte er: Ich lebe. Ich bin frei. Ich habe ein Haus. Das ist eine ergreifende Tiefe, dieses Dreierlei, und ich bin nahe daran, ihn zu verstehen. Aber es strengt an, glauben Sie mir. Er ist kein Griesgram. Er ist nur nicht lustig. Dafür habe ich dich, sagt er. Aber allein kann man nicht immer das Lachen heranzaubern. Er kann nicht spielen. Was haben wir für schöne Spiele am Hofe gehabt. Mit Masken. Als ich vom Schloß ging, habe ich meine letzte Maske dort oben gelassen. Ich habe sie weitergegeben, einer anderen. Wollen Sie nicht wissen, was es war? Wollen Sie nicht raten? Ein Tier. Ach, Verzeihung, mein lieber kleiner Henri«, er war nicht groß gewachsen, aber noch nie, außer dem Kindermädchen vielleicht, hatte ihn jemand so angeredet, »ich langweile Sie. Erzählen Sie. Was haben Sie eigentlich im Schloß erreicht? Welcher Wandteppich hängt jetzt im Schlafzimmer unserer Madame Aloysia? Wissen Sie, was für mich das schrecklichste ist: nicht mehr eingeladen werden ins Schloß. Einfach so abgeschnitten sein. Ich konnte das nicht übersehen, damals. Frau des Stadtarztes. Es bringt mich fast um, wenn sie ihn den Armenarzt nennen. Wir sind nicht arm. Wir haben Kästen voll Tafelsilber. Im Keller Fässer voll Wein. Die Vorratskammer ist immer gefüllt mit Schinken und Wurst und Mehl. Wir bekommen dieselben Gewürze wie die oben im Schloß. Und doch ist die Kluft da. Was für ein Unsinn, Armenarzt, weil er im Spital immer ein paar Arme kostenlos behandelt. Madame Aloysia selber hat mir geraten, nicht abzulehnen. Es gibt nichts Traurigeres, hat sie gesagt, als im

Alter Hofdame zu sein, in einer Stunde der Offenheit hat sie das nur zu mir gesagt. Dafür bin ich ihr noch heute dankbar. Aber meinen Sie nicht, mein kleiner Henri, ich hätte, selbst jetzt noch, einen anderen gefunden? Einen General. Oder ihren Leibarzt, den Leporis. Wissen Sie, daß Leporis uns alle da oben im Schloß immer etwas verängstigt hat, er geht zu seinen Patienten mit schwarzen Handschuhen. Das hat was Grauenhaftes, aber ich glaube, seine schwarzen Handschuhe hätten mir auch im Bett nichts ausgemacht. Man weiß nicht, warum er nicht geheiratet hat, man weiß nicht, ob er überhaupt jemals eine Frau hatte. Niemand kennt sein Geheimnis.«

Was aber ist Zeit. Daphne, das Lorbeerblättchen, das charmante Plaudertäschchen, kennt keine Stunden, sie kennt nur Jahreszeiten und wähnt sich im immerwährenden Frühling.

»Darf ich Sie küssen? Ich küsse so leidenschaftlich gern.«

Eitler Henri. Sie war es, die kam. Du nicht. Du hast nicht einmal deine Augen ausgeschickt. Du bist nicht einen halben Schritt auf sie zugegangen. Nicht einen Fußbreit. Sie faßte nach deinem Kopf und strich über dein Haar. »Sie haben weiche Lippen«, sagte sie, und du fandst ihre Stimme verändert. Klangvoller geworden. »Ach, bei uns am Hofe, den General Trivoluzio habe ich geküßt. Er war es gewohnt, das habe ich gemerkt. Er war einer der elegantesten Generale, und es war eine reine Erfindung, er habe die Tochter unserer Madame Aloysia vergewaltigt, die brustschwache Literatin. Als ob er das nötig gehabt hätte. Was hatte der Mann für Hände. Ich bin Brückenbauer, hat er dann immer zu mir gesagt, ich kenne die entscheidenden Punkte. Die Literatin, ach Gott, ja, die Margarethe aller Margarethen, sie war, na bitte, ich sage enttäuscht, daß niemand sich mit ihr über die Kunst des Brückenbaus unterhalten wollte. Da haben sie ihn eingesperrt. Das war seine verlorene Schlacht, weil er es aufs Schlagen gar nicht erst hat ankommen lassen. Heimlich habe ich ihn im Gefängnis besucht. Da war so ein süßer Wächter, der hat mich bis ans Gitter gebracht. Und wie der General da seine Hände durch das Gitter mir entgegenstreckte, so schmal, so bleich, ich habe sie geküßt. Nun ist er ja tot. Zeigen Sie mir Ihre Hände, mein lieber kleiner Henri. Wenn ein neuer Gast kam, haben wir das immer gemacht, ich kann die Linien deuten.« Schöner Vorwand, die Finger zu berühren. Mit ihren Fingern ging sie sacht über seine Handfläche. Rückte näher an ihn. Sie war es, die ihre andere Hand auf sein Bein legte und dort liegen ließ. »Da sind viele Frauen, ein Haus, Geld. Und ein Pferd. Aber das Leben, die Lebenslinie, das soll man nicht sagen, wie das ausgeht. Was haben Sie für eine zarte Haut, mein lieber kleiner Henri. Und Sie können spielen.«

Da lachten beide gleichzeitig. Und das ermunterte unser Lorbeerblättchen, weiterzureden: »Sie nehmen das nicht ernst. Wie schön. Sie wissen genau, immer wird über die Lebenslinie alles gesagt, schonungslos. Aber ich habe die Lebenslinie bei Ihnen nicht gefunden. Sie haben das gemerkt. Und mitgespielt. Sie haben von dem Augenblick an mitgespielt, als ich die Treppe herunterkam. Wissen Sie was, wir sollten hier unten in der Stadt Maskeraden halten. Wie würden Sie zu mir kommen? Als Bauer, als Bettler, nein, nein, nein, dazu sind Sie mir zu empfindlich. Als Schäfer. Ach, Sie wären ein süßer Schäfer.«

Er sagte nicht, ja, süß wie der Gefängniswärter auch. Er fragte sich, was denn ist die Süße des Lebens? Für jeden etwas anderes. Gefängniswärter oder Schäfer, das ist eine schmale Auswahl, mein Lorbeerblättchen. Hüter sind beide. Ist das die Süße, Hüter sein über Schafe und Gefangene?

»Ich würde Ihnen Bänder ins Haar legen. Was haben Sie für schönes Haar, General Trivoluzio hatte auch so volles, weiches Haar. Er war auch mein Schäfer, er war ein wenig unsicher in den ersten Tanzschritten, aber Sie, mein süßer Henri, zwei, drei Nachmittage bei mir, und ich sage Ihnen, so einen eleganten Schäfer hat Lyon noch nie gesehen. Ach, Gott, Lyon. Da wollte ich Ihnen die Stadt erklären und rede nur von mir.«

»Vielleicht sind Sie die Stadt?«

»Ist das ein Gewinn für uns alle, daß Sie hierher gekommen sind, ich liebe kluge Schmeichler.«

»Für mich ist eine Stadt immer wie eine Frau. Anders am Morgen, anders am Abend und in der Nacht. Aber ich glaube auch nicht, daß eine Stadt sich so leicht erklären läßt. Das Wesen einer Stadt bleibt für den Fremden immer etwas Geheimnisvolles, wie das Wesen einer Frau. Im Grunde kann man nur sagen, ich mag sie, oder ich mag sie nicht. Da sind viele Städte, die ich nicht mag. Zum Beispiel Metz.«

»Obwohl Sie dort gesiegt haben?«

»Sie kennen mein Leben?«

»Wer kennt Ihr Leben nicht. Zehn berühmte Männer gibt es unter den Lebenden, ich meine jetzt, auf der Welt. Und Sie sind einer unter ihnen.«

»Champier nicht?« Wahrscheinlich wußte sie nichts von seinen Forschungen. Da mühte er sich um das Herz des Menschen. Um das Innerste. Sie ja auch, sie zählte die Herzen, von denen sie glaubte, sie gehörten ihr.

6

Natürlich war die Stadt über ihm zusammengeschlagen wie ein Tuch. Es war ein ganz anderes Leben. Und die eigenartige, beglückende Verstrickung an Jana Tissie, seine zweite Frau, war unwirklich geworden. Eine ferne, angenehme Erinnerung. Ihre unglaublich großen Augen, dunkelbraun, manchmal schwarz. Sie konnte zuhören, und die Leute drängten sich hin, um ihr nur irgend etwas zu erzählen. Einen kaum wahrnehmbaren Spalt stand ihr Mund dann offen, so angespannt hörte sie zu, ihre Lippen wurden feucht. Sie wußte es, sie brauchte nur jemandem die Hand zu geben, und sein Verstand setzte aus. Sie hatte das, wofür sich keine einfache Beschreibung als zutreffend erwies, da sie im strengen Sinne nicht eigentlich schön war. Sie war anschmiegsam und stolz. Henri weiß, so eine Frau gibt es nur eine unter Millionen. Einer hat sie Helena genannt. Dichter machen ihr Oden, sie schreiben ihr Briefe. Aber niemand weiß, was ihr Geheimnis ist. Jedermann muß einfach mit ihr schlafen. Will es zum mindesten. Tochter des Apothekers aus Genf, langbeinig, die kleine feste Brust. Und ihre Stimme kam aus der Tiefe heraus, wie bei anderen vielleicht nur im Bett. Wenn sie einen Mann ansah, reichte das schon. Für ihn, Agrippa, war sie die große Mutter, weil sie Verständnis hatte. Zuallererst Verständnis für ihn, daß er es nicht mehr ausgehalten hatte als Stadtarzt in Genf. Ohne Bedauern hatte sie mit ihm die Stadt verlassen. Und hütet nun das Haus in Fribourg, das große Haus, das zur Stadtarztstelle dazugehört. Und hat Verständnis auch für seinen Herkules, den Nörgler, den Diener, mit dem er es schon zwanzig Jahre ausgehalten hat. Hat auch ein Herz für die zwei Hunde. Weiß mit Maria, der Bedienerin, umzugehen.

Vielleicht sitzt sie jetzt im Garten und erzählt dem Kind Haymon eine Geschichte. Dem Sohn. Es war ihm nicht gleichgültig, daß es eine Zeit bis zum Wiedersehen dauern würde, aber es war ihm willkommen. Auch befriedigte es ihn, daß seine Wirkung auf Frauen noch nicht abgestumpft war. Daphne?

Es stimmte schon, sie sind anders hier in Lyon. Schnell, ja auch laut, liebenswürdig, auch hart. Der Süden ist nahe wie hinter einer Seidentür. Der lange Markt am Ufer der Saône. Da stand einer und schlachtete vor den Augen aller das Huhn. Und die um ihn herum, die ihm mit begieriger sachverständiger Gelassenheit zusehen, Käufer und Hausfrauen, ach ja, sie haben das Feuer der Anteilnahme. Und sonst? Alle Gewürze der Erde auf diesem Markt. Und die wichtigsten Blumen. Es war ihm, als seien die Gesichter der Leute hier größer, als sei alles größer. An diesem Abend erschien ihm der nahe Berg mit Schloß und Dom wie eine Herausforderung. Sicherlich von den Erbauern so gedacht: Man muß, wenn man von da unten heraufsehen will, den Kopf in den Nacken legen. Sich bewußt werden der Kleinheit, der eigenen Kleinheit vor den Mächtigen.

Am Morgen, beim Abschied von Leporis, war er nicht überrascht, als der Freund mit gezwungen leichtem Ton sagte: »Unsere Madame Aloysia hat gefragt, ob du schon abgereist bist. Wenn er noch da ist, hat sie gesagt, will ich ihn sehen.« So blieb er noch im Hause des Leporis. Sie bestimmte den Tag und die Stunde, wann er zu ihr kommen sollte. Er zog sich sorgfältiger an als sonst. Und fand es lächerlich, als sei dieser Tag etwas Besonderes für ihn, als müsse er sich gut präparieren, um vor ihr bestehen zu können. Er hatte sie zweimal gesehen, am Abend spät beim Aderlaß und am Morgen danach im Bett liegend, in ihrer Schwäche. Nun wird sie das verwischen wollen, nun will sie, weil ich sie schwach gesehen habe, mir zeigen, wie stark sie ist. Aber immerhin, sie legt Wert darauf.

Sie unterbrach seine Begrüßungsworte, fragte etwas Erstaunliches: »War ich gut?«

Und da Leute um sie herumstanden, antwortete er mit einer leichten Verbeugung: »Ja, so gut wie immer.« Unvermittelt schickte sie alle weg. Jetzt, mit ihm allein, fragte sie noch einmal dasselbe, und er antwortete: »Nein, Sie wissen es, Sie waren nicht gut, Sie haben geweint und haben geschrien, und Sie haben Angst vor mir gehabt. Und Sie hatten kein Vertrauen. Sie haben gesagt, lassen Sie mich zufrieden, ich muß sowieso sterben.«

»Ich werde alt. Ich will nicht alt werden.«

»Da kann ich Ihnen nicht helfen. Vielleicht kann Herr Leporis dem Bocksblut einen Zusatz beimischen, der Sie von lästigen Gedanken befreit.«

»Gibt es das?«

»Ja.«

Und wieder unvermittelt, überraschend, zusammenhanglos: »Wollen Sie die Stelle sehen, wo Sie die Ader aufgemacht haben?« Fast ein Befehl: Sie müssen das sehen.

»Nein«, entgegnete er sehr gemessen, zurückhaltend. »Ich brauche das nicht zu sehen. Ich habe es selbst gemacht, es wird nichts zurückbleiben.«

Sie gab nicht auf. »Sie wollen mich nicht untersuchen, eine abschließende Überprüfung, bevor sie abreisen. Sie wollen nicht einmal den Puls fühlen«, und war bereit, ihre Hand auszustrecken.

»Nein«, entgegnete er mit bestimmter Höflichkeit, »das ist nicht nötig, ich sehe es an der Farbe Ihres Gesichts, an der Klarheit Ihrer Augen, ich höre es an Ihrer Stimme, es geht Ihnen gut. Sie haben sich erholt.«

»Sind Sie verheiratet?«

»Ja, zum zweitenmal. Meine erste Frau ist an einem unerklärlichen Fieber gestorben.«

»Wie heißt Ihre zweite Frau?« Es war kein Ausfragen, es war das Bestreben, ihn festzuhalten. Sie war noch nicht fertig mit ihrer Meinung über ihn. Sie mußte ihn noch sehen. Er hatte das Männliche, das es in ihrem Umkreis nicht mehr gab, er hatte auf eine Äußerung, die als Befehl verstanden werden mußte, nein gesagt. Das war verführerisch.

Ebenso höflich antwortete er: »Sie heißt Jana Loysa Tytia.«

»Fast wie ich«, etwas Schwebendes klang neben dem Konventionellen.

»Ich nenne sie Jana Tissie, weil alle Welt sie Loysa ruft.«

Sie tritt sehr nah an ihn heran, ohne ihn zu berühren. »Ich will Sie jeden Tag sehen, jeden Morgen um neun Uhr in der Frühe. Was Sie vorher machen, was Sie nachher machen, ist Ihre Angelegenheit. Ich will Sie jeden Morgen sehen. Vielleicht habe ich nicht einmal eine Frage an Sie.«

»Und was soll ich dann?«

»Ich weiß es nicht.«

»Das ist nicht ehrenvoll.«

»Ich fühle mich besser, wenn Sie da sind.«

»Herr Leporis ist Ihr Leibarzt, er sorgt für Ihr Wohlbefinden.«

»Leporis ist ein Diener.«

»Und Sie wollen mich zu einem Diener machen. Ich bin für den Dienst bei Hofe ungeeignet. Ich bin gewohnt, selbständig zu sein. Bezahlt von einem Gemeinwesen, ja, aber nicht von einer einzelnen Person. Ich will mich nicht ausliefern.«

»Haben Sie Angst vor mir?«

»Was soll meine Beschäftigung bei Ihnen sein?«

»Leibarzt.«

»Dann hätten Sie zwei.«

»Sie bekämen den Vorrang. Mit dem Recht, die Bezeichnung Erster Leibarzt in Ihrem Titel zu führen. Ein Haus wird Ihnen zur Verfügung gestellt, wo Sie wollen, oben oder unten. Sie lassen Ihre Familie kommen. Sie werden ein Honorar erhalten, daß Sie unabhängig sind. Sie sollen keinen Zufälligkeiten ausgeliefert sein. Es wird einen Vertrag darüber geben.« Sie ging zurück zu ihrem Stuhl mit sehr schnellen Bewegungen, setzte sich, sagte ohne zu lächeln, ziemlich laut, berechnet für die Horcher, die hinter jeder Tür und hinter jedem Wandteppich sein konnten, Horcher für mindestens fünf verschiedene Auftraggeber, die Berichte über ihre geheimen Unterredungen haben wollten, der Sohn Franz oder die Tochter Margarethe oder die Dominikaner oder die Habsburger oder neuerdings fremde Kaufleute, die ihren Hauptsitz in Augsburg hatten, jedenfalls jetzt mit gesammelter Härte erklärte sie ihm: »Ich gebe Ihnen drei Tage Bedenkzeit, das ist annehmbar. Sollten Sie ablehnen, rechne ich damit, daß Sie sich verabschieden. Vor Ablauf der Frist will ich nichts hören, das wäre übereilt. Niemand soll sagen, ich hätte Sie gezwungen. Am wenigsten sollen Sie selbst das Gefühl haben, unter einem Zwang zu stehen. Sie sind ein freier Mann in einem freien Land«, und setzte hinzu, »leben Sie wohl, Ritter Henri.«

Das traf ihn wie ein Streicheln. Er wußte, es war berechnet, sie hatte Erkundigungen über ihn eingezogen. Aber die Art, wie sie ihm zu verstehen gab, daß sie wußte, er hatte es gern, Ritter genannt zu werden, löste etwas in ihm.

Löste den Zwang, sich gegen sie zu wehren, gab ihm ein Hochgefühl von Genugtuung und Stolz. Hatte sie mein Ritter gesagt oder nur Ritter?

7

Für ihn war draußen alles verändert, als er vom hohen Berg hinabstieg ins Tal. Seine Überlegungen waren sachlich, nüchtern. Er wird für diese drei Tage des Nachdenkens das Haus des Leporis nicht in Anspruch nehmen, er wird sich ein anderes Quartier suchen. Er wird sich ein Pferd kaufen, denn wenn er von ihr danach gefragt werden sollte, haben Sie eins, dann möchte er nicht den gönnerhaften Akt heraufbeschwören, daß sie ihm sagt, ich schenke Ihnen eins. Mit so einfachen Geschenken soll sie ihn nicht abspeisen. Er wird sich Öl kaufen für eine Lampe, auch Papier. Er wird Briefe schreiben. Zuerst an Jana Tissie, deren Hände er diese Nacht gesucht hat, erschrocken, erstaunt, daß er allein lag. Große Mutter, wird er ihr schreiben, und er wird sie in diesem Brief mehrmals so anreden, es ist nötig, an ihre verstehende Weisheit zu appellieren. Meine große Mutter, schick mir als erstes den Famulus Herkules her mit dem Manuskript über die Magie. Dann verkaufe das Haus und komm mit Haymon und Maria nach. Und bring die Hunde mit. Wir werden hier ein Haus haben.

Das wird schwer zu erklären sein. Ein Auskommen? Was er hatte, war das Wort der Königin-Mutter. War eine Laune vielleicht. War jedenfalls eine Herausforderung.

Aber da hineinziehen Frau und Kind? Schon jetzt? Schon gleich? Schon am Anfang? Er könnte sie doch dort lassen in dem schönen neuen Haus in Fribourg. Er könnte die Königin-Mutter einmal im Jahr um Urlaub bitten und nach Hause reiten. Und weiß, er kann nicht leben ohne sie. Nicht ohne Jana Loysa Tytia, Tissie, große Mutter. Es ist ihm nicht gegeben, zu entsagen wie ein Apostel. Allein zu sein und nur den Menschen zu dienen, ihnen zu helfen mit der Kunst seiner Medizin. Sie bewegen mit seinen Worten. Andere, wie dieser Arzt Theophrastus von Hohenheim, genannt Paracelsus, können das. Er, Agrippa, nicht.

Früher hat er einfach gesagt, ich kann nicht allein schlafen. Und hat in allen Städten und in allen Ländern schöne Kinder gefunden, die seine Nächte mit ihm teilten. Das war auch noch so gewesen bei seiner ersten Frau, aber nun nicht mehr. Seit Jana Tissies Zeiten nicht mehr. Und so wird auch dieses schöne, große und mächtige Lyon mit allen seinen zarten und liebenswerten Töchtern ihn zwar in Versuchung bringen, aber nicht überwältigen können. Die ferne Jana Tissie hat ihre Gedanken um ihn gelegt wie ein Kettenhemd, schmiegsam und fest. Schützend und beschwerend.

Er wird über die Brücke gehen und in dem Stadtstück zwischen den beiden Flüssen sein Pferd suchen. Das wird den ganzen Tag dauern. So wird der erste Tag herum sein. Der erste der drei Tage. Er wird noch nicht den Brief an Jana Tissie schreiben. Er wird es sich doch noch überlegen.

Dienst an einem Hof, an einem königlichen Hof, das ist eine Auszeichnung, gewiß. Aber ist das dann nicht schon wie ein endgültiger Abschied vom Leben, vom Leben, wie er es kennt: Immer unter Menschen sein, eine Praxis haben mit großem Zulauf, als Stadtarzt auch die Kranken in den Gefängnissen aufsuchen, ihnen mehr geben als medizinische Hilfe. Seine Erfahrung als Advokat einbringen. Leuten, die andere mit der Bezeichnung

»arme Teufel« abfertigen, erklären, wie sie sich den Gesetzen gegenüber behaupten können. Und seine Veröffentlichungen. Das Buch über die Magie, schon vor vierzehn Jahren abgeschlossen. Aber so ein Buch wird man das ganze Leben lang nicht zu Ende schreiben, solange man weiterforscht über die Geheimnisse der Natur. Neue Erkenntnisse lehren, Vorträge halten an Universitäten und in diesen Vorlesungen das Alte angreifen und die Vertreter des Alten, die scholastischen Dominikaner vor allem. Die Lust am öffentlichen Meinungsstreit. Es kann sein, daß er auf diesem Berg eingeschlossen sein wird wie in einem Grab. Dann wäre er mit achtunddreißig Jahren schon lebendig tot.

Fremde nannten Lyon die Stadt an den zwei Flüssen. Aber wer dort zu Hause war, machte den Unterschied zwischen Fluß und Strom: die beachtliche Saône und die mächtige Rhône. Vielleicht konnten weder die durchreisenden Fremden, die zu den Messen kamen, noch diejenigen, die dort zu Hause waren, die Handwerker, Bäcker, Fischer und all die vielen Damen, leichte und ehrbare, die Mönche und Nonnen, vielleicht konnten sie alle, befangen in ihrer eigenen kleinen Welt, einem kleinen Viertel am Fuße des Berges oder auf der Halbinsel, nicht ermessen, was das wichtigste an der ganzen Schöpfung dieser Stadt war. Sicherlich konnte nur ein durch und durch militärisch geschulter Mensch auf Anhieb sagen, das Beste an der Stadt sind die Brücken.

Auf der Brücke über die Saône, an der Bergseite saß ein Bettler, neben ihm hockte ein bedauernswertes Wesen. Sie gehörten zusammen, man sah das. Vater und Tochter. Schwer zu entscheiden, wer wen beschützte. Der Mann, der ohne Beine auf einem kleinen Rollwagen saß, achtete mit schnellen, wachen Augen auf jede Bewegung der kleinen, schwachen Verwachsenen. Ein unförmiger Buckel stand ihr über der einen Schulter, aber dennoch hatten ihre schiefen Bewegungen etwas Fließendes. Das weckte Gedanken in Agrippa, die sehr spielerisch durch sein Kettenhemd hindurchgingen.

Als sie merkte, daß sie beobachtet wurde, drehte sie ihr Gesicht zu ihm. Er hatte bisher geglaubt, er kenne alles, was es gab an Zerstörungen des menschlichen Fleisches. Dieses Gesicht aber übertraf an Widerlichkeit, was er je gesehen. Der Mund eine einzige Wunde, verkrustete und frisch aufgebrochene Geschwüre. Er ging näher, wollte es genau sehen, da zog sie ein Tuch vor ihr Gesicht. Mit einer unerwarteten Entschiedenheit. Er wußte, das andere Gesicht des Menschen sind die Hände.

Unzuverlässiges Kettenhemd. Man kann das Licht löschen. Und dann werden die Hände dasein. Und ihre Bewegungen. Er vergaß, daß er über die Brücke gehen wollte, auf der Halbinsel ein Pferd kaufen und ein Quartier suchen. Sie hat ja schöne Hände, lange schmale Finger. Es war der Zwang, die Hände zu berühren, in der Berührung zu verschmelzen, sich ganz aufgeben und so sein wie sie. Auch betteln, unerkannt an der Brücke stehen, auf nichts anderes warten als auf ein kleines Stück Geld, das kühl in der Hand liegen kann. Zufällig, achtlos hingegeben von irgend jemandem. Alle Kunst vergessen, die Kunst der Medizin und die Kunst, Worte zu setzen, die Fertigkeit, im Gerichtssaal unschuldig Beschuldigte durch glänzende Rednergabe von der Anklage zu erlösen. Ausgelöscht auch der Wunsch, das Vergnügen zu empfinden, sorgender Hausvater zu sein, am Tisch oben sitzen und zu Beginn des Mittagessens vor der Frau, den Kindern und den Schülern das Gebet zu sprechen, der Herr möge die Speisen segnen. Auch das Verlangen nach einem Garten mit Rosen und Gewürzen und hohen, schattigen Bäumen war nicht mehr. Und nicht mehr der Wunsch, nach den unbekannten, bewegenden Kräften zu suchen. Nichts mehr forschen, nichts mehr erstreben, das Dasein begreifen als Zusammengehörigkeit mit den Verwachsenen, mit den Ausgestoßenen. Und dort, an der Brücke, eins geworden mit den von Gott und aller Welt Vergessenen, den Sinn des Lebens erfahren.

Er wird das große erregende Geheimnis der Selbstaufgabe erfahren: Er wird mit der Häßlichen an der Häßlichkeit zugrunde gehen, verbrennen wie der purpurrote Sonnenvogel Phönix. Und dann aus der Asche aufstehen, erstehen. Die Erinnerung an das Fabelwesen Phönix war schon die Leiter, auf der er wegkletterte von der untersten Stufe der Selbstaufgabe. Schöne Spielwelt der Humanisten, wiedergewonnene, wiedergeborene alte Geschichten, verklärend angewendet für jegliche Form des Lebens. Da sitzt das Kettenhemd des tadellosen Ritters Heinrich Cornelius Agrippa von Nettesheim, da gibt er ein sorgsam ausgewähltes Stück Geld, nicht zuviel, nicht zuwenig. Da sagt er auf das leise: »Danke, mein Herr«, das geläufige und übliche: »Nicht der Rede wert, es macht nichts.«

Aber er geht nicht über die Brücke. Er kann das, was er da eben erlebt und erlitten hat, nicht so abschütteln, daß er jetzt hinlaufen und um ein Pferd feilschen möchte, nachdem er gerade fast den Sinn des Lebens begriffen hatte.

Er geht nicht in den Stadtteil, die Halbinsel zwischen dem Strom Rhône und dem Fluß Saône, er bleibt auf der Bergseite, wie betäubt. Er geht, bis er die Stadt fast verlassen hat. Ein Schild am Wegrand mit dem Namenszug Paul Perrault trifft ihn. Nur der Name steht darauf, sonst nichts weiter. Kaum gesehen, schon hat er den Namen vergessen. Er geht langsam, am Ufer des Flusses, ziellos. Wieder wird er durch ein Schild gerufen: Erinnere dich an Paul Perrault. Der Name nistet sich in die Gedanken ein. Drei Tage habe ich Bedenkzeit. Wie soll ich drei Tage lang die beiden da unten an der Brücke ertragen. Nicht die beiden, nur sie, die eine. Wie soll ich mich gegen sie wehren, oder soll ich mich einrichten, daß ich leichten Herzens an ihr vorbei über die Brücke den Weg nehmen kann, regelmäßig erkauft.

Ein großes, weißes Haus liegt vor ihm an der Straße. Über die Fenster mit breiten Buchstaben geschrieben: Paul Perrault. Nichts weiter. Er weiß nicht, wer das ist und was sie dort machen. Er kann es nicht wissen, er ist ein Fremder. Kein Zeichen läßt auf das Innere schließen, allein der Name ist Ausweis. Einladend und abweisend gleichzeitig. Anmaßend. Sie legen keinen Wert auf mich, den Fremden. Sonst hätten sie für mich eine Erklärung, wenigstens ein kleines Täfelchen dazu geschrieben, ob sie etwas herstellen und verkaufen oder ob sie Leute beköstigen und beherbergen. Ich bin neugierig. Aber ich gehe nicht hin und sehe nicht nach.

Akazien blühen und Kastanien auch, weiter, das Flußufer entlang, und unter den Bäumen ein kleines rotes Haus. Es ist alles darangeschrieben, wie es sein soll. »Zu den drei Akazien«, hier kann man essen und übernachten. Hier wird er bleiben. Die drei Tage. Bis er sich entschieden hat. Für die Königin-Mutter und die Bucklige an der Brücke, oder für die Heimkehr nach Fribourg.

Sein Problem war nicht, zu überlegen, wie kann ich Madame Aloysia verführen, es war vielmehr, wie kann ich mich ihrer erwehren. Er hatte den Ausdruck ihrer Augen gesehen, angreiferisch, gefräßig. Ganz anders als die Augen der jungen Buckligen an der Brücke, die waren auch angreiferisch gewesen, aber anders fordernd, fast wie ein schreiendes Gebet: Du kannst hier nicht vorbeigehen, du sollst hier nicht vorbeigehen, du wirst hier nicht vorbeigehen, ohne mir geopfert zu haben. Anderes Opfer unten im Tal an der Brücke als oben auf der höchsten Plattform des Berges.

8

Er trat in das rote Haus ein. Es schien freundlich einladend und verlassen abweisend gleichzeitig, eingerichtet für Gäste, nicht eingerichtet für Gäste. Behaglich und unbehaglich. Eine seltsam hohe, heisere Stimme begrüßte ihn: »Bonsoir.« Wiederholte einmal und noch einmal dieses guten Abend, aber niemand zeigte sich. Er ging über den halbdunklen Flur in das große Gästezimmer, drei Hunde lagen auf den Speisetischen, wieder begrüßte ihn die Stimme »ça va«, er grüßte zurück »ça va«, die seltsam hohe, heisere Stimme wiederholte, wie geht es, es geht, wie geht es, es geht. Die Hunde klappten träge mit den Ohren. Einer tat ein Auge auf, mehr geschah nicht, den Gast zu begrüßen. Sie blieben auf den Tischen liegen, die eigentlich gedeckt hätten sein müssen für das Abendessen. Sie lagen auf roten, ein wenig verblichenen Decken.

Endlich trat eine Person ins Zimmer. Verworrenes, bleiches Haar hing ins Gesicht. Sie war in ein großes Tuch gewickelt, als hätte sie es, im tiefen Schlaf gestört, von einem der Tische gerissen, um ihre unansehnliche Blöße zu bedecken. Und hielt noch ein schwarzes Tuch in der Hand und sagte mit krächzend hoher Stimme: »Bonsoir.«

»Wir haben uns schon begrüßt.«

»Nein, nein«, beteuerte sie und fragte ihr »ça va«.

»Ich habe schon Auskunft gegeben, es geht.«

»Nein, nein«, sagte sie wieder, »Sie irren.«

Henri wollte sie nicht kränken. Natürlich hätte er jetzt gehen können, zurück auf den Berg zu Leporis. Aber er fragte: »Haben Sie ein Zimmer frei für mich?«

»Gewiß, mein Herr.« Und es schien, als wache sie auf nach langem Schlaf. Zumindest ihre Stimme war aufgewacht. Sie redete ununterbrochen, während sie voranging, ihm das Zimmer zu zeigen. »Ja, es ist schön hier im Haus zu den drei Akazien am Fluß. Wenn Sie Zeit haben, können Sie fischen.« Sie verletzte nicht die Regeln, sie fragte nicht zuerst, wie lange bleiben Sie. Der Gast muß das sagen. Sie ging ihm voran, vorbei an verstaubten Schränken und Tischchen, öffnete ein Zimmer, und es war alles da, was ein Mensch zu seiner Bequemlichkeit braucht, sogar Öl für die Lampe. »Ich bleibe«, sagte er, »drei Tage.«

»Das geht nicht«, schrie es von der Gaststube her, »das geht nicht.«

»Natürlich geht es«, sagte sie, »hören Sie nicht auf Koko, der sagt nur das, was er von mir hat.«

Koko, der schwarze Vogel mit der schmalen, weißen Halskrause. Gebildete Vogelfreunde nannten das Tier Alpendohle und deuteten damit den Vorteil der einheimischen gegenüber den fremdländischen Vögeln, den Papageien, an. Das also war das ganze Geheimnis im roten Haus zu den drei Akazien: Ein schwarzer Vogel und eine verlassene alte Frau. Kein Mann, kein Sohn, keine Tochter, kein Knecht.

»Ich muß noch einmal weggehen und bleibe dann bei Ihnen.« Er hielt es nicht für nötig, ihr zu sagen, daß er bis jetzt oben bei Leporis gewohnt hat und nun von dort seine Sachen holen wird.

Sie meinte aber: »Sie gehen sicher zu Paul Perrault essen, der beste Koch Frankreichs. Er hat sich in der ganzen Welt umgesehen, war Leibkoch beim großen Sultan von Persien, wenn ich das recht verstanden habe, oder in Wien, beim Kaiser. Jetzt will er nicht mehr an Königshöfen sein. Selbst unsere Madame Aloysia muß sehr bitten, wenn er oben auf dem Berg bei ihr kochen soll. Er hat sie schon zweimal so weit gehabt, daß sie unten bei ihm gegessen haben, sie und ihre Begleiter. Ja, der Paul ist zurückgekehrt in sein Vaterhaus. Als Kinder haben wir zusammen gespielt.« Sie brach ab. »Jetzt kommen sie zu ihm, wenn sie gut essen wollen, auch die Kaufleute, die zur Messe anreisen. Jeder Gast, dem sie in der Stadt etwas Besonderes bieten wollen, wird zu Paul Perrault geführt. Na ja, gehen Sie nur hin.«

»Nein«, entgegnete Henri, »ich nicht. Ich gehöre nicht zum Hof, und die vier Jahreszeiten der Messe sind nicht für mich. Können Sie mir ein Abendbrot richten?«

»Ja«, schrie sie fast, beglückt, und Koko fiel ein: »Bonsoir, bonsoir, ça va, ça va.« In einer Art Singsang verkündete sie ihm, sie könne mindestens so gut kochen wie Paul Perrault, zumal sie doch als Kinder zusammen gespielt hatten. Und er werde eine große Überraschung bekommen, an diesem ersten Abend bei ihr. Sie scheuchte die Hunde nicht von den Tischen. Sie öffnete die Tür zu einem anderen, noch größeren Speiseraum, zündete mit erstaunlicher Schnelligkeit eine Lampe an, stellte sie ans Fenster, holte von irgendwoher ein weißes Tuch, breitete es über die rote, verblichene Decke, auf die großen Rotweinflecke legte sie eine Speisekarte, die erstaunlicherweise das Datum des heutigen Tages trug, obwohl kein Gast sonst zugegen war und augenscheinlich auch nicht erwartet wurde. Gastliche Ungastlichkeit.

»Suchen Sie selber aus, was Sie mir zubereiten. Es wird dunkel sein, bevor ich zurückkomme.«

Nicht einmal Paul Perrault, der Nachbar, der Jugendgespiele, mit dem sie Steine in den Fluß geworfen hatte, der aber in die Welt gegangen und doch wieder zurückgekehrt war in das Haus des Vaters, wußte, was es bedeutete, wenn sie im verlassenen roten Haus das Licht ins Fenster stellte. Es war ihr Signal an die Stadtpolizei, daß sie etwas mitzuteilen habe.

Leporis war nicht da. Henri ließ Grüße ausrichten. In drei Tagen werde er von sich hören lassen. Er packte das, was er geschrieben hatte, zusammen. Er schrieb immer etwas, auch unterwegs.

Und bereitete sich vor. Auf drei lange Tage, in denen er sich selbst auszuforschen hatte. Das war ihm noch nie so gegangen, diesen Zustand kannte er noch nicht. Es war kein Zögern, keine Ängstlichkeit, es war auch nicht so sehr die Erwägung, in Abhängigkeit zu geraten, zu den Leuten vom Berg oder vom Rabenhügel, wie gebildete Einheimische in Erinnerung an das alte römische Lugdunum sagten. Das wäre einem Spiel gleichzusetzen und könnte von ihm gespielt und bestanden werden, wie er bisher alles gespielt und bestanden hatte. Aber da unten an der Brücke, da war das Ziehende, das sich keiner Spielregel fügt, das die Gedanken zwingt, zurückzukehren. Das Betroffensein von einer Häßlichkeit, die schon so über jede Grenze des Häßlichen hinaus ist, daß sie, vielleicht verursacht durch die Würde, mit der sie ertragen wird, erträglich wurde und anziehend wirkte, auf eine gefährliche, sich in die Gefühle einfressende Weise. Das Gegenstück kannte er auch, diese Schönheit, die abstoßend wirkt, wenn sie zu kalter Vollkommenheit geworden ist. Wie er, eigenartigerweise gerade jetzt, sich einreden möchte, nur aus Wut auf diese an schneidender Schönheit vollkommene Frau in der schwarzen Burg habe er auf die eindringenden, fremden Menschen eingeschlagen. Damals in Spanien. Und Leporis war dabeigewesen.

Er möchte sich selber gerade jetzt, da er der Häßlichkeit begegnet ist, die Legende zurechtmachen, er habe eigentlich die unerträgliche Schönheit zerstören wollen. In der Burg am Fuße der Pyrenäen. Das Gesicht oval wie eine Madonna, schwarze Augen, schwarzes Haar und statt der Augenbrauen der in Mode gekommene dünne, sehr sorgfältig angebrachte schwarze Farbstrich über den Augen mit den langen Wimpern, die helle makellose Gesichtshaut, die Brust nicht größer und nicht kleiner als gerade für seine Hand, und die Knospe sehr breit, wie er das damals liebte, ach ja, angezogen und ausgezogen. Auf der bloßen Haut kostbare Öle und Essenzen und sonst Seide und Samt und Brokat. Und das Abgemessene der Bewegungen. Und das Wohlgeformte des Geistes. Und der satte Klang in der tiefen Stimme, wenn sie kleine Lieder sang. Sie hatte keinen Fehler, es war zum Kotzen. Donna. Bezeichnung einer Edelfrau.

Morgen früh wird er sehen, ob die Bucklige und der Beinlose an der Brücke sitzen. Er wird vorbeigehen und ein schönes Stück Geld hinlegen. Dann ist er frei. Und dann wird er sich endlich das Pferd kaufen.

9

Diese Nacht träumte er einen seltsamen Traum. Er lag in einem Pferdestall. Er wachte während des Traumes auf, sagte sich, das kommt durch den Fraß, den die Alte mir gegeben hat. Koko hat das zurechtgekocht, ihre Alpendohle. Zähes, fasriges Kaninchenfleisch in schwarzer Soße. Und Wein dazu, daß er noch zehn Tage Kopfschmerzen haben wird. Und schlief weiter und träumte wieder den Traum vom Pferdestall, die Tür weit offen, der Mond stand niedrig. Aber er lag im Stall nicht auf Stroh, ein Bett war dort. Nur, er fror jämmerlich. Draußen vor der Tür war ein Weizenfeld, gut stehender Weizen, ein wenig Mohn dazwischen und Kornblumen. Aber mitten im Feld stand ein kleines Pferd und fraß und fraß vom Weizen, mit einer selbstverständlichen Ungerührtheit, ohne jedes Wissen, etwas Verbotenes zu tun. Eine Heiterkeit erfüllte ihn im Traum. Das kleine Pferd stand da in munterer Selbstvergessenheit. Nun kam für den Träumenden der Kampf: Ich muß es wegscheuchen, ich muß in die Hände klatschen und rufen, geh weg, aber die heitere Leichtigkeit war stärker, laß es doch zufrieden, du mußt nicht eingreifen, du bist nicht Pferdewächter. Du mußt nicht rechthaberisch auftreten. Du brauchst das Pferd nicht zu stören.

Mit dieser Heiterkeit ertrug er die kreischende Stimme der Frau schon zum Frühstück und sagte nichts, als sie ihm nur altes Brot hinstellte. Er vermutete, sie holt das Brot von Paul Perrault und gibt es den wenigen Gästen, die zu ihr kommen. Denn jetzt saß doch einer in ihrer Gaststube, ein mickriges Männlein von unbestimmbarem Alter in grünlichem Gewand. Das Männlein grüßte, schaute ihn eine Weile eindringlich an, kümmerte sich dann nicht weiter um ihn.

Ja, sie war an der Brücke. Ihm schien, ihre Augen grüßten ihn wie einen Vertrauten. Sie stand auf und ging ihm sogar zwei Schritte entgegen, die Hand ausgestreckt. Aber wieder zog sie das Tuch vors Gesicht, und wieder war da das Gleitende ihrer Bewegungen. Und wieder war es dasselbe, als sie das Geldstück bekommen hatte, beachtete sie ihn nicht mehr. Und hielt schon Ausschau nach anderen mitleidigen Almosengebern. Sie schloß ihre Welt vor ihm zu.

Diesmal ging er über die Brücke. Beim Pferdekauf ließ er sich Zeit. Auf dem Rückweg führte er das Tier und lief neben ihm her. Er wollte nicht von einem Pferd auf sie herabsehen. Als sie ihn grüßte und nicht ungeduldig wurde, weil er überlegte, soll ich ihr noch einmal geben, an einem Tag zweimal, als sie das Geld nahm, sagte er: »Danke schön.« Und niemand, auch nicht der alte Beinlose, wunderte sich. Henri bedankte sich, daß sie etwas von ihm nahm. Er zögerte, ging noch nicht weg, fragte, ob sie zum Abendessen zu ihm kommen wollten, ins Haus zu den drei Akazien, sie und ihr Vater. Es war ein so ungewöhnliches Ansinnen, daß sie lachte. Er entschuldigte sich. Das Pferd im Weizenfeld, dachte er, und entschuldigte sich. Die Welt ist nicht in Ordnung. Ich muß aus dieser Stadt weg.

»Darf ich zu Ihnen kommen«, fragte er, »wenn Sie nicht mit mir zusammen gesehen werden wollen?« Es war ein Zwang, er sagte, was er dachte. Er wollte mit ihr zusammen sein. Denn jetzt hat er nur noch zwei Tage, und dann wird er Lyon für immer verlassen. Zwei Tage und drei Nächte. Und in diesen drei Nächten will er mit der Entstellten zusammen sein.

Und bei ihr seine Seele reinigen. Sie wird ihn verstehen, und sie wird ihn freisprechen von aller Schuld. Sie wird der einzige Mensch sein, dem er alles sagen kann. Alles, auch das, was er Jana Tissie verschwiegen hat. Von Spanien. Und der schwarzen Burg.

»Wir können ihm vertrauen«, sagte der Beinlose und wandte sich dann an ihn: »Es wäre schön, wenn Sie Wein mitbrächten und ein Stück Fleisch. Brot und Fisch haben wir. Kommen Sie erst, wenn es dunkel ist. Es braucht nicht jeder zu sehen, daß wir einen Herrn als Besucher haben, einen, der sogar ein Pferd hat«, setzte er hinzu.

Die Beschreibung stimmte, er fand das Viertel, das Haus, den Keller, in dem sie lebten. Er wird auf ihren von Krankheit gezeichneten Mund ganz sacht seine Hand legen, er wird mit seinen Fingern die Verwachsene beruhigen, er wird der erste sein. Er fühlte sich edel, versuchte ein wenig das Gefühl der Herablassung zu bekämpfen.

Eine Frau kam ihm entgegen, sehr aufrecht, dunkles gelocktes Haar über der klaren Stirn, ein kleiner, aber ausdrucksvoller Mund, in einer Wange ein Grübchen und am Kinn die winzige Andeutung einer sehr wohldurchdachten ebenmäßigen Zweiteilung. Er erkannte sie sofort.

Es war die unvergleichliche Art, wie sie sich bewegte. Und er hätte fast aufgeschrien, weil er sich so gedemütigt fühlte. Er, Mediziner von Rang, soeben aufgefordert, Erster Leibarzt der Königin-Mutter Aloysia zu werden, hatte ihren Trick, hatte ihren gottverfluchten, verdammten Trick, hatte ihren Betrug nicht erkannt. Er, ausgerechnet er, hatte ihre Maske für echt angesehen und ihren Buckel für gottgegeben. Er fühlte sich betrogen und gedemütigt. Sie brauchte nicht dankbar zu sein. Hereingelegt. Wieder war er es, der dankte, als sie ihm alle Utensilien zeigte, wie sie ihr Gesicht herrichtete. Und es war rührend, wie sie das Hemd holte, ihr Hemd, an dem der Buckel fest eingenäht war. »Das habe ich selber gemacht.« Mit überwältigender Sachlichkeit zeigte sie ihm das Kunstwerk.

Dann stellte sie ihm Pierre vor, ihren kleinen, guten Pierre, den Druckergesellen, der sie heiraten will und den sie heiraten wird. Die Bezeichnung klein war nur ein Ausdruck ihrer Zärtlichkeit für ihn, dieser Pierre war hochgewachsen, und man mußte aufschauen zu ihm. Es ging etwas sehr Starkes und sehr Beruhigendes von ihm aus, ein Lächeln saß in seinen Augenwinkeln. Er begrüßte Henri und schüttelte ihm die Hand, mit Herzlichkeit. Das Mädchen und Pierre redeten gleichzeitig auf den Gast ein: »Pierre hat mir gezeigt, was die Buchstaben bedeuten, ich kann lesen.«

»Nanon hat mir erzählt, daß Sie heute kommen würden. Das ist ein Fest für uns alle. Der König der Humanisten bei uns.«

Er verstand beide nicht. Seine Moral, so entdeckte er, war in diesem Augenblick anders: Es erschien ihm unehrenhaft, daß sie schön war, daß sie gesund war, daß sie wie jedes gutgewachsene Mädchen einen hatte, der zu ihr gehörte und zu dem sie gehörte. Es entsetzte ihn, daß sie kein Krüppel war, und er sah, auch das hatte sie vorbedacht. Und überlegte: Wie oft hat sie das ausprobiert mit demselben Erfolg. Und indem er sich entrüstete, entfernte er sich von ihr und von seiner Vorstellung von ihr. Er war zu nah an sie geraten, er konnte es nicht als ein amüsantes Abenteuer empfinden und abtun.

Es war eine Kluft zwischen ihnen, weil kein Mitleid mehr nötig sein mußte. Auch konnte er ihr jetzt kein Geld mehr hinlegen. Wofür. Er sah sie genau an, sie stand sehr sicher vor ihm, ohne Scham. Sie spürte als erste seine Feindseligkeit. »Jetzt haben Sie mich gesehen, jetzt können Sie mich verraten.«

»Weiß das nicht jeder«, sagte er sehr leise und recht hilflos. Und probierte den Namen. »Nanon.«

»Nicht jeder«, sagte sie mit Würde. »Einige hier im Viertel, auch der von der Stadtpolizei.«

Der Beinlose rief von seinem Rollwägelchen her: »Gieß Wein in die Kanne, bevor du durstig bist.« Und: »Die Zeit geht hin. Du auch. Und morgen wird bald gestern sein.«

»Ach, Vater, deine Redensarten.« Und zu Henri: »Lyoner Sprüche. Er kennt viele.«

Der Beinlose rollte sich heran zum Tisch. »Wenn wir gut gegessen haben, will ich Ihnen mein Geheimnis zeigen. Die beiden Kinder verstehen nichts davon. Aber ich werde es ihnen beweisen, ich werde es schaffen. Dazu brauche ich keine Bücher.« Und fuhr nahe an unseren Henri heran. »Sie sind ein Zauberer, sagt man? Dann werden Sie der einzige in dieser Stadt sein, der mich versteht.«

Henri kam sich wie zerschlagen vor. Leer. Ihm war eine unverständliche Niederlage zugefügt worden. Mit einem Gelächter konnte er sich da nicht herauswinden. Es war nicht die Tatsache, daß es da nun einen anderen gab oder schon gegeben hatte, als ersten, es war für ihn das Erschreckende, daß seine Vorstellung von Asche und Phönix der Wirklichkeit nicht standhielt.

Er ließ den Korb stehen mit dem Fleisch und dem Wein und doch auch noch Fisch und Brot und Äpfeln und Birnen und Trauben, wie für ein hochzeitliches Mahl. Und floh. Er floh vor sich selbst am dunklen Flußufer entlang unter Kastanien und Akazien bis hinein in das rote Haus, und »bonsoir, bonsoir« sagte die Alte und sagte die Alpendohle. Und die drei Hunde nagten an den Knochen des Kaninchens.

10

Er dachte nach über das Wesen der Frau. Diese Überlegungen erfüllten ihn ganz und gar. Er hatte die ehrerbietige Anrede des guten Druckergesellen nicht wahrgenommen und auch nicht die Bereitschaft des Beinlosen, ihm ein Geheimnis zu offenbaren. Der Gipfelpunkt der

Verstellung schien erreicht: Sich verstellen, um zu betteln, das ist kein Ausweg. Es war niemand da, dem er das hätte erklären können. Mit wem darüber reden? Mit Champier vielleicht, dem Armenarzt, aber der war auf seinem Weingut. Und Daphne? Darüber redet man mit so einer Frau nicht, sie hätte nicht einmal die Erklärung gefunden, das könne doch gelten als ein rührendes Beispiel von Kindesliebe. Die Tochter verläßt ihren verkrüppelten Vater nicht und macht sich lieber selbst zum Krüppel.

Und saß in seinem kleinen Zimmer im roten Haus am Fluß bei der Öllampe. Der Schein war weithin zu sehen und schon beobachtet worden, wir wissen auch, daß das grüne Männlein schon in Agrippas Zimmer gewesen war und beschriebene Seiten gesucht hatte, beflissener, mager bezahlter Helfer der Stadtpolizei.

Agrippa schrieb. Es war nicht der Brief an die unantastbare und wohlversorgte Jana Tissie, er schrieb, was er dachte und was er fühlte. Es war die Gedanken und die Gefühle eines Satten:

Da sind päpstliche Dekrete, Befehle: Gib dein Almosen nur jenen, die nicht arbeiten können. Die anderen aber, die Almosen nehmen, rechnet das geistliche Recht unter die Diebe, Straßen- und Kirchenräuber. Und hier lernen wir: Wir sollen Mitleid mit der Armut haben, die Bettelei aber verfluchen. Die Kunststückchen, die Bettler vorführen für ein Stück Geld, die sollen von uns allen verflucht werden. Und man soll auch kein Mitleid haben mit dieser ganz besonderen Art von Bettlern, die sich mit Vogelleim, Mehl, Blut und Kot von Menschen und Tieren beschmieren, damit sie von uns für wund und aussätzig gehalten werden, auch kein Mitleid mit denen, die sich krank stellen, als trügen sie einen Buckel oder als fehlte ihnen sonst ein Glied.

Man frage sie doch, ob sie mit Königen tauschen würden. Sie brauchen sich um Krieg und Frieden nicht zu kümmern, sie brauchen keine Steuern und sonstige Abgaben beizubringen. Sie stehen außerhalb des Rechtes. Sie können nicht wegen Betruges, Diebstahls, Totschlags zur Rechenschaft gezogen werden, sie können ungehindert herumstehen wie Heilige Gottes.

Ein Verdacht kam ihm, was habe ich denn der Buckligen gesagt?

Wir haben auch erfahren, daß unter dem Vorwand des Bettelns die Geheimnisse der Menschen ausgeforscht werden.

Aber überlegenes Wegwischen dieses Gedankens. Er wird sich von niemandem in die Angst hineinziehen lassen: Ich werde beobachtet, ausgehorcht, auf mich werden sogar Bettler angesetzt, um meine geheimsten Gedanken herauszubekommen. Mit mir nicht. Nicht mit mir. Ich habe nichts zu verbergen. Was ich denke, was ich schreibe, was ich sage, ist allen offenbar. Nur, es wird nicht jeder verstehen, aber das ist eine andere Sache. Ich habe zu der Bettlerin dasselbe gesagt wie zur Königin-Mutter. Und so sind sie austauschbar. Natürlich, man kann Madame Aloysia unten an die Brücke setzen, ihr einen Buckel aufpfropfen und ihr Unflat ins Gesicht schmieren. Sie wird nur nicht diese gleitenden Bewegungen haben. Und man kann die Bucklige herausstaffieren und sie oben aufs Schloß setzen, sie wird ihren Tageslauf nach demselben Schema haben. Sie wird ein Stück Zeremonie werden.

Ja, unser Herr Heinrich Cornelius Agrippa von Nettesheim urteilt und verurteilt wie ein Richter. Wie ein Weltenrichter. Und setzt sich außerhalb.

Den zweiten Tag blieb er im roten Haus zu den drei Akazien, redete mit der Alten, die sich seinetwegen eine Perücke aufgestülpt hatte und damit nur noch erbärmlicher aussah. Er sagte: »Ich will arbeiten, nicht gestört werden, machen Sie mir irgendein Essen, es ist gleichgültig, nur nicht Ihr Kaninchen mit der schwarzen

Soße.« Vertrauter Anblick: die drei Hunde auf den Tischen, die verblichenen roten Decken, und die Dohle sagt schon am Morgen guten Abend, weil sie nichts anderes kann. So erhält selbst das Ungeordnete etwas Beständiges, das man hinnehmen, das man annehmen kann und darin leben, ohne sich dagegen zu wehren. Ausgesogen werden von zielloser Trägheit. Es war seine Zeit, er konnte sie verbringen, wie er wollte. Zumindest galt das für diese drei Tage, die als Bedenkzeit abgemacht waren.

Er bekam die Gedanken an das Kind von der Brücke nicht weg. Nanon. Er beschloß, der Alpendohle »guten Tag« beizubringen. Mit Bitterkeit und einem kleinen Spott über sich selbst: Diese Spur wenigstens will ich in Lyon zurückgelassen haben, ein Vogel kann nachplappern, was ich sagte.

Er las, was er gestern geschrieben hatte, über das Betteln, verbesserte, ging wieder hinunter, fragte, ob die Alte auch sein Pferd gefüttert habe, blieb am Vogelbauer stehen. Das Tier sagte »guten Abend«, und er hätte es am liebsten umgebracht, gebraten und gegessen mit der schwarzen Soße. Diese verdammte schwarze Soße über alles. Auch geeignet als Schmiere ins Gesicht. Und dann Betteln. Nebenan bei Paul Perrault, im weißen Haus, war Leben. Er könnte hingehen und mit den Leuten reden. Auch die würden entrüstet sein über den Betrug an der Brücke. Er könnte mit ihnen Würfel spielen. Den ganzen Tag dort sitzen und auf nichts anderes achten als auf die Augen der Würfel, nur um sich zu betäuben, um sich selber verachten zu können.

Und ging in sein Zimmer. Schrieb über die Gier nach dem Spiel und verurteilte die Gier wieder wie einer, der sich über alles erheben kann, der außerhalb ist. Und aber auch wie einer, der dieser Gier schon ausgeliefert gewesen, der alles kennt:

Die Würfelspielkunst ist eine Zauberei. Man wird hineingezogen, sucht sie immer weiter, alles erscheint leicht, weil es leicht ist, ein paar Würfel zu heben, zu schütteln und wieder auszuwerfen. Die Hoffnung, die Möglichkeit ist da, dem anderen sein Geld abzunehmen, sein ganzes Vermögen, seine Frau, seine Tiere, seine letzten Geheimnisse, alles kann ich ihm wegwürfeln. Es geht ohne Verstand, ich brauche mich nicht anzustrengen und habe selbst, wenn mich die Augen verlassen, das Gefühl dieses schönen Kitzels, wie ein Streicheln, wie ein Zittern, ganz von unten her, wie ein Schmeicheln.

Und kann auch das Gefühl haben, in diesem Spiel den Großen und den Edlen und den Königen gleich zu sein, die auch nicht mehr als sechs Augen auf der besten Seite des Würfels haben.

Schöne Welt der Gelehrsamkeit, er hatte Personen aus der alten Welt als Beispiel parat:

Von den Römern aber wissen wir, daß der Kaiser Claudius und auch vor ihm der Kaiser Augustus der Würfelspielkunst oder der Aleatoria so sehr ergeben gewesen sind, daß sie ganze Bücher darüber geschrieben haben. Diese gottverfluchte unehrliche Kunst.

Namen und Geschichten der Alten brauchbar machen zur Erziehung. Und schon Frage und Zweifel, wen erziehen, die da oben auf dem Rabenhügel? Wozu schreibt er das. Zur Veröffentlichung? In welchem Zusammenhang? Etwa die Geschichte aus der alten griechischen Welt: Aus Sparta sei Cobilon nach Korinth gereist, um ein Bündnis mit der Stadt zu schließen. Aber da habe er die Vornehmsten, die dort Regierenden gesehen, wie sie beim Würfelspiel saßen, und er sei umgekehrt, ohne ein Wort an sie zu richten. Er wollte die Ehre der Spartaner nicht mit der Schande beflecken, er hätte mit Würfelspielern, mit Trudlern ein Bündnis geschlossen.

Wenn damals ein mächtiger Mann einen anderen beschimpfen wollte, schickte er ihm goldene Würfel.

Am Morgen des dritten Tages hatte er weder einen Brief für Jana Tissie noch eine Benachrichtigung für Madame Aloysia geschrieben. Er bemühte sich um Koko, als gäbe es nichts Wichtigeres auf der Welt: ein Vogel soll guten Tag sagen. Als wartete niemand auf seine Entscheidung.

Ach, schöne, liebenswerte Welt von Lyon, wo das Unvermutete, das Unerwartete eintrifft, wo die Bemühungen, einem Lebewesen das Sprechen beizubringen, belohnt werden, die Antwort, das Echo wird hörbar: Guten Tag.

Er dreht sich um, das war kein Vogelgeschrei, sie steht da. Sehr rührend, sehr bescheiden, verlegen, Gesicht und Körper nicht entstellt. Den Korb in der Hand. »Das da bringe ich zurück«, sagt sie, und nun kommt Bewegung in die erträumte Figur, sie reicht ihm den Korb, und wie er ihn nimmt, berühren sich ihre Finger. Das wäre nicht nötig gewesen.

Geht doch weg, alle Würfelspieler aus allen Häusern, aus dem gegenwärtigen weißen von Paul Perrault und aus den vergangenen, zerfallenen der Kaiser Claudius und Augustus. Was zählen diese Augen jetzt noch, und was zählt der Stolz, sie durchschaut und verflucht zu haben. Er ist überwältigt. Ach, Lyon, deine Tochter. Deine zärtlichste Tochter.

»Ich wollte mich verabschieden«, sagt sie.

Er sagt nichts und lächelt und denkt, wie hat sie mich gefunden.

»Du wolltest drei Tage in Lyon bleiben und dann gehen.«

»Das habe ich dir gesagt?«

»Das hast du mir gesagt. Ich habe dir etwas in den

Korb gelegt, damit du mich nicht vergißt, wenn du gehst.« Ein kleines Stück zerlumptes Leinen lag drin. »Du kannst es wegwerfen. Es ist nichts. Eine Spielerei. Ich denke, du gehst nach Hause. Und dort hast du einen schönen Garten. Ich wäre froh, wenn du an irgendeiner Ecke etwas aus dem Tuch in die Erde legst. Sieh es dir jetzt nicht an, du lachst mich aus. Warte, bis du in deinem Garten bist.«

Er sah es an und lachte sie nicht aus. Samen vom Löwenzahn. Pusteblume. Unkraut.

»Du wirst dich drüber ärgern, und du wirst es ausreißen. Aber du wirst an mich denken. Und im nächsten Jahr wird es wieder an derselben Stelle stehn. Du hast versucht, mich wegzublasen. Du verachtest mich. Aber ich bin in deinem Garten. Zaun drum oder nicht Zaun drum, ich bin eingedrungen, bin über die Hecken gesprungen und bin da in der Welt deiner selbstgerechten Rosen, deiner nützlichen Petersilie, mitten in deinem geduldigen Gras werde ich unvermutet und unerwünscht auftauchen. Ich störe den Frieden deines Gartens.«

»Du hast deinen Pierre. Du hast die schwere Aufgabe übernommen, den verkrüppelten Vater zu pflegen und zu ernähren. In einem Armenhaus wäre er längst gestorben. Dein Gleichnis mit dem Unkraut stimmt nicht.« Das klang sehr edel und sehr erhaben. Hilflos. Ausgeliefert der Verzauberung aller Verzauberungen, versunken in das Wesen dieser einen, und es ist völlig gleichgültig, was sie redet und was er redet. Er geht mit ihr aus dem kleinen roten Haus zu den drei Akazien, sagt der alten Dohle am frühen Morgen das ihr geläufige »Guten Abend«, wartet auf das Echo. Geht mit Nanon weiter, unter den Kastanien entlang über die Wiesen, holt aus der Tasche ihr Geschenk, nimmt ihre Hand, breitet sie aus, glättet sie, und auf die erwartungsvolle Fläche schüttelt er aus, was sie für ihn gesammelt hat, hält sie fest am Handgelenk, geht in die Knie und bläst den Löwenzahn in alle Welt.

»Das war für deinen Garten.«

»Ich habe keinen Garten.«

»Du wirst bleiben?«

»Ich werde bleiben.«

II

Welch eine Eitelkeit, welch eine Aufrichtigkeit, er erzählte von sich selber. Er konnte nicht widerstehen: Sie sollte alles wissen. Das eine und das andere. Das Helle und das Dunkle. Beide Taten. Es war nicht schwer, ihr in aller Umständlichkeit von seinem glanzvollen Sieg zu berichten. Jetzt auch kam es aus der Erinnerung herauf, die Anrede des Druckergesellen: König der Humanisten. Und so sollte es auch ein wahrhaft königlicher Bericht werden. Nanon, für dich.

»Was weißt du von Metz?«

Ist nicht diese Geschichte, gerade zu diesem Zeitpunkt erzählt, vielleicht doch eine ganz hinterhältige Waffe gegen den lieben, guten Pierre, den hochgewachsenen, zu dem man aufschauen muß? Wird das nicht alles erzählt, damit sie ihrem Druckergesellen sagen kann: Ach, ist das ein Mann.

Hügeliges Land von Metz und Margeriten auf der Sommerwiese. Das alte Festungstor vieltürmig. Enge Gassen. Es hatte Tage gegeben, an denen er gern in Metz gewesen war. Ist das schon fünf Jahre her?

Aber der erste Apfelkuchen, den er in Metz gegessen, hatte sich in sein Gedächtnis eingegraben. Er hatte lange überlegt, aber er kam nicht darauf. Dann hatte er diesen

Geschmack, den auch die Marmelade nicht verdecken konnte, herausbekommen: alte Eier. Und so war die Erinnerung geblieben, in Metz nehmen sie alte Eier für den Kuchen.

Überhaupt, in Metz begann es. Der schwarze Hund kam zu ihm. Vielleicht auch hatte er sich an den Platz gesetzt, an dem der Hund sonst zu sitzen pflegte, im Gasthaus, in dem er die erste, leider kalte Suppe gegessen. Es wurde sein Hund, er lief überallhin mit, war nicht abzuschütteln. Er fand es charakterlos vom Hund, aber verständlich. Er kaufte ihn frei. Man forderte einen hohen Preis, er handelte nicht. Er zahlte. Der Eintritt in Metz war teuer. Fremder Hund, schlechter Kuchen, kalte Suppe. Freie Reichsstadt. Sein Fluch würde hinterherkommen und die Stadt treffen. Nicht die ganze Stadt. Bestimmte Leute in der Stadt. Die Betrüger an jedem Bissen Kuchen.

Der Eintritt ist immer teuer.

Die Treppen in der Kathedrale waren hoch und weit und doch so angelegt: saß der Bischof oben auf seinem Stuhl, sah es aus, als säße er in seinem langen weißen Kleid nur auf der Treppe. Bescheiden. Aber er sang mit starker, fordernder Stimme: »Oh, Seigneur.« Unbewegliches Sitzen, den Kopf demütig geneigt. Doch den Leib aufrecht. Gleichzeitig in der Haltung äußerste Demut und keine Demut.

Das Dorf Woippy, jenseits des Flusses. Man konnte von Woippy aus den Dom sehen. Den Arm des Bischofs. Ein wenig erhöht auf einem sacht ansteigenden Hügel. Und nicht fern auch die Mühlen von Metz.

Was wolltest du in Metz?

Ach, solche simplen Fragen von Nanon. Was ich wollte. Doch nicht so leicht zu beantworten. Hättest du gefragt: Wer hat dich gebeten, dorthin zu kommen, wäre die Antwort gewesen: Der Rat der Freien Reichsstadt. Sie brauchten einen Syndikus. Und das bedeutete einen rechtsverständigen Mann. Nicht aus reiner Menschenfreundlichkeit war das Jahresgehalt recht gut, waren noch ungewöhnlich hohe Reisekosten vergütet worden, für die Ratsherren von Metz war es von entscheidender Bedeutung, wen sie für dieses städtische Amt gewinnen könnten.

Die Stadt kämpfte ihren Kampf gegen den Bischof und die Domherren: wer spricht Recht. Es war der Versuch der Domherren, ihre alleinige Gerichtsbarkeit zu bewahren gegen die Ansprüche der Bürger der Freien Reichsstadt Metz auf das Recht, selber Gericht zu halten. Zumindest hatten es schon die Großväter erreicht und durchgesetzt: Wenn der Fall eines Ketzers verhandelt werden sollte, hatte das Verhör in Anwesenheit eines städtischen Richters zu geschehen. Der Beklagte sollte im Gefängnis der Stadt und nicht im Gefängnis der Domherren inhaftiert sein.

Was ich dort wollte, fragst du. Sie, die Leute von Metz, hatten ja schon ihre Schlacht verloren, lange bevor sie mich riefen. Da war das, was die Großväter erreicht, wieder vertan.

Ein Prozeß war im Gange. Ein Inquisitionsprozeß. Eine alte Bauernfrau aus dem nahe gelegenen Dorf Woippy war vor das geistliche Gericht gestellt. Die Anklage lautete: Sie hat abergläubische Handlungen begangen. Vertreter der Anklage war der Dominikaner Nicolaus Savini, Inquisitor. Sein Auftreten im Prozeß unterstrich den Anspruch des Bischofs auf die Gerichtsbarkeit in der Stadt und in den zum Domkapitel gehörenden Dörfern.

Das war Savinis Prozeß. Vor aller Welt wollte er an diesem Fall beweisen: Menschen, die sich gegen den allgemeinen Glauben stellen, sind von Dämonen besessen. Sind Zauberer und Hexen.

Diese alte Bauernfrau aus Woippy sollte es selber gestehen, wie sie ein fleischliches Bündnis mit Dämonen eingegangen ist. Es sollte ein musterhafter Prozeß sein, genau nach den Regeln, wie sie der Malleus maleficarum, der Hexenhammer, vorsah. Savini stritt ganz entschieden gegen die Anwesenheit weltlicher Richter bei seinen Verhören. Deshalb auch fand das erste Verhör der alten Bäuerin, die peinliche Befragung, in der Domäne des Domkapitels in Woippy statt. Zwar hatte sie noch nichts gestanden, und ohne Geständnis war es nicht möglich, sie zu bestrafen. So konnte dieser Prozeß leider noch nicht zu Ende geführt werden.

Nur ein Urteil von äußerster Härte, Tod durch Verbrennen, könnte die ordnungsgemäße Furcht und Demut vor der geistlichen Obrigkeit wiederherstellen. Hier in Metz sollte das Beispiel gegeben werden, wie hartes Durchgreifen die ganze Stadt reinigt. Ein reinigendes Feuer.

Unglückseligerweise, mitten im Prozeßverlauf, alles war recht gut im Gange, wurde der Richter krank. Noch schlimmer für Savini, den Ankläger und Inquisitor: In Gegenwart von Zeugen und vor dem Gerichtsnotar erklärte der sterbende Richter, angesichts des Todes wollte er sein Gewissen erleichtern, die angeklagte Bauernfrau aus Woippy ist unschuldig. Sofort wurden die Domherren und der Inquisitor unterrichtet. Der Verdacht war ja unter der Folter nicht bewiesen. Ausdrücklich verlangte der sterbende Richter: Sie ist freizusprechen. In jeder Beziehung.

Auch die Herren im Rat der Stadt hatten aufgeatmet. Gott selber hat nun für sie entschieden. Welch ein ergreifender Akt, das Geständnis des sterbenden Richters. Der Kampf war ausgesetzt. Der Richter war tot.

Und wo kein Richter ist – nein, Nanon, zärtlichste Tochter von Lyon, das Sprüchlein geht nicht. Du hast deinen Henri gefragt, was wolltest du in Metz. Sicher, wenn ein Mann in eine fremde Stadt kommt, sucht er Arbeit. Und Ehre und Ruhm durch die Art, wie er seine Aufgabe erfüllt. Als ich ankam, wußte ich nicht, wie meine Aufgabe aussah. Rechtsvertreter der Freien Reichsstadt Metz.

Nach dem Tod des Richters hatte der Inquisitor Savini verschärfte Folter verlangt. Er brauchte den Prozeß gegen die Bäuerin. Er brauchte ihr Geständnis. Er brauchte als sichtbares Zeichen eine Todesstrafe.

Die Stadt schickte in diesen Prozeß als ihren Rechtsvertreter und als Verteidiger der Bäuerin Heinrich Cornelius Agrippa von Nettesheim. Gegen den Dominikaner. Den Inquisitor. Savini. Mit der ausdrücklichen Weisung: Uns geht es nur darum, wer richtet sie. Wer verbrennt sie. Wir müssen die Zuständigkeit der Dominikaner bestreiten.

Er, Agrippa, kannte sie nicht. Er hatte nur die Anklageschrift gelesen. Als er die Akten gesehen hatte, fand er, es war der Prozeß nicht ordnungsgemäß geführt worden. Er fühlte sich gehemmt durch die Haltung der Vertreter der Stadt: Wir sind nicht gegen einen Prozeß. Wir sind nicht gegen die Anklage auf Hexerei. Es ist nicht unser Problem, ob die Frau schuldig ist oder nicht. Unser Problem ist nur: Wir wünschen nicht die Tätigkeit eines Inquisitors in den Mauern unserer Stadt. Wir wollen unsere Hexen selber verurteilen. Langsame, bedächtige Herren, bedacht auf eigene Macht, bereit zu Kompromissen. Auch ihr Wunsch war: Hexen sollen nicht sein, und Ketzer sollen nicht sein.

Er fand ernste Verstöße des Inquisitors gegen das Recht. Betrunkene, angeblich Bauern auch, hatten die alte Bäuerin mitten in der Nacht aus ihrem Haus gezerrt, in einem Keller irgendwo in Woippy eingeschlossen. Von diesem Augenblick an blieb sie in Verwahrung der Inquisition. Die Betrunkenen waren offensichtlich Handlanger der Domherren und Dominikaner. Er, unser Henri, hatte die Lebensläufe der Handlanger überprüft, vier von ihnen waren bekannte Verbrecher.

Ein weiterer Verstoß gegen das Recht. Schon zur Zeit der Untersuchung wurde die alte Frau gequält. Sie bekam spärliches, verdorbenes Essen, wurde bedroht.

Je mehr Verstöße er fand, desto weniger beachtete er die Einwände der Ratsherren. Sie rechneten nicht mit seinem Herz. Und sein Herz war nicht halb. Ach, das war ein Augenblick, als er herausbekommen hatte: Nicolaus Savini, der Inquisitor, hat am Vortag der Verhandlung in Metz sich bestechen lassen. Korruption.

Weiter, die Fehler: Es war eine Konspiration in Trunkenheit. Die Zeugenaussagen wurden nicht unter Eid genommen. Mutmaßungen wurden als Aussagen gewertet. Die Ankläger sind von einer feindlichen, nicht genannten Partei vorgeschickt worden. Charakterliche Schwächen eines Menschen als Ketzerei oder Zauberei zu bezeichnen ist unzulässig. Die Tortur ist widerrechtlich.

Dieses hier ist die Geschichte einer Liebe. Aber keine Liebesgeschichte fleischlicher Natur. Wir können nicht abschildern: Henri, Freund aller Frauen, wirft zur Verteidigung der Bäuerin sein Leben in die Waagschale, weil er vor ihr glänzen, weil er sie haben will. Diese keineswegs verwerfliche Begierde war nicht die Kraft, die ihn trieb, sich in diesem Prozeß ganz und gar einzusetzen, mit dem Gewicht seines Namens, mit seinem Verstand, mit seinem juristischen und theologischen Wissen, mit seinem Herz. Im Leben unseres Henri wird sie, die vor Gericht Namenlose, nicht mehr auftauchen. Nur noch in der Erinnerung. Und sie wird von nun an stehen für die Würde dieser Leute, die er ja im Grunde erst verachtete, damals in Spanien jedenfalls. Sie wird beigetragen haben, daß er seine Meinung änderte über die Menschen, die von ihrer Hände Arbeit lebten. Vielleicht allein durch die Art, wie sie aufstand, als sie angeredet wurde: »Einzuäschernde, stehen Sie auf.«

Ja, er hatte schon immer nachgedacht über die Kraft der Namen, die wie ein Schutzmantel um einen Menschen gelegt sein können.

12

Man hatte der Bäuerin in diesem Prozeß ihren Namen genommen. Und sie so kraftlos gemacht. – Es wäre eine unerträgliche Erfindung, würden wir aus der alten Frau eine jüngere machen und die Hände der beiden ineinander legen, sie weiterführen als Mann und Frau. Es wäre schön, aber sehr leichtfertig, würden wir ihr jetzt den Namen Nettesheim geben, daß sie ihn trage, schützend. Er hatte seine Frau. Sie hatte ihren Mann. Aber den armen, alten Bauern, den hatten die Domherren so verschüchtert, sie nahmen ihm jede Gelegenheit, eine Eingabe oder eine Berufung an ein höheres Gericht einzureichen. Es war ihm verboten worden, das Gericht zu betreten.

Es gab ein Lied des Bundschuhs, in dem es hieß: Wenn die Großen schlafen, die Gerechtigkeit verschlafen, müssen die Kleinen wachen und der Gerechtigkeit Beistand tun. Gerade in diesen Tagen war die Melodie jedem bekannt. Und sie war in den Gerichtssaal gesprungen. Irgend jemand hatte sie mitgebracht, vor sich hin gesummt. Und die Bäuerin, als sie auf ihren Platz gestoßen wurde, fühlte sich gerufen. Diesen einen Augenblick vergaß sie, daß sie die Namenlose, die Angeklagte, die Einzuäschernde war, sie fühlte sich wieder als Anna, die gute Mutter, zu der die Bergleute, die Schiffer, die Mütter und die Gebärenden rufen. Und sie erinnerte sich: In den Tagen ihrer Kindheit war ein Fremder gekommen, von weither, der hatte eine kleine 'Holzflöte gehabt, manchmal aber auch hatte er gesungen, war von Hof zu Hof gelaufen. Und hatte immer nur Blutwurst bekommen. Überall, bei jedem Bauern Blutwurst, von der Sorte ohne Zunge, mit den großen Fettstücken und dem Geschmack geronnenen Blutes. Annas Vater, Bauer in Woippy, hatte dem umherwandernden Sänger nach aufmerksamem Anhören des Textes keine Blutwurst gegeben, sondern ein Stück schönen saftigen Schinkens. Und sie erinnerte sich sehr genau, wie der Herumreisende ihr, nur ihr, dem Kind, zum Abschied einen Spruch gab: Sei schön wie der Frühling, still wie der Sommer, reich wie der Herbst und stark wie der Winter.

Aber jetzt fliegt die Erinnerung weg, und sie sieht sich um. Niemand ist da, den sie kennt. Ihr Mann nicht. Verboten. Alles verboten. Sie wird ihn nie wiedersehen. Erst heute begreift sie, wie verlassen sie ist. Nichts mehr sein und nichts mehr erwarten können. Nie wieder ein Wort des Zuspruchs und kein Streicheln mehr. Kein Lächeln, das ihr gilt.

Der Sinn war ihr nicht einmal mildtätig verwirrt. Sie verstand alles, was der Richter wollte, was der Inquisitor wollte, die geistlichen Herren. Sie wollten ihr Geständnis. Sie brauchten ihr Geständnis. »Ich bin nicht schuldig. Ich kann nichts gestehen. Wir sind Bauern, mein

Mann und ich. Lothringer Bauern. Wenn das Schuld ist in Ihren Augen. Ich lebte mein ganzes Leben lang in Woippy.«

Dieselbe Anklageschrift wird noch einmal verlesen. Das ist wie ein Zerrbild. Dieselben Ankläger, dieselben Zeugen, derselbe Inquisitor und fast derselbe Richter. Er hat ein ähnliches Gesicht wie der verstorbene. Gut genährt, freundlich. Manchmal zwinkert er mit den Augen. Zu wem? Vielleicht zwinkert er sich selber zu.

Ein kleiner Mann stand auf, sie hatte ihn noch nie gesehen. Er begann sehr ruhig zu reden, klar und scharf, ohne Umschweife, ohne klangvolle Floskeln, sehr hart, Satz neben Satz. Ihr Verteidiger. Verteidiger der Namenlosen, Angeklagten, Einzuäschernden.

Als ich einst zu Metz Rat und Advokat gewesen, habe ich mit einem Inquisitor einen harten Streit gehabt, der eine Bauernfrau aus geringfügigen Ursachen vor seine Schlachtbank gezogen hatte. Als ich sie verteidigte und ausführte, daß kein einziges redliches Indiz vorhanden wäre, daß die Tortur nicht angewendet werden durfte, hat er mir widersprochen und ins Gesicht gesagt: Ist es nicht Zeugnis genug, daß ihre Mutter als eine Zauberin verbrannt wurde? Als ich nun diesen Punkt als impertinent ablehnte, aus einem anderen Fall herausgezogen, und verlangte, der Punkt solle aus den Akten entfernt werden, hat er sofort den Hexenhammer herangezogen und als Wahrheitsbeweis angegeben, denn danach pflegten die zauberischen Mütter ihre Geburt sehr bald dem Teufel zu opfern. So geschähe es, daß bei einem solchen Kinde, wie von einer Erbkrankheit, solche Bosheit eingewurzelt.

Darauf rief ich: Du schlechter Pfaffe, deine Theologie und deine Philosophie ist mangelhaft. Durch diesen Betrug und durch diese Geschichte werden viele unschuldige Frauen zur Tortur gezogen, durch diesen Betrug verurteilst du die Leute. Du bist selber ein Ketzer. Nimmst du nicht dadurch weg den Gnadenbund der Taufe? Sollte es dir aber belieben zu behaupten, daß ein Incubus zeugen könnte, so wird doch niemand, der das bejahen sollte, so irre sein, daß die Dämonen mit ihren Samen eine natürliche Geburt setzen könnten. Ja, ich will dir sagen und höre darauf: Wir sind alle aus unserer eigenen menschlichen Natur geboren. Ja, ein Haufe voller Sünde. Wir sind Kinder des Verderbens, Kinder des Teufels, Kinder des Zornes Gottes und Erben der Hölle.

Kinder des Zornes. Ja, er wird in die bewundernden Augen unserer lieben Nanon von Lyon Tränen bringen, wenn er die andere Geschichte vorbringt, die aus Spanien. Er wird vor ihr nichts verschweigen. Nun aber noch baden im Triumph. Im erinnernden Heraufbeschwören des vollständigen Sieges. Natürlich hat er den Pfaffen mit Theologie geschlagen:

Aber durch die Gnade der Taufe ist der Teufel von uns ausgejagt. Dadurch sind wir neue Kreaturen. Also Geschöpfe Christi. Davon kann uns nur unsere eigene Sünde trennen. Da können wir nicht sagen, daß die Schuld eines anderen unsere Schuld ist. Siehst du, wie wenig du vom Recht verstehst.

Er hat mir gedroht, ich sei ein Beschützer der Ketzer.

Das war eine Bedrohung auf Leben und Tod. Ausdrücklich wird im Hexenhammer vermerkt, der Verteidiger, der sich zu sehr für eine der Hexenkunst Angeklagte einsetzt, ist selber verdächtig. Ist, wenn es zu einem Prozeß gegen ihn kommt, selber ein Einzuäschernder.

Ich habe nicht aufgehört, diese arme Frau zu verteidigen. Ich habe sie durch die Macht der Rechte aus dem Rachen des Löwen herausgerissen. Da stand dieser blutgierige Mönch endlich vor aller Welt beschämt. Ehrlos geworden durch seine rohe Dummheit. Es sind auch die Angeber, die Untertanen der Domherren der Metzer Kirche, die Verleumder mit einer Geldstrafe belegt worden.

Der ungewöhnliche Ausgang eines Inquisitionsprozesses: Der Inquisitor wurde wegen Unwissenheit aus dem Prozeß ausgeschlossen. Die Angeklagte wird freigesprochen. Die Ankläger werden bestraft.

Es war etwas sehr Feierliches, als er sie bei der Hand nahm und aus dem Gerichtssaal führte. Es war wie ein Märchen. Meinen Feind aus dem Saal zu schlagen. Aus dem Gerichtssaal. Mit Worten. Wie macht er das. Er hat gesagt, er ist ein Magier. Gerecht ist er. Ein Gerechter. Das gibt es doch nicht, geschähe es nicht an mir. Er sagt: Der andere, der Inquisitor, weiß nichts. Wann hat es das je in dieser Welt gegeben, einen aus dem Saal, aus dem Amt entfernt, und als Begründung: Dummheit. Und die Begründung wurde anerkannt.

Sie konnte das nicht verstehen. Warum an mir. Warum ausgerechnet an mir. Was habe ich getan, daß ich dazu ausersehen bin. Da kommt er wie ein Prinz im Märchen, wie der Drachentöter, wie der heilige Michael mit dem feurigen Schwert. Ich habe in meinem Leben nichts anderes getan, als die Saat in die Erde gebracht und gearbeitet. Und geglaubt, im Jenseits wird es mir gelohnt. Warum wird es mir, ausgerechnet mir, im Diesseits gelohnt, durch diesen. Verteidiger der Wahrheit. Retter der Unschuld.

Es war in ihr eine Heiterkeit, die von ihm herrührte. Nach vollbrachter Arbeit. Auch etwas Göttliches. Sie, die alte Frau, liebte in diesem Augenblick diesen Mann mit einer heftigen Zuneigung. Das Leben geschenkt. Wie ein Vater, obwohl er viel jünger war. Die Berührung mit seiner Hand gab ihr ein erstaunliches Gefühl. Jetzt kann ihr nichts mehr geschehen. Seht her, seht den Menschen, seht auf diesen Mann.

Sie war stark gewesen und hatte sich nicht schuldig bekannt. Und es war ihr Gerechtigkeit zuteil geworden.

Petrarcameister, Bundschuhbauern und Ritter im Dialog zwischen »Schmertz« und »Vernunfft« – »Schmertz« klagt über das aufständische Volk, »Vernunfft« gibt den Rat, das aufgebrachte Volk entweder zu versöhnen oder freizulassen, Holzschnitt

Für sie hatte Heinrich Cornelius Agrippa von Nettesheim die Gabe der Gerechtigkeit verteilt, Gerechtigkeit, die das Leben bedeutet, Gerechtigkeit, die ohne Liebe nicht denkbar ist. Das war sein Triumph.

Da war er der Triumphierende und badete seine Seele in diesem Triumph. Und kostete das Gefühl des Sieges aus. Ja, er war größer und klüger als alle diese Ratsherren der Freien Reichsstadt Metz, und er, er allein hatte die Dominikaner besiegt. In seinen Händen, nur in seinen beiden Händen hatte die Waagschale der Gerechtigkeit gelegen, und niemand, kein Mensch, kein Gott, kein Engel, kein Dämon, hatte ihm zur Seite gestanden. Er selbst ganz allein hatte die Schlacht geschlagen. Und hatte gesiegt. Eitelkeit und Hochmut erfüllten ihn. Wer schon hatte vor ihm das je gewagt, in einem Prozeß den mächtigsten Herren offen entgegenzutreten, den Inquisitoren, den Herren über Leben und Tod. Ja, er war ein Magier. Er beherrschte die Kräfte der Worte, und er konnte der Lächerlichkeit preisgeben, wen er wollte.

Das Gefährlichste in diesem Augenblick war der Ausdruck, mit dem die Bäuerin ihn ansah: Eine Verehrung, wie sie Lebenden nicht zuteil werden sollte. Es muß den Lebenden verwirren. Das ist nicht zu vergleichen mit den huldigenden Blicken, die ein Geistlicher vor dem Handkuß und nach dem Handkuß einzusammeln gewöhnt ist. Und hat nichts zu tun mit dem auftauchenden Blick aus der Verbeugung vor einem König. Das ist vielleicht verwandt mit dem Wegsinken des eigenen Wesens, wenn der Geliebte in Gefahr ist.

Eigenartiger Lohn, dieser Blick für einen harten Kampf und einen schweren Sieg.

13

Und das andere?

Hier, sieh meine Hände.

Mit diesen Händen hast du die Bäuerin aus dem Gerichtssaal geführt.

Ja, auch. Aber Jahre vorher habe ich mit diesen Händen . . .

Als du noch jung und unwissend warst.

Unterbrich mich nicht, entschuldige du mich nicht, Nanon. Du willst es nicht hören? Wenn du schon einen Mann liebst, sollst du alle seine Gesichter kennen. Ich habe mit diesen Händen in der schwarzen Burg in Spanien Bauern erschlagen. Es fing an wie ein Spiel in Paris: Der Besitzer der Burg gehörte zu unserer geheimen Gesellschaft. Er beklagte sich bei uns über seine aufständischen Bauern, sie hätten ihm sogar – in seiner Abwesenheit – das Schloß genommen. Nun wollten wir die Eindringlinge nur erschrecken. Mit Hilfe von Magie wollten wir Geräusche erzeugen und kaltes Feuer entfachen, die Bauern sollten Angst bekommen und weglaufen. Das war gelungen. Das Spiel war gewonnen. Wir feierten diesen Sieg. Aber die Bauern kamen zurück, es war kein Spiel. Das erste, was ich bemerkte, als die Eingedrungenen mir Auge in Auge gegenüberstanden, vielleicht auch bemerkte ich es nur darum, weil Leporis es sagte: Sie riechen nicht gut. Kann sein, ich sagte mir damals, ich schaffe den schlechten Geruch aus der Welt.

Du warst betrunken.

Nein, das kann ich nicht geltend machen. Ich war nicht betrunken. Und der Besitz, den sie angetastet hatten, war nicht mein Besitz. Ich war nicht unwissend, in so einem Augenblick ist man nicht unwissend. Ich erinnere mich, einer unter ihnen wollte mit mir sprechen.

Hättest du ihn denn verstehen können?

Ich verstand auch die Sprache dieser Bauern. Es sind elf Sprachen, die ich sprechen und verstehen kann. Das kann nicht zur Entschuldigung angeführt werden. Aber ich habe mir nicht einmal einen einzigen Satz von ihm bis zum Ende angehört. Nicht einen einzigen Satz. Es waren nur vier Worte, die er noch sagen konnte: »Für uns ist es . . .« Und ohne es einzugestehen, ohne es bis jetzt irgend jemandem einzugestehen, habe ich seitdem versucht, mir das Ende dieses Satzes selbst zurecht zu machen. Vielleicht hätte es mir das Geheimnis ihrer Kraft aufgetan. Ich gebe es zu, dir gebe ich es zu, ich habe lange gewartet, ob sie noch einmal zu mir kommen, die anderen, die dabei waren und fliehen konnten. Es ist nicht einer von ihnen gekommen, der mich angeklagt hätte oder zumindest gefragt: Was hast du damals getan in der schwarzen Burg, warum hast du das getan?

Ja, wir sind Kinder des Zornes Gottes. Und Erben der Hölle.

Nanon. In ihrem Gesicht stand Entsetzen. Aber sie lief nicht weg vor ihm. Sie wählte nicht den billigen Ausweg in die Flucht. Was ist jetzt Liebe. Wie soll ich dich lieben. Wie kann ich dich lieben. Aber ich werde dich nicht wegschneiden können wie einen Kanten Brot, der für meine Zähne zu hart ist, den ich aufhebe für die Säue. Du bist Brot, wie denn der Mensch einem Brotlaib gleichzusetzen ist. Ich zehre ja von dir und will auf das Geheimnis deines Geschmacks kommen, bevor du so trocken wirst, daß du für nichts anderes mehr nütze bist als für eine Suppe. Ich will deine Feuchtigkeit einsaugen. Und deine Herbheit ganz auskosten. Ich will satt von dir werden, bevor der Schimmel kommt und dich entstellt, bevor die Würmer sich in deinen Leib einnisten und ich mich vor dir entsetzen muß.

Bruder Jean

14

Die Humanisten hatten ihre Buchdrucker. Sie hatten ihre Sprache. Latein. Sie teilten sich ihre Gedanken zu Tagesereignissen in Briefen mit, in Gedichten, in niedergeschriebenen Gesprächen, zur Veröffentlichung bestimmt. In ihrer selbstgewählten Begrenzung kannte jeder jeden.

Einige betrachteten als ihrer aller Mutter die Sorbonne in Paris. Quelle des Wissens.

Die kleinen Leute hatten diese Mutter nicht. Sie konnten nicht lesen, nicht schreiben. Aber sie hatten ihre Zusammenkünfte auf Märkten und Jahrmärkten, fahrende Leute brachten Neuigkeiten mit, Schauspieler, Gaukler, Schwertschlucker. Und sie bekamen die für sie ausgesuchten Nachrichten von der Geistlichkeit in der Kirche zu hören. Für diese Unwissenden wurden Predigten gebraucht, und nicht jeder Geistliche, und nicht nur in den Landgemeinden, war stark genug, ständig neue Gedanken zu finden. Die Nachfrage nach Vorgedrucktem blieb.

Lyons Druckereien waren der Ruhm der Stadt. Jedes Kind kannte das Wort des – nun leider gefangenen – Königs: Unsere Druckereien von Lyon sind die besten des ganzen Königreichs und damit die besten der Christenheit und somit die besten der Welt. Einige Besorgte gab es jedoch auch schon, die meinten in den Straßen der Stadt gehört zu haben: Wir sind Drucker, wer ist mehr?

Mag sein, nicht jeder Geselle unter den Druckern wußte, was er da in Buchstaben setzte. Keinesfalls gehörte Pierre, Nanons Pierre, zu diesen Gleichgültigen. Er dachte nach über das, was er druckte. Und kannte das Gewicht der vier Worte: Mit Genehmhaltung der Obern. Einige der königlichen Genehmhalter hatte er schon von Angesicht gesehen, geistliche Herren, sie fanden von Zeit zu Zeit den Weg zur Druckerei, mit den Gesellen pflegten sie nicht zu reden. Bei diesem Buch, das er, Pierre, gerade in Arbeit hatte, wird niemand kommen und die Seiten noch nachträglich korrigieren, die neue Auflage »Vom seeleneifrigen Bußprediger die lehr- und geistreichen Predigten, die den Sünder aus seinem leidigen Sündenschlaf aufwecken sollen und in seinem Wandel auffrischen, für jede Standesperson gedacht, die herzbewegenden Predigten des hochwürdigsten Bischofs Joli«.

Der Herr Joli war zwar gestorben, aber immer wieder wurde die Sammlung seiner Predigten verlangt. Man konnte auf ihn nicht verzichten. Die Geistlichen, die in der Königin-Mutter Aloysia ihren König ehrten, hier die höchste Autorität sahen, nicht in Rom, wollten ihren Joli durch alle Zeiten bewahren. Im Auftrag dieser Herren war Bischof Joli unterwegs gewesen.

Und Pierre sah, der Sammlung der fünfzig Predigten, dieser neuen Auflage, war ein Vorwort beigegeben. So lernte er die Sprache der korrigierenden Genehmhalter kennen: »Bischof Joli mußte überall sein, überall wachen, an allen Orten«, wie sie es nannten: »Vorsehung tun, nicht nur von weitem, sondern auch in der Nähe, nicht durch andere, sondern durch sich selbst.« Ach

Gott, ja, ihre hartleibige Sprache. Einer, der die Utopia von Thomas Morus gedruckt hat, von Erasmus von Rotterdam »Das Lob der Torheit«, hat Maßstäbe. Weiter mit Bischof Joli: »Er mußte das Angesicht des ihm anvertrauten«, und so nannten sie es liebevoll, aber geringschätzend: »Völkleins«, ja, das ist ihr Ton, »betrachten, während er sich der Worte des Heiligen Geistes bediente.« Dieser Herr Joli war nötig, »das ungeschickte Volk« zu unterweisen, die alten Satzungen und Zeremonien der heiligen Sakramente wieder zu erneuern und, wie sie es formulierten: »in Schwung zu bringen«.

Man wußte, er trug zwölf Bücher bei sich, in die er alles eintrug, das Alter der Pfarrer, wie lange diese ihre Pfründe schon besaßen, ob sie gelehrt seien, ob sie gute oder böse Sitten an sich hätten. Herr Joli wollte alles sehen, alles kennen. Auch gab es in diesen zwölf Büchern manche Aufzeichnungen über das, was Geistliche in der Abwesenheit des Herrn Joli überwacht hatten. Die Vorwortschreiber nannten das: »auch wachsam sein in Beilegung der Streithändel und des liederlichen Wandels ihres Völkleins«.

Dieser eine also hatte zwölf Bücher mit mancherlei Aufzeichnungen.

Man sagte, es gebe kaum eine Kirche in Frankreich, in der er nicht gebetet hätte, man sagte, er sei ganz feucht und naß von Schweiß gewesen und an Kräften erschöpft, von einer Pfarre in die andere gereist, oftmals zu Fuß. Man sagte, daß mehr als achthundert Ketzer ihrem Irrtum aufrichtig abgeschworen hätten, allein von seinen gepredigten Wahrheiten bewegt und überzeugt. Man pries seine überaus große Geduld bei der Widerlegung der Irrtümer und der Rückführung der Ketzer zur Wahrheit. Man sagte, er habe sehr gelinde und auch sehr nachdrückliche Mittel für dieses Vorhaben angewendet.

Sehr nachdrückliche Mittel.

»Und so konnte man von diesen Ketzern sagen, daß sie willig und aufrichtig in den Schoß der wahren Kirche zurückkehrten. Durch ihn wurde der erschreckenden und vielköpfigen Ketzerschlange ein Kopf nach dem anderen abgehauen, und man konnte hoffen, daß die abenteuerlichen Mißgeburten, die die Reinheit der französischen Kirche beflecken wollten, nun auch mit der Hilfe des Herrn Joli ganz und gar ausgetilgt werden könnten: Indem der Himmel von Ewigkeit her den Großmütigsten und Gottfrommsten unter allen Königen dahin lenkt, daß er die schädlichsten sowohl Staats- als auch Glaubensfeinde aus seinem Reich ausrotten sollte. Ja, er hat die irrenden Schäflein zurück in den Schafstall geführt. Und es wäre seine größte Freude gewesen, wenn er es erlebt hätte, daß Frankreich durch sein Wachen, Studieren, Anmahnen und Sorgen und heftiges Bemühen auf den Kanzeln der Kirchen von dem Greuel der Irrtümer gesäubert wäre.«

Das war eine vorsichtige, allgemeine Betrachtung über das Ketzerunwesen, nur ein versteckter Angriff. Nein, mehr stand nicht drin, danach kam eine Übersicht über die Themen der Predigten, etwa »Die Mittel und Wege, wie jeder in seinem Stand heilig werden kann« oder »Der Geist des Geizes und der Gewinnsucht« oder »Unordentliche Liebe nach unnötigen und neuen Sachen« oder »Trunkenheit und Trägheit« oder »Verbotene Spiele«. Und nach dieser Übersicht kamen die Predigten.

Gezielte Beschimpfungen auf bestimmte Menschen fand er, Pierre, der Drucker, nicht. Hier nicht, in diesem Buch. Nicht einmal das Wort Waldenser, das auch ein Schimpfwort geworden war. Und gerade in diesen Tagen wußte es jeder, über der Stadt und über dem Land lag noch immer der Schatten der Waldenser, die ihren Namen herleiteten von Petrus Valdes oder Valdesius oder Valdensis, dem Kaufmann von Lyon. In seinen reichen Tagen hatte er sich Übersetzer kommen lassen, hatte Stücke aus dem Neuen Testament ins Französische übersetzen lassen, hatte das Wort verstanden und wollte nun dem Wort gemäß leben: »Nehmet wahr der Raben: die säen nicht, sie ernten auch nicht, sie haben auch keinen Keller noch Scheune; und Gott nährt sie doch. Wieviel aber seid ihr besser denn die Vögel.« So gab der reiche Kaufmann von Lyon alles weg und ging betteln. Dem Wohlstand glaubte er auf würdige Art entronnen zu sein. Und fand viele Anhänger. Zwei, drei Menschenalter später kamen andere, aus den reichen Städten im Süden des Landes, auch sie, bedrückt von der Last des Wohlstands, fragten nach dem Sinn des Lebens. Sie nannten sich die Reinen, Katharer. Sie stellten sich nicht unter das Zeichen des Raben. Sie sagten: Das neue Leben soll kein Leben in Armut und Bettelei sein, man muß für seinen Lebensunterhalt arbeiten. Ach ja, da wußte man noch heute in Lyon die Geschichte vom Streit zwischen Waldensern und Katharern. Als die Waldenser verkündeten: Wir werden alle betteln gehen, trat einer von den Katharern auf und fragte: Bei wem?

Immer hatte Pierre sich vorgestellt, der Fragende hätte sein Vater gewesen sein können. Ohne den Vater könnten wir Pierre vielleicht schlecht begreifen, er muß, bevor wir den Predigtstil des Herrn Joli betrachten, für einen Augenblick heraufbeschworen werden. Der Vater war weggelaufen aus der Leibeigenschaft. So war der Sohn Pierre außerhalb jedes Standes geboren. Anfangs, nach der Flucht, mußte sich der Vater ständig verstecken. Aber dann sah man ihn auf Jahrmärkten. Als Hausierer, als Schwertschlucker. Er war es gewohnt, vor den Augen aller seine Kunst zu zeigen. Und der kleine Pierre war immer dabei. Es galt nicht als ein ehrenhaftes Gewerbe, aber auch nicht als unehrenhaft. Es war notwendig für die Stadt, um den Leuten die Langeweile zu vertreiben, es war eingetragen beim Rat der Stadt.

Es war nicht gefährlich, nicht für ihn jedenfalls, da er wußte, wie der Mensch beschaffen ist: Wenn er den Kopf weit in den Nacken legt und den Mund weit auftut, dann bildet sich ein gerader Gang bis hinunter zum Magen, und das Schwert kann durch den Eingang einfahren. Der Vater war unvergleichlich, er wußte es, in der Art, das Ereignis vorzubereiten. Die Leute heranzulocken, einzuweihen, zu überzeugen dazubleiben. Sie konnten sich von der Schärfe des Schwertes überzeugen, sie durften es anfassen. Er ließ sie in seinen Mund schauen, er ließ sie sogar seinen Leib abtasten, ob da nicht irgend etwas Unbekanntes, Unerlaubtes sei. Er war es gewohnt, ohne Mantel, ohne Maske zu arbeiten. Jeder Augenblick war jederzeit nachprüfbar. Es war die lange Übung.

Er pflegte zu sagen: Die größte Kunst ist die Vorbereitung. Er war bei allen beliebt, weil er nichts Geheimnisvolles aus dem Ereignis machte. Er war sparsam mit seinen Versprechungen, er pries sich nicht an als einmalig und unerreichbar, im Gegenteil, er verbreitete die fröhliche Stimmung um sich: Was ich mache, könnt ihr auch. Jeder unter euch könnte ein Schwertschlucker sein. Es war ungeheuer aufregend, wenn er dann, ohne die Ankündigung, jetzt beginne ich, Achtung, das Schwert hob. Alles andere ging im tiefsten Schweigen vor sich, wie er da regungslos vor ihnen stand. Unerschrocken. Seiner eigenen Geschicklichkeit – aber auch seinen Zuschauern ausgeliefert. Jetzt stand er nicht mehr, wie bei der Vorankündigung, Auge in Auge mit ihnen, jetzt hatte er seinen Blick aufwärts gerichtet. In die Wolken, in die Helle des Himmels.

Die Kinder liebten ihn, weil er immer irgend etwas Überraschendes bei sich trug. Er biederte sich bei niemandem an. Er war nicht nur in Lyon gewesen, war im Lande umhergezogen, doch zu den Messen regelmäßig zurückgekommen. Aber dann war es so, als sei er nie fern gewesen. Er wußte viel, bedauerte, daß er nicht lesen konnte. Er hatte Freundschaft mit den Buchdrukkern. Er war verschwiegen.

Und hatte auch seine Sehnsucht gehabt, sich Kenntnis über den Menschen zu verschaffen. Woher. Wozu. Wohin. Die einfachen Dinge des alltäglichen Lebens gab es für ihn, den Landloper, den Landfahrenden, nicht. Und weil er das wußte und sah, daß es sie für ihn nicht gab, konnte er sie so genau bewerten. Das tägliche Brot. Die Beschaffenheit der Hefe. Mochte es für andere, die Haus, Hof und Familie hatten – die Mutter war bei Pierres Geburt gestorben –, selbstverständlich sein zu wissen, wann die Hefe tot ist, mochte die Probe ein für sie täglicher Handgriff sein. Für den Vater hatte es nicht einmal die Schüssel gegeben, in der er die Wasserprobe hätte versuchen können: ob die Hefe, ins warme Wasser geworfen, steigt.

Die Freundschaft mit den Buchdruckern hatte sich bewiesen, an einem guten Tag hatte einer unter ihnen das Kind Pierre in die Welt der Druckgeräte versetzt. Es ist müßig, zu überlegen, wann der Lehrling, jetzt Druckergeselle, aufhörte, sich nach dem Vater zu sehnen, nach seinen Geschichten, nach dem Leben unterwegs, nach dem Augenblick, auch seine Geschicklichkeit als Gaukler und Schwertschlucker zeigen zu können. Niemand wird als Schwertschlucker geboren.

Aber die Kunst, schnell und heiter und liebenswürdig zu sein, beobachten können, nicht ängstlich sein, das hatte er vom Vater. Das Anteilnehmen am Geschick anderer. Sich nicht abfinden mit den Grenzen des Standes. Arm und reich nicht als gottgegeben hinnehmen. Und die Frage fragen: Wie kommt es, daß in einer Stadt voller Wohlhabenheit und Wohltätigkeit, voller Geistlicher, Mediziner, Advokaten, Kaufleute, voller Hofleute Menschen in unseren Straßen vor Hunger sterben? Und was kann ich tun? Vielleicht hätte Symphorien Champier, der beliebte Arzt, ein Ohr für seine Fragen. Aber der zählte zu den Reichen. Konnte man sicher sein, auf ihn zählen zu dürfen? Hatte nicht auch er seine Zeit zwiegeteilt, ein Stück fürs Spital, und ein Stück für Haus und Gut? Und war nur seine Zeit geteilt? Zeit, die er ganz gewiß in Sorge für Arme aufbrachte, und Zeit, die er in Sorge um seine Ernten verlebte. War nicht auch sein Herz geteilt? Ist ein Herz teilbar?

Die Hände des guten Gesellen Pierre druckten die Predigten des Bischofs Joli, aber der Kopf dachte anderes. »Geliebte Zuhörer«, so ging die Anrede des Predigers, oder, ja, »Ihr Sünder«. Gern schilderte Joli die unziemliche Wollust, beschrieb die Pein, die dem äußeren Leib auferlegt wird, beginnend mit den Augen. »Verfluchte Augen, ihr seid voller geiler Flammen gewesen, voller Ehebruch. Nun ist die Zeit gekommen, daß auf die geilen Flammen die Tränen folgen. Aber wann werden sie aufhören, geliebte Zuhörer, niemals, niemals, niemals. Vor einem halben Jahr hätten einige Tränen so vieles ersparen können, aber weil du damals nicht geweint hast, so wirst du jetzt lange weinen, und lange weinen heißt ewig weinen. Sehet die Frauen mit ihren Essenzen, ihrem Rauchwerk, ihrem Haarpuder, ihrer Schminke, ihr könnt jetzt den Gestank einer Kerze nicht leiden und werdet dort, im Jenseits, allen Unflat der Hölle schmecken müssen.

Eure Hände. Geile Hände, die ihr zehn Jahre lang angetastet habt, wen aber? Wen? Das wißt ihr wohl. Aber dieses Antasten wird schrecklich bestraft werden. Und euer Kopf. Was glaubt ihr wohl, warum Goliath an den Kopf getroffen wurde. Weil er den David verachtete, ihn für ein Kind hielt, und weil der Kopf der Sitz des Hochmuts ist. Elender, verdammter Mensch, du wirst in Schmerzen ganz versenkt sein, du wirst keine Ruhe haben. Auch an dem kleinsten Teil deines Leibes wirst du so viel Wunden haben, daß du keinen einzigen Platz finden wirst, der von Schmerzen frei ist. Ihr fragt, geliebte Zuhörer, soll es denn wahr sein, daß du von zehn bis zwanzig, von zwanzig bis dreißig, von dreißig bis auf fünfzig und sechzig, soviel Augenblicke lang in dieser Zeit du in der Sünde gelebt, ebensoviel Pein und Qual ausstehen sollst an allen äußerlichen Sinnen und allen Teilen deines Leibes? Ja, es ist leider nur gar zu wahr. Bei dem Propheten Jeremia stehen im 18. Kapitel die Worte: Laß sie fallen, o Gott, laß sie fallen, die Sünder. Übergib ihre Kinder dem Hunger.«

An dieser Stelle in der Predigt von der Hölle fügte der Druckergeselle Pierre einen ganzen Absatz ein. Er tat das allein, ohne jemanden zu fragen, ohne es jemandem zu sagen. Aus eigener Eingebung beschrieb er das Sterben eines Hungrigen in Lyon. Im Diesseits. In diesen Tagen. Und schrieb: Ich habe ihn gesehen, aber nicht gekannt, er wohnte in meiner Straße, er war noch nicht bis auf fünfzig und sechzig. Er hatte keine geilen Hände und keinen hochmütigen Kopf. Aber er hatte auch keine Privilegien, nicht einmal das geringste, in einem Kloster Suppenesser zu sein. Ja, den Hunger im Jenseits, den brauchen sie, um den Hunger im Diesseits zu verwischen.

Und hielt inne und dachte nach über dieses sein: Ich habe ihn gesehen, aber nicht gekannt.

Fand keine andere Erlösung für sich als den Traum: Er stellte sich vor, die Leute, die Sonntag für Sonntag die Predigten verlesen, die nicht sehr ehrgeizigen dort auf der Kanzel, werden aus dem Buch des Herrn Joli das herunterlesen, werden sein Saatkorn, das er eingesät hat in die Predigt von der Hölle, unbeabsichtigt auswerfen unter ihre »geliebten Zuhörer«, unter ihr »Völklein«.

Und er setzte auf die Faulheit des Genehmhalters, des geistlichen und des königlichen: Die neue Auflage werden sie gar nicht erst noch einmal lesen.

15

Soll Pierre Nanon erzählen, was er da getan hat? Ist das eine rühmenswerte Tat?

Nanon, lieber Gott, Nanon, sie kann sich ja nicht verstellen. Sie hat gar kein Ohr für ihren alltäglichen Pierre. Mit der schönen Rücksichtslosigkeit gegenüber denen, die einem am nächsten sind, schwärmte sie vom Magier Agrippa, sie war so erfüllt von ihm, sie konnte gar nicht anders. Es wäre eine nicht wieder gutzumachende Geschmacklosigkeit gewesen, wenn unser Pierre ihr gerade jetzt von der Predigt über die Hölle für Ehebrecher und seinen Zusatz über den Hunger erzählt hätte. Auch er empfand Bewunderung bei der Geschichte von der wunderbaren Errettung der Bäuerin. Das spanische Jugenderlebnis in der schwarzen Burg verschwieg sie. So korrigierte sie schon für sich sein Bild. Die Leute in der Stadt reden fast nur noch über ihn, erklärte sie, ein großer Mann ist unter uns. Jetzt wird alles anders. Sie sagen, jetzt wird er regieren. Über die Königin-Mutter.

»Du wirst sehen, wie die Macht einen Menschen verändert.«

»Agrippa wird sich nicht ändern.«

»Du wirst sehen, Nanon, wie er abrückt und wegrückt von dir. Er wird mit diesen Leuten bei Hofe leben. Und ihre Lebensart annehmen. Du hast sie nie gesehen, meine kleine Nanon, die schönen Schlösser an der Loire, wo diese Leute tagelang nichts anderes tun als das, was von ihnen erzählt wird. Sie lieben. Sie lieben diesen und jenen, und sie machen sich daraus ihren Tag. Selbst die Kohlsorten, die sie in ihrem Garten anpflanzen lassen, sind nicht in Reihen ausgerichtet, sondern angeordnet zu verschlungenen Kreisen. Sie haben dort vielerlei Arten der Liebe und eben die Kohlliebe auch. Glaubst du, sie regieren? Ab und zu, wenn sie müde sind, fallen sie dann und wann in eine falsche Traurigkeit, in der sie zerfließen wollen. Und dann lassen sie Sänger kommen mit hingehauchtem, getupftem Gesang. So entfernen sie sich vom Leben, so entfernen sie sich von den Menschen. Du wirst sehen, wie dieser Mann, den du herrlich, lustig, schön und stark nennst, sich vor deinen Augen verwandeln wird. Er wird die Fähigkeit verlieren, mit dir zu sprechen. Er ist Arzt, nun nur noch ihr Leibarzt, ja? Da wird er reichlich Geschenke bekommen. Und dann wird er nicht mehr zu anderen, die krank sind, gehen können, weil er ja zu seinem Besitz eilen muß. Dann wird er dir erzählen, wenn er dich noch wahrnimmt, einer hat den Zaun verschoben, eingedrückt mit Gewalt. Ja, da muß er doch hingehen zu seinem Grund und Boden und muß klären, warum der Zaun verschoben oder eingedrückt wurde, und er muß Schadenersatz verlangen, und das alles wird wichtiger sein als die Kranken.«

»Er nicht. Er ist nicht so. Und er wird nie so werden.«

Ach, Nanon, was weißt du von der verändernden Kraft der Macht. Hast du selbst dich nicht schon verändert, was versprichst du dir von ihm? Aber er, Pierre, wird sich nicht von ihr abwenden, und er wird nicht der entsagungsvolle Liebhaber sein. Er wird für seine Nanon in den Kampf gehen. Und wenn auch im Augenblick vielleicht nur ausgerüstet mit dem guten Lyoneser Spruch des Vaters: Arbeite, als ob du ewig leben würdest, und lebe so, als ob du morgen sterben müßtest.

Das ist schon der erste Tod, den er erleidet. Sie hat kein Ohr mehr für ihn. Und gleichzeitig eine starke Gewißheit: Sie wird zu ihm zurückkommen, so wie man zu seinem Bruder zurückkehrt, dem zuverlässigen. Sie wird ihren Kopf an seine Schulter legen und weinen. Aber er wird ein Gedicht für sie bereit haben. Und vielleicht wird sie unter Tränen lächeln.

16

Da verfaßte Pierre für Nanon das Gedicht vom Marienkäferchen. Eine ganze Wiese voller Marienkäfer. Und beschrieb ihr langsames Aufwärtsklettern am steilen, harten, grünen Grashalm und das schnelle Abwärtsgleiten, wie ein Fallen fast. Und dann der wirkliche Fall, ein ganzes Stück ungesichert durch die Luft und auf dem Rücken gelandet. Das lange Strampeln der Hilflosigkeit, die dünnen Beinchen in die Luft. Ach Gott erbarm, die dünnen Beinchen. Aber dann kommt das Drehen. Das Drehen der Unermüdlichen. Und zum selben Grashalm wieder zurück. Denselben steilen Anstieg. Das eigene Geheimnis, warum derselbe Grashalm wieder und wieder bestiegen wird auf einer Wiese voller Möglichkeiten. Und wenn der Grashalm knickt. Unter ihrer Last. Wie sie sich festhalten und mit dem Halm wegknicken. Diese Marienkäferchen hier jedenfalls, auf dieser Wiese, meine kleine Nanon, tun an diesem einen Tag nichts anderes, als an demselben Grashalm auf und nieder zu klettern. Und es gibt unter ihnen auch viele, die lange oben bleiben. Auch Leibärzte gleichen den Marienkäfern. Wo denn sind sie verschieden von den anderen, den Hofdichtern, den Hofhistoriographen und den Leibköchen. Geschäftige Marienkäfer auf einer grünen Wiese. Und wissen nicht, wer von ihnen wird noch die Kraft haben, wegzufliegen. Und wohin trägt der Flug und wie weit?

17

Das war noch einmal ihre Zeit. Die Zeit der Madame Aloysia, da sie für den Sohn regierte. Für den Gefangenen. Die Macht war bei ihr. Noch einmal. Unvermutet. Sie war zurückgekehrt an ihren Platz. Zurück zu ihrem Stuhl. Der Vergessenheit entstiegen. Das war wieder ihr Leben. Die Generäle erstatteten ihr Bericht. Ihr. Der Ton der Leute hatte wieder diese schöne ängstliche Beflissenheit. Sie schrieb dem Sohn nach Madrid rührende Briefe voll mütterlicher Wärme, mit beharrlicher Verbissenheit gab sie ihm Ratschläge, was er essen, wie er sich kleiden soll. Der Gefangene, angewiesen auf ihre Briefe, antwortete: Ach, könnte ich doch zurück zu Ihnen. Das war ein erregendes Gefühl, seine kurzen Briefe hatten fast einen kindlichen Ton, und sie wünschte sich, die Gefangenschaft möge kein Ende nehmen. Sie weigerte sich, die Verhandlungen zu einem schnellen Ende zu führen. Sie hatte die Enkel um sich und war die Mächtigste im Land. Sie las aus den Briefen einen gewissen Anklang der Hilflosigkeit. Sobald er frei ist, wird er sie

Jacques Prévost, Franz I.

François Clouet zugeschrieben,
Heinrich II. von Frankreich

nicht mehr um Hilfe rufen. Sie wird von ihrem hohen Platz heruntersteigen müssen. Platz machen. Nein, nein, sterben sollte er nicht in der Fremde, keineswegs. Aber auf zwanzig Jahre könnte er dort bleiben.

Inzwischen wird sie die beiden Enkelsöhne erziehen. Und regieren. Vor ihrem Leibarzt Agrippa redete sie von dem Gefangenen. Ihm zeigte sie seine Briefe. »Sehen Sie, wie er an mir hängt, er kann ja ohne mich nicht sein. Ein Kurier ist unterwegs mit dem Mandelkuchen, den er als Kind so gern gegessen hat.« Ein Flackern war in ihren Augen. »Für meinen Dicken, habe ich dazugeschrieben. So habe ich ihn immer genannt, als er klein war. Als er klein war. Als er klein war.«

Agrippa sah ein Bild vor sich. Ein erwachsener Mann steht im Laufställchen. Ihm wird nicht erlaubt, das Kinderställchen zu verlassen, und so – weil er sich nicht dagegen wehrt, satt und träg vom Mandelkuchen – wächst er in die Mutter zurück, selig lächelnd. Und überlegte: Ich muß ihr das sagen. Aber: Was geht mich das an. Wenn Madame ihren hochgeborenen Sohn einmuttert und sich dabei vielleicht übernimmt, ist das nicht Sache des Leibarztes. Ihre zerstörerischen Gelüste kann nur ein Beichtvater vergeben. Oder nicht vergeben. Das ist seine Sache. Und dachte nach, ob das Bild brauchbar sei für ein Buch über die beste Art zu regieren: So enden alle Könige ihre Zeit und ihre Regierung. Sie wachsen zurück in den Mutterleib. Zumindest bis ins Kinderställchen.

Mit einer gewissen Härte zeigte er ihr, daß er sie durchschaute. Sein, des gefangenen Königs Geschmack werde sich inzwischen gewandelt haben. Er zerschlug ihr die Mandelkuchenzufriedenheit. Er redete zu ihr wie sonst niemand, und sie nahm es hin. Und als sie ihn fragte, ob sie nicht durch die Krankheit alt geworden, antwortete er nicht das, was sie erhoffte. Er gebrauchte nicht die Floskel von der ewig jungen Aloysia, wie doch so die Leute von ihr sagten, und er erklärte auch nicht, daß er verjüngende Salben und Wasser parat habe. Er meinte, obenhin, jeder werde jeden Tag einen Tag älter. Möglicherweise hatte sie das noch nie erlebt, einen Mann, der nicht heuchelte. Sie war begierig auf seine unerwarteten Entgegnungen. Und als sie ihn fragte, was denn nun wirklich ihre Krankheit gewesen sei, sagte er mit seinem unvergleichlichen Lächeln, was ihr wirklich gefehlt habe, könnte man nur mit Sicherheit sehen, wenn es gestattet wäre, sie aufzuschneiden. Nach ihrem Tode.

Ja, das war noch einmal ihre Zeit. Ganz und gar. Und wie in den alten Tagen war, unangemeldet, ihr Poet eingetreten. Nur er hatte das Recht dazu. Und war noch einmal aufgetaucht, der Verlorengeglaubte, der Vergessene, er flatterte noch einmal in das vergängliche Licht dieses Hofes. Hatte das letzte Wort von Agrippa gehört, setzte eine ernste Miene auf, aber da sie lächelte, bemühte auch er sich um ein Lächeln bei der Vorstellung. Man muß wissen, so wie es im Lande die Barone des Nordens gab, die harten, hochgewachsenen, hellhaarigen, lauten, kriegerischen, einige unter ihnen führten den Ursprung ihrer Familien bis auf die Wikinger zurück, bis in die Tage, als diese Seefahrer mit ihren flachen Schiffen die Seine entlanggefahren und Paris zerstört hatten, man muß wissen, so hatten sich ihnen entsprechend auch Poeten des Nordens entwickelt. Mit der ihnen eigenen schönen harten Sentimentalität. Dieser hier, den Madame Silvius nannte, Waldfreund, war hochgewachsen, hellhaarig, laut.

Agrippa ist schnell und vielleicht auch ungerecht in seiner Beurteilung, er mag die Art und Weise nicht, wie der Poet redet. Anmaßend und unterwürfig gleichzeitig. Da fragt Silvius, wann die nächste Jagd sei, meldet seinen Anspruch auf ein anderes Pferd. Sagt, auf der Jagd sei es am schönsten. Ihm gefalle die Stadt nicht. Und hat das Vertrauliche im Umgang mit Madame: »Wann geht's zurück nach Paris?« Es ist sein Ton.

»Was gefällt Ihnen an der Stadt nicht?« fragt Agrippa.

Kleine, hochmütige Pause des Bevorzugten, der unangemeldet Zutritt bei der Königin-Mutter hat. »Es sind zu viele Fremde in der Stadt.«

»Mein lieber Silvius, aber er ist doch auch ein Fremder, unser Henri.« Sie hat das gesagt.

Das Unterwürfige kommt beim leisesten Ausdruck der Unzufriedenheit heraus, nur zu Aloysia gewandt sagt er: »Ich meine, zur Zeit der Messe. Und in Lyon ist zu jeder Jahreszeit Messe. Viermal im Jahr. Der Handel bringt zuviel Unruhe. Bringt zu viele fremde Gedanken.«

»Wer eigene Gedanken hat, braucht sich vor fremden Gedanken nicht zu fürchten«, auch Agrippa redet nur zu Madame, wenn andere hochmütig sind, kann er noch hochmütiger sein. »Ich liebe Lyon. Ich will es noch deutlicher sagen, ich habe keine Angst vor Lyon.«

Na ja, das Wort Angst, da springt der kühne Jäger und Waldfreund Silvius dem Agrippa fast an die Kehle. »Ich habe gefährliche Hirsche erlegt, eine Wildsau mit der bloßen Hand zur Strecke gebracht. Angst? Madame ist mein Zeuge, das Wort Angst kenne ich nicht.«

»Ja, bei so einem Zeugen gebe ich mich geschlagen.« Und setzt hinzu: »Was Ihren Umgang mit Tieren anbetrifft. Aber die Menschen? Ich will Ihnen sagen, was Ihnen an der Stadt nicht gefällt. Man kennt Sie nicht. Man grüßt Sie nicht.«

Es war Madame, die fragte: »Und kennt man Sie denn, grüßt man Sie denn, Henri?«

»Ja.« Und setzt nichts hinzu. Bittet um Urlaub bis morgen, er hat keine Lust, sich mit Silvius zu streiten. Er hat keine Lust, zuzugeben, daß Grüßen oder Nichtgrüßen in einer Stadt nicht das Wesentliche ist. Es ist wahr, Lyon hat seine Geheimnisse, die auch er, Agrippa, noch längst nicht kennt. Die er aber gewiß eher ergründen wird als der Poet. Auch wenn er ein Fremder ist.

Bis jetzt weiß er nur, was jeder weiß. Lyon sollte eine Wartestation für die königliche Familie sein. Sie hatten den Franz auf seinem Feldzug gegen Italien bis hierher begleitet, die beiden Damen Aloysia und Margarethe. Lyon war immer der Sammelpunkt für die Truppen. Und Werkstätte. Hier wurden Kanonen gegossen. Hier wollten die Damen auf die siegreiche Rückkehr warten. Nun war der König gefangen. Nun gebot es die Sicherheit, zunächst diesen festen Platz nicht zu verlassen.

Jetzt, auf dem Weg zum roten Haus zu den drei Akazien, das Flußufer entlang, fand er es läppisch, daß er sich auf den Disput mit dem Poeten eingelassen hatte. Natürlich hatte er sich getroffen gefühlt: zu viele Fremde in der Stadt.

Was aber ist ein Fremder? Sicher, das einfachste, einer, der nicht in Lyon geboren ist. Gut, ja. Er ist in Köln geboren. Was aber ist ein Fremder? Einer, der die Spiele der Sprache nicht versteht. Und so kann es geschehen, daß der, von dem gesagt wird, er sei ein Poet, doch in einer Stadt seiner Muttersprache sich unbehaglich fühlt, weil ihm der Sinn für die Redensarten fehlt. Für die kleinen, schnellen, weisen Sprüche, mit denen man sich verständigt. Wenn man in die engen Gassen kommt.

Wenn man in die engen Gassen kommt. Hat Silvius einen Grund, in die engen Gassen zu gehen? Nein, er hat keinen Grund. Er fürchtet sich. Im Wald, auf seinem Pferd, da fühlt er sich stark. Da kann er ausprobieren, wo das Echo sitzt. In den engen Gassen, das weiß er, findet er das Echo nicht.

Zur Zeit überarbeitet er ja auch nur ein altes Gedicht. Er sagt, Lyon stört seine schöpferische Kunst. Natürlich ist das Überarbeiten eine große Anstrengung. Auf ihn trifft die Lyoneser Weisheit zu: Derjenige gibt sich die größte Mühe, der nichts zu tun hat.

18

Aber wer weiß wirklich, was in den engen Gassen geschieht? Es ist bekannt, in gewisse Viertel kommen nicht einmal mehr die Priester. Sie vernachlässigen ihre Pflicht, die Menschen zu trösten.

Er, unser Agrippa, weiß das, weiß alles das, weil seine Liebe in der engen Gasse wohnt. Weil seine Nanon in der engen Gasse wohnt. Sie hat ihn angenommen. Und so ist er kein Fremder. Von ihren Lippen hat er die Sprüche.

Ja, gewiß, eigentlich führt der gute Druckergeselle Pierre die Sprüche im Munde, aber das ist etwas ganz anderes.

Und so hat Agrippa nicht die Sehnsucht, der Hof möchte nach Paris zurückkehren. Er möchte hier noch eine Zeit haben und die Geheimnisse ergründen, ganz ergründen.

Er gab es vor sich selbst zu, der, den er eigentlich wegen seiner Liebe zu Nanon meiden müßte, den Druckergesellen Pierre, der hat ihm vieles erklärt. Daß er,

Agrippa, sich nicht fremd fühlt in Lyon, nicht mehr, hat er gerade diesem Pierre zu verdanken.

Er, der Leibarzt am Hofe der Königin-Mutter, hatte mehr wie im Selbstgespräch gefragt, wer denn eigentlich in Frankreich regiere. Sehr gewissenhaft kam die Entgegnung von Pierre. Und unerwartet. Die Kleriker, die im Volk verwurzelt sind. Wer keine Wurzel hat, braucht auch nicht mühselig ausgerissen zu werden. Sie aber sind verwurzelt, tausendfältig. Sie stehen jeden Sonntag auf der Kanzel. Sie predigen gut oder schlecht, oder sie lesen alles nur aus einem Predigtbuch ab, aber sie geben Weisungen, wie das Leben zu leben ist. Sie verkünden die Neuigkeiten. Und sie haben das mächtigste Amt. Die Beichte. Sie dürfen, sie sollen, sie müssen das geheimste Wünschen, Hoffen, Fühlen, Ahnen wissen, das Denken jedes Mannes, jeder Frau, auch der heranwachsenden Kinder anhören. In ihren Mund ist die Gnade gelegt: vergeben zu dürfen. Im Namen Gottes. Mißbrauch liegt nahe. Sicherlich, ja. Aber: Sie mögen beliebt sein oder unbeliebt, sie sind Frankreich. Im Gegensatz zu Priestern und Predigern in anderen Ländern, sind sie unserm König mehr verpflichtet als Rom. Rom auch, ja. Aber Rom steht bei ihnen an dritter Stelle. Die Ehre Gottes und die Ehre Frankreichs kommen zuerst.

Agrippa mußte es bestätigen, die Lebensumstände dieser Priester waren gar nicht zu vergleichen mit denen der anderen, die in der Zerfahrenheit der habsburgischen Lande zu leben hatten. Dort war der Blick streng nach Rom gerichtet. In Frankreich nicht. Da ist die Sorbonne. Hat nicht bei vielen Entscheidungen der Heilige Vater in Paris nachgefragt?

Hierher, in das Einverständnis der beiden Männer gehört die Geschichte der beiden Säulen Frankreichs. Als der Sieg gegen die Katharer im Süden des Landes endgültig war, als der Kreuzzug gegen die Städte, die durch ihren Handel reich geworden waren, beendet, als die Gefahr, die von dort den Besitzenden drohte, aus der Welt geräumt, so daß nur noch die Erinnerung blieb, die Lieder um den letzten Platz der Zuflucht, die hohe Burg von Montségur, wurden die beiden Säulen gesetzt.

Ein Mann mit dem klangvollen Namen Robert de Sorbon wurde bestimmt, in Paris ein Kolleg zu gründen: »Die Gemeinschaft der armen Lehrer und Studenten«. Gegen die Lehre von den verworfenen Armen des Südens mußte die Lehre für die geförderten Armen aufgebracht werden. Es war dieser Robert de Sorbon der Kaplan des siegreichen Königs Ludwig IX. Noch zu Lebzeiten des emsigen und wohltätigen Robert de Sorbon waren zweiundsechzig Häuser eingekauft. Die Scholastiker begannen ihre strengen Lektionen gemäß ihrer Aufgabe: abzuwehren und einzuengen. So schufen sie für die Theologie, die Juristerei, die Medizin und die Freien Künste die bequemen Leitlinien. Sie, Lehrer vor allem aus dem Orden der Dominikaner, stellten die Fragen, sie erlaubten tagelange Streitgespräche, in denen nichts in Frage gestellt wurde. An dieser Methode hatte sich seit der Gründung nichts geändert. So stand die erste Säule.

Die zweite Säule wurde auf einer ergreifenden Feier im Jahre 1297 errichtet: Die Heiligsprechung Ludwigs IX., siebenundzwanzig Jahre nach seinem Tode. Dieser nun heilige König, den man in Gefahren und Nöten anrufen konnte und anrufen sollte, hatte die letzte Entscheidung über die letzte Bastion der Katharer erzwungen. Als Montségur, die hohe Burg, gefallen war, als die gefangenen tapferen Kämpfer noch immer mit den Siegern disputierten und sie überzeugen wollten, als sie vor ihrer letzten Bastion auf der Wiese von unbeteiligtem, ja verschönendem Grün zusammengetrieben waren, da kam der reitende Bote des Königs. Aber er sicherte den letzten der Versprengten nicht die Gnade des Lebens zu. Er bestätigte: Sie sollen verbrannt werden. Auf dieser Wiese. So war dieser Heilige ein Mann, den man herausgehoben hatte, nicht für eine Sache. Gegen eine Sache. Er: Freund des Dominikanerordens und der anderen Bettelorden, Gründer des berühmten Spitals von Paris, dreihundert Blinde fanden dort Unterkunft, Schiedsrichter der bekannten Welt genannt, gestorben in Karthago, auf einem Kreuzzug. Beziehungsreiche Zweiteilung nach seinem Tode erfahren: Sein Herz kam nach Monreale, das bedeutete den Anspruch auf Sizilien, das andere, was von ihm blieb, erhielt Paris.

Und weil auch er, der Heilige, auf einem seiner Kreuzzüge gefangen worden war, fand niemand am Hofe der Königin-Mutter es als einen Schimpf, daß nun ihr Franz auch als Gefangener schmachtete, im Gegenteil, es bestätigte den Anspruch der Lebenden, so geachtet zu werden wie der heilige Ludwig. Die Legende um Ludwig IX. wurde betriebsam hergestellt, den zwölf Aposteln entsprechend, bekam er zwölf ritterliche Herren als Begleiter zur Seite. Sein Aufenthalt im Morgenland wurde von den Historiographen immer wieder als belebend für den Seehandel erwähnt. Über das, was die Menschen unter ihm zu leiden hatten, wurde hinweggewischt mit allgemeinen Formulierungen. Wer nach den Juden fragte, wie sie in seinem Reich gelebt hätten, der erhielt die Antwort, sie seien zwar häufig Gegenstand harter Maßregeln gewesen, des unerlaubten Glaubens wegen, jedoch sooft sie auch bedrückt und verjagt worden seien, sie wären immer wieder von neuem zurückgekommen und von neuem gebraucht worden. Als Zeichen seiner besonderen Frömmigkeit war diesem Heiligen die Dornenkrone zugeordnet, so sollte er von nun an auf allen Bildern dargestellt werden. Satter Dornenkronenträger.

So trugen die beiden Säulen den Bau, sie erfuhren immer wieder neue Verzierungen, damit die Ordnung bleibe: Für die Kranken, Schwachen, Alten haben die Kleriker zu sorgen und für den Unterricht der Kinder, soweit sie des Unterrichtens würdig sind, das bestimmt auch der Stand der Eltern. Der König aber sorgt sich um die Steuern. So sind neben den Priestern die königlichen Steuereinnehmer Tag um Tag unterwegs.

19

Einer vom Schloß kam in das rote Haus zu den drei Akazien, zu ungewöhnlicher Zeit, spät am Abend. Er fragte nach Agrippa. Bat ihn, er möge alle notwendigen Geräte mitbringen, Madame Aloysia wünsche Auskünfte über gewisse zukünftige Dinge.

»Das hätte sie mir heute morgen sagen können. Dann hätte ich ihr selber die Antwort gegeben, ich bin kein Wahrsager.«

»Aber Sie haben doch, wie jeder weiß, ein großes Werk geschrieben über die Kunst der Magie. Zur Magie gehört auch das Vorhersagen der Zukunft. Sie haben sicherlich diese Kunst ausgeübt. Warum dann heute nicht?«

»Gehen Sie zu ihr und sagen Sie ihr, ich kann es nicht.«

Fassungsloses Entsetzen des Abgesandten, weil es äußerst unangenehm sein wird, allein zur Königin-Mutter zurückzukehren.

Agrippa wiederholt, morgen wird er alles selbst erklären. Er ist hier als Arzt. Und nicht als Wahrsager. Sie soll nicht über ihn verfügen wie über die anderen *Schranzen.* Da hatte er das rechte Wort gefunden, das stimmte ihn heiter.

»Was soll ich ihr sagen?«

»Sagen Sie ihr, was Sie selbst wissen: *Die zwölf himmlischen Zeichen sind nichts anderes als Fabeln.*«

Plötzlich verlor der Abgesandte seine Angst. Er fühlte sich, in diesem Augenblick jedenfalls, diesem denkenden Mann sehr verwandt. »Das ist ein offenes Wort, das kann man hier unten denken und sagen, aber trotzdem ist es nicht gut, unserer allseits sehr verehrten, ja hochverehrten Madame Aloysia die Wahrheit über die zwölf himmlischen Zeichen zu eröffnen. Sie braucht das, auch wenn es die Zeichen gar nicht gibt. Oder anders, wenn sie nicht stimmen. Ich bitte Sie, lassen Sie mich gerade jetzt nicht allein.«

»Also, ich werde Ihnen auf den Weg geben, was Sie ihr sagen sollen. Fragen Sie Madame, ob sie weiß, was der Unterschied zwischen den Astrologen und den Poeten ist. Sie wird es nicht wissen.«

»Ich weiß es auch nicht.«

»Beide erfüllen mit ungeheuren Werken der Dichtkunst den ganzen Himmel: über den Morgenstern, über den Abendstern. Darin sind sie gleich. Aber der Unterschied ist, die Astrologen werden bei der Beschreibung des Himmels reich, die Poeten leiden dabei Hunger und Kummer.«

»Die Poeten im Dienst unserer Madame Aloysia nicht, die sind alle, wie wir sie kennen, satt und lustig.«

»Ich vergaß das. Sie haben recht. Dann erzählen Sie eine andere Geschichte. Die von Thales Milesius und dem schönen Fräulein Tressa. Der Gelehrte lief auf der Straße, versunken in den Anblick des Himmels und der Sterne, und fiel in eine Grube. Die schöne Tressa hatte er überhaupt nicht gesehen. Sie lacht ihn aus. Herr, sagt sie, ich wundere mich, Sie wollen wissen, was oben im Himmel ist, und wissen nicht, was unten vor Ihren Füßen ist.«

»Das ist zu billig, das, entschuldigen Sie, kann ich nicht wiedergeben.«

»Dann sagen Sie ihr, ich sei ein Mensch, ich könnte mit ihr über menschliche Sachen reden, aber nicht über himmlische.«

»Uns ist bekannt, Sie haben kaum eine Gelegenheit ausgelassen, Prognosen zu machen.«

»Sie werden nicht weiterkommen, wenn Sie mich bedrohen mit dem anonymen ›Uns ist bekannt‹. Richten Sie ihr aus, es wäre mir peinlich, sie in einer Reihe mit unwissenden Leuten zu sehen, die das Vergangene vergessen, das Gegenwärtige verachten und nur gierig sind auf das Zukünftige. Fragen Sie die von mir hochgeschätzte und sehr verehrte Madame Aloysia, was es ihr nützen soll, wenn ich ihr ein fröhliches Ende aller ihrer Angelegenheiten voraussage, und es wird ihr das Allertraurigste widerfahren. Wir kennen Beispiele aus der Geschichte. Dem Cäsar wurde von den Astrologen versichert, er werde alt und in Ehren sterben. Und ist doch bald elend umgekommen.«

»Nichts vom Tod, um Gottes willen. Ich glaube, sie will von Ihnen erfahren, wann der Sohn, unser allergnädigster König, freikommen wird.«

Er soll gewöhnlichen Betrügern gleichgestellt werden. Leuten, *die da zukünftige Sachen wissen wollen, da sie doch nicht wissen, was geschehen ist oder was gerade geschieht. Und während sie die Beschäftigung mit dem Verborgenen ohne Scheu als Beruf ausüben, wissen sie oft nicht, was in ihrem eigenen Hause oder in ihrem Ehebett geschieht. So einen Astrologen hat der Engländer Morus in Versen beschrieben.* Hätte es Sinn, diesem vom Schloß Abgesandten aus dem Gedicht zu zitieren? Agrippa sagte, was er dachte, er liebte die Art des Thomas Morus zu schreiben. Die Kunst der Ironie. Einige Stücke aus dem schönen Gedicht sollte der von oben Gekommene wieder mit nach oben nehmen. *Du behauptest, dir eröffnen die Sterne alles und verkünden dir die Zukunft. Wie kommt es, daß die Sterne dir nicht verkünden, wenn deine Frau mit einem anderen schläft? Obwohl die Sterne doch alles sehen? Aber Saturn ist zu weit weg, man sagt, er sei blind. Die Mondgöttin hat selber ihre Jungfräulichkeit längst verloren. Jupiter verlustiert sich mit Europa, Venus mit Mars, Mars mit Venus, der Sonnengott mit Daphne. Die Sterne haben mit sich selber zu tun, und daher kommt es, Astrologe, daß sie dir nichts über deine eigene Frau sagen.* Ach, wie fühlt sich da der Abgesandte von oben wohl, hier unten. Wie kann er herzhaft lachen. Ja, ein nicht unmännliches Lachen. Und nun könnte er gehen. Könnte sich doch stark genug fühlen. Er bleibt, braucht noch andere Argumente?

»Sagen Sie ihr meinetwegen, wenn sie will, kann sie zu mir hierher kommen. Gerade gestern hat man mir die Abschrift der zwölf Bücher des Pico Mirandola geschickt. In diesen zwölf Büchern beweist er, daß die Wahrsagekunst alle Wissenschaft zerstört. Das kann sie bei mir lesen, wenn sie mir selber nicht glaubt. Ich bin Arzt und kein Scharlatan. Sagen Sie ihr: Alle Wahrsagekünste, auch die anderen, die nicht aus dem Beobachten der himmlischen Gestirne kommen, sind nur Mutmaßungen, Zufall, Glück.«

Es geschah etwas Erstaunliches, die Angst kehrte in den Mann zurück, eben noch hatte er gelacht. Jetzt setzte er sich, sagte: »Ich gehe hier nicht weg, und sollte ich Tag und Nacht sitzen.« Es war zu jämmerlich, um lächerlich zu sein. Der Mensch mit dem doppelten Denken und doppelten Reden, auf dem Berg anders als unten am Fluß, glücklich oben unter seinesgleichen, auch glücklich unten, wenn es ging, sich lustig zu machen über die oben. Nur das Dazwischen, dieser Übergang, sich lösen müssen aus der Welt unten und wieder eintauchen in die Welt oben, das war unangenehm, schmerzhaft und jetzt besonders beunruhigend, weil er im Dienst für oben offensichtlich versagte. Sein eigenes Gleichgewicht war gestört.

Agrippa empfand ihn jedoch eigenartigerweise nicht als unangenehm, sein Lachen hatte ihm gefallen. Jedenfalls ging er noch an diesem Abend hin.

20

Es war kein Irreführen, es war sein ungeheurer Hochmut, er hielt Madame Aloysia einen langen Vortrag über das Wahrsagen, ohne ihr vorher seine Absicht zu erklären, daß er sich weigern wollte, ihr irgendeine Vorhersage zu geben. Auch ließ er ihr nicht einmal die Zeit, ihm zu erklären, für welche Angelegenheit sie das Zukünftige wissen wollte. »Ich weiß, es ist der Brauch, aus der äußerlichen Statur des Leibes Weissagungen zu geben.«

Sie war eitel genug, aufzustehen, erwartungsvoll, sie lief in seine Worte hinein. »Ich kenne auch die Kunst der Metoposcopia, diese Kunst rühmt sich, allein aus dem Gesicht des Menschen könne sie seinen Anfang, sein Bestehen, sein Ende vorhersagen.«

Sie hielt ihm ihr Gesicht hin. Er kannte es, das war für ihn keine Versuchung, er ging einen halben Schritt zurück, unwillkürlich, und redete weiter: »Ich kenne auch die Chiromantia, das Weissagen aus den Händen. *Diese Kunst erdichtet sieben Berge nach der Zahl der Planeten, in der flachen Hand des Menschen und aus den Linien, die da gesehen werden, erklärt sie, von welcher Komplexion der Mensch sei, was er für Affekte habe, ob er glückselig sei. Das alles, die Linien, habe Gott eingepflanzt, wie es bei Hiob steht, er hat es in die Hände der Menschen gegeben, daß jeder daraus sein Werk erkennen kann. Jeder weiß, daß der Prophet nicht von chiromantischer Eitelkeit, sondern vom freien Willen geredet hat.«* Und sagte der erwartungsvollen Dame: *»Unsere Vernunft ist, daß wir dem Irrtum dieser Kunst widerstehen können, weil wir erkennen, daß sie aus keiner Vernunft besteht.«*

Ihr Erkennen, ihr Aufwachen, ihr Erschrecken: Er will nicht. Er macht sich lustig über mich. Erklärt mir ins Gesicht, ich sei unvernünftig. Er nimmt mir etwas, ohne mir etwas zu geben. Er zerstört meine Erwartung. Er sagt, er sei in allen Wahrsagekünsten erfahren, er kennt alles und will es nicht anwenden. Früher hat er Gebrauch davon gemacht. Man hat mir das als sicher über ihn berichtet. Aber jetzt will er nicht, heute nicht, bei mir nicht. Sie steigerte sich in einen starken Ärger, aber sie ließ ihn weiterreden, weil sie hoffte, er wird vielleicht doch für sie eine ganz besondere Art der Weissagung vorbereitet haben. Sie wird alles, was er wünscht, herrichten lassen. Sie hat zwei Fragen an ihn. Zunächst nur zwei. Die erste wird lauten: Wann ist mein Sohn frei. Die zweite wird lauten: Ja, wie? Vor ihm, dem Leibarzt, braucht es keine Scham zu geben. Sie will einen Mann haben. Mein Gott, diese lange schwierige Geschichte in einem Satz: Den Karl von Bourbon will sie wieder haben, den Verräter, einmal ihr Geliebter gewesen, jetzt übergelaufen zum Habsburger, dort dienlich als General. Vielleicht wäre der eine größere Sicherheit für sie als der Sohn. Sie könnte ihren Stuhl noch länger behalten.

Als Agrippa jetzt begann, sie über das Weissagen aus

dem Vogelgeschrei zu belehren, überlegte sie schon, wie viele Vogelfänger sie ausschicken wird, damit das gewünschte Tier schnell gebracht werden kann, gleichgültig, welches gebraucht wird, wenn es nur den richtigen Schrei ausstößt. Die Taube vielleicht, wenn ihr der Kopf abgerissen, wenn ihr das Herz herausgeschnitten wird, damit man aus dem Zucken etwas ersehen kann.

Und ihr Leibarzt belehrte sie, so wie er auch Schüler unterrichtet hätte, die Kunst, aus Vogelflug und Vogelgeschrei Vorhersagen zu machen, sei von den Griechen auf die Etrusker, danach auf die Lateiner gekommen, und Romulus selbst sei Wahrsager gewesen. Und wieder erklärte er, sachlich, auch diese Weissagekunst folge nur Mutmaßungen und sei Betrügerei, als Geheimnis aufgemacht, um den gemeinen Mann zu verwirren.

Sicher, mit dem gemeinen Mann wollte sie sich nicht gemein machen, die hochgeschätzte Madame Aloysia, sie empfand wie immer seine Gegenwart beglückend, schnell wie der Ärger gekommen, war er auch wieder gegangen. Es hatte jetzt etwas Erlösendes für sie, als er sagte: »Aber die Ausdeutung der Träume.«

So also war es mit ihm, er brauchte keine Instrumente, keine Tiere, keine Eingeweide der Tiere, er brauchte sie, die Königin-Mutter, nicht anzufassen, nicht ihre Hand, nicht ihr Gesicht.

Meine Träume will er. Mit meinen Träumen werde ich mich ausliefern. Wenn ich etwas weglasse, wird seine Auslegung auch unvollkommen werden. Und sie erzählte ihm nun ungefragt und ungebeten den Traum der letzten Nacht. Sie hatte geträumt, der Sohn, der Dicke, habe ihr eine große Heckenschere geschenkt, aus reinem Gold, die habe sie ihrem Gärtner gegeben. Und in seltener Offenheit habe der Gärtner ihr voller Empörung die Schere zurückgebracht, wortwörtlich habe er in ihrem Traum gesagt: Die Gartenschere ist der reinste Dreck, ich habe mich halb umgebracht. Sie sei sehr ratlos gewesen, habe Angst gehabt, die Hecke würde sich auswachsen zu großen Bäumen, sei aber gleichzeitig auch erleichtert gewesen: Nun können es große Bäume werden, er kann mit der goldenen Schere nicht schneiden.

Alles was Henri ihr sagen wollte über die Unsicherheit und das Zufällige beim Auslegen der Träume, verschwieg er.

Die Versuchung war da, er konnte nicht widerstehen. Er wollte nicht widerstehen. Gegen seine Absicht und gegen sein besseres Wissen begann er über die goldene Schere und über die nicht geschnittene Hecke ihr eine Auslegung zurechtzumachen.

Er spielte. Spielte allein.

Für sie war es der Augenblick, auf den sie gewartet hatte. Ein Kenner der Kabbala, im Grunde genommen der Kenner, erfahren in den Dingen der Medizin, wird nun Tag für Tag ihre Träume auslegen. Sie hat ein Buch da von Artemidorus, der am besten herausgefunden hatte, wie man Träume auflöst, sie wird vergleichen. Später, wenn sie allein ist. Dann wird sie sehen, ob er sich an die Regeln gehalten hat. Sie wird sich nicht in seine Hände begeben, sie wird in seiner Kunst nicht untergehen. Sie wird handeln, wie sie will. Und nicht, wie er will.

Wem kann er sagen: Jetzt ist der Augenblick gekommen, Einfluß zu nehmen, über sie zu regieren, sie dahin zu leiten, wohin er wünscht, daß sie gehen soll. Wem kann er das sagen? Jana Tissie? Sie ist nicht hier. Noch nicht abgereist, das Haus dort ist noch nicht verkauft. Die Sachen sind noch nicht gepackt. Schreiben? Das kann man wohl nicht schreiben.

Nanon? Gerade vor ihr und gerade zu seiner Rechtfertigung wäre es notwendig, ihr zu erklären, warum er etwas gegen seine Überzeugung tut.

Oder Leporis? Müßte der nicht Verständnis haben? War er, der ihn hierher gerufen hatte, der Freund, mit dem man darüber reden könnte? Henri war nicht sicher, ob da nicht doch zuviel Neid herausgefordert werden wird.

Er begann die Königin-Mutter nach der Stunde zu fragen, wann der Traum über sie gekommen sein könnte, er stellte die Verbindung her zu den Sternen, berief sich auf die Stundenengel, die mit dem nächtlichen Wind daherkamen, und machte alles stimmend. Fand Lösungen, die ihn selbst überraschten, und fühlte sich nicht unrein in seinen Gedanken und seinen Handlungen, weil er ja mit sich übereingekommen war, ich spiele.

Und er wußte, sie wird mehr von ihm verlangen, Tag für Tag. Er soll ihr vielleicht einen Stundenengel heranrufen, ihn vor ihren Augen beschwören, daß sie ihn selber sehen und befragen kann. In diesem Augenblick war er von einem starken Hochmut besessen, auch das wird er tun. Er hatte sie noch nie so verachtet wie in diesem Augenblick, da sie ihm alles glaubte. Und als sie ihm sagte, sie würde ihm seine Mühe sofort bezahlen, nahm er das Geld an, ohne sich zu bedanken.

Natürlich wurde das ruchbar in der Stadt. Es gab an diesem Hofe nichts, das auf die Dauer verborgen bleiben konnte.

Noch sechs Jahre später werden die Leute in Lyon darüber reden, wenn er, Agrippa, schon längst in Bonn sein wird, wenn er seinem Schüler Johannes Weyer den Zweifel an die Dämonen eingibt, dann wird ein neuer Spitalarzt durch die Gassen und Straßen von Lyon gehen. Und es wird das Gerede über den Arzt und großen

Magier Agrippa und seine treue und liebenswürdige Frau Jana Tissie sich zu einer Legende verwandelt haben. Noch immer wird lebendig sein die Erinnerung an den Magier und die Königin. Da wird der neue Spitalarzt diese ehrfürchtige Legende zerstören. Und er wird mit dem Recht des Nachkommenden seine Wahrheit schreiben: Der königliche Leibarzt und Sterndeuter und Traumausleger Agrippa wird für ihn der monströse »Herr Trippa«, der nicht merkt, wie seine eigene Frau – so wie Thomas Morus es geschrieben hatte –, während er die Sterne deutet, mit anderen sich belustigt. Das fünfundzwanzigste Kapitel im Buch Gargantua und Pantagruel von François Rabelais.

Vor unseren Augen aber ist nun unser Henri der Versuchung erlegen. Und muß sich doch reinigen. Und kann es nicht anders, als darüber zu schreiben. *Aber all diese Wahrsagungskünsteleien haben ihren Ursprung und ihre Begründung aus der Astrologie, denn ob ein Leib, ein Gesicht oder eine Hand angesehen wird, ob einem ein Traum vorkommt und ob einer Vogelgeschrei hört oder ob einem unsinnige Raserei ankommt, so beratschlagen sie sich, wie dazu eine astrologische Figur aufzurichten sei. Mutmaßungen. Wie weit alle diese Wahrsagungskünste von der rechten Wahrheit entfernt sind, wird daraus klar, daß sie von falschen Prinzipien ausgehen. Ich sage, diese Wahrsagungskünste sind nicht in der Wahrheit, sind es nicht gewesen und werden auch nicht in die Wahrheit kommen.*

Nein, mit Madame Aloysia wird er kein Gespräch führen können über die Wahrheit von den Sternen. Weil der Lauf der Planeten nicht berechenbar erscheint, glauben sie, das Schicksal der Menschen stehe am Himmel. Er aber war überzeugt, es gibt eine Regel, sie muß mit der Kunst der Mathematik gefunden werden. Die Astrologen kleben an ihren Begriffen, sie wissen zur Stunde noch nicht, was die Milchstraße ist. Sie hantieren mit ihren Eccentricis, Concentricis, Epicyclis, Retrogradationibus, Trepidationibus, mit ihren Mesuren und Zirkeln. Mit ihrem Geschwätz.

21

Am anderen Morgen, zur gewohnten Stunde, war Gelegenheit, mit der Helligkeit des Tages zurückzukehren zur Klarheit: Ich bin Arzt. Ihr Leibarzt. Und mehr nicht. Wie geht es Ihnen, wie haben Sie geschlafen, wie haben Sie gefrühstückt. Leicht darüber hinwegwischen, über ihre nächtliche Begierde, von ihm die Zukunft zu erfahren.

Und fragte: »Was haben Sie diese Nacht geträumt?« Und ließ sie bei ihrem Glauben, er wird von nun an ihre Träume auslegen. Ohne diese Frau zu haben, ist es ein leichtes, sich lustig zu machen über die Ausdeutung und Auslegung der Träume, ist es ganz etwas anderes, aus Demokrit, Aristoteles oder Avicenna das unmögliche Bemühen herzuleiten, aus Träumen irgendeinen Nutzen zu ziehen. Auch noch heute morgen sieht das nun anders aus. Mit ihren eigenen Träumen kann er sie bewegen. Jede, auch die geringste Kleinigkeit, jede Nebensächlichkeit aus irgendeinem Traum, den sie ihm erzählt, kann er anwachsen oder verschwinden lassen.

Die Möglichkeiten sind ungeheuer. Er weiß es, er sieht es. Er kann es machen, daß sie vom Frieden geträumt hat, von Brot und Wein für die Ärmsten der Armen. Er kann mit diesem Schlüssel, ihren Träumen, Vorratskeller öffnen. Er kann ihr sagen, was sie bauen soll. Keine neuen Schlösser, keine neuen Kirchen. Wohnungen für viele Menschen kann er entstehen lassen: Träumt sie von einem Baum, kann er sagen, das ist das

Haus, das schattenspendende Dach. Aber alle dürfen in den Schatten dieses Baumes treten. Träumt sie von einem verschneiten Weg, kann er erklären, der Weg wird an eine Treppe führen, und der Wind wird von der Treppe den Schnee herunterblasen, und dann werden Sie in das alte Haus kommen und sehen, wie Menschen wohnen, und es wird Sie erschrecken. Sie werden das alte Haus mit den engen Zimmern dann mit Ihrem Schloß vergleichen, mit Ihrer neuen Kirche, und Sie werden sagen, mit denselben Steinen kann man neue Häuser bauen und die Menschen glücklich machen.

Er wird es sich angewöhnen, bei jedem Traum ein Wort der Kritik anzubringen, ein starkes Wort. Er wird sie wie ein altes Pferd behandeln, das getadelt und gestraft und geschlagen wird bei jedem falschen Gang und das gelobt sein will, wenn ein guter Sprung gelungen ist. Er wird sich all ihre Ängste zunutze machen. Er wird sie mit ihren Träumen erziehen.

Aber das wird anstrengend. Und er weiß auch gar nicht, ob er das durchhalten kann. Zum Erziehen bedarf es ja einer gewissen stetigen Wiederholung. Er weiß nicht, ob die Wiederholung ihn nicht anwidern wird. Aber er kennt nun ihre Gier: Sie will wissen, was wird.

Er befriedigte ihre Gier. Danach ohrfeigte er sie. Hochmütig ließ sie sich beides gefallen. Sie ließ es sich gefallen, daß er zu den Träumern auch die Unsinnigen und Rasenden zählte, die Leute, die alle Wissenschaft, ihr Gedächtnis und den menschlichen Verstand verloren haben. Diese unglückseligen Menschen, Kranke, Ausgestoßene, das wußte er inzwischen, waren vor seiner Ankunft in Lyon am Hofe benutzt worden, um von denen die Zukunft zu erfahren. Aus deren Träumen. Nun hatte er sie selber diesen Verlorenen gleichgesetzt. Wahrsager zu Wahrsager. Ohrfeigte sie mit seinen Worten: »Sie haben Wahnsinnigen, wenn sie schlafen, mehr vertraut als den Klugen und Wachenden, die ihren vollkommenen Verstand haben.«

»Ach, Henri«, sagte sie dann.

Sie war großzügiger, als er dachte, sie bot ihm nicht nur ein sehr annehmbares Haus mit großem Nebengelaß, sie wollte ihm auch einen jungen Mann als Famulus zur Verfügung stellen. Er dankte und schickte ihn weg. Er wartete auf seinen vertrauten Diener und Gehilfen Herkules. Sie ließ ihn fragen, ob er Änderungen in den Farben der Seidentapeten in den Zimmern seines Hauses wünsche. Alles sei zwar neu eingerichtet, aber alles könne geändert werden.

Er dankte wieder und hatte das schon vergessen, als unwichtig abgetan, da begann sie bei der üblichen Morgenstunde: »Sie sind der erste, den ich kennengelernt habe, der von einem Angebot, kostenlos etwas zu ändern, nicht sofort Gebrauch macht. Andere lassen die Steinböden entfernen, weil ihnen das Mosaik darin nicht gefällt.«

»Manch einer erschöpft sich, seine Macht darin zu zeigen, daß er Handwerker dazu bringen kann, das, was sie eben mit ihrer höchsten Kunstfertigkeit angebracht haben, Tapeten oder Fußböden, wieder herauszureißen, und manch einer empfindet das als einen Sieg.« Hatte er sich für sie verständlich genug ausgedrückt? »Ich meine, etwas soeben neu Eingerichtetes einreißen, ohne anderen Grund, als was blau war, muß nun grün sein.«

»Wer hat Ihnen Ihre Erwartungen getötet? Warum können Sie sich nicht freuen über einen schönen Fußboden?«

Gräßliches Gerede, leeres Gerede, ist es nötig, ihr zu antworten, meine Erwartungen sind nicht tot. Empfindet er sie schon jetzt als lästig? Ist er schon jetzt zum

Nichtstun verdammt? Ein Fremder in einer fremden Stadt? In Metz und Fribourg hatte seine Stimme im Rat der Stadt Gewicht. Er war mitten unter Menschen, es geschah etwas. Geschieht denn hier nichts?

Aber gewiß, ein großes Festmahl wurde vorbereitet, wie jedes Jahr, bevor der Sommer kam, und sie hatte ihren Leibarzt Heinrich Cornelius Agrippa von Nettesheim dazu eingeladen.

Und der dankte. Dankte zum drittenmal. Erst den Famulus nicht genommen, dann den Fußboden nicht geändert und nun nicht zum Essen gekommen. Er hätte es nicht ertragen können, mitten unter ihren Schranzen zu sitzen. Vielleicht war es auch nur die Form der Einladung gewesen, die ihn abgestoßen hatte. Ihm schien in der Einladung die Erwartung ausgesprochen, wer die Ehre hat, teilzunehmen, wer die gleichen Speisen wie dic Königin-Mutter essen darf, dem werden auch königliche Kräfte zuwachsen. Und er hatte dieses Festmahl ausgeschlagen. So wird er nicht, wie die anderen, sagen können: Ich habe mit der Königin-Mutter an einem Tisch gesessen und die gleichen Speisen gehabt. Er hatte es ausgeschlagen, daß er ihr dadurch gleichen könnte, an Macht. Nicht so. Nicht durch Essen. Mögen alle jene, die aus entlegenen Gebieten kamen, zufrieden sein, ihre Tafelfreuden geteilt zu haben. Er nicht. Mögen sie nun heimkehren und glauben, sie seien Ausgezeichnete, schon ausgezeichnet dadurch, daß sie mit der allergnädigsten Madame Aloysia im selben Raum Platz nehmen durften. Sein Ziel war es nicht, diese Bissen zu ergattern.

Agrippa wurde in das Haus des unbeliebten Kaufmanns gerufen. Der Augsburger braucht nicht besonders beschrieben zu werden. Es könnte zu seiner Kennzeichnung schon fast genügen, daß er inmitten dieser weinfreudigen Stadt einen großen Teil des Tages und seiner Kraft darauf verwendete, eine Bierbrauerei ins Leben zu rufen. Er beklagte sich bei Agrippa nicht über den Zustand dieser Stadt, die nur dem Wein ergeben zu sein schien. Er war fest entschlossen, diesen Zustand zu beenden, und richtete sich auf einen langen Feldzug ein, um das Bier in deutscher Art zum Siege zu führen. Deutsches Malz. Deutscher Hopfen. Und immer seinen Sebastian Brant in der Tasche, den Ausweis der deutschen Humanisten, der das schöne kräftige Wort gegen die Hussiten in Prag gesagt hatte, deren Erben einfach alle Ketzer seien. Nicht nur Meaux bei Paris eine Bedrohung in der Manier der Hussiten, nein, auch viel näher sollen sie schon sitzen. Haben Sie, lieber guter Freund Agrippa, wirklich noch nichts vom stillen Tal der Durance gehört, wo, unter Duldung der königlichen Familie, sagt man, ganze Dörfer die alte Ordnung in Frage stellen. Da kann man mit unserem Sebastian Brant so recht übereinstimmen, wenn er den unbescheidenen Bauern wünscht – die wollen auch lieber gutes Tuch, statt grobes Leinen tragen –, wenn er ihnen also wünscht, das Feuer soll ihnen in Haus und Hof fahren. Richtig, mein lieber Agrippa, ausräuchern. Na, mit den Bauern hier, von Stadt und Land Lyon, muß er sich erst zurechtfinden, der Augsburger Kaufmann. Sie reden einfach zuviel über den Anbau von Weizen und Wein, man muß ihnen beibringen, daß unser aller Gott die Erde auch für Gerste und Hopfen geschaffen hat. Und läßt sich gern »Herr Karl« nennen, mit Stolz, weil der Kaiser des Heiligen Römischen Reichs Deutscher Nation auch so heißt. Karl V. Hat seinen Sohn auch Karl genannt, bezeichnet sich manchmal im vertrauten Gespräch: ich, Karl senior. Er ist nicht ohne Geschmack gekleidet, und für seinen Hausgarten läßt er sich regelmäßig aus Augsburg frischen Samen kommen für Rotkohl und für Weißkohl. Er will in der fernen Fremde nicht auf sein heimisches Sauerkraut verzichten. Er ist keineswegs eine komische Figur, wer ihn näher kennengelernt hat, der lacht nicht mehr über ihn.

Seine Stimme gibt am besten über ihn Auskunft, wenn er das Altväterliche abstreift, dann kommt der Ton heraus, den er vom alten General Frundsberg übernommen hat. Er, Karl senior, war gern und nicht ohne Gewinn eine Zeitlang im Heer des Kaisers. Proviantmeister. Er hat für den kriegsentscheidenden Zwieback gesorgt.

Übrigens ist es das Erleben im Heer, das ihm zum Brückenschlag geeignet erscheint. Schöne Gemeinsamkeit, Herr Ritter Agrippa, ja? Und ist sehr informiert über den derzeit Ersten Leibarzt der Madame Aloysia. »Es hat Aufsehen erregt, daß Sie beim großen Festessen fehlten. Ich weiß, Sie haben abgesagt, ohne Begründung. Imponierend.« Und erlaubt sich, rücksichtslos und ohne Umschweife von seinem Traum zu reden. Er, der ritterliche Kaufmann, zum ritterlichen Arzt. Und sagt wir. Und spricht für die deutsche Kaufmannschaft in Lyon.

»Wir haben mit Interesse und Vergnügen davon gehört, wie erfolgreich Sie hier am Hofe wirken. Gerade Ihre Ankunft hat alle unsere Hoffnungen bestärkt. Ein Mann, so ausgewiesen wie Sie, im Dienst unseres Kaisers lange Zeit gewesen, das ist eine Freude, Sie heute in meinem Haus zu sehen.«

Da ist noch kein Grund für ein Mißtrauen, das sind liebenswürdige Schmeicheleien.

»Ich weiß nicht, ob Ihnen bekannt ist, wir leben doch hier gewissermaßen auf einer Insel, ich will nicht sagen einer feindseligen Insel, ob Ihnen bekannt ist, also ich meine, bei so vielen Festen der Einheimischen müssen wir auch an unsere eigenen Feste denken.« Er war einen Augenblick durcheinandergekommen, Agrippa hatte außer einigen Worten zur Begrüßung noch nichts weiter gesagt. Auch kein aufmunterndes Lächeln war gewesen. »Oben bereiten sie jetzt in Abwesenheit des Königs den zehnjährigen Krönungstag zum orientalischen Kaiser vor. Das kann nur zu verstehen sein als eine, nennen wir es, Wendung gegen uns. Wir, die deutsche Kaufmannschaft, müssen sehr sorgfältig zu einem Gegenfest ansetzen. Uns erschien die Erinnerung an den 6. September 1032 geeignet.«

»Es sind noch sieben lange Jahre, bis wir 1532 schreiben.«

»Wir wollen ein Vorbereitungskomitee gründen. Wir wollen ständige Sitzungen abhalten. Sie lächeln. Sie finden das absurd. Gestatten Sie, daß ich Sie daran erinnere, was Sie vergessen zu haben scheinen. Ich will nicht annehmen, daß ein so gelehrter Mann wie Sie das nicht weiß. Am 6. September 1032 war der große Tag, an dem König Rudolf der Träge von Arelat und Burgund sein Reich im Vertrag von Basel dem deutschen Kaiser zugesichert hat.« Und schwärmerisch: »Und mitten darin Lyon.«

Das also war der Traum vom großen Reiche Arelat und Burgund, im Grunde das lotharische Reich, der lange Strich Landes von der mittelländischen See bis an die Nordsee. Zwischen Frankreich und Deutschland. Da berauscht sich Karl senior: »Wir haben die Geographen gefragt, wie weit sich das lotharische Reich erstreckt hat, und wir haben zur Antwort bekommen, und das ist für das Vorbereiten des Festes von immenser Wichtigkeit: alles inbegriffen, was zwischen Rhein, Rhône, Maas, Schelde gelegen ist. Solchergestalt hat alles dazugehört, was heutigen Tages die Provence, das Delphinat, Savoyen, die Schweiz, Elsaß, Burgundien, die Franche Comté, Lothringen, Pfalz, Trier, Köln, Jülich, Kleve, Luxemburg, Namur, Hennegau, Limburg, Brabant, ein Teil Flanderns, Lüttich, Geldern, Seeland, Utrecht und Holland genannt wird. Das ist der große Traum vom lotharischen Reich, es wurde geteilt, zerstückelt. Wenn wir, mein lieber Ritter Agrippa, heute in Lyon vom Reich Arelat reden, so soll das keineswegs bedeuten, daß wir etwa auf die nördlichen Provinzen verzichtet haben. Wir halten uns an diese Bezeichnung, weil die alte Hauptstadt Arles uns näher liegt. Weil unser Fest so, durch die räumliche Nähe, deutlicher, verständlicher, drängender wird. Drängend und dringend. Darf ich Ihnen einen Schluck Bier anbieten.«

Das hat keinerlei Bedeutung, ob er jetzt Wein oder Bier trinkt. Die altdeutschen Gläser müssen nicht beschrieben werden, nicht ihr Schliff, nicht ihre Farbe.

»Wir haben, sehr zum Wohl, mein Freund Ritter Agrippa, wir haben nicht nur die Geographen befragt, wir haben auch die Historiographen hinzugezogen. Wir haben Hunderte Beweisstücke zur Hand, Akten und Diplome, zum Beispiel, daß die Erzbischöfe von Lyon, Vienne, Arles lange Zeit unter der Autorität des deutschen Kaisers standen. Wir haben uns eine Nachbildung der lotharischen Krone anfertigen lassen, und die Lanze des heiligen Mauritius ist in unserem Haus verwahrt. Das werden, kann man sagen, unsere Reliquien sein, die wir an dem Festtag vorzeigen.«

»Soll ich schon jetzt die Festrede machen?«

»Oh, lassen Sie die Ironie, Sie wissen genau, warum ich Sie hergebeten habe, warum ich gerade Ihnen alles, was wir schon vorbereitet haben, berichte.«

»Nein, das weiß ich nicht.«

»Ach, reden Sie doch nicht. Wir wissen, Sie haben mit Madame Aloysia über Karl von Bourbon gesprochen. Wir betrachten ihn als unseren Mann. Als zukünftigen Herrscher über das Reich Arelat. Als deutscher Mann bei einem deutschen Glas Bier wird man doch wohl mit Ihnen deutlich reden können. Wir brauchen den ungestörten Lauf der Rhône. Wir brauchen die Hauptstadt Lyon. Wir brauchen die Gewißheit, wie der Herzog Karl von Bourbon zu uns steht. Wir wissen, die auch von mir sehr geschätzte Madame will ihn wieder zu sich zurückziehen. Mit Ihrer Hilfe. Glauben Sie doch nicht, Ritter Agrippa, daß Sie sich da heraushalten können.«

»Wollen Sie mich bedrohen?«

»Aber, aber, bei einem Glas Bier. Sehr zum Wohl. Ich bin sicher, Sie werden den Wünschen der deutschen Kaufmannschaft nachkommen müssen, wenn Sie Frieden in Ihrem Haus haben wollen, wenn Sie sich Ihres Lebens weiter freuen wollen. Sie werden sich über die Beziehungen zwischen der Königin-Mutter und dem Herzog von Bourbon ständig unterrichten, als Erster Leibarzt haben Sie ja doch weiß Gott wohl jede Möglichkeit, an sie heranzukommen. Und möglicherweise werden Sie derjenige sein, der dem Herzog die Sympathieerklärungen des Kaisers übermittelt.«

Für ihn, Heinrich Cornelius Agrippa von Nettesheim, gab es in dieser Angelegenheit keinen Beichtvater und keinen Ratgeber, ja, es gab nicht einmal einen, der ihn gefragt hätte, für wen denn schlägt dein Herz? Niemanden, der ihn gefragt hätte, wünschst du dir auch das Königreich Arelat? Es wäre notwendig, Madame Aloysia Auskunft zu geben, daß die deutsche Kaufmannschaft mit Ritter Karl senior an der Spitze in ihrer schönen Stadt nicht nur Bier brauen will.

23

Und wieder wegtauchen, in das Lächeln von Nanon? Ach, und traf unten nur den Beinlosen an, der ihn mit scheuer Ehrfurcht anredete. »Sie sind ein Zauberer.«

Wie ihn das anwiderte. »Ich bin ein Magier.«

»Das ist dasselbe«, sagte der Beinlose. Und nur, weil Agrippa hoffte, Nanon wird jeden Augenblick hereinkommen, in den Keller, die erbärmliche Behausung, gab er sich Mühe und erklärte: »Magier, das sind die allerakkuratesten Erforscher der Natur. Magie, das ist alles, die ganze Philosophie, Physik und Mathematik.«

»Und die Kraft des Glaubens?«

»Das ist die Trennung. Magie, die ich meine, befaßt sich mit den natürlichen Dingen. Das andere ist Zeremonie.«

»Und die Wunder?«

»Wirkung und Kräfte erforschen, der Dinge, die unter uns und über uns sind, das sind keine Wunderwerke. Wenn ich zum Beispiel im Monat März aufgeblühte Rosen hervorbringe oder reife Bohnen und Weintrauben vorzeige, dann sind das alles natürliche Sachen, nur ich habe in der Zeit einen Vorsprung.«

»Ich meine etwas anderes. Das Geheimnis. Das ich Ihnen schon das letzte Mal zeigen wollte. Ich glaube, ich bin nahe am Ziel.« Auf seinem kleinen Wägelchen bewegte der Beinlose sich schnell. Aus einem Versteck holte er ein Glas hervor. In einer Flüssigkeit schwamm

Tiroler Meister um 1500, Krankenheilung, vermutlich durch den heiligen Wolfgang. Im Hintergrund Arzt und Apotheker.

ein braunes Gebilde. Er horchte, ob auch niemand käme. Sehr feierlich nahm er das Tuch von der Öffnung, griff ins Glas, holte eine Wurzel heraus. »Mandragora.«

Anders redete er hier als bei der Königin-Mutter, anders dachte er als beim anmaßenden Augsburger Kaufmann. Anders nicht nur, weil er der Vater seiner Nanon war. Es hatte etwas tief Anrührendes, wie der hilflose Mann, der vor ihm auf der Erde saß, fest davon überzeugt war, diese Wurzel wird wachsen. Wird ein Wesen werden, dem Menschen ähnlich. Das war die dritte Art des Träumens. Nicht zu vergleichen mit den Träumen der Königin-Mutter und dem Traum des unbeliebten Augsburger Kaufmanns. Der Traum eines Hilfebedürftigen: Alles, was ihm versagt ist, wird Mandragora für ihn schaffen.

»Glauben Sie nicht auch, hochverehrter Zauberer«, er wehrte die Anrede schon nicht mehr ab, jetzt nicht mehr, da er die Hoffnung nicht zerstören wollte, »glauben Sie nicht auch, es ist die richtige Wurzel, die echte. Sehen Sie, wie sie leicht behaart ist. Sie lebt. Sie, mit den vielen Namen, Jabora, Dudaim, Alraun, wird mich hochheben und tragen. Es wird sein, als hätte ich meine Beine. So will ich mit ihrer Kraft wieder an meine Arbeit gehen. Ich bin Schmied, müssen Sie wissen. Da war das Feuer mein Element. Jetzt aber setze ich auf das Wasser. Das andere Element, in dem Mandragora zu Hause ist. Nicht die Erde. Aus der Erde muß es gezogen werden. Da erweist es sich, ob die beiden Beine richtig übereinanderstehen. Menschenähnliche Beine. Täglich sehe ich nach, wann es soweit ist, daß Mandragora mich tragen wird. Wie damals, nehmen Sie es nicht als Lästerung, der heilige Christophorus den Herrn.«

Da war der Baum der Erkenntnis ein Kraut geworden. Zusammengeschrumpft, in ein Glas gezwängt. Baum der Hoffnung. Kraut der Hoffnung.

Im dumpfen, dunklen Keller war der schmale Lichtschein: ein Ausweg wird kommen. Mandragora wird helfen. Und der Mensch, der Beinlose, erwartete nicht Gold und Silber, für ihn, ganz tief unten, war die Sehnsucht, an die Stätte seines Wirkens zurückgebracht zu werden, das, was ihn am Leben erhielt.

Wer will es wagen, das abzuschneiden. Und noch einmal fliehen?

Also ja, die Wunder, er kann im März blühende Rosen und reife Weintrauben hervorbringen. Damit ist dem Beinlosen nicht geholfen. *Das, was unten auf der Erde ist, wird mit den Gaben, die über uns sind, vereinigt. Es müssen Wunderdinge daraus entstehen.* Gewiß, gewiß, nicht so sehr durch die Kunst als vielmehr durch die Natur, das hat er ja dem Alten eben schon gesagt. Aber haben denn die großen Magier früher nicht hölzerne Tauben herstellen können, die das Fliegen beherrschten, oder eiserne Köpfe, die zu reden verstanden. Warum sollte die höchste Kunst, ein lebendiges, dienendes Wesen zu schaffen, verschlossen sein.

Und es ist stärkend, sich auf das Wort aus dem zehnten Kapitel des Matthäus zu besinnen: Nichts ist so tief verborgen, daß es nicht enthüllt werden kann. Nichts ist so geheim, daß es nicht erforscht wird.

Mandragora. Und warum soll es die Wurzel nicht sein?

Ja und nein.

»Vor Pierre müssen wir das verstecken«, wir, sagte der Beinlose, als seien sie schon Bundesgenossen. Da verflog die Rührung über die Sehnsucht des Menschen, an die Stätte seines Wirkens zurückzukommen. Fast wie ein

Hohn: Einer verliert auf einem kriegerischen Feldzug beide Beine, durch ein Wunder wird er instand gesetzt, wieder seiner Arbeit nachzugehen. Er ist ein guter Schmied, und unter seiner Hand entstehen die besten Kanonen. So kann er bald wieder mit seiner schönen Kanone auf einen kriegerischen Feldzug gelenkt werden. Gut, verstecken wir alles vor Pierre, dem guten Druckergesellen. Und auch die Liebe zu Nanon?

Er wartete nicht mehr. Verabschiedete sich von dem Alten. Und versprach, er wird wiederkommen und das Wachsen von Mandragora beobachten.

Was hat er nicht alles versprochen. Hier, in den wenigen Tagen in Lyon. Aus Träumen wird er Zukünftiges deuten. Das Reich Arelat wird ihm angelegen sein. Und ein künstliches, menschenähnliches Wesen wird unter seinen Augen gedeihen. Was sind das für Spiele. Sind das Spiele?

Draußen traf er Pierre. »Ich habe Sie gesucht. Helfen Sie. Ein Mensch ist gestorben.«

Diese kleine Kammer im Winkel des großen Hauses auf den Hof hinaus. Im verwinkelten Haus. Wo kaum ein Mensch durch die Gassen sich zwängen kann. Durch die Enge. Aus einem kleinen Fenster der Blick auf den Hof, und unter dem Fenster die Abfallgrube.

Das Sterben. Die Stadtarmut. Man muß es so hinnehmen? »Wenn ich König wäre«, sagte Pierre leise, als schliefe der Tote nur und er könnte ihn mit seinen Worten stören, »wenn ich König wäre, ich würde es für den Stolz meines Landes halten, daß niemand in diesen kleinen Kammern wohnen muß. Verlassen. Als einziger Besuch eine Ratte. Er war schon vier Tage nicht zu sehen. Wir haben die Tür aufgebrochen.«

Man sah ihn in seiner eigenen Erbärmlichkeit liegen. Es war kalt, und die Armut war nicht einmal so erbärmlich wie die eines Menschen, der auf der Straße nur noch sich selbst hat.

Da war die Habe..

Sogar ein – säuberlich geschichteter – Vorrat an Holz. Und die Kochstelle. Eine Truhe offen, als habe er vergessen, sie zu schließen. Ein kleines Kästchen an der Seite. Die unnützen Dinge. Eine Feder, ein Ring, ein Stein, Heiligenbildchen. Geschenke vielleicht. Die schiefgetretenen Schuhe, das schmale Laken. Und die zerschlissenen Kleider des Toten. Über allem der Schrecken der Einsamkeit, der Verlassenheit.

Das angeschnittene Brot mit dem Messer noch daneben. Das Brot wird nicht weiter geschnitten werden. Da ist schon Schimmel. In der Wurst sind Maden.

Da war nicht die Überlegung, wie der Tod doch alles gleichmacht, sondern: wie erbärmlich muß er gelebt haben. Konnte das ein Trost sein: er hatte es doch wenigstens warm haben können, da war noch der unangetastete Vorrat an Holz. Und konnte das ein Trost sein: wenn er hinausging auf die Straße, konnte er doch aufblicken zum Berg. Zum Rabenhügel, und seine Augen konnten sich an den prächtigen Bauten erfreuen. So stand ihm die Einsicht offen: Menschen sind doch imstande, gut und schön zu bauen.

»Warum haben Sie mich gerufen, dem Toten kann ich nicht helfen.« Und der Gedanke an Champier kam, der war noch immer auf seinem Weingut. Die Frage führte ihn, Agrippa, jetzt auch nicht weiter: Wäre der Armenarzt rechtzeitig zur Stelle gewesen? Oder kommt auch der bis hierher in die engen Gassen nicht.

Pierre entgegnete nicht fordernd, aber mit Bestimmtheit: »Sie haben das Ohr der Königin-Mutter. Sie gehen jeden Morgen zu ihr. Ich wollte nichts weiter, als daß Sie bei Ihrem Weg ins Schloß diese Kammer nicht verges-

Aus der Kopie einer medizinischen Handschrift des 6. Jh., Darstellung der Mandragora – das Ausreißen ihrer Wurzel ist tödlich, deshalb werden schwarze Hunde eingesetzt, Federzeichnung aus dem 13. Jh.

sen. Sie sollen sehen, wie das Leben hier unten ist. Wie der Tod hier unten ist.«

Und er versprach auch das: »Ich werde ihr alles, was ich hier gesehen habe, berichten.« Er versprach es nicht, um billig davonzukommen, auch er war erfüllt vom Entsetzen. Und fühlte sich dem Mann, der ihm diese Tür aufgestoßen hatte, sehr nahe.

24

Am anderen Morgen redete er vor ihr von der Demut der armen Leute. Wie man alles hinnimmt als unabänderlich. Da, wo die Reichen sind, meine sehr verehrte Madame Aloysia, ist es besser, da kümmert sich auch die Stadtpolizei darum, sollte einer einmal hilflos gefunden werden. Der das Viertel beaufsichtigt, der kommt jeden Tag und sagt guten Tag und guten Weg und leistet hilfreiche Hand. Wenn es sein muß. Im Viertel der Reichen.

Aber da, in den engen Gassen, wenn einer nicht mehr aus der Tür gehen kann. Mitten unter den Leuten kann einer im vierten Hinterhof so allein sein, daß niemand merkt, wie er schwach wird, sich kein Essen und Trinken mehr holen kann.

Nicht vorgesorgt haben für ein leichtes Sterben. War es nicht so in diesem Leben. Aller Anfang ist leicht. Und das Ende ist schwer. Verhungern. Die Folter des Durstes in der kleinen Stube im vierten Hof.

Da ist kein Sohn, keine Schwester, kein Nachbar, jeder hat mit sich selber zu tun. Da hinein kommt auch kein Geistlicher, um eine Seele zu retten. Wofür denn. Diese Seelen werden nicht gezählt. Diese Seelen haben nichts gegolten im Leben, also gelten sie auch nicht vor

Gott. Also brauchen sie auch nicht präpariert zu werden. Nicht vor dem Sterben, nicht nach dem Sterben.

Wer will es wagen, diese Verzweiflung auszumalen. Den kleinen Lebenshauch, der noch da ist. Das Ohr, das noch hört. Und hört Schritte draußen, ob jemand kommt. Und hört die Schritte vergehen. Nicht zu mir. Zu mir nicht.

Und den Geruchssinn, der noch wahrnimmt alles, was da kräftig riecht. Und riecht den Duft der guten Zwiebelsuppe. Die Klosterküche ist nicht weit. Sie könnten doch kommen. Müßten sie nicht kommen. Nur einmal ein Löffelchen noch. So ein kleines, meinetwegen ganz flaches Löffelchen. Mal probieren, wie ihr das macht.

Aber wer will die große Gleichgültigkeit ausmessen, die sogar die Verzweiflung auslöscht. Verzweiflung war noch ein Sichwehren. Ein Wissen, daß es anders sein könnte. Anders sein sollte.

Daß es anders ist. Daß es anders ist?

Und die Gleichgültigkeit, die auch aus der Schwäche herrührt, nimmt die Angst. Nimmt sie die Angst? Wer kann das sagen. Wer will das wissen. Es war ja niemand da, dem der Verkommende sagen konnte: Halte meine Hände, ich habe Angst. Das letzte, was sein Auge sah, war nicht eine hilfreiche Hand.

Das, allergnädigste Madame Aloysia, wissen Sie nicht.

»Ach, erzählen Sie mehr davon. Oh, erzählen Sie mehr davon.«

Für sie war das Unterhaltung. Sie hörte sich das an, als erzähle er, Henri, von fremdländischen Tieren. Von Absonderlichkeiten weit weg. Jenseits der Meere.

Nicht unten in ihrer eigenen Stadt.

Sie hatte ja mit ihren Schlössern zu tun, einreißen und neu aufbauen, an alter Stelle, an neuer Stelle, ausbessern, erweitern. An den Flußläufen. Auch dort, wo es erst eine lange Brücke über das Wasser gab. Wo die Besucher nicht unmittelbar auf den Hof geritten kommen konnten, das war wichtig. Wo erst einmal ein Wächterhaus stand, wo jeder gefragt wurde: Wohin, woher, weshalb?

Und sie, sie saß ganz am Ende eines langen Weges, in einem blauen Zimmer. Nur nicht soviel mit den Leuten zusammen sein, das bringt Lästiges. Nicht dieses fremde Leben, das fremdes Sterben einschließt.

Kleiner, schöner, großer, lieber Henri, sagten ihre Augen. »Aber erzählen Sie noch mehr von den seltsamen Leuten. Und sagen Sie, war denn wirklich kein Priester da, unsere zuverlässigen Mönche? Sehen Sie, er hatte doch eine Decke, sagten Sie das nicht? Die konnte er auf den Fußboden legen, um zu schlafen, und wenn ihn fror, konnte er sich damit zudecken. Bedenken Sie, welch ein Himmelreich eine Decke sein kann, welch eine Macht sogar. Sagt man nicht von Leuten, die großen Einfluß gewinnen: Sie stecken alle unter einer Decke.«

Seine übliche Zeit bei ihr am Morgen war längst überschritten. Die Generäle warteten schon darauf, vorgelassen zu werden. Sie machte keine Anstalten, ihn zu verabschieden. »Wie Sie wiedergeben können, was Sie gesehen haben. Mit Gefühl und Temperament.«

Und das dem guten Druckergesellen Pierre unten erzählen, sie hat mir für meinen, für unseren Bericht eine gute Beurteilung gegeben.

25

»Bleiben Sie, sehen Sie sich meine Generäle an. Als Leibarzt ist es Ihre Pflicht, bei anstrengenden Sitzungen zugegen zu sein.«

Ein Stuhl blieb frei, zur Linken neben der Königin-Mutter. Es war der Platz für den Herzog Karl von Bourbon. Niemand wagte, den Stuhl wegzunehmen oder zu besetzen. Auch Agrippa wurde darauf hingewiesen. Seit Jahren wartete Madame Aloysia auf die reumütige Wiederkehr des Abtrünnigen.

Die Generäle wurden ihm vorgestellt, er nahm es als ein Zeichen, wie hoch sie ihn achtete. Der berühmte Brückenbauer: General Robert de la Marck, Sieger bei der großen Schlacht von Marignano. Damals, als der päpstliche General Schinner irgendwo weit weg vom Schlachtfeld nächtigte, hatte seine, Roberts Anwesenheit, auch in der Nacht, bei seinen Truppen den Ausschlag gegeben. General Lautrec, Teilnehmer an der Schlacht von Pavia und dort verwundet, hatte die Gefangennahme des Königs mit seinem eigenen Leib zu hindern versucht. So sagte er selber. Es gab gegen diese Legende andere Geschichten. Und seine Verwundung sei an sehr delikater Stelle und nicht auf dem Schlachtfeld vor Pavia geschehen. Diese Behauptung allerdings hatten seine Feinde in die Welt gesetzt, die feinsinnigen Spötter um die Margarethe aller Margarethen. Von ihnen hatte er den schrecklichen Namen »Feigenblättchen« bekommen. Wegen seiner kleinen Statur auch noch die Verniedlichungsform. Der dritte General, genannt der Baron des Nordens, hatte keine besonderen Geschichten, keine Siege, keine Niederlagen. Er hatte nur seine kühle Strenge. Und Geld. Er war in diesem Kreis der einzige, der die Bedeutung der vier Messen von Lyon wirklich verstand. Das war schon für einen General erstaunlich.

Agrippa liebte das Leben in Lyon, jetzt, weil er sich im Zentrum des Geschehens fühlte. Er liebte dieses Leben hier oben, obwohl er wußte, niemand von all den

Leuten im Schloß und um das Schloß herum hat Einsicht und Verständnis für das Leben derer, die ihnen die Fische fingen, die Äpfel pflückten, die ihnen Trauben und Weizen in Wein und Brot verwandelten. Man beachtete sie natürlich. Das waren brave Leute. Hier in Lyon immer. Man konnte ihnen auf die Schultern klopfen, sie ließen sich auf die Schultern klopfen, diese geduldigen Leute, die nicht viel wollten, nicht viel fragten. Die Leben und Tod nahmen, wie es gegeben war. Wer arm war und auf der Straße umfiel und starb, war arm und fiel auf der Straße um und starb. War arm, so wie wir reich sind. Wir alle, auf dem Rabenhügel. Diese drei Generäle hätten sich seinen Bericht vom Sterben unten in der Stadt nicht einmal angehört. Und Madame? Es hatte sie in ihrer Haltung bestätigt: Jeder hat seine Last zu tragen. Der Reiche ja noch schwerer als der Arme. Er hat Arbeit mit seinem Reichtum, er muß Sorge tragen für die vielen Stücke seines Wohlstands. Er muß so vieles beachten, auf das der Arme gar nicht zu achten braucht. Weil er das alles nicht hat.

Waren da Anzeichen von Angst bei Ihnen, Madame?

Ach, aber Henri, Lyon ist friedlich, ruhig, heiter. Die Leute lieben mich doch. Lächelnde Stadt unter der Dreifaltigkeit. Aloysia – Margarethe – Franz.

Für Agrippa hatte es fast den Anschein, als ständen die Generäle über den drei Gruppen, in einmütiger Geschlossenheit wiesen sie darauf hin: Wir sind an der gesamten Landesgrenze von Habsburg-Spanien umklammert. Es ist die denkbar ungünstigste Situation eingetreten, die gesamte Landesgrenze ist in einer Hand. Wir müssen einen gleichzeitigen Angriff an den Pyrenäen und an der Maas und Schelde befürchten.

Es war die Angst vor der Umklammerung.

Madame Aloysia warf ein: Alle Generäle haben die

Angst vor der Umklammerung, auch die päpstlichen. Sie sagen, sie sind uns ausgeliefert, wenn Neapel und Mailand in einer Hand liegen. In unserer Hand.

Mailand ist notwendig für Frankreich.

Natürlich kannte man die Konzeption des Gegners: Mailand ist notwendig für Habsburg. Der Zugang zu den Besitzungen in Süditalien muß gesichert sein.

Und der Herzog von Bourbon? Sie fragte es. Sie fragte jedesmal nach ihm. Und jedesmal antwortete ihr Robert de la Marck: Er sei noch immer an der Seite der Habsburger und hoffe, auf deren Schwertspitzen zurückgetragen zu werden ins Land und auf den Thron. Überraschend wußte der Baron des Nordens, der steife und sonst schweigsame, eine Neuigkeit. Der Bourbon verhandelt mit den Engländern. Gelingt ihm ein Bündnis, so ist unser Land auch vom Norden, auch von der Seeseite her bedroht. Und die feindliche Umklammerung ist vollständig. Er will im Süden beginnen. Er will das Land aufrollen von Marseille her.

Nicht Madame warf es ein. Die Türken. Es mußte Madame beigebracht werden. Wir brauchen das Bündnis mit den Türken.

Mein Gott, im ganzen Land werden jeden Tag zwischen Mittag und Abend die Glocken geläutet, zum Gedächtnis daran, daß es Pflicht jedes Christen ist, gegen die Türken zu Felde zu ziehen. Zum mindesten aber Abgaben bereitzuhalten. Den Türkenzehnten, damit ein Heer ausgerüstet werden kann zum Zug ins Türkenland. Hieß es nicht in jeder Predigt, in jeder Kirche: Die Hauptkraft muß gegen den Türken gerichtet werden.

Nicht der Hauptfeind ist der Türke. Robert de la Marck, der kühne Brückenbauer, beschwor es herauf, das Gesicht des neuen, alten, ewigen Feindes im eigenen Land: Ketzer. Und beschwerte sich bitter. Man könne nicht durchgreifen, man dürfe nicht durchgreifen, in der Härte, die einzig und allein geboten ist. Ihre eigene Tochter, hochzuverehrende Madame, ist ja wie eine Schutzmantelmadonna für alle diese sogenannten Reformer. Da lebt der ganze alte Schleim wieder auf vom Vorbild Petrus Valdes. Dort, wo Ihre Tochter Hof hält, da träumen alle die Eintagsfliegen, ich will nicht sagen, das Fliegengeschmeiß, das sich dort sammelt, da träumen diese Ahnungslosen vom stillen Tal der Durance. Da hat sie Sänger, die für sie die Lieder darüber machen. Es ist ja niemand von den Herrschaften jemals dort gewesen, niemand kennt nur einen der Bauern, die dort leben. Ihre Tochter macht sich ihr Bild vom Wirken der Leute in diesem Tal. Sie fragen nicht, wovon leben die dort. Und wie haben sie das Leben eingerichtet. Wenn die Leute um Ihre Tochter Margarethe vom stillen Tal der Durance reden oder singen, dann ist das, verzeihen Sie, meine hochverehrte Dame, eine gewisse Selbstgefälligkeit dieser jungen Leute, diese Sehnsucht nach dem sogenannten reinen Leben. Ich bin überzeugt, sie wissen nicht, wovon sie schwärmen. Denn was dort anwächst, ist ihr Tod, ist unser aller Tod. Aus diesem stillen Tal kommt der Schrei nach einer Gemeinschaft, in der es weder Reiche noch Arme gibt. Sie sind maßlos. Sie sagen: Leben und arbeiten. Würden sie sagen, den Unterhalt durch Betteln verdienen, so könnten sie der Gnade teilhaftig werden, einen neuen Orden begründen zu dürfen. Sie wollen das Bestehende nicht erhalten. Sie wollen unsere ganze Gesellschaft umwandeln. Und wir haben auch schon Anzeichen ihres Wirkens in unserer Stadt.

Ach, mein Freund Robert de la Marck, was wissen Sie von meiner Stadt. Lyon ist glücklich.

Noch.

Aber mein General. Wir werden wie jedes Jahr wieder unser großes Fest haben. Für alle Einwohner. Das Fest des heiligen Symphorien. Da werden Sie etwas erleben, mein lieber Ritter Henri. Das Volk wird auf den Straßen tanzen. Bis spät in die Nacht. Und für ihren Leibarzt nur verständlich: Wer nicht mehr tanzen kann, zu dem werden tröstende Priester kommen, bis in die entfernteste Stube.

Da ist sie doch betroffen. Und hat Angst. Vor den Sterbenden? Vor den Lebenden. Sie verabschiedet die Generäle, ja, wirklich, und ihn nicht. Und es ist kein Wort gefallen über den Gefangenen in Madrid. Kein Wort über die Bedingungen des Kaisers: Der Gefangene soll das Herzogtum Burgund abtreten. Auf Neapel und Mailand verzichten, sich mit dem Herzog Karl von Bourbon aussöhnen, ihn in seinen Besitztümern, vor allem Burgund, bestätigen. Und der Gefangene soll die Schwester des Kaisers, Eleonore, die Witwe des Königs von Portugal, heiraten. Es war die wöchentliche Zusammenkunft mit den Generälen, aber die erste, die er erlebt. Keine Beschlüsse gefaßt. Wer faßt die Beschlüsse? Wer regiert? Oder waren die Warnungen von Robert de la Marck vor den Waldensern einem Beschluß gleichzusetzen?

26

Heute, mein lieber Ritter Henri, müssen wir etwas nachholen. Sie sind mir noch ein gemeinsames Essen schuldig, oder ich Ihnen, wie Sie wollen. Ich weiß nicht, warum Sie nicht gekommen sind. Aber jetzt werden wir beide ohne jeden Begleiter hinunter in die Stadt gehen. Und irgendwo essen.

Irgendwo, das war natürlich Paul Perrault. Der teuerste Koch von ganz Frankreich, von der ganzen Christenheit und damit von der Welt. Der beste auf jeden Fall. Sie ging mit dem Anspruch: Niemand kennt mich. Ich liebe die einfachen Leute, das Volk. Ich bin ein Stück von Lyon.

Sicher, das hatte eine gewisse Würde, wie sie sich da allein auf die Straßen traute. Und sie hatte an ihren Kleidern keinerlei Zeichen ihrer königlichen Gewalt. Es mochte sein, daß der und jener tatsächlich nicht wußte, wer sie war.

Sie aß gern. Und viel. Und mit Sachkenntnis.

Ein Neugieriger setzte sich an ihren Tisch. Ein Schnurrbärtiger. Paul Perrault kam besorgt aus der Küche, aber auf ihren ausdrücklichen Wunsch sollte der Schnurrbärtige nicht verscheucht werden. Er lehnte sich mit beiden Armen auf den Tisch und sah Madame Aloysia aufmerksam beim Trinken zu. Es war nicht sicher, kannte er sie oder kannte er sie nicht.

Der Käse wurde gebracht, und das bedeutete bei Paul Perrault nicht das Ende des Mahles, sondern den Beginn des erregenden Festes der tausenderlei Möglichkeiten, von der Schärfe, die die Zunge peitscht, bis zur Milde des Streichelns. Und alles, was dazwischenliegt. Agrippa sah, wie sie sich mühte, nicht ein Stück auszulassen. Von der großen Platte das ganze Angebot durchprobieren. Sie bekam Schweißausbrüche. Aber sie hielt es aus. Dazwischen Wein.

Bewunderung trat in die Augen des Schnurrbärtigen. In das schweigende Schwelgen redete er hinein: »Ich weiß nicht, sind Sie von hier?«

»Nein«, antwortete Henri, auch für Madame.

»Das macht nichts«, etwas Gönnerhaftes klang mit, »jeder Mann, jedermann, ich meine, jeder Mensch kann nicht von Lyon sein, es muß überall ein wenig gut sein.«

»Entzückend, entzückend«, fand sie und wischte sich den Mund ab. »Ein Spaßvogel.«

»Ja, ja, teures Lyon. Teuer in beiden Bedeutungen, uns allen am Herzen liegend. Und die Preise. Ich weiß nicht, wie lange Sie schon hier sind. Sie werden merken, jeder redet über die Preise. Zwei Ereignisse erhöhen die Preise noch mehr. Wissen Sie, welche?«

»Nein.« Diesmal antwortete Madame selber, es gefiel ihr, wie der Mann an ihr auf und ab sah. Sie fühlte sich jünger.

»Wenn in eine Stadt die Pest kommt, wird alles teurer.«

»Und noch?«

»Und wenn in eine Stadt der Hof kommt.«

»Ach ja?«

»Wein, Brot, Fleisch, alles wird nach oben geliefert. Wer will denn unten billig verkaufen, wenn er es oben anders haben kann. Mit den Handwerkern ist es dasselbe. Es arbeiten immer weniger. Und sie werden immer teurer. Dafür wächst die Zahl der Huren. Die Ehemänner verkaufen ihre eigenen Frauen, die Väter ihre Töchter. In dieser Stadt finden Sie keine Jungfrau mehr. Und keine ungebrochene Ehe. Die höchste Ehre ist, eine berühmte Hügelhure zu werden. Und die Männer und die Väter fragen nicht danach, ob die Frauen und die Mädchen huren, ihre Sorge ist, daß es ihnen, den Männern, nur gut geht, und daß sie, die Männer, in Gnade kommen, wegen ihrer Frauen.«

»Und wenn eine Frau an der Spitze des Hofes steht?« Ihre Frage hatte etwas Schwebendes, Herausforderndes.

Der Schnurrbärtige nahm die Herausforderung an. »Dann geht es den Frauen gut. Dann sind die Frauen in Gnade, wegen ihrer Männer.«

Nur der Leibarzt sah das kurze, böse Aufblitzen in

den Augen, bevor das Lachen kam und ihr: »Entzükkend. Entzückend.«

Paul Perrault selber kam aus der Küche und begleitete, was nun herangetragen wurde. Seine Spezialität. Ein Kuchen, fast so groß wie ein Haus. Und gebaut wie ein Haus. Fenster, Kuchenfenster gingen auf, Flötenklänge tönten heraus. Ein Kind stand im Kuchen und blies das Lied von der steinernen Brücke von Lyon. Ein ergreifendes Lied. Jeder kannte es. Als es gelungen war, damals, vor langer Zeit, über die mächtige Rhône eine Brücke zu schlagen, war die Jungfräulichkeit der Stadt dahin. Und wie ein Bösewicht marschierte der eisengepanzerte Richard Löwenherz an der Spitze eines Heeres über die Brücke und wollte mitten hinein ins Herz der Stadt. Da brach unter seinen Tritten die Brücke entzwei. Madame klatschte, die Tür ging auf, die Kuchentür, das Kind trat heraus, überreichte Madame die Flöte, unter ihren Händen verwandelte sich das Instrument in ein Messer. Sie stand auf, noch satt und schwer vom Käse, begann vom großen Kuchen, vom Kuchenhaus herunterzuschneiden. Ein Stück vom Schornstein aus Marzipan. Ein Ziegel, mit Himbeeren verziert. Und weiter, an die Wände, ans Fenster, an die Tür.

Das war nicht mehr die Lust am Essen, das war die Lust am Zerstören. Sie führte das Messer sehr gewissenhaft. Und wieder sah das nur Agrippa, dieses Gewissenhafte hatte etwas Mörderisches. Der Schnurrbärtige hatte sie in Wut gebracht. Da redete der auch noch ungefragt in das Zerschneiden des großen Kuchens hinein: »Ja, Madame, essen Sie nur. Nutzen Sie den Tag und die Stunde. So einen großen Kuchen hat man nicht alle Tage. Ein gutes Lyoneser Sprichwort sagt: Die Zeit geht hin. Du auch. Und morgen wird bald gestern sein.«

Endlich sah er den warnenden Blick, aber er lachte

Agrippa aus, meinte: »Hören Sie, mein unbekannter Herr, wir in Lyon sind da mit unseren Gesprächen nicht so ängstlich. Wir sagen: Es ist besser, dummes Zeug zu reden, als zu tun.«

»Und was tun Sie?« fragte Madame mit plötzlicher Aufmerksamkeit.

Ach, mein Gott, das ist doch eine Falle, jetzt will sie es genau wissen, wer er ist, jetzt wird er von ihr für eine Strafe vorgesehen. Aber irgend etwas scheint er gemerkt zu haben. Da steht er endlich auf, wischt sich über den Schnurrbart. »Was ich jetzt tue, Madame. Jetzt muß ich Sie leider verlassen. Das ist ein Geheimnis, das auch nur wir von Lyon ganz richtig kennen. Aber ich will es Ihnen verraten. Das Geheimnis des Abschieds ist – wirklich zu gehen.«

Da ist er gegangen. Und gerettet. Sie wird ihn vergessen, weil sie nichts weiter über ihn weiß. Aber Paul Perrault, der Eifrige, Geehrte, der ja nicht Zeuge des Gesprächs war, gibt eilfertig Auskunft. »Der? Der ist der beste Fischer vom ganzen Königreich. Und er fischt nur für mich. Er ist die Zuverlässigkeit selber. Wenn er geliefert hat, sitzt er gern ein wenig in der Gaststube und redet mit den Gästen. Ach, das ist ein witziger Bursche. Hat sechs Kinder. Und sorgt noch für andere. Es wohnen immer Verlassene bei ihm. Waisen, Krüppel. Er hat eine herzensgute Frau. Leider schielt sie mächtig.«

»Da würde sie bei Hofe keine Liebhaber finden?« Und setzt hinzu, wie im Selbstgespräch: »Da würde der Mann auch nicht in Gnade kommen.«

Und ist sie nicht doch eine wirklich große, gütige Regentin. Sie will es ihrem Henri beweisen. Sagt zu Paul Perrault: »Wenn Ihr Fischer einen besonders guten Fang hat, dann soll er zu mir kommen. Bestellen Sie ihm das.«

27

Als Agrippa spät zu seinem Haus kam, brannte dort Licht. Herkules war angekommen. Und hatte sich Einlaß verschafft. Der geschickte Mann. Nun hat er ihn endlich wieder, den Gehilfen. Er war von Anfang an bei ihm gewesen: In Paris hatten sie gemeinsam studiert, Herkules hatte aber nichts zu Ende gebracht. Sie waren zusammen in Spanien gewesen, in England, der Begleiter seines Lebens, vertraut und fremd gleichzeitig. Der ewige Nörgler, der, weil er alles kann, handfertig und belesen, sich in alles einmischt. Der immer Katastrophen voraussieht. Zwanzigmal Unglück prophezeit, neunzehnmal kann es gut gehen, aber wenn er nur das eine Mal recht behalten hat, fühlt er sich grundsätzlich bestätigt. Der Gehilfe, der Diener, der Aufwärter Herkules, aber mehr als das alles, Mitwisser, sich selbst verstehend als Besserwisser. Ursprünglich hatte er in Straßburg angefangen, Theologie zu studieren. Famulus Herkules, bezahlt für alle Stunden, die er um ihn ist.

Sie werden wieder nebeneinander stehen am Experimentierofen. Und es wird so sein, wie es immer mit ihm war: Alles, was andere machen, ist der reinste Dreck. Nur seine Taten gelten, nur seine Taten sind groß. Immer nur Herkules, der das alles erledigt hat. Aber hat er, Henri, ihn nicht selbst dazu gemacht? Er hatte ihm den Namen Herkules gegeben. Nun war etwas Großsprecherisches in ihn übergegangen. Noch einen Tag bevor Henri aus Fribourg abberufen wurde, hatte es das alltägliche Geschrei aus der Küche gegeben. Vor den Augen der dicken Haushilfin Maria warf er das Suppengrün, das nicht durch seine Hand geprüft war, aus dem Kochtopf hinaus. Und Maria, die sonst nicht ängstliche, wagte es nicht, sich zur Wehr zu setzen. Herkules regierte mit seiner Laune. Wer seine Werke nicht anerkannte, wurde mit einer Schimpfkanonade bestraft und mit dem bitteren Vorwurf, daß das Leben im Hause des Agrippa gar keinen Spaß mehr mache. Und er, der unvergleichlich tüchtige und zuverlässige, aber launenhafte Mann, konnte wieder besänftigt werden, wenn Agrippa ihm die Taten des Herkules vorhielt.

Das alles zieht ihm, unserem Henri, nun hierher nach, und als Vorbote ist der Famulus gekommen. Herkules, Sohn des Zeus. Als Kind tötet er mit der Hand schon zwei Schlangen und rettet seinen Zwillingsbruder. Er lernt alle Künste. Aber vom Musiklehrer läßt er sich nicht quälen. Er nimmt ihm die Laute ab und schlägt ihn mit dem Instrument tot.

Schlägt seinen Musiklehrer tot, das bedeutet, er lernt nun nichts mehr. Er hat nur die Laute in der Hand. Aber er kennt nicht mehr den Schlüssel zu den Melodien.

Mit diesem, seinem Herkules erging es Agrippa eigenartig, manches Mal dachte er, er sei das selbst. Das ganze Leben lang vor unlösbare Aufgaben gestellt. Am Anfang ist alles leicht, da bieten an der Wegkreuzung sich die beiden Möglichkeiten zur Auswahl: Ein Leben in Genuß und Ruhe oder aber ein Leben in Unruhe, doch ruhmvoll. Und wählt das zweite.

Und als der Herkules der Sage die Schwere der auferlegten Arbeiten begreift, als Entlohnung vorgesehen: frei sein von aller Dienstbarkeit und unsterblich werden, als er das begreift, ist es für seine Sinne und seinen Verstand unerträglich. Das Unberechenbare im Menschen schlägt über ihm zusammen, der Herkules der Sage erschlägt seine drei Kinder. So wie er gegen den eigenen Lehrer wütete, wütet er gegen das eigene Fleisch, zerstörte mit eigener Hand das, was das Glück seines Lebens ausmachte.

Dann tritt er ohne Murren seinen Dienst an, erwürgt den unverwundbaren Löwen, aber schon bei der neunköpfigen Schlange versagt er. Zwar kann er sie mit brennenden Pfeilen aus dem Schlupfwinkel scheuchen, aber wenn er einen Kopf abschlägt, wachsen zwei neue nach. Es ist sein Wagenlenker, der weiß, wie dem Köpfenachwachsen ein Ende zu bereiten ist. Der brennt die Wunden mit Baumstämmen aus, und der vergräbt den mittleren, unsterblichen Kopf der Schlange unter einem Felsstück.

Aber er wird seinen Famulus nun auch nicht in seinem Ärger über das Haus beschwichtigen können, auch nicht mit dem Hinweis auf die unheimlichste Arbeit: drei goldene Äpfel holen und nicht wissen, wo der Garten ist, in dem der Baum steht. Ob der Weg zu den Töchtern der Nacht führt. Für seinen Herkules steht das Haus am falschen Platz. Nicht oben auf dem Hügel, nicht unten an den Ufern. Sind doch zwei Flüsse, das wäre schön gewesen, da hätte man angeln können, im eigenen Garten. Und oben hätte man Käfige hinstellen können für die Eichhörnchen. Und die Keller sind auch nicht groß genug, wo soll man den Experimentierofen aufbauen, da ist kein Abzug für die Dämpfe. Aber ja doch, Jana Tissie läßt grüßen. Und hier ist auch ein Brief. Nur eine kurze Mitteilung, du hast nun noch einen Sohn.

Sehr ungenau, sehr unbestimmt, benommen vom Gefühl der Freude und Schuld, Schuld, ich war zu der Stunde nicht bei ihr, meinte er zu seinem Herkules, wir brauchen noch ein bißchen Wein. Kommt denn jemand? Er hatte nicht geantwortet. An diesem Abend wollte er nichts mehr ernst nehmen. Vielleicht holt er sich wirklich eine Tochter Lyons, eine Tochter der Nacht, vor dem Wein, nach dem Wein, wegzuschicken oder nicht wegzuschicken. Er wollte sich betäuben. Weil er noch keine Klarheit mit sich selbst erreicht hatte, mit sich und Madame Aloysia. Gut, ich will sie lenken. Kann sein, sie wird schon jetzt, ein wenig zumindest, von mir gelenkt. Aber weiß ich, wohin?

Die Bemerkung des Generals Robert de la Marck, leise, zu den beiden anderen Herren, nicht für ihn bestimmt, hatte ihn erheitert und geärgert. Dann hatte er beschlossen, sie zu vergessen: Aha, ein Magier, ein Goldmacher. Der hat uns gerade noch gefehlt. Wieso, einer der aus Scheiße Gold machen kann, das wär mal was Neues, bisher war es hier umgekehrt. Und abgehacktes Lachen der Generäle. Nein, ich kann kein Gold machen. Und ich suche auch nicht den Wunderstein, der Quecksilber verwandeln könnte.

Was suche ich?

Diese Ungenauigkeit, das Nichtausgesprochene zwischen ihm und Herkules, hatte den sonst so geschickten und meist freundlichen Famulus zu einem, anders kann es nicht beschrieben werden, Haßausbruch verleitet, so daß am Ende Agrippa sich sagte, wenn Fehler geschehen, sind es meine Fehler. Herkules, der geschickte, der getreue, der nörgelnde, hatte an diesem Abend der Ungewißheit ein ganzes Faß herangerollt. Ein Faß voller Wein, den Inhalt kannte er nicht, nicht die Sorte. Natürlich war es billiger Wein. Das zeichnete Herkules zudem aus, er war geizig. Geizig für seinen Herrn. Und so rechnete er ihm vor, das ist zu teuer, das können wir uns nicht leisten. Obwohl gerade jetzt, da er täglich lange Stunden zur Königin-Mutter gerufen wurde, genug Geld im Haus war. Und sagte: Ich kaufe das, was mir gefällt, und das ist richtig. Und setzte sich selbst zum Maßstab aller Dinge. Dabei fand er überall, in jeder Stadt, seine Freunde. Auch schon hier, kaum ein, zwei Tage am Ort.

Zwei Mediziner disputieren, Holzschnitt, 1518

Er hatte Zugang zu gutem Fleisch, weil er den Gesellen des Fleischers kannte. Der Einkauf des Fleischs war in jeder Stadt das wichtigste, fand er. Schon kannte er den zuverlässigsten Hufschmied, das Pferd, er hätte auch ein anderes gekauft, es war ja fast zu klein, das Pferd brauchte dringend neue Hufeisen, außer ihm sah das natürlich niemand. Die Hufeisen probierte er vor dem Beschlagen aus, ob sie auch nicht unter der Hand zerbrechen.

28

Na ja, und dann war doch noch jemand gekommen. Symphorien Champier, der nicht arme Armenarzt. Es war kein glücklicher Eingang, den er sich da verschaffte. Er kam als ein Leidender. Er litt unter seiner Frau. Daphne. Lorbeerblättchen. Sie war am Nachmittag gegangen und noch nicht wiedergekommen. Sie war unzuverlässig. Und er wußte, sie lügt. Ihr Pferd war nicht im Stall. Eine für diesen großen Gelehrten leider unerträglich simple Hoffnung und Furcht erfüllte ihn: Sie ist bei Agrippa. Sie hat in den Tagen, seit er vom Gut zurückgekehrt, über nichts anderes gesprochen als über ihren süßen Henri, mit dem sie Maskenspiele veranstalten will. Er wird sie bei Agrippa finden, ihr verzeihen, sie wird weinen und schwören, das soll nie wieder vorkommen. Es wird herzzerreißend werden. Sie war für ihn wie eine Wunde. Ach, sie wird vor ihm hin und her gehen. Schönes Gehen. Kann man mit so einer Frau die Welt verändern? Man kann es nicht. Sie ist da zum Schmuck der Welt. Sie ist nicht hochmütig, sie ist liebenswert. Ihr Ehrgeiz ist es nicht, Verse zu machen. Sie verbreitet mit einer vergeßlichen Heiterkeit, wohin immer sie kommt, Frohsinn. Man kann ihr nicht böse sein.

Man will ihr nicht böse sein. Aber er, Champier, erwartet wieder zuviel von ihr, doch sie gleicht nicht seinen Vorstellungen, sie zeigt zu deutlich, sie kann ohne ihn leben.

Er fragte nicht, ist sie da. Er brauchte es nicht zu fragen. Es war Gott sei Dank nicht die gefürchtete Situation der Lächerlichkeit. Aber trotzdem, armer Mann, horchte er auf jedes Geräusch.

Es war, als hätten die beiden Gelehrten ihr Gespräch erst gestern abgebrochen und führten es nun heute fort, als hätten sie sich schon seit Jahren gekannt.

»Die Trennung der Medizin von der Theologie«, und trank vom Herkuleswein, »mein verehrter Agrippa, ist nicht nur ein geistiges Problem, sondern für mich hier ein ganz immens praktisches. Die Abhängigkeit von der Pariser Sorbonne stört uns bis hinein in die tägliche Krankenbehandlung. Aber nicht darüber wollte ich mit Ihnen sprechen. Und ich brauche Ihnen nicht erst zu versichern, wie sehr ich mich freue, daß Sie jetzt in unserer Stadt wohnen. Ich wollte mit Ihnen über die Dämonen sprechen. Ich bin da nicht so sicher wie Sie, daß die Dämonen nur in der Vorstellung der Menschen leben. Haben als Hexen Angeklagte nicht immer wieder, in der Tortur befragt, gestanden, ketzerische und zauberische Verbrechen haben sich vermischt?« Und lobte den Wein zwar, aber versprach, vom eigenen Weingut ein Fäßlein zu liefern. »Und haben die, bei allen Vorbehalten, doch recht gelehrten Dominikaner nicht immer wieder Zug um Zug nachgewiesen, die Zaubervorstellungen sind real? Der Flug, die Hexensabbate. Und ist es nicht tatsächlich so, daß die Frau geeignet ist für alle Einflüsterungen und Eingebungen der häßlichsten und niederen Dämonen. Ist denn die Frau nicht doch zu sehr verschieden von uns, verehrter Freund Agrippa. Ist sie nicht zu sehr ergeben allem und jedem Laster. Ich habe es doch selbst erlebt, wie eine glaubwürdige Frau aus gutem Hause mir erzählte – es war, als ich mit dem Herzog von Lothringen durch die deutschen Lande reiste, damals war ich auch Leibarzt –, ich erinnere mich noch genau an den Ort, ein kleiner Ort am Rhein. Sie war die Tochter eines Apothekers, entschuldigen Sie.«

»Es ist entschuldigt, Sie werden Jana Tissie, meine Frau, auch Tochter eines Apothekers, kennenlernen. Sobald sie hier ist, laden wir Sie ein, Sie und Daphne.«

Da schwang nichts mit, beim Aussprechen des Namens Daphne, also weiter mit der Geschichte von der Apothekerin: »Sie erzählte es mir wirklich glaubhaft genug, weil es sie selber betroffen hat, wie sie auf einem Feldspaziergang von durchstreifenden spanischen Söldnern ergriffen wurde und wie sie unter ihnen am Boden gelegen hatte. Sie konnte mir ihre Gefühle ganz genau schildern. Untrennbar nebeneinander und ineinander verklammert waren Angst und Lust. Sie sagte, eine unersättliche Gier. Sie hätte erschöpft und wie tot dagelegen, sich aber dennoch umgesehen und den letzten der drei fast schreiend festgehalten, ›geht doch nicht weg‹. Sie verstehen, mich irritiert dieser bedauerliche und mir unbegreifliche Gemütszustand, vergewaltigt zu sein und zu schreien wie schön und noch weiter und noch mehr. Ich für meine Person weiß nicht, was die Frau ist und wie die Frau ist. Und ich gebe es zu, ich habe es bisher auch nicht als meine Aufgabe angesehen, das zu ergründen. Ein unterhaltsames Übel, ja, schon. Durch Sie, mein Freund Henri, bin ich gezwungen, noch einmal darüber nachzudenken. Sie haben eine ganze Untersuchung geschrieben zum Lob der Frauen, und jetzt, nachdem ich Sie kennengelernt habe, wäre es sehr oberflächlich, darin nur ein gezieltes Kompliment an irgendeine

Fürstin zu sehen. Ich erkenne einen Zusammenhang mit Ihren Erfahrungen von Metz, aber glauben Sie nicht, daß Sie in das andere Extrem fallen mit Ihrer These von den zwei Versuchen Gottes am Menschen? Er habe erst Adam erschaffen, der sei ihm nicht gelungen, dann aber, beim zweiten Experiment, bei Eva, sei die göttliche Vollkommenheit erreicht? Ich weiß nicht, manchmal habe ich Sie im Verdacht, daß das Spielerische mit Ihnen durchgeht.«

»Haben Sie einmal in den Augen eines Menschen die wirkliche Angst gesehen?«

»Ja, schon, als Mediziner weiß ich . . .«

»Angst gibt es in vielfältiger Gestalt. Seit Metz meine ich wissen zu können, die Scholastiker, unsere, wie Sie sagen, nicht ungebildeten Herrn Dominikaner, die Herren vom Predigerorden, brauchen die Angst. Damit alles bleibt, wie es immer war. Dafür das Unheimliche, das Dämonische, dafür der Teufel. Der Teufel, der in den Menschen eingefahren sein soll. Ich habe nicht den Beweis, daß es den Teufel gibt.«

»Aber unsere Welt ist doch in Gefahr, verehrter Freund Agrippa, und in Gefahr durch den Menschen, glauben Sie, diese waldensischen Umtriebe sind anders zu erklären als durch dämonische Einflüsse?«

»Die Hexe ist ein allen zugängliches Bild für die Gefahr durch Ketzer. Das war für mich die Lehre von Metz.«

Leidender Champier, leise Schritte im Garten, und für einen Augenblick setzt sein Denkvermögen aus. Er weiß, er ist in dieser Gefangenschaft, die ihn erniedrigt und gleichzeitig erhebt, in der Gefangenschaft seit dem Tag, an dem ihm das geschehen war: das erste Streicheln beim Überreichen eines Gegenstandes. Nach dem entgegengehaltenen Glas und der Hand zugleich greifen. Sie,

Daphne, hatte ihm das Glas gereicht. War das Zauber? Wen konnte er danach fragen. Wen durfte er danach fragen.

Ja, zurück zum Gespräch, Agrippa nimmt seinen Gedanken auf: Die Medizin trennen von der Theologie. Das mag vielleicht für einen Augenblick gelingen, aber dann wächst alles wieder zusammen, so wie ein Garten, um den sich niemand kümmert, vom Unkraut überwuchert wird. In Metz hatte er es versucht, das Recht von der Theologie zu trennen. Er hatte im Prozeßverlauf darauf hingewiesen: Der Inquisitor versteht nichts von den Dingen der Jurisprudenz. Er, Agrippa, hatte alle persönliche Vorsicht außer acht gelassen und war ganz allein angerannt gegen die Jahrhunderte alte und bis obenhin mit Waffen bespickte Festung der Herren der Inquisition, der Dominikaner. Und hatte sich durchgesetzt. Und hatte gewonnen. Aber, nach seinem Weggang von Metz war der soeben von ihm gereinigte Garten wieder überwuchert. Erstickt. Sein alter Feind Savini hatte doch seinen Inquisitionsprozeß bekommen. Und einen Mann wegen ketzerischer Predigten auf den Scheiterhaufen gebracht. Man darf nach einem Sieg nicht so schnell weggehen?

Der große gelehrte Doktor Champier antwortete nicht. Erst nach einer langen Zeit des Schweigens, mühsam, meinte er: »Wenn Sie keinen Nachfolger haben, stehen Sie allein.«

»Der Mönch Deodatus von den Zölestinern hat mich öffentlich in einem Brief aufgefordert: Schütze weiter die Wahrheit. Du darfst nicht aufhören.«

»Bewunderer nützen nichts. Bewunderer habe auch ich genug. Man muß Schüler haben. Wenigstens einen. Den einen einzigen, von dem man weiß, er wird, was wir angefangen haben, zu Ende oder wenigstens weiter bringen. Noch habe ich den Schüler nicht. Ich sehe ihn nicht. Und so muß ich allein um mein medizinisches Kolleg kämpfen.«

»Aber Sie haben Ihr Spital.« Und stimmte mit ihm überein: Heute beurteilt man eine Stadt nach ihrem Spital. Das war nicht erst jenseits der Berge bekannt geworden, als Luther Rom beschrieb, das war schon so seit der Zeit des Kalifen Harun al-Raschid, als größte Zierde von Bagdad galt das Spital. Und größte Ehre für einen Arzt, dort der Erste zu sein. Und seit er, Champier, sich in Lyon niedergelassen hatte, war das Spital vergrößert und verbessert worden.

Es war für Champier an diesem Abend, da er sich von Daphne verlassen fühlte, besonders wohltuend, daß Agrippa ihm, dem Gelehrten und Spitalarzt, Ruhm und Beliebtheit bestätigte. Angenehm, aus Agrippas Munde die eigene Legende zu hören. Das hatte Henri in der Stadt erfahren, die rührende Geschichte, wie Champier einer alten Bauernfrau, die sich weigerte, irgendeine Speise anzurühren, weil die Angehörigen sie gegen ihren Willen ins Spital gebracht hatten, wieder dazu verhalf, mit Lust zu essen. Allen anderen wäre sie unter den Händen weggestorben. Nicht ihm, Champier, der ungewöhnlich denken und handeln konnte, nur nicht spielerisch. Er durchbrach sein eigenes Gebot: Tiere dürfen nicht ins Spital. Am Abend, als es dunkel war, hatte er eilig eine Hintertür benutzt, die schwache Bäuerin in einen Raum bringen lassen, wo sie allein liegen konnte, hatte dort unter seinem weiten Mantel ihren Hund hervorgeholt, hatte ihm einen Freßnapf hingestellt, hatte zugesehen, wie der sich schmatzend über ein Fleischstück hermachte, nachdem er die alte Frau begrüßt, ihr die Hände und übers Gesicht geleckt hatte. Es war ihre Angst gewesen, der Hund wird Hungers sterben, weil er gewohnt war, von ihr gefüttert zu werden. Nie hatte sie über ihre Krankheit gejammert, immer nur über den Hund. Und vor Angst war sie nicht mehr fähig gewesen zu essen. Sie hatte sich fallenlassen, wollte nur noch sterben. Der Anblick des fressenden Hundes, der ja ein Stück ihres Lebens war, gab ihr die Kraft, nun auch für sich nach einem Stück Brot zu fragen. Fast acht Tage lang schleppte Champier den Hund hin und her, zurück in den Hof außerhalb der Stadt und wieder ans Krankenbett. Es war nicht so, daß er seine Zeit verschenkte, er hatte immer Zeit für jeden. Nie erweckte er den Eindruck, er müsse hastig noch einmal aufstehen und nach diesem und jenem sehen.

»Ich könnte nicht leben ohne die tiefe Überzeugung von der Richtigkeit der Einsicht des Aristoteles: Der Mensch ist von Natur aus auf die Erlangung der Glückseligkeit eingerichtet.« Laß diesen Abend noch nicht vorbei sein. Das erste Zusammentreffen zwischen zwei Männern, die erst ergründen müssen, wie weit sie übereinstimmen. Und so bekannte sich der gelehrte Champier zu seinem Aristoteles, ja sicher, gut und schön, daß der andere ihn lobte wegen der Hundegeschichte und des Spitals, aber das Leben ist doch noch mehr. »Aristoteles hat auch das gesagt, der Mensch sei ein politisches Wesen, und das Ziel des menschlichen Zusammenlebens sei kein Werk der Willkür, ein Leben in guter Gemeinschaft müsse verwirklicht werden. Aber was, mein lieber Agrippa, ist diese gute Gemeinschaft. Ihnen kann ich es ganz unumwunden sagen: Diese neu aufgekommenen Waldenser, die Leute im stillen Tal der Durance, ziehen mich an und stoßen mich ab. Ich bewundere sie und fürchte sie. Ihre Sitten scheinen gut und rein zu sein. Aber sie achten das Eigentum nicht. Ich meine, wenn die Fürsten besser wären, die Könige, die Herrschenden, dann kämen im Volk diese doch gefährlichen Stimmungen gar nicht erst auf. Ich bin dabei, ein Buch zur Erziehung unseres Königshauses zu schreiben. Ja, so kann ich es nennen. Sie, die dort oben von Gott eingesetzt sind, müssen daran erinnert werden, daß sie Vorbilder sind. Die, zu denen man aufschaut.«

Übliche Frage unter Leuten, die schreiben: »Der Titel?«

»Das Schiff der Fürsten. Aber oft verzweifle ich an diesem Unternehmen bei der ganz einfachen Frage, werden diejenigen, für die ich mein Buch bestimmt habe, es überhaupt lesen?«

Noch bleiben, und dem, der auch Arzt und Philosoph ist, sich öffnen: über die medizinischen Fragen, die er untersuchte: die Beschaffenheit des Herzens und der Mechanismus der Zeugung. Und hatte immer wieder gefunden, es stimmte nicht überein mit der Lehre des verehrten Aristoteles. Kann man zu eigenen Ergebnissen kommen, und darf man der eigenen, vielleicht zufälligen Beobachtung trauen? »Wenn ich mich da festgefahren habe, suche ich Zuflucht und Vergessen, Sie, Agrippa, werden das verstehen, beim großen Lehrer des Aristoteles, bei Platon. Ich vervollkommne für mich seine Lehre von der Präexistenz: Bevor der Mensch geboren wird, hat seine Seele bei den Göttern gewohnt. Und so hat die Seele des Menschen Anteil an den ewigen Wahrheiten genommen. Jetzt, im Leben, erinnert sie sich daran.«

»Dann und wann, bestenfalls.«

»Ich versuche noch einmal nachzuvollziehen, wie die Seele eingeteilt ist, in Vernunft, Mut und Begierde.« Und bekennt an diesem Abend, mit dem kleinen liebenswürdigen Hauch an Selbstironie: »Ach, ja, die Stunden der stillen Einkehr. Zurück in die lange Zeit vor

Aus einem mittelalterlichen Manuskript, Die vier Grundtemperamente: Sanguiniker, Phlegmatiker, Choleriker, Melancholiker

meinem Dasein, als die Seele noch bei den Göttern saß und lauschte. Augenblicke ungestörten Erinnerns, hoher Genuß, dann beginnt der Geist Worte in Versen zu formen. Ich fühle mich entrückt, von mir selbst entfernt, aber mir selbst auch gleichzeitig so nah wie nie. Gleichzeitig ich und ein anderer. Und wissen: Nach dem Ende des Leibes wird die Seele zu den ewigen Wahrheiten der Götter wieder zurückkehren. Unsterblichkeit.«

»Unsterblichkeit?«

»Aber keine Vollkommenheit. Wenn die Welt ein Abbild des göttlichen Urbildes ist, müßte sie vollkommen sein. Aber wo ist sie vollkommen. Und was ist das: vollkommen. Ich sehe überall Bedrohungen. Verfall. Allein schon in der Art, wie unsere, von mir außerordentlich hochgeschätzte Madame Aloysia den Prinz Franz erzogen hat, unseren großmütigsten König. Sie hat aus ihm einen ungebildeten Gesellen gemacht. Jäger und Krieger. Platons Dreiteilung der Welt in die drei Stände ist ja heute schon zu sehr überdeckt von den Auslegern. Der erste Stand, die Philosophen, der zweite die Krieger, der dritte die Ernährer. Es ist aber immer wieder anregend, darüber nachzudenken, unter uns, Philosophen und Medizinern.«

Er war nicht weinselig, der nicht arme Armenarzt. Er hatte nur jahrelang keinen Menschen gehabt, dem er meinte sich anvertrauen zu können. »Sie wissen, mein Agrippa, was damals gesagt wurde, als der König, der Sohn unserer Aloysia, mit seinen Truppen über die Alpen ging ins Mailändische, warum er den Kampf sucht: zum Vergnügen, wurde uns gesagt, und weil er ein feuriges Herz habe und weil das die edelste Beschäftigung eines Fürsten und Ritters sei. Damals, vor zehn Jahren, hatte er die modernste Artillerie. Es war eine Überraschung für die ganze Welt. Ich habe die Stücke selber gesehen, wie sie hier in Lyon aus der Werkstatt transportiert wurden, auf Mauleseln, dreihundert Stück. Es war der Stolz der Eisengießer von Lyon. Sie hatten, nebeneinander gebündelt, fünfzig sehr kurze Rohre, nicht länger als zwei Fuß, und man konnte auf einen Schlag fünfzig Kugeln abfeuern. Und warum, so frage ich Sie, ist er dann noch einmal über die Alpen gegangen, warum hat er sich gefangennehmen lassen, ich habe einen Verdacht, den ich nicht los werde, sind unsere Kanonen von Lyon nicht mehr so gut wie damals. Sind unsere Eisengießer nicht mehr so wie damals. Liegt das Vergnügen unseres großmütigsten Königs ihnen nicht mehr so sehr am Herzen.«

»Ich kenne einen Eisengießer. Dem fehlen beide Beine.«

Zurück ins Reich der grauen Vorzeit, beschwichtigender Geist des großen, suchenden Gelehrten, des an sich selbst leidenden Champier: »So ist es vor der Sintflut mit den Menschen gewesen und vor der Feuersbrunst von Sodom: Sie aßen, sie tranken, sie lagen beieinander. Das Wasser brachte sie um. Dann: Sie aßen, sie tranken, sie kauften, sie verkauften, sie pflanzten, sie bauten. Das Feuer brachte sie um. Es wird immer so sein: Zwei werden auf einem Bett liegen. Einer wird angenommen, der andere wird verlassen werden.«

29

Es traf ihn, Agrippa, wie ein Schlag ins Gesicht, als ihm in der Frühe, unerwartet, beim üblichen Morgenbesuch, der neue Beichtvater vorgestellt wurde. »Das ist der berühmte Prediger Jean«, sagte Madame Aloysia, und: »Es ist uns gelungen, ihn für unseren Hof zu gewinnen.« Da war das Schwirrende in ihrem Ton, das er, der Leibarzt, so gut kannte. Sie war erregt.

Ein Dominikaner trat ihm entgegen. Ein Mann aus dem Predigerorden. Sehr groß, noch größer wirkend in der weißen Kutte mit dem schwarzen Mantel darüber. Hager, fast ausgemergelt, lange Hände. Ein junger Mann. Am Beginn seines Wirkens. Und schon Beichtvater der Königin?

Ausgerechnet. Aus dem Orden der Predigermönche. Seit Metz versuchten die Dominikaner, ihn als Ketzer zu überführen. Sie lauerten auf einen Fehler von ihm. Sie waren seine Todfeinde. War dieser hier auch vorgeschickt, um auf ihn zu achten?

Er hatte die Dominikaner blutgierige Raubvögel genannt. Alle. Er hatte öffentlich erklärt: Ihr Gehirn ist in ihrem Bauch und ihr Geist auf dem Teller. Und: Sie lassen sich die Hände versilbern.

Warum trug der junge Mann die Mönchskappe? Warum war er ein Mönch? Das schöne Gesicht mit dem ein wenig wirren Haupt- und Barthaar schien ihm dadurch entstellt.

Wir kennen Agrippa gut genug. Mit seiner spielerischen Furchtlosigkeit. Auch sollte Madame begreifen, ihr Leibarzt ist ein freier Mensch. Und er wollte ausprobieren, wie der neue Beichtvater reagiert.

Nach einigen allgemeinen Worten, über die ungewöhnliche Kälte in der Frühe, meinte Agrippa, daß man eigentlich einen Menschen heutzutage gar nicht mehr vorzustellen brauche, da jeder an seiner Kleidung kenntlich sei. Aber: *»Als ich einmal den Ursprung der Mönchskappen erfahren wollte und in den Schriften nichts finden konnte, ging ich zu den Malern, ging in die Kreuzgänge der Mönche, wo das Alte und das Neue Testament abgemalt sind. Und als ich im Alten Testament keinen Priester noch Propheten sah, der eine*

Mönchskappe hätte, so betrachtete ich das Neue Testament. Da fand ich Zacharias, Simon, Johannes den Täufer, Joseph, Christus, die Apostel und die Schüler, die gelehrten Pharisäer und Hohenpriester, den Kaiphas, den Herodes, Pilatus und viele andere mehr.

Ich fand aber bei keinem eine Mönchskappe.«

Der Prediger Jean sagte sehr ruhig: »Ihre Geschichte geht sicher noch weiter. Ihre Schlußfolgerung.«

»Ja, da dachte ich weiter nach und fand bei der abgemalten biblischen Geschichte den Teufel in einer solchen Kutte oder Mönchskappe abgebildet, den, der den Herrn Christus in der Wüste versucht. Da entstand in mir eine sonderbare Freude, daß ich das, was ich in den Schriften nicht finden konnte, bei diesem Gemälde gefunden hatte: daß der Teufel der erste Erfinder einer Mönchskappe sei. Und von ihm wäre dann diese Kappe geborgt, oder er hat sie als sein Erbteil vermacht an die anderen Mönche und Brüder. Und in anderen Farben auch.«

Schöne, schlichtende Handbewegung der Regentin. Zum Leidwesen von Henri jedoch, so war die Entgegnung des Dominikaners von ihr abgeschnitten.

Doch Jean fühlte sich nicht unter ihrer Befehlsgewalt. »Ja, wenn es so einfach wäre, das Kleid, das ist der Mensch.« Einer wie Agrippa, außerhalb eines Ordens stehend, konnte gar nicht ermessen, was das bedeutete, Zugehörigkeit zu einer besonderen Gesellschaft. Ja, gewiß, es entschieden andere über ihn. Und für ihn. Was er lesen durfte, was er schreiben sollte. In diesem Orden. Aber wer kann und will sein Kleid – sein Leben – deshalb ausziehen, wegwerfen? Doch, schon, man konnte mit vorsichtiger Ironie, sehr still für sich selber, seinen Überlegungen nachgehen: Es hatte etwas für sich, daß andere für einen dachten. Vorsorglich. Die Seele könnte Schaden nehmen. Die Seele könnte Schaden nehmen, wenn sie erführe, was in neuen Büchern steht über theologische und philosophische Fragen. Vielleicht nicht einmal Gegenteiliges, nur anderes, von anderen Orten her. Aber das ging Ordensfremde nichts an. Das hatte er, Jean, ganz allein mit sich auszumachen.

Es war für ihn rührend, was alles unter das Leseverbot fiel. Weil ja derjenige, der auswählte, der gute, wackre Klosterbruder, nicht immer alles verstand, nicht das Latein und nicht die Sache, so konnte es geschehen, daß gutwillige Schreiber, ja sogar eifrige Befürworter der Idee des Dominikus verdammt wurden. Noch nie hatte es, um Sicherheit zu schaffen, eine so große Unsicherheit gegeben. Eine Klostervisitation kam nach der anderen, und immer wurden Reformen angeregt.

Er, Jean, stellte es nicht in Frage: Das Abschirmen vor »bösen Worten« gehörte zum Bedürfnis nach Trost. Trost in diesem widrigen Leben. Mit einer schwierigen persönlichen Lage fertig werden zu müssen, in diese Gefahr kamen seine Klosterbrüder gar nicht. Es wurde ihnen alles abgenommen. So wurde ihnen nichts Sichtbares amputiert, nur das Denken wurde beschnitten, nur das Denken.

Der Prior des Ordenshauses der Dominikaner hatte unter starken innerlichen Vorbehalten dem Wunsch der Königin-Mutter nachgegeben, gerade diesem Mönch die Erlaubnis zu erteilen, an den Hof zu gehen. Nicht, daß es Mißhelligkeiten mit Bruder Jean gegeben hätte, im Gegenteil, man konnte mit seiner »Arbeit am Menschen«, wie man die Beschäftigung der Predigtherren wohl nennen konnte, recht zufrieden sein. Jean war fast pausenlos unterwegs, bis auf die Zeit der vorgeschriebenen Gebete, die er korrekt einhielt. Bei den intensiven Gesprächen, die er täglich mit diesem Bruder Jean hatte, war es ihm, dem Prior, jedoch immer wieder deutlich geworden, neben dem hohen Ernst, mit dem Bruder Jean seinen nicht leichten Aufgaben nachging, lag, oft unvermutet hervorbrechend, etwas Spielerisches.

Jean hatte das Spielerische gewonnen auch durch stetiges Beschäftigen mit den Wissenschaften. Er schlief wenig, las viel, mehr als alle anderen, mehr als der Prior selbst, auch war es ihm gestattet, unerlaubte Bücher zu lesen, um die unerlaubten Ansichten widerlegen zu können.

Doch hatte er die Sucht, Lesen und Leben in gewisse Zusammenhänge zu bringen, das war seine Stärke. Der Prior mußte ihn fast täglich warnen: »Hüten Sie sich, die Dinge, die Ihnen heute begegnen, in überbewertende Zusammenhänge zu setzen. Lassen Sie dem Zufälligen seinen Platz.«

Es wäre noch sehr lange und sehr viel über Bruder Jean zu berichten, wie er, der Hochgewachsene, Hagere, auf die Frauen wirkte. Da war etwas Wildes und Feierliches gleichzeitig um ihn, er wußte das, er merkte es, wenn er in die Stuben zu den Leuten kam. Sie begannen sich selbst zu vergessen. Sie wurden still in seiner Anwesenheit, was sie geschäftig in den Händen gehabt hatten, Stopfnadel oder Kochlöffel, legten sie weg, um sich nicht ein Wort aus seinem Munde, nicht einen Blick aus seinen Augen, nicht eine Bewegung seiner Hände entgehen zu lassen. Sie setzten sich hin und schauten ihn an und hörten ihm zu.

Das war eine ungeheure Versuchung, in die Pose einer selbstgerechten Eitelkeit zu fallen. Bisher hatte er dagegen ankämpfen können, aber er litt. Er litt darunter, weil der Kampf gegen die Pose und gegen das salbungsvolle Wort ihn auch in den schwersten Stunden anderer beschäftigte, wenn er an die Betten der Sterbenden gerufen wurde für die Letzte Ölung. Welch starke Versuchung, die am Totenbett des Mannes verzweifelnde Frau zu billig zu trösten.

In den engen kleinen Häusern zwischen Berg und Fluß war es besonders schwierig, jedenfalls schwierig für ihn, Jean, durch die Bedrückung und durch die Angst hindurch das Wort: Vita non tollitur, sed mutatur, das Wort von der Verwandlung des diesseitigen Lebens zum jenseitigen Leben als einen Trost zu bringen. Was nützte das in einer Stube mit sieben Kindern und zwei Großmüttern und einem Großvater, aber der Ernährer, ein Maurer, weggestorben. Gestorben nach der Letzten Ölung, fast unter seinen Händen. Wer könnte da Genugtuung empfinden darüber, daß es noch gelungen war, ihm die Gnade der letzten Beichte zu gewähren. In seinem gründlichen und ausführlichen Bericht an den Prior hatte er die Frage gestellt: Wer wird diese elf Menschen nun ernähren?

Der Prior, weißhaarig, sehr würdig, sehr gemessen und erfüllt von einer heiteren Zufriedenheit und von dem Bewußtsein der Größe seines Amtes, wies auf die Güte Gottes hin, fragte nach dem Alter des ältesten Kindes, meinte: Ist er ein Sohn, wird er sorgen, muß er sorgen. Ist sie eine Tochter, wird sie heiraten, und ihr Mann wird sich kümmern, bis die Kinder alle groß und stark sind. Sichere, gesicherte Welt des Priors. Gesichert auch im Nebeneinander mit dem anderen und vor allem hier in Lyon mächtigen Orden der Cordeliers, Träger der weißen Stricke, Franziskaner. Ihn, den Prior, ging es nichts an, wenn neuerdings diese anderen Brüder ein wenig nachlässig in ihren Pflichten wurden, wenn es, wie man ihm zugetragen hatte, schon vorgekommen war, daß in den Vierteln, für die nach Übereinkunft nur die Cordeliers zuständig waren, Sterbende ohne Trost blieben, daß kein Träger des weißen Gürtels zur Stelle gewesen.

Er selber war ja auch nicht mehr hinuntergegangen

an die Ufer von Strom und Fluß, aber für ihn gab es die Rechtfertigung, er hatte den zuverlässigen Bruder Jean, den ließ er gewähren. Und er sah, dieser Jean leidet mit den Leidenden. Er war eine Zierde seines Ordens. Er hatte es dem Jean sogar gestattet, eigene Schüler auszubilden. Er, der Prior, hatte streng Sorge getragen, daß die Zahl unter zwölf bleibe, damit kein Gerede entstehen könne, er dulde einen Menschen in seinem Kloster, der zwölf Apostel um sich schart. Sie hielten Übungsstunden und lasen gemeinsam lateinische Texte, auch weltliche, und sie lernten bei Jean die Kunst zu disputieren, selber einen Satz aus der Schrift in Frage zu stellen und selber die Antwort zu geben und jeden Zweifel zu lösen.

Und dann, höchst unerwünscht, nicht zum erstenmal – im Zusammenhang mit dem Tod des Maurers, Vater der sieben Kinder –, dann war das Spielerische des Bruders Jean zum Ausdruck gekommen. Er war mit einem seiner Schüler, nicht einmal in weltlicher Tracht, nicht einmal verkleidet, zum Schloß gegangen, hatte dort den Gaukler gemacht. Willkommen in der Langeweile eines langen Tages. Er, der bescheidene Bruder im geistlichen Gewand, war eingelassen worden, hatte dort oben auf einer Wiese das verbotene Münzspiel gespielt. Das Spiel mit den Raben, das jeder kennt: Zwei Vögel zanken sich um eine glitzernde Münze. Hätten sie zwei, wäre Frieden. Aus dem Publikum wird die zweite Münze hingeworfen, aber auf unerklärliche Weise ist sie schon, noch ehe sie den grünen Rasen berührt, verschwunden. Verdienst des Gauklers. Die zwei Raben, der Schüler und vor allem Jean, mit seinen erstaunlichen Händen, hatten die Damen, die ständigen Begleiterinnen der Madame Aloysia, verzaubert. Man wußte nicht, wer geschickter war, die beiden Vögel oder der Mann. Jedenfalls warfen sie willig Münze um Münze, um das Geheimnis des schnellen Verschwindens zu ergründen. Es war eine schöne Summe zusammengekommen, die Jean in das Haus des toten Maurers bringen konnte.

Und vom Fenster aus hatte Madame Aloysia ihn gesehen. Und wollte ihn haben.

Es hatte eine strenge Rüge für ihn, Jean, gegeben und einen Verweis für den Schüler. Natürlich war der Vorfall genau und lange untersucht worden, und dieses Mal hatte der weißhaarige Prior unerbittlich sein müssen. Für Lehrer und Schüler zwei Monate Ausgehverbot. Für Bruder Jean Verbot, seine Disputierstunden zu geben, Entzug aller Bücher bis auf das Gebetbuch.

Schon am nächsten Tag war das beunruhigende Ansuchen vom Schloß gekommen. Und der Prior sah für seinen Jean eine neue Gefahr, das glatte Hofleben. Sie werden ihn dort aussaugen wie eine bittersüße Frucht, er wird das verlieren, was seine Stärke ist, er wird mit den Leuten unten am Fluß nicht mehr reden können. Er bat die Königin-Mutter um Bedenkzeit. Und hatte ein sehr langes Gespräch mit Jean gehabt und hatte ihn unbußfertig gefunden. Er, der in Mönchskleidung als Gaukler gegangen, habe lange überlegt, ob er nicht einen Hund für die Zauberkunststückchen nehmen sollte, einen kleinen, abgerichteten Hund, der zugeworfene Münzen mit dem Maul auffangen oder sich auf zwei Beinen aufrichten und tanzen könne. Jedoch bei der Sattheit da oben im Schloß wäre das ein sicher zu geringer Anreiz gewesen, in die Beutel zu greifen. Für verbotene Dinge seien die Damen dort oben freigebiger. Das sei eines Dominikaners nicht würdig. Den Tadel müsse er annehmen, es sei ja aber doch kein Schade entstanden, im Gegenteil, alles sei geschehen, um den Prior zu bestätigen, um das Wort wahr zu machen: Die älteste Tochter wird einen Mann bekommen, und der wird für das Haus mit allen Bewohnern sorgen. Heiraten kostet Geld, sagte Bruder Jean sehr nüchtern. Und diese Nüchternheit neben dem Spielerischen war seine große Stärke. Der Prior wußte das.

Es wurde dem Bruder Jean nicht offiziell verziehen. Aber er bekam die Erlaubnis, seine Tätigkeit als Beichtvater bei der Königin-Mutter aufzunehmen, knappe, schlechte, aber sachliche Formulierung. Mit dem ausdrücklichen Zusatz, zur Nacht ins Kloster zurückzukehren.

30

Kann ein Mann einen anderen Mann vor einer Frau warnen und sagen, hüte dich, sie wird dich fressen. Laß die Finger weg, sie wird sie dir abbeißen. Achte auf deine Zunge, sie wird sie dir herausreißen. Geh nicht zu nah hin zu ihr, sie wird Stück um Stück von dir ausprobieren, was als Auszeichnung erscheint, erweist sich am Ende als eine Demütigung. Es war nun einmal hier in Lyon so – leider, und wir können uns der Betrachtung dieser Umstände bedauerlicherweise nicht entziehen –, es war nun einmal so, daß jeder in der Stadt mit Wohlwollen oder mit Mißfallen über die Möglichkeiten der Männer bei Madame Aloysia redete, als hingen die Geschicke des Landes von der Freudigkeit oder von der Trägheit ihres Unterleibes ab. Hofgeschichten.

Vielleicht wußte niemand so genau wie er, Agrippa, wie abhängig sie war von ihrem eigenen Fleisch, wie anders ihr Tag verlief, wenn da ein Mann war, den sie nur schwer gewinnen konnte.

Bisher hatte noch keine ihn in seiner Liebe und Achtung für die Frauen erschüttern können. Er hatte sich von Anfang an als Philosoph, als Advokat, als Mediziner gegen die allgemeine Verurteilung der Frau gewendet. Er, der genau Beobachtende und Registrierende, wußte, eine Frau ist empfindsamer als ein Mann, weil sie anders denkt. Auch diese hier, die Königin-Mutter, sie dachte anders, nicht nur, weil sie so ganz oben war, sondern auch, weil sie eine Frau war, verletzbar.

Aber jetzt: Zusehen, wie ein Mann in sein Unglück geht?

Doch als er ihm so gegenüberstand, der kleine Henri, und aufzublicken hatte zu dem großen Jean im langen, schwarz-weißen Ordenskleid, sah er wieder den Dominikaner von Metz, den Widersacher, den Inquisitor, den Bereiter der Scheiterhaufen, den starrsinnigen Eiferer, den Ungelehrten, mit dem kein Gespräch möglich war.

Er verwünschte die schnelle Eingebung, diesen da warnen zu wollen. Soll er doch in sein Unglück rennen, soll er sich doch fressen lassen mit Haut und Haar und dem ganzen schwarz-weißen Ordenskleid dazu. Was geht er mich an. Für seine Seele ist es viel schlimmer, den Beruf eines Predigtherrn in einem Bettelorden übernommen zu haben, in einem Orden, der unbescholtene Menschen ins Feuer bringt. Der überall Leute sitzen hat, die über jeden Bewohner der Stadt, ja des Erdkreises Berichte machten. Was geht er mich an.

Nur weil er einmal auf der Wiese mit Raben gespielt hat? Ein verbotenes Spiel für einen guten Zweck? Madame Aloysia war gegangen. Und jetzt, wie er so nahe vor ihm stand, roch er den Weihrauchdunst aus der schwarzen Kutte. Er sah die überlangen Finger, den wirren, dunklen, fast schwarzen Bart. Und sah ein eigentümliches Lächeln um einen keineswegs asketischen Mund. Nicht salbungsvoll, nicht zynisch, nicht hart.

»Man hat mich aus einem Gewahrsam von fast zwei Monaten hierher entlassen.« Der Beichtvater sagte es spielerisch, ohne Bitterkeit. »Und unser aller Madame hat mir versichert, sie habe mich gerettet, zumindest davor, ausgestoßen zu werden.«

Die Art seines Redens, alles wissen und doch spielerisch heiter sein, das war ihm, Henri, verwandt. Auch das da mit den Raben hätte er tun können. Mißtrauen gegen das Kleid? Mißtrauen gegen den Mann? »Und an was für eine Rettung glauben Sie?« fragte er den großen Prediger.

»Jetzt sieht es aus, als sei ich das Schoßkind der Welt. Reue und der Schoß der Kirche oder Gnade und der Schoß unserer allergnädigsten Madame.«

»Was wollen Sie?«

»Ich will nicht entkommen. Ich will nicht weglaufen. Ich bin nicht Jonas. Ich bin nicht der Mann, der sich weigert zu predigen, wenn er den Auftrag dafür bekommt.« Wir sehen, Jean hat eine Vorliebe zu den Bildern, zu den Gleichnissen, zu den Fischen.

»Ich will Einfluß nehmen . . .«

»Wußten Sie das auch so klar, als Sie mit ihr allein waren, der Mund der Beichtenden nahe an Ihrem Ohr?«

»Sie ist verwirrend.«

»Haben Sie die Dichter gesehen, Leute wie Waldfreund Silvius, und die Maler? Die sind mittelmäßig geworden. Wenn sie nicht vorher schon mittelmäßig waren. Sie schmeißt sie nicht weg, wenn sie fertig mit ihnen ist, sie sammelt sie um sich, zieht sie hinter sich her, wie ein Komet seinen Schweif.«

»In diesen zwei Monaten, als ich eingeschlossen in meiner Zelle war und nur herausgerufen wurde zu den Gebeten, machte ich mir meine Gebete selber. Sie können es nicht wissen, Sie können es nicht ermessen, wie es ist, ganz allein. Sie werden veranlaßt, sehr stark zu beten. Und jetzt ist das alles, was ich gedacht, verstehen

Sie, erbeten habe, Wirklichkeit geworden. Ich habe zwei Monate lang Tag für Tag gedacht: Wenn ich König wäre, würde ich zuerst das Schloß auf dem hohen Berg verlassen. Ich würde hinuntergehen an die Flußufer, ich würde Fragen stellen, nicht wie ein geheimer Kundschafter. Jeder, den ich frage, soll wissen, wer ich bin. Er weiß es nicht durch das Äußerliche einer Kette oder eines Kleides, er weiß es, weil ich mich verantwortlich fühle, weil ich von jedem einzelnen wissen will, wie er lebt, was er treibt, was er erhofft. Ich will nicht geliebt und nicht gefürchtet werden. Ich will anerkannt werden als einer, der ihnen zeigt, warum und wofür und wohin. Und nur dann brauche ich mich vor ihnen auch nicht zu fürchten. Ich brauche keine Leibwächter um mich herum, weil ich weiß, sie werden mich nicht töten, denn ich habe ihnen nichts voraus. Ich trinke keinen besseren Wein als sie, ich habe keine geheimen Vorräte an Weizen, nur für mich allein. Ich habe Verständnis für sie. Und sie haben Verständnis für mich. Ich werde nicht hingehen und vorgeben, ich kann alles. Ich werde nicht bei den Schmieden ein Schmied sein, bei den Eisengießern ein Eisengießer, bei den Vogelfängern ein Vogelfänger, bei den Schneidern ein Schneider. Ich werde keine Zeit damit verlieren, mir die Vorlagen anzusehen, wie mein Gesicht in die Münzen geprägt werden soll, und es wird auch niemand von meiner Seite weggestoßen werden, weil der Vortritt für mich freigeschlagen werden soll in eine Kirche, in einen Garten, an einen Tisch. Das Leben ist zu kurz für das Aufstellen und Einhalten von Rangfolgen. Das ging Stunde um Stunde, Tag für Tag, meine Gedanken: Wenn ich König wäre. Und jetzt ist ihr Ohr an meinem Mund. Und mein Mund an ihrem Ohr. Wie ich das mache, ist allein eine Sache zwischen Gott und mir.«

Das ist etwas sehr Verschiedenes, Leibarzt und Beichtvater. Das ist etwas sehr Verwandtes, Leibarzt und Beichtvater.

31

Jana Tissie ist gekommen. Zu Hause in Lyon. Manchmal dachte sie nach über die heimische Apotheke in Genf. Des Vaters Apotheke. Da hat niemand an meiner Seite gestanden in dem Augenblick, als ich sagte, ja, diesen Agrippa und niemanden anders.

Da haben sie gesagt: Aber er war schon einmal verheiratet. Und: Welch ein Unglück. Und: Du wirst die Apotheke verlassen. Und: Gehst fort. Und: Bist unsere Tochter nicht mehr. So stand sie da, ganz allein. Jana Tissie. Und es war doch sehr unsicher. Kannte sie ihn? Sie kannte ihn nicht. Und sie sagten: Er hat was Jüdisches an sich. Und sie sagten: Er hat die Dominikaner gegen sich. Und sie fragten: Wann, wann ist es denn passiert?

Ich habe ihn auf dem Markt gesehen. Und er hat gegrüßt.

Er hat gegrüßt. Mehr nicht. Er kommt nicht einmal in unsere Apotheke. Und: Wenn du zurückkehrst, wir werden dir unser Haus nicht öffnen. Er hält es mit den Feinden der Kirche. Auf dem Markt getroffen. Und Augen gemacht. Und nicht einmal in unsere Apotheke gekommen.

Ohne Abelard ist Jana Tissie nicht zu verstehen. Wenn ihre Arbeit in Haus und Apotheke beendet war, konnte sie in eine Welt gehen, die unzugänglich war für andere, die Welt ihres großen Traumes um den Mann aller Männer, um den einzigen, den es zu lieben gelohnt hätte, wäre er ihr je begegnet, Pierre Abelard.

Schönes Buch in der Apotheke des Vaters über die

Les vertus des eaues et
des herbes. Auec le regime contre la pestilence/faict
et compose par messieurs les medicins de la
cite de Basle en Alemaigne. iiii.

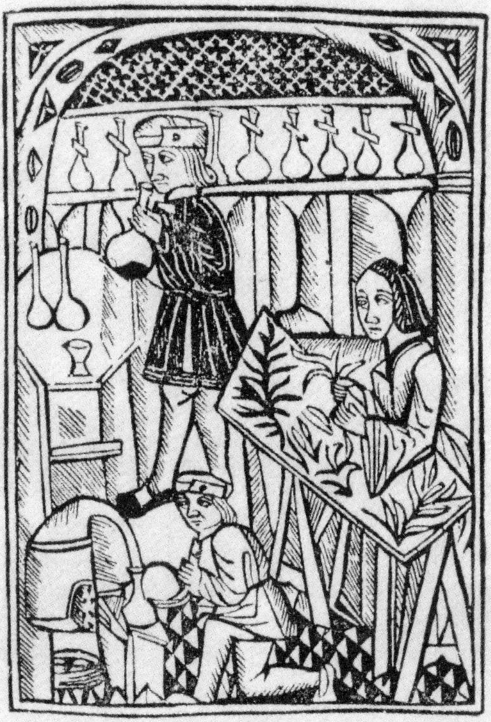

Verordnungen gegen die Pest im Innern einer Apotheke,
Holzschnitt um 1530

große und schwere Liebe von Abelard und Heloise. Hunderte von Jahren zurück.

Hinschmelzen schon beim Namen. Das zweimalige weiche A. Aber ich wäre anders gewesen als damals Heloise, ich hätte mich von ihm nicht getrennt, nicht trennen lassen, auch als die Kraft von ihm gegangen war.

Ewige und ewig wiederkehrende Geschichte vom Mann, der gebrochen werden soll, weil er für die Gerechtigkeit eintritt. Geschichte des Mannes, der weiß, was der erste Schlüssel zur Erkenntnis der Gerechtigkeit ist: Fragen, unaufhörliches Fragen. Und der den Schlüssel handhabt und fragt nicht die Buchstaben in den toten Büchern, nicht nur. Fragt den Leidenden und den Sterbenden, fragt den, der mit seinen Händen arbeitet, den Salzsieder und den Zwiebackbäcker, den Ruderknecht auch. Geschichte vom Mann, der den zweiten Schlüssel kennt: den Zweifel. Und der, weil er durch Zweifel zum Suchen getrieben wird, lernt zuzuhören und sich mitzuteilen.

Pierre Abelard mit der aufrechten Haltung, mit der schönen Stirn. Und überzeugt von sich selbst. So überrannte er die Dogmen.

Abelard, begehrenswerter Mann. Und darum zerstören sie seinen Körper, daß auf Erden nie wieder einer sei wie er, aus seinem Fleisch. Sie nehmen ihm die Zeugungskraft. Und fürchten sich noch immer vor seiner anderen Kraft, die sie ihm nicht nehmen können: seine Überzeugungskraft. Zwar haben sie seinetwegen ein Konzil einberufen, aber er, mit eigener Person, darf sich dort nicht verantworten, weil er, wie sie selber sagen, in seiner Argumentation unwiderstehlich ist.

In seiner Unwiderstehlichkeit liegt der dritte Schlüssel: Die einzige Zärtlichkeit, die nicht stirbt, weil Liebe gegen Liebe gesetzt ist und Vertrauen gegen Vertrauen.

So haben sie es leicht und schwer mit ihm, gleichzeitig. Sie können ihn zum großen Verführer machen, weil er selber von sich und seiner Schülerin sagt, von Heloise, sechzehn Jahre, seine Hand habe ihre Brust gehalten und nicht das Buch. Statt im Buch zu lesen, habe er in ihren Augen gelesen. Und weil die Angehörigen der liebenden Heloise die Reichsten der Reichen des Landes sind, versuchen sie, ihre Macht einzusetzen, dem verführerischen Gelehrten, dem in seiner Überzeugungskraft Unwiderstehlichen, alle drei Schlüssel zu nehmen.

Die Domherren und die Ordinarien der Sorbonne betrachteten die drei Schlüssel lange. Den Schlüssel des Fragens, den Schlüssel des Zweifels und den Schlüssel der Liebe. Für den Domherrn war es selbstverständlich, alle drei entwendeten Schlüssel brauchte er nicht. Fragen? Er nicht, er weiß alles. Zweifel? Er nicht, er glaubt den rechten Glauben. Und mit der allgemeinen Formel von der Liebe Gottes, welche höher ist als alle Vernunft, war er des Nachdenkens über den dritten Schlüssel enthoben.

Der Ordinarius seinerseits dachte an die Hunderte von Studenten, die zusammenliefen, wenn Abelard seine wortgewaltigen Vorlesungen hielt, regte an, dem ehemaligen Schlüsselbesitzer ewiges Schweigen aufzuerlegen, denn seine Erfolge und den Zulauf erreiche jener ehemalige Schlüsselbesitzer doch nur auf eine gewisse infame Art, Ironie ins Spiel zu bringen. Selbst bei Erörterung der ernstesten Dinge. Es gibt für einen Ordinarius eine gewisse Grenze im Wortbereich, wer hinausschreitet, für den ist ein Verzeihen ausgeschlossen. Ist das nicht eine gesunde, verständliche, gerechte Vorhaltung: Der rechte Glaube glaubt, er disputiert nicht. Hat man je eine solche Entgegnung gehört? Ja, ich glaube,

Gott kann aus einem Baum eine Kuh machen. Aber – hat er es je getan?

Das stand in keiner Überlieferung, was haben sie mit den drei Schlüsseln gemacht. Das war Jana Tissies Geschichte, die sie sich immer wieder anders ausmalte. Domherr und Ordinarius haben alle drei Schlüssel in die Seine geworfen. Einfach so. Und nun finden sich immer wieder beherzte Taucher, die bis zur Tiefe des Flußbettes gelangen wollen, um wenigstens einen Schlüssel zu greifen. Andere suchen im Schlamm an den Ufern.

Manches Mal glaubte Jana Tissie, sie sei einem Mann begegnet, der im Besitz eines der drei Schlüssel sei. An einen muß erinnert werden, an einen, der durch seine Briefe einen gewissen Ruf erlangt hatte. Basilius Amerbach in Basel. Der Mann, der die schöne Apothekerstochter seine Helena genannt hatte. Basiliusbriefe. Und Jana Tissie meinte, der hat vielleicht den zweiten Schlüssel, den Zweifel. Möglich, daß es auch für ihn die Lehre des weisen Abelard gab, vom gleichzeitigen Unterscheiden und Übereinkommen der Dinge. Nach seinen Briefen zu urteilen, spöttische und doch recht oberflächliche Bemerkungen über das Leben in Basel, dann und wann unter dem Schutzschild eines niederländischen Malers Ausfälle gegen scholastische Professoren, könnte Basilius Amerbach jedoch kaum die Kraft aufbringen, ein Lehrbuch unter dem Titel »Sic et non« zu verfassen. Das quälende et, das schwergewichtige Wort dazwischen, dieses »und« hätte er nie gesetzt. Ja und Nein. Anders umschrieben: So ist es, und so ist es nicht. Der Briefschreiber, der Helenaschmeichler hätte gewiß das leichtere »oder« gewählt.

In ihren Träumen hatte sich Jana Tissie das Haus zurechtgedacht, in dem der große und schöne Pierre Abelard mit seinen Schülern zusammengekommen war. Das

Oratorium zum Parakleten. Paraklet, der Helfer, Berater, Fürsprecher, Vermittler, Tröster. Ein Haus, in dem gesprochen werden kann und in dem man auch einen Fürsprecher findet. Reden und beraten werden. Ein Platz, an dem nach Gerechtigkeit gesucht wird. Am Ende aber hatte Abelard das Haus seiner Heloise geschenkt. Und war gegangen. So verstummten darin die Gespräche, die suchten und fragten und klärten, die im Streit um die Begriffe vorzudringen suchten zur Erkenntnis. Zur Erkenntnis der Gerechtigkeit, einer Gerechtigkeit, in die immer einbegriffen war die Frage: welches die beste Form sei, zu regieren.

Als Abelard gegangen war, gab es nicht mehr das Abwägen, ob der Allgemeinbegriff dauerhafter sei als das einzelne, also die Schönheit wirklicher als eine bestimmte schöne Frau. Und die Gerechtigkeit wirklicher, als ein bestimmter Richter. Es gab niemanden mehr, der entgegenhielt, Güte, Gerechtigkeit, Wahrheit seien nur zu erkennen im Vergleich mit dem Absoluten. Es gab niemanden, der die Richtschnur ziehen konnte.

Pierre Abelard hatte das Haus verschenkt. Und es blieb darin der Haufe an Schülern, sie hatten sich breitgemacht auf den Stühlen, saßen in den Fensterbänken, lehnten an den Schränken und beschuldigten sich gegenseitig, nur Wortwinde in die Welt zu setzen. Sie hatten sich einen Augenblick jammervoll gefühlt, als ihnen bewußt geworden, daß sie mitsamt dem Haus verschenkt waren. Sie hatten stumm und verwirrt dagesessen, ob der große Beschwörer des Ja und Nein nicht doch noch einmal zurückkäme. Dann war die Stille einem verlegenen Lachen, das da und dort aufflackerte, gewichen. Die Befangenheit lüftete sich, einige fanden Trinkbares, andere fanden Eßbares. Und so begruben sie die Kunst der Dialektik bei einem großen, traurigen, nicht enden wollenden Festmahl. Dann und wann rief einer noch einmal wie ein Aufstoßen dazwischen: Ja, es ist so, der einzelne kann nur bestehen durch Teilnahme am allgemeinen. Und der Haufe fiel grölend ein: So wird es sein, die gesamte Menschheit ist in einem wirksam. Es war niemand da, der die Zurufe auffing. Immer war das das Ende ihres Traumes von dem Haus, in dem der Fürsprecher gewohnt hatte. Sie selbst, Jana Tissie, sitzt allein dort, mitten unter den Schülern, die mit Wortstücken hantieren. Wichtigtuerisch. Und je betrunkener, desto anspruchsvoller, und je satter, desto lauter.

Er aber ist gegangen und schweigt.

Und sie fragt, noch im Traum und auch im Traum, was Heloise gefragt hat: Warum schweigen Sie? War Ihre Freundschaft nur Leidenschaft und also vergänglich? War Ihre Liebe nur Gier und auch vergänglich?

Und er durchbrach sein Schweigen, antwortete: Ich wollte Sie nicht verletzen.

Das ist vertraut und fern.

Und nur für den Vertrauten, weil er entfernt ist, gibt es noch eine Bitte. Unhörbar für alle zuvor der Schrei: Sie nennt ihn beim Namen. Pierre. Und bittet, geben Sie mir eine Anweisung, eine Regel, wie ich weiterleben soll, teilen Sie mir jeden Tag ein. Den blassen Wintermorgen, den heiteren Mittag im Frühling, den schweren, langen Sommerabend, und sagen Sie mir, wann die Nacht im Herbst beginnen soll. Für jeden Augenblick brauche ich im voraus bis an das Ende meines Lebens Ihre Hinweise, so daß ich mir sagen kann: Pierre Abelard hat es so gewollt. Gib mir dein Stundenbuch.

Es braucht nicht darauf hingewiesen zu werden, daß, seit dem ersten, leichten, auffallenden und doch zurückhaltenden Gruß auf dem Marktplatz von Genf, der Traum um Abelard erfüllt schien.

Die Jagd

32

Die Bezeichnung war gegeben: clarus, und das bedeutete hervorleuchtend, groß, ausgezeichnet, glänzend, berühmt, auch klar, deutlich und verständlich. Das Wort wurde angewendet bei der Herausgabe von Büchern, um schon im Titel darzulegen, unser Mann, dessen Werk wir hier drucken und im Buch vorlegen, ist ein glänzender, hervorleuchtender, berühmter Autor. Und fand noch seine Steigerung im Superlativ: clarissimus. Von alters her stand dem clarus gegenüber das obscurus, dunkel, finster, lichtlos, unverständlich, undeutlich, unklar, unsicher, unbekannt, unberühmt.

Für die Humanisten war clarus die Bezeichnung, die ihnen zukam, ein Begriff, der möglicherweise auch etwas Marktschreierisches an sich hatte, aber schließlich sollten die Bücher ja auch verkauft werden. Die Humanisten hatten den unablösbaren Zusammenhang hergestellt zwischen klar und berühmt. Es war ein Anspruch, erworben durch Arbeit. Eine Zierde, eine Leuchte. Man konnte es als ein Glück betrachten, Bekanntschaft mit so einem Mann zu schließen, und sei es auf Papier, durch das Buch.

Es war das Wortspiel der Humanisten, der alte Versuch, Worte Handlung werden zu lassen. Es war ihr Spiel, in die Welt des gedruckten Wortes, in die Bücher-

Hans Holbein, Blick auf das Land Utopia, Holzschnitt

welt das Wort obscur zu werfen. Gewiß, spielen kann nur, wer die Regeln kennt. Und nicht jedes eingeworfene Wort zündet. Aber die Erfindung der Briefe der Obscurorum virorum, der Dunkelmänner, der Unwissenden, der im verborgenen Wirkenden, traf. Eine Konstruktion aus Worten war gefügt, sie hielt. Und konnte aus dem Reich der Erfindungen hinübergenommen werden in den Tag, in das Alltägliche.

Vom – und hier das Wort clarissimo – hochberühmten Thomas Morus nun auch in Lyon, unter den Händen des guten Gesellen Pierre gedruckt: Das wahrhaft goldene und ebenso heilsame wie erheiternde Büchlein über den besten Staatszustand und die neue Insel Utopia. Pierre kam nicht los davon. Er verglich den Bericht über die neue Insel mit dem Buch von Symphorien Champier, Schiff der Fürsten. Und hatte die tausend Fragen über das Leben. Über die Regierenden und Regierten. Also über den Zustand in Lyon, über das Ewige und das Veränderbare. Und wer kann ihm sagen, was ist ewig und was ist veränderbar. Was ist möglich und was ist Traum und was ist Wunsch.

Er hätte ein Gespräch mit Champier so eröffnet: Sie wollen den Fürsten gute Manieren beibringen, Sie wollen die Regierenden erziehen, Sie sagen, das Vorbild ist alles. Nein, er, Pierre war kein Geweihter, kein Priester und hatte auf keiner hohen Schule etwas gelernt. Wirklich gelernt, von klein auf, von Anfang an, hatte er nur ein einziges: Schwertschlucken. Dann und wann, Nanon aufzuheitern, ihren Vater von seinen Schmerzen abzulenken, seine Freunde, auch Druckergesellen zu unterhalten, führte er es vor. Auch um sich zu beweisen, ich kann es noch.

Aber er hatte alles gelesen, was für die hohen Schulen gedruckt wurde. Er verstand, was er druckte, das sollte nicht unterschätzt werden. Und er fand es bedeutungsvoll, wie Champier versuchte, Licht in dieses dunkle Leben zu bringen. Aber wie weit ging der Kreis dieses Lichtes?

Er brannte darauf, einen Grund zu haben, mit Champier sprechen zu können. Nicht als Patient, nicht als Leidender, sondern von Mann zu Mann. Zwar aus einem anderen Stand, aber dennoch Bürger von Lyon. Wer sucht, findet, wer will, kommt hin. Das schöne neue Predigtbuch des Herrn Joli war fertig geworden, zu denen, die es besitzen wollten, gehörte auch der gelehrte Doktor Champier. Im Auftrage des Druckherrn brachte Pierre das Exemplar ins Haus des hochberühmten Humanisten. Wir kennen die bemerkenswerte Eingangshalle mit den Standbildern. Dort sprach der Arzt mit dem Druckergesellen. Mit der gewissen Steifheit des Abstandes: Wer bist du schon. Es war ein Gespräch, aber nicht das Gespräch. Es war nicht das erwünschte, ersehnte gemeinsame Nachdenken über den besten Staatszustand. Ja, sicher, da war ein Aufleuchten in den Augen des Symphorien Champier, als der gute Geselle Pierre ihm sagte, er habe auch die Utopia gedruckt. Und es kam dieses unvermeidliche Auf-die-Schulter-Klopfen, brav, brav. Pierre wich dem nicht aus. Aber er begann über den Inhalt zu reden: »Ja, diese neue Insel Utopia ist außerhalb dieser Welt. Und doch in dieser Welt. Die Brücke wird als erstes Bezeichnendes aus der Hauptstadt erwähnt. Nicht aus Holz, nicht aus Balken. Aus Steinen.«

»Ja, ja, für eine Stadt am Fluß ist die Brücke immer wichtig.«

Pierre wollte sich so nicht abspeisen lassen und redete über die Häuser, über die vierundfünfzig Städte auf der Insel, die so völlig ähnlich seien: Wer eine Stadt kennt,

Thomas Morus

kennt alle. Und wollte vom gelehrten Doktor hören, ob diese völlige Übereinstimmung erstrebenswert sei. Aber der Doktor entgegnete nur leichthin: »Ach ja, dieses Detail hatte ich ganz vergessen.« Übrigens war er heiterster Laune, seine liebe Daphne war zum Weingut gereist, von dort schrieb sie rührende kleine Mitteilungen, fast jeden Tag. Und er hatte sich eine neue Arbeit vorgenommen: Über den Adel und den altertümlichen Charakter von Lyon. Angenehme Tage. Aber der Druckergeselle wollte es erreichen, daß der andere sich ernsthaft mit ihm unterhielt. »Das Kennzeichen für die Häuser sind Gärten. Und sie machen einen Wettstreit in der Pflege der Anlagen. Rosen und . . .«

Das ungeduldige »Ja, ja« dazwischen. Wer kann lange reden ohne Echo? Abgewiesen, in die Grenzen seines Standes gedrückt.

Und Agrippa? Der war nicht mehr gekommen. Seit der Ankunft von Jana Tissie. Nanon hat nicht mehr von ihm geredet. Er weiß nicht, ob sie ihn irgendwo sieht. Er will es nicht wissen. Nur der Alte, der Beinlose, sagte jeden Tag, er hat es doch versprochen, er wird schon wieder hereinschauen. Und hat sein Geheimnis mit ihm. Das kann Pierre nicht machen, jetzt zu Agrippa gehen und ihn seine Fragen fragen. Das könnte aussehen, als käme er, um herauszuhören: Wie hast du 's mit Nanon.

33

Natürlich war das auch ein Antrieb für Agrippa, seine Arbeiten dort oben zu tun, er kann alles vor der Frau und den Kindern erzählen. Jana Tissie. Er kam vom Schloß herunter und tauchte in das Leben seines Hauses ein. Es war ein liebenswürdiges Leben, er verzehrte sich nicht in einsamem, rastlosem Streben, er hatte nicht das Rauhe der großen Gottessucher, er war nicht zum Einsiedler gemacht, der auf Bäume klettert, um sich den Honig der wilden Bienen mühselig herabzuholen, der in tiefer Schau nach innen die Qual drangvoller Stille erleidet. Und war auch nicht so, daß er sich wandelte, seiner Umgebung zuliebe. Er war immer der eine, ganz und gar. Und wenn er eintrat, kam mit ihm eine Heiterkeit. Es fiel ihm alles zu. Er hatte nicht das Selbstzerstörerische. Es machte ihm nichts aus, bei der Königin-Mutter zu sitzen. Es verkleinerte ihn nicht.

Vielleicht war es das, und nur das eine: Er hatte keine Angst. Er hatte wahrhaftig keine Angst. Nicht diese: seine Frau könnte ihn verlassen, nicht diese: seine Kunstfertigkeit als Mediziner könne verlorengehen. Er war seiner selbst sicher.

Und er brauchte es nicht, den publikumswirksamen Auftritt, in der Art des Doktors Johann Faust. Einmal hatte er ihn, den Johann Faust, als Zauberer erlebt. Es war an einem der deutschen Fürstenhöfe. Ach, da stand er, der deutsche Zauberer, schon grau das Haar, der Bart weiß, hervorstechend vom Kinn, und welche Verachtung hatte der weißbärtige Zauberer für seine Zuhörer. Mit Recht, sicher mit Recht. Aber mußte er das zeigen, so impertinent? Er brauchte eine Tafel, auf der er Kreise einzeichnen wollte. Die Herren und Damen vom herzoglichen Hof hatten gewünscht, Faust solle ihnen ihre Zukunft weisen. Der hochgewachsene, nicht sehr sorgfältig, aber dennoch in ein feierliches Schwarz gekleidete Zauberer. Eine Altersverfettung war ihm deutlich anzumerken, darum ließ er die Kleidung locker über den Leib fallen.

Als Agrippa ihn kennengelernt, war bei dem Weißbärtigen gerade die Zeit der grauen Schwäne herangebrochen. Im Zeichen der grauen Schwäne, behauptete er, stehe das ganze menschliche Leben. Jener Schwebezustand des Unbestimmten, in dem ein Schwan noch nicht das Weiße angenommen habe, sei mit überaus großer Sicherheit dienlich, den herzoglichen Zuschauern ihren gestrigen Tag, ihr morgiges Leben zu wiederholen und zu offenbaren. Oh, großer Grauschwanbeschwörer. Sagte der Zauberer: »Geht die Tafel nicht ein wenig nach vorn zu rücken?« Sagten die Diener des Herzogs auf einen fragenden, verweisenden Blick ihres Herrn: »Nein, es geht nicht mehr.« Ach, da springt der Weißbärtige selber vom Podium herab, rückt mit eigener Hand die Tafel und sagt das Rechthaberische: »Na also.« Frau Herzogin beginnt Beifall zu spenden. Zierlich klappt sie die Hände gegeneinander. Alles, was der Meister sagt, tut, ist wert, beklatscht zu werden. Aber gewiß doch, er hat seine Lebensleistung hinter sich, er hat gelebt als ein großer Meister der Magie, hat in Städten und Dörfern den Leuten die Langeweile vertrieben und diesen und jenen glücklich gemacht, weil es ja immer ein wenig gruselig war, was er da zeigte.

Und wie er jetzt seine neuen Erkenntnisse über die grauen Schwäne so herzig zurechtmacht für den nicht sehr gebildeten Herzog und seinen auch nicht gerade von großer Klugheit gezeichneten Hof, das beweist doch noch immer Leidenschaft. Schon damals, als stummer Zuschauer, als Gast des Herzogs, hat er, Agrippa, sich gefragt, was war denn die Lebensleistung dieses Zauberers? Im Reuchlinschen Streit? Hat er da eingegriffen, als die Bücher der Juden verbrannt werden sollten? Und als sie verbrannt wurden? Der hat es nie verstanden, was das ist, Talmud. Es hat sich ihm nicht eröffnet, die Erkenntnis blieb ihm verschlossen. Das Aufgreifen eines Wortes aus der Schrift, das Gespräch der Rabbiner über die Lehre. Das Wort hereinzuholen zu den Alltäglichkeiten und über das Alltägliche hinausheben.

Was weiß dieser Johannes Faust von der Liebe. Sicherlich, auch er hat das Wort aus dem Talmud parat, vor allem jetzt, da er der publikumssichere Greis geworden ist: Anfangs, da wir in Liebe waren, konnten wir auf der Klinge eines Floretts liegen. Aber nun ist unser Bett soundso viel Fuß breit. Und lacht breit. Und vermittelt in der Art seines Redens nur das Fleischverständnis. Einmal gefaltetes Denken. Einfältiges Denken. Und kommt nicht in die wirklichen Bereiche des Lebens, die gemeint sind. Kommt nicht in die stillen Täler, nicht in die Städte und Häuser, in denen die Menschen aus der Selbstgenügsamkeit getreten sind und mehr haben wollen als das eigene Leben. Hat nicht die Kraft, das Bild von Menschen zu sehen, die nach gewonnenem Kampf dieselben sind wie in Verfolgung und Bedrängtheit, die nach der Eroberung des kaiserlichen Palastes nicht anders leben als vorher im Wald und Kerker.

Und liegen auf der Klinge des Floretts.

Die, wenn sie Kaiser geworden sind, das Gewand des Kaisers sich nicht anziehen. Die eigenen Glanz, eigenen Verstand, eigene Einsichten haben, die das Pferd nicht nach dem goldenen Zaumzeug einschätzen. Die sich nicht erschrecken lassen durch die Versuchungen der achtfach übereinandergelegten Teppiche, der Jahr für Jahr wechselnden Tapeten, die nicht die Schwäche erleiden, der erbärmlichen Versuchung zu unterliegen: Die Schneide des Floretts zu verlassen und in das breite Bett zu fallen. Blöde und zufrieden lallend.

Lieben bedeutet nicht schlafen. Lieben hat noch nie bedeutet: schlafen. Und auch nur der plumpe, unwissende Liebhaber sagt zu der Frau, die er begehrt: »Komm, laß uns schlafen.« Ach, arme Frau, der ein gemeinsames Schläfchen angetragen wird. Vielleicht war das sein, Agrippas, Geheimnis, daß er nie einer Frau, vor allem nicht Jana Tissie, gesagt hat für die Liebe: »Komm, gehen wir schlafen.«

Da wir in Liebe sind, können wir auf der Klinge eines Floretts liegen. Ach, erhabene Schneide des Floretts, des schnellen Stichdegens.

Er, unser Henri, hatte nur eine Angst, verwechselt zu werden mit diesem Provinzzauberer, für den Magie Zauberei bedeutet und nicht Erkenntnis. Es wäre ihm schmerzlich gewesen, wenn auch nur ein Stück seines Namens für jenen Faust verwendet würde, wenn jemand Heinrich sagen könnte und nicht Heinrich Cornelius Agrippa von Nettesheim meinte.

Unverwechselbar sein. Unauswechselbar.

34

Es saßen genug andere Leute am Hof, die Agrippa nicht leiden konnten, sie warteten nur darauf, daß er einen Fehler machte. Er, in seiner Offenheit, war ihnen unheimlich. Man sagte, er sei unordentlich, untüchtig konnte man nicht sagen, da er ja sein Amt bei Madame gut erfüllte, sie fühlte sich wohl wie noch nie. Man sah, wie sie unter seinen Händen aufblühte. Aber sie wußten, der machte sich lustig über sie, über alle am Hof. Man wollte auch etwas über unerhörte Aufzeichnungen wissen. Sie fügten hinzu, in seiner zynischen Art, da sei eben doch etwas Jüdisches. Er habe sich zuviel mit der Kabbala beschäftigt. Besonders beleidigt fühlten sich einige unter den Hofdichtern. Weil er ihnen die gewohnte Ehrerbietung nicht zeigte. Es war bekannt geworden, wie er für einen von ihnen den Namen *Poet Ar-*

chilochi geprägt hatte. Und dieser eine war ausgerechnet der Lieblingsdichter der Königin-Mutter, sie hatte ihm, da er so ein vortrefflicher Jäger war, den Namen Silvius, Waldfreund, gegeben.

Den ungebildeten Dichtern, verwirrt durch den Anklang, konnte Henri ernsthaft entgegnen: Ich erinnere ja nur an den griechischen Poeten Archilochos von Paros, der sich vollkommener als Homer dünkte. Archilochos, der Sprachvollendete, der nach eigenem Zeugnis seine Freunde verriet, als seien sie Feinde.

Silvius galt als Haupt der Poeten. Leute, deren Namen untergegangen sind, die aber zur Zeit ihres Wirkens sich selber und ihresgleichen eine große Wichtigkeit beigemessen haben. Einer schrieb über das Gedicht eines anderen, über eine Zeile: »Ei, wie war das gewesen.« Es wurde veröffentlicht, ihnen standen ja die besten Druckereien Lyons zur Verfügung. Da konnte man nun in der nicht uneleganten Briefform lesen: »Ei!« Ein neues Wort der Empfindung. Interjektion. Das Eingeschobene. Das Empfindsame. Einschieben. Einfließen. Und so dichteten sie fort vom Einschub zum Einfluß und feierten sich selbst. »Ei, ei, die doppelte Eingeflossenheit, Eingeschobenheit.« Und weiter: »Ei. Welche Schöpfung. Welch ein Sprachgewinn.« Und sie meinten es ernst. Sie meinten es höllisch ernst. »Diese Silbe ei wiegt Dutzende Bände auf.«

Und als bekannt wurde, daß der Gefangene aus Madrid ein Gedicht geschickt hatte, nahm Silvius zwei Zeilen daraus als Leitmotiv für einen neuen Gedichtzyklus. »Mein einzig Sehnen gilt dem Tode / der allein für mich noch Leben birgt.« Nun schwoll die Flut der Todesgedichte an, denn jeder der Poeten auf dem Rabenhügel wollte teilhaftig sein am Kummer der Königin-Mutter und teilhaftig werden an Privilegien, die sie Schreibern verlieh, wenn sie nur das kummervolle Wort Tod einigermaßen sinnvoll einbrachten. Eine beglückende Verwandlung geschah dann: Aus diesen formvollendeten, aber inhaltleeren Gedichten wurden Pferde, da die Schöpfer der Poeme auch darin übereinstimmten, sie liebten es, schnell voran zu kommen. So schafften sie sich die gerade in Mode gekommenen kleinen, wendigen Pferde aus dem Süden an, die von Stierkämpfern bevorzugten mittelschweren.

Diese, die nur ihre eigenen Bücher anerkannten, die schmalen Gedichtbändchen, hatten es nicht nötig, achtzugeben auf die Bücherträger, die durch das Land kommen und gehen. Sie waren nicht neugierig auf das, was andere dachten. Sie wußten nichts von Meaux, der Stadt in der Landschaft Brie, nicht weit von Paris. Für sie galt das nur als ein Begriff, Käse betreffend. Flugblätter? Gibt es denn auch in Meaux eine Druckerei? Für wen die Flugblätter? In die Werkstätten? Auf die Felder? Diese Dichter hatten nichts mitzuteilen, sie betrachteten nur sich, nur ihre Seelchen. Aber wer etwas mitzuteilen hatte, den verschwiegen sie. Jean Leclerc? Nie gehört. Ein den Wollwebern von Meaux Verbundener, einer, der die Sprache von Webern spricht? Was ist das für eine Sprache? Kann man das überhaupt als französisch bezeichnen? Die Poeten vom Rabenhügel erklärten: Sollte aber dieser Jean Leclerc gebrandmarkt werden, sollte er als Ketzer für seine Forderungen, die Heiligen nicht mehr zu achten, das glühende Eisen auf die Stirn gedrückt bekommen, dann doch gewiß auch für den Mißbrauch der Sprache. Und das Einbrennen des Zeichens sollte mit äußerster Gewissenhaftigkeit vorgenommen werden, damit jeder ihn sogleich erkennen kann.

Mitten unter ihnen bewegte sich unser Henri mit seinem kaum zu überbietenden, aber gerechtfertigten

Selbstbewußtsein. Weil ihm bekannt war, wie es gemacht wird, wie sie Anklagen zusammenzimmern, daß Menschen erst gebrandmarkt und dann auf den Scheiterhaufen gebracht werden. Und wie sie ihre Verse zusammenklappern, ihre so unerträglich leicht zu machenden Klapperverse.

Und setzten sich selbst zum Gott. *Ja, es sind Leute gefunden worden, leichtfertige Poeten, die meinten, sie säßen unter den Göttern.* Hat uns nicht Archilochos von Paros aus Anlaß einer Sonnenfinsternis die Zeile hinterlassen: Nunmehr ist kein Ding unmöglich und auf nichts ist mehr Verlaß?

35

Im Grunde war der Freund aus den Tagen von Paris immer der erste, dem er seine Worterfindungen mitteilte, mit dem er lachen wollte, Leporis kannte sie ja auch alle. Auch Silvius, nun genannt Poet Archilochi. Es verging kein Tag, an dem der schöne Leporis nicht Gast war im Hause des Agrippa. Er begann Jana Tissie zu verehren. Wie es schien, ohne Bitterkeit hatte er sich vorgestellt: Zweiter Leibarzt der Königin-Mutter. Es ist nicht mehr nachzuprüfen, ob er erst zu dieser Zeit angefangen hatte zu trinken, jedenfalls konnte er es nicht vertragen. Er wußte das, aber er trank trotzdem weiter. Dann wurde er laut, angreiferisch, rechthaberisch. Und redete, was er dachte. Ein kurzer Übergang war noch mit zärtlichen Anwandlungen, mit Handküssen, Umarmungen, und jede Frau, auch die leider etwas verfettete, aber noch nicht alte Bedienerin Maria, nannte er Liebchen.

Dann kam der Neid, mit lauten Worten, über alles, was der andere, Agrippa, hatte, die Frau, das Haus, den Garten, die Werkstatt. Unter dem Vorwand, zu helfen und zu sehen, ob der Freund auch wirklich zur Zufriedenheit eingerichtet sei, ging er durch das Anwesen und faßte an, was anzufassen war, und wollte alles auch haben, auch so haben. Sagte dann, als er getrunken hatte, was er nach den Regeln der Höflichkeit nie hätte sagen dürfen: »Kunststück, du brauchst nur zu husten, und dann kommt der Mechanikus der Königin-Mutter. Dein astronomisches Kabinett, ein Kleinod, ein Schatzkasten. Welche Berechnungen für alle kommenden Konstellationen lassen sich ablesen und ableiten. Und jetzt hast du das Nachbild der erstaunlichen Rostocker großen Uhr bekommen. Jetzt richtet sich ja alles nach deiner Uhr.«

Und steht auf und fragt, ob er noch einmal die Uhr sehen dürfe, er geht. Geht aus dem Sommergarten. Jana Tissie weiß, er hat genug getrunken, sie gibt Maria einen Wink, keine neuen Flaschen mehr. Maria hat nun Zeit für sich. Es fragt sie niemand, wohin. Das hätte sie auch in Verlegenheit gebracht. Von Herkules weiß man sehr genau, wenn er im Haus nicht gebraucht wird, ist er am Strom oder am Fluß, fischen. Die Kinder schlafen, die Hunde laufen träg herum. Sie kennen den Gast Leporis. Der schwarze Hund läuft mit ihm ins astronomische Kabinett, bleibt dabei, wie Leporis, jetzt ein großes, staunendes Kind, die Uhr betrachtet, der Mund steht ihm ein wenig offen. Er will etwas berechnen, hat aber vergessen, was. Es strengt an. Er redet mit dem Hund. »He«, redet er ihn an, »mir hat sie die Uhr nicht gegeben. Und was soll er berechnen für sie? Was kann er berechnen?« Und er flucht die lange Reihe der Worte, die sich mit dem Fortpflanzen und mit dem Verdauen beschäftigen. Er geht unsicher, ist froh, daß der Hund vorausläuft, geht nach, gerät in die Küche und sucht. Weiß, was er sucht. Diese gottverdammte Jana Tissie hat die letzte Stunde schon den Wein sehr kärglich nachgießen lassen. Und findet den Wein, öffnet die Flasche, schaut sich um, niemand kommt, niemand sieht es, nur der Hund. Er prostet dem Tier zu. »Liebchen«, sagt er zu ihm, »laß dir sagen, mit der Uhr, das ist widerwärtig. Jawohl, widerwärtig. Das bedeutet, er wird das ganze Leben lang hierbleiben. Das ganze lange Leben.« Und hebt die Flasche, bedroht den Hund. »Liebchen, jetzt schlage ich dir den Schädel ein, verfluchtes Liebchen, ich hau dich tot. Und dann wird die unangreifbare Madame Jana Tissie endlich einmal aus der Fassung geraten. Dann wird sie weinen über ihren toten Hund. Wie denn ein Mensch über den Verlust eines Tieres oft mehr trauert als über den eines Menschen. Ich bin Arzt, ich muß es wissen, ich weiß es. Ich war einmal sogar Erster Leibarzt, Liebchen, verfluchter Hund, wo bist du?«

Das ist Leporis, der zu den Dominikanern neigende. Er liebt Jana Tissie, bewundert sie. Und er haßt sie auch, dann, wenn er betrunken ist, weil er sie nicht hat. Der schöne Mann, der männliche Mann, ach, ja.

Macht der gute Wein ihn böse, oder ist er böse, fragt sich dann Maria. Sie hat ein starkes Mißtrauen, ja eine heftige Abneigung gegen diesen schönen Doktor. Natürlich hat sie – zurück von ihrem Weg – entdeckt, daß Leporis heimlich in ihrer Küche getrunken hat. Herkules nimmt aus der Küche nie heimlich etwas weg, das weiß sie genau, und dafür würde sie beide Hände ins Feuer legen, bei aller Eifersucht, die sie manchmal empfindet. Aber der Herr Doktor, der Schöne, da muß einer schon sehr heruntergekommen sein, innerlich, daß er sich nicht einmal vor sich selber schämt. Das ist schon ein Stück Frechheit, einfach hinzugehen in die Küche des Gastgebers. Und heimlich dort zu trinken. Aber jetzt soll er mal versuchen, ihr den üblichen Schlag auf den Hintern zu geben, den vertraulichen, na.

Wie man sich so in einem Menschen täuschen kann. Sie hatte ihn bemerkenswert schön gefunden, ihn auch ein wenig ins Herz geschlossen, ja doch. Aber es scheint wohl auf der Welt tatsächlich so zu sein, wie ihre Mutter immer gesagt hat: Der Schein trügt. Einer, der heimlich fremden Wein trinkt, betreibt sicher noch andere befremdliche Heimlichkeiten. Schade. Man muß achtgeben auf Leporis. Und auf Jana Tissie. Daß er ihr nichts antut. Er sagt Sachen, die sie nicht verstehen kann: »Was soll uns die Freiheit, wenn einem, der Lust dazu hat, nicht vergönnt ist, durch den Überfluß zu sterben.«

36

Es muß doch Gott selber gewesen sein, der ihr als Ausgleich und Trost den großen Prediger Jean schickte. Der kam nicht mit arroganten Sätzen einher, wie schade es sei, sich nicht an allen Herrlichkeiten der Erde zu Tode fressen zu können. Der sprach ihre Sprache. Sie hatte es gern, wenn viele Gäste kamen, dann war das Haus lebendig. Und nun war ihr Herz ganz und gar dem heiligen Mann im schwarzweißen Kleid zugewendet. Wenn er sie beim Namen nannte, sie richtig anredete und nicht nur hinwischte he, du, oder komm mal, fühlte sie sich geachtet und bestätigt. Ihm erklärte sie auch, eigentlich heiße ich Genoveva Maria. Ich lasse mir meine Heilige nicht nehmen. Auch wenn sie überall anfangen, unsere Heiligen anzuzweifeln. Genoveva hat so gelebt, wie ich auch hätte leben können. In einer Gastwirtschaft. Ich denke, in der Gaststube hat sie gearbeitet, Essen aufgetragen. Ich sehe immer ein Gasthaus vor mir, ein bißchen abgelegen, in einem Wald. Immer kamen dieselben Leute hin, und immer stellte Genoveva die Teller mit

Suppe zurecht, bis eines Tages ein wunderbarer Mann in der Tür stand. Der wollte keine Suppe, weil er nicht müde und träge vom Essen werden wollte, nur Fleisch, Brot, Wein. Ein wenig von allem. Ein Bissen. Ein Schluck. Und er schlug ihr nicht auf den Hintern, wie alle anderen, die zur täglichen Suppe gekommen waren. Er faßte sie nicht an, so plump, wie alle anderen es immer versucht hatten. Also, man weiß nicht so genau, was der Fremde der Genoveva gesagt hat, jedenfalls bekam sie ein Kind von ihm, dem wundervollen Mann. Und dieses Kind, wie kann es anders sein, wurde ein Kaiser, der Kaiser Konstantin. Gott ist freundlich, sagt Genoveva dem Prediger Jean, als müsse sie ihn überzeugen, man muß wissen, der schöne fremde Mann in der Gastwirtschaft im Walde war ja leider verheiratet. Trotzdem wurde Genovevas Kind der große Kaiser und nicht das der rechtmäßigen Frau. Das war für Maria die Bestätigung: Gott liebt die Frauen, die sich verschenken.

Ihre Zuneigung zum Prediger Jean wuchs, weil er sie an dieser Stelle ihrer Geschichte nicht unterbrochen und gefragt hatte, und hast du ein Kind? Nein, sie hat kein Kind. Und hat nie einen Mann gehabt. Nur einen Bruder. Aber doch ist das Leben für sie schön, sie hat ihre Familie, die Jana Tissie, den Henri, und zwei Kinder sind da und Herkules und die Hunde und die Gäste, ja? Und sind wir nicht auch auf Reisen gegangen, wie die heilige Genoveva? Von Genf aus, bis hierher. Und hat nicht Genoveva auf Reisen die wertvollsten Dinge gefunden? Den heiligen Rock. Und das heilige Kreuz. Wer weiß, was sie, Genoveva Maria, hier in diesem Lyon noch finden wird.

An dieser Stelle hätte er alles verschütten können, durch ein unangebrachtes Lächeln. So redete sie von ihrer Angst.

Angst vor ihrem Bruder Hänsli. War vom Bauernhof der Eltern weggeworben, Landsknecht geworden, als Schweizer guter Knecht überall willkommen, einmal bei den Franzosen, einmal bei den Italienern, auch bei den Habsburgern. Wo immer Schlachten geschlagen wurden, war Hänsli dabei. Bei einem Treffen hatte er neben der großen Kanone gestanden. War taub geworden. Hatte sich an sie gehängt seitdem, sie hatte ihm alles zu beschaffen, wohnen, kleiden, essen. Aber sie hatte sein Dasein vor Jana Tissie und Henri verschwiegen. Nun war Hänsli nachgekommen. Sie wußte nicht, wie taub war er wirklich. Er war unfreundlich geworden seitdem. Er konnte ihr die Vorwürfe machen. Er konnte sie beschimpfen. Aber sie konnte nichts erwidern. Er lächelte nicht einmal. Er sagte nicht, ich verstehe nicht. Er reagierte überhaupt nicht.

Kein Echo. Nicht das freudige Aufblitzen der Augen. Nicht die Geste des Einverständnisses. Nur Klagen. Beschwerden. Ich bin müde, sagte er tagelang. Wovon, fragte sie. Ich habe zu tun, sagte er. Und immer fragte sie sich, soll ich es ihnen nicht doch sagen. Der Jana Tissie und dem Henri. Sie entschied jedesmal: Nicht sagen. Sie werden es nicht verstehen. Sie werden mir den Dienst aufsagen. Und es wird schwer sein, ähnliche Arbeit zu finden. Sie zahlen gut, sind großzügig, rechnen den Pfennig nicht nach.

Sie war nicht frei. Sie wußte, wie sehr gefangen sie war. Für sie war das abweisende Wort nicht geschaffen: Soll ich meines Bruders Hüter sein. Sie mußte nach ihm sehen, jeden Tag, sie mußte sich überzeugen, ob er auch gegessen hatte. Und sie hatte auch diese Angst: Eines Tages tritt er aus dem Versteck und fordert Geld von ihren Leuten.

Es war ihr gelungen, das Hänsli im Haus eines Fischers unterzubringen. Und Hänsli hatte zu erkennen gegeben, daß er ihren Vorschlag, sich das Mittagessen durch Netzeflicken zu verdienen, ausführen wolle. Er hatte Wohnung und Essen. Aber sie mußte täglich nach ihm sehen, ob er sich auch hält. Und nicht nachläßt. Als die Fischersfrau ihrem Hänsli mitleidvoll übers Haar strich und als er dabei lächelte, fühlte Maria die plötzliche Schwäche der Erleichterung. Und weinte vor Glück. Weil nun alles gut war. Und sah: Ihr Hänsli wird mit den Fischern zum Fluß gehen und in ihren Booten mit fahren. Er hat geschickte Hände, wenn er will. Ja. Er ist gutwillig. Mein Hänsli. Du wirst Fischer sein wie sie. Du wirst das Handwerk erlernen. Du wirst Ansehen erlangen hier unten am Fluß. Du wirst eine von ihren Töchtern heiraten, und ich werde dir die Hochzeit richten. Das wird meine letzte Arbeit für dich sein. Danach bist du frei von mir. Die Fischerstochter wird für dich sorgen. Sie dachte: Du wirst frei sein, Hänsli, und meinte sicherlich auch, dann bin ich frei. Ich von dir. Du von mir. Brüderchen und Schwesterchen gehen auseinander. Und leben.

Als sie wieder kam, lag er im Bett. »Warum bist du nicht draußen auf dem Fluß mit ihnen?« fragte sie.

»Ich kann nicht. Wenn ich zum Fluß gehe, sind sie weg. Sie warten nicht.«

»Du müßtest früher aufstehen, Hänsli.«

Da war er gekränkt. »Sei froh, daß ich überhaupt aufstehe.«

»Was machst du dann?«

»Ich flicke die Netze, wie es mir befohlen ist«, sagte er böse.

»Bist du zufrieden?« fragte sie. Und erhielt keine Antwort. »Sind die Fischer mit dir zufrieden?« Da war das Schweigen. Ich kann mich nicht mit ihm unterhalten.

Weicht er aus? Oder hört er nicht? »Ich komme morgen wieder. Versuch's doch. Geh mit ihnen früh zu den Booten.«

Stöhnend stand er auf. »Ich gehe jetzt Netze flicken.«

Also muß ich der Fischersfrau Geschenke mitbringen, daß sie ihn nicht davonjagen als einen unliebsamen Hausbewohner. Also muß ich mich bei ihnen für ihn entschuldigen. Also muß ich sie bitten: Habt Erbarmen. Aber ich bitte sie erst, wenn sie sich beklagen.

Sie beklagten sich nicht. Die Fischersfrau mit ihren sechs Kindern hatte keine Zeit zum Klagen. Sie sagte nicht: Was habe ich mir da aufgehalst. Sie war klein und zäh und heiter. Sie schielte mächtig, und fünf ihrer Kinder schielten auch. Aber wenn sie redete und sang und lachte und ihr Tagewerk ohne Bitterkeit erledigte, vergaß man den Fehler ihrer Augen. »Wir mögen Herrn Hänsli«, meinte sie. »Er ist ein guter Mensch, er hat für die Kinder Spiele erfunden. Seit dem ersten Tag hängen die sechs an ihm, er ist zu allen gerecht. Findet er eine Feder, sucht er so lange, bis er noch fünf andere Federn hat. Damit jedes eine besitzt. Von den Schwänen am Fluß.«

Also ist er zu ihnen freundlich. Sie ging zurück ins Haus des Henri, erleichtert, in eine andere Welt, in ihre Welt. Also ist er nur zu mir böse. Weil er weiß, daß ich ihn kenne. Weil ich immer und immer von ihm erwarte, daß er sich Mühe gibt und mehr aus sich macht.

Sie tauchte auf aus der Geschichte, fragte den Prediger Jean, der als Beichtvater das schweigsame Zuhören gewohnt war: »Glauben Sie, ob er Fischer wird?« Und wollte seine Antwort nicht hören, sie hätte einen Zweifel jetzt nicht ertragen.

Manches Mal, wenn sie in der Arbeit innehielt, fielen die Gedanken zurück in die Kinderzeit, wie ein Träumen. Da waren wir beide: Maria und Hans. Und wir waren unzertrennlich. Es war uns von Anfang an bedeutet worden, Josef, der große Bruder, wird den Hof bekommen. Und ihr geht in die Welt.

Und wir gehen in die Welt. Was ist das? Wir spielten es täglich, immer ein anderes Gehen. Einmal ging er als Holzhacker in den Wald, und ich sammelte derweil Beeren. Und Moos. Und Tannenzapfen. Dann hörte er mit Holzhacken auf, wir machten uns aus den Tannenzapfen Tiere und verkauften sie in der Stadt auf dem Markt und hatten unser Auskommen. Und wurden müde und legten uns auf das Moos. Und wachten auf und hatten Hunger und wurden satt von Brombeeren. Da war alles vertan und verloren. Wir waren arm und verlassen. Es fing an dunkel zu werden, und ich bekam Angst. Was machen wir jetzt, Hänsli? Da sagtest du ganz einfach, wir gehen nach Hause. Du hattest dich aus dem Spiel gelöst. Ich noch nicht. Ich fragte nicht, werden wir es finden, ich erinnere mich noch ganz genau, ich sagte, sie wollen uns doch nicht haben. Sie müssen. Wo sollen wir sonst hin. Ich erinnere mich, du hattest warme Hände. Ich hatte kalte Hände und kalte Füße. Wir haben uns erst einmal an den Wegrand gesetzt, und du hast mir Hände und Füße warm gerieben, hast gesagt, jetzt kannst du laufen. Aber auf dem ganzen Weg, bis zum Hoftor, hab ich deine Hand nicht losgelassen.

Ich kam eher aus dem Haus als du. Zum Apotheker in Genf. Und die Tochter dort, Jana Loysa, war so alt wie ich. Und ich verstand es nicht, daß sie uns auseinandergerissen hatten. Du gehst in die Welt, sagten sie. Es war nicht der Wald. Da gab es keine Tiere aus Tannenzapfen, die ich verkaufen konnte, und keine Hand, die mich wärmte. Hatten wir uns nicht das feierliche Versprechen gegeben, wir werden uns nie trennen? Und wenn wir uns einmal verlieren, sucht eins schnell das andere. Hatte nicht jeder von uns die drei Zeichen ständig bei sich zu tragen. Jeder einen Kieselstein, das bedeutete, so fest kann sich der eine auf den anderen verlassen. Jeder die Hälfte eines Hundehalsbands. Das hatten wir uns einfach genommen, mochten sie es suchen. Und mühselig zerschnitten. Das bedeutete, später werden wir, wenn wir wieder zusammen sind, das Halsband flicken und uns unseren Hund aussuchen. Das dritte Zeichen war für dich anders als für mich. Du hast mir, ungern zwar, aber das Versprechen war ja auch ernst und schwer, ein kleines Messer gegeben, und ich habe als Gegengabe mir eine dicke Strähne Haare abgeschnitten, mit einem schönen, von der Mutter genommenen Band zusammengebunden.

In ihrer stillen Verehrung für den heiligen Mann wollte sie mit ihren Geschichten kein Ende finden. Längst war die Zeit gekommen, in der sie unten am Fluß beim Bruder hätte sein müssen. Die Mittagszeit, die Zeit der Ruhe, alle im Haus haben gegessen, auch die vier Hunde, alle sind satt. Aber da war der Prediger Jean zu ihr in die Küche gekommen, hatte ihr seine Anteilnahme bewiesen durch seine Gegenwart, durch sein Zuhören. Es war ein Fest für sie. Sie wollte seine Nähe genießen.

Jean erinnerte sie, sie selber habe gesagt, der Bruder warte um diese Zeit auf sie. Ob sie nicht gehen wolle. Und da sie, befangen durch seine Gegenwart, den Grund nicht nennen konnte, warum sie mit einem Mal lässig geworden war, schwieg sie.

»Geh jetzt«, sagte er mit der befehlsgewohnten Härte eines Hirten für säumige Schafe aus seiner Herde.

Es ist nur eine Zeit. Und sie ist nicht teilbar. Ich, Maria, kann nicht da und dort gleichzeitig sein. Geh jetzt.

Du schickst mich weg von dir, wie einen störrischen Esel schlägst du mich. Und siehst du nicht, daß ich dableiben will. Die Zeit mit dir teilen. Ich weiß, daß mir niemand abnimmt, was ich zu tun habe mit meinem Bruder, der mir folgt, wo immer ich bin. Ich weiß es und vergesse ihn keinen Augenblick, großer Prediger Jean.

»Ich glaube, Maria, dir fehlt die rechte Anteilnahme. Du müßtest nur einmal da unten leben. Du müßtest dort nur drei Wochen lang leben, dann wüßtest du, was Schwierigkeiten sind. Dann würdest du laufen.«

Prediger Jean, du weißt ja nicht, wie die Bedingungen sind, unter denen ich lebe. Du weißt ja nicht, wie ich gelaufen bin. Du hast mir nicht Mut gegeben. Ich habe mein ganzes Leben vor dir ausgebreitet, und du? Du hast zugehört wie ein Richter. Wie ein Weltenrichter. Meine Welt zu betrachten und abzuwägen, ob ich mich auch angemessen verhalte. Und ich habe mich deinem Spruch gestellt. Also gut, ich werde ohne Murren wieder dorthin gehen, wo kein Echo ist und kein Lächeln. Ich werde mir einreden, irgendwann einmal, wenn auch nur für eine kurze Zeit, an einem Tag ist Hänsli zufrieden mit mir gewesen. Ja, Trägheit der Seele, und all die anderen eingefahrenen Begriffe eines Predigers.

Und war nicht sicher, ob der Mensch einen Prediger braucht oder nicht. Maria mit ihrem kindlichen und gläubigen Herzen brachte die Kraft nicht auf, sich von diesem Jean zu lösen. Sie konnte zwar sagen: »Das war aber eine rechte Küchenpredigt«, aber sie konnte nicht zugeben, daß sie seine großen Worte auch einmal gern in einer großen Kirche gehört hätte, vor einer großen Gemeinde. Wir wissen, daß auch in diesem Mann mit der starken Moral ein Stück Selbstgefälligkeit wohnte, wie denn auch das Bild vom Hirten und den Schafen nicht bei jedem ganz ohne Spuren bleiben kann. Aber die Frage, soll ich nicht doch, wenigstens dem Herrn Agrippa, vom Hänsli erzählen, stellte sie nun nicht mehr.

37

Henri wurde aufgehalten, oben im Schloß. Der Herr General Robert de la Marck, erprobt in allen Schlachten, treu und zuverlässig. Und belesen. Wir wissen, Bücher waren in allen seinen Feldzügen sein persönliches Beutegut gewesen. Vielleicht mochte es aus dieser Zeit herrühren, daß er sich eine ganz besondere Art angewöhnt hatte zu prüfen, ob ein Buch gut sei oder nicht. Jedenfalls nun saß er in einem Seitenflügel des Schlosses und hatte, neuerdings, von unserer allergnädigsten Madame Aloysia das Amt eines Vorprüfers bekommen. Sein Arbeitsplatz war in einem geräumigen Keller. Dorthinein wurde jedes Buch aus jedem Gebiet gebracht, aus dem theologischen Gebiet, dem medizinischen, auch dem poetischen, und alles, was dazwischen lag, Kalender mit Vorhersagen fürs ganze Jahr und Flugblätter, zu Büchern gebunden. General Robert de la Marck sagte von sich selber, er sei der größte Kenner aller Bücher.

Er zeigte Agrippa zwei Truhen in dem einen Keller und drei Truhen in dem anderen. »Das sind meine verborgenen Schätze«, sagte er, »im Grunde bin ich der Schatzmeister. Der einzige und wahre.« Der General erläuterte, es bestehe in der Welt des Buches eine deutliche Zweiteilung in gute Bücher und schlechte Bücher. Er habe die wirklich sichere Methode, unbestreitbar die guten von den schlechten abzusondern. Es sei im Grunde eine einfache Methode, jedoch habe nicht jeder den Mut, sie anzuwenden. Er prüfe jedes Buch einzeln. Ob es seinem Wurf standhalte. Was jedoch den Inhalt anbelange, da müsse dann noch einmal nachgegriffen werden. Das Wort nachgreifen benutzte er gern. Dafür ständen einige gelehrte, zuverlässige Brüder aus dem Orden der Dominikaner und Franziskaner zur Verfügung.

Er öffnete den Deckel der Truhe, faßte hinein. Ein Buch aus der Druckerei Froben zu Basel, die schwer zu belangenden Bücherträger mit ihren Körben auf dem Rücken seien ja mit diesem unerlaubten Gut auch Feinde der Druckereien der eigenen Stadt. »Das haben wir beschlagnahmt, nennt sich Utopia, wir mögen das nicht. Mit einer Vorrede von Erasmus. Ein Entwurf über die neue Art des Lebens, eine neue Art, wir brauchen das nicht. Unser Leben ist gut geordnet, da sollen diese Leute einen nicht stören mit anmaßenden Geschichten aus anderen Ländern.« Nein, gelesen habe er es nicht, aber es liege ihm ein genauer Bericht eines Franziskanerbruders vor. Auch sei ihm zu Ohren gekommen, eine Druckerei in der Stadt habe eine Utopia herausgegeben. Es müsse da nachgegriffen werden. Und nahm ein anderes Buch aus der Truhe, legte es auf den Tisch. »Hier, ein Erzeugnis von Froschauer aus Zürich, ich erkenne seine Bücher schon an der Art, wie er die Buchstaben auf den Titelblättern setzt, als Kelche, Becher und Schalen. Das ist eine Schrift von Erasmus zur Erziehung eines Fürsten und sei nützlich für alle, die etwas zu verwalten haben. Wir wissen, der Stadtdoktor Champier will auch ein Buch zur Fürstenerziehung schreiben, wir haben ein Auge auf solche Bücherschreiber, Besserwisser. Das ist kein Thema für Sie, hoffe ich jedenfalls.«

Bei so einem General und Genehmhalter nur keine Unsicherheit zeigen. Und keine Ängstlichkeit. Das Buch in die Hand nehmen und darin blättern, anlesen, die Eleganz der Sprache loben. Der General nahm Agrippa das Buch ab, legte es zurück auf den Tisch. »Warten Sie auf die Probe, ob es gut ist oder nicht. Bei Froschauer muß man immer vorsichtig sein. Er druckt schnell und viel und findet immer neue Wege, Bücher über die Grenzen zu bringen. Es ist ein Jammer, daß durch den Buchdruck so viel Unsicherheit in die Welt kommt.«

Und ging in den anderen Keller, hier sei alles, was aus unserem Land und aus unserer Stadt so zusammengekommen. Absender und Empfänger, alles ist registriert. »Ich kenne nicht nur die Bücher, ich kenne auch die Leute. Und die Königin-Mutter ist so zufrieden mit mir, daß es sich ergeben hat, alle einbehaltenen Bücher werden zu mir geleitet. Auch unsere Sorbonne ist angehalten, mir alles zu schicken. Und was haben wir da wohl?«

Agrippa sah es sehr genau, was er da hatte, ein Lehrbuch von Brissot, eine Arbeit des Mannes, der die verbotene Art des Aderlasses angewendet und gelehrt hatte. Jetzt fühlte er ein gewisses Unbehagen, er hatte in den Augen des Generals ein eigenartiges Glitzern gesehen, wild und starr gleichzeitig. »Nun passen Sie auf, die Probe«, sagte der General Robert de la Marck leise, heiser, erregt. Griff in schneller Folge die Bücher vom Tisch. Nahm die Utopia und warf sie mit aller Gewalt gegen die Wand. Das Buch hielt stand. Einband und Seiten waren nicht beschädigt. »Ein gutes Buch«, sagte der General voller Genugtuung über seine Probe, »ein gutes Buch, in der Tat.« Froschauers Ausgabe. Die Wurfprobe hatte die Haltespangen der Prachtausgabe nicht zum Öffnen zwingen können. Aber Brissot. Das Buch, die verbotene, rasch gedruckte Neuauflage war nicht in Schweinsleder gebunden und hatte auch keine Haltespangen. Leichte Umschlagdeckel, die nach beiden Seiten aufsprangen. Es flatterte zu Boden wie ein sterbender Vogel. Erschreckendes Triumphgeheul des Generals: »Sehen Sie, ein schlechtes Buch.« Und eine schnelle Wendung zu Agrippa und ohne Übergang die Frage: »Haben Sie unsere hochverehrte Madame Aloysia nach der Methode des Pierre Brissot zur Ader gelassen?«

»Sie wissen, ich brauche Ihnen keine Auskunft zu geben.«

»Sie werden es bedauern, mir gegenüber so abweisend gewesen zu sein. Waren Sie zur Zeit des Aderlasses allein mit ihr? Oder war wer dabei?«

Das hier soll sich doch wohl nicht zu einem Gruselkeller auswachsen, ein Alptraum: Ein General wirft zur Probe Bücher an die Wand und stellt inquisitorische Fragen. Man könnte lachen, das ist einfach zu unwirklich, das gibt es nicht, verdammenswertes Reich der Phantasie. Man sollte lachen, gut ist ein Buch, das sich als Wurfgeschoß eignet. Wahnsinnige Umfälschung der Worte zu Waffen. Und die unerhörte Frage gestellt: Wer war dabei. Sollen hier schuldige Mitwisser gesucht werden? Leporis war dabei. Sonst niemand. Aber er, Henri, wird den Freund nicht preisgeben. Und sagte sehr gemessen: »Was wollen Sie, Madame lebt.«

»Hat sie in ihrer Ohnmacht gesprochen? Könnten Sie sich erinnern? Es wäre gut, wenn Sie sich das Wichtigste ins Gedächtnis zurückrufen.«

»Hören Sie zu, verehrter General Robert de la Marck, Sie sind, wie Sie sagen, ein Kenner der Bücher, dann wissen Sie wenigstens, was das ist, der Talmud, dann brauche ich Ihnen das nicht zu erklären. Es gibt da eine Geschichte über Rabbi Tarphon, der Feigen aß, als die Zeit der Ernte vorüber war. Die Messer gereinigt und für das nächste Jahr verwahrt. Es kam der Besitzer des Feigenbaumes, steckte den Rabbi Tarphon in einen Sack, schleppte ihn zum Fluß, um ihn hineinzuwerfen. Natürlich litt der im Sack Gefangene Todesangst, in der

Albrecht Dürer, Johann Kleeberger

Enge, in der Dunkelheit. Da redete er zu sich selber. Aber doch war seine Stimme laut und fest: Armer Tarphon, der Baumbesitzer wird dich töten.

Da legte der Mann den Sack hin und floh.«

»Ich verstehe Sie nicht, verehrter Doktor Agrippa.«

»So einen Namen haben, daß er wie ein Schreck in die Knochen fährt, daß der Baumbesitzer es nicht wagt, einen zu töten, auch wenn er einen sogar schon im Sack gefangen hat.«

»Was wollen Sie damit sagen?«

»Ein Gleichnis, wenn Sie gestatten. Wenn ein gelehrter Mann sehr bekannt ist, wenn in seinem Namen Gerechtigkeit sich behaupten konnte, kann man ihn nicht einfach verschwinden lassen. Der gelehrte Mann, an den ich denke«, für den General Robert de la Marck mußte er es wohl etwas deutlicher sagen, »hat zweimal die Scheiterhaufen der Baumbesitzer, der Dunkelmänner ausgetreten. Das erste Mal sollten die jüdischen Bücher verbrannt werden, da hat sich der gelehrte Mann, an den wir jetzt gemeinsam denken, mit Reuchlin in die Schlacht geworfen. Und wir haben gewonnen. Und die Bücher durften nicht verbrannt werden. Und das zweite Mal ging es um ein Menschenleben. Da hat der gelehrte Mann unter Einsatz seiner ganzen Person das Feuer für den Scheiterhaufen ausgetreten. Glauben Sie nicht, daß die Menschen den Mann lieben. Und vermissen werden?«

»Und glauben Sie denn ernsthaft, das Volk von Lyon wird aufstehen, wir wollen unseren Agrippa wieder? Sie sind landfremd, niemand wird sich um Sie kümmern. Sie werden mir jetzt sofort auf alle meine Fragen präzise antworten. Übrigens ist hier nicht die Region der Feigenbäume, das Klima ist zu kalt dafür.«

»Endlich haben Sie mich verstanden, mein General.

Ja, gut, ich bin jetzt im Sack, und Sie stehen schon am Ufer des Flusses. Es wäre lächerlich, Ihnen zu sagen, ich kenne keine Geheimnisse unserer Madame. Dann wäre ich als Arzt untauglich. Sie hat Vertrauen zu mir. Ohne Vertrauen kann wohl kaum ein Mediziner arbeiten. Zum Vertrauen«, dreimal beschwor er das Wort herauf, »gehört Pünktlichkeit. Und Zuverlässigkeit. Ich soll heute nachmittag, beim Türkenläuten, zu ihr kommen. Sie ist es gewohnt, daß ich mit dem ersten Glockenschlag da bin.«

»Ich kann Ihrem Diener Herkules Bescheid geben, er soll zum Schloß gehen und dort sagen, Sie seien unpäßlich.«

»Am Tag, als wir uns kennenlernten, Sie erinnern sich, mein General, unsere allverehrte Madame Aloysia hatte mich zur Besprechung hinzugezogen, da hatte ich schon Ihre besondere Anteilnahme für mich gespürt. Ich habe der Königin-Mutter danach beim Mittagessen, bei Paul Perrault, gesagt, sollte ich einmal bei einer Visite nicht mit der gewohnten Pünktlichkeit erscheinen, fragen Sie unverzüglich Robert de la Marck, ich rechne ihn zu denen, die immer wissen, wo ich bin.«

Nichts stimmte, weder das eine noch das andere. Er war für diesen Nachmittag nicht zu Madame Aloysia bestellt. Beim Mittagessen, auch nicht als sie das große Messer an das Kuchenhaus setzte, war kein einziges Mal der Name des Generals erwähnt worden. Nur keine Furcht zeigen, das hatte er als Advokat gelernt. Einer Drohung immer eine Gegendrohung gegenübersetzen. Er hatte erfahren, im Umgang mit den Dunkelmännern, sie sind wirklich so dumm, wie man es sich vorstellt. Aber dann, nach einem Sieg, einlenken. Schnell einlenken, man weiß nie, ob man den Besiegten nicht einmal braucht. »Was Sie, mein General, in diesem Keller mir gezeigt haben und von mir wissen wollten, auch darüber werde ich mit niemandem sprechen.« Und mit dem Stolz des hochberühmten Arztes: »Sie, mein General, in Ihrem Beruf, können das nicht wissen, es gibt seit der Zeit des Hippokrates in einer Reihe zwingender Vorschriften auch diese: Was ich sehe und höre im Verlauf der Behandlung oder auch außerhalb der Behandlung, was man auf keinen Fall verbreiten darf, will ich für mich behalten, in der Überzeugung, daß es schändlich ist, über solche Dinge zu sprechen.«

»Auch ich kenne eine Geschichte aus der Geschichte, verehrter Herr Erster Leibarzt, aus unserer Vergangenheit, die Ihnen vielleicht, Sie sind fremd, nicht so geläufig sein mag. Über Verteidiger des Talmud. Vor dreihundert Jahren lebte unser weiser Gesetzgeber, der Freund der Städte und der Bettelorden, der Spitalgründer, der mit eigener Hand Kranke pflegte, König Ludwig der IX., der Heilige. In seiner Gegenwart sollten vier Rabbiner in aller Öffentlichkeit den Talmud verteidigen. Als Gegner in der Disputation stand ihnen der wortgewaltige Albertus Magnus gegenüber. Wir wissen, daß die vier Rabbiner den hochgelehrten Meister Albertus Magnus, Zierde seines Ordens der Dominikaner, mit ihren Argumenten in die Enge trieben. Mehrfach mußte er zugestehen, daß er, der Verfasser von Erklärungen zu Aristoteles, von Kommentaren zu den großen und kleinen Propheten und zu den vier Evangelien, keine Antwort mehr wußte. General des Ordens der Dominikaner. So mußten, auch ich habe meine Gleichnisse, verehrter Doktor Agrippa, die vier Rabbiner den Sieg in der Disputation ebenso fürchten, wie die Niederlage. Also wurden vierundzwanzig Wagenladungen des Talmuds nach Paris gefahren und dort verbrannt.«

»Aber wir sind dreihundert Jahre weiter. Wir haben

die besten Methoden, gültig herauszufinden, was ein gutes Buch ist. Mag die tiefe Weisheit, die im Talmud steckt, dem Unwissenden verborgen bleiben, eines ist sicher, das sind sorgfältig gebundene Bücher. Auch mit größter Gewalt gegen die Wand geworfen, gehen sie nicht auf.«

38

Wer sind die Feinde? Das ist nicht so einzugrenzen mit ein, zwei Namen. Savini in Metz, ja, aber hier, in Lyon, im Schiff der Geschäftigen, wenn man denn eine Stadt mit einem Schiff vergleichen will, da ist nicht einmal die Dominikanerkutte ein sicheres Kennzeichen für Gegner. Der deutsche Kaufmann, der Augsburger, Vertreter der Welser, mit seinem Anspruch, einzuwirken, mit seinem hochmütigen Wissen, was Geld kann? Ach, ja, die Welt der Kaufleute. Es scheint da leichter zu sein, einen Menschen abzuwägen. Durch einen Namen schon ist erkennbar, welchen Platz einer innehat. Sie nannten ihn den guten deutschen Kaufmann und achteten ihn schon längst als einen Bürger von Lyon, Jean Cleberg. Er war mit den Kaufleuten aus den großen Häusern überhaupt nicht zu vergleichen. »Le bon Allemand«. Für Cleberg war es einfach, seinen Feind zu nennen, das war Schwiegervater Willibald Pirkheimer, der große, edle Humanist. Natürlich kränkelte Felicitas, die Pirkheimertochter, und es war keine Frage, daß der berühmteste Arzt, der sich in der Stadt aufhielt, gerade gut genug war, diese anfällige, schmalbrüstige Frau zu untersuchen. Sie sollte keinen Grund haben, in dem täglichen Brief, den sie nach Hause, nach Nürnberg, schrieb, sich über den zum Franzosen gewordenen Mann zu beschweren.

Das erste Gespräch zwischen Cleberg und Agrippa ging über die Erkennbarkeit der Feinde. Sie entdeckten eine Gemeinsamkeit, für Agrippa hatte es der Franziskaner formuliert, der Beichtvater der Statthalterin der Niederlande: in den Gedanken des Heinrich Cornelius Agrippa von Nettesheim sei, schon durch die übermäßige Beschäftigung mit der Kabbala, viel Jüdisches. Für Cleberg hatte es der Humanist Pirkheimer formuliert: Cleberg sei ganz geringer Herkunft, Nachkomme eines bankrotten Kaufmanns, nach Nürnberg eingewanderte, mittellose Leute, mehr Jude als Christ.

Da hatte nun der gute Kaufmann Cleberg die Frau seiner Träume errungen und litt an ihr. Vielleicht war es nur Jana Tissie, die bemerkte, wie sehr er litt. Felicitas war ja nicht böse, nicht leichtfertig, sie war nur häuslich und verstand ihren Cleberg nicht. Vielleicht auch hatte sie ihn nur benutzt, um wegzukommen aus dem engen Nürnberg in die Welt von Lyon. Sie, die Witwe des reichen Kaufmanns Imhof. Sicher, nun lastete der Fluch des Vaters auf ihr. Sie hatte zwar versucht, den kunstsinnigen Humanisten umzustimmen, noch mit des Toten Geld hatte sie Dürer veranlaßt, ein Bild von Cleberg zu malen, hatte es dem Vater in die gemütliche Nürnberger Stube gestellt. Also da kam es dann erst recht heraus: Es sei besser, ins Kloster zu den guten Klarissinnen zu gehen, als sich zum Opfer der Wollust eines solchen Mannes zu machen, man sehe deutlich, Meister Dürers Hand habe da nichts verschwiegen, das Sinnliche in den Lippen, das Haar, zwar noch gelockt, beginne aber auch schon zu schwinden, alles Zeichen für unsittlichen Wandel, jedenfalls seien doch im Kloster ihre beiden Schwestern gut aufgehoben, bei den zwei Tanten, und da seien die vier Damen: Katharina, Kreszentia, Barbara, genannt Charitas, und Klara, recht glücklich als Nonnen vereint, das wahre und herrliche Leben, die letzte Bastion der alten Zucht und Ordnung. Aber er, Pirkheimer, der einzig gerechte Vertreter der fein gebildeten Christen, könne sich ja gegen die Rohen nicht durchsetzen, die Rohen, die Klöster zerstören. Und hatte ihr das kostbare Dürerbild nachgeworfen, oben auf das Dach des Pferdewagens, mit dem sie nach Lyon fuhr. Nur der geschickte Zugriff des Kutschers hatte damals das Bild erhalten. Das Rundbild. Später, glücklicherweise, gelang es einem aus der Familie Imhof, der sich auf den Handel mit Dürerbildern geworfen hatte, den Cleberg im Bild wenigstens zurückzuholen aus dem fremden Lyon nach Nürnberg, als Bildwert.

Aber noch leben sie alle, die Erben sind noch nicht am Werke, unter der milden Hand des Henri, des vertrauenswürdigen Arztes, blüht auch Felicitas wieder auf. Und kann mit guten Kräften ihr Leben voller Vorwürfe gegen Cleberg weiterführen. Sie trauerte ja doch um ihr Nürnberg, sie buk das ganze Jahr über Nürnberger Lebkuchen, immer nur derselbe Teig und immer dieselbe Form, ewige Nürnberger Lebkuchen. Der Geruch ging aus dem Haus nie weg. Sie wußte nicht, warum ihr Mann in Lyon so beliebt war. Sie wollte es nicht wissen. Das hing mit seinem Großvater, dem Hausierer, zusammen, der hatte ihn mitgenommen auf seinen Wegen. Und jetzt war es so, wenn der König von Frankreich Anleihen brauchte, dann hatten die großen Kaufleute alle nicht soviel Geld. Cleberg sagte: Ich verschaffe das Geld mit 17% Zinsen. Dann ging er zu den kleinen jüdischen Geldverleihern, die kannte er alle, weil er in ihrer Sprache reden konnte, er hatte die Kenntnisse vom Großvater, dem Hausierer, her. Aber sicher, auch Cleberg ist kein Wohltäter, er verdiente daran. Er zahlte ihnen nur 12%, und die 5% waren sein Gewinn. Deswegen wurde er von den Großen des Geldes, vor allem vom deutschen Kaufmann aus Augsburg, ernsthaft verachtet, weil er die jüdischen kleinen Geldleute in seine Geschäfte einbezog. Eine Bürgschaft von Cleberg war den kleinen Leuten wichtiger als die des Königs von Frankreich. Und er war ganz und gar aufrichtig, er wollte verdienen, aber nicht übervorteilen, er unterwarf sich dem Rechtsspruch der Rabbiner, wenn Differenzen aufkamen.

Er, Cleberg, liebte die Abende, an denen Jana Tissie und Agrippa kamen, dann konnte er mit dem Kenner des Hebräischen darüber sprechen, was seine Seele bewegte, daß die alten Geschichten des Leidens keine alten Geschichten waren. Wenn er die Geschichte vom großen Salomon ibn Gabriel erzählte, dann konnte es geschehen, leider läßt es sich nicht verschweigen, daß Felicitas auch vor den Gästen den großen Stopfkorb heranzog und stopfte und stopfte. So fuhr ihre geschäftige Nadel geräuschlos störend durch die Abende. Sie begriff nicht, wie es war mit diesem Salomon ibn Gabriel: Als er verfolgt, arm, krank und mager war, sagte er: Eine Fliege könnte mich auf dem Arm tragen. Wer hat jemals von den Armen der Fliege gewußt, daß Hoffnung und Stärke so gering werden können und Platz finden zur Zuflucht bei einer Fliege.

Und als Cleberg den Namen Abraham ben Meir ibn Esra nannte, da stellte sie die Schüssel mit dem ewigen Nürnberger Lebkuchen auf den Tisch, nahm sich selbst das erste Stück und kaute in die Stille hinein. Die Stille, die sich über die Gäste ausgebreitet hatte in Erwartung der Geschichte vom Gelehrten und Dichter aus Toledo, dem vom Unglück Verfolgten: Wäre meine Ware zum Handeln Kerzen, würde der Tag nie enden, würde das Sonnenlicht nie vergehen. Würde ich Leichentücher verkaufen, gäbe es von dem Augenblick an für jeden Menschen das ewige Leben. Und sie drohten dem großen Gelehrten Abraham von Toledo, als sein Vater gestorben war: Wir werden deinen Vater ausgraben und seine Gebeine verstreuen. Bezahle uns, damit wir das nicht tun.

Vielleicht empfand es nur Jana Tissie so an diesem Abend, daß diese Nürnbergerin, diese Felicitas, noch kauend am Lebkuchen, zu denen gehörte, die beim Verstreuen der Gebeine nicht nur zuschauen. Auch anfassen. Vielleicht war Jana Tissie von einem besonderen Hochmut, vielleicht war es so, daß sie sich an die Seite Clebergs versetzte, daß sie wußte, wäre da nicht ihr Heinrich Cornelius gewesen, mit diesem Mann hätte sie ihr Leben geteilt, hätte den Traum des Lebens mit ihm geträumt. Hätte Antwort gefunden auf die schreckliche Frage des Jehuda Halevi:

Bin ich die Harfe, zu deinen Liedern zu schlagen, Gott?

39

Er war Gast im Haus des Agrippa, ein noch nicht alter Mann aus Augsburg. Er begleitete einen Freund des hier ansässigen Augsburger Kaufmanns, das war nun die Zeit geworden, in der auch die Kaufleute ihre Leibärzte bei sich hatten. Er, der unbedeutende Leibarzt, war mit einem sehr höflichen Brief der Augsburger Kaufleute gekommen, ob es möglich sei, dem Mediziner für die Dauer der Messe ein Unterkommen zu bereiten, man wisse, das Haus Agrippa sei freundlich und offen für freundliche Fremde und fremde Freunde.

Und so saß der unbedeutende Leibarzt einige Tage im Hause der Jana Tissie und begann sie durch seine Lebensart und durch seine Unwissenheit zu erschrecken.

Er tat keinen Schritt zu Fuß, höchstens ging er einmal hinaus auf den Hof, um zu prüfen, wie das Wetter sei, was er anziehen könne. Er tat in dieser Zeit nichts anderes, als auf die Kutsche seines Herrn zu warten. Am ersten Tag verzehrte er sich in demütigen Verbeugungen vor Jana Tissie, fragte, ob er ihr nicht auf irgendeine Weise zur Hand gehen könne, in der Küche blieb er an der Tür stehen, störte Maria, natürlich ging er in den Experimentierkeller, wollte ein Gespräch mit dem wortkargen Herkules beginnen, der Unbedeutende merkte in seiner Dickfelligkeit nichts von seiner Unbeliebtheit.

Gut, ja, schön, das war sein Wesen, seine Bequemlichkeit, da konnte man nichts mehr ändern, aber beim Essen vergaß er die Bequemlichkeit, die Trägheit, er langte ganz kräftig zu, wenn er sich auch bei jedem Bissen höflich vor Jana Tissie verneigte und sagte: »Ich mause mir noch etwas.« Hätte er nicht ein ständiges Lächeln in seinem rosig runden Gesicht gehabt, hätte man annehmen können, es gefiele ihm nicht in seiner eigenen Haut. Aber er war ganz zufrieden. Nur dann und wann und immer häufiger am zweiten Tag betrachtete er Jana Tissie, ging mit seinen Augen in ihrem Gesicht forschend auf und nieder, ihr schien es, als saugten sich seine Blicke an ihr fest wie die untere Seite einer Schnecke, wenn sie lange genug über einen Weg gelaufen ist. Einmal fühlte sie sich sogar versucht, nach so einem langen Blick ihr Gesicht abzuwischen, weil sie glaubte, die Spuren seiner Augen könnten darauf sein. Und dann pflegte dieser bedauernswerte Arzt mit einer vor Besorgtheit fast weinerlichen Stimme zu fragen: »Geht es Ihnen gut? Geht es Ihnen wirklich gut?« Und hörte nicht auf, sich ungefragt einzumischen: »Können Sie denn schlafen, wirklich gut schlafen? Wird es nicht zuviel für Sie, diese Verantwortung, die Kinder, der Mann. Und der Mann ist ja oft so lange weg, im Schloß, sein Kommen und Gehen erscheint mir gar nicht geregelt. Ist das nicht zu aufreibend für Sie? Und was wird denn da im Experimentierkeller gemacht? Ihr Gehilfe ist so unfreundlich. Könnte man sagen, der Herr Gemahl gibt sich auch den mechanischen Künsten hin? Homunculus ist das brennendste Problem unserer Tage. Es würde mich äußerst interessieren, ob wir da etwas zu erwarten haben. Es gibt eine noch nicht bestätigte Äußerung, ich meine von der Fachwelt bestätigt, eine Äußerung eines gewissen Doktors Theophrast von Hohenheim, Stadtarzt in Salzburg, jetzt Professor in Basel, also von diesem berühmten Kollegen habe ich jedenfalls gehört, er könne einen künstlichen Menschen erzeugen. Nur, das Rezept ist geheim. Nun weiß ich nicht, wie das gemeint ist, aus menschlichem Samen, im feuchten Glas, bei mäßiger Wärme, oder ein mechanisches Gerät, dem eine Seele einzuhauchen ist. Darüber mit Ihrem Herrn Gemahl sprechen, das wäre mein höchster Wunsch. Ich habe einige Seiten aus seinem Buch über die magischen Dinge gelesen, es zirkuliert ja leider nur in Abschriften, und die sind sehr teuer, wann wird es denn gedruckt? Ein guter Freund hatte mir die Abschrift für einige Tage geliehen, aber da muß man sich erst hinein vertiefen können, vielleicht ein ganzes Leben lang. Was gäbe ich drum, wenn ich hier bleiben könnte und mit ihm forschen.«

Ja, was gäbe er denn. Er sagte es nicht. »In der Kürze der Zeit, in der ich die Blätter ausleihen durfte, geliehen bekam, habe ich wohl verstanden, der Herr Gemahl sucht auch den Stein der Weisen. Es gibt ihn ja. Die Alten haben ihn gehabt. Und mit dem Stein kann man Gold machen. Aber wir müssen ja weiter. Mein Herr hat es sich in den Kopf gesetzt, nach Aix-en-Provence zu gehen. Dort lebt sein Bruder, verheiratet. Aber seine

Freude ist keine rechte Freude, man sagt, sie, die Frau des Bruders, gewiß keine Augsburgerin, sei auf und davon gegangen, man sagt sogar, sie sei zu Ketzern in irgendein Tal gegangen, in ein Tal, dessen Namen ich vergessen habe. Man erzählt Erstaunliches von diesen Leuten, sie seien so ungeheuer standhaft, wenn Krankheit, Folter oder Tod an sie herantreten.«

»Wir wissen von Meaux, man kennt den Namen Pierre Leclerc. Man gab ihm ein Brandmal an die Stirn. Er soll das überlebt haben. Er ist aufrecht zu denen, die sein Gesicht schändeten, gegangen, er hat niemanden verraten, nichts widerrufen.«

»Ja, aber, was ist der Born für so eine Haltung, was ist der Born, sagen Sie mir das?«

Wer so fragt, wird es in seinem Leben nie begreifen. Soll er weiter in der Kutsche seines reichen Kaufmanns fahren, soll er allmählich die Fähigkeit verlieren, seine Füße zu gebrauchen. Sicher hat er die Fähigkeit, seine Kunst auszuüben, längst verloren. Er merkt nicht das Entsetzen der Jana Tissie, er redet weiter: »Ja, es ist gut, daß wir die Einteilung in die vier Kategorien haben, die vier Säfte, die Zuordnungen. Ich frage mich immer, wenn ich meinen Herrn in der Frühe betrachte, sind bei ihm alle vier Säfte gut ausgewogen, steigt einer über die ihm vorgegebenen Ufer hinaus?« Er hatte eine große Tasche mit Instrumenten bei sich, die hatte er bei seiner Ankunft durch den Kutscher ins Haus tragen lassen. Wenn er wegfuhr, nahm er nichts mit, er fuhr spät weg und kam spät wieder, an einem Abend mit allen Zeichen der Verstörtheit. »Mein Herr konnte nicht weiter, er blieb plötzlich stehen, faßte sich an die Brust und sagte, ›ich kann nicht mehr‹. Nun ist er bei den barmherzigen Dominikanern. Ich wußte mir in dieser fremden Stadt keinen Rat.«

»Konnten Sie ihm nicht helfen?«

»Ach nein, man kann ihm ja so schwer helfen, er läßt sich so schwer helfen, er muß immer mit den Leuten sprechen, Messe.«

»Haben Sie denn nicht gesehen, daß es ihm zuviel wurde?«

»Ich hatte ja meine Instrumente nicht bei mir, ohne meine Instrumente kann ich nichts machen, ich konnte ihm nur den Puls fühlen, mehr war da wirklich nicht für mich zu tun. Jetzt muß ich warten, was der Arzt sagen wird, der regelmäßig ins Kloster kommt.«

»Wer ist es, wie heißt er?«

»Ich weiß es nicht, manchmal haben die Dominikaner für ihre Klöster auch jüdische Ärzte, jedenfalls muß ich mich mit ihm beraten, wie ich meinen Herrn weiter behandeln soll, wenn ich mit ihm die Reise fortsetze. In das verrufene Tal. Zum Bruder. Der Bruder will ja zurück nach Augsburg, was soll er auch noch hier, wenn ihm die Frau weggelaufen ist.« Und sorgenvoll richtete er wieder seine Augen auf Jana Tissie und fragte: »Haben Sie denn gut geschlafen und fehlt Ihnen nichts und tut Ihnen nichts weh?«

Sie fragte: »Wollen Sie nicht lieber zu Ihrem Herrn gehen und sehen, wie der geschlafen hat?«

Der Unbedeutende, Bequeme: »Ja, ja, aber ja, ich muß doch auf die Kutsche warten, ich habe die Kutsche zu Mittag bestellt.«

»So spät, erst so spät, warum?«

»Ja, ich mußte ausschlafen, es hat mich ungeheuer angestrengt, dieser Schreck mit meinem Herrn, wie er sich da so an die Brust faßte und wie er da so sagte, es täte ihm so weh und er sei so schwach. Ach nein, dieser Schreck, ach Gott nein, dieser Schreck.«

Das weiß der Unbedeutende doch genau, der Weg ist

nicht weit, nur den Berg abwärts, hinunter zum Fluß. Und bekäme er den Stein der Weisen geschenkt, er könnte nichts damit anfangen, aus Bequemlichkeit. So hat er zum Bewahren seines Zustands sich einer bewährten und starken Macht anheimgegeben, der Macht der Trägheit. Das Gebot der Gastfreundschaft verlangte von Jana Tissie, ihre Gedanken für sich zu behalten. Er wird abreisen. Man kann ihn vergessen. Man muß ihn vergessen. Man darf sich nicht vorstellen, wie er vergebens die Blätter aus der Arbeit von Agrippa hin und her wendete. Für den Abreisenden, der Macht der Trägheit ergeben, sind die Gedanken auch nicht aufgeschrieben. Die Gedanken: Alle Dinge der Erde haben durch die Weltseele ein Zeichen aufgeprägt bekommen. Was aber ist die Weltseele? Die Trägheit hört auf zu forschen. Stellt sich gegen die verändernde Kraft, die der Mensch in Gang setzt. Und spielt nicht.

Spielt nicht mit den Möglichkeiten der verändernden Kraft.

40

Nicht jeder hat das Recht, die Königin-Mutter zu sprechen, wo kämen wir denn da hin. Cleberg hatte alle Regeln eingehalten, war zum großen Notarius gegangen, wie er den Mann nannte, über den die Anmeldungen gingen. Für ihn, Cleberg, war es ein Glück, einen unter denen bei Hofe zu wissen, dem er genau erzählen konnte, wie es ihm weiter beim großen Notarius ergangen. Agrippa, der neugewonnene Freund, der ihn nicht bemitleidete, wegen der unausweichlichen Nürnberger Lebkuchen, dem es nichts auszumachen schien, bei den Mächtigen zu sitzen. Auf die nicht allzu freundliche Frage vom großen Notarius, was wollen Sie von der Königin-Mutter, habe er, Cleberg, nicht geantwortet, das will ich ihr selber sagen, sonst hätte ich ja gar nicht den Wunsch, zu ihr zu gehen. Er habe bereitwillig und liebenswürdig Auskunft gegeben, ihm sei ein Teppich gebracht worden, den er besonders schön fände. Er möchte ihn ihr persönlich überreichen, ein Teppich aus dem Lande der Kopten, wie es ihn, so sei er überzeugt, nur ein einziges Mal auf der Welt gebe.

»Sie hat wenig Zeit.« Das sagte der Notarius danach, nach der Eröffnung, hier will einer ein Geschenk bringen. Der große Notarius hütete die wertvollen Stunden unserer Madame. Er war ein aufmerksamer, unfreundlicher Hüter, selber nicht ungelehrt, mit der Fähigkeit, in dem ihm vorgegebenen Rahmen zu denken. Und so dachte er, jedenfalls meinte Cleberg, daß er so dachte: solche Geschenke von einem ganz gewöhnlichen Kaufmann verpflichten, gerade weil er auch noch versicherte, Beschwerden habe er keine.

»Wenn Sie keine Beschwerden haben, dann eilt es ja nicht. Die Königin-Mutter ist wirklich sehr beschäftigt.«

Und jenseits aller Demut sagte Cleberg: »Nein, es eilt nicht. Wenn Sie nicht wollen, daß sie eine Freude hat, dann ist das Ihre Sache, ist das ganz allein Ihre Sache. Gewiß, eine Frage hätte ich gern mit ihr besprochen, aber auch das eilt nicht.« Er teilte dem Notarius nicht mit, was die Frage zum Inhalt hatte. Weil, so berichtete er dem Freund Agrippa, es etwas anderes ist, über einen Teppich aus dem Land der Kopten zu reden oder über einen lebendigen Menschen, seinen eigenen Sohn. Diesen Teppich zwar hatte er, Cleberg, sich auch aus dem Herzen gerissen. Das kostbare Stück, mit dem Pferdemenschen im großen tiefbraunen Mittelkreis, der Pferdeleib mit dem Schwanz. Aber aus dem Tier erhebt sich ein Mensch mit stolz aufgerichteter Brust, mit verwegen lachendem Gesicht. Ja, das ist dieses Lachen, das so selten beim Abbild eines Menschen glaubhaft gezeigt werden kann, so selten, daß es kaum möglich scheint, überhaupt ein Bild vom Lachen zu erschaffen. Den Weinenden zu gestalten ist immer leichter. Dem Lachenden sind vier Diener beigegeben, auch sie haben das Verwegene in ihren Gesichtern. Auch sie haben die großen heiteren Augen. Das Lachen als bewegende Kraft. Fast ein magischer Teppich, wer ihn ansah, verehrter Freund Agrippa, der mußte fröhlich sein. Er, Cleberg, hatte ihn als eine Opfergabe gedacht, damit die Königin-Mutter ihre Hände über seinen Sohn David hält. Ja, davon weiß Felicitas nichts, David lebt bei den Franziskanern, bei den Brüdern mit dem weißen Gürtel. Seine Mutter, längst verstorben, war eine Leibeigene des Klosters, sie wusch für die Leute dort. Für diesen überaus klugen Jungen, nun schon sechzehn Jahre, habe er, der Vater, sich erträumt, die Königin-Mutter wird ihn am Hof unterbringen, er wird Hofmathematiker werden, könnte ihr ein wertvoller Berater sein. Später vielleicht nach Paris kommen, an die Universität. Träume.

Bitten. Um Audienz. Und dann warten. Wie schmeckt das Warten. Wie ist das Gefühl. So wie es gewünscht wird, zunächst: Zurückgestoßen auf die eigene Nichtigkeit. Du bist jetzt verändert. Nicht mehr derselbe. Du bist nur so viel wert, wie es Tage dauert, bevor du überhaupt einer Antwort gewürdigt wirst. Dein Tag ist anders. Es ist eine Erwartung im Tag: Ein Bote wird kommen und dich auffordern, vor ihr zu erscheinen. Erst dann ist klargeworden, soviel wert war dein Tag.

Da hat er sich selber gezeichnet als einen, den man nicht empfängt.

»Warum erzählte ich Ihnen das, mein teurer Freund Agrippa? Weil ich Ihnen den Teppich geben will.«

»Warum ausgerechnet mir?«

»Sie haben nicht gelacht, als ich Ihnen meine Wunde zeigte, Sie haben auch nicht gesagt, ich will das vermitteln. Obwohl ich weiß, Sie könnten das, Sie haben jeden Tag Zutritt. Sie haben Anteil genommen ohne Entrüstung, ohne Mitleid, ohne Überheblichkeit. Sie haben meine ganze Geschichte verstanden, so wie ich sie jetzt sehe, ich bin heraus. Heraus aus ihrem Laufespiel. Und Sie werden mir die Ehre erweisen, den Teppich anzunehmen. Sie werden nicht denken, und Sie werden das auch nicht aussprechen: Ich solle doch noch warten oder ich solle es doch noch einmal versuchen. Ich habe das Warten beendet. Das ist keine Erlösung, das ist nur ein Weitergehen der Zeit.«

»Und David?«

»Ja, David. Er sollte mehr sein als nur mein Erbe. Vielleicht ist das aber auch schon viel, und er kann später genug damit anfangen. Er wird jedenfalls nicht erfahren, von mir nicht, wie ich in das Schweigen hineingelaufen bin. Sie wissen, im Talmud steht, so hat es mein Großvater immer gesagt, dränge dich nicht an den Tisch der Mächtigen. Wollte ich klüger sein?«

»Lassen Sie sich nicht einschüchtern durch Schweigen. Sie wollen Sie einschüchtern. So verlieren Sie sich selbst und finden sich auf dem harten Pfad der Demut wieder. Und dahin sollten Sie gedrängt werden. Ja, sie sind ungeheuer beschäftigt, da oben im Schloß, jeder Augenblick des Tages ist angefüllt mit ihren Sinnlosigkeiten. Sie regieren nicht. Das ist vielleicht ein großes Geheimnis, das ich Ihnen da jetzt offenbare. Sie sollen wissen, daß nicht nur Sie mir vertrauen, daß ich Stillschweigen bewahren kann über Ihren Versuch, Ihrem David einen Platz für sein Leben zu geben, einen geachteten Platz in diesem harten und kurzen Leben. Ich sage

Ihnen jetzt etwas, und damit gebe ich mich Ihnen völlig in die Hände. Ich kenne Leute, die warten nur darauf, solche Worte über mich zu erfahren. Ich sage Ihnen: Diese da oben auf dem Schloß sind überhaupt nicht fähig zu regieren. Die königliche Familie. Wenn ich es nicht täglich mit eigenen Augen säße, wüßte ich nicht, wie recht der wirklich weise Erasmus in Rotterdam hat, Sie kennen sicher sein Wort vom Adler: ›Der Adler ist das Sinnbild des Königs, denn er ist weder schön noch musikalisch, noch zum Verzehr geeignet, sondern er ist ein fleischfressender, habgieriger Straßenräuber, ein Zerstörer, einsam, von allen gehaßt, für alle eine Pest, der, obwohl er mehr Unrecht tun kann als irgendein anderer sonst, immer noch mehr erstrebt, als selbst in seiner Macht steht.‹ Erasmus sagt: ›Der König würfelt oder tanzt oder amüsiert sich mit Narren oder bei der Jagd oder beim Saufen.‹ Ich habe gesehen, mein Freund Cleberg, es ist noch schlimmer, wenn es allgemein bekannt würde, womit die Königlichen ihren lieben langen Tag verbringen, so würde es allein in Lyon ein solches Gelächter geben, daß die beiden Flüsse überlaufen, soviel Tränen würden gelacht. So viel, daß sie über die Ufer treten und über der ganzen Stadt mitsamt dem Schloß zusammenschwappen. Alles begraben unter der allmächtigen Woge der gelachten Tränen.«

Cleberg sagte etwas nicht Unerwartetes, nicht unerwartet für einen, der ihn kannte: »Ich hoffe, Sie haben Ihre Gedanken über das Leben bei Hofe, so wie Sie es jeden Tag beobachten können, aufgeschrieben.« Cleberg, der vom Großvater Erzogene, der dem geschriebenen Wort vertraute als einer helfenden Kraft.

»Und veröffentlichen?«

»Und veröffentlichen. Wir haben unseren heiligen Antonius, ich meine den aus der Wüste, der unter mancherlei Anfechtungen gestanden haben soll. Böse Geister oder Heiden. Da ruft der Herr, der, über den Wolken sitzend, alles beobachtet, ihm ein schönes, ermunterndes Wort zu. Ich liebe diesen Heiligen, allein, um dieses Wort für mich zu beanspruchen: Antonius, ich will sehen, wie du kämpfen kannst.«

»Athanasius, der uns die Legende berichtet, der Kirchenvater, läßt Gott auf diese Weise sprechen.«

»Gesagt oder nicht gesagt, es ist überliefert, es ist geschrieben, und ich finde, es bereichert die Welt. Ich meine ja dieses eine einzige Wort: wie. Es heißt nicht, Antonius, ich will sehen, ob du kämpfen kannst, es heißt, ich will sehen, wie du kämpfen kannst.«

»Ich bin dabei, dieses Buch zu schreiben. Anders als Erasmus, ähnlich wie Erasmus. Lob der Torheit nicht, da war er der erste. So wie Reuchlin der erste war, der ein hebräisches Wörterbuch für uns schrieb.« Es war üblich, daß man alles kannte, was die anderen geschrieben hatten. »Eine Untersuchung könnte ich die Arbeit nennen, aber nicht nur über das Hofleben, das wird zu klein, zu eng.«

41

Leporis war nah, Leporis war bequem, war immer da, fast an jedem Abend. Jana Tissie hatte Vertrauen zu ihm. Weil sie sah, weil es für sie so aussah, als gehörten ihr Henri und Leporis zusammen wie zwei Brüder. Tagelang schon hustete ihr Henri. Und der Husten ging nicht weg. Warum sagte Leporis nichts? Warum sagte Henri nichts? »Können Sie nicht helfen?« wagte sie endlich Leporis zu fragen.

»Ja, wenn er es wünscht. Aber es gehört dazu, daß er mich nicht fragt, was ich ihm eingebe, sonst wäre die

Wirkung des Mittels zerstört, wenn er mit seinem Verstand daran herumdeutelt. Versuchen Sie, ihm das beizubringen.«

Und ihr zuliebe schluckte Henri die Medizin des Leporis.

Aber der Husten hörte nicht auf, manchmal war es wie ein Schlucken. Der Leidende nahm das, was der Arzt Leporis für ihn zusammengerührt hatte. Alles erschöpfte ihn, der Husten, der Schlucken, das Mittel. Jeder Schritt ermüdete ihn. Er mußte sich hinlegen, an Arbeit war nicht mehr zu denken. Aber wenn Jana Tissie mit ihm redete, strengte er sich an, wenigstens sie mit seinen Worten aufzuheitern.

Es war eine Schande für Leporis, daß er den Husten nicht wegbekam, jedenfalls empfand er es so. Auch konnte er nicht ergründen, was die Ursache sein mochte. Er ärgerte sich, daß er auf die Frau gehört und eine seiner, Avicennas, Regeln übertreten hatte: Im Frühstadium der Krankheit noch nicht eingreifen. Er hätte nicht eingreifen sollen, er hätte erst beobachten und abwarten müssen, bis sich die Krankheit zuspitzt, bis sich ein genaues Symptom erkennen läßt.

Vielleicht aber fühlte er sich veranlaßt, da Husten und Schlucken gar nicht wichen, da keines seiner Mittel, nicht einmal das kostbare Bocksblut, angeschlagen hatte, da weder die ausleerende noch die zurückhaltende Kraft gewirkt, jetzt das dritte, die verändernde Kraft, anzuwenden.

Vor ihren Augen wurde ihr Geliebter verwandelt. »Die Ohren der Zwerge sind besonders klein«, sagte er. Seine Stimme klang ein wenig abgehackt, ein wenig schärfer als sonst, aber der Sinn erschien ihr klar. Eine heitere Geschichte bahnte sich da wohl nun an, ein Märchen, wie er es ihr oft erzählte, wenn sie zusammenlagen. Aber er sah sie nicht an dabei, er hatte beide Arme auf den Tisch gestützt, als sie ihm die Abendsuppe bringen wollte, beugte er sich schwer über den Teller, löffelte, schaute sie nicht an, wiederholte: »Die Ohren der Zwerge sind besonders klein, aber sie hören alles.« Sie wartete auf die Fortsetzung der Geschichte. Manches Mal hatte er die Dominikaner so genannt, noch aus seinen Zeiten von Metz her, aber er brach ab, sagte ohne Zusammenhang: »Es werden Leute von einem anderen Stern kommen, und sie werden nicht wissen, wer Silvius und Leporis sind.«

Es erschien ihr erstaunlich, aber einleuchtend. Und so erwiderte sie in der Art, die er gern hatte: »Um nicht zu wissen, wer Silvius und Leporis sind, genügt es schon, wenn man nur aus einer anderen Stadt kommt.« Und wollte hinzusetzen, sonst hätte er längst einmal ein neues Gedicht geschrieben, und wollte sagen, sonst wäre dein Husten längst weg.

Über seiner Suppe redete er weiter: »Wir auf dem Rabenhügel sind die Erben des Kaisers Augustus.«

Da er sie nicht ansah und nicht anredete, wollte sie sich vergewissern, was meint er, fragte: »Wo sind die Erben?«

In seine Stimme kam ein böser Klang, den sie noch nie bei ihm gehört hatte: »Wo? Na, hier.« Und schwieg und legte den Löffel weg und schob den Teller beiseite und sagte: »Wir müssen uns verantworten.«

Und sie sah, eine ihr bis dahin bei ihm unbekannte Ungeduld erfüllte ihn, weil sie ihn fragte: »Wer muß sich verantworten?«

»Heinrich und Cornelius.«

Er wandte den Kopf dorthin, woher die Frage kam: »Wer ist Cornelius?« Aber seine Augen rollten blicklos, das Weiße wurde sichtbar. Ihr schien, als rollte auch die

Aus einer mittelalterlichen Handschrift, Darstellung der Alraune – ihr Ausreißen ist tödlich, deshalb werden Hunde eingesetzt.

Zunge weg. Sie sah, wie er gegen das Wegrollen der Zunge kämpfte, wie er sich verständlich machen wollte. »Heinrich, das bin ich.«

»Und wer ist Cornelius?«

Ungehalten, böse kam es zurück: »Cornelius, das ist mein Vater, und Heinrich, das bin ich. Wir müssen uns verantworten.«

»Vor wem?«

»Vor Petrus.« Und er stand auf. Sie wollte ihn stützen. »Ich kann alleine gehen.«

Sie rief Leporis zu Hilfe. Da begann ihr Henri zu singen. Ein eigenartiges, wildes Lied, das sie noch nie gehört hatte. Ein Lied, das er vielleicht gerade erfunden hatte, wie ein Bruder den anderen jagt wie ein Tier und tötet. – War Leporis gemeint? War Jean gemeint? – Er sang es wie ein Gelächter. Wie einer, der an Leib und Geist und Seele gebrochen werden soll, doch nicht zu brechen ist. Sie hatte Angst. Aber durch die Angst hindurch wollte sie zu ihm, mit ihrer Hand über seine Lippen streichen. Und als sie ihn berührte, mit ihrer ganzen Zärtlichkeit, mit dem Wunsch, er möchte doch wieder der Henri sein, den sie kannte, ganz der Ihre, nicht diese fremde Stimme und die fremden Worte in einer vertrauten Hülle, in einem Leib, an dem sie alles kannte, da schrie er sie an: »Und spiel hier nicht den Inquisitionsknecht.«

»Wer?«

»Du.«

»Ich?«

»Ja.«

Draußen war das Leben und Tag und Sonne, und die Leute lachten und redeten.

Was haben sie mit dir gemacht, daß du in deiner Geliebten einen Knecht der Inquisition siehst? Wie soll ich jetzt weiterleben? Aber ich gehe nicht weg. Ich gehe nicht von deiner Seite, und wenn du nicht mehr du selber bist, ich liebe dich. Wirst du je wieder so werden, wie du warst? Oder wird jetzt nur noch sein die harte, böse Stimme?

Sie lief hinunter in die Stadt, ziellos durch die Straßen, dachte nach, dachte nach über diese Stimme. Es war wie ein körperlicher Schmerz gewesen, als er sie einen Inquisitionsknecht genannt hatte, seinen Inquisitionsknecht. Warum? Warum ausgerechnet mein Henri? Er hat nicht den Verstand verloren, aber er ist sich selbst entfernt worden, entrückt. Er ist nicht mehr der Heitere, der Gelöste. Er ist aus seinen Fugen genommen und anders zusammengefügt, ein Zerrbild seiner selbst. Er gibt Antwort auf jede Frage, aber es ist nicht sein Denken.

Ich bin der einzige außer Leporis, der es weiß, ein Geist wird hier zerstört. Was weine ich über mich selber, wie ich werde mit ihm zusammen leben können. Das kann ich, und wenn seine Stimme noch so verändert ist. Ich kenne sie, es ist seine Stimme. Ich weiß, wie sie vorher war, und die Hoffnung, daß sie wieder so werden wird, gibt mir die Kraft, neben ihm zu bleiben bis an das Ende meiner Tage. Aber er? Wird er das aushalten?

Der Verdacht in ihr wurde stärker. Leporis hat das mit Absicht gemacht, er hat Medikamente gewählt, um diesen Mann zu verändern, daß er ein Zwerg wird unter Zwergen, daß er kleine Ohren haben soll wie sie. Leporis hat das gemacht. Entweder aus freien Stücken oder weil er von jemand den Auftrag dazu bekam. Und jetzt ist mein Henri in seinen Händen. Und verloren.

Wollten die beiden nicht gemeinsam einen Homunculus schaffen, einen künstlichen Menschen nach ihrem Willen? Und hat jetzt der Leporis sich im Körper des

Henri einen von ihm abhängigen Homunculus, ein Menschlein, geschaffen, klein, lenkbar, nützlich? Und will er, daß Henri ihm alles ausliefert, was er geschrieben hat? Die überarbeiteten drei Bände über Magie? Die Aufzeichnungen über den Zustand hier in Lyon? Und will er sich selber zum Autor dieser Bücher erklären? Oder will er alles weitergeben an die geistlichen Herren der Inquisition?

Will oder soll er die Klarheit aus der Welt bringen und den Widerspruch?

Symphorien Champier, hilf. Wer sonst? Das ist ungewöhnlich. Der erfahrene Mediziner da unten in der Stadt erklärt es sachlich, streng, ohne Angst zu schüren. »Offensichtlich hat er eine zu starke Dosis betäubender Mittel gegeben. Aus der neuen Welt, aus Mexiko. Ich kenne das. Ich habe es an mir selber ausprobiert. Aber man muß rechtzeitig aufhören damit.«

»Es wird nicht bleiben?«

»Ich sagte, man muß rechtzeitig aufhören. Und sofort.«

Rücksichtnahme in diesem Lyon, notwendige Rücksichtnahme. Es wird nicht gehen, daß er, Symphorien Champier, hinaufgeht zum Schloßhof und in die Wohnung des Doktor Leporis. Er kann nicht hingehen und ihn fragen, was haben Sie gemacht, Kollege? Sie, Jana Tissie, wird es Leporis sagen müssen. Es geht nicht, daß ein Arzt dem anderen Vorhaltungen macht. Jedenfalls kann gerade er, Champier, hier eher schaden als nützen. Durch seinen Zweifel würde er am Ende den anderen nur bestärken, die mexikanischen Mittel weiter zu geben. Leporis hat einen Kunstfehler gemacht, aber das wird er nicht zugeben.

»Würden Sie ihn behandeln?«

»Ja«, sagte Champier, »wenn Sie das wünschen, ja.«

»Aber Sie würden mit Leporis am Krankenbett zusammentreffen.«

»Sie haben mich gerufen. Das ist etwas ganz anderes, als ungebeten Ratschläge zu geben.«

Erstaunt, aber höflich begrüßte der schöne Doktor Leporis den Mann aus der Stadt. Er ließ sich auf keine grundsätzliche Diskussion ein. Dreimal versicherte er, er habe ganz und gar nichts dagegen, daß Frau Nettesheim Champier hinzugezogen habe, im Gegenteil, das bestätige ihn, er selbst habe ja damals, als unsere allseits verehrte Madame Aloysia krank lag, den Doktor Agrippa in die Stadt gerufen. Das sei doch durchaus üblich. Auch erhob er keinerlei Einspruch, als Champier vorschlug, den Kranken hinunterzunehmen in die Stadt, in sein Spital. Er kämpfte nicht um diesen Kranken. Er führte sich nicht rechthaberisch auf. Nur einmal sagte er bedauernd: »Man kann ihn nicht fragen, ob er wirklich ins Spital will.«

»Er schläft«, sagte sie.

»Wir werden ihn hinuntertragen.« Champier strich sacht über das Haar des Kranken. Bis ans Ende ihres Lebens wird Jana Tissie diese väterliche Geste nicht vergessen. »Ich komme am Abend zurück. Die Nacht unten in der anderen Luft wird ihm gut tun. Und ich werde alles für die Behandlung einleiten.« Er sagte nicht, welche Behandlung, und niemand fragte ihn danach. »Werde ich Sie sehen, wenn wir den Kranken holen?« wandte er sich an Leporis. Der machte eine unbestimmte Kopfbewegung. Eine gewisse Erleichterung kam über Jana Tissie. In diesem Augenblick erschien ihr das einzig mögliche Leben dort unten am Fluß zu sein. Unter der Obhut von Champier.

Sie bat Leporis zu bleiben auf ein Glas Wein. Mit der ihm eigenen Korrektheit bedankte er sich, blieb. Begann zu reden, ohne Eile, ohne Vorwurf. Aber nicht wie ein Selbstgespräch. Er redete zu ihr: »Vertrauen, was ist das, Vertrauen zu einem Arzt. Ich kenne Henri mein bewußtes Leben lang. Und wir vertrauen einander so wie der Bruder dem Bruder. Er ist Arzt, ich bin Arzt. Gut, können Sie sagen, Champier ist auch Arzt. Aber wer sagt Ihnen denn, daß Sie Vertrauen zu ihm haben dürfen, daß Sie Vertrauen zu ihm haben können. Gut, Sie hören von seinen Erfolgen. Es wurde Ihnen als erstes sicher die rührende Geschichte mit dem Hund erzählt, der die Bäuerin wieder zum Essen gebracht hat. Aber ist das ein Grund für Sie, ihm zu vertrauen? Es ist das Leben Ihres Henri, das Sie in seine Hände legen. Was wissen Sie wirklich von Champier? Wenn ich jetzt in Erfahrung bringen würde, er ist dem Trunk ergeben, er kommt besoffen in sein Spital, würden Sie ihm dann auch noch vertrauen? Was für einen Grund hat er, sich um den Kranken zu kümmern? Ich mache Ihnen keinen Vorwurf, daß Sie hinuntergegangen sind in die Stadt zu ihm. Aber man muß sich wundern, daß er, im Grunde gegen jede althergebrachte Regel, sich in meine Behandlung einmischt. Ich will ihm nicht unterstellen, daß Sie ihm gefallen haben, aber es gibt solche Ärzte. Die behandeln den Mann und kümmern sich mehr um die Frau. Sie verwischen es in ihrem Gedächtnis, daß im Eid des Hippokrates ausdrücklich steht, die Hände von den Frauen der Kranken zu lassen. Nein, ich will das Champier keineswegs unterstellen. Vertrauen. Was ist Vertrauen. Und warum vertrauen Sie ihm. Vielleicht braucht er Geld? Ich will auch das nicht unterstellen. Aber ich will Sie unsicher machen. Ich will Sie auf die Gefahren hinweisen, die Sie jetzt für Ihren Henri heraufbeschworen haben. Sie geben ihn voll und ganz in die Hände eines Menschen, den Sie nicht kennen. Sie wissen nicht, was er mit

Henri vorhat. Und ich sage Ihnen, schon der Transport wird eine ernste Schädigung für ihn sein. Wer weiß, ob er den Transport übersteht. Man trägt nicht ungestraft einen Menschen in tiefer Bewußtlosigkeit vom Berg zum Tal, ohne zwingenden Grund. Er schläft nicht, wie Sie vielleicht meinen, er ist bewußtlos. Und das Spital. Sind Sie einmal darin gewesen? Wissen Sie, wie es da aussieht? Dort liegen die Ärmsten der Armen, anstekkende Krankheiten. Auch wenn er all das übersteht, Sie wissen ja nicht, was Champier mit ihm vorhat. Man hört davon, daß er Köpfe geöffnet hat.«

Leporis saß da und hatte von der Erregung rote Flekken im Gesicht und biß, ohne es sich bewußt zu sein, wieder und wieder auf seinen Finger mit einer unheimlichen Regelmäßigkeit. Er konnte nicht weitersprechen. Sie saß wie gelähmt und starrte ihn an. Er kämpft ja, er kämpft auf eine mir unverständliche Weise um meinen Henri. Was will er? Eben noch stimmt er zu, schüttelt Champier die Hand, und jetzt schreit er, der andere wird Fehler machen.

Und Leporis, auch schön in seinen ungezügelten Ausbrüchen, und er wußte immer, zu jeder Zeit, wie schön er war, wie wirkungsvoll, gewann wieder Gewalt über seine Stimme, redete weiter: »Nihil nocere, das sagte mein Urgroßvater, das sagte Avicenna, das sage ich. Nur nicht schaden. Und sich daran halten, was in den Büchern steht. Bitte, auch ich bin der Meinung, man soll ja alles ausprobieren. Aber was ist alles? Nur das, von dem man weiß, daß es nicht schaden kann. Können Sie ermessen, was ihm da unten in der Stadt an Schaden zugefügt wird? Aber dann kommen Sie nachher nicht zu mir. Was Champier verderben wird an Henri, das kann ich nicht wieder aufrichten. Er wird – wenn Sie Ihren Henri überhaupt zurückbekommen – verändert sein. Und Sie haben das in Kauf genommen. Noch liegt er hier bei Ihnen und mir, noch ist nichts geschehen, was Sie bereuen müßten. Er sagt, er nimmt ihm den Husten. Und wenn er ihm die Männlichkeit nimmt?«

Weg jetzt mit der Erinnerung an Abelard, das ist nicht die Zeit für Träume und schöne Bekenntnisse: aber die Überzeugungskraft wird ihm bleiben. »Ich weiß nicht, was Sie wollen. Wollen Sie mich demütigen, oder wollen Sie sich selber demütigen?«

»Ja, vielleicht komme ich Ihnen verächtlich vor, weil ich Ihr Vertrauen erschüttern will. Vielleicht finden Sie mich kleinlich und glauben, ich rede schlecht über einen aus meiner Zunft. Vielleicht meinen Sie sogar, ich mache meine ganze Zunft schlecht. Aber darum geht es schon gar nicht mehr. Es geht um Leben und Tod. Champier ist kein guter Arzt. Sein Spital hat einen zweifelhaften Ruf. Er verletzt tagtäglich den Kanon des großen Avicenna. Bewußt. Natürlich hat er alle Regeln so gelernt wie ich auch, aber er sagt, die Weisheit in den Büchern nütze ihm nichts, die Bücher stimmten nicht mit der Wirklichkeit überein. Er hält seine eigene, zufällige Erfahrung für wertvoller und nützlicher. Und er hat immer die Sucht, Schülern seine eigene Lehre zu übermitteln. Vielleicht sogar hat er Ihren Henri als Demonstrationsobjekt ausersehen. Wer weiß das alles, wer will das alles wissen. Jedenfalls seien Sie sicher, ich würde bestimmt nicht in das Spital hinuntergehen.«

»Sie reden über Henri so, als sollte er da unten dem Tod ausgeliefert werden. Ach, Doktor Leporis, ich verstehe Sie nicht.«

»Er ist mein Freund, und ich weiß, wie es in Spitälern zugeht. Glauben Sie doch ja nicht, daß Champier den ganzen Tag an seinem Bett verbringen wird. Henri wird allen Zufälligkeiten ausgeliefert sein.«

»Warum reden Sie so mit mir?«

»Weil ich Sie erschüttern will. Ich habe schon zu viele sterben sehen. Ich habe zu viele Fehler, zu viele Kunstfehler gesehen.« Und setzte hinzu: »Es war meine größte Niederlage, wie ich am Krankenbett meines Bruders Henri neben dem von Ihnen gerufenen Champier stehen mußte.«

42

Niemand in Lyon kann ahnen, daß gerade an diesem Tag, den der schöne Leporis als den seiner größten Niederlage bezeichnet, ein kleiner Junge Hans, Johannes Weyer, seinen zehnten Namenstag hat. Die auf den Husten und Schlucken folgende seltsame Entrücktheit des Doktor Heinrich Cornelius Agrippa von Nettesheim wird längst vergessen sein, wenn Hänschen ein Mann ist. Wir werden ihm in Bonn begegnen, er wird als ein von Agrippa Erzogener weiterwirken. Selten, aber doch hin und wieder, ist der Lehrer der Ruhm des Schülers und der Schüler der Ruhm des Lehrers. Selten, und doch dann und wann, nehmen die Versuche des Lehrers in der Arbeit des Schülers einen lückenlosen Fortgang. Ohne daß Name und Arbeit aufgesogen werden vom einen oder vom anderen. Jeder Name hat Gewicht und Ehre für sich.

43

Obwohl doch Champier in seinem Leben nichts mehr von Madame Aloysia erwartete – auf seine letzte schriftliche Anfrage nach dem Stand der Gründung seines medizinischen Kollegs hatte er keine Antwort erhalten –, meinte er, die Königin-Mutter wird kommen. Hatte man je gehört, daß ein kranker Leibarzt von einem König besucht wurde? Aber warum nicht. Er, Champier, ist vorbereitet, er wird sie durch das Spital führen, er wird ihr alle Ehre erweisen. Aber er wird nicht um einen günstigen Bescheid für sein medizinisches Kolleg bitten. Das wäre ihm zu billig gewesen, auf dem Rücken eines kranken Freundes. Die Erfüllung seines Lebenswunsches durfte nicht auf einer Zufälligkeit begründet sein.

Sollte sich jedoch die Gelegenheit für ein längeres Gespräch ergeben, sollte sie selber seine Anfrage beantworten wollen, auf dem Weg zum Krankenbett etwa, dann wird er sich nicht sperren. Manches Mal sprach er mit Jana Tissie über die Möglichkeit eines Besuches der Königin-Mutter, und nun überlegte auch sie, was sie sagen wird. Die Frau im Schloß hatte bisher noch nicht den Wunsch gehabt, sie zu sehen. Bis zu diesem Tag hatte Jana Tissie nicht über ein Gespräch mit Madame Aloysia nachgedacht. Ihre Zeit war ausgefüllt.

Jetzt war alles anders geworden, wie mit einem Schlag abgetrennt vom alltäglichen Leben. Aber sie durfte bei ihm sitzen.

Nein, so ist Madame Aloysia nicht. Sie vergißt nicht ihren kranken Leibarzt. Sie schickt einen Boten, läßt Grüße ausrichten und gute Wünsche, läßt fragen, ob er auch alles habe, was er brauche. Eine Auszeichnung, gewiß. Aber sie selber wird nicht kommen. Champier fühlte sich nicht enttäuscht, er fühlte sich bestätigt. So sind sie auf dem Rabenhügel. Es erschien ihm notwendiger denn je, sein Buch über die Erziehung der Fürsten zu Ende zu bringen.

Es kamen andere. Der schnurrbärtige Fischer mit seiner Frau, die so stark schielte, sie hatten die beiden Ältesten mitgebracht, die wollten unbedingt den berühmten Mann sehen. Es kam der gute Druckergeselle Pierre.

Und Nanon. Sie hatten sich nicht ausdrücklich verabredet, aber sie hatten sich vorher getroffen. Nun standen sie zu sechst vor der Pforte des Spitals und wollten hinein. Sie waren beladen. In einem großen Topf trug die Frau des Fischers die Suppe heran, die einzigartige, aus siebenerlei verschiedenen Fischen. Das wird dem Kranken helfen, das ist besser als jede Medizin. Und aus einem ganz besonders guten Hecht hatte sie das erstaunliche Lyoneser Gericht hergestellt. Der Älteste trug auf einer Schüssel feierlich die spatzenähnlichen Gebilde. Das andere Kind brachte Erdbeeren. Der Schnurrbärtige hielt einen Krug Wein, vorsichtig, mit beiden Händen. Unser guter Geselle Pierre hatte einen ganzen runden Käse im Arm, Nanon das Brot.

Sie wollen den Kranken sehen. Das ist ja nicht ihr Überfluß, den sie da heranbringen, man muß wissen, sie haben es sich abgespart. Sie wollen sich mit ihren eigenen Augen überzeugen, wie es ihm geht.

Champier wird Mitteilung gemacht: da sind Leute, die wollen zu Agrippa. Es läßt sich die Erwartung des Menschen ja doch nicht so kommandieren. Natürlich glaubt er, sie steht vorm Tor. Madame Aloysia mit einem Schwarm an Begleitern. Mag sein, daß jetzt die Enttäuschung kam, als er die Gesichter der Besucher sieht. Kein Gesindel, nein. Ganz gewöhnliche Leute. Nicht ärmlich, nicht abgerissen, keine Bittsteller. Sie bringen sogar Geschenke mit. Er entscheidet: Nur einer darf zum Kranken.

Pierre, den er nicht wiedererkannte, wendet ein, einer allein könne das alles nicht tragen.

»Ich werde Pfleger schicken, die nehmen es euch ab. In der Zeit könnt ihr überlegen, wer zu ihm soll. Das ist eure Sache.«

Wer will Nanons Gefühle beschreiben. Es könnte ein-

Titelseite des »Opus Chirurgicum« (1565) von Paracelsus, Das Innere eines Spitals, Holzschnitt

facher sein, eine Mitteilung über ihre Bluse zu geben. Zumal sie an einer schönen Stelle etwas verborgen hat, von dem sie noch nicht weiß, ob sie das demjenigen, der auserwählt wird, ans Krankenbett zu gehen, mitgeben kann. Sie will darüber nichts reden. Das ist nur wichtig für sie und Agrippa. Ein kleiner, bedeutsamer, aber für alle anderen unverständlicher Scherz. Man könnte die Welt in Erstaunen setzen: Wir haben den Knopf gefunden. Nein, wir suchen nicht die Knöpfe. Um dann sogar die umständliche Schilderung zu geben, wie sie daran nestelte. Nur um des Nestelns willen.

Ich will ihn sehen, ich muß ihn sehen. Und ich weiß, auch er muß mich sehen. Im Namen der Liebe, laßt mich gehen. Ich will ihm die Suppe geben. Behutsam. Seinen Kopf werde ich dabei stützen. Aus meiner Hand soll er Fisch und Wein und Käse und Brot und Früchte haben. Nanon schwieg.

»Immer um Erlaubnis fragen, überall um Erlaubnis fragen. Wir hätten eine Hintertür suchen sollen«, meint der Fischer.

»Um Wasser zu trinken und unter den Brücken zu liegen, brauchst du nicht um Erlaubnis zu fragen. Das ist beinahe alles, was du in dieser Welt darfst.« Pierre flüchtet sich in allgemeine Redensarten. Natürlich sieht er, wie Nanon leidet. Er weiß doch, was sie denkt. Wenn Henri stirbt, dann hat sie ihn nicht noch einmal gesehen. Die vorletzte Ehre erweisen, sagt sie, das ist viel wichtiger, als die letzte. Da kann er, gerade er, nicht bestimmen: du gehst oder du gehst nicht, auch kann er nicht vorschlagen, wir schicken den Sohn des Fischers.

Mit den Helfern kommt Jana Tissie. Und bedankt sich im Namen ihres Mannes. Zum ersten Mal in ihrem Leben steht sie so nahe bei den Menschen, die nicht zu ihrer Welt gehören. Das hier ist etwas ganz anderes, als auf den Markt zu gehen und bei den Fischern zu kaufen oder in eine Druckereiwerkstatt und den Gesellen bei der Arbeit über die Schulter zu sehen. Es ist derselbe Abstand. Aber hier sieht sie etwas, über das sie noch nie nachgedacht hat: das Herz dieser Leute.

Es war ein Augenblick tiefster Feierlichkeit, als sie ihnen sagte: »Ich bitte Sie, kommen Sie alle mit. Ich will es verantworten.«

Der Schnurrbärtige ging voran. »Sultan«, begrüßte er Agrippa. »Sie versammeln Ihre Leute um sich, so wie man es sich von einem Sultan vorstellt, im Liegen.« Da war die feierliche Steifheit, die von Jana Tissie ausging, zerbrochen. Da breiteten sie das Essen vor seinen Augen aus. Mit lärmendem Stolz. Jeder versicherte jedem: »Es geht ihm besser. Er ist doch ganz gut beieinander. Ein bißchen blaß. Freilich.« Der Schnurrbärtige war Wortführer, pries das Essen an. »Man hat keine Wahl, glaube mir, die Fresserei ist noch die beste Sünde von allen.«

Henri, wirklich heruntergekommen von den indianischen Medikamenten des schönen Doktor Leporis, erkannte ihn. Das war doch der Tischgast. Damals, als er mit Madame zu Paul Perrault gegangen war. »Ja, ja, ein ganzes Kuchenhaus.« Und Jana Tissie war glücklich, daß er redete, aber sie verstand nicht den Sinn, hatte fast Angst, der Wahn kehre zurück. Da jedoch der andere, der Schnurrbärtige, ergänzte, das beste am großen Kuchenhaus sei die Umwandlung der Flöte in ein Messer gewesen, merkte Jana Tissie, sie reden über wirkliche Dinge. Nur hatte sie keinen Zugang dazu.

»Bei all der Fresserei haben wir die Schönheit vergessen, hat denn niemand an Blumen gedacht«, der Fischer zeigte sich ehrlich bestürzt.

Doch, natürlich. Nanon hat an Blumen gedacht. Bescheiden und doch bestimmt, mit ihren ach so sanften Bewegungen, holt sie aus dem Kleid drei gelbe Blumen. Löwenzahn. Sie legt sie ihm auf die Hände. Noch warm von ihrer Haut.

»Unkraut«, sagt das älteste Kind des Fischers mit starker Verachtung.

Jana Tissie will sich nicht in Hilflosigkeit ertränken lassen. Sie hat diese Leute noch nie gesehen. Und er, ihr Henri, kennt sie. Versteht sie. Auch die eine, die sie alle Nanon nennen. Ja, sicher, sie sind arm, sie konnten keine Blumen kaufen. Und haben wohl auch keinen eigenen Garten. Sie haben viel ausgegeben für das Essen und haben sich viel Mühe gemacht. Und all das wird ihr Henri niemals bei seiner Schwäche verzehren können. Sie muß nur sorgen, wie sie es aus dem Krankenhaus schaffen wird, ohne daß jemand es sieht, sie will niemanden beleidigen.

»Sultan, wir verabschieden uns, wir haben Sie gesehen. Wir sind beruhigt. Kommen Sie bald zu uns. Sie sind müde. Aber wir sind sicher, Sie haben sich gefreut.« Und zu Jana Tissie gewandt, meint der Schnurrbärtige: »Mit einem Besuch macht man immer Freude. Entweder beim Kommen oder beim Gehen.«

44

Längst war Agrippa wieder zu Hause, ging zur Arbeit aufs Schloß, zu Madame Aloysia, wenn man das Arbeit nennen kann. Heute kaufte Jana Tissie einmal selber ein, sie hatte sich der Bevormundung des Herkules entzogen.

Daphne ging auf sie zu, mit ihrem tänzelnden Gang. »Ach, wie schön, Sie zu sehen. Erkennen Sie mich?« Mit einer Vertraulichkeit, die Jana Tissie als demütigend empfand, fragte Daphne: »Mir können Sie sagen, was er wirklich hatte. Mein Mann redet ja nicht darüber. Von dem erfahre ich nichts. Ach, ich kann ihn mir gar nicht als Kranken vorstellen, den kleinen süßen Henri.«

Ich will nicht mit ihr über die Krankheit reden. Er ist nicht der Allerweltshenri, der kleine, nette, süße, den sie mit mir teilen wollen. Jetzt noch Anteil nehmen, durch mich.

Nicht durch mich. Es ist lästig, weil ihre Welt eine ganz andere ist. Ich müßte ihr meine Welt erklären. Muß ich ihr meine Welt erklären? Hat sie Anspruch darauf zu wissen, wie es war, als du von den kleinen Ohren der Zwerge geredet hast. Gemeinsamkeiten werden Aufdringlichkeiten.

Und als sie nach Hause kam, Jana Tissie, da war er noch nicht zurück vom Hof. Was weiß ich überhaupt von Henri? So ist Jana Tissie. Selbstbewußt und bereit, sich zu demütigen. Bereit, sofort ihren Stuhl im Haus zu verlassen, wenn da eine andere Anspruch erhebt. Aus früherer Zeit, aus jetziger Zeit, aus kommender Zeit. Wenn eine so besitzergreiferisch daherkommt und er, Henri, sich ihr mit Aufmerksamkeit zuwendet, alles andere vergessend, dann nehme ich den kleinen Haymon an die Hand. Und vergesse nicht, ihm Stiefelchen anzuziehen, denn wir wissen nicht, wie weit der Weg sein wird. Und das Brüderchen von Haymon werde ich auf dem Arm tragen. Wir werden nicht zu Pferd sein. Und der Weg wird nicht zurück nach Fribourg führen, auch nicht ins Elternhaus nach Genf, nicht zu irgendeinem Menschen, den ich kenne.

Du wirst alles wohlgeordnet beisammen finden. Deine Wäsche in den Truhen, dein Pferd im Stall. Auch von deinen vier Hunden werde ich nicht einem sagen, komm mit. Und wenn sie hinterherlaufen, werde ich nicht schreien – wie Menschen immer mit Hunden schreien, wenn sie denen Befehle geben –, ich werde nicht schreien: Ab. Ich werde leise mit ihnen reden: Geht ihr nach Hause zu unserem Henri, legt euch zu seinen Füßen, leckt ihm die Hände, legt den Kopf an sein Gesicht. Er wird mich vergessen haben in dem Augenblick, als die Tür hinter mir zufiel. Er wird nicht einmal mehr wissen, wie ich aussah.

45

»Das dürfen Sie nicht machen, so dürfen Sie mit unserer Königin-Mutter nicht reden, das dürfen Sie nicht machen.« Manches Mal bedauerte Herkules, daß er nicht Leibarzt war, bei der Königin-Mutter. Natürlich hätte er sich ganz anders verhalten, mit den Worten und mit dem Geschriebenen. Vorsichtiger. Aber den Abstand hätte er kleiner gehalten. Was würde es denn schaden, bei der Alten mal hinzulangen. Sie gierte ja im Grunde danach. Lieber mit den Fingern zugreifen als mit Worten. Man sah das doch, wie ein Flackern in ihre Augen kam, die Feuchtigkeit. Dann und wann war er, Herkules, dabei, wenn Henri zu Hofe ging. Und einwirken will er doch, sein Herr, sein Heinrich. Er hat sie nicht angefaßt. Weiß er das? Er wird es herausbekommen.

Nun will er, sein Herr, die Madame Aloysia abbringen von der Jagd. Er will ihr erklären, daß ihr Vergnügen kein Vergnügen ist. Das wird er nicht schaffen, wenn er kein anderes Vergnügen dafür bereit hält, stark genug, ihre Lust zum Jagen zu betäuben.

Worte?

Aber so ist Herkules, sein halbes Wissen läßt ihn nicht

kleinlaut werden. Wenn es schon Worte sein sollen, sie von der Jagd zurückzuhalten, dann wird er einmal darüber nachdenken, welche Worte es gab und gibt in dieser Welt, um seinen Henri zu unterstützen. Der Herr selbst, unser Gott, war er Jäger? Er war Hirte. Das ist kein neuer Gedanke. Und wird Königin-Mutter Aloysia nicht vom Pferde steigen lassen. Sie wird, mit der Verstandesschärfe, die ihr niemand absprechen kann, in ihrer verbindlichen Art, die sie bei allem Hochmut ihres Standes hat, auf Diana verweisen, Göttin der Jagd. Und sie wird, das weiß unser Herkules leider sehr genau, auf den berühmten Hofpoeten Silvius, ihren Bevorzugten, weisen, wie der sich zu ihrem Geburtstag besonders angestrengt habe, und man wußte, Madame Aloysia konnte dann reden wie ein alter Jagemeister: Er hat mir zum Geburtstag einen Frischling geschossen. Es hat viel Mühe und Geduld gekostet, ihn auf die Schwarte zu legen. Ich habe ihn mir braten lassen. Es hat geschmeckt.

Er, Herkules, bewundert seinen Agrippa, weil der sich vorgenommen hat, Madame mit den Worten des weltweisen Erasmus zu überzeugen. Und befürchtet, ob sie denn die Feinheiten versteht? Sieht die Welt der gnädigsten Aloysia nicht eben doch ganz und gar anders aus als unsere im Bereich der Wissenschaften? Die adligen Damen und Herren mit ihren groben Sitten.

Und weil er ein Gedächtnis hat, bedauert Herkules jetzt doch, daß er seinen Herrn manches Mal geärgert hat mit seiner Nörgelei. Heute, wenn er so über die Schwierigkeiten eines Leibarztes nachdenkt, kommt er zum Schluß, daß Nettesheim es leichter hätte, wäre er so wie der Poet Silvius. Silvius jedoch braucht keinen Famulus und braucht keinen Widerspruch neben sich, da er die Selbstzufriedenheit in Person ist. Selbstzufriedenheit. Sich selbst Weihrauch streuen und sich nur im Eigenduft bewegen. Silvius hat auch längst mit Aloysia geschlafen. Als ob das Siege seien. Nein, Silvius braucht wirklich keinen Famulus, er hat ja auch keinen Experimentierofen. Silvius für sich könnte aber auch niemandes Famulus sein, seine Hilfe ist nicht hilfreich, seine Dienste sind nicht dienlich. Er hat kein Geheimnis, nicht einmal das der Spielerei mit den Worten. Und wenn er Schwarte sagt, meint er auch Schwarte, und nichts sonst, meint die vom Wildschwein, die borstenbestandene, kommt nicht, auch nicht ganz im hintersten Winkel seines Herzens, auf den Anklang, mit demselben Wort ein Buch zu bezeichnen. Und gar sein eigenes? Dann müßte er doch lachen können. Über sich. Die Selbstzufriedenheit kann nicht lachen. Sie ist eine dicke Hure. Schwerbeweglich hockt sie im offenen Fenster, die fetten Arme auf ein Kissen gebreitet, so blickt sie träge über die Straße. Ohne Anteilnahme. Aber sie darf auch Freier erwarten, die für ihre trägen, lustlosen Bewegungen bereit sind zu zahlen. Selbstzufriedenheit ist nicht anstrengend.

Nein, nicht Famulus bei Silvius sein. Mal sehen, wie Heinrich Cornelius Agrippa von Nettesheim zurückkommt von der Königin-Mutter Aloysia. Ob er sagen wird: Satteln Sie das Pferd zur Jagd, wir reiten mit.

»Wer einen Kürbis für eine Frau hält, heißt verrückt, weil das nur wenigen geschieht. Schwört aber einer, seine Frau, die er mit manchem zu teilen hat, sei treuer als Penelope, die auf Odysseus wartete, nennt niemand ihn verrückt, denn solche Männer trifft man auf Schritt und Tritt. Dahin gehören auch die, für die das Höchste die Jagd ist, und die behaupten, es tue ihnen unglaublich wohl, wenn jenes erbärmliche Blasen der Hörner und das Geheul der Meute losgeht – ich glaube, auch der Dreck der Hunde duftet in ihren Nasen wie Zimt.

Und welch ein Genuß, das Wild auszuweiden. Ochsen und Hammel darf der Gewöhnliche ausnehmen, aber Wild zerlegen nur der Edle. Mit entblößtem Haupt, gebeugten Knien, in der Hand das diesem Dienst geweihte Messer – um Gottes willen kein anderes –, beginnt er mit bestimmten Gesten bestimmte Teile in bestimmter Folge feierlich zu zerlegen. Staunend umringt ihn die Gesellschaft, andächtig schweigend, als hätte sie das noch nie gesehen. Wem erst noch vergönnt war, das Wildbret verspeisen zu helfen, der bildet sich gar ein, er habe an Adel beträchtlich zugenommen. Es frommt ihnen freilich wenig, ihr Leben lang Tiere zu hetzen und zu verzehren: Sie vertieren nur selber schier. Aber was tut's? Sie glauben doch wie Könige zu leben.«

Nein, so nicht. So wird er aus dieser Sache nicht herauskommen. Er, Henri, ist zur Königin-Mutter gerufen, sie will zur Jagd ausreiten. Er ist ihr Leibarzt, er wird sie zu begleiten haben. Da kann er sich nicht hinstellen und ihr einen Abschnitt aus dem »Lob der Torheit« des weltweisen Erasmus von Rotterdam vorhalten.

Zumal niemand sie für einen Kürbis halten wird. Nur er, der Leibarzt, weiß genau, wie alt sie wirklich ist. Noch hat sie keine Schwierigkeiten, aufs Pferd zu kommen, noch ist das Schwebende in ihren Bewegungen da. Und vielleicht liegt das Maß ihres Alters nur bei ihm: Solange er sie beeinflussen will, solange er glaubt, sie ändern zu können, ist sie noch nicht abgestorben. Der Besitz des königlichen Fleisches mag schmeichelhaft sein, aber das kostete ihn keine Anstrengung. Er weiß, wie er wirkt. Jedenfalls hier in Lyon am Hof der Königin-Mutter, hier sind nicht nur gesucht und begehrt bärenstarke Männer, nicht jene törichten Helden, deren Arme wie Windmühlenflügel gehen. Er, unser Henri, hat nicht das Lärmende der Barone des Nordens.

Gewiß, auch er hat das Lärmende der Barone des Nordens, er hat sich auf dem Schlachtfeld vor Pavia zum Ritter schlagen lassen. Und sehr verschieden von den Kriegern ist er da nicht gewesen. Ihre Blödheiten über Frauen hat er genauso mitgeredet. Nur, er hat sich gleichzeitig lustig gemacht, nicht allein über die rauhen Krieger, sondern über sich selbst auch. Und wenigen ist das vergönnt, über sich selbst zu lachen.

Unserm Henri war das gegeben. Und als er das erkannt hatte, war er eitel genug, dieses Lachen stets bereitzuhalten. Es schien ihn zu verkleinern, aber es machte ihn groß, er wußte es.

Schön wäre es, wir könnten jetzt endlich mit einer der vier Arten der Liebe beginnen, der zärtlichen, der tragischen, der spielerischen oder der rasenden. Henri und Aloysia.

Vielleicht mit dem grünen, kleinen Stein, den er von einem beschwerlichen Weg aus dem Gebirge mitbrachte, bis in die Stadt mit den zwei Flüssen. Und wie er ihre Finger zart berührte, als er ihr den Stein gab. Alles ist in diesen Stein einbeschlossen. Beständigkeit, Stärke, Stolz. In diesem Stein gebe ich dir den Erdkreis mit allen seinen Bewohnern, Menschen und Tieren und Bäumen und Blumen. Mit den wilden Kirschen und dem Fluß, der die Farbe des Himmels zu jeder Zeit hat, der ein anderer ist am Morgen, am Mittag, am Abend. Aber nachts nimmt er das Dunkel zuerst von den Bäumen, bis alles, Fluß und Erde und Himmel, schwarz ist, als sei eine Schranke gefallen. Wenn auch du das gesehen hast, kann ich dir das Gewächs am Wegrand zeigen, die Blüte grün wie ein Blatt. Und schmale, gelbe Ränder. Wie ein Auge. Wie dein Auge. Wie der Stein, warm von deiner und meiner Hand.

Nein.

Aus der Tiefe des Elends, von draußen vor den Toren der Stadt an den zwei Flüssen war der Schrei zu ihm gekommen. Noch bevor der Hof mit allen Schranzen und der Königin-Mutter Aloysia an der Spitze zurückgekehrt war, hatte die Nachricht ihn erreicht.

Aloysia hat einen der Treiber angeschossen. Den Roger Pitou aus dem Nachbardorf. Henri ritt hin. Nicht gerufen, nicht bestellt. Er fühlte sich schuldig. Und abermals schuldig an einem Bauern.

Aber vielleicht kann ich ihn retten. Vielleicht hilft ein stärkender Trank, vielleicht ein neuer Verband, eine Wundsalbe. Vielleicht gibt es ein Versäumnis, das ich gutmachen kann. Ja, ich habe mich überlegen und groß gefühlt in meinem beharrlichen Verweigern: Ich gehe nicht mit auf eure gottverfluchte Jagd. Ich habe mein Spiel mit Madame Aloysia gehabt: Mit meinen Argumenten gegen die Jagd habe ich nur ihre Gier zur Jagd vergrößert. Ich habe mich lustig gemacht über ihre Schranzen, die sie mit auf die Jagd geschleift hat, wie ein Komet einen Schweif.

Wie ein Wetter sind sie in die Wälder hereingebrochen und über die Äcker. Ihre zweierlei Arten der Schranzen, die edlen und die gewöhnlichen. *Die edlen, die sich ohne Hemmungen alles leisten können, weil sie von Adel sind, und die gewöhnlichen, die sich nichts leisten können, aber sich nach den Adligen richten und strecken. Die gewöhnlichen Schranzen müssen allen in allem gefällig sein. Von diesen wimmelt es am Hof in Lyon. Sie wollen ins Verzeichnis der Hofleute eingeschrieben werden, dafür müssen sie sich beliebt machen.* Henri hatte die vier Stufen herausgefunden, auf denen diese hier herumkletterten, um die Mächtigen zu gewinnen. Die unterste Stufe: *mit Worten.* Die nächste Stufe: *Untertänigkeit.* Die weitere Stufe: *Geschenke.* Und die letzte, die Schranzenvervollkommnungsstufe: *Sie müssen*

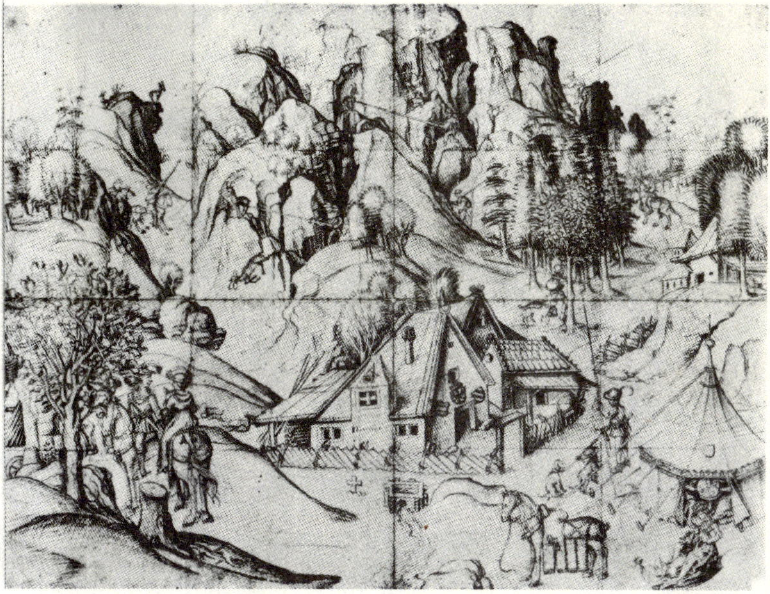

Tiroler Meister Ende des 15. Jh., Gebirgslandschaft mit Gemsenjagd

auf sich nehmen, was andere nicht wagen. Sie müssen Reisen, bei denen Briefe oder Botschaften überbracht werden sollen, ohne Murren antreten. Sie müssen alles vertragen können.

Wir wissen, ihren Schranzen hatte Madame Aloysia Namen aus der alten, gelehrten Welt gegeben. Wir kennen ihren Poeten Silvius, den Waldfreund. Ihren Historiographen nannte sie Titus, den Geehrten, ihren Koch Apicius, den Feinschmecker. Es braucht nicht erwähnt zu werden, wie sehr eifersüchtig der auf Paul Perraults Ruhm war. Sein, Apicius', größter Tag war es gewesen, als er, dem Beispiel eines sagenhaften Kaisers Geta folgend, die Speisen nach dem Alphabet auftragen durfte. Das große Festessen von Lyon mit Adligen und Geistlichen hatte drei Tage und drei Nächte gedauert.

Henri weiß, bei der Jagd haben sie ihre Sprache. Silvius oder Archilochos, und das bedeutet alter Hinterhalt: »Heute werde ich Ihnen wieder einen Frischling aus dem Kessel holen, von der Bache weg. Ich glaube, nur ein wahrhaftiger Poet kann das Auflauern einer Jungsau so von innen her erleben, weil das Auf-dem-Anstand-Sitzen Verwandtschaft hat mit dem Auflauern des Wortes. Es ist dieselbe Erlösung: wenn der Frischling auf der Schwarte liegt und wenn der Vers in den Reim eingepaßt ist.«

»Für mich ist der beendete Vorgang das wesentliche, nachsehen, wie das Schweißen abgelaufen ist. Hauptsache, das Gehirn blieb unversehrt, sonst ist für mich alles verdorben. Das Hirn des Frischlings ist für mich der größte Leckerbissen. Das wußte schon Apicius«, so der Koch. »Hab ich das gegessen, gehen auch Stärke und Kraft in mich über, denn die Sau ist nach alter Jägerpraktika ein ritterliches Tier.« Und dazu ihr Gelächter.

Ich, Henricus Cornelius Agrippa von Nettesheim, habe mich hinter Euripides verschanzt, aus seiner Tragödie »Die Bacchantinnen« unserer Madame Aloysia vorgehalten: »Durch seine Vernunft ist der Mensch nicht zur Jagd geeignet. Darum muß er Hunde zu Hilfe nehmen.«

Hat seine Weigerung mitzureiten begründet: »Ich bin nicht Ihr Hund, Madame.« Und hat dabei gewußt, sie kann nicht schießen. Sie hat, wenn sie die Waffen hebt, unsichere Hände.

Ich wollte die Königin-Mutter durch mein Fernbleiben beeinflussen, erziehen. Aber es sind Mörder. Nun haben sie gemordet. Roger Pitou. Sie haben das Blut eines Bauern vergossen. Wie kann ich etwas ändern, etwas verhindern, wenn ich mich entziehe, wenn ich nicht dabei bin.

Aber jetzt werden sie zittern. Ihre Angst vor dem Zorn der Bauern wird größer werden. Soll sie größer werden.

Und bin ich nicht wieder und abermals ihr Knecht, wenn ich jetzt allein durch mein Erscheinen im Dorf die anwachsende Empörung niederhalte.

Immer ist neben dem einen auch das andere.

Es wird viele im Dorf geben, die sagen: Seht doch, die gütige Fürstin schickt uns sogar ihren Leibarzt. Und so wird mein Besuch im Dorf am Ende wirken: Wenn zur nächsten Jagd befohlen wird, wird Ruhe in den Herzen der Dorfbewohner sein. So schlimm ist sie nicht, diese unsere Welt, wißt ihr noch, damals, bei dem Unfall von Roger Pitou, war doch sehr schnell der Erste Arzt des Hofes gekommen. Er wird sie in ihrer Demut stärken.

Der Raum ist klein, in den sie Roger Pitou gelegt haben. Wer aus einem Schloß kommt und noch Empfinden hat, den schlägt die Enge fast spürbar.

»Er schläft«, sagt die Frau, »vorhin hat er noch geschrien. Vor Schmerzen. Wir haben das Bein abgebunden. Es ging ins Bein. Das Blut. Das viele Blut.« Sie fragt nicht, wer sind Sie, sie sieht es am Kleid, daß er Arzt ist. Und mit der Würde der Bauernfrauen dieser Gegend, mit dem Stolz der Armen von Lyon bietet sie aus dem Krug den dünnen Wein. Sie fragt nicht, wollen Sie etwas trinken. Sie gibt.

Er ist anders hier, bei Gott, ja, er ist anders hier. Wahrhaftiger. Er braucht keine aufputzenden Gesten oder Worte. Er verzichtet auf die Floskel: »Erst der Patient.« Er hat Durst und trinkt schnell. »Wird er wieder laufen können«, fragt sie, »übern Acker und so.« Da sieht er sie das erste Mal an. Sieht das Weiche hinter dem harten, knochigen Gesicht, sieht die Angst um Roger. Sieht die Liebe, die nie besungen wurde von Aloysiens Silvius und den Waldfreunden seinesgleichen. Und sieht, Roger schläft nicht, er ist ohne Bewußtsein. Sieht, das Gesicht ist erloschen. Er hat zuviel Blut verloren. Er wird das Bewußtsein nicht wiedererlangen.

Er sagt es der Frau ohne viel Worte. Und wartet auf das Sterben. Aller Trost wäre verlogen. Aber er bleibt noch. Stunden um Stunden. Hält Wache beim Sterbenden. Und bleibt noch in das Dunkel des Abends. Wartet auf die Nacht. Starrt in die Kerzen zu Haupt und Füßen des Toten. Der Priester hat sie dagelassen. Und er weiß, es gibt das Schwarz nicht, das die Schranken nimmt. Er ist nicht Rogers Bruder.

46

Und er ist nicht Aloysias Schranze. Sie will ihn hinuntertreten, daß er so werden soll wie die Scharwenzler. Anderntags, vor allen, den edlen und den gewöhnlichen Schranzen, fährt sie ihn an: »Sie haben mich nicht auf der Jagd begleitet. Und Sie waren nicht da, als ich zurückkam. Sie waren nicht erreichbar. Ich habe Sie suchen lassen. Aber niemand wußte, wo Sie bis spät in die Nacht geblieben sind, nicht einmal Ihre Frau. Ich habe gelitten. Ich hatte Kopfschmerzen. Mir war übel. Vielleicht bin ich zu schnell geritten. Das Pferd war neu. Ungewohnt für mich. Ich mußte mich niederlegen. Sie wissen, es ist Ihre Pflicht, an meinem Krankenbett zu sein.«

Die Gesichter der Scharwenzler sind verschlossen, sie sehen gleichgültig aus, aber er spürt, sie sind erfüllt von höchster Aufmerksamkeit. Sie warten auf seine Selbstdemütigung. Sie mögen ihn nicht. Das weiß er. Sie halten ihn für überheblich. Es ist eine Kluft zwischen ihnen. Und er tut nichts, um die Kluft zu überbrücken. Er verachtet sie alle, ohne Unterschied, weil sie die Gefügigen sind. Gegen diese lohnt es nicht zu kämpfen, er sieht keine Feinde in ihnen und keine Freunde, er sieht nur Verächtliche. Für ihn sind sie unwichtig, ihre Anwesenheit ist gleichgültig.

Ihm scheint, als seien nur sie beide im Raum, Aloysia und er. Gut, Sie wollen kämpfen, Madame, Sie haben den Handschuh geworfen. Aber ich bücke mich nicht und hebe ihn nicht auf. Für diesen Kampf wird es keinen ritterlich abgezirkelten Platz und keine Regeln geben. Wir haben ein Übereinkommen getroffen. Ich werde bezahlt, um Sie zu behandeln, aber nicht, um Sie zu unterhalten. Da sind die Grenzen.

Unerwartet löst sich der schöne Leporis aus der Reihe der Schranzen. »Sie waren nicht ohne Hilfe«, sagt er, es klingt sachlich, wenn auch nicht ohne Selbstgefälligkeit. Jedoch der mutige Ausspruch mitten hinein in die vorwurfsvolle Stille kann als eine Hilfeleistung für den Gemaßregelten angesehen werden, zumal die Formulierung in ihrer Behutsamkeit alles zuließ. Die Überlegung, Sie waren nicht allein, konnte bedeuten, Gott mit allen seinen Heiligen wäre bei ihr gewesen. Man konnte aber auch der Andeutung entnehmen, er, Leporis, nun Zweiter Leibarzt, hat den abwesenden Kollegen vertreten. Mit seiner Entgegnung deckte er das Schweigen der anderen zu. Er wußte, wie sie abzulenken war, vielleicht auch wollte er nur vorzeigen, daß sie doch noch in seiner Abhängigkeit war.

Sie sagte, unerwartet, etwas ganz anderes. »Ich habe gehört, in Deutschland gibt es einen Zauberer, den möchte ich kommen lassen.«

Er, Agrippa, wußte alles über die Zauberei, über Möglichkeit und Grenzen. Niemand sah es so klar wie er, Zauberei, wie die Königin-Mutter es verstand, gab es nicht. Aber sie wollte es nicht wahrhaben. Vielleicht sagte sie das jetzt nur, um ihn zu kränken, weil er nicht mit auf die Jagd gegangen war?

Hier etwas entgegnen? Fragen, wer wird es denn sein? Vielleicht der sehr gelehrte Doktor Theophrast von Hohenheim, man wußte, jeder wußte es, auch er hat sich mit der Occulta philosophia beschäftigt. Es gab eine gewisse Kenntnis, die einer vom anderen hatte. Wenn es wirklich dieser Mann sein wird, den sie als Zauberer an ihren Hof rufen will, dann wird Madame nicht das Schauspiel erleben, daß ein Gezänk entsteht. Es wird sie überraschen, aber wenn es wirklich Theophrast von Hohenheim ist, dann sieht er diesem Zauberer mit Erwartung entgegen. Und ist begierig auf ein Gespräch. Und er, Henri, wird nicht unvorbereitet sein. Er wird ihm, auch als Einführung in diesen königlichen Hof, die Vorrede zu seiner neuesten Arbeit zu lesen geben. Es gibt so viel Übereinstimmendes zwischen ihnen beiden, daß unter diesem Gewicht das Trennende vergessen werden kann.

Wie war das mit Theophrast von Hohenheim? Auch

er versteht sich auf die Kunst des Absicherns. Man hört von ihm, daß er als Begründung für seine Beschäftigung mit okkulten Dingen die Heilige Schrift anführt. Und dazu drei Punkte: Zuerst das Gebet, dazu gehören Suchen und Klopfen. Der zweite Punkt, das ist der Glauben, der die Berge versetzen kann und ins Meer wirft und dem alles möglich ist, wie Jesus Christus selbst sagt. Der dritte Punkt ist die Imagination, die mit dem Glauben übereinkommen kann. Und geht nun weiter, mit vorsichtiger Bestimmtheit: Wir wollen, so hört man die Worte von Doktor Theophrast von Hohenheim, auf dem rechten Felsen bestehen, das ist, was mit der Schrift übereinstimmt und was aus dem Licht der Natur und dem Brunnen der Wahrheit entspringt. Das Licht der Natur und der Brunnen der Wahrheit, das war schon sein eigener Weg, nicht mehr die Heilige Schrift. Es ist nicht schwer, außerhalb der Heiligen Schrift zu Erkenntnissen zu kommen. Schwer ist es nur, das auszusprechen. Und da dieser Theophrast von Hohenheim seine, Agrippas, Arbeiten gelesen hatte und über sie nachdachte, hatte unser Henri ihm gegenüber schon ein Vorurteil. Er rechnete ihn zu denen, mit denen es erstrebenswert ist, sich zu unterhalten. Auch wenn ihm, Henri, bekannt war, Theophrast von Hohenheim hat gesagt: Er, Theophrast, der später auch Paracelsus genannt wurde, wolle beschreiben und vornehmen die heimlichen und verborgenen Dinge mit schlichten und kurzen Worten, die vor ihm weder Henricus Cornelius Agrippa von Nettesheim noch Trithemius, der Abt von Sponheim, verstanden oder beschrieben haben, auch dann und gerade dann wäre ein klärendes Gespräch hier in Lyon wichtig. Vielleicht lebenswichtig. Über die Magie. Diese Bemerkung des Theophrast bezog sich auf seine erste Fassung des Buches über die magischen Dinge.

Der andere konnte nicht wissen, wie weit Agrippa sich vom einfachen Wortverständnis seiner eigenen drei Bücher über die Magie entfernt hatte. Der andere, der nun vielleicht der Eingeladene oder der Einzuladende an den Hof der Königin-Mutter war, konnte nicht wissen, daß Agrippa schon beim Wiederholen der überkommenen Zeichen sich von ihnen entfernte, sie durch das Benennen in Zweifel zog. Die Zeichen, mit denen Geister beschworen werden sollen, die Triangel, Krone, Zepter, Gürtel, die Sterne, die Stundenengel, die Genien. Theophrast konnte nicht wissen, wie weit nun heute das alles für Agrippa nur ein sehr schwer entwirrbares Spiel war und gleichzeitig mehr als ein Spiel, Versuch, das Licht der Natur zu ergründen, zu erklären. Und Versuch, mit einer Buchveröffentlichung Geld zu verdienen, und auch Versuch, den Namen Heinrich Cornelius Agrippa von Nettesheim in die erste Reihe zu setzen mit den Weltweisen. Hatte Agrippa gesagt, hatte Paracelsus gesagt: Ich bin Magier.

Und das bedeutete: Kein Zauberer. Das bedeutete: Ein Erforscher der Natur.

Natürlich hatten die Schranzen unverkennbar hämisch auf Agrippa geschaut, als Madame Aloysia ihre Absicht, einen Zauberer aus Deutschland einzuladen, angekündigt. Doch sie kannten ihn alle noch nicht, auch Leporis kannte seinen Henri nicht. Agrippa zitterte nicht um seinen Posten. Aber er wird ihn nicht kampflos verlassen. Der Launenhaftigkeit der Madame wird er sich nicht ausliefern. Sie braucht ihn notwendiger als er sie. Und mit seiner Selbstsicherheit, die wir an ihm lieben, fragt er sie: »Benötigen Sie mich heute noch für eine medizinische Hilfeleistung? Ich möchte mich dann meinen wissenschaftlichen Arbeiten widmen. Morgen werde ich zur gewohnten Zeit zur Stelle sein.«

Lächelt, als er sich zum Abschied vor ihr verbeugt, wartet nicht, ob sie das Lächeln erwidert. Schaut in die anderen Gesichter, die Schranzengesichter, und ist doch entsetzt über das Leere, das Ausdruckslose, das ihm da entgegenblickt.

47

Es ist immer derselbe Bote, der vom Schloß kommt und ihn ruft, wir kennen ihn, den Beflissenen, der unten gern wie die Unten ist und oben gern wie die Oben. Nur beim Übergang fühlt er sich unwohl.

Agrippa, Kenner der Frauen, ihr dringender Ruf traf ihn nicht unerwartet. Sie brauchte ihn, er wußte es. Weil er sich nicht gedemütigt hat, weil er keine eilfertigen Entschuldigungen vorgebracht hat. Der Bote findet ihn im Experimentierkeller, mit Herkules, Agrippa trägt zur Arbeit hier unten einen alten Rock, geflickt, verschmutzt.

Der Bote, neugierig, geschwätzig, fragt: »Darf man wissen, wird das nun der künstliche Mensch, der neue, zu ganz erstaunlichen Leistungen fähige?«

»Ja«, sagt Herkules, »das wird er. Und hört auf den Namen Mandragora und wird Ihnen alle Arbeit abnehmen, auch wird er es mit Ihrer Frau besser können als Sie. Wir richten Mandragora besonders so ein, daß die Frauen vor Sehnsucht ganz krank werden, wenn sie ihn nicht haben. Passen Sie auf, Mandragora wird noch alle Männer in Lyon überflüssig machen.«

Vom Lachen fällt der Bote ohne Übergang ins Erschrecken. »Wollen Sie sich nicht umziehen, verehrter Doktor Agrippa. Sie können doch nicht so vor Madame erscheinen.«

»Ich kann.«

Nur er allein weiß es, wie sehr sie auf ihn wartet, und er hat es berechnet, gerade daß er sich nicht fein herausgeputzt hat, wird sie noch mehr erregen. Geputzte Schranzen hat sie genug um sich. »Ritter Henri«, redet sie ihn an, kein Wort mehr über sein Fernbleiben von der Jagd. Sie überzeugt sich, daß niemand in ihrem Zimmer ist, das dauert, weil sie die hinter Tapeten verborgenen Türen untersucht. Sonst keine Einleitung weiter. »Man will mich zu Verhandlungen zwingen, die zur Folge haben, daß der König unverzüglich freigelassen wird. Da sind Bedingungen, die ich für unannehmbar halte. Meine Generäle sind anderer Meinung. Ich bin ganz allein. Niemand versteht mich.«

Sie verschanzt sich hinter unannehmbaren Bedingungen. Sie will etwas ganz anderes. Agrippa kennt sie. Und jetzt ist er da, wohin er gelangen wollte. Keinen Kanzler hat sie gerufen, keinen General, niemanden. Nur ihn. Das Gefühl hat er noch nie erlebt. Es trübt auch den Verstand. Leider. Macht haben. Wirklich, es ist in diesem Augenblick mehr eine glückliche Eingebung als das Wissen, seine Bemerkung: »Und Sie haben noch keine Nachricht vom Herzog von Bourbon.«

»Wenn ich wüßte, er käme hierher zu mir, an meine Seite, dann würde es ein leichtes sein, das Parlament zu zwingen, ihn als König anzuerkennen.«

»Und dann ist der Gefangene in Madrid nichts wert.«

»Dann brauchen wir nicht zu verhandeln. Dann werden sie ihn eines Tages ohne jede Bedingung freigeben, weil er ihnen lästig wird.«

»Der Herzog von Bourbon ist freiwillig in die Dienste unserer Feinde gegangen. Was sollte ihn bewegen, freiwillig zurückzukehren, Madame?«

»Auch Sie, verehrter Leibarzt, standen in Habsburgs

Diensten und sind jetzt hier, bei uns. Unsere Anziehungskraft, ist sie klein, schwach?«

»Ich soll zum Herzog von Bourbon reiten?«

»Sie wissen es, mein Ritter Henri. Sie haben es von Anfang an gewußt. Sie sind der einzige, dem ich vertraue.«

»Obwohl ich in Habsburgs Diensten stand?«

»Da werden Sie, und nur Sie die Sprache finden, die Karl von Bourbon versteht. Gemeinsamkeiten haben starke Überzeugungskraft. Sie werden allein reiten, ohne jeden Begleiter, Sie werden nichts Schriftliches bei sich haben. Keinen Brief an den Herzog. Sie brauchen nur diesen Paß, daß Sie über die Grenze kommen. Ins Habsburgische. Unsere Kundschafter meinen, er hält sich in der Nähe von Pavia auf.«

»Kein Ring als Erkennungszeichen für den Herzog?«

»Kein Ring. Er kennt meinen Schmuck nicht. Ringe werden immer gebracht. Ich habe nichts anderes als Ihre Geschicklichkeit. Die Welt weiß, daß Sie bei mir am Hofe sind als Leibarzt, das reicht aus.«

Er sagte nicht, was alle anderen jetzt gesagt hätten, zu schmeichelhaft. Er sagte: »Für solche Leute braucht man was Handfestes. Mancher, der sich nicht auf die Feinheit der Worte versteht, braucht ein Bild. Haben Sie eins? Es muß klein sein, daß es bei der Reise nicht auffällt, aber nicht zu klein, daß er es erkennen kann, wenn er kurzsichtig ist.«

»Er ist jünger als Sie.« Er wußte, sie ärgerte sich, weil er von dem ersehnten adligen Herrn »solche Leute« gesagt hatte. Und lächelte nur, ach ja, dieses entwaffnende und arrogante und aufregende Lächeln.

Aber gewiß, sie hatte Bilder. Es gab ja bei ihr auch die Welt der Hofmaler. In dem Augenblick, als ihm ein Porträt von ihr gezeigt wurde, erkannte er Zusammenhänge, die ihn, weil sie so offen waren, nicht nur belustigten. Es war erschreckend. Als habe der Poet des Nordens in diesem Maler seinen Bruder gefunden. Wenn er Zeit hat, wird er den Gedanken niederschreiben. *Die Maler und die Poeten haben allezeit die gleiche Macht gehabt. Etwas machen. Etwas vormachen. So wird auch die Malerei eine stillschweigende Dichtkunst genannt und die Dichtkunst eine redende Malerei. Sie sind miteinander verwandt, wie die Poeten, so erdichten auch die Maler Historien und Fabeln.*

Das Bild der Madame Aloysia, das nun für die Reise aus dem Rahmen genommen und behutsam gerollt und vor Wind und Wetter verpackt wurde, war eine geschickte Fabel. Alles Unregelmäßige im Gesicht der alternden Frau mit Farben weggedichtet.

Es wäre sinnlos, ja geschmacklos, jetzt etwas über dieses Bild zu sagen, auch waren seine Gedanken schon bei dem Ritt durch die Nacht. Ins Gebiet seiner alten Feinde. »Da werde ich mich wohl noch umziehen müssen. Nicht unbedingt für den Herrn von Bourbon, aber das ist wahrscheinlich eine Reise auf Leben und Tod. Wenn ich scheitere, soll man mich nicht in schmutzigen Kleidern begraben.«

»Sollten Sie wirklich scheitern, für Frau und Kinder wird gesorgt.«

Er sagte nicht, danke, er sagte: »Ich erwarte das.«

Der Ausbruch an Zärtlichkeit in der Stimme kam nicht unerwartet: »Ich werde jede Stunde beten. Zu dem Engel, dem die Stunde gehört. Ich würde mit Ihnen ein Stück meines Lebens verlieren.« Und sie sagte auch das: »Aber bisher haben Sie immer gesiegt.« Und auch noch: »Sie sind ein Zauberer.« Und noch: »Und können Wunder bewirken.«

Dazu alles das: Ihre Augen in seine tauchen. Ihre Finger auf seine Schenkel legen. Kleine, aber bedeutsame

Gewalttätigkeiten, wie er sie nur von den alt werdenden Frauen kennt. Sie ist es, die nach seinen Händen faßt wie nach einem Anker. Sie sucht seine Lippen.

Und ein Mann weicht da nicht aus. Sehr zuverlässig, ja gewissenhaft behandelt er sie, aber ohne Lust, mit einer deutlichen Verachtung. Er legt nicht einmal seine alten, verschmutzten Kleider ab. Jetzt das Bett schildern oder den Teppich? Die Muster? Sie selber legte ab, was sie störte. Und sie störte alles. Es geschah, daß sie niesen mußte. Das hatte er noch nie erlebt. Dazu lachte sie. Da kam zur Verachtung eine kleine Kraftlosigkeit. Und sie hörte auf zu lachen. Redete auf ihn ein. Versuchte sogar ihn zu trösten, in dem Ton, wie sie vom Mandelkuchen für Klein-Fränzchen berichtet hatte: »Das Niesen hat Sie erschreckt. Es muß Staub aus Ihrem Mantel in meine Nase gekommen sein.« Ihre Stimme verdarb alles. Etwas Unbekanntes verwirrte ihn: das Gefühl, sich nicht mehr auf sich selbst verlassen zu können. Er war so abgelenkt, daß, zusammenhanglos, aus der Erinnerung auftauchte der Gerichtssaal von Metz mit dem Inquisitor Savini. Erlösende Eingebung: Der hatte etwa die gleiche Stimmhöhe wie Madame und auch dieses Breite, wie ein Krähen. Wortlos verläßt er sie.

An der Tür schaut er sich um. Sie liegt wie betäubt vor Enttäuschung. Er wundert sich über sich selber. Warum soll er denn da weglaufen. Er hat erfahren, wie empfindsam er ist. Das Vergewaltigen in Landsknechtmanier, wie er es bei den Feldzügen gesehen hat, vor den Schlachten, nach den Schlachten, widerlich. Er, der Hochmütige, begreift, endlich, ihn hat der abgegriffene Mantel gestört. Selten hat er einen so schweren, fast unverzeihlichen Fehler so mühelos und elegant aus der Welt gebracht.

Und als sie ihm zum Abschied ein Pferd aus ihrem

Stall anbietet, sagt er nicht, nachts reite ich lieber mein eigenes, er meint, er wird mit zwei Pferden auf die Reise gehen. Wenn eins müde wird, kann es geschont werden.

Und verabschiedet sich von Frau und Kindern. Und reitet nicht aus der Stadt.

48

Nicht so: wie von selbst, und: es zog ihn. Nein. Zeit nehmen und Zeit haben zum Abschied von der Geliebten. Nanon. Er läßt die Pferde dort, geht mit ihr noch einmal zum Fluß.

Und es war, als sei es der erste Tag mit ihnen beiden: Nanon und Henri. Und es war wieder so, es gab nichts anderes auf der Welt. In dieser einen Sommernacht am Ufer des Stroms sitzen und Nanon zuhören.

»Wenn über dem schwarzen Strom der Sommermond steht, am wolkenleeren Himmel, und schon Ahnung ist von der Kälte des Winters, dann, und vielleicht nur in dieser einen Nacht, nur heute nacht, Henri, ist die silberne Gasse auf den Strom geworfen. Ein langer, glitzernder Weg, einladend, verlockend, die Gasse auszuprobieren. Alles versuchen: Wie fest ist die vom Mond gebaute Straße, und wohin führt sie, dich und mich, uns beide. Das ist nicht die Straße, die einer allein erprobt, schmal und voll hinterhältiger Gefahren, hier muß ich nicht voraneilen, dich zu schützen, wir gehen nebeneinander, Hand in Hand. In uns ist Heiterkeit. Wir wissen alles voneinander, es gibt nichts Fremdes. Was du erreichen wolltest, wollte ich auch, was du gedacht und ausgesprochen hast, war schon in mir, oder ich habe es mir zu eigen gemacht. Nur wir beide können auf dieser silbernen Gasse gehen, weil wir voll Erwartung und Unruhe sind, auf die Stunde, in der das Äußerste von uns verlangt wird. Wir sind bereit, uns mit allem, was wir sind, einzusetzen. Und sind doch voll Unruhe. Nicht, weil wir nicht wissen, was das Äußerste ist, sondern weil wir wissen, daß niemand da ist, der diesen Ruf an uns richtet. So ist auch diese Nacht nicht ohne Traurigkeit, weil sie mir die Grenzen zeigt. Die silberne Straße ist nicht für mich gemacht und nicht für dich. Ein so großes Vergessen gibt es nicht. Das Glitzern ist trügerisch. Meine Gedanken können nicht einmal die Wärme deiner Hand heraufbeschwören. Wie sollte ich es dann wagen, diesen Weg zu versuchen.«

Da legt sie nicht die Hände auf seine Schenkel, da bietet sie den Mund nicht dar und sagt auch nicht, mein Ritter Henri. Sehr still und sehr bescheiden sagt sie: »Gute Nacht.«

Bis zum Ausgang der Stadt reitet er mit seinen zwei Pferden. Und reitet erbärmlich langsam. Und findet, sein Leben ist vertan. Diejenige, die ihn liebt, hat nicht gesagt, ich will mit. Ja, er hat sie nicht einmal verstanden. Was meinte sie mit dem Äußersten, das verlangt werden wird? Nanon. Sie ist gekommen, als er krank war. Sie ist dagewesen vom Anbeginn aller Tage. Zumindesten hier in Lyon, vom Anbeginn seiner Lyoner Tage. Und da sagt sie, die silberne Straße ist nicht gemacht für uns beide? Könnte das nicht vielleicht doch die Bitte gewesen sein, ich will mit? Und ich habe die Bitte überhört?

Und kehrt um und steht noch einmal vor ihr.

Er, Meister der Beredsamkeit, sonst, bietet nichts an. Er redet nicht von Liebe, nicht vom Tod, nicht vom kurzen Leben. Er fordert nicht, komm mit. Er faßt sie nicht an. Auch gibt es nicht die Andeutung, daß er sie nun hochheben, hinaustragen und auf das Pferd setzen wird.

Er steht da, fast schuldbewußt, daß er noch einmal

umkehrte. Es ist in dieser kleinen Hütte, in dem kleinen Raum, der Vater schläft schon längst, ein Abstand zwischen ihnen. Er sagt nichts anderes als: »Wenn du willst.«

Wenn du willst, das bedeutet: der arme, alte kranke Vater – hast du ihn denn ganz vergessen?

Ja, vergiß ihn.

Und Pierre, der gute Geselle, der zuverlässige, liebenswerte?

Vergiß ihn.

Nicht dieser Rausch, der dümmliche, das blinde Auswuchern der Gefühle, das Wort ist es, das nun das Mädchen vorantreibt, haltlos, und husch auf das zweite Pferd. Und hoppla in die schwarze Nacht. Und allen und jedem ein Schnippchen geschlagen. Dem Vater, dem lieben Pierre, der Königin-Mutter und unserer Jana Tissie auch. Und nun drauflos. Und jetzt sollen wir vielleicht noch den Sattel beschreiben, den das von der Madame Aloysia geschenkte Pferd trägt. Und daß die Mähne des Pferdes aus dem königlichen Stall zu kleinen Zöpfchen geflochten ist. Mit einem Schleifchen an jedem Ende.

Wenn du willst.

Die Feier der Gemeinsamkeit beginnt sehr sachlich. Ja, sie läuft noch einmal weg, zu ihrem Pierre. Legt das Schicksal ihres Vaters in seine Hände, bedeutet ihm, sie müsse die Stadt für eine unbestimmte Zeit verlassen. Beschwört ihn mit der Zauberformel, gegen die er sich nicht verschließen kann: Du bist mein Bruder. Und spürt ein leises Bedauern. Der Bruder wird in der Zeit ihrer Abwesenheit mitleidige Herzen finden. Und es kann geschehen, wenn sie unvermutet zurückkehrt, daß sie irgendeine in seinen Armen findet. Sie kennt doch ihren Pierre, der kann nicht allein sein. Er ist ein lustiger, begehrter Mann. Er ist kein Mönch. Und sie ist keine Göttin, für die er, auch wenn sie nicht anwesend ist, Enthaltsamkeit üben müßte. Das Lieben aufgeben, das kann sie nicht verlangen. Das verlangt sie nicht. Und sie fühlt sich bei aller Wehmut stark genug, ihn wieder für sich einzunehmen, ganz und gar, wenn sie zurück nach Hause kommt.

Der kluge Pierre. Er läßt sie gehen. Zeigt keinen Schmerz. »Du weißt, ich bin dein Bruder. Du weißt, ich bin nicht dein Bruder.«

Henri weckt den Alten, erklärt dem Schlaftrunkenen, er solle keine Angst haben. Nanon müsse mit ihm weg. Nicht lange. Er soll nicht allein betteln gehen, nicht allein auf der Brücke sitzen, ohne ihren Schutz und ohne ihre Hilfe. Hier habe er Geld. Und er beschwört ihn mit der Zauberformel, im Namen von Mandragora über das alles zu schweigen.

Das ist kein Betrug, jetzt Mandragora heraufzubeschwören, das ist mehr das Versprechen, wieder zurückzukehren und den gemeinsamen Versuch am künstlichen Menschen nicht zu vergessen.

Die Feier wird weiter sehr genau vorbereitet. Da gibt es vom Vater noch Kleider aus der Zeit, als er unterwegs im Dienste Frankreichs zu kriegerischen Unternehmungen war.

Nun ist Nanon ein Mann.

Nun wird Nanon eine Frau.

Die Pferde verstehen sich, als wären sie schon immer nebeneinander gelaufen. Die Wachen an der Landesgrenze sind unbelesen. Und durch die strenge Miene Agrippas einzuschüchtern. Der eine Paß genügt.

Nun sind sie außerhalb des Landes. Nun suchen sie den Herzog von Bourbon und beeilen sich, daß der Auftrag ausgeführt wird. Und wissen, das alles dauert seine kurze Zeit. Und wünschen, es möge nie enden.

Monsieur Nanon, du bist ja neben mir, wenn ich einschlafe. Monsieur Nanon, du bist ja neben mir, wenn ich aufwache. Dein Atem geht leicht. Ja, es gibt das Vergessen. Aber da ist nichts von bleierner Traurigkeit, daß wir zurück müssen, daß wir uns trennen werden.

Wir müssen zurück. Und wir werden uns trennen. Und wenn ich aufwache, wirst du nicht neben mir liegen. Mein Kopf wird nicht in den Schalen deiner Hände geborgen sein. Der Schmerz wird uns treffen. Wir werden uns suchen. Und voneinander abgeschnitten sein. Es wird nicht noch einmal so einen Auftrag geben. Nicht noch einmal ein zweites Pferd. Lyon ist dafür zu klein. Für unsere Liebe zu klein.

Jetzt aber haben wir alles. Wenn wir wollen, nachts das Moos an der Waldecke, verschwiegen. Aber wir brauchen uns nicht zu verstecken, Monsieur Nanon, wir wählen die besten Gasthäuser.

Ich zeige dir die Wunder Mailands oder das Schlachtfeld vor Pavia, wo sie mich zum Ritter geschlagen haben. Für Habsburg, damals.

Und jetzt gegen Habsburg?

Ja.

Und wofür bist du wirklich? Für wen schlägt dein Herz?

Sie ist zu klug, da kann er nicht antworten, für dich, Nanon. Da verwünscht er sich, daß er sie mitgenommen hat, die so unbequeme Fragen stellt, die ihn zwingt, die gedankenlosen Gefilde der Glückseligkeit zu verlassen.

»Nun hast du die Macht«, sagt sie. »Und was willst du mit der Macht«, fragt sie. »Und warum hast du diesen gefährlichen Auftrag übernommen?«

Wenn du jetzt keine Antwort weißt, wenn du nicht weißt, warum du dich nachts auf die Reise gemacht hast, so bist du doch nur ein kleiner Knecht. Groß in der

Liebe. Ja. Gepriesen seien deine Zärtlichkeiten. Aber warum bist du unterwegs.

Aus Unruhe des Geistes? Aus Unruhe des Fleisches? Ewiger Wandertrieb? Unlustig, seßhaft zu sein?

Nun liegt er des Nachts wach. Und denkt nach: Warum bin ich unterwegs. Was ist in meine Hand gelegt?

»Glaubst du«, so fragt Nanon, »es ist der Frieden? Friede, daß nie mehr ein Mann auf einem Feldzug seine Beine verliert. Oder auch nur eine Hand oder auch nur einen Finger seiner Hand?«

49

Der Herzog von Bourbon, reich an Besitztümern in Burgund und mit dem Ruf gesegnet, der beste Feldherr zu sein, gebrauchte ein äußerst unflätiges Wort, während er das Bild der Madame Aloysia betrachtete. Er fragte, und das wird man später Agrippa zum Vorwurf machen: »Wollen Sie nicht ein wenig bleiben. Und wir haben hier eine gute Zeit zusammen. Wie ich sehe, hat sie ihre Hofmaler. Und ihre Hofpoeten hat sie auch, höre ich. Bei Ihnen sind wehmütige Todesgedichte groß in Mode, man trauert um den Gefangenen in Madrid. Er lebt ja noch, aber er soll krank sein. Sagt man. Aber unsere Poeten hier, die besingen nicht den Tod, die besingen, auf meinen besonderen Wunsch, die Liebe und das Leben.«

»Wie können Sie leben, ohne Frankreich«, Nanon fragte.

»Ein kluger Knabe«, lobte der Feldherr, »und nicht verschüchtert, redet ungefragt.« Und setzt das anmaßende Wort: »Wo ich bin, ist Frankreich.«

Ja, er, Agrippa, hielt sich länger auf als notwendig.

Nach dem Scheitern des Auftrags hätte er unverzüglich zurückkehren sollen. Man wird später behaupten, er habe dort für den Herrn von Bourbon die Sterne günstig gedeutet und dafür Geld genommen. Gewiß, der von Bourbon stellte ihm die Frage, ob er nicht in seine Dienste kommen wolle, und gebrauchte die Anrede »verehrter Magier«. Daß er nicht Zauberer sagte, zeugte von einer gewissen Kenntnis und von einer gewissen Achtung vor dem anderen.

Frieden? Ach, Nanon, deine Träume.

»Sie haben, verehrter Magier, zweifelnd vor sich hin geschaut, als ich meinte, wo ich bin, ist Frankreich. Ich will Ihre Zweifel zerstreuen. Ich will Ihnen nicht meine bewaffneten Männer zeigen, ich will Ihnen nichts von meinen glücklichen Verbindungen zu den geeigneten Geldhäusern und zum englischen Königshaus als Beweis meiner finanziellen und politischen Stärke vorhalten. Nein, nein, das ist nicht allein meine Stärke. Hier, an meinem Hof, obwohl wir im ununterbrochenen Angriff stehen, das Land, dieses Frankreich endgültig für uns zu erobern, hier herrscht friedliches, wissenschaftliches Streben. Nicht Paris weiß die schönen Künste zu beurteilen, der Hof des Bourbon, so wird man einmal sagen, war die Wiege für die notwendigen Kategorien zum Beurteilen eines Bildes. Wozu, werden Sie fragen, wenn ich Ihnen die Herren gleich vorstelle, wenn ich den Herren Beurteilern das Bild, das Sie mitbrachten, als Aufgabe überlasse, es in ihre Kategorien einzupassen, wozu diese Beschäftigung? Mein Geheimnis. Und bewahren Sie das, was ich Ihnen mitteile, bitte für sich. Ich will nicht nur die Macht in Frankreich. Ich will den Papst vom Stuhl stürzen, ich will Rom erobern. Und dann, verehrter Magier, sollen diese Leute, die Beurteiler der Kunst, das Heer begleiten. Nicht sinnloses Plündern soll dann einsetzen. Diese Herren sollen für mich, für meine Schlösser aussuchen, nach ihren Kategorien aussuchen, welche Bilder brauchbar sind.«

Also wurden unserem Henri Leute gezeigt, die er bisher noch nicht kennengelernt. Es hatte schon etwas Faszinierendes, wie sie zusammensaßen und den Gegenstand ernsthaft beredeten: das Bildnis der Madame Aloysia mit ihrem Hund. Sie waren nicht lächerlich, diese Herren, aber sie betrieben die neue Beschäftigung, Kunsturteile zu machen, mit einem unabdingbaren Anspruch auf die nur ihnen gegebene Fähigkeit, richtig einschätzen zu können. Vielleicht sah das nur Agrippa mit den Augen des Arztes, diese Herren hatten Angst. Angst, zu sagen, das Bild stimmt nicht mit der Wirklichkeit überein. Jeder kannte die ältliche Aloysia mit den schlaffen Backen, der schlechten Haltung, aber hier war das Bild zu schön. Und so hatten sie die Kategorien aus Angst erfunden. Sie wußten ja nicht, ob ihr Herzog nicht doch eines Tages wieder zu Madame überwechseln würde. Da will niemand heute etwas Genaues über das Bild sagen. So hatten sie sich die Fähigkeit zugelegt, einzuordnen. So kam das beruhigende Wort auf vom: Es ordnet sich ein. Das war sachlich, das war unangreifbar.

Da hatte, Agrippa bemerkte es mit Vergnügen, sich bei den Herren eine besondere Sprache herausgebildet. Zum Erfinden und Einführen der Kategorien war die angenehme Entdeckung des Es gelungen. Da hatte sich das Bild verselbständigt, es war klüger geworden als sein Schöpfer. Die Lösung des Malers von seinen Absichten. Die Kunst, ein Kunsturteil zu finden, war geboren. Und entfernte sich von der Absicht des Bourbon, bei den Plünderungen nützlich zu sein. Diese Herren formten ihre eigene Welt, eine von Laien streng abgesonderte. Der Mediziner sah es, sie haben ihren Gang verändert.

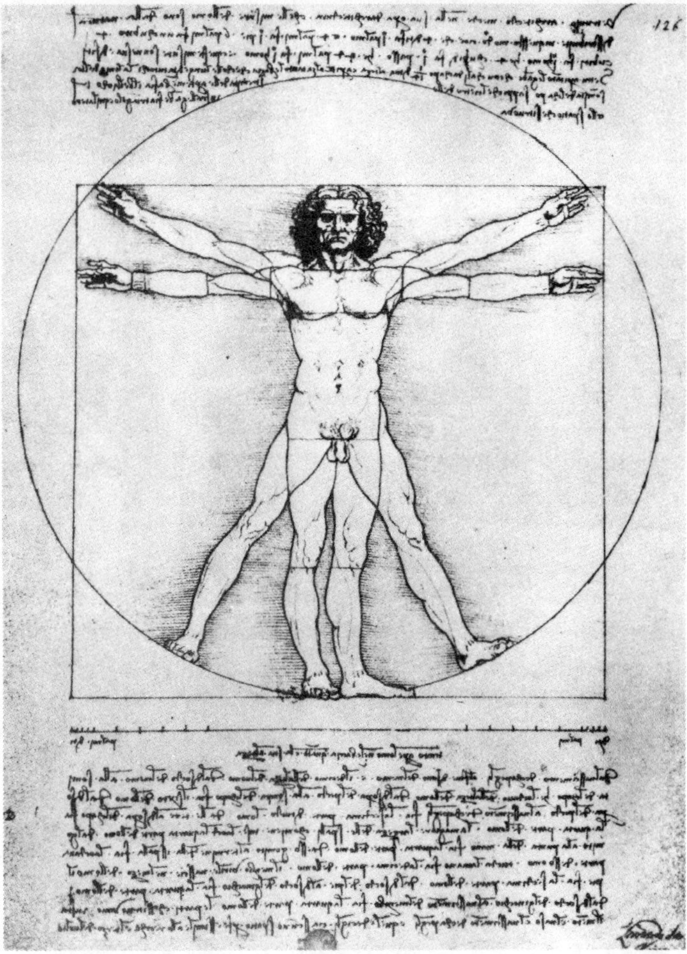

Leonardo da Vinci, Proportionsfigur

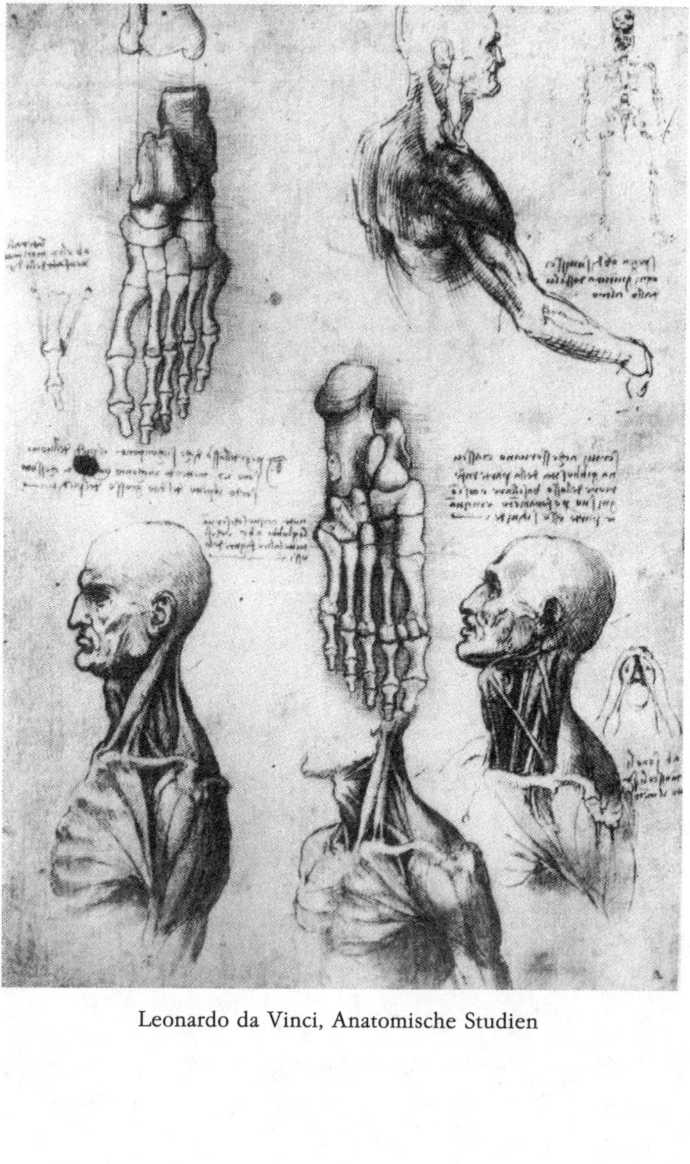

Leonardo da Vinci, Anatomische Studien

Madame einnimmt. Vielleicht auch ein Ausprobieren, ob das wirkungsvolle Gedanken sind für sein Buch. *Da sind viele Prediger, auch werden Bücher von Predigern verbreitet, Fabelbücher oder Seelentrost mit Beispielen, daß abgeschiedene Seelen noch einmal erschienen seien. Und dafür, um so eine abgeschiedene Seele vorweisen zu können, oder auch nur, um die Menschen in Angst davor zu erhalten, werden kleine Geschenke aus den unverständigen Leuten herausgepreßt.*

Pierre kennt so ein Buch.

Es hat auch vor kurzer Zeit ein maßgebender französischer Geistlicher von einem lyonesischen Geist etwas Eigenartiges geschrieben.

Was ist das, der besondere lyonesische Geist? Pierre weiß das bestimmt.

Und dieser eine Abend, waren wir betrunken? Weil es der letzte war? Er hielt ihr eine große Vorlesung. Wie ein Professor seinem einzigen Lieblingsschüler. Monsieur Nanon. Er, sie konnte so staunend lächeln über das Spielerische.

Heute: über die Sitten der Menschen. Wie sie wechseln von Ort zu Ort. Jede Nation hat ihre gewissen Sitten und Gebräuche. So sind die Menschen voneinander unterschieden und werden an der Rede, an der Stimme, an der Konversation, am Essen und Trinken, an ihren Handlungen, an Liebe und Haß, im Zorn und im Krieg und an anderen Sachen mehr erkannt.

Pierre hätte ihn längst unterbrochen, sie weiß das. Er hat in dem Aufzählen der Verschiedenheiten die schwerwiegendste vergessen. Den deutlichsten Unterschied setzt der Reiche zum Armen. Aber sie bringt es nicht übers Herz, ihn zu unterbrechen.

Siehst du einen Menschen mit stolzen hohen Tritten ankommen, mit einem Gesicht, das man nur durch das schöne Wort unbändig beschreiben kann, mit einer Ochsenstimme, mit harten

Reden, wilden Gebärden, mit zerrissenen Kleidern, so wirst du gleich feststellen können, das ist ein Teutscher.

Pierre würde das als eine grobe Verallgemeinerung bezeichnen. Und nicht lachen? Aber Pierre ist nicht da. Sie lacht, fragt, und der Franzose?

Den Franzosen erkennen wir an seinem maßvollen Gange, an den weichen Bewegungen, an dem freundlichen Gesichte, an seiner süßen und leichten Sprache, an seinen liebenswürdigen Sitten und seinem eleganten Gewand. Und haben wir hier nicht ein gutes Beispiel an Monsieur Nanon? Wie gut, daß wir unterwegs doch noch ein neues Kleid gekauft haben. Nicht einmal der Herzog von Bourbon hatte etwas zu bemängeln.

Den Spanier erkennen wir an seinem stolzen Gang und seinen Gebärden, am erhobenen Kopfe, an schöner Rede und prächtiger Kleidung. Den Italiener aber an seinem langsamen Gange, an gravitätischen Gebärden, unbeständigem Gesichtsausdruck, sanfter Stimme, einschmeichelnder Rede, edlen Sitten und ordentlicher Kleidung.

Für die aufmerksame Schülerin erfindet er die Verschiedenheiten beim Singen. *So wissen wir auch, wie beim Singen die Italiener blöken, die Spanier seufzen, die Teutschen heulen.*

Und die Franzosen. Für Nanon immer das schönste. *Sie geben dem Gesang die kunstvolle Weise.*

Die Verschiedenheiten beim Verhalten gegen Fremde, willst du das hören? *Die Italiener dienstfertig, die Spanier verträglich, die Franzosen sanftmütig, die Teutschen bäuerisch und ungastfrei.*

Wer will es Nanon verdenken, daß sie jetzt seufzte, als die Verschiedenheiten im Lieben angekündigt wurden. *Die Italiener eifersüchtig, die Spanier ungeduldig, die Franzosen leichtfertig, die Teutschen ruhmredig.* Wem gilt der Seufzer. Dem Pierre, dem Drucker aus Lyon, ist er dir zu nah, zu alltäglich? Und dieser da, aus Köln, fremd und vertraut. Und so sehr ruhmredig, auch.

Alles, was du da sagst, trifft nicht, als ob man das und das nicht auswechseln könnte, er sieht es an ihrem Gesicht, sie lächelt nicht mehr, sie hört nicht einmal mehr zu. Sie denkt an etwas ganz anderes.

Woran denkst du, Nanon.

Was ist Glück?

Also gut, ein anderes Thema für diesen letzten Abend heute, den wir lang ausdehnen wollen. Das weißt du, das brauche ich nicht zu sagen, wir beide brauchen darüber nicht zu reden. Höchste Glückseligkeit ist die Lust, mit einem anderen zusammen zu sein bis an die Grenze des Menschenmöglichen. Dafür braucht er nicht die Überlegungen der alten Gelehrten aus der heidnischen Welt heranzuziehen.

Aber sie hat gefragt. Es wäre eine Schande für ihn, in der Antwort, in der geredeten Antwort zu versagen. *Gleichgültigkeit gegen Schmerzen. Oder das Zusammenkommen von: Sparsamkeit, Barmherzigkeit, Gerechtigkeit, Mäßigkeit. Die alten heidnischen Gelehrten meinen aber auch, das höchste Glück sei die Wissenschaft. Oder der Überfluß. Andere sagen aber: Lachen sei höchste Glückseligkeit. Oder Schweigen oder Weisheit und Verstand. Oder ehrliches Handeln. Oder frei sein von allen Gütern der Erde. Oder Ehre, Ruhm, Macht, Müßiggang, Reichtum.*

Aber du, Henri, weißt nicht, was Glück ist?

Erst müssen wir die Auslegungen der anderen untersuchen. Man hat es gezählt, der Kirchenvater Augustinus hat über diesen Punkt zweihundertachtundachtzig Meinungen gesammelt. Darunter ist Unaussprechliches, nicht Benennbares. *So sagen sie: Lust sei das höchste Übel. Aber auch Schmerz. Doch das, was dazwischen liege, zwischen Lust und Schmerz, sei die hohe Glückseligkeit.*

Das Glück der Mittelmäßigen, würde Pierre sagen. Warum denkt sie an diesem letzten Abend vor Lyon mit so starker Heftigkeit an den guten Gesellen. Weil sie von ihm, Henri, nur als Zuhörer angenommen wird? Nein. Er hat ihre Fragen angenommen. Aber vielleicht weiß er wirklich keine Antwort. Je näher sie mit ihm zusammen ist, desto unschärfer erscheint ihr sein Bild. Und Pierre, der Ferne, bei ihm gibt es dieses Unbestimmte, Unklare nicht. Das Leben ist schwer, denn jetzt, gerade jetzt findet sie es schön, das Ertrinken in seinen Worten. Aber muß man sich nicht gegen das Ertrinken wehren? Einen Halt am Ufer suchen.

Das waren die heidnischen Überlegungen. Aber jetzt, liebe Nanon, wollen wir einmal sehen, wie das mit dem, was wir von unseren Theologen erfahren, übereinstimmt. Unsere Theologen setzen in ihren akademischen Erwägungen die höchste Glückseligkeit in *Hunger und Durst.* Und weiter: In *Verachtung und Haß der Menschen. In Weinen und Trauern. In Unschuld. In Einfalt und Reinheit des Herzens. In Demut und Niedrigkeit. Die Sanftmütigen sind selig, gepriesen. Auch die Verfolgten und Armen.*

Und brach ab. Und wußte kein Ende.

Und hatte in der geredeten Antwort versagt. Alles war Vorbereitung gewesen, mit dieser einen in diesem Augenblick die Grenzen des Menschenmöglichen zu suchen.

Als Nanon aufwachte, mitten in der Nacht, hielt er, mit leichter Hand, noch immer ihren Leib. Sie nahm seine Hand, betrachtete sie. Er schlief weiter. Sie schaute in sein Gesicht. Lange. Die Nacht war hell. Jetzt wieder einzuschlafen, wäre verlorenes Leben.

Und ich sage Pierre nicht, daß ich bei dem Mann, mit dem ich auf die Reise ging, zwei Gesichter entdeckt habe. Als der Auftrag gescheitert, als es sicher war, Karl von Bourbon wird nicht nach Lyon kommen, sagte er zu mir, als sei das im Grunde ein Sieg für ihn, jetzt werden wir regieren.

Und ich fragte ihn, wie wirst du regieren. Da sagte er am Anfang des Gespräches, es gebe die Ansicht, die beste Regierung sei diejenige, die vom Volk ausgeübt wird. *Alles wird gemeinsam erörtert, alle Ratschläge werden von der Menge gefaßt.* Und dieses Regiment sei besser und sicherer als das der Vornehmsten, weil es einem Aufruhr nicht leicht unterworfen werden könne, denn das Volk sei selten untereinander uneins, die Großen oft. Und sagte: *So ist auch bei dieser Regierung eine allgemeine Gleichheit und Freiheit. Und man hat keine Tyrannei zu befürchten. Es gibt keine besonderen Grade der Ehren. Jeder regiert abwechselnd und wird wieder regiert.*

Er hatte Beispiele genannt: *Wir sehen es heutigen Tages, daß durch diese Demokratie die Venezianer und Schweizer in der Christenheit am meisten florieren und das Lob der Vorsichtigkeit, der Macht, des Reichtums und der Gerechtigkeit, ja des Sieges davontragen.*

Sie behielt seine Worte, weil sie ihn liebte. Oder doch auch für Pierre? Drei Arten an Regierungen gebe es, die Römer hätten alle drei Arten versucht: Gelehrte Männer. Könige. Das Volk. Sie hätten sich niemals schlechter befunden als unter Königen. *Die Könige können nach ihrem Gefallen tun, was sie wollen. Sie werden selten gut regieren. Sie beginnen oft Krieg. Eine königliche Regierung bringt das giftige Übel: Sie verderben Menschen, die sonst fromm und bei jedermann beliebt waren, weil sie nun auch die Freiheit haben, zu sündigen. So sind sie selber stolz und unansprechbar geworden.*

Ganz am Anfang schon hatte sie ihrem Pierre gesagt, mögen andere durch die Macht und die Herrlichkeit verdorben werden, er nicht, Henri nicht. Kann einer, der selber die Einsicht in die Gefahr hat, der Gefahr unterliegen?

Sie weiß, er schreibt an einem Buch, das, was er ihr unterwegs sagte, wird Bestandteil seiner Arbeit. *Auch die Kaiser, Könige, Fürsten heute kümmern sich nicht um das Wohl des Volkes. Nicht um die Gerechtigkeit. Sie kümmern sich nur um eines: ihr Status muß erhalten bleiben. Sie regieren so, daß die Untertanen schutzlos sind. Sie saugen sie bis aufs Blut aus. Sie mißbrauchen ihre Untertanen. Beschweren sie mit großen Abgaben, Zöllen und Auflagen ohne Ende. Sie lassen es nur darum zu, daß es ihren Untertanen besser geht – wenn es einmal geschieht, daß sie etwas nachlassen –, damit sie etwas haben, das sie den armen Untertanen wegnehmen können.*

Und hat ihr gesagt, am deutlichsten habe ich es gesehen, als ich der Juristerei nachging: *Sie wünschen das Lob der Gerechtigkeit. So geben sie strenge Gesetze und bemänteln damit ihre eigenen Übergriffe. Sie strafen Gesetzesübertretungen mit entsetzlichen Strafen. Und Vermögenskonfiskationen, denn die Menge dieser Gesetzesübertreter bringt den Reichtum der Fürsten.*

Das war dein Gesicht, Henri, das eine, klar und verständlich. Das alles hätte ich auch Pierre sagen können. Und wollte es ihm sagen: Er stimmt ja mit dir überein. Du kannst ihm vertrauen.

Aber dann führt Henri Cicero an und erklärt, eine Regierung durch den gemeinen Mann halten die meisten für die allerschlimmste. Cicero habe gesagt: Bei dem gemeinen Volk ist keine Vernunft. Kein Rat. Kein Unterschied. Keine Sorgfalt. Und kein Fleiß. Der wankelmütige Pöbel läßt sich leicht zu allem überreden und bewegen.

Und zitiert andere, die gemeint hatten, es gebe nichts Frecheres, nichts Unvernünftigeres als das gemeine Volk. Es gehe ohne Rat und Vernunft auf seine Sache los, wie ein rauschender Fluß. Demosthenes nennt das Volk eine böse und schändliche Bestie, und Plato sagt, ein wildes Tier mit vielen Köpfen. Und du, Henri? Du zitierst und sagst, und sagst es so, als sei es deine Meinung: Ein römischer Poet habe gedichtet, das gemeine Volk ist verwegen, närrisch, liederlich und ändert alle fünf Stunden seine Meinung wie das Wetter, untreu, unbeständig, schnell zu allem Bösen bereit, verräterisch, betrügerisch. Sie machen viele Worte, ja es gilt ihnen gleich, ob sie einen loben oder tadeln.

Und das gemeine Volk wisse selbst nicht, was gut sei, denn der größte Teil seien Handwerksleute und Handarbeiter, und ihre Beschlüsse beruhten mehr in der Zahl als in der Vernunft. Nicht, was dem weisen, sondern was dem größten Teil gut dünkt, das hielten sie für das Wichtigste. Und weil sie einander alle für gleich halten, so ist unter ihnen nichts weniger gleich als die Gleichheit selbst.

Und du hast gesagt: Es kann durch ihre triebhaften Einfälle nichts Heilsames eingesetzt werden. Wenn einmal etwas ruiniert ist, wird es nicht wiederhergestellt. Und: Was gut eingerichtet war, was Bestand haben sollte, das wird durch die Freiheit des Volkes wieder über den Haufen gestoßen.

Das ist dein anderes Gesicht. Welches bist du? Beides kann man nicht sein. Über wen machst du dich lustig?

Du willst nur einreißen und nichts aufbauen. Du gibst dir selbst die Ohrfeige. Du spuckst dir ins eigene Gesicht.

Was wolltest du an diesem Abend von mir?

Du bist nicht für die Könige. Und du bist nicht für das Volk. Du bist nur für die Weisen. Und hältst dich selbst für weise. Dann hätte ich sagen sollen: Du bist der beste Regent.

Deine Zärtlichkeiten verwischen alles. Die wunderbaren Grenzen des Menschenmöglichen.

Du verachtest alles. Arm und reich. Oben und Unten. Was verachtest du nicht?

Du bist ein stolzer Mann. Ein starker Mann. Ich liebe dich, auch wenn ich dich nicht verstehe. Ich liebe dich, weil ich glaube, du leidest. Du leidest an dir, weil du nicht siehst, wie das Leben sein könnte.

Pierre sieht es. Er hat eine genaue Vorstellung.

Du hast überhaupt keine Vorstellung vom Leben. Du weißt zuviel. Und so weißt du zuwenig. Es fehlt dir etwas. Das ist schwer zu benennen.

Verlange ich zuviel von dir, daß du so denkst wie Pierre?

Das Leben, auch dein Leben ist doch immer so gewesen: Der Satte versteht den Hungrigen nicht. Du spielst. Das liebe ich an dir. Deine Spielereien mit den Worten, mit den Möglichkeiten.

Aber du hast, als deine Stunde war, deine Stunde erkannt. Du hast die Bäuerin gerettet.

Und wieder dein anderes Gesicht. Du hast in Spanien Bauern erschlagen.

So ist meine Lust mit dir das höchste Übel. Aber auch der Schmerz, wenn mein Leib von deinem Leib getrennt wird. Und was ist dazwischen, zwischen dieser Lust und diesem Schmerz. Wer bist du?

Morgen sind wir in Lyon. Morgen wirst du regieren.

Wie wirst du regieren?

Der Schwertschlucker

51

Was ist Lyon ohne seine Drucker. Lyon, die Perle in der Reihe der Städte mit den Ursprungshäusern für Bücher, sagen die Humanisten. Man sieht es mit den Augen des Druckerherrn, der in seinem Haus entscheidet, der sich den Genehmhaltern fügt, der sich anschmiegt. Es ist ein Handel. Die Grade des Anschmiegens konnten verschieden sein. Die Schwierigkeiten waren groß. Seit die mißliebigen Flugblätter eingesammelt und die Buchstaben nach dem Herstellungsort untersucht wurden. Man nannte mit Achtung zwar die Namen der Druckerherren, beobachtete aber auch ihre Gewohnheiten. Hatte nicht Froschauer in Zürich in der Fastenzeit Schweinebraten gegessen, gemeinsam mit seinen Gesellen? Man stelle ihn sich vor als den sorgenden Vater, der das Fleisch zerteilt und zuteilt.

Und wer will Froben vergessen, den großen Druckerherrn von Basel. Er hat zwar nicht das Herz, mit der Begründung, seine Gesellen könnten mit dem Fastenfischessen die harte Arbeit des Bibeldruckes nicht durchstehen, die kirchlichen Gebote zu übertreten, doch auch er: Ein Vater. Und alle seine Gesellen an seinem Tisch. Dasselbe Essen. Dasselbe Essen?

Hier aber ist Lyon.

Und es ist hier nicht mehr zu machen mit der Vaterfigur und nicht mehr mit Herr Meister und Frau Meisterin. Was ihr mir zu essen gebt, das will auch ich essen und dann zufrieden sein.

Hier nicht.

Hier in Lyon erheben sich die Druckergesellen vom Tisch des Herrn.

Wir sehen Pierre, den guten Gesellen.

Er erklärt für alle. Wir fordern statt des Essens das Geld. Wir wollen uns selber das Essen kaufen. Sie sagen, die Lyoner Druckerzeugnisse, das sind die schönsten im ganzen Königreich. Steigern sich: und damit des Christentums. Können nicht einhalten: Und damit der Welt. Aber trotzdem werden wir elend verpflegt.

Sie sagen: Es ist nichts da.

Mißernten.

Alles ist teuer.

Ich sage euch: Es ist genug da.

Wo?

In den Lagerhäusern.

Weizen?

Weizen.

Wir bekommen schlechtes Brot.

Das Mehl ist verdorben.

Sie haben gutes Korn.

Wo?

In den Lagerhäusern. Bei den Trägern der weißen Gürtel.

Die Gürtelträger fragen.

Selber nachsehen.

Wer?

Wir.

Wie sollen wir denn in das Kloster kommen, in ihre Lagerhäuser? Sie haben sich ummauert, eingeschlossen.

Nein, nicht mit Bitten. Nicht mit List.

Mit Gewalt. Es geht nicht anders.

Unentschlossenheit. Unsicherheit. Warten. Bis morgen.

Am anderen Tag kommt Pierre, der so gewissenhafte, der seine Arbeit mit Stolz und, man weiß es sehr genau, auch mit Liebe erledigte, nicht.

In der Nacht haben sie ihn geholt. Die Stadtpolizei. Sie haben dem Druckerherrn empfohlen, auf seine Gesellen besser zu achten. Schweigend gehen sie an die Arbeit. Aber sie arbeiten. Nur noch nach innen murrend. Sie haben Angst vor dem Verlies, das war doch Aufruhr, nicht wahr? Der Aufruf zum Aufruhr. Da ist er nicht mehr unser Pierre? Auch das noch? Von denen, die neben ihm standen, verlassen? Es ging alles zu schnell. Sie waren nicht vorbereitet.

Es ist nicht ausgeschlossen, daß der eine und der andere unter ihnen, möglicherweise auch Pierre, dachten: Wir haben den berühmtesten Verteidiger der Welt in unserer Stadt. Seinen Sieg über die Dunkelmänner von Metz könnte er wiederholen als einen Sieg über die Dunkelmänner von Lyon.

Haben die Druckergesellen Heinrich Cornelius Agrippa von Nettesheim gesucht? Werden sie genug Ausdauer besitzen, auf seine Rückkehr zu warten? Oder im Arbeitsalltag versinken. Ja, die Bediener derer vom Rabenhügel haben, wie sie es im Bericht nennen, einen Kopf weggenommen.

52

Henri erfährt es durch den Beichtvater Jean: Die Verhaftungen häufen sich. Drucker, Fischer, die kleinen Leute sind unzufrieden. Henri sperrt sich zu. Dieser Dominikaner. Ausforscher des Glaubens. Ausforscher des Lebens. Henri will nichts fragen. Er fragt nicht. Er hat keine Angst vor dem Angehörigen des Ordens der Inquisition, aber er will ihm nicht zeigen, daß eine Unruhe über ihn gekommen ist: Und wenn es Pierre ist? Wird von mir verlangt, daß ich für ihn eintrete. Noch ehe ich Madame über das Ergebnis meiner Reise berichtet habe? Sie erwartet etwas über den Herzog von Bourbon zu erfahren. Sie will hören: Er kommt und will ihr König, unser König sein. Und da soll er die Rede auf einen Drukkergesellen bringen? Gerade in dem Augenblick, da sie ihn, ihren Leibarzt, als ihren Regenten, den Regenten anerkennen muß. Denn er wird sie an die Leine der Hoffnung legen. Er wird nicht sagen, der von Bourbon lehnt ab. Er wird erklären, der von Bourbon wartet ab. Jetzt soll ihn, Heinrich Cornelius Agrippa von Nettesheim, niemand mehr stören. Nicht der Herzog in der Ferne und nicht der Dominikaner in der Nähe, der Beichtvater. Er will keine Zeit mehr haben für anderes. Für andere. Er war lange unterwegs gewesen. Jetzt ist er angelangt. Und war den suchenden Augen des Predigers ausgewichen.

53

Da stand Jean und begriff, wie schwer es war, sich mitzuteilen. Auch spürte er die Verachtung des Gelehrten vor seinem Ordenskleid. Oder er meinte es zu spüren. Vorbild für ihn, Jean, war der große Prediger Tauler aus Straßburg, über die Jahrhunderte hinweg hatten sich seine Worte gehalten. Er hatte die Formulierung gefunden, die für seinen, Jeans, Zustand treffend war: Der qualvolle Weg zur aufrichtigen Erkenntnis seiner eigenen Nichtigkeit. Schön und gut. In dieser Nichtigkeit hatte Agrippa ihn jetzt noch bestätigt. Der Arzt fand es nicht lohnend, auch nur einen Augenblick zu warten. Ein Mensch außerhalb des Ordens konnte das nicht verstehen: Die tiefste Erschütterung. Der leidensvolle Weg.

Er, Jean, war Beichtvater der Armen, der Ärmsten, der Geringsten, der Bedrückten. Und er war weggeschoben worden zu den anderen, die ein grundverschiedenes Leben führten. Er, nun Beichtvater der Königin-Mutter, war nicht wie der große Prediger Tauler, der die groben Bauern verachtet hatte, der von ihnen sagte, sie seien nicht geschickt zum Umgang mit dem König. Er war nun aus der Dunkelheit in die Helligkeit der erleuchteten Festsäle gekommen. Aber für ihn erschien dieses gleißende Licht als eine unüberwindliche Dunkelheit. Unüberwindlich deshalb, weil er keinen Zugang zu ihrem Wohlleben hatte und weil er auch keinen Zugang suchen wollte. Er fühlte nicht, was sie fühlten. Er fand nicht feiernswert, was sie feierten. Ach Gott, und ihre Intrigen.

In der Abwesenheit des Agrippa war Leporis, nun Zweiter Leibarzt, zu ihm gekommen. Ich wurde ungerecht behandelt, an die zweite Stelle geschoben. Ich werde mit allen Mitteln kämpfen, wieder an meinen alten Platz zu kommen. Für meine Absicht habe ich den General Robert de la Marck gewonnen. Wir wollen das Vertrauen der Madame Aloysia zu dem fremden, dem landesfremden Arzt erschüttern. Der General, ein nicht unbelesener Mann, wenn man ihm auch einen merkwürdigen Umgang mit Büchern nachsagte, habe den Leporis an Ben Ishak, den Leibarzt des Kalifen, erinnert. Der morgenländische Fürst habe Mißtrauen gehabt, der Arzt könne im Dienste des griechischen Königs stehen und ihn umbringen. Der Leibarzt konnte ja so gut Griechisch. Unser Agrippa spricht elf Sprachen, die Sprache aller angrenzenden Feinde auf jeden Fall. Es mußte, beim Kalifen, die Probe gemacht werden mit dem Gift. Der Kalif selber forderte seinen Leibarzt auf: Geben Sie mir Gift, ich habe die Regierungsgeschäfte satt. Der Leibarzt lehnte das ab. Hat unsere Madame Aloysia jemals diesen landfremden Leibarzt einer ähnlichen Probe unterzogen? Nach dem Gespräch mit dem General waren Leporis Bedenken gekommen. Man wußte, Robert de la Marck hielt dann und wann eigenes Gericht ab, dazu hatte er eine eigene Bande. Fänger und Totschläger. Nun drückte Leporis das Gewissen, von anderen Beichtvätern war er gewohnt, losgesprochen zu werden. Es war unangenehm für Jean gewesen, er konnte nicht Absolution erteilen. Anmaßendes war im schnellen Weggehen des Zweiten Leibarztes.

Jean fühlte keine Angst, eigenartigerweise war es Mitleid. Er sagte von sich dasselbe wie Tauler: Wäre ich nicht Priester und in einem Orden, ich nähme es als etwas Großes, wenn ich Schuhe machen könnte – und ich wollte sie allen gern machen.

Auch darin lag Anmaßung. Und Bescheidenheit. Und er meinte, was er sagte, er meinte beides: allen Schuhe machen. Und: Schuhe gern machen.

Schon andere hatten das gedacht: Wäre ich nicht in einem Orden. Aber gerade in einer Zeit, in der so viele den Orden verließen, erschien es ihm als eine Pflicht, zu bleiben. Und selber vorzuleben, wie menschlich ein Ordensbruder sein muß. Und so wird er auch nichts unversucht lassen, den Agrippa von seiner Aufrichtigkeit zu überzeugen.

Er litt unter dem, was er über die Geschichte seines Ordens wußte. Aber es verstärkte seinen Eifer, gerade in diesem Ordenskleid zu wirken. Auch wäre es ihm zu billig gewesen, jetzt, da es so viele taten, da es fast wie ein Spiel aussah, einen Hausstand zu gründen. Auch unterm

Apfelbaum sitzen, im Apfelgarten hören, wie in der Küche die Teller gewaschen werden, riechen, wie die Suppe alle Kräuter des Gartens bindet, und sehen, wie die Hausfrau, seine Frau, ihm das Essen bringt, wie sie mit dem großen Suppentopf über die Wiese geht, und alles versammelt sich am Tisch, Kinder, Diener, Hunde. Und alles wartet auf seinen Segen. Das segnen?

Segen. Was ist Segen.

Die tiefste Tiefe der Dunkelheit. Es zerriß ihn, daß er die Dunkelheit nicht öffnen konnte. Was ist Segen? Eine Formel und nicht mehr. Mehr nicht? Das Segnen mit der Hand. Hand und Macht. Die linke Hand Gottes: die Gerechtigkeit. Die rechte Hand, die der Barmherzigkeit. Also ist meine rechte Hand die Segenshand. Und alles auch gelernt. Den lateinischen Segen geben wir: Daumen, Zeigefinger und Mittelfinger strecken. Und das segnende Zeichen des Kreuzes nach der alten Einsicht der Kirchenväter: Der Mensch ist nach dem Bild des Kreuzes geschaffen.

Segnen. Bezeichnen. Herausgelöst aus dem Alltäglichen. In eine höhere Ordnung erhoben. Und den einmal ausgesprochenen Segen kann er nicht wieder zurücknehmen. Segnen, das ist auch preisen und grüßen, verabschieden, huldigen, danken. Das ist das äußere. Und der Inhalt: Fruchtbarkeit, Wohlergehen, Frieden werden beschworen.

Wie kann ich diese Dreiheit mit einer Handbewegung behaupten, wenn ich weiß, es wird keine Fruchtbarkeit, kein Wohlergehen und auch keinen Frieden geben.

So stehe ich und segne Kerzen. Und segne nach dem Segensformular fast alles, was es auf dem Erdkreis gibt. Das Öl, die Nüsse, die Oliven, die Milch, den Honig, die Bohnen, die frischen Trauben, das Brot. Und auch beim Kranken den Raum, in dem er liegt, und bei dem Reisenden den Reisestab und die Reisetasche. Ich sage, es ist eine Überfülle, es ist eine Wucherung an Segensformeln, und ich sage, es ist schlechter Geschmack. Der Prior meines Klosters, der weißhaarige, der feinsinnige, antwortet: Das Volk will es. Und wenn ich frage, wer ist das Volk, sagt er, nun, die Leute.

Und was hilft der Streit um die Glaubwürdigkeit des Segens, wenn das zu Segnende knapp wird. Und teurer. Und schließlich fehlt?

Das war auch in der Zeit der Abwesenheit des Agrippa gewesen. Er hatte sich der Madame Aloysia zu erwehren gehabt, sie wollte ihn durch ihre Speisen verführen. Einmal setzte sie ihn ganz allein an eine reich gedeckte Tafel, sie wollte ihn davon abbringen, ihre Speisen zu verachten, aus der Kutte ein Stück Brot zu holen und nur einen Becher Wasser zu verlangen. Es wäre ihr fast gelungen. Er fühlte sich schwach werden, als nach der langen Reihe an Vorspeisen, die er nicht einmal dem Namen nach kannte, der Geruch ihn traf, wie er ihn aus der Kindheit kannte. Noch am Tag bevor er, der Jüngste, ins Kloster gebracht wurde, weil sie sonst keinen Weg für ihn wußten, hatte die Mutter zum Abschied das göttliche Cassoulet bereitet. Aus weißen Bohnen und Gans und geräuchertem Schweinebauch, aus Knoblauchwürsten und Bratwürsten. Aus der einen Möhre und dem einen Schweinsfuß. Und Thymian, Rosmarin, Lorbeerblatt. Alles in einem großen Tontopf, mit einer kleinen Sauce. Und die Zwiebeln waren, damals bei Mutter, hier bei der Königin-Mutter, mit drei Gewürznelken gespickt.

Und verlangte das Wasser und blieb bei seiner Verachtung für ihren Überfluß. Mit dem Gedanken: Wenn ich etwas davon anrühre, mache ich mich mitschuldig, daß Menschen unten in der Stadt vor Hunger in den

Straßen umfallen. Es stärkte ihn der Name Johannes, als er plötzlich den Argwohn hatte, sie haben mir Gift ins Wasser gegeben. Er trank aus, Johannes war auch nicht am Gift gestorben.

Er, Jean, war sicher, das, was Madame ihm, dem Beichtvater, sagte, mußte Verwandtschaft haben mit dem, was sie ihrem Leibarzt anvertraute. Leibesgelüste und Leibesgebrechen. Gierige Träume und unverstandene Ängste. So hielt sie denkende Köpfe in Lyon dazu an, sich um ihre Ausscheidungen und Ausdünstungen Tag für Tag zu kümmern.

Immer wieder hatte Jean diesen Traum: Es war keine Flucht, es war auch kein plötzlicher Entschluß, er verabschiedete sich von Madame Aloysia, und für diesen Abschied ließ er sich sogar ein Glas Wein geben. Johannestrank. Abschiedstrank. Er sagte es ihr sehr wahrheitsgetreu und sehr offen: Ich kann nicht mehr Ihr Beichtvater sein. Ich habe kein Verständnis für Ihre Sorgen und Ängste. Ich begreife, Sie haben Angst vor dem Absterben des Fleisches, und ich begreife Ihre Sehnsucht, noch einmal vom Leben zu kosten, und ich begreife, daß es für Sie schon Befriedigung ist, mir das alles zu erzählen. Ich werde morgen nicht wiederkommen. Fragen Sie nicht weiter nach mir. Vergessen Sie mich. Streichen Sie mich aus der Liste Ihrer Beichtväter. Es war ein Umweg. Ich mußte diesen Umweg machen. Sie werden andere finden, die Ihnen alles vergeben. Ja, und der Traum ist deutlich, Madame kann sich seinem Zauber nicht entziehen, sie will ihn anfassen, sie muß ihn anfassen. Sie greift nach seinen Händen, sie bittet: So bleiben Sie doch. Sie will weggerissen werden zu seinem Atem. Da läßt er den Wein stehen und geht.

Und geht dahin, wo jetzt in diesem Augenblick die Träume all derer, die nach Gerechtigkeit streben, versammelt sind: Er geht in das stille Tal der Durance und lebt als Prediger in einer der Gemeinden. Und wacht auf aus dem Traum, sieht sich um und weiß, er wird Lyon nicht verlassen und nicht den Platz, an den ihn sein Orden geschickt hat. Wacht auf, aus dem Tagtraum, wenn zwischen Mittag und Abend die Angstglocke geläutet wird. Sie warnen vor der ständig drohenden Gefahr, täglich wird das Gedenken an die Türken heraufbeschworen. Jeder muß innerlich gewappnet sein. Das schlimmste auf der Welt ist der große Türke. In keiner Predigt wird versäumt, ihm Fluch und Verdammnis zu wünschen. Und unser Prediger weiß, gleichzeitig sind die Boten unseres Königreichs unterwegs zum Türken und befestigen das Bündnis. Man läßt den Türken wissen, Frankreich wird es nicht zur Kenntnis nehmen, wenn türkische Krieger bis hinein nach Ungarn marschieren, vorausgesetzt, sie landen nicht, vom Mittelmeer kommend, in der Gegend von Marseille. Und man hat schon die Nachrichten von einem erfolgreichen Vordringen der Türken im Ungarischen. Im Habsburgischen somit.

Aber niemand hat den Befehl gegeben, das Läuten der Angstglocken, der Türkenglocken einzustellen. Es ist eine liebe Gewohnheit geworden. Und würde das Volk erschrecken, wenn der Klang plötzlich fehlte.

So werden sie in einer wohltuenden Unwissenheit gehalten.

Der qualvolle Weg zur aufrichtigen Erkenntnis der eigenen Nichtigkeit wird ja im Grunde weder verlangt noch erwartet. Dafür gab es die heilsamen und genauen Anweisungen für das tägliche Leben im Orden. Für ihn, Jean, offenbarte sich mehr und mehr die gütige Absicht: Ein Prediger darf nicht denken. Wer zuviel weiß, wird unsicher. Unbrauchbar für das hohe Amt des Predigens. Es war schon eine liebenswürdige Hilfe, denen, die

Sonntag vor die Gemeinde traten, ein Predigtbüchlein an die Hand zu geben. Neuerdings das nützliche des Herrn Joli. Aber viele Prediger konnten ja nicht einmal lesen. Und wenn sie lesen konnten, dann verstanden sie nicht, was sie da vorlasen. Man wußte von einem Vorfall: aus der letzten Ausgabe der Joli-Predigten hat einer vor einer großen Gemeinde gelesen. Worte über den Hunger. Es muß da in der Druckerei der Text verwechselt worden sein. Vielleicht sogar irrtümlicherweise ein Flugblatt eingeheftet. Das waren jedenfalls, so erzählte man, durchaus feindliche Töne gewesen. Über das Sterben aus Hunger in den Straßen von Lyon. Unserem Lyon unter den gnädigen Händen der allverehrten Madame Aloysia. Peinliche Untersuchungen. Aber bei den Druckern war man auf ein Schweigen gestoßen. Ein unfreundliches Schweigen. Denn gerade in diesem Augenblick der Nachforschungen über den verfälschten Joli-Text meldeten die Druckergesellen eigene Forderungen an, und ausgerechnet ging es auch um Brot und Fleisch. Sicher, sie hungerten nicht, aber sie klagten über zu schlechtes und zu teuer angerechnetes Essen. Sie wollten sich aus der Gewalt des Druckerherrn, Gewalt, mit der er das Essen aussucht und vorsetzt, lösen. Jean wußte, seit Tagen schon lag unbeantwortet auf dem Tisch der Königin-Mutter ein von fünf Druckern unterschriebenes Gesuch, ein gewisser Pierre, den er, Jean, nicht kannte, solle freigelassen werden. Die Verhaftung sei eine Ungerechtigkeit. Madame hatte sich zu nichts entschließen können. Ihrem Beichtvater war sie ausgewichen. Einmal nur hatte sie ihm gestanden, man hat diesen Drucker Pierre zusammen mit Agrippa gesehen. Wir müssen warten, bis der Leibarzt zurückkommt. In der Zeit der Abwesenheit dieses Mannes war sie zerfahren. Machte sich Vorwürfe wegen des Sohnes in Spanien, der vielleicht sogar nur noch ihretwegen in der Gefangenschaft schmachte, wie sie beliebte sich auszudrücken. Beklagte sich über die Tochter Margarethe, die sich ihrem Einfluß entziehe, sie mache geheime Aufzeichnungen, die sie vor allen verschließe. Nicht einmal das sonst so gefeierte Begängnis der kunstreichen Mahlzeit, die ununterbrochen vom Morgen bis in den Abend dauerte, bei der die Speisen in alphabetischer Reihenfolge aufgetragen wurden, konnte sie aufheitern. Wenn es so war, daß sie mit allen Anzeichen einer starken Sehnsucht auf Heinrich Cornelius Agrippa von Nettesheim gewartet hatte, könnte dann Hoffnung sein auf ein vernünftiges Regieren?

War das äußere und äußerste Zeichen, wie unmöglich ihr Gebaren wirkte, bei den Poeten zu finden? Der Gipfel, der anzeigte, wie unfähig sie war, unser wunderbares Land zu regieren? Es gab ihren unmutigen Ausspruch: Ich kann das Wort Neapel nicht mehr hören. Da begann alles Unglück. Der Verlust des Heeres. Einige unter den Hofdichtern gingen hin und blätterten in ihren Arbeiten nach und strichen das Wort Neapel aus und ersetzten es durch: eine Stadt am Meer im Süden Italiens. Das waren noch die Kühnen, einige jedoch, enger mit dem Hof der Königin-Mutter verwachsen, fühlten sich zu stärkerer Zurückhaltung getrieben. Sie lasen in den Werken der anderen mit Mißbilligung die Formulierung eine Stadt am Meer im Süden Italiens. Sie meinten, wenn unsere Königin-Mutter ausdrücklich gesagt hat, nichts mehr über Neapel, dieses südliche Neapel mit dem Zugang zum Meer, so bedeutet das, auch in den Gedichten den Begriff Wasser weglassen. Und diese Schmiegsamen, sich klug Dünkenden begannen, ihre Gedichte zu verbessern. Jetzt wurden in ihren Versen nicht einmal mehr Tränen vergossen. Alles war bei ihnen trocken geworden.

Vorbei die Zeit, da in ihren Zeilen vom geruhsamen Plätschern in Gewässern gesprochen wurde. Kein Gang zu den Ufern mehr. Kein glitzerndes Mondlicht über den Flußläufen. Kein Heraufbeschwören der Unendlichkeit etwa durch das Bild des weiten Meeres. Auch Vorsicht mit den biblischen Bildern, etwa Susanna im Bade. All das nicht mehr.

54

Henri war im schnellen Lesen geübt. Auch konnte er jedes Blatt, das ihm abgekehrt dalag, entziffern. Noch bevor er den Bericht über seine Reise zum Herzog von Bourbon gab, hatte er den Inhalt des Gesuchs der Drukkergesellen zur Kenntnis genommen. Er kannte die fünf, die unterschrieben hatten, nicht. Ihre Namen waren deutlich lesbar. Ihm schien der Raum verändert. War das hier gewesen? Den im Experimentierkeller befleckten Mantel nicht abgelegt? Und dann doch abgeworfen.

»Bin ich älter geworden?« fragte sie.

»Ja«, entgegnete er in seiner gewohnten Art, ihr keine Schmeicheleien zu sagen. Und setzte hinzu: »Wie alle.«

»Wir haben begonnen, uns im sogenannten stillen Tal der Durance umzusehen.«

»Wer ist wir?«

»Was haben Sie mir vom Herzog von Bourbon, unserem Feldherrn, mitgebracht?«

Sie sagte unser Feldherr von dem Mann, der nicht bereit war, sich aus dem Dienst der Gegner zu lösen. Sie antwortete nicht auf seine Frage, wer ins Tal der Durance geschickt worden war. Es fehlte ihm die Kenntnis über die Vorgänge in der Zeit seiner Abwesenheit. Und er hatte nichts vom Herzog auf den Weg bekommen als unflätige Worte, den Unterleib der Königin-Mutter betreffend. Er blickte auf das Gesuch der Druckergesellen, sie hatten statt ihres Namens kein anonymes Kreuz gesetzt, sie traten für den einen aus ihren Reihen mit ihrer ganzen Person ein. Ihm schien, als seien sie leiblich anwesend. Zeugen seines Handelns.

»Seinen Gruß«, sagte er.

»Was ist ein Gruß?« fragte sie.

»Alles, was Sie belieben. Mit einem Gruß können Sie machen, was Sie wollen. Er verfault nicht, er verschimmelt nicht, er nutzt nicht ab. Das ist etwas Bleibendes.« Es stimmte ja nicht, er brachte nicht einmal einen Gruß. Auf die Frage nach einem Mitbringsel war er nicht gefaßt gewesen. Für ihn war ja die Absage des Bourbon schon erledigt, nicht einmal die Formulierung, wie er ihr Hoffnung lassen könnte, beschäftigte ihn mehr. Er war doch ein Advokat mit Leib und Seele, er dachte nach über die Möglichkeiten des Druckergesellen Pierre, freizukommen. Über die rechtlichen Möglichkeiten. Wenn eine Bittschrift, ein Gesuch schon bis auf den Tisch der Königin gelangt war, bedeutete das, der Vorgang war noch nicht wieder zurückgekehrt zum Ort, aus dem er herrührte. Hier: an die Überwacher des Viertels, in dem die Druckergesellen zur Arbeit gingen. Und er war auch nicht liegengeblieben bei einem ihrer einhundertzwanzig Sekretäre. Ihm schien, einer der gnadenreichen Stundenengel Gottes selbst hat das Gesuch vor seine Augen gelegt. Das kann kein Zufall sein, und wie man es auch nennen mag, Stundenengel oder doch Zufall, er wird seinen Augenblick nutzen. Und ihr begreiflich machen, wie Gesuche beantwortet werden. Dazu muß man natürlich die Gesetze kennen. Hier lag kein Grund für eine Verhaftung vor. Es war nichts Strafbares vorgefallen. Wird in Lyon, mit Rücksicht auf die Anwesenheit des Hofes, besonders kleinlich und engherzig mit den Menschen umgegangen? Ungefragt und ungebeten legte er die Hand auf das Gesuch. Und nicht ohne die vertrauliche Zudringlichkeit des Mannes, der sie in eine große Schwäche gebracht hat, aber mit dem Abstand des Juristen, der sein Fach kennt, fragt er: »Und warum ist das noch nicht erledigt?«

Auch will er ihr zeigen: Ich kann alles, auch was nicht für mich bestimmt ist, das hier herumliegt, lesen. Ich bin schneller, klüger, entschlossener als alle deine Schranzen zusammen. Und geschickter. Denn jetzt, in ihr erstauntes Aufblicken hinein, sagt er noch: »Dem Bourbon kann mit einem gut dosierten Liebestrank geholfen werden.«

Ach, Magier. Ach, Gaukler. Das ist doch unerhört. Jedes Kind weiß, allein das Erwähnen von Möglichkeiten, durch einen Liebestrank einen Menschen zu verändern, ist schon strafbar. Ausdrücklich von den weisen Juristen der Sorbonne untersagt. Um dem Unwesen der Zauberer endgültig beizukommen. Und das Parlament in Paris hatte das ausdrücklich bestätigt. Auch waren die Inquisitoren des würdigen Ordens der Dominikaner angehalten, immer wieder darauf zu achten, wo Leute aufträten, die von sich behaupteten, sie könnten Speisen oder Getränke herstellen, die das Wesen der Menschen verwandeln.

»Sind Sie sicher, daß Sie ein Getränk so herstellen können, daß der Mensch, der es nimmt, trinkt, nur noch mich sieht, daß er nicht weiß, was er ohne mich machen soll?«

»Soweit es auf dieser Erde überhaupt etwas Sicheres gibt.« Hat er es nicht an sich selber versucht? Nein, nicht jetzt, nicht hier an Nanon denken, das könnte ihn wankend werden lassen in seinem Entschluß, diesen, ihren Pierre aus dem Verlies zu holen. Nicht die Grenzen überschreiten, sie sind nicht austauschbar. Nichts verwischen. Er muß sich dieser Frau hier oben auf dem Rabenhügel versichern, um Macht zu haben. Er war zu lange mit der anderen von unten unterwegs. Sein Platz war zu lange leer geblieben. War er leer geblieben? Hat sie nicht doch, in seiner Abwesenheit, die Einladung an den anderen Zauberer geschickt? Dann schon besser selber handeln. Schnell und entschieden.

»Es ist eine Kunst dem sterblichen Menschen gegeben, durch die Neues aufgekommen ist, Dinge, die zwar nicht die göttliche Wahrheit verkünden, aber doch ans Göttliche reichen.«

Und hat noch die Hand auf das Gesuch der Drucker gelegt. Wenn sie ihn fragen sollte, welche Bestandteile wird der Trank haben, so wird er ihr aus seinem ersten Buch über die Magie von den wunderbaren Kräften einiger Zaubermittel ein Bild machen. Sie wird in ihrer Erregung nicht wahrhaben wollen und nicht wahrnehmen können, wie er schon damals, bei der ersten Fassung, seinen Ton des Abstands hatte. *Nicht wenig berüchtigt unter den Zaubermitteln ist das Hippomanes, ein Stückchen Fleisch von der Größe einer Feige, das auf der Stirne des neugeborenen Füllens sich zeigt. Wenn die Mutter es nicht sogleich wegfrißt, so hat sie nicht die geringste Neigung zu ihrem Jungen und will es auch nicht ernähren. Aus diesem Grunde wird behauptet, daß die Kraft des Hippomanes zur Erregung der Liebe außerordentlich sei, wenn man es, in Pulver verwandelt, mit dem Blute des Liebenden als Trank darreiche.*

Aber sie fragt nicht, wie der Trank zusammengesetzt sein muß. Sie fragt: »Und werden Sie zum zweitenmal für mich dorthin reisen?«

»Nein«, sagt er und nimmt die Hand vom Gesuch. »Dafür werden Sie einen geeigneten Boten finden.« Es gibt keine Wiederholung. Du kannst nicht mit der Geliebten zweimal in das gleiche Land reisen. Dieselben Wege, dieselben Städte. Du kannst dann nicht verreisen, wenn du in deiner eigenen Stadt eine Arbeit zu erledigen hast, die sonst kein anderer verrichten wird. Du kannst auch jetzt nicht in die beschauliche Ironie aus dem ersten Band deiner Werke über die Magie verfallen und dir seufzend die Hyäne des alten, weltweisen Plinius wünschen. *Wie Plinius erzählt: Das äußerste Stück vom Darmkanal der Hyäne wird gegen die Härte und die Unbilligkeit der Hohen und Gewalthaber gerühmt. Es soll bei Gesuchen sowie vor Gericht und in Prozessen Erfolg verschaffen, wenn einer nur ein wenig davon bei sich trägt.* Für dich ein Stückchen. Und für Madame auch ein Stückchen, denn Plinius sagt: *An den linken Arm gebunden, soll der After der Hyäne ein so wirksames Liebesmittel sein, daß, wenn einer nur eine Frau anschaut, sie ihm sogleich nachfolgt.*

»Was gedenken Sie mit dem gefangenen Drucker zu tun?« Er verließ die Umwege.

»Alles, was Sie hier auf dem Tisch sehen, Herr Heinrich Cornelius Agrippa von Nettesheim, kenne ich nicht. Ich warte auf den Hauptberichterstatter über die Bittschriften.« Muß die Zeit erst wieder herbeigeführt werden, da sie ihn mein lieber Ritter Henri nannte? Zeit des befleckten Mantels? Nicht bedauernd zurückblicken. Ihm war es, als beginne sein Leben.

»Der Hauptberichterstatter ist hier.« Er, Agrippa, begründete sein Eingreifen mit der Formel, die den Königen vorbehalten war: »Car tel est notre plaisir« Denn so ist unser Belieben. Die Formel, mit der alles begründet wurde.

Die Formel aber auch, die von den Schranzen im Munde geführt wurde, wenn sie, im Namen des Königs, das verrichteten, was sie regieren nannten. Es war sein, Henris, Fehler, sie alle zu dem gesichtslosen Begriff Schranzen zusammenzuziehen. Ein großer Irrtum, beginnend schon bei den einhundertzwanzig Sekretären, die zwar ohne Macht waren. Aber sie wußten um geheime Dinge, und so waren sie unentbehrlich. Mindestens einhundertzwanzig verschiedene geheime Dinge. Einer unter ihnen wäre vielleicht nützlich gewesen für das Bestreben, den Druckergesellen Pierre freizubekommen. Aber den einen kannte er ja nicht. Weil er sie alle zu kennen glaubte. Und die Richter. Alle insgesamt verurteilt, sie sind rechtsunkundig. Nun fehlt der Zugang zu dem einen, den er gewinnen müßte, da ja zuallererst Madame es ist, die völlig rechtsunkundig genannt werden kann. Die feinen Unterschiede: der das königliche Recht vertritt, hat ein ganz anderes Gewicht als jener, der die Handelssachen vor ein eigenes Gericht zieht. Und von diesen wiederum verschieden sind alle Richter, die sich mit den herumstreifenden entlassenen oder weggelaufenen Kriegsknechten zu beschäftigen haben. Die eng mit der Stadtpolizei zusammenarbeiten und auch die Bettler und die Landstreicher und die Stadtfremden überwachen.

Gewiß, es war nicht ungerechtfertigt, sie alle zusammen als Schranzen einzuordnen, denn auch das Ziel ihrer Bestrebungen war allen gemeinsam: Es ging nur um Geld. Jeder Rechtsstreit brachte Geld. So konnten sie von ihm, Henri, auch in einem Atemzug mit allen Schranzen genannt werden, die unterwegs waren, um für die Krone die Steuern einzutreiben. Nur, wäre es jetzt nicht nützlich, die hochmütige Oberflächlichkeit zu verlassen und zur Kenntnis zu nehmen, daß es auch bei dem Umgang mit den Abgaben der Einwohner dieses Landes wenigstens zwei Arten grundverschiedener Schranzen gab? Vor dem Einnehmen geschah das Einschätzen. Die Einnehmer wurden die Erwählten genannt, die veranschlagten die Steuern, die anderen, auch als Generäle bezeichnet, verwalteten die Einnahmen.

Und alle, alle standen unter dem Spruch: Denn so ist unser Pläsier.

»Dann packen Sie das alles zusammen und nehmen Sie es mit nach Hause. Sehen Sie es sich Stück für Stück an. Und setzen Sie sich mit denen auseinander, die dafür verantwortlich sind.«

»Nein, Madame, so können Sie mich nicht wegschikken. Ich denke, Sie sind verantwortlich. Und wir werden jetzt Stück für Stück durchgehen. Wir beginnen mit dem Gesuch der Drucker. Also bitte, nehmen Sie Platz, hören Sie zu.«

Das ist lästig. »Ein andermal, Herr Doktor Agrippa, ein andermal.« Und ihre Augen haben einen leeren Ausdruck. Man unterschätze sie nicht. Wenn sie sagt, sie habe keine Zeit, hat sie wirklich keine Zeit. Das ist das schwerste an ihrem Beruf, Königin-Mutter und Regentin zu sein, sie hat zu repräsentieren. Gesandte empfangen, Feste geben, Feste vorbereiten. Und für jedes dieser Ereignisse das rechte Kleid wählen, den passenden Rahmen finden. Die Stühle im Saal jedesmal der Gelegenheit entsprechend anordnen. Da sind Leib und Gedanken vollauf beschäftigt. Das wissen Sie doch, Herr Leibarzt. Und welch ein Tausch wurde ihr da zugemutet. Sich um Bittsteller zu kümmern, statt die Ankunft des geliebten Karl von Bourbon vorbereiten zu können.

»Konnten Sie den verwandelnden Trank nicht noch an Ort und Stelle in Italien anfertigen und verabreichen. Uns geht Zeit verloren.«

»Nicht ohne Ihren ausdrücklichen Wunsch. Und nicht ohne Ihr Blut.« Er selber hatte ihr den abwegigen Gedanken an den Liebestrank eingegeben, nun klammerte sie sich daran. Aber er, Henri, hatte sich in ihren Dienst begeben, nicht unwissend, daß er zugegen sein müsse, solange sie es wünschte. Dem Heranwachsen ihrer

Laune zuschauen, als gäbe es nichts anderes in dieser Welt. Es stand in ihr Gesicht geschrieben, wie Bitterkeit in ihr aufkam.

Natürlich ist der besondere Bote, ihr Agrippa, dort in Italien gescheitert. Nur die Ablehnung spricht er nicht aus. In die Hoffnung, die sie auf den Liebestrank setzen sollte, mischte sich die Erinnerung an die Tage ihres Anfangs. Schon damals war eine Absage gewesen. Man hatte von ihrem Haus, vom Herzogtum Savoyen, im Haus des Herzogs von Ferrara angefragt, ob ein Angebot, Aloysia zu heiraten, willkommen sei. Die in Ferrara, die reichsten und angesehensten Fürsten ringsum, antworteten umgehend: Nein.

Beides war überaus kränkend. Die Schnelligkeit und die Entschiedenheit der Absage. Das hing einem an, ein Leben lang. Abgewiesen. Man war bei der Anfrage so sicher gewesen. Das hing einem an, auch wenn man Königin-Mutter geworden war.

Diese in Ferrara, damals, hatten Lucrezia vorgezogen, die mit dem süßen Antlitz, Tochter des Papstes. Sie hatten ein Ereignis aus dem Brautzug der Lucrezia von Rom nach Ferrara gemacht, das niemand so leicht, so bald überbieten konnte. Allein die Ausstattung. Die zweihundert Mieder für die Braut, Gold, Silber, Seide, der Hut, das Kleid. Jedem, der es wissen wollte, wurden die genauen Geldsummen genannt. Und von den hohen Türmen in Ferrara glitten zwei Seiltänzer herab, während Lucrezia in die Stadt einritt. Und das kleine, spanische Reitpferd war in Leder und Gold gehüllt.

Neid.

Auch noch als Aloysia Königin-Mutter von Frankreich war, fühlte sie sich um diesen Empfang betrogen. Nein, das erste Nein hatte sich zu tief eingefressen.

Und Seiltänzer für andere.

Ihrem Leibarzt sagte sie: »Wir hatten schon zwanzig Seiltänzer ausgesucht. Wir hatten geplant, die Seile weit zu schwingen, vom Berg, über den Fluß bis zur Halbinsel. Ein Weltereignis.«

Also das hatte die Zeit seiner Abwesenheit ausgefüllt: Zwanzig Seiltänzer hatten geübt. Jeden Tag, solang es hell war. Empfangsvorbereitungen.

Nicht nur Empfangsvorbereitungen. »Ich glaube, daß mein Volk von Lyon für die Abwechslung, die schon die Übungen brachten, wirklich dankbar war. Das Volk braucht Spiele. Ich weiß das.«

Sinnlos, in ihre schlechte Laune hinein sie daran zu erinnern, daß Brot gebraucht wird. Er fragt sie etwas ganz anderes und beglückwünscht sich zu dieser Eingebung, die er göttlich nennt. Er beweist es sich selber, noch immer gelingt ihm alles, was er sich vorgenommen. Die Launen der Königin-Mutter in seinen Willen verwandeln.

»Und braucht Lyon nicht auch seine Schwertschlukker?«

55

Wer begann, sich im stillen Tal der Durance umzusehen? fragte Henri. Unsere hochverehrte Madame Aloysia antwortete nicht. Und die zweite der Dreifaltigkeit, die Margarethe aller Margarethen, fragte er nicht.

Als das Ausrotten der Menschen im stillen Tal der Durance begann, als der feinsinnige Bischof Briçonnet, für Margarethe unerklärlich, umgeschwenkt und neben die Feinde derer im Tal der Durance getreten war, neben Robert de la Marck, verfaßte sie eine Betrachtung über einen Gärtner, den sie in ihre Dienste genommen hatte. Berühmt wegen seiner Gründlichkeit. Kein Unkraut im Rasen.

Den neuen Baum hast du herausgerissen. Keinen Platz gibt es bei dir für das wundersame Unbekannte. Er war hochgewachsen und stolz, seine Blüten zwar waren unscheinbar, aber sehr zahlreich, von einem zarten Lila.

Ach, glatte Ordnung.

Und sagst, es war eine Distel.

So nennst du das, um dein Unwissen, um dein Unbehagen zu verwischen, und sagst es mit einer gewissen Fröhlichkeit: Es ist eine Distel. Nur um nicht zu sagen: Ich weiß nicht, was es war.

Es war anders als alles bisher Gekannte und Gesehene. Es war nicht die Tanne und nicht die Birke und nicht die Weide und schon gar nicht die Eiche.

Du hättest fragen können.

Es war ein Baum. Es war mein Baum. Und du hast ihn im Herbst, noch waren seine Blätter grün, aus seinem Dasein gerissen mit Stumpf und Stiel. Dir ging es nicht darum, zu sehen, wird er über den Winter kommen, wie wird er über den Winter kommen, wird er stark und kräftig sein oder wird er verfaulen. Du hast den Prozeß einer Entwicklung mit rechthaberischer Fröhlichkeit abgebrochen.

So willst du mir meinen Tag zerstören. Meinen Morgen. Mein Leben. Ich aber bin stark genug, mir den Baum in der Erinnerung wachzuhalten. Seinen Stolz und seine Geradheit, seine Biegsamkeit beim Wind gehen in mich über.

Es sei wie Unkraut gewesen. Und habe seine Samen weit verstreut. Und es würde im nächsten Jahr nichts anderes wachsen als nur dieses.

Nun werde ich den Winter über warten und im Frühjahr Ausschau halten, ob etwas ähnliches Stolzes sich anzeigt.

Etwas, das ich nicht gesät noch gepflanzt hatte. Ich hatte nichts dafür getan, und ich hatte nicht ausdrücklich erklärt: Es ist schön und gut, laßt es unangetastet.

Nichts für das Entstehen getan, nichts für das Bestehen getan, nichts gegen das Ausrotten getan.

Ja, euer säuberliches Ausrotten.

Man kann nicht behaupten, es ist nichts gewesen. Es war sichtbar.

Ach, empfindsamer Ausrotter, jetzt muß ich noch sorgen, daß er hübsch bei Laune bleibt. Es, das Gewächs, das Wachsende, hatte sich in meine Verantwortung begeben, und ihn, den Ausrotter, darf ich nicht verantwortungslos nennen, er hat ja auch eine zarte Seele, das muß man wissen. Er ist imstande, mit Eichhörnchen zu sprechen, diesen lieben, guten, den braunen, den schwarzen. Er liebt ja diese possierlichen Tierchen und ist ja drauf und dran, sie so weit abzurichten, daß sie ihm die Nüsse bis in seine Stube bringen. Aufs Fensterbrett. Mit ihren niedlichen Pfötchen.

Ein Baum ist wie ein Mensch. Du hast einen Menschen aus meinem Bereich genommen. Ich hatte sehen wollen, wie der Baum den Schnee trägt, ob er ihn erträgt, wenn er kommt. Aber er kann sich nicht zur Wehr setzen, wenn er zur Distel erklärt wird. Zum Unkraut, zu dem, was ja in der Schrift begründet ist: und Disteln und Dornen.

Margarethe aller Margarethen. So einflußlos ist sie.

Vielleicht war es übertrieben, aber es gab Menschen, die sich ein genaues Bild von ihr machten, und am deutlichsten war ihr Bild in der Vorstellung unseres guten Gesellen. Pierre. Der sah in dieser Margarethe die Regentin, wie sie sein könnte. Es ist stark zu bezweifeln.

daß sie jemals seinem Traum standgehalten hätte. Aber nicht nur er, der gute Geselle, setzte seine Hoffnung in sie, es waren vor allem die Leute im stillen Tal der Durance. Selbst auf die Gefahr, einem Wunschbild aufgesessen zu sein, einem schönen, leeren Traum, nehmen wir an, daß sie so war, wie sie hätte sein können.

Sie war jung immerhin, und sie war ein Kind Frankreichs. Sie war aus dem Stoff, den jeder meint, der da sagt, wenn ich König wäre. Sie war die Hoffnung.

Daß es nicht werden konnte, wie es unter ihren Händen hätte werden können, lag an den Grenzen, die auch ihr gesetzt waren. Lag an ihrer Ohnmacht gegenüber den einzelnen Bereichen der Schranzen.

Es war allerdings auch auffällig, sie machte das Hofgepränge nicht mit, sie trug dieses graue Kleid, von dem man wußte, die in Meaux hatten es getragen, noch auf dem Weg zum Scheiterhaufen. Und auch die an den Ufern der Durance trugen es. Sie legte Wert darauf, einen Abstand zur Königin-Mutter Aloysia zu ziehen, sie haßte dieses laute Leben, diese Empfindungslosigkeit. Sie litt darunter, daß Madame Aloysia nicht sah: der Hof war ein Fremdkörper in der Stadt, wie eine wuchernde Krankheit. Sicher, auch die Margarethe aller Margarethen wußte es nicht genau, wieviel teurer alles wurde, das Fleisch, der Wein, das Brot. Aber sie dachte wenigstens darüber nach.

Sie litt auch unter den Demutsbezeigungen der Männer, hochfahrende Generale traten vorsichtig auf, gebückt, ja doch, weil der Glanz der neuen Teppiche, der seidenen mit den Löwen und Granatäpfeln, sie blendete. Sie wußte über Madame, die sieht es gern, wie andere in Demut vergehen, schon vor schönen Räumen.

Sie, Margarethe, haßte Leporis, sie verachtete seine schwarzen Böcke, seine Mixturen und Tinkturen. Aber sie konnte das niemandem sagen. Wen denn verletzen. Sinnlos. Nur wehrte sie sich gegen das gottverdammte Bocksblut, sie nahm es nicht ein.

Sie war nicht schön, wirklich nicht, sie wußte es. Sie hatte auch nicht den erforderlichen leichten Gang. Sie mied, wann immer es möglich war, die Feste, diese langen Zeremonien des Essens, sie war oft und lange und gern allein. Sie las und schrieb. Sicher gab es genug Versuche, und Bischof Briçonnet war gewiß mit aufrechtem Eifer darum bemüht, ihren poetischen Schriftstücken eine gewisse Frömmigkeit beizugeben, ein wirkliches Besinnen auf das Leiden Christi.

Aber sie war ja eine Tochter ihres Landes, und sie war eine eifrige Leserin und Bewunderin von Rabelais. Wie Champier. Nur sie selber wußte es, wie mächtig der von Neid nicht freie Gedanke wirken kann: Ach, hätte ich das geschrieben. Er wird Antrieb, mindestens sich selbst zu zeigen, das kann ich auch schreiben. Sich messen mit dem Geist eines anderen bedeutet nicht, ihn nachzuahmen. So begann sie etwas ganz anderes zu schreiben. Aber derselbe Gegenstand, die Zeit, ihre Zeit. Sie schrieb Liebesgeschichten, sie schrieb, wie nur eine Tochter ihres Landes es konnte, mit dem Hauch der Verachtung und der Leichtigkeit. Sie schrieb über das Liebesgebaren der Königin-Mutter Aloysia. Hart und böse, aber liebenswürdig, aufregend auch. Heptameron. Siebentagewerk. Geschichten, an sieben Tagen erzählt. Neben die göttliche Siebentageschöpfung setzte sie ihre Welt. Sie verschloß das und wartete nur auf eine Gelegenheit, es hervorzuholen. Wie ein Geschütz etwa aus dem Arsenal. Und mit allen Namen, Robert de la Marck, Leporis, Silvius. Die Hofmaler, die Hofhistoriographen, die Fischer, die Gärtner, die Stallknechte und die Leibwächter.

Den Namen Heinrich Cornelius Agrippa von Nettesheim verzeichnete sie nicht.

Und sie haßte auch ihren Bruder, diesen Franz. Weil es stimmte, der dicke Geselle riß alles ein, was jemals gut und menschlich und stark gewesen sein mochte. Sie schwieg und litt und schrieb ihre Gedichte und schrieb an ihrem Siebentagewerk und spielte täglich mit dem rührenden Gedanken: Weggehen und unerkannt in dieser Welt leben. Im Tal der Durance etwa so. Ein wenig unbestimmt.

Wir nehmen Anteil an dieser Margarethe, weil sie zumindest versuchte zu denken. Sie sah die Schwankungen in der Art des Regierens, Schwankungen, denen die Untertanen ausgeliefert waren, je nachdem Zugeständnisse bei den jeweiligen Bündnissen gemacht wurden, an Habsburg oder an England. Oder an Rom.

Sie war gegen die Herren der Sorbonne. Es war zu spät, als Agrippa begriff, wer sie war.

Er hatte sich für die Königin-Mutter verschwendet und hatte sie allein gelassen. Er mit seinen Wissenschaften hätte ihr Bundesgenosse sein können. Er hat sie nicht erkannt. Er war nicht der Allwissende. Er hatte den möglichen Helfer in seiner nächsten Nähe nicht gesehen.

Er hatte sie von Anfang an nicht gesehen, als sie am Fußende des Krankenbettes ihrer Mutter stand, in der Nacht, da er die Kranke zur Ader gelassen.

Für sie, Margarethe, war er vom ersten Augenblick an der erstaunlichste Mann, den sie je gesehen. Er zeigte keine Befangenheit, keine Betriebsamkeit, keine Beflissenheit, keine Demut. Er war sich seines Wertes bewußt. Als er am Krankenbett Wasser verlangt und ihm das Wasser in goldener Schüssel gereicht wurde, hatte er keine begehrlichen oder verwunderten Augen gemacht.

Manch einer hatte unbewußt beim Anblick der wirklich eindrucksvollen goldenen Schüsseln gestöhnt.

Einmal, als er Margarethe eine Salbe an schwieriger Stelle kunstreich eingerieben hatte, ein lange andauerndes Jucken war durch seine Mixtur wie mit einem Schlag beendet, gab sie ihm ein Geldstück.

Sie tat es mit einem gewissen Zögern, und sie legte das Geldstück auf den Tisch und sah, wie ihre Gabe ihm gleichgültig war. Lange während des Gesprächs, da war noch Wein und Kuchen, ließ er das Geldstück unberührt. Es war aus Gold. Sicher, er wußte, auch ein guter Bote bekommt bei guter Gelegenheit auch einmal ein solches Goldstück.

Als er aufstand, zögerte er, griff doch danach. »Ich will Sie nicht kränken«, sagte er. »Ich will Sie nicht kränken«, sagte sie. Er sagte es mit Höflichkeit, aber auch mit Gleichgültigkeit. Er war mit seinen Gedanken in seinem Experimentierkeller. Das Hilfswerkzeug, der künstliche Mensch.

Es ging ihr eigenartig. Sie fühlte sich von nun an für ihn verantwortlich. So wie eine Großmutter. Mit dieser Besorgtheit, wie sie sich sagte. Eine gewisse Vertrautheit, eine gewisse Fremdheit. Sie horchte auf, wenn von ihm geredet wurde. Sie war stolz, wenn sie Lobendes über ihn sagten.

Sie hatte es aufgegeben, sich über Mißliches zu ärgern. Sie kam sich sehr alt, uralt vor, auch weil sie es nicht verstand, die schnelle Liebe zu wecken. In ihre Gedichte rettete sie sich. Und in ihr Siebentagewerk. Und wußte, es war ein Ausweichen. Nur in ihren Träumen war sie die Handelnde.

Als erstes ließ sie die Kanonen aus den Zeughäusern holen. Und einschmelzen. Zu Glocken und Springbrunnen.

Den Einwänden, andere werden uns nun mit ihren Kanonen überfallen, war sie schon nicht mehr gewachsen. Ich weiß es nicht, was dann. Sie wußte es wirklich nicht.

Es waren nicht nur ihre Träume, jedenfalls in ihrer Umgebung wurde laut gefragt, was haben wir in Italien zu suchen, warum müssen gute französische Söhne jenseits der Berge sterben?

Sie bekam Auftrieb, als der König gefangen war.

Dann, als er krank geworden, sollte sie ihn in Madrid besuchen. Sicher, sie reiste schnell, weil sie abermals als eine passive Figur hingeschoben wurde an einen Ort, den andere für sie ausgesucht hatten. Madrid. Als ob der dicke Geselle bei ihrem Anblick aufleben würde. Einen Arzt zu schicken, wäre sinnvoller gewesen.

Nur Agrippa war Zeuge ihres wütenden Aufbegehrens geworden. Im Schlafzimmer der Königin-Mutter, am anderen Morgen nach dem Gespräch über Seiltänzer und Schwertschlucker, als er den Puls fühlte in der morgendlichen Stunde, die er als Leibarzt abzudienen hatte. »Bleiben Sie«, als er gehen wollte.

Mutter Aloysia zur Tochter: »Sie wollen nur nicht Ihren Bischof Briçonnet verlassen und diese Leute, die gefühlvolle Lieder singen. Großmutterlieder.« Da zeigte Madame in diesem unbedachten Augenblick, daß sie Leute in den Papieren, in den Gedichten hatte blättern lassen. Nachschlüsselbediener, denn nichts war aufgebrochen. »Was für eine Haltung. Dem kranken Bruder in der Gefangenschaft nicht beizustehen.« Sie fragte nicht, die Margarethe aller Margarethen, woher kennen Sie meine Aufzeichnungen, fragte auch nicht, werde ich mit meiner Begleitung denn eingelassen in das uns so feindliche Land. Offenbar war ja alles schon abgesprochen und vereinbart. Mit den immer gegenwärtigen Vertretern Habsburgs. Sei es in Gestalt von Kaufleuten aus Augsburg. Es war schon ausgehandelt.

Nur Agrippa sah, wie sie die Lippen fest zusammenpreßte, daß sie weiß wurden, die Margarethe aller Margarethen. Er hielt sie für schwach. Zu seinem Erstaunen war sie es, die sagte: »Ich hoffe, einen Arzt mit auf die Reise zu bekommen, ich bitte zu erlauben, daß Agrippa mich begleitet«, und setzte hinzu, unerwartet für ihn: »Auch kennt er sich in Spanien aus.« Aber er überhörte die kleine Vertrautheit, mit der sie andeutete: Ich kenne dein Leben, ich habe mich nach dir erkundigt.

»Nein«, Aloysia, die Königin-Mutter, schrie es fast, »er ist mein Leibarzt, er bleibt hier.«

Lassen wir sie reisen, wer auch immer in ihrer Begleitung sein wird, das ist nicht erwähnenswert. Wir können nicht mehr aus ihr machen, als sie war. Für Agrippa bedeutete sie nichts weiter als die Bestätigung seiner kurzen Antwort auf die geistvoll besorgte Frage des Arztes der Armen, Champier. Kann man, so fragte Champier im Gespräch, das nach Agrippas Abwesenheit auch seltner geworden war, kann man die Frauen auf diese einfache Weise zweiteilen: die seidenen und die leinenen? Ja, antwortete Agrippa.

56

Champier hatte es gekränkt, daß der Mann, den er als Freund ansah, so lange Zeit fortgeblieben war, ohne Abschied. Ohne ein Wort. Darin sah er etwas Verwandtes mit Daphne, dem Lorbeerblättchen, die beiden schienen eher zusammen zu gehören. Es muß zugegeben werden: Er hatte geargwöhnt, Agrippa sei auf sein Gut geritten. Er war auf alles gefaßt gewesen, die beiden dort in übergroßer Vertrautheit vorzufinden oder niemanden anzutreffen. Dann hat er sie geholt, und sie sind irgendwohin in die Welt gegangen. Er war fast enttäuscht gewesen, daß seine Frau allein war. Aber der Argwohn gegen Agrippa hatte sich tiefer eingenistet, als er sich zugestand.

In sein Buch, sein Schiff der Fürsten, trug er ein: Der Fürst soll auch einen guten Arzt haben. Aber keinen Fremden.

Und er schimpfte auf das Volk von Lyon. Die Leute sind faul und wollen nicht arbeiten. Sie wollen nur essen. Mitten am hellen Tag, zur besten Arbeitszeit, habe er doch tatsächlich auf offenem Platz vor einem großen Publikum einen Schwertschlucker gesehen. Der halte die Leute nur noch mehr von der Arbeit ab. Nicht zu reden von den zwanzig Seiltänzern, die noch immer in der Stadt öffentlich üben. Kräftige Kerle, die doch alle nützliche Arbeit verrichten könnten. War nicht genug zu tun? Die Brücken ausbessern. Die Gehwege ausbauen. Aber jetzt wollen die Handwerker ja nicht einmal zu den Amtssitzungen kommen. Früher, da war das alles ganz anders.

Und er hielt vor dem Stadtrat, er war Mitglied, eine großartige Rede. Eine unvergessene Rede. Beschwor herauf die Geschichte von Lyon. Er, unser Humanist: Man muß in der Vergangenheit das Mittel suchen, um die Gegenwart zu verstehen und die Zukunft vorzubereiten. Er hatte etwas Unerschrockenes in der Art seines Auftretens. Eine tiefe Sorge um das Wohl der Stadt. Er beschwor die Zeit des Ursprungs herauf, als zu der Zeit des Königs Minos von Kreta die größten Philosophen Griechenland verließen und nach Marseille gingen. Und von Marseille kommend, entlang der Rhône bis zur gallischen Insel gelangten, zwischen Rhône und Arar, die man später Saône nannte. Und dort, auf dem

Berge, die Akademie gründeten. So wurde Lyon durch die friedens- und weisheitsliebenden Philosophen erbaut. Er, Champier, erinnerte die wenigen Männer, die zu dieser Sitzung gekommen waren, einige Herren vom Adel, einige Meister, reiche Handwerker, die längst den Gesellen, vielen Fremden, von überallher Zugewanderten, ihre Werkstätten geöffnet hatten und nur noch Aufsicht übten oder sich von eigenen Aufsehern berichten ließen, wie ihre Leute, die Schlosser, die Schmiede, die Eisengießer, die Drucker, arbeiteten, Champier erinnerte die Versammelten an die bittere Zeit, als der Name des Flusses Arar verwandelt wurde in Saône, Sagona. Vergessen wir es nicht, a sanguine martyrium, vom Blut der Märtyrer gefärbt, vergessen wir nicht den zweiten Bischof von Lyon Hyreneus, der mit neunzehntausend für unsere heilige Kirche den Martertod erlitten hat. Und Champier, Arzt der Armen, selber nicht arm, konnte es sich an dieser höchst eindrucksvollen, aber dennoch erst einleitenden Stelle seiner Rede nicht versagen, auf eine für ihn bedeutsame Tatsache hinzuweisen: Engste und vertrauteste Berater des zweiten Bischofs von Lyon und Begleiter bis in seinen Tod waren zwei Ärzte gewesen. Würdige Männer, Teilhaber der Macht, entschiedene Gegner der ketzerischen Heiden und der heidnischen Ketzer. Wegbereiter der besonderen und erhebenden Hierarchie von Lyon, die ihren hohen Geistlichen die Vorschrift gab, sie sollten, auch die kleinsten Wege, nie zu Fuß gehen, um den Leuten, dem Pöbel, wie es in ihrer und Champiers Sprache hieß, Gelegenheit zu geben, zu ihnen aufzuschauen.

Eigenartige Augenblicke eines Redners, der auf eine Sache zusteuert, die ihm geläufig ist, der seine Sprache in der Gewalt hat und es sich darum erlauben kann, während des Wortschwalls anderes zu denken, die Augen in die Gesichter tauchen. Reden und träumen. Die Gesichter vor ihm verlieren ihre Umrisse, Daphne taucht auf, verschwindet, sie fügt sich hier nicht ein, und nicht an sie ist gerichtet, was er sorgend über das Geschick der Stadt ausbreitet.

Wieder ist ein Arzt in Lyon Teilhaber der Macht, sitzt zu Pferde, und wir sollen zu ihm aufschauen. In diesem Rausch über den Wohlklang der eigenen Rede ist der nicht arme Armenarzt sich bewußt, eine der sieben großen Sünden hat ihn ganz und gar überwältigt: der Neid.

Ja, es ist eine ungerechte Laune der regierenden Königin-Mutter, einen landfremden Arzt zum vertrautesten Berater zu erwählen. Als habe das Land nicht genug eigene gute Söhne. Dieses schreckliche Königswort: Denn das ist unser Pläsier, erlaubt alles, erklärt alles, entschuldigt alles. Ihre Lust an Männern, an Essen, an Bauen, an Jagen. Wenn sie da nicht Berater an ihrer Seite hat, die zu mäßigender Vernunft drängen, wird es nicht mehr lange so weitergehen, nicht in dieser Stadt, nicht in diesem Land.

Man muß es wissen – und weiß ein Landfremder das? –, immer noch, wie in den alten Zeiten Platos, ist es nötig, die guten Menschen und die schlechten zu kennen. Die guten in einer Stadt, in einem Land, das sind die Gehorsamen. Und die schlechten, das sind diejenigen, die voll Bosheit sind und voller Unzufriedenheit. Die Gehorsamen, die haben ihre Vorratskeller wohlgefüllt, aber die Boshaften, die Unzufriedenen, die nichts haben und nichts besitzen, die Lumpen, Strolche, Herumlungerer, die den Tag mit Schimpfen und Klagen verbringen, die sind eine Gefahr, für die Stadt und das Land. Man muß ausforschen, wo sie ihr Wesen treiben, man muß sie kennen. Kann ein Landfremder das? Wenn man von diesem Streich, kann man es ernsthaft anders als einen dummen

Streich nennen, hört, von dem Freilassen eines maulenden, unzufriedenen, schimpfenden, fast schon rebellierenden Druckergesellen, dann muß man doch an der Gerechtigkeit verzweifeln. Madame zum Gnadenakt zu bewegen mit der überaus fahrlässigen Bemerkung: Und braucht Lyon nicht seine Schwertschlucker? Nein, nein, nein, mein Freund Heinrich Cornelius Agrippa von Nettesheim, den ich bis vor kürzester Zeit noch sehr bewunderte, nein, ich glaube nicht, daß man eine Stadt oder ein Land erfolgreich regieren kann mit dem Überspielen der Justiz.

Champier, der nicht arme Armenarzt, redete, als säße der, durch den er, der Gerechte, der Gehorsame, nun in schwere Sünde gefallen, Champier, der von Neid nun nicht mehr freie, redete mit Feuer und Würde, als säße Agrippa vor ihm unter den Zuhörern:

Diese unsere Stadt Lyon vergleiche ich mit Jerusalem. Denn ebenso wie Jerusalem die Erste im Heiligen Land war, so ist Lyon in Gallien die Erste, Blühende gewesen. Und so wie Jerusalem durch den Friedenskönig Melchisedek, so wurde Lyon durch die Philosophen Athens, die Friedens- und Weisheitsliebenden, erbaut.

Aber so wie Jerusalem mehrere Male zerstört, so wurde auch Lyon im Lauf der Zeit heimgesucht, weil es am Gehorsam gegen die Obrigkeit mangelte, ja, weil die Obrigkeit selbst angezweifelt wurde. Ich habe Lyon mit Jerusalem aus gutem Grund verglichen, ich kann sagen, so wie von Jerusalem die würdigsten Männer und Frauen hervorgegangen sind, wie David, Salomon, Hesekiel, Jesaias und Jeremias, so gab es dort auch äußerst schlechte Menschen.

Er hielt sich hier in seiner Rede nicht mit der Aufzählung der Schlechten auf, später in seinem Buch über die Erziehung der Fürsten wird er diesen glücklichen und nützlichen Einfall ausführlicher darlegen, er steuerte seine Rede auch in der Erregung über den entfremdeten Freund, der nur in seinen Gedanken anwesend war, sehr sicher an den Untiefen vorbei, an dem, was in der Öffentlichkeit nicht ausgesprochen werden durfte, er erwähnte Madame Aloysia und Tochter Margarethe überhaupt nicht. Nichts von der Last, die seit Monaten über der Stadt lag, vom Hof und den Schranzen, den Vorbildern, die keine Vorbilder waren und dennoch von vielen zum Vorbild genommen wurden. Er sparte diesen Bereich in seiner weihevollen Ansprache aus.

Jerusalem und Lyon, und ich sage, so wie Lyon auch die besten Früchte hat reifen lassen, ich erinnere an die Märtyrer, deren Blut unserem Fluß seinen Namen gab, die Gehorsamsten der Gehorsamen, so brachte unsere Stadt auch die schlechtesten der schlechten Gallier hervor. Ich meine die Leute, die sich mit Stolz nannten: Pauperes de Lugduno, die Armen von Lyon. Waldenser. Die Vorläufer aller Unruhe, ja ich sage, Vorläufer des Antichrist.

Und weil der Atem der Verführer und Empörer noch immer nicht erstickt zu sein scheint, ja wie eine anstekkende Krankheit im verborgenen lauert und jederzeit sich aufblähen kann wie eine Pest, so ist aus diesem Grunde in der Stadt Lyon mehr als in irgendeiner anderen Stadt Frankreichs eine straffe Einhaltung der Ordnung durch Stadtpolizei und Justiz nicht nur wünschenswert, ich sage, dringend notwendig. Ich gebe zu bedenken, daß die Flüsse besser bewacht werden müssen, Tag und Nacht. Immer kam nach der Stadt Lyon der Feind übers Wasser, wenn die Justiz und die Stadtpolizei dort ruhten. Wissen wir, was die Fischer dort sagen und denken und vorbereiten? Und die Fremden, die vielleicht sogar in Übereinstimmung mit den Fischern bis ins Herz der Stadt eindringen können? Was ist mit den Wachen an der Brücke? Oft sind die Brücken verlassen, ohne jede Kontrolle. Und warum lassen wir die Mauern der Stadt verfallen? Man sage mir nicht, es sei kein öffentliches Geld dafür vorhanden. Man beobachte nur eine der vier Messen, was da an Gold und Silber in die Stadt fließt. Aber wir können uns ja nicht einmal über anständige Gehwege einigen. Die Stadt versinkt gleichzeitig im glänzendsten Überfluß und im Straßendreck.

Und im übrigen sage ich, die Stadt muß Ordnung halten in den Lebensmitteln, speziell muß die Stadtregierung auf das Getreide achten, wie ein guter Hausvater. Getreide für drei Jahre, jeder gewissenhafte Mensch denkt an diesen Vorrat, wir erwähnen nicht die Lumpen und Strolche, die nichts haben, ich habe es in Metz, für die Stadtväter hier setzte er hinzu, in Lothringen – erwähnte er die Stadt, in der Agrippa gesiegt hatte, weil er die Gedanken an diesen Mann nicht losbekam? –, ich habe es in Metz gesehen, die wohlhabenden Herren der Stadt haben mir ihre Getreideböden vorgeführt. Und jedes Jahr erneuern sie einen Teil, sie verkaufen das alte Getreide, um zwar immer Proviant zu haben, aber kein altes, verdorbenes Korn.

Und er fand den schönen eleganten Bogen, der Anfang und Ende seiner Rede vor den Stadträten sinnvoll zusammenführte, das Getreide. Die Vorsorge, Vorrat zu schaffen, trug ja auch in sich das immer wieder ergreifende Gleichnis der sichtbaren Trennung, der deutlichen Unterscheidung zwischen gut und schlecht. Weizen und Unkraut, denn es ist heute wie in den Zeiten Platos wichtig, lebenswichtig, die Guten und die Schlechten zu kennen. Der Mensch, das Weizenkorn. Der Mensch, das Unkraut. Bedeutsame Zweiteilung. Der

Gehorsame. Der Unzufriedene. Und hebt beschwörend beide Hände: Das Unkraut darf Lyon nicht überwuchern, nicht vom Land her und nicht vom Wasser, sie, unsere leuchtende Stadt, muß von uns vor allen fremden Einflüssen, weltlichen und geistlichen, bewahrt werden. Und er schloß ab mit einem bemerkenswerten, sehr starken Satz, der, gerade da er von keinem Theologen kam, seine Wirkung auf die wackren Versammelten nicht verfehlte: »Die Kirche von Lyon ist unveränderlich.«

Als einige der wohlhabenden Meister, die angesehensten der Stadt, ihn umringten, sich bedankten für die wertvollen Hinweise, ja, endlich sei es ausgesprochen, nicht nur Ausbessern der Brücken, sondern auch Überwachen, nicht nur Straßen pflastern, nicht nur äußere Sauberkeit, sondern auch innere Sauberkeit sei notwendige Wohltat, und sichere Vorräte schaffen, lange noch werde man sich an diese Rede erinnern, als ihm die Hände entgegengehalten wurden und er sie gewissenhaft drückte, da gewann er ihre Herzen vollends mit einem kleinen Geschichtchen, das seine eigene Person ins geziemende Licht der Bescheidenheit rückte. Und die Gnade des Lachens über sich selbst gewährte. »Sie wissen, meine Liebe gilt der Geschichte, ich eifere unerreichbaren Vorbildern nach. Als Mediziner und als Redner. Von Plato erfahren wir, dereinst lebte ein berühmter Arzt, auch Chirurg, Herodikos aus Leontini. Der hatte als Bruder einen ebenso berühmten Rhetoriker. Gorgias. Zu widerspenstigen Patienten nahm der Arzt den Rhetoriker mit, zu Leuten, die sich nicht operieren lassen wollten, die sich weigerten, Medizin einzunehmen. Mit Hilfe von Gorgias wurden dann die Kranken ihres Willens durch die Kunst der Überredung beraubt.« Und Champier vergaß nicht hinzuzufügen: »Ich glaube, jeder Arzt braucht seinen kleinen Gorgias. Noch besser ist es, wenn er beides in einer Person vereint.« Schönes Lachen allseitiger Zufriedenheit.

57

Unverschämtes Glück. Die Gefängniswächter stießen den Gefangenen ins Licht. Andere Aufpasser im Schloßhof griffen ihn. Die einen unterstanden dem General Robert de la Marck, die anderen gehörten zum Schranzenhaufen unserer allergnädigsten Madame. Diese Männer, die weder lesen noch schreiben konnten, hatten untereinander ihre besondere Sprache. Sie brauchten für nichts mehr in ihrem Leben zu sorgen, sie hatten ausgesuchtes Essen, Geld genügend für das Bedürfnis, das sie Liebe nannten, und für Würfelspiele. Sie waren in ihrer Art schön, weil sie ausgeruht ihren nicht anstrengenden Tageslauf nehmen konnten. Auch diese Töchter wohnten im Leib von Lyon, Damen, die das glatte Fleisch der Wächter und Aufpasser vor allem anderen, das die Stadt bieten konnte, bevorzugten. Nicht ohne das genaue Rechnen, über den fleischlichen Genuß auch an die besseren Fleischtöpfe zu gelangen. So hatten sie über einen kleinen, beachtlichen Umweg Zugang zu den königlichen Vorratskammern. Eine sichere Anlage. Nicht ohne Verachtung schauten sie herab auf die anderen, von denen sie wußten, die waren den Wechselfällen der vier Jahreszeiten, den Handelsmessen ausgeliefert. Wieviel uneingelöste Versprechungen. Reisende. Durchreisende. Fremde. Ausländer. Manche sogar von anderer Hautfarbe. Lieber, so dachten jene, die sich den Aufpassern verschrieben hatten, ein ständiges dünnes Rinnsal an Ausgesuchtem, statt ein-, zwei- oder, ja bitte, auch viermal ein starker, aber unsicherer Zufluß. Es gab strenge, ungeschriebene Gesetze, es war schwer, fast unmöglich, einfach zu wechseln. Zu springen. Auch sie hatten ihre Sprache. Und redeten mit wehmütigem Pathos vom harten Leben der freien Wildbahn.

Die rundum zufriedenen Gefängniswärter sagten also in ihrem kurzen, abgehackten Ton über den Gefangenen hinweg zueinander: »Unverschämtes Glück gehabt.«

Pierre, der gute Geselle, mit dem sie nicht redeten, weil er für sie auf der untersten Stufe des Lebens stand, ein Verächtlicher war, begriff sofort, wie ihr Benehmen sich geändert hatte. Zwar redeten sie über ihn hinweg. Aber sie schlugen ihn nicht.

Und er wußte, die Frau, die jetzt allein auf den Hof herunter gekommen war, unauffällig gekleidet, um ihn in Augenschein zu nehmen, war sie. Madame Aloysia. Da es ihm nicht gesagt wurde, verneigte er sich nicht, blieb regungslos stehen, als sie nahe an ihn herantrat.

»Wissen Sie«, redete sie ihn mit der im beginnenden Alter hoch und schrill gewordenen Stimme an, »wissen Sie, daß Herr Heinrich Cornelius Agrippa von Nettesheim es mit Ihrer Braut hat?«

Es war widerlich, vor allem der hohe Ton, es drang tief ein, verletzend. Schweigen. Und nicht zeigen, wie der Schlag traf. Schweigen. Und nicht die Lippen zusammenpressen. Keine Bewegung zeigen. Ihre Gnade ist nicht das Leben. Das Leben ist mehr, es läßt sich nicht herabwürdigen zu einem Geschenk von ihr. Sie können mich totschlagen, Madame, aber nicht verletzen, weil Sie keine Kraft haben. Und keine Gewalt. Mögen Sie sich auf die Berge setzen und auf die Hügel, mögen Sie sich mit Wassern umschließen und mit Aufpassern und Wächtern umstellen, es entfernt Sie vom Leben. Mögen auf Ihren Befehl jede Stunde die Glocken läuten für schützende Engel, mögen eifrige Mönche Tag um Tag pausenlos für Ihr Wohlergehen beten, auch diese feierlichen Zeremonien, Ihnen gewidmet, sind nicht das Leben. Und mögen Sie, noch satt, sich schon wieder zur Tafel setzen, sich aus gutem Weizen zu Schwänen geformtes Gebäck für die Suppe reichen lassen, mögen Sie glauben, in dem Augenblick, da Musik angeht, für Sie, zur Unterhaltung beim Speisen, Bläser, soviel Sie wollen, mögen Sie glauben, da im Genuß und in der Hingabe an die Ihnen freudig dargebrachten Töne haben Sie das Leben, nein, Madame, auch das ist das Leben nicht. Die Summe Ihrer Gewohnheiten führt Sie weit weg vom Wissen.

Sie sind unsicher.

Und wollen meine Liebe zu einer Frau lächerlich machen. Sie wollen kleinliche Gefühlsausbrüche von mir vorgeführt bekommen. Aber, wer nicht weiß, was das Leben ist, weiß auch nicht, was Liebe ist.

Doch nicht das: ans Knie fassen und weiter hinaufgleiten, aber Madame. Auch nicht das Eintauchen der Augen. Schon gar nicht die hinschmelzend nur leise ausgesprochenen und an eine einzige gerichteten Worte: Du bist die schönste der Schönen. Auch nicht das sehnsuchtsvolle Ausbreiten der Arme. Das sind, entschuldigen Sie, Madame, Übungen. Die jeder Mensch üben kann.

Es ist nicht das Offenbaren der Leiber. Was zählt, ist das Offenbaren der Gedanken. Und übereinstimmen. Und immer Neues öffnen, sich der Zustimmung immer neu vergewissern. Natürlich als Mann und Frau, Madame, Ihnen, weil Sie nichts verstehen, möchte ich das ausdrücklich versichern. Glauben Sie, ich habe gejubelt, als Nanon mir sagte, Bruder, der du kein Bruder von mir bist, siehe, ich muß dich verlassen? Für Sie, Madame, bricht dann eine Welt zusammen. Wenn das Ziel das Fleisch ist. Und der Besitz des Fleisches. Wir sind nicht so bescheiden.

Unser Leben, weil Sie es nicht verstehen, weil Sie unsicher sind, wird von Ihnen gezeichnet. Auf Ihren Befehl wird uns glühendes Eisen an die Stirn gesetzt. So sind wir die Gebrandmarkten. So können Sie uns erkennen. Aber wir wissen auch so voneinander. Wir haben die Erinnerung, die übereinstimmende, die Sie auch durch Verschweigen nicht töten können. Erinnerung an Simon Caboche, Anführer des großen Aufstands der Armut von Paris vor über hundert Jahren. Ein Fleischer von Beruf. Wir wissen, wie für kurze Zeit die Unvermögenden wenigstens das Recht einer regelmäßigen Mahlzeit hatten. Ihre Erinnerung ist anders als unsere. Sie nennen die Namen der Reichen und der ihnen verbundenen Scholastiker der Sorbonne, die mit ihrem Geld, die mit ihrem bezahlten Wort dem Versuch, Gerechtigkeit auch für Unvermögende zu haben, ein grausames, blutiges Ende bereiteten. Wir erinnern uns an die Geschichte von Guillaume Cale, der die aufständischen Bauern in der Jacquerie anführte, der Boten aussandte, um Verbündete zu finden, der die Schlacht von Clermont vorbereitete und in einen Hinterhalt fiel, vor fast zweihundert Jahren. Wir haben ein Lied vom unvergessenen Guillaume Cale gemacht, wie er den Verrätern in die Hände fiel. Ein Bauer von Beruf. Sie, Madame, nennen den Bauern, da der dann doch geschlagen war, noch immer Jacques Bonhomme, der gute Jacques, der dumme Jacques, ja? Wir aber gedenken in unserem Lied der Bauern mit den weißen Mützen. Das war ihr Erkennungszeichen. Erst trugen sie die weißen Mützen, um sich von den Landräubern zu unterscheiden, dann aber setzten sie die weißen Mützen auf, wenn sie im Aufruhr waren gegen die Räuber anderer Größe, die Fürsten, die Reichen. Und ihre Steuereinnehmer.

Wir haben nicht nur die Lieder der Unseren vor hundert oder zweihundert Jahren. Heute, und das ist Ihre Unsicherheit, Madame, ob Sie auf dem Berge sitzen und auf den Hügeln, umgeben von Wassern und von Aufpassern und Wächtern, heute sind uns Vorbilder gegeben, wir brauchen nicht aufzuschauen, sie sind nicht über uns, sie sind neben uns. Unser Leben. Unsere Kraft. Unsere Liebe. Beim Namen Pierre Leclerc, Wollkämmerer von Beruf, lächeln wir uns zu, ein unverletzliches Lächeln, da haben Sie keinen Zugang, Madame, Sie nicht und nicht die Ihresgleichen.

Und er antwortete nicht auf ihre Frage, ob er wisse, daß Herr Heinrich Cornelius Agrippa von Nettesheim es mit seiner Braut habe. Er hatte dieses leise Lächeln in seinem Gesicht, das von der Überlegenheit herrührt. Unverschämtes Glück, hatten die Aufpasser gesagt. Madame wollte, daß Pierre, Drucker von Beruf, jetzt sofort auf der Stelle vor ihren Augen seine Kunst, von der Herr Henri gesprochen, beweise. Man brachte ein Schwert. Unverschämtes Glück?

Da machte er den Gaukler vor ihr, den Spaßmacher, den Unterhalter, der einem das Gruseln beibringen konnte. Vor ihren Augen. Ja. Es wurde nicht seine Erniedrigung, obwohl alles darauf angelegt war, ihn zu erniedrigen, zu demütigen, obwohl ihm erklärt wurde, seinen Beruf als Druckergeselle habe er verwirkt, er sei längst ausgestoßen aus dieser Gemeinschaft, der Druckerherr habe das ausdrücklich bestätigt, obwohl ihm nicht ohne das Gönnerhafte mitgeteilt wurde, wenn er sich wirklich als Schwertschlucker bewähre, gäbe es die Möglichkeit, daß unsere allergnädigste Madame die Konzession für das gauklerische Gewerbe in Güte erwägen könnte. Es wurde nicht seine Erniedrigung vor der auf ein lebensgefährliches Unglück Begierigen, die da hoffte, Agrippa wird am Ende doch die Fähigkeiten des Druckers als Schwertschlucker überschätzt haben.

Man muß schon dabeigewesen sein, es war, als lebe der Vater noch einmal, der König der Schwertschlucker, wie jetzt Pierre mit höchster Vollendung, trotz seiner Schwäche, mit der atemberaubenden leichten, ja verspielten Eleganz, das Schwert durch den Schlund hineinfahren ließ in die Tiefe seines Leibes. Er machte aus dieser Vorführung keine heitere, an Zauberkunststückchen erinnernde Stunde zum Gelächter für die Zuschauer. Die Art, wie er mit dem Schwert umging, dem Zeichen so eigentlich ihrer Macht – der auf dem Rabenhügel Wohnenden –, hatte etwas unvergleichlich Männliches an sich. Die Verkörperung der Furchtlosigkeit.

Für ihn war das nichts Außergewöhnliches. Er hatte das von Kind auf geübt und konnte es. Vielleicht nur einen Atemzug lang kam ein noch nie gekanntes Gefühl über ihn. Schleifen lassen und verbluten, selber das Ende setzen, denn aus diesem Hof gab es kein Entkommen. Und ein Leben lang nie wieder die Kunst des Druckens handhaben? Verbot für ihn im ganzen Königreich. Die Gedankenschwäche verging, Überlegungen, wie er sie von sich kannte, nüchtern, selbstbewußt, kamen: Iß nicht alles, was du gewinnst, während du gewinnst, wenn du etwas zu essen haben willst, wenn du mehr gewinnen wirst. Und, noch immer den Kopf weit nach hinten gelegt, die Augen geöffnet, tröstete er sich selbst, wenn er denn eines Trostes bedurfte: Es gibt keine noch so schöne Rose, die nicht Hagebutte wird. Also ist für ihn die Zeit der Rosen vorbei, die arbeitsame Welt verschlossen, unter seinen Händen soll nicht mehr weißes Papier aufgeweckt werden zu dem Wunderwerk

Buch. – Und sie haben ja nicht einmal seine Zutat zum Predigtbuch des Herrn Joli entdeckt. Der stille Triumph aus seiner Zeit der Rosen wird sein Leben lang für ihn bleiben. Und die erheiternde Überlegung, daß da und dort von einem schläfrigen Prediger seine Worte unter die erstaunte Gemeinde geworfen werden. – Er, unser Pierre, führt seine Übung zu graziösem Ende, verbeugt sich nun doch, schon Gaukler mit Konzession, richtet sich auf, hat seine Zeit der Hagebutte auf sich genommen. Und wird um die Frucht dieses Lebens kämpfen. Gut, soll es von nun an heißen: Pierre, Schwertschlucker von Beruf. Und er wird sich teuer verkaufen. Brot für Nanon und Brot für den Vater von Nanon. Für sich selbst auch.

Und für ihre Kinder.

Er wird in Lyon bleiben. Wird Unterhalter sein für die Zugereisten und die Einheimischen, zu den vier Jahreszeiten der Messen. Und er wird auch, wenn es die Notwendigkeit erfordert, dann und wann die Stadt verlassen. Er wird in Dörfern und auf Gütern seine neue Berufskunst vorführen. Und vorher, zur langen, langsamen Vorbereitung auf das Ereignis des Schwertschluckens, seine Lieder singen. Vom Bauern Guillaume Cale, vom Fleischer Simon Caboche, vom Vergangenen. Von Pierre Leclerc, dem Wollkämmerer, vom Gegenwärtigen. Und weiß: In der Zukunft wird die Kette der Gesänge von den sonst Ungenannten, Männern und Frauen, die sich erhoben gegen die Besitzer der Rabenhügel in aller Welt, als klangvolles Glied Pierre, den Schwertschlucker von Lyon, mit sich tragen.

Wer das Herz und die Seele, also das Bewegende, also die Kraft, ernsthaft verstehen will, ohne die billige Versenkung in Mystisches und Magisches, der verlasse die Rabenhügel. Und vertraue auf die Unüberwindlichkeit der Hagebutte.

Er, Henri, wollte es nicht, daß Pierre erfuhr, wie sein Wort das Verlies geöffnet. Es war nicht so, daß der große Gelehrte sich nun in stiller Freude über den Erfolg zurückzog von Nanon und dem Vater, der seine Hoffnung auf Mandragora gesetzt. Er verlor die Übersicht über seine Zeit. Wohin er auch geriet, er geriet an Mittelmäßige. An Leute, die in diesen Sommertagen sich mit nichts anderem beschäftigten als mit der Vorbereitung des großen bewegenden Festes zur Erinnerung an die Leiden und an den endlichen Triumph des heiligen Symphorianus. Ein Glanzpunkt unter allen Feiertagen. Stadt und Land von Lyon waren sich einig in der Verehrung dieses Mannes. Ja, die Freude sollte dieses Jahr so weit gehen, daß Unten und Oben sich zusammenfinden werden. Auf ausdrücklichen Wunsch der Königin-Mutter. An diesem Tage wollte sie, mit dem gesamten Hof, auch mit der Tochter Margarethe, aus ihrem hohen Sitz weggehen, hinunter in die Stadt. Mit großer Begleitung auf die Insel zwischen Fluß und Strom. Zur Kirche. Auf der Höhe des Jahres, wenn es ernteschwer dem frühen Herbst sich zuneigt. Fest auch der geborgenen Früchte. Das Korn. Der erste Wein.

Für diese wenigen Stunden wurden Monate der Vorbereitung verwendet. Der Weg – zu Pferde – hinunter vom Berg, über die Brücke. Die Stadtviertel wurden von den Wächtern langsamen Schrittes durchmessen, der Weg, er sollte nicht der kürzeste sein, um vielem Volk Gelegenheit zu geben, den Hohen zu huldigen, der Weg durfte aber auch nicht an den gefährlichen Plätzen vorbei führen, wo, wie sie es zusammenfassend nannten, das Gelichter sich zu treffen pflegte.

Da es nun die regierende Königin-Mutter war, die mit

ihrem gesamten Hofstaat unten in der Stadt feiern wollte, mußte die Bedeutung des Festes der Würde des gesamten Königreiches entsprechen. Es gab, und das beschäftigte eben tatsächlich alle Schranzen, Pläne, Abordnungen aus allen Provinzen unseres Mutterlandes vor Beginn des Gottesdienstes an Madame vorüberziehen zu lassen.

Es war der an Büchern, aber auch an Musik stets anteilnehmende General Robert de la Marck, begeisterter Fanfarenbläser, man wußte die Geschichte von ihm, wie er eine schon fast verloren geglaubte Bataille allein durch seine kraftvollen Fanfarenrufe doch noch gerettet hatte, viele nannten ihn daher auch den Erfinder der hellen, hohen Töne, die mit langem Atem, die Luft vom Bauche her kommend, in einer gewissen ergreifenden Vibration über eine Weile gehalten wurden, es war also der Bücher- und Musikfreund Robert de la Marck, der den begeisternden Vorschlag brachte, Fanfarenbläser, Trommelschläger und Flötisten nebst Hornisten sollen eingeladen werden.

Die Eingebung aus der Reihe der einhundertundzwanzig Sekretäre, auch Köche aus allen Provinzen heranzuholen, mit ihren bemerkenswertesten Spezialitäten, scheiterte am Einspruch des höchsten Kochs Apicius, der dieses Vorhaben nicht nur als eine persönliche Beleidigung ansah, sondern auch meinte, es sei für jeden Lyonesen eine Kränkung, denn die Küche Lyons sei der Inbegriff der Kochkunst, und es möge ihm keineswegs als Lästerung ausgelegt werden, wenn er ein Gebot auch dafür angewendet sehen möchte: Du sollst haben keine anderen Götter neben mir.

Schon jetzt wurde geworben, Quartier einzurichten für etwa fünftausend Bläser, für unsere unvergleichlichen Hornisten aus dem Bordelais, gefeiert als Söhne des Stückes Erde, das den nie und nirgendwo nachzumachenden Bordeauxwein in seinen einhundertundzwanzig Spielarten trägt. Quartier für die Trommelschläger aus der Gascogne, von den Römern schon als der Kornspeicher der Gallier bezeichnet. Es gab niemanden unter den Vorbereitern des Festes, der auch nur einmal ernsthaft hingehört hätte, als schon in der Zeit der zweiten Jahresmesse zugereiste Gäste besorgt über den ausgebliebenen Regen sprachen. Das Korn war nicht recht auf dem Halm gewachsen. Schon früh im Jahr war das zarte Grün der jungen Halme durch eine übermäßig lange Trockenheit gelb geworden. Aber auf die Trommelschläger wollen wir nicht verzichten. Rechtzeitig mußten die Basken eingeladen werden. Man sollte es besser ihnen überlassen, was sie an Instrumenten mitbringen wollten. Sie hatten sich im Heringsfang gegen die andrängenden Fischer anderer Länder bisher recht gut behaupten können. Und was wäre der Tisch dort oben auf dem Rabenhügel ohne die Krebse. Auch Paris durfte nicht vergessen werden. Ja gut, es ist einzusehen. Allein die Einladungen: Languedoc, Auvergne, Bresse, Franche Comté, la Bourgogne, also von der Normandie bis zur Provence, vom Elsaß bis zur Bretagne. Es war notwendig.

Und hatte beginnen wollen, nach seinen Vorstellungen Madame zu lenken. Zu regieren. Ach, Henri. Ihm schien, niemand, aber auch niemand mehr dachte an das Gemeinwohl. Vielleicht auch war der Sinn für diesen Begriff verlorengegangen.

Es war eine wirkliche Freude, eine erleichternde Freude, daß Champier, wie in den alten Tagen vor seiner Reise zum Herzog von Bourbon, sich unvermutet bei ihm einfand, ja sogar bis zu ihm hinunterstieg in den Experimentierkeller.

Ernsteste Sorge trieb unseren Armenarzt Champier. Er habe, so erklärte er ohne Umstände, letztlich, leider Gottes, bei der Versammlung der Stadträte, möglicherweise aus Scheu vor der Öffentlichkeit, eine, so scheine es ihm nun doch, unverzeihliche Unterlassung begangen. Er habe nicht alles erwähnt, was er wisse. Er habe zu allgemein, eben als begeisterter Humanist gesprochen, er habe zu hart nebeneinandergesetzt alte Zeit und unsere Zeit, zu hart nur arm gegen reich. Die Armen insgesamt verurteilt. Er wolle hier doch unterschieden sehen, auch und gerade bei den Armen: die Unzufriedenen und die Demütigen. Er hätte es gern, wenn Freund Agrippa, da er doch das Ohr derer auf dem Rabenhügel habe, berichtigend, zu guter Gelegenheit sagen könnte, man wisse es doch allgemein, daß gerade Champier für die Armen alles tut, für die geduldigen Armen, die liebe er. Das mitleidige Herz wendet sich denen zu, die auf der Straße vor Hunger sterben. Das sei das eine, mehr ganz persönlicher Natur. Aber das andere sei weitaus gewichtiger, da habe er im Fluge der Rede zwar nicht versagt, doch, wie schon angedeutet, begreiflicherweise aus einer gewissen Scheu, nicht offen genug gesprochen. Man wisse in der Stadt sehr genau, daß eine Mißernte sich anbahne. Die Trockenheit. Aber die Väter der Stadt tun nichts. Die Stadt hat keine Vorräte. Ein Ring deutscher Kaufleute, um einen Augsburger herum gebildet – aber den guten Cleberg zählen wir nicht dazu, wir wissen, er hat eine Teilnahme strikt abgelehnt –, dieser Ring des Augsburgers spekuliert mit dem Hunger. Überall pachten diese Leute Lagerhäuser. Sie haben überall die Vorjahrsvorräte aufgekauft, lassen den Weizen wagenweise, ich sage, wagenweise, hereinfahren in die Stadt, auch von unserer Geistlichkeit haben sie Unterstützung, insofern wenigstens, als daß die Geistlichkeit ihnen die Lagerhäuser zur Pacht überläßt.

Diese Leute, gemeinsam, halten das Getreide zurück. Sie warten auf den Mangel. Und erhöhen die Preise. Aber wo können die Bäcker ihr Mehl kaufen? Dafür müßte die Stadt sorgen. Bei einigen der Herren Stadträte habe er schon auf seine mahnenden Worte wenig Verständnis gefunden. Sie meinten, der gute Kaufmann Cleberg wird leihen, wenn man nicht weiß, woher Geld nehmen. Aber was, habe ich diese Herren gefragt, wir haben doch Kenntnis, Cleberg verlangt 20 % Zinsen, er ist Kaufmann und kein Wohltäter. In dieser Lage müsse es ein Einsehen, nein ein Eingreifen seitens des königlichen Hofes geben. Es bedürfe einer gewissen Überzeugungskraft, da das Unglück sich erst abzeichne. Es sei noch nicht da. Aber es könne, wenn Verantwortung walte, abgewendet werden. Die Gefahr käme nicht so sehr von den geduldig Hungernden, die in Demut, wie der Herr am Kreuz es vorgelebt hat, den Kopf neigen und sterben. Gefahr bringen die unzufriedenen Armen, die nicht bereit sind zu hungern. Zu verhungern. Beschwören Sie, Freund Agrippa, die Königin-Mutter. Verweisen Sie auf die Bibel. Auf die sieben fetten Jahre, denen die sieben mageren folgen sollten. Und wie Pharao Vorsorge traf.

59

Welches Argument könnte nun noch durchkommen? Sie, unsere allerhöchste Madame Aloysia, gab zur Antwort, und es standen Zeugen dabei, Leute, die man fragen kann und die es bestätigen werden, sie sagte allen Ernstes, nicht einmal in einem Anflug von Leichtsinn oder gar Unklugheit, nein, sie erklärte es voller heiliger

Überzeugung: Ich bin eine christliche Frau. Pharao war ein Heide.

Er, Henri, Erster Leibarzt der Königin-Mutter, war nicht unterrichtet worden: Der große Zauberer aus Deutschland ist angekommen. Aber er wurde nun auf das höflichste eingeladen, beim Empfang heute nachmittag und bei einer voraussichtlichen Vorführprobe zugegen zu sein. Der Name des Zauberers: Doktor Johannes Faust.

Es traf ihn tief, und es läßt sich nicht verwischen, im ersten Ärger schrieb er, der die Bäuerin vorm Feuer gerettet, in sein Buch, das auch in gewisser Weise manches Mal Trost gab, weil er nichts in sich hineinzuschlucken brauchte, er schrieb über das Zaubern. Allgemein. Ein Zauberer sei liederlichen Gemüts, ein ungeschickter betrügerischer Künstler der alten Magie, es wäre besser, ihn gleich zu verbrennen, er beeindrucke die *Unerfahrenen und Einfältigen, die nichts studiert haben.*

Aber ist er selber denn so sicher? Muß man sich nicht überlegen, ob nicht doch ein Stück Wahrheit in den sogenannten Engelbüchern sein kann? Man muß es ergründen, man muß zweifeln. Man muß fragen. Man muß es wissen: *Warum suchen die Zauberer nur immer die Hilfe der bösen Geister. Es ist sicher, die guten Geister erscheinen nicht. Sie warten auf Gottes Befehl und haben mit niemandem anderen Gemeinschaft als mit denen, die ein heiliges Leben führen.* So sagt die Überlieferung. Aber wo denn sind heute die Menschen, die ein heiliges Leben führen?

Die bösen Geister aber präsentieren sich leichter, lassen sich gern anrufen, sie lügen, sie sind immer zum Betrug da, sie lassen sich anbeten. Und weil die Frauen neugieriger und nicht vorsichtig und zum Aberglauben geneigt sind, weil sie sich leichter fangen lassen, meintest du das nicht auch, lieber verehrter Freund Champier? Jetzt sind wir hier auf dem Rabenhügel ja auch schon eingefangen von der Erwartung auf den großen deutschen Zauberer, es wäre ein Erinnern an die Spekulationen der Kaufleute vom Augsburger Ring ohne jede Aussicht auf Erfolg, nun also haben wir uns der allerschwärzesten Magie zuzuwenden. Weil die Frauen sich leichter fangen lassen, *so präsentieren sich die bösen Geister bei ihnen schneller und machen bei ihnen die großen Wunderwerke.*

War es sinnvoll, sich lustig zu machen über die Königin-Mutter? Sie wird es nicht lesen, was er da schreibt. Voraussichtlich nicht. Er verachtet sie. Ja, er verachtet sie, weil sie diesen deutschen Zauberer gerufen hat.

Von dem Augenblick an bereitete er sich auf eine Gegenüberstellung vor.

Ach, und er weiß es schon im voraus, wie er die Damen vom Rabenhügel kennt, sie werden dem Doktor Faust applaudieren, wenn er sein allergewöhnlichstes, aber immer wieder höchst wirksames Stücklein zeigen wird: Wenn der die Geister der Toten rufen und wenn er sie reden lassen wird.

Ja, das war ein großer Empfang, der für Doktor Johannes Faust bereitet wurde, und er bestätigte all das, was die Leute vom Schloß hören wollten, von den guten Engeln, die trotz des fragwürdigen Ortes um sie seien, denn im Grunde schon von alters her – wer es wollte, nahm aus dem Unbestimmten für sich die Erinnerung an die Armen um Petrus Waldus – sei der Ort Lyon verflucht, böse Dämonen breiten sich aus, Schlangen kommen aus dem Wasser. Die Geister der Abgestorbenen werden das zu gegebener Zeit bestätigen. Wie lange noch will man denn auf Paris verzichten?

In Wirklichkeit war es kleinliche Angst, die ihn bewegte. Er, der große Zauberer, war mächtig und stolz über die Brücke geritten in seinem schwerer Mantel aus Brokat, reichlich mit Pelz besetzt. Da hatten die Bettler ihn angehalten, hatten ihn an den heiligen Martin erinnert, der seinen Mantel freiwillig geteilt habe. Die Bettler von der Brücke hatten nichts berührt, weder sein Pferd noch seinen Mantel. Nichts. Sie standen nur da und hielten ihn mit ihren Worten auf. Er hatte es nicht vermocht, die elenden Gestalten zu verscheuchen und seinem Pferd den Schlag zu geben: weiter. Angst lähmte ihn. Eine Angst, die er noch nie gespürt hatte, die Angst vor denen mit den hungrigen Augen. Und er fühlte eine so niederziehende Unsicherheit, ja Todesangst, daß er freiwillig seinen Mantel ablegte, vom Pferd warf und inständig bat: »Laßt mich durch, ich werde erwartet. Auf dem Schloß.« Ihm erschien es besonders unheimlich, daß sie seinen Mantel schweigend nahmen. Einen kurzen Augenblick hatte er geglaubt, sie würden vor Freude schreien. Und schweigend bildeten sie eine Gasse für ihn und sein Pferd. Von nun an hing ihre Verachtung schwerer an ihm als der verlorene Mantel.

Viele Regeln haben die alten Magier hinterlassen und große Bücher. *Aber der größte Teil aller Zeremonien besteht in der Erhaltung der Reinlichkeit. Zuerst zwar des Gemütes, danach aber auch des Leibes und was dazu gehört: Haut, Kleidung, Wohnung, Geräte, Opfer.*

Nun kam in seine, Agrippas, Stadt ein anderer einher, hochfahrend, behauptete, mit Hilfe der Kabbala Wunder wirken zu können. Nicht Theophrast von Hohenheim, genannt Paracelsus, mit dem man ein Gelächter hätte anheben können über die Unerfahrenen auf dem Rabenhügel.

Seine, Agrippas, Aufgabe wird es sein – und sei es in einem öffentlichen Gespräch –, zu erklären, was Kabbala ist, und den Glauben an eine Möglichkeit, mit Hilfe der Kabbala Wunder zu wirken, zu zerstören.

Der erfolggewohnte, hochgewachsene Johannes Faust mit seinem sorgsam frisierten Bart schaut herunter auf den so viel kleineren Agrippa. Das macht schon etwas aus. Das beeinflußt die Zuhörer. Dadurch kommt die schöne Haltung zustande, der Größere belehrt den Kleineren. »Aber Sie, verehrter Heinrich Cornelius, haben doch selbst in Ihrer so gewissenhaften Arbeit über die Magie sich auf die geheimen, wunderbaren Erkenntnisse der Kabbala berufen. Geben Sie zu, es ist unsere Ungeschicklichkeit, wenn es uns nicht gelingt, die Zeichen und Wunder zu tun, die Moses getan hat.« Und er sprach, der große deutsche Zauberer, wie ein Prediger, es war ergreifend und schön. Selbst mit seinem unvollkommenen Französisch brachte er doch allein durch die Art seiner Vortragskunst eine starke Wirkung, insbesondere bei den Damen, hervor. Jedoch auch bei den Generalen.

»Moses hat eine Rute in eine Schlange verwandelt, Wasser in Blut. Er hat den Ägyptern Frösche, Fliegen, Läuse, Heuschrecken, Käfer, Feuer mit Hagel und allerhand Krankheiten zugeschickt. Alle erste Geburt, vom Menschen an bis aufs Vieh, getötet. Seinem Heer das Meer aufgetan, Wasser aus den Felsen und Wachteln vom Himmel hergebracht. Das bittre Wasser süß gemacht. Er hat die Stolzen mit Feuer und die Murrenden mit Aussatz geschlagen. Er hat die Bösen mit einer schnellen Niederlage, andere mit Verschwinden im Erdenschlund gestraft. Er hat das Volk mit himmlischer Speise geweidet, die giftigen Schlangen versöhnt, unzählig viele Leute von Krankheit geheilt. Ihre Kleider hat er nicht verkommen lassen, und er ist der Überwinder aller seiner Feinde geworden. Warum sollten wir das in unseren Tagen nicht zuwege bringen? Sind unsere Herrschenden weniger von Gott erleuchtet? Haben wir, die Weisen, ein geringeres Wissen?«

Das hier ist kein Prozeß mit Verordnungen und Regeln, an die man sich halten kann, die man für sich ausnutzen kann. Es ist nicht gut möglich, den gelehrten Herrn Doktor Johannes Faust wegen Unwissenheit aus dem Saal zu stoßen, wie damals den Ankläger Savini, den Inquisitor, den Dunkelmann.

Aber er, Henri, weiß, es geht auf eine andere Art um Leben und Tod. Nicht direkt und nicht sofort. Nicht für ihn und nicht für Faust. Es geht um Leben und Tod der Wissenschaften.

Es war ein Sieg damals zur Zeit des Reuchlin, die Kabbala mit den anderen Schriften der Juden vorm Verbrennen gerettet zu haben. Und in den Büchern zu forschen.

In den Büchern forschen und etwas Brauchbares finden. Oder nichts Brauchbares finden. Etwas, das man kennt und liebt, überwinden. Nicht Mißbrauch treiben mit der Wissenschaft. Und nicht mit der Vorgabe, es sei Wissenschaft, die Unerfahrenen ermuntern, etwa so: Wir werden Ihren Sohn mit Hilfe kabbalistischer Kunst aus der spanischen Gefangenschaft befreien. Wir werden ihnen Frösche, Fliegen, Läuse, Heuschrecken, Käfer, Feuer mit Hagel, Blitz und Wolken und Feuersäulen schicken. Ach, und sicher wird am Ende dieses Empfangs der große deutsche Zauberer es fertigbringen, die Stimme des heiligen Ludwigs, des Begründers der Sorbonne, ertönen zu lassen. Einige Damen werden in Ohnmacht fallen. Er, Henri, Erster Leibarzt, wird Beschäftigung bekommen.

Aber jetzt, zum Vortrag des anderen schweigen, bedeutet sich selbst aufgeben. Jetzt dazwischenrufen: Ich zweifle. Dann müßte er auch bekennen, aber doch zweifle ich nicht, ich habe über alles mit vieler Arbeit lange nachgegrübelt. Die Kabbala ist ein vielfältig zusammengesetztes Werk voller Aberglauben. Aber ich bin mit meinen Arbeiten noch nicht zu Ende. Ich weiß den Weg zu so vielen Geheimnissen des Himmels und der Erde noch nicht. Er sagte es, sprach aus, was er gedacht, und erntete Gelächter. Denn da stand schon der große deutsche Zauberer bereit, hatte die berühmte Tafel, auf die er nie verzichten konnte, herbeitragen lassen und begann unbeirrt seine Arbeit. Zeichnete ein die heiligen Buchstaben, setzte Figuren, Linien und Spitzen der Elemente, Punkte und Akzente mit schöner, geheimnisvoller Leichtigkeit.

Und gegen die Figuren auf der Tafel, dagegen noch anschreien? Er konnte nicht schweigen, er konnte sich nicht verstellen. Er unterbrach, laut: »Das ist *ein Spiel von Müßiggängern*, die sich um die Buchstaben, die Punkte, die Zahlen kümmern. Das ist nach dem Wesen der hebräischen Schrift leicht. Er kann Ihnen doch jetzt sagen, was er will. Sie haben ihn gefragt, was tut unser unglücklicher König in diesem Augenblick in der Gefangenschaft? Und er wird Ihnen antworten, er schreibt ein Gedicht. Er wird Ihnen mit einigem Glück sogar auch die Hauptgedanken aus dem Gedicht sagen können: Einsamkeit und Trauer. Wer weiß das nicht, daß einer, der gefangen ist, einsam und traurig sein muß. Ein Zauberer wird mit keinem Punkt, mit keinem Buchstaben und mit keiner Zahl den Gefangenen freibekommen. Er irrt wie ein Blinder in den Tag hinein. Und er wird auch nicht einen Toten auferwecken können.«

Da schrie Madame Aloysia auf, ein kleiner, spitzer Schrei. Er, Henri, redete darüber hinweg: »Das sind Geheimnisse, die werden nicht geschrieben. Und sie können auch nicht geschrieben werden.«

Aber der große Gelehrte Doktor Johannes Faust hatte den Schrei der Königin-Mutter gehört, eilte zu ihr hin, stützte sie, sagte: »Seien Sie ganz ruhig, Ihr Sohn lebt,

Aus einer medizinischen Handschrift des 6. Jh., Hirsche befreien sich von Pfeilen durch Äsen von Dictamum, Federzeichnung aus dem 13. Jh.

natürlich lebt er noch, der königliche Gefangene. Ich weiß das sehr sicher.« Und vermischte das eine mit dem anderen, griff das Mißverständnis begierig auf.

Die Margarethe aller Margarethen, noch einmal zog sie die Aufmerksamkeit aller auf sich, sonst schweigende Teilnehmerin an Veranstaltungen, bei denen ihre Anwesenheit unumgänglich war, Margarethe sagte unerwartet: »Der Herr Leibarzt meint, Tote kann man nicht reden lassen, etwa den großen Salomo oder unseren heiligen Ludwig. Wir alle wissen, Franz lebt.«

Auch über diesen, ihm hilfreichen Einwand redete Agrippa hinweg: »Jetzt werden Sie das hier alles erleben, diese Meisterstücke, die sich Magie nennen, die Kunst der Verblendung und der Gaukelei. Sie werden es nicht glauben wollen, daß es Betrug ist. Sie wollen ja nun erleben, wie Sie durch Bezauberung und teuflische Sprüche, durch Räucherei und Dämpfe, durch Lichter und Verblendungen, Tränke, Salben, Binden, durch Ringe, Bilder, Spiegel und andere zu dieser Kunst geschickten Instrumente zum Träumen veranlaßt werden.

Ach Gott, ja doch, wie werden Sie staunen über die Geschicklichkeit der schnellen Hände. Da wird Ihnen ein Stück dieser *schäbigen Kunst* vorgemacht werden, wie es jeder hergelaufene Landstreicher kann. Sie werden glauben, vor Ihren Augen ist ein wunderbarer Tisch gedeckt mit Hasen und Hummer und Honig, und dann, wenn Sie zugreifen wollen, ist alles weg. Sie werden es erleben, wie Ihnen Menschen plötzlich wie Esel, Pferde oder Affen erscheinen *nur durch Verblendung der Augen.* Aber es ist keine Wahrheit. Es ist eine Einbildung. *Denn mit dieser Kunst wird nichts erschaffen.* Es wird nur der Anschein erweckt, da sei etwas erschaffen worden. Aber es ist nichts. Es ist ein Gemisch von Astrologie und *abergläubiger Medizin. Aber es bringt Gewinn, es bringt Ehre. Es ist nicht die Wahrheit der Wissenschaft.* Und wer sich rühmt, er kann das, aus diesen Zahlen, Buchstaben, Punkten, Zeichen Wunder wecken, der soll wissen, daß er zum ewigen Feuer verdammt ist.«

Das war eindrucksvoll und stark, das Heraufbeschwören des ewigen Feuers. Nur er allein hatte die kleine Korrektur seiner Gedanken, seiner angreiferischen Gedanken, wahrnehmen können. Sein Umbiegen der Aufzeichnungen, da war vom irdischen Feuer die Rede. Es ergab sich, daß den Klang der Selbstironie, das Anrufen und das gleichzeitige Infragestellen des Fegefeuers, die Tochter der Königin-Mutter, die Margarethe aller Margarethen, verstand, sie fühlte sich bestätigt. Sie hatte mit ihrem lieben Bischof Briçonnet oft über das Fegefeuer gestritten. Er, erst Schützer derer von Meaux, dann ihr ärgster Feind, hatte nach öffentlichem Zweifel über das Fegefeuer und nachdem Menschen wie der Wollkämmerer Pierre Leclerc größeren Anhang gewonnen, unter anderem auch mit dem Argument, das Fegefeuer sei nur eine Erfindung der Besitzenden, um die Besitzlosen in demütiger Angst zu halten, der liebe Briçonnet hatte dann öffentlich und ganz entschieden den rückwendenden Schritt getan und mit der ganzen Macht seiner Persönlichkeit das Vorhandensein des Fegefeuers bejaht. Margarethe gab das Signal, etwas Ungewöhnliches geschah, die Mehrzahl der Damen klatschte. Die Damen im engen Kreis um Madame Aloysia richteten sich streng nach der Königin-Mutter, sie bewegten sich nicht. Abgesehen von dem Auf- und Niederklappen der Augenlider und einem Wippen der Füße je nach Alter und Temperament.

Da holt der gelehrte Doktor Johannes Faust ganz leicht, eben doch ein echter Gaukler, aus dem Schatzkasten seiner Erinnerung ein nützliches Stück heraus.

»Heinrich Cornelius«, sagt er, »du hast in deinen jungen Jahren drei Bücher geschrieben, du hast sie tituliert ›De occulta Philosophia oder von der verborgenen Weisheit‹. Alles, was alle Zauberer heute von der Magie wissen, haben sie von dir. Du hast eine gute und handliche Zusammenfassung gegeben. Und wenn einer ins ewige Feuer muß, so stelle ich mich gern dem Urteil der hier versammelten Damen und Herren, wer von uns beiden es eher verdient.«

Zu spät. Das Gelächter ist da. Du wirst ausgelacht. Es sähe billig aus, jetzt zu versichern, ich habe dazugelernt. Du bist zum Angriff vorwärts gerannt und hast nicht aufgepaßt, du hättest das selber erwähnen können, dann wäre es erledigt gewesen. Aber war es nicht ganz anders, du hast mit dir selber gekämpft, du hast in die beifällige Zufriedenheit derer vom Rabenhügel deine Unzufriedenheit geworfen, die Unzufriedenheit mit dir selbst. Du hast dich ganz und gar vor ihnen geöffnet. Du hast ihnen den Sinn deines Strebens genannt: Die Wahrheit der Wissenschaft zu erschaffen. Du hast dem anderen die Gelegenheit zu so einem lächerlichen Sieg gegeben. Denn natürlich hat er nun gesiegt. Die Damen umringen ihn, schmachtend, wie er das so gewöhnt ist. Die Margarethe aller Margarethen ist gegangen. Schweigend.

»Achtung, meine Damen! Jetzo werden Sie Ludwig den Heiligen zu hören bekommen! Sind wir alle bereit? Meine Damen! Und meine Herren! Sind unsere Seelen empfänglich? Löschen Sie bitte die Lichter! Bis auf eines!«

Du bleibst, du gehst, was machst du, Henri? Das ist nun unerheblich, denn hier herrscht der große Zauberer. Im Halbdunkel. Das ist seine Stunde und nicht deine Stunde.

Ah, da ist er gerade dabei, Goldstücke aus der Luft zu

greifen. Aus den Nasen, aus den Kleidern der Anwesenden, ohne auch nur eine der Damen unziemlich zu berühren. Er hat die ganze Gesellschaft in Bewegung gebracht. Es ist ihm sogar gelungen, aus dem sehr geehrten Mund unserer Königin-Mutter selbst einen Frosch zu ziehen, einen Frosch, den er nun auf dem Tisch herumhüpfen läßt.

Diese da wollen nicht nachdenken über den Ursprung der natürlichen Dinge. Sie wollen die leichten Wunder. Diese mit den hüpfenden Fröschen und den klingenden Goldstücken werden der Wissenschaft immer im Wege stehen. Sie haben kein Verständnis für deine Überlegungen vom Ursprung: Thales Milesius meinte, aus dem Wasser sei alles entstanden. Sein Zuhörer und Nachfolger Anaximander sagte, der Ursprung der natürlichen Dinge sei unendlich. Dessen Schüler aber, Anaximenes, behauptete, der Ursprung sei die Luft. Hipparchus sagte, das Feuer. Anaxagoras hat festgestellt, da sind unzählige Ursprünge, kleine und geteilte Stücke, die mußten später in eine gewisse Ordnung gebracht werden. Xenophanes hat gemeint, alles sei ein und dasselbe, der Änderung nicht unterworfen. Parmenides sagt, es ist das Kalte und das Warme. Demokrit, das Volle und das Leere. Pythagoras, die Zahl ist aller Sachen Anfang und Ursprung. Agrigentinus, der Streit und die Freundschaft der vier Elemente. Epikur, die Atome im leeren Raum, die Stäublein in der Sonne.

Neuere reden vom Bewegten. Durch Bewegen seien Form und Materie gezwungen, zufällig. *Was aber ist Beweger des Bewegten?* Dafür werden die Damen heute nicht mehr zu haben sein, für die großen, weltbewegenden Fragen. Gerade rühmt sich der zauberische Gast, er habe den Kaiserlichen Siege verschafft, den Habsburgischen. Er macht sie glauben, da er ihrer Einladung nach Lyon gefolgt ist, er könnte nun auch ihre Waffen, die Waffen des Königreichs, glückbringend verzaubern.

Jetzt unterhält der Doktor Johannes Faust die Damen mit seinen Reisebeschreibungen. Ein Flügelroß stellt er ihnen vor, in Worten zumindest. Ein kluges Flügelroß habe ihn durch die Lüfte getragen, bei jeder Stadt, die sie überflogen, habe das Roß ihm die Besonderheiten dort unten erklärt. Nach Prag sei er geflogen. Aber er hat nichts anderes gesehen als den königlichen Hof. Und die Zwischenfrage einer Dame kann er ganz genau beantworten, was sie dort für Tapeten hatten. Auch in Krakau hat es ihm die königliche Wohnung angetan. Und über den Wein weiß er viel und über Fischessen.

Und zu dem Türken hat es ihn gezogen. Zum Großtürken, jawohl. Gern war er dort zu Gast. Sah Macht, Gewalt, Pracht und Hofhaltung. Und hatte für den Großtürken eine neue Sensation erdacht: Um den Festsaal herum ließ er einen Feuerstrom laufen, den jeder löschen wollte. Dann: Er verzauberte den Großtürken zu einer solchen Starre, daß der es nicht vermochte, aufzustehen, und niemand konnte ihn wegtragen.

Erwartungsvoll schauten die Damen, hofften, er würde dieses Zauberkunststück auch an ihnen probieren. Der wirklich faszinierende Zauberer sah in ihre lüsternen Augen und erzählte, nicht unmännlich, nicht ohne eine gewisse Eitelkeit, wie er das ganz bestimmte, das Schloß mit allen Frauen des Großtürken sechs Tage lang bewohnt hatte. Sechs lange Tage hatte er es eingehüllt in einen dichten, undurchdringlichen Nebel. Niemand konnte heran, niemand konnte hereinschauen. Sechs Tage lang, und sechs Nächte auch, war er allein bei den Schönen. Jedoch in seiner Bescheidenheit, die seine Überheblichkeit nicht ganz verdecken konnte, erzählte nicht er, wie es gewesen. Er gab es wieder mit den Worten der Schönen. Der Großtürke habe gefragt, ob er auch eine gute Probe gegeben und ob es menschlich zugegangen. Da antworteten die Schönen: Ja, er hätte seine Probe meisterlich bewiesen, eine genaue Zahl wollten sie nicht verraten.

Ja, da wünscht man sich wohl den großen Nebel her, den sechs Tage währenden Nebel um Haus und Hof und Schloß. Da ist er ja, der Mann, nach dem sie sich sehnten. Stark und unterhaltsam, erprobt in allen Proben, ein bißchen grausam, aber ungeheuer geheimnisvoll. Da hat er den Schlüssel zu den Herzen der Frauen, die sich sonst langweilen. Sie halten einen regelrechten Feiertag für ihn, den erstaunlichen Zauberer.

Das war kein Neid. Eine andere Überlegung quälte ihn, Henri, erschreckte ihn: Dieser da, das hätte ich auch sein können. Der ist nur einen Schritt anders gegangen als ich. Er hat das Forschen aufgegeben. Er widmet sich der Unterhaltung. Es wird kein Gespräch mehr möglich sein mit ihm über die Vielfalt der Welt. Und über die Wahrheit der Wissenschaften. Der zauberische Gast ist zu stolz auf seine Erfolge in den königlichen Schlössern. Es treibt ihn zu den Zufriedenen. Zu denen, die nicht fragen, wie ist das mit der Welt. Stimmt das, was Plato sagt, sie wird nie vergehen. Oder was Epikur sagt, sie wird vergehen. Oder Demokrit, sie ist einmal geschaffen und muß auch einmal untergehen und kommt niemals wieder. Der deutsche Zauberer sitzt hochgeehrt am Tisch der Zufriedenen, es geht nicht, ihn jetzt zu fragen, warum bist du ausgewichen auf das Flügelpferd. Willst du nicht mehr forschen, eigene Erkenntnisse schaffen. Willst du nicht mehr ergründen, woher die Erdbeben kommen. Bist du so weit zurückgegangen und hältst es so wie die Uralten in Rom: *Wenn sie gehört hatten, daß ein Erdbeben gewesen, haben sie einen Feiertag gehalten. Aber sie wußten nicht, welchen unter den Göttern sie ehren sollten, weil sie nicht klären konnten, wer unter ihren Göttern diese Kraft hatte.* Bist du, Flügelpferdreiter, jetzt so weit, daß du dich begnügst, Festlichkeiten zu begehen, feierst du für und mit Madame Aloysia, unserer allergnädigsten Regentin vom Rabenhügel, das erhebende Fest: Wir wissen nichts, also hören wir nicht auf zu feiern.

60

Und wir beschwören euch bei dem unbekannten gläsernen Meer. Da war das unbekannte, gläserne Meer geboren, das abgrundtiefe, aus dem alles Erwartete und Unerwartete kommen würde. Das war das wirkungsvolle Ungenaue, das schöne Verschwimmen. Die Augen der Verzauberten blickten leer, nun waren sie bereitet, bereit, alles zu glauben. Eine Nebelkrähe wurde in den großen Raum gebracht, mit kleinen Bleikügelchen die Füßchen beschwert. So hockte sie, matt flügelschlagend, auf dem runden Tisch, um den die Erwartungsvollen sich geschart hatten. »Das ist«, so sagte Doktor Faust, »die Präexistenz von mir. So war ich zu der Zeit, als Adam und Eva von Gott geschaffen wurden. Als Zeuge in dieser Vogelgestalt zugegen. Das ist aber auch gleichzeitig meine jetzige Gestalt, in der ich überall zugegen sein kann. Auch über meinen Tod hinaus. Wann immer und wo immer, Monsieurs, Dames, Sie die Nebelkrähe erblicken, den schicksalsträchtigen Vogel, dann und dort sehen Sie mich. Die Nebelkrähe, das Symbol des schlechthinnigen Lebens.« Während sie noch so vergeistigt schauten, auch das unerfreuliche und unerfreulich gesetzte Wort schlechthinnig störte sie nicht auf, war der Zauberer verschwunden. Nur der bleibeschwerte

Vogel hockte noch auf dem Tisch, den Schnabel ein wenig geöffnet. Aber tonlos.

Die Vorführung war beendet.

Nein, ich schicke euch keine Nebelkrähe, ich lasse euch auch nicht im lauwarmen, gläsernen abgrundtiefen Meer verschwimmen. Ich schreibe über euch und für euch auch, ja, eine Querele. Nur diese Bezeichnung trifft es genau: Ich schreibe eine Klage als Ausdruck meines Schmerzes. Und als Beschwerde.

Früher hatten gelehrte und gebildete Männer an den Höfen der Kaiser und Könige die ersten Stellen inne. Ihre Nachfolger von heute sind gewisse gichtkranke, dicke, geldgierige Leute, denen jeder Sinn für Wahrheit und Gesittung fehlt. So wie es im Sprichwort heißt, die Nichtsnutze sind den Nichtsnutzen recht, so finden wir an den Königshöfen einen Haufen zerlumpter Pfründner, gefräßiger Schmarotzer, Schürzenjäger. Wir finden maskierte Fledermäuse, purpurgeschmückte Glücksjäger, schleppentragende Almosenjäger, sechzigjährige Knaben, aber weise und ernste Männer sehen wir nur sehr wenige. Wenn etwa zufällig begabte Männer am Hof auftauchen, die mit ihrer Klugheit und Erfahrung dem Staat dienlich sein könnten, die schicken sie, damit sie nur ja nicht zu Einfluß gelangen, scheinbar aus reinem Wohlwollen in ferne Länder oder setzen sie zum Lohn ihrer Tapferkeit noch schwereren Gefahren aus, damit der Hof von der lästigen Gegenwart dieser Leute befreit wird. Damit sie selbst für die Klügsten gelten, weil sie eben niemand unter sich dulden, der klüger ist als sie. Die Wissenschaften stehen so niedrig im Kurs, daß sie nicht nur keine Förderung, sondern geradezu Verhöhnung erfahren. Auch ist es an den Königshöfen weit vorteilhafter, das Handwerk eines Kochs oder Jägers oder Flötenspielers oder Kneipwirts oder Schmarotzers oder Tänzers zu betreiben als das eines Gelehrten. So sehr macht Wissen verhaßt, während Unwissenheit die beste Empfehlung ist.

Nichts ist daher, meiner Meinung nach, heutzutage seliger, als nichts zu wissen. Nichts sicherer, als nichts zu lehren, da man ja doch in diesen Zeiten beinahe nichts schreiben kann, was nicht bei irgend jemand Anstoß errege. Die aber nichts lehren oder sich über die niedrigste Geistesstufe nicht erheben, die sind aller Furcht und allen Gefahren enthoben: Denn das Kleine kann keine große Schwäche erleben, und wer tief unten liegt, stürzt niemals hoch herab. Wer also nach Erhabenem strebt, scheint sein eigenes Unglück zu wollen. Den Fröschen ist der Sumpf, den Säuen der Schlamm, den Fledermäusen die Dunkelheit ebenso lieb und gewährt ihnen ein sichereres Vergnügen als den Tauben die hohen Dächer und den Adlern die strahlende Sonne. Daher gesteht, aufgezeichnet in den Geschichten des Lucian, Pythagoras, er habe, nachdem er im Kreislauf seiner Wandlungen durch alle Arten von Zwei- und Vierfüßlern hindurchgegangen, als Frosch ein viel schöneres Leben gehabt denn als Philosoph. Und wiederholt seinen Schmerz und seine Beschwerde, seine Erfahrungen vom Rabenhügel: *Diese lucianische Geschichte scheint mir in unsere Zeit zu passen, da Nichtswissen und Nichtslehren und sich in nichts vom Vieh unterscheiden, das Seligste und Sicherste ist. Das gefällt auch den Großen am Hofe, die Lumpen, weil sie ihresgleichen sind, mit Gunstbezeigungen überhäufen, am besten.*

Und legt das schmerzliche Klagelied zur Veröffentlichung bereit. Er wird einen Drucker finden müssen. Las es noch einmal. Fand es kunstlos. Aber der Wahrheit entsprechend. Was ich geschrieben habe, habe ich geschrieben. Er wird nicht ein Wort ändern. Es wird dieser und jener kommen und sagen, aber Agrippa, du hast ja aus einer gekränkten Seele heraus, aus einem Gefühlsüberschwang geschrieben. Schade.

Und Henri dachte nach über die Möglichkeiten des Wortes. Er wußte es sehr gut, die Querele war kein Meisterstück. Sie hatte den Ton des Unsachlichen. Sie können ihm nachsagen: Da weint er sich nun aus, weil er nicht zum Zuge kommt mit dem Regieren, wie er es sich vorgestellt. Hatte nicht Champier etwas gesagt, das jetzt aus der Erinnerung heraufkam? Die Aufforderung Gottes an seinen Heiligen: Antonius, ich will sehen, wie du kämpfen kannst.

Wie?

Das Wort muß treffen. Zutreffen.

Vor den Augen der Genehmhalter und Inquisitoren wird er, Henri, die wahre Kunst der Magie heraufbeschwören: mit dem Wort. Eine Übung für eine Rede. Declamatio. Über den Umgang mit den Wissenschaften. Anders. Über die Eitelkeit und Unsicherheit der Wissenschaften. Und Künste. Und hinzugesetzt: und über den Vorzug der Worte Gottes.

Declamatio. *Eine Declamatio urteilt nicht, dogmatisiert nicht, sondern wie das so in der Art einer Declamatio liegt, sagt sie manches im Scherz, manches im Ernst, manches drückt sie nicht ganz richtig aus, manches zu streng. Bald spricht sie in meinem Sinne, bald im Sinne eines anderen. Manches stellt sie als wahr, manches als falsch, manches als zweifelhaft hin. Da disputiert sie, dort mahnt sie, nicht überall mißbilligt oder lehrt oder behauptet sie und verrät auch nicht überall meine innerste Herzensüberzeugung. Bringt viele hinfällige Beweisgründe bei, damit auch etwas da ist, was der Gegner widerlegen oder richtigstellen kann.*

Allen Ernstes etwas behaupten. *Wer nichts weiß, der hat das glücklichste Leben*, und doch dabei bleiben: *Nichts ist so verborgen, daß es nicht erforscht werden kann.*

So begann er in diesem Sommer seine verstreuten, täglichen Aufzeichnungen in das System seiner Übungen für eine Rede einzuordnen. Damit er auf diesem Rabenhügel nicht bei lebendigem Leibe – ohne Gegenwehr – begraben werde.

Und Nanon? Es gab niemanden in der Stadt, der von dem Mann mit dem Flügelpferd unberührt geblieben wäre. Seine Geschichten machten in der Stadt die Runde, die Wellen seines lauwarmen, unbekannten, gläsernen Meeres schwappten hinein in die schmalen Gassen. Nanon fand es unglaublich schön, sich das Schloß des Großtürken im Nebel vorzustellen. Die sechs Schöpfungstage. Ein Wink mit seiner Hand, und die Speisen stehen da. Ein anderer Wink, was nicht gebraucht wird, trägt irgend jemand weg. Um die Reste braucht man sich nicht zu kümmern. Essen. Schlafen. Plaudern. Auch Fliegen. Auf dem Flügelpferd.

»Was willst du, Pierre, schau mich nicht so streng an.«

»Du verliebst dich so schnell. Ist dein Agrippa vergessen?«

»Das verstehst du nicht, Pierre, mein Bruder. Ich liebe nicht den Mann, den gräßlichen, mit seinem unappetitlich weißgrauen Bart. Ich liebe die Möglichkeiten, die man mit dem großen Zauberer hätte. Er verwischt die Grenzen. Er macht sich unsichtbar. Und ich könnte unsichtbar werden an seiner Seite und überall mit ihm hinkommen, an die königlichen Tische.«

»Heimlich, ungesehen, sich verstecken, Schnippchen schlagen. So sind meine Träume nicht. Wenn ich in das Schloß komme, werde ich nicht unsichtbar die Speisen von ihrem Tisch stehlen, sie sollen mich sehen, wenn ich fordere: Wir wollen das essen, was Sie essen.«

»Ach, du bist ein Spaßverderber, du hast keinen Sinn für die überwirklichen Kräfte eines Mannes. Ist das nicht herrlich, wie er ungesehen bis an die Tafel des Papstes kommt, hinter ihm steht und sich vom Teller nimmt, was für den Heiligen Vater gedacht war. Da stehst du drei Tage lang, ungesehen im großen Saal, kannst machen, was du willst, lachen, essen, trinken, aber sie kriegen dich nicht. Sag, was du willst, mich macht es glücklich, wenn ich solche Geschichten höre. Frag doch in der Stadt. Als er einzog, konnten sie ihn nicht leiden. Aber jetzt, allein durch das, was über ihn erzählt wird, fühlt man sich selber ein bißchen verwandelt. Stark, groß und unsichtbar.«

»Also betäubt und schwach.«

»Ach, du – Schwertschlucker. Du verwirrst die Leute auch ganz schön. Du läßt sie zittern. Und sie haben Angst um dein Leben, wenn sie dir zusehen. Glaubst du, das macht sie stark?«

Meine Geschichten sind anders, du weißt es, Nanon, dir brauche ich sie nicht zu wiederholen. Aber ich muß dir ins Gedächtnis rufen, warum gerade jetzt der große Zauberer seine charmanten Abenteuer beim Großtürken unter die Leute bringen soll. Unterm Geläut der Türkenglocke, auf die unsere gütigen Geistlichen nicht verzichten wollen, muß die Angst vor dem Türken ein wenig doch wohl gewandelt werden. Das Bild vom bösen Türken etwas mit Zauberflitter berieseln. Um auch sicher zu sein vor jeder Unruhe.

»Ach Pierre, Geliebter, geht es nicht ein einziges Mal ohne deine Vernunft. Alles erklären. Alles in Zusammenhänge setzen?«

Alles in Zusammenhänge setzen.

62

August. Triumph des heiligen Symphorianus. Es trübte die Festfreude nicht, daß die Bläser nicht gekommen. Aus Paris war gar keine Antwort angelangt. Die Barone des Nordens hatten darauf verwiesen, daß bei ihnen die Arbeiten an der dieses Jahr ohnehin spärlichen Ernte noch nicht abgeschlossen seien, sie könnten keine Bauern als Bläser entbehren. Aber eine große Anzahl Geistlicher aus allen Provinzen hatte sich eingefunden, sie werden mit ihren Lobgesängen nicht nur ein würdiger Ersatz für die Bläser sein, sie werden sich auch durch eine bessere Disziplin auszeichnen. Sie werden dem Heiligen eine vollkommenere Achtung entgegenbringen als die Bauern.

Die Geschichte vom großen, vom heiligen Symphorianus: Das war vor langer, langer Zeit im Süden Frankreichs gewesen, in einer Stadt, nach Augustus genannt. Da hatten die Bewohner des Südens Frankreichs und Untertanen des römischen Kaisers, und also auch Anhänger seiner Götter und Göttinnen, den vorgeschriebenen Tanz und Gesang um Kybele, die große Ernährerin, die Mutter der fruchtbaren Erde, veranstaltet, Lieder auf die Beschützerin der Felder gesungen. Weizen und Wein als Opfer gebracht und Bilder der herrlichen, guten Kybele durch die Straßen getragen, das Lieblingsbild mit dem Löwen zu ihren Füßen.

Und es waren genug Leute gewesen, die, selber kniend, sorgsam darauf achteten, ob auch jeder, an dem das Bild vorübergetragen wurde, sich zum Anbeten beugte. Nun aber, wie jeder weiß: Symphorianus nicht. Er wurde vor den Rat der Stadt geführt, sein Name, Stand und Glauben wurde ausgeforscht, er wurde ordnungsgemäß unterrichtet, daß er Kybele beleidigt habe, die kaiserliche Vorschrift wurde genau eingehalten, ihm wurde angeboten, er könne die versäumte Verehrung nachholen. Es ist bekannt, daß Symphorianus sich standhaft weigerte und von einem ordentlichen Richter zum, wie es hieß, Schwert verurteilt wurde. Überliefert war das erstaunliche Wort seiner Mutter, die ihn bis zum Ende, bis draußen vor die Tore begleitete: Vita non tollitur, sed mutatur. Das Leben wird nicht vernichtet, sondern verändert. Du wirst das Leben nicht verlieren, sondern dasselbe in ein besseres verändern. Der enge und harte Weg, durch den man dich führt, bringt dir zwar nichts als Pein und Marter, aber eben durch diese Pein und Marter wirst du über deine Peiniger siegen. Darum lasse alle Angst fahren. Gerade jetzt darfst du den Mut nicht sinken lassen.

Weizen und Wein nun als Opfergabe für den heiligen Symphorianus, Sohn einer französischen Mutter, Überwinder einer fremden Göttin, die man über das Meer oder über die Berge gebracht hatte. Ewiger Weizen, ewiger Wein, August, Erntezeit. Tänze, Flöten und Pauken der Einheimischen, die Reliquien des Heiligen dreimal um die Kirche getragen. Und dann werden an den Altar die Früchte gebracht, damit der standhafte Heilige, der Märtyrer, durch die Hand des Priesters die ersten Früchte und damit alle Früchte segne.

Es hieß, die Königin-Mutter schätze besonders die Prediger vom Fest des großen Symphorianus. Erst daran, wie der die Worte der Mutter auslege, berücksichtige und unterstreiche, könne man die Güte eines Predigers ermessen. Sie saß ja da, stellvertretend für ihren Sohn, für diesen Gefangenen. Und für viele in der Kirche, für die Fischer, die Schuster, die Eisengießer, die Seilmacher, für die vielen Leute, die stets die einfachen genannt wurden, die in den engen Gassen wohnten, war jetzt, am heutigen Tage, sie, Aloysia, zur Mutter des Symphorianus geworden. Sie, Mutter der fruchtbaren Erde, Beschützerin der Felder. Wein und Weizen für sie. Für sie, die auch einen Märtyrer zum Sohn hatte.

Genug Stoff für eine schöne, aufbauende, erhebende Predigt. Man durfte gespannt sein.

Der große Orden der Dominikaner, auch genannt Predigtherren, hatte das Vorrecht und den Vorzug, aus seinen Reihen einen Mann für das hohe Amt auszuersehen, für das hohe Amt, an diesem Tag nicht nur Glanz und Herrlichkeit des Ordens, sondern auch Übereinstimmung mit allen, mit dem Königshaus, mit den Humanisten, mit den Bürgern und Handwerkern und Bauern, zu bekunden. Aber auch Eintracht mit dem anderen mächtigen Orden, der Cordeliers, der Franziskaner, Träger der weißen Stricke.

Man erinnerte sich in den Kreisen des Rabenhügels noch mit besonderer Genugtuung an die Predigt des vergangenen Jahres, in der ein Bruder namens Blasius seine Worte so gesetzt hatte, daß nicht nur die – eigens zu diesem Tag von Paris hergereiste – Königin-Mutter, nein, auch das Volk im Schiff der Kirche vor Rührung deutlich wahrnehmbar mit den Tränen zu kämpfen hatte. Sicherlich, auch Bruder Blasius hatte Weizen und Wein gepriesen, aber mehr noch hatte er die glückselige Gewißheit des Weiterlebens nach dem Tode herausgestellt und war lange bei dem Gedanken geblieben, wie der Tod alle, arm und reich, oben und unten, gleichermaßen ereile, wie aber das tröstende Wort der Mutter stärker gewesen sei als die Angst. Kraft seines Predigtamtes hatte Bruder Blasius in diesem Augenblick unser aller Königin-Mutter Aloysia auch den Bedrückten und Bedrängten und Bedrohten unten im Schiff so nahe gerückt, daß sie sich beseligt und geborgen fühlten. An diese starke Predigt dachten heute alle.

Man war vor einem Jahr aus der Kühle der Kirche in den heißen Augusttag hinausgetreten mit Heiterkeit. Endlich schien die Schranke zwischen oben und unten gefallen.

Zum Erstaunen und zur Befriedigung aller hatte draußen auf dem nicht sehr großen Platz Madame Aloysia angefangen zu tanzen. Sie alle hatten unter dem Rausch der Worte des Bruders Blasius gestanden, der Tanz hatte nur einen kleinen Augenblick gedauert, vielleicht so lange wie ein oder zwei Vaterunser. Es war dies der langsame Tanz gewesen, bei dem man sich nicht vom Platz entfernt. Das Aufsetzen ihrer Füße war nicht sichtbar gewesen, unter langem Kleid, aber das Drehen des Leibes, aus den Hüften heraus, im genau abgezirkelten Rhythmus, den sie alle kannten. Sie hatte selbstvergessen dagestanden, mit geschlossenen Augen, es war die winzige Pause des Übergangs zum schnellen Drehen, es war fast wie der erfüllte Wunsch: So nah ist die Obrigkeit, von Herz zu Herzen, und wenn jetzt der schnelle Rhythmus einsetzt, das Drehen, wird sie dich aus dem zuschauenden Kreis herausholen, mich wird sie auffordern, einfach den Mann, nicht das Amt, nicht die Zunft, und während du dich mit ihr drehst – die anderen klatschen und stampfen dazu den Takt –, kannst du ihr alles sagen, wie einer Mutter, wie einer Geliebten, wie einer Freundin, wie einer Göttin. Sie stößt niemanden zurück.

Zauberkünstler? Bruder Blasius. Das war in Erinnerung geblieben. Wer damals nicht dabeigewesen, dem wurde es spätestens jetzt erzählt, auch unserem Henri. Als Erster Leibarzt bekam er im großen, alle umfassenden Schiff der Kirche seinen Platz bei den Bevorzugten.

Jean weiß, alles sieht auf ihn, sein Prior mit dem weißen Haar, die Königin-Mutter Aloysia, die Margarethe aller Margarethen, die Generäle, die Leibärzte, die Kaufleute, die einhundertundzwanzig Sekretäre, auch unten im Schiff die vielen, deren Namen nicht in den Gedichten der Hofpoeten verzeichnet werden. Einzelne Gesichter sind ihm vertraut.

Er steht neben dem Altar. Sehr allein. Und er hat entschieden, wie das Fest verlaufen wird. Es ist nichts mehr rückgängig zu machen. Er kann von seinem Platz nicht wegeilen und seinen Schülern noch ein letztes Halt zurufen. Und wie er beginnt, wie er in schlichten Worten die Legende vom frommen, ungebrochenen Symphorianus und seiner Mutter erzählt, wie er seine dunkle Stimme tief aus dem Inneren herausholt, weiß er, er ist ein guter Prediger. Er sieht Tränen in den Augen seiner Zuhörer. Und es ist seine ganze vertraute Welt: arm und reich im Schiff der Kirche vereint zu seinen Füßen.

Und Königin-Mutter Aloysia lächelt, sie ist zufrieden mit dem Prediger. Ihr Beichtvater. Und schließt die Augen und schwimmt im Klang seiner Stimme, ohne auf die Worte zu achten. Es schwingt etwas Festes und Trauriges zugleich in seinem Ton, und sie ist begierig, aus seinem Munde ihr Lob zu hören, wenn er die Mutter des Symphorianus preisen wird, preisen muß. Sie sitzt wie verklärt: Ich will satt werden von deiner Stimme.

Der Prior, weißhaarig, sah, wie das Genüßliche sich in ihren Mundwinkeln einnistete, und er erschrak. Wie weit ist sie mit ihm oder er mit ihr? Er vermißt die Auslegung, kein Wort, keine eigene Erfindung über die Mutter. Fast schroff, nach dem nicht kunstlosen Herer-zählen der Legende, streckt Jean den Zeigefinger und weist auf die Früchte, die herangetragen werden. Wie alljährlich, der gewohnte Segen.

Und segnet den Weizen. Und segnet den Wein.

Und beschwört die Fruchtbarkeit der Erde mit mächtiger Stimme.

Und zeigt nur mit seinem Zeigefinger auf die Schüsseln. Fülle der Körner. Fülle der blauen und gelben Trauben.

Die im Raum sind ergriffen von der großen Geste,

und obwohl nichts Außergewöhnliches geschehen ist, liegt ein Schweigen über der Menge, das Schweigen starker Anteilnahme.

Vielleicht wird sich in diesem Augenblick nur der Arzt und Humanist Symphorien Champier bewußt, welche Kühnheit es war, den Weizen und Wein mit dieser Geste zu segnen, mit dem ausgestreckten Zeigefinger, dem Zeichen, das nur Johannes dem Täufer in der Wüste gehörte: der langgestreckte Zeigefinger, in dem etwas von der Unsterblichkeit des Gottessohnes wohnte, der Finger, den man nicht verbrennen und nicht vertilgen konnte. Alles verschloß sich in dem nicht armen Armenarzt. Eine neue Spitzfindigkeit eines Dominikaners, Lyon als eine Wüste zu bezeichnen, eine neue Mode. Sie haben einen Jean herausgefunden, Asket mit der wirren Haar- und Barttracht, wie man den großen Heiligen Johannes da und dort auf Bildern zu sehen bekommt, neuerdings. Eine Modeerscheinung.

Aber auch Maria Genoveva spürt, da ist etwas nicht in Ordnung, nicht mit dem Weizen, nicht mit dem Wein. Es ist die geläufige Formel, doch es sind nicht die drei Finger zum Segnen. Ihr scheint, das ist ein Vorwurf? Oder eine Frage? Weizen und Wein, haben das alle?

Dieser Jean hier ist für sie ein anderer als der zu Hause, über den sie sich geärgert hat, wie er sie wegschickte, als habe sie ihren leiblichen Bruder vernachlässigt, vergessen. Sie sieht – sie steht mitten unter den Leuten –, wie die den Atem anhalten. Sie wird hochgehoben von einer Welle der Bewunderung. Eine heftige Liebe bewegt ihr das Herz. Und durch dieses kindliche Herz wandern noch einmal alle Geschichten vom Heiligen, dem Prediger in der Wüste, dem Verkünder, dem der Kopf abgeschlagen wurde, weil die Mächtigen Angst hatten vor seiner Gewalt zu predigen.

Heiliger, ewiger Jean. Hoffnung der Ausgestoßenen. Licht im Dunklen. Deine Tage. Deine Nächte. Dein Brot. Deine Beeren. Fast der ganze Erdkreis dir gewidmet. Und weggerissen werden zu deinem Atem, weggerissen wie zum Tod. Jehochanan, Gott ist gnädig, erbarmt sich, schenkt. Gottesgabe Jean, Giovanni, Joao, Juan, John, Jan, Iwan, Johannes, Hans, Hänschen. In deinem Namen treiben die Bäume noch einmal im Sommer. Noch einmal Blüten und Beeren. Das Schwere, das Wissende. Im Frühjahr, da ist alles voll Neugier: Das erste, das erste und wieder ein erstes. Vielleicht ist dieses das Geheimnis des Johannistriebes: Es könnte der letzte sein. Der letzte vor dem Hereinbrechen von Dunkelheit und Kälte.

Johannestrank. Ich trinke von dir und bin vor Vergiftung geschützt, denn du hast einen Giftbecher der Feinde ohne Schaden getrunken. Ich trinke von dir beim Abschied, bevor ich auf eine Reise gehe, ich trinke von dir zur Versöhnung. Und ich gehe und werfe in deinem Namen Blumen in die Flüsse, und sie schwimmen auf dem Wasser, vielleicht bis ins Meer, hier, von Lyon aus, werden sie in alle vier Himmelsrichtungen schwimmen. Ich, Maria Genoveva, habe den großen Prediger gesehen, und ich werde seine segnende Hand küssen, um den Schutz zu erflehen, den Schutz für das Haus, in dem ich wirke, für meinen Heinrich Cornelius und für Jana Tytia, für die Kinder, für Herkules. Und schütze auch meinen Bruder, der heißt wie du. Heiliger Johannes, komm und erbarme dich, gib, daß sie wirklich genug Brot und Wein haben, die in der Stadt und vor allem die im Haus, für die ich zu sorgen habe. Es war doch so trokken, überall, sagt man. Und die Ernte sei nicht gut.

Der Augsburger Kaufmann hingegen dachte an nichts anderes als an das Feuer. Das Johannesfeuer und Teilnahme der Obrigkeit beim Fest der lodernden Flammen. Und Vorliebe für das Wort lodern. Deutsche Obrigkeit. Das ist diese Nachlässigkeit, dieses Liederliche hierzulande. Sie wissen nicht einmal mehr, wie das geht mit dem ordentlichen Segnen. Sie wissen den Gebrauch der Finger nicht nach Vorschrift zu handhaben.

Der letzte Augenblick des Zögerns und des Zweifels ist vorbei. Die dritte Schüssel wird hereingetragen, den ganzen langen Weg durch das Kirchenschiff, von der hinteren äußeren Tür bis heran zum Altar. Und die Schüssel ist so groß, daß drei Männer sie tragen. Ärmlich gekleidete Leute. Ein Bauer. Ein Fischer. Und ein Schuhmacher. Deutlich gemacht an den Kleidern. Mit gemessenen Bewegungen schreiten sie voran zum Altar. Niemand wagt es, sie aufzuhalten, denn da steht der Prediger, erhöht vor der Menge, und zeigt auf die große Schüssel, zeigt, den langgestreckten Zeigefinger nach oben schräg aufwärts und den Daumen abgewinkelt nach unten, die drei anderen Finger zur Faust geballt, zeigt auf den Fisch auf der Schüssel. Ein großer, gräßlicher Fisch, grünlichgrau und stinkend, madenübersät, und die Maden kriechen im Gestank zum Rand der Schüssel und über den Rand der Schüssel und fallen träge und widerlich zu Boden. Spur der Maden. In die verwirrte Stille hinein kommt die Stimme des Predigers: »Wie ist das zu verstehen, vita non tollitur, sed mutator, das Leben wird nicht weggeschnitten, sondern verwandelt. Welches Leben? Was verwandelt? Ich kann heute nicht die große Mutter heraufbeschwören, ich kann mit ihren beschwichtigenden Worten nicht euch beschwichtigen. Ich meine, diese da«, und er zeigte auf die drei, die den großen stinkenden Fisch trugen – der Prior erkannte zu seinem Schrecken, es waren Zöglinge aus seinem Kloster, die Schüler des Jean, verkleidet für diesen

Umzug mit dem Fisch –, »ich meine, diese da, deren Leben unter uns, mitten in unserer Stadt, ist in Gefahr. Ihre Speise, da sie nicht teilhaben am gesegneten Wein und am gesegneten Brot, gleicht diesem faulen Fisch. Und nur ihnen und ihrem Leben gilt das Wort: Sie können euch nicht wegräumen wie einen abgegessenen Tisch, sie können euch nicht vertilgen und nicht vernichten, sie können euch nicht totmachen und zu Grabe tragen, sie können euch nicht verleugnen, nicht weglassen, nicht verschweigen und nicht aus dem Wege räumen.« Der Zeigefinger des Predigers deutet auf den Fischer, den Bauer, den Schuhmacher. »Euer Leben muß verändert werden.«

Vielleicht sah es nur der Arzt, nur Agrippa, auch weil er dem Altar nahe genug saß, die Lippen des Predigers zitterten. Schweiß stand auf seiner Stirn. Und gerade weil ihm die Anstrengung dieses Mannes so deutlich wurde, traf es ihn. Er, Henri, hatte sich bei allen seinen Verteidigungen auf das Wort verlassen. Es war ihm eine erstaunliche Lehre, das Ohr des Menschen reicht nicht aus, um ihn zum Verständnis zu stoßen, für das Auge muß das Anschauliche bereitet werden, aber er braucht die Nase als drittes dazu. Was für ein Mensch, der nicht, wie es seinem Stand entspricht, den Duft des Weihrauchs gibt, er arbeitet mit dem Gestank des verwesenden Fisches. Ein schreckliches Gleichnis, ein wüstes Gleichnis.

Und jetzt auch das noch. Noch geht es, noch hat sich die Königin-Mutter nicht erhoben, alle haben zu ihr hingeschaut, aber da sie ganz ruhig blieb, wie verzaubert, nutzt Jean seine ihm gegebene Zeit voll aus, diesen Augenblick, von dem er weiß, er wird nie wiederkehren. Er segnet auch diesen Fisch. »Ich segne dich, Fisch, auf dieser Schale, weil du uns erinnerst an den Fisch, den

Tobias mit dem Erzengel Raphael gemeinsam fing und dessen Galle die Blindheit des Vaters heilte. Ich segne dich, Fisch, der du nur Galle bist, nur Bitternis, mögest du die Blindheit der Väter heilen.«

63

Agrippa sah ein Bild. Ein Bild von Jean. Wie der Bruder Jean sich hinauswindet aus dem schützenden Ordenskleid. War das gestern, damals oder ist es heute: Da stehen sie in blauer Uniform, und sie stehen auf Blut. Sie stehen in einer Reihe und sind in Marsch gesetzt und sind stark, sie alle zusammengewachsen zu einer einzigen Maschine. Zum Töten.

Was ist ein Mensch.

Ist da ein Mensch unter ihnen? Sie sind unter Befehl gestellt, und es ist nicht einmal der zu sehen, den sie als Feind vor sich haben.

Von denen, von den Verfolgten, ist nur das Blut geblieben, das Blut unter ihren Stiefeln. Im Tal der Durance.

Ist denn einer unter ihnen, der fühlt.

Was ist das, fühlen.

Fühlen ist auch dies: in die Ausweglosigkeit der Bedrängten einen Weg schlagen.

Bruder Jean hat begonnen, sich aus dem Orden zu lösen. Aus dem Mönch ist ein Mensch geworden.

64

Weil die Leute aus den letzten Reihen und aus den hintersten Winkeln sich aus der Erstarrung lösen, weil sie beginnen, sich zu bewegen, und es ist noch ganz unentschieden, wohin, hinaus oder voran zum Altar, weil sie rufen und singen, rennt der Deutsche, dieser Lyonfremde, der Augsburger Kaufmann, hinaus, macht sich Bahn mit den Fäusten, stolpert fast auf dem langen Gang zur rettenden Tür und schreit draußen und schreit und schreit: »Polizei, Hilfe, Polizei!«

Und doch ist er, Jean, ein Dominikaner, sein Kleid trennt ihn von den Andrängenden, die Stadtpolizei, von ihm nicht gerufen, steht auf seiner Seite und verhindert eine Schlägerei in der Kirche. Von den königlichen Wächtern zum eigenen Schutz in das Haus seines Ordens zurückbegleitet, wieder in der Abgeschiedenheit der Klosterzelle.

Er hatte es wie einen ungeheuren Schimpf empfunden, so weggeführt zu werden, im Einvernehmen – doch offensichtlich – mit denen, gegen die er gepredigt hatte. Wie war das mit dem großen Johannes gewesen, dem Vorbild: In einen Kessel mit siedendem Öl gesteckt, darin gelitten, aber doch wie durch ein Wunder lebend wieder herausgekommen. Diese schützende Hand der Stadtpolizei. Dieses Abgeliefertwerden an der Klosterpforte. Dieses Schweigen jetzt um ihn herum. Siedendes Öl. Und wie soll er da herauskommen? Danach, nach diesem Geschehen in der Kirche, kann man nicht durch Wegnehmen von Büchern oder durch Ausgehverbote gestraft werden wie ein Kind, danach kann auch nichts so weitergehen, wie es war, Beichtvater der Königin-Mutter. Aber er wird nicht wegrennen. Er wird sich der Verantwortung nicht entziehen. Er wird nicht das Ordenskleid abstreifen und ihnen hinwerfen wie einen Handschuh. Er hat nicht versagt.

65

Für Symphorien Champier bildete sich eine Gasse. Die meisten hier unten im Schiff der Kirche kannten ihn, auch draußen, davor, viele grüßten ihn, fast wurde er weitergeschoben, weg von dem großen Gedränge, damit er nicht in eine Schlägerei verwickelt werde. In diesem Augenblick durfte er sich, anders als der Dominikaner, von der Stadtpolizei geschützt fühlen. Geschützt von denen, die er im Spital behandelt und geheilt hatte, von den kleinen Leuten, den Handwerkern. Einige geleiteten ihn bis an sein Haus. Er forderte sie nicht auf, mit hineinzukommen. Allein ging er in die große Halle, sah sich seinen Standbildern gegenüber, den Aposteln Petrus und Paulus, den Philosophen Pythagoras und Demokrit und dem Arzt Hippokrates. Er, der nicht arme Armenarzt, hatte sein Haus eingerichtet mit allen Gegenständen bürgerlichen Wohlstands. Mit dem in Lyon gewachsenen Bürgerwohlstand. Er hatte seine Wurzeln tief eingegraben in den Boden dieser Stadt. Hatte das Spital erweitert. Und hatte seine Forschungen am menschlichen Herzen noch nicht aufgegeben.

Und alles, was in seinem Leben bisher gewesen, daran konnte er sich mit Stolz erinnern. Und er kümmerte sich um die öffentlichen Belange der Stadt. Auch konnte er jedes Ereignis mit Geschichten aus der Vergangenheit vergleichen. Er redete in Gleichnissen, das war seine Stärke.

Und das Leiden des Volkes war ihm nicht fremd.

Aber jetzt, für dieses Ereignis am Festtag seines Namenspatrons, wollte sich kein heiteres Bild aus der Antike einstellen. Er war betroffen. Im Grunde empört.

Gewiß, er, Champier, hatte die Dominikaner immer sehr geachtet, aber dieser Prediger hatte sein Bild von der Ordensdisziplin verwirrt. Wenn es möglich war, daß ein Dominikaner in aller Öffentlichkeit mit dem heiligen Segen seine fragwürdigen Spiele treiben konnte, dann waren auch dort Anzeichen des Verfalls, dann müßte man auch diesem Orden eine strenge Reform wünschen. Und der Gedanke kam: Wenn ich Prior wäre, ich würde diesen Prediger abhauen wie einen dürren Ast vom Baum. Und ins reinigende Feuer geben.

In der Kühle seiner Halle unter den steinernen Augen seiner Statuen, den heiligen und den heidnischen, begann er sich bewußt zu werden: Auch er war ja dem Zauber des Predigers Jean erlegen, und der Zauber war noch nicht zergangen. Zu deutlich stand das Bild vor Augen, wie die silberne Schüssel mit dem madenübersäten Fisch an den Altar herangetragen wurde, wie die Stimme des Predigers den Segen darüber aussprach und gleichzeitig den Fluch offenbarte, da hatte auch er, Champier, den Atem angehalten, da war ja der große Prophet selber herabgestiegen vom Himmel, hierher nach Lyon. Dieser Jean hatte dagestanden ohne die Selbstgefälligkeit, die andere haben, seht her, ich bin wie Gott. Er hatte mit seinem Finger nur auf den Hunger gezeigt, nicht den im Geist, sondern den leiblichen, wirklichen – über den er, der Arzt, sich ja auch seine sorgenden Gedanken gemacht –, und der Prediger hatte deutlich werden lassen, er ist es nicht, der diese Sünde vergeben kann und vergeben wird. Die Sünde, daß in der Stadt Menschen am Hunger sterben. Und er hatte dagestanden mit der Bescheidenheit, in der auch Größe liegt: Nicht er ist es, dem das Volk gehört, das gequälte hier in der Stadt. Aber wen wollte er ankündigen. Was wollte er ankündigen?

Das Volk gehört nicht mir. Aber wem dann, wenn nicht den Predigern, den Predigtherren, der Königin-

Mutter oder den Kardinälen oder den Humanisten oder den Ärzten? Und was ist das Volk? Auch die Fremden, die zur Messe kommen, auch die Ausländer, die in den Werkstätten, bei den Eisengießern, den Schlossern, den Druckern arbeiten, auch die Bettler?

Es hatte ihn, Champier, aufgewühlt. Er war empfänglich für die große Geste. Und diesmal, das erste Mal vielleicht, war er von Herzen froh, daß seine Frau, Daphne, das Lorbeerblättchen, nicht zugegen gewesen, daß sie das Weingut für dieses Fest nicht verlassen hatte. Es wäre unerträglich gewesen, wenn sie in ihrer zwar angenehmen, aber doch zu leichtfertigen Art den Vorgang ins Spöttische gezogen hätte. Den Prediger süß gefunden. Den Hunger verniedlicht. Den segnenden Finger nachgeahmt. Und gesagt: den werde ich mir holen und aus seiner Hand lesen. Und: er soll teilnehmen an meinem Maskenfest, welche Maske soll ich ihm auf sein schwermütig edles Gesicht setzen, die nicht verdeckt, wie süß er ist. Es war zu offensichtlich, dieser Mann hatte dort in der Kirche kein leichtfertiges Spiel getrieben, er hatte, je länger Champier darüber nachdachte, desto stärker kam ihm das zum Bewußtsein, nicht mit den Worten jongliert, im Grunde war seine Predigt ganz kunstlos gewesen.

Aber er hatte alles eingesetzt, seine Hand, sein Herz, sein Leben.

Und jeder hatte das begriffen: Auf dieser Schale, die den stinkenden Fisch trägt, kann auch der abgeschnittene Kopf herumgetragen werden, um den Altar, als Abschreckung, als Reliquie. Kopf des Predigers Jean, Kopf des Propheten. In diesem Augenblick, ja, so war es gewesen, hatte Champier den Mann beneidet. Wegen der Vollkommenheit, mit der er das schwere Amt des Predigers beherrschte. Glanz und Gloria predigen ist leicht, allgemeines Elend heraufbeschwören, an die Vergänglichkeit allen Fleisches erinnern und am Ende Trost spenden. Hier war etwas anderes geschehen. Der Prediger hatte nicht an das Jenseits, er hatte an das Leben erinnert.

An das Leben der Erbärmlichsten, der Schwachen, der Bedrohten. Von Hunger Bedrohten. Während andere verschwendeten.

Vorwurf auch an ihn, den Arzt, durch die Rechtfertigung hindurch, ich habe doch das Spital? Vorwurf vielmehr an den Leibarzt, der seine Kenntnisse aus dem Reich der Medizin nur einer einzigen Person widmet? Und wir alle wollen doch veröffentlichen, damit im Wort von unserem Wirken bleibt. Und übersehen wir dabei das Leben? Und das Leiden?

Welche Möglichkeiten bleiben mir als Arzt? Aus dem Schatzkasten der Erinnerung an seine Nachforschungen, wie arbeiten andere vor ihm, neben ihm, tauchte das Bild einer Möglichkeit auf: Als Leibarzt neben Kaiser Sigismund stehen. Und mit ihm gemeinsam zuschauen, wie Hus verbrannt wird. Dem nun doch merkbar erregten Kaiser den Puls fühlen und ihm einen Beschwichtigungstrank geben. So ein Arzt, immer derselbe, sogar auf den Namen des geliebten Kaisers hörend: selbst Sigismund heißen. Sigismund Albikus. Man sagte über ihn: Die große Seuche in Prag und die Judenverfolgung daselbst gaben Doktor Sigismund Gelegenheit, sich früh ärztliche Kenntnisse und seinen Ruf als Arzt zu erwerben. Auf den Seiten der Verfolger stehen. Er wich aus, vor den Hussiten. Er ging weg mit den Besitzenden. Und wurde folgerichtig Erzbischof von Prag. Und das, was er schrieb und veröffentlichte aus dem Bereich der Medizin, war die Summe der Erkenntnisse seines Lebens: Die berühmte Schrift über das Rheuma des Kaisers. Schöne, ergreifende Schrift über das Leiden seines Kaisers und Königs Sigismund. Mehr Therapie als Diagnostik. Und lange, seitenlange Rezepte.

War denn das Leben so, auch heute, noch heute, in unserem sommerschweren Lyon, gab es am Ende nur das gnadenlose Entweder-Oder? Entweder ich stehe mit meiner ganzen Person, meinem Ansehen, meinem Namen, meiner Kunst neben Kaiser Sigismund und schaue vom hohen Balkon herab auf den Menschen im Feuer. Und wende mich ab von der Asche des Revolutionärs, weil ich den Pulsschlag des Kaisers regulieren möchte. Oder ich bewahre die Glut in der Asche, bis sie wieder Feuer wird. Ein anderes Feuer: Ich bekenne mich zu denen, die eine gerechte Verteilung des Besitzes fordern, und ich übernehme dieses andere Feuer, das Feuer des Handelns, und stelle mich und meine Kunst in den Dienst der Besitzlosen. Vorbehaltlos.

Edle Gedanken. Und solange die Überlegungen nur in ihm verschlossen bleiben, nicht einmal dem Leibarzt Agrippa mitgeteilt, solange niemand eine Entscheidung von ihm fordert, kann der Traum über die eigenen Möglichkeiten in beiderlei Gestalt erscheinen. Man kann über den Traum von den beiden äußersten Enden beglückt und entsetzt sein. In der Arbeit beflügelt und gelähmt. Und beten: Gebe Gott, daß, solange ich lebe, mir der Zwischenraum bleibt. Der ungefällig gefällige Alltag. Gebe Gott, daß keine Entscheidung von mir verlangt wird. Oder habe ich mich schon entschieden?

Es traf Henri wie ein Schlag. Niemand hatte es ihm gesagt: Madame Aloysia, die allergnädigste Königin-Mutter, war abgereist. Von heute auf morgen. Schnell und unangekündigt.

Die einen sagten, sie floh vor dem Hunger in Lyon, die anderen sagten, sie floh vor dem guten Essen, aus Angst, dick zu werden.

Einer der einhundertundzwanzig Sekretäre, einer der Schranzen ohne Gesicht, aber gesprächig, fragte den Leibarzt, ob er nicht gemerkt habe, wie zuwider, ja unerträglich unserer edlen Frau das zu enge Nebeneinander gewesen. Jeder habe doch ihre stille Leidenschaft für die Kunst des Paul Perrault gekannt und geachtet, dieses beziehungsreiche Verwandeln der Flöte in ein Kuchenmesser. O wie gern habe doch Madame das scharfe Messer an das große Kuchenhaus gesetzt. Der Geschmack von Vorspeise, Suppe, Vorgericht, Hauptgericht, Nachtisch, Obst und Wein und Kuchen müsse ihr ja vergangen sein, wenn auf dem Wege vom Schloß zum Fluß, auf dem Wege zur Gaststätte, man wolle sich ja nicht versündigen, aber manchesmal sei ihm, als Begleiter, feierlich wie bei einer Wallfahrt zumute gewesen, in Vorfreude auf die Speisen zunächst und dann in der Erinnerung an das Verzehrte, also der Geschmack an den erlesenen Speisen habe einem ja vergehen müssen, wenn da unterwegs Sterbende lagen. Mit den schrecklichen Anzeichen des Verhungerns.

Auch habe der bedauerliche Mißgriff in der Wahl des Predigers am festlichen Tag des heiligen Symphorianus ihr doch sehr zugesetzt.

Ein Inquisitor des heiligen Ordens der Dominikaner sei eigens zur Untersuchung aus Paris angereist, man habe auch den Bischof Briçonnet gesehen. Man wußte von einem Gespräch über den Fall des Beichtvaters Jean. Vor der allgemeinen Abreise.

Der Inquisitor fragte den weißhaarigen Prior: »Haben Sie nie Gespräche gehabt mit Bruder Jean, in denen er sich etwa über die Nichtigkeit des priesterlichen Segens geäußert hat? Haben Sie wirklich genügend auf ihn eingewirkt? Wir wissen, ein Amt als Beichtvater am königlichen Hof bringt mancherlei Gefahren, vor allem die des Hochmuts.«

Der Prior rechtfertigte sich: »Ich habe Überlegungen angestellt.« Er wurde unterbrochen: »Sie hätten keine Überlegungen anstellen sollen, sondern Vorüberlegungen. Alles, was Sie mir über Bruder Jean erzählt haben«, bemängelte der Inquisitor, »trägt eine gewisse Unschärfe. Ein Mensch ist nie von sich aus verdorben, andere ziehen ihn in das Verderben hinein. Gerade Sie als Prior haben größte Verantwortung.«

Ein unerwarteter Fürsprecher meldete sich, Bischof Briçonnet: »In bildhafter Weise hat er die Allgegenwart Christi nicht in Frage gestellt. Es war eine Ungehörigkeit« (das Fischsegnen), »eine grobe Ungehörigkeit. Aber er hat nicht die auf den Menschen zielende Gnade abgeleugnet.«

Madame Aloysia kämpfte um ihren Beichtvater. Sie nickte bei den Worten des Bischofs zustimmend. Meinte: »Man kann gewiß nicht sagen, er hat gedankenlos eine Formel gebraucht.«

Nur der Inquisitor konnte es sich leisten, die regierende Königin-Mutter zu unterbrechen. »Es war ein allzu einfaches Einbeziehen der Welt. Es war von äußerster Geschmacklosigkeit.«

»Es war mutig«, sagte der Bischof. Später aber erinnerte er sich an diesen Satz nicht mehr. Und es gab auch niemanden, der ihn später an diesen Satz erinnerte. Der Bischof redete weiter: »Er hat kein Sakrament verletzt. Er hat keine Hoffnung genommen. Wir wissen, wo ein Sakrament ist, ist immer Hoffnung. Das Zeichen der Gnade. Etwas anderes sind die Sakramentalien, also die Dinge und Handlungen, den Sakramenten nachgeahmt. Er hat allenfalls Sakramentalien in ungewöhnlicher Art einbezogen.«

Der Inquisitor, geschult an der Sorbonne, lächelte nachsichtig, aber nicht ohne Überheblichkeit. »Gerade Ihnen sollte noch einmal eindringlich vor Augen geführt werden, gerade Ihnen, die Sie hier zu Lyon versammelt sind«, er korrigierte sich in einem einzigen Wort, »gerade uns sollte das zweite Konzil von Lyon noch einmal vor Augen geführt werden, das die unvermehrbare und die unverminderbare Zahl der Sakramente bestätigte: Taufe, Firmung, Eucharistie, Bußsakrament, Krankensalbung, Ordo, Ehe. Die Handlungen Christi. Die Einheit von Wort und Handlung. Daran sollte nicht gerüttelt werden. Ich sage, Bruder Jean hat das Zeichen der Gnade mißbraucht, denn gerade in allen Sakramentalien leben ja die heiligen, von Christus eingesetzten sieben Zeichen. Die Sakramentalien ahmen sie nach. Ergänzen sie. Ich warne Sie, seien Sie nicht zu lax in der Auslegung der heiligsten Begriffe.«

Und wieder war es das erstaunliche Eingreifen des Bischofs, der neben den Gedanken an das Segnen den Gedanken an das Verfluchen stellte, das Verfluchen, mit dem Gedanken verbunden: Es wird Gericht über euch gehalten werden. Es setzte den Inquisitor in äußerstes Erstaunen, wie der Bischof die Versammelten an die Verfluchung des Feigenbaumes bei Markus erinnerte. Wie sie schon damals als unpassend empfunden wurde, wie sie bei Lukas fehlt. Und er rief dem Inquisitor in Erinnerung, jene unbegreifliche Ungerechtigkeit, die Ungerechtigkeit des Gottessohnes selber, findet sich nicht bei allen Evangelisten. Nur Markus berichtet es genau. Und der Bischof ließ es sich nicht nehmen und ließ sich durch nichts unterbrechen, fast eine kleine Predigt zu halten: »Sie erinnern sich, werte Versammelte«, sagte er, »zur Unzeit, als der Feigenbaum nur Blätter hatte, keine Früchte, es steht ausdrücklich geschrieben, ›denn es war noch nicht Zeit, daß Feigen sein sollten‹, wird verlangt: Habe Früchte. Und weil dieser Feigenbaum durch seine Blätterpracht Hoffnung erweckt hatte, eine Hoffnung, die er aber nicht erfüllen konnte, nicht in dem Augenblick, wurde er verflucht. Und verdorrte. Wer will es auf sich nehmen, so an diesem Bruder Jean zu handeln.«

Es war ein langes Schweigen. Die geistlichen Herren waren alle hochgebildet und hochgelehrt. Aber über eine Ungerechtigkeit Christi hatte noch niemand von ihnen nachgedacht. Und der Prior, der weißhaarige, lächelte versonnen. So wird sein Schützling noch einmal davonkommen. So wird er selber noch einmal davonkommen. Und er dachte: Gesegnet sei der verdorrte Feigenbaum.

In das lange Schweigen hinein redete der Inquisitor: »Die heilige Kirche wird wissen, ob dieser Jean dem Feigenbaum gleichzusetzen ist, der nur Blätter hat, aber keine Früchte. Zu welcher Zeit auch immer. Wird doch von uns verlangt, wir müssen immer Früchte tragen. Jederzeit.«

So oder so ähnlich müsse die sehr geheime Unterredung verlaufen sein, gab der auf dem Rabenhügel zurückgebliebene Sekretär, einer der einhundertzwanzig, dem Leibarzt Agrippa zu verstehen. Ungefragt erklärte der Geschwätzige, niemand wisse etwas Genaues über den Verbleib des Predigers. Man rede so viel. Einige wollen seine Leiche im Fluß gesehen haben, wie sie abwärts trieb, erschlagen von Unbekannten. Andere hätten sichere Kunde, er sei fest eingeschlossen in ein Gewahrsam des Klosters. Man rede aber auch davon, als Beichtvater gehöre er zur engsten Begleitung und sei, zur Linken neben Madame reitend, unterwegs nach Paris.

Aber hätte nicht er, wenigstens, sich von Henri verabschiedet? Er teilte doch nicht ihre Angst. Die ständige Angst der Leute vom Rabenhügel vor diesen, die von ihrer Hände Arbeit lebten. Meist in Kümmernis und Bitterkeit. Und das wenige, das sie sich erarbeitet hatten, wurde ihnen aus den Händen genommen, mit unnachsichtiger Unbarmherzigkeit. Der Ertrag des Ackers, der Fang aus den Flüssen und Meeren, alles, alles genommen für die Rabenhügelbewohner, die mit einem unerhörten Anspruch auftraten, immer neue Kleider, immer neue Schuhe, immer noch verfeinerte Leckerbissen.

Ekel des Überflusses.

Es war ja dein eigener Wille, deine eigene Entscheidung, dich selbst mitten hineinzusetzen in diesen Überfluß.

67

Die Ungewißheit ist das Lähmende. Wie soll ich den Tag anfangen, welche Arbeit? Er war an seiner Wirkungsstätte geblieben, nicht das Haus, nicht die Straßen, nicht das Schloß hatten sich geändert, nur die Frau, die ihm seinen Platz zugewiesen, war gegangen. Es war keine erlösende, es war eine bedrückende Leere. Henri war es gewöhnt, schnell zu arbeiten, schnell zu entscheiden. Er war ohne zu zögern dem Ruf nach Lyon gefolgt. Er hatte sich verantwortlich gefühlt. Und hatte begonnen zu regieren?

Es wurde im Schloß aufgeräumt. Sie begannen alles einzurichten, als käme die gnädige Frau, unsere allerliebste Madame bald wieder. Aber niemand wußte Genaues. Die wenigen, die auf dem Schloß geblieben waren, sagten nichts, wagten nichts. Sie waren ohne Anteilnahme, weil sie ausdauern wollten. Nur, am fälligen Tag bekam er die Auskunft: »Auf unseren Listen stehen Sie nicht.« Sie zahlten nicht.

Sein Haushalt war teuer. Und es hatte niemand ernstlich versucht, sparsam zu leben. Außer Herkules, der in einem schweren Anfall von Unlust auf Jana Tissie eingeschrien hatte: »Ich mache das nicht mehr mit, lange mache ich das nicht mit, am liebsten würde ich heute aufhören.« Weil die Zahl der Hunde, auch auf Wunsch des Kindes Haymon, auf vier angewachsen war. Maria Genoveva, diesmal, hatte es verstanden, ihn zu versöhnen.

Die Ungewißheit zerschneiden. Fordern, was einem zusteht. Nicht warten. Er, Henri, wird ihr nachreiten. Nach Paris.

Ich habe dich bis ans Stadttor geleitet, und wir sind zu Fuß gegangen. Du hast das Pferd geführt. Wir beide, und Haymon, unser ältester Sohn, war mit und Herkules auch. Und ich habe geredet und geredet. Da wurden wir getrennt. Auseinandergeschnitten von uns selbst. Von der Zeit. Ich sehe nicht mehr so gut. Ich höre nicht mehr so genau. Von allen meinen Sinnen fehlt ein Stück. Du mußt jetzt besser sehen und hören und fühlen und schmecken. Auch dein Geruchssinn muß schärfer sein. Denn mit allen meinen Sinnen bin ich bei dir. Ich bin nur eine nun ausgeleerte Hülle. Ja, als du hier warst, da waren meine Augen klar, ich sah, wie die Knospen sich in der Kälte oder gerade wegen der Kälte vorbereiteten auf den Frühling. Ich sah sie schwellen, wenig zwar, aber ich sah es. Ich sah das Leben. Ich hörte die Taube, wie sie über den vereisten Weg ging. Nun ist der späte Sommer.

Wie ein verwundetes Tier blieb sie zurück, als ihr Heinrich am Morgen weggeritten war. Paris. Was ist Paris. Wie weit. Und wann kommst du zurück. War das nicht sehr leichtherzig, wiederum sehr leichtherzig, wie damals, als er wegritt von Fribourg nach Lyon, war das nicht genau wie damals, als er ihr, ohne sich umzusehen, zurief: Bis bald, meine Liebe.

Warum war sie nicht mitgeritten. Wieder nicht mitgeritten. Wie damals. Die Kinder kann man nicht allein lassen. Das Haus kann man nicht allein lassen. Die Hunde kann man nicht allein lassen. Auch nicht den kleinen, schwarzen, Monsieur genannt.

Seine Kinder, sein Haus, seine Hunde, seine angefangenen Bücher. Und ich. Und er reitet weg. Was wird werden, wenn er nicht wiederkommt. Unterwegs von Räubern überfallen. Man hört von den Grausamkeiten der Banden des Generals Robert de la Marck. Ach, Henri. Wo bist du jetzt. Und was bist du jetzt. Der kleine Haymon fragt. Dein Vater reitet nach Paris zu seiner Königin. Zur Mutter eines Königs.

Wird er uns vergessen?

Er wird uns nicht vergessen. Und sie erzählt die ewige Geschichte der starken Mütter. Sie erzählt vom Mann, vom Geliebten, vom Vater: Er wird in den eisernen Wald geraten. Und durchkommen. In den silbernen. In den goldenen. Dein Vater ist ein Ritter. Dein Vater ist schön.

Wann kommt er wieder. Wann kommt er.

Ich weiß es nicht.

Erzähl mir eine Geschichte, bis er wiederkommt.

Ich weiß keine.

Du mußt eine wissen.

Gut, die vom Flachskorn. Ein Bauer legt ein Flachskorn in die Erde. Einhundertundzwanzig Tage bleibt es im Dunkeln. Und erst nach sieben Jahren darf ein Flachskorn wieder auf dasselbe Feld. Die Erde will nicht jedes Jahr am gleichen Ort das gleiche, sonst versagt sie und hat die Leinenmüdigkeit. Drei Jahre muß das Samenkorn ausgedörrt sein. Mein Großvater war ein Bauer, von dem habe ich's. Nun hat der Flachs viele Feinde. Zwei vor allem: den Erdfloh und den roten Pilz. Aber das, was wir meinen, was wir brauchen, wächst, kommt zum Raufen und Rotten, die in Flandern, sagte mein Großvater, der es gesehen hat, werfen Erlen, Zweige und Schlamm in die Grube zum Rotten, da wird der Flachs grau. Andere warten, bis der Schnee kommt und alles friert, daß es der Schnee rottet. Da muß es durch, was aus dem Flachskorn gewachsen ist: Raufen, rotten im Schnee, knicken, brechen, hecheln. Dann – ist das Flachskorn ein Segel geworden. Und der Wind bläht es auf.

Wohin fährt es?

Ach ja, es war nach Lyon gefahren. Wo es jetzt hinfährt, weiß ich nicht. Oder es ist ein Zelt geworden.

Wo steht das Zelt?

Es wird gerade abgebrochen und zusammengerollt. Und niemand weiß, wo es wieder aufgestellt werden soll und ob es überhaupt je wieder aufgestellt werden wird.

Deine Geschichten sind so traurig.

Und da sitzt Jana Tissie am Bett bei Haymon und überlegt, ist er, Henri, es vielleicht ernsthaft müde, mit mir zusammen zu sein? Wie hast du die Tage mit ihm genützt. Hast du zuviel von ihm wissen wollen, wie es ist, auf dem Schloß bei der Königin-Mutter. Oder hast du zuwenig von ihm wissen wollen, wie es war, auf der

Reise zum Herzog von Bourbon. Hast du zuviel teilgenommen oder hast du zuwenig teilgenommen. Schlaf ein, Haymon, morgen erzähle ich dir eine andere Geschichte.

Aber nicht eine so traurige.

Da bereitet sie alles vor. Wenn Henri wieder da ist, soll er alles geordnet finden. Aber er kommt nicht. Auch keine Nachricht aus Paris. Und da ist wieder der Abend. Und da sagt wieder Haymon, wann kommt der Vater, erzähl mir eine Geschichte, bis er wiederkommt.

Ich weiß keine Geschichte, heute.

Doch, du weißt eine vom Flachskorn.

Also erzähle ich dir eine Geschichte vom Flachskorn. Es war einmal ein Flachskorn, und es hatte eine große Liebe zum Erdfloh. Dieses Gestreicheltwerden, seinen Komplimenten verfallen. Was bist du schön und glatt. Und der Erdfloh besuchte es oft und wartete geduldig, bis der erste Keim kam. Ach, wie er daran leckt und leckt. Und wie es sich ihm entgegenstreckt und im Vergehen unter der Berührung zittert. Wie schön. Und mehr und mehr. Und der Schmerz. Der geliebte Schmerz. Wenn es dir nur bekommt und gefällt, mein lieber Erdfloh. Und nimmt ab.

Das alles geschieht fast im Dunkel der Erde. Nichts wird weiterwachsen, nichts zu sehen sein. Verschwunden. Vergangen im Dunkeln. Vor Sehnsucht nach dem kleinen Erdfloh vergangen, zergangen. Befriedigt. In Frieden. Und es bleibt nichts. Der Erdfloh, der Blattfloh, der kleine Käfer, ein stolzer Kerl, wie kann er weit springen, wie kann er fliegen. Und ist kein Kriecher. Welch eine Ehre. Und wie hat sich der Keim ihm entgegengestreckt. Glänzend schwarz ist der Erdfloh. Einige sagen, er spiegelt ins Blaue, andere sagen, ins Grüne. Ach, die Keime, die sich entfalten wollen nur ihm entgegen, nur für ihn. Ja, welch eine Ehre, welch ein Kavalier. Und an den Beinen ist er rötlich gelb.

Wer ist das, der Erdfloh? Kenne ich den Erdfloh, habe ich ihn schon einmal gesehen?

Ich weiß es nicht, Haymon, ich weiß es nicht.

Deine Geschichten sind so traurig, hast du nichts zum Lachen?

Morgen, Haymon, morgen, da werden wir auch sicher etwas vom Vater hören.

Und der andere Morgen und der andere Tag und Ausschau halten, von Stunde zu Stunde zuversichtlicher werden, jetzt kann es nicht mehr lange dauern. Von Stunde zu Stunde hoffnungsloser werden. Ungewißheit.

Und wieder der Abend am Bett bei Haymon. Erzähl mir eine Geschichte.

Ich weiß keine Geschichte.

Doch, du weißt die Geschichte vom Flachskorn. Erzähl die Geschichte vom Flachskorn.

Noch einmal vom Flachskorn? Es war einmal ein Flachskorn, das hütete sich vor dem kleinen stolzen Kerl, dem Erdfloh, dem Blattfloh. Es schaute weg, wenn der glänzend Schwarze, der sich ins Blaue oder Grüne spiegelte, ihm nahe kommen wollte. Es hielt seinen Komplimenten stand und kümmerte sich nicht um diesen Kavalier. Es wuchs aus dem verbergenden, aber doch nicht schützenden Dunkel der Erde heraus ans Licht. Hoffnungsfroh grün. Und erliegt den Umarmungen des roten Pilzes. Es unterwirft sich widerstandslos seinen eindringlichen Zugriffen. Der Flugbrand ist eingedrungen. Das ist die andere Art für das Flachskorn, in Liebe zu verschmelzen. Alles wächst weiter, als sei nichts geschehen. Alles grünt weiter mit eifersüchtigem Bemühen, damit niemand sieht, wie das Rostrote, das

Verführerische sich innen ausbreitet. Das ist der Brand wie Küsse im Verborgenen. Dann, mit einem Male, knickt alles, was gewachsen ist, ein. Innen ist kein Leben mehr. Nur trockenes, braunes Pulver.

Da schläft der kleine Haymon. Traurigkeit macht müde. Traurigkeit macht lustlos. Wer will hier zuhören bis zum Ende. Jana Tissie, deine Erzählungen vom Vergehen einer allzu großen Liebe sind keine Kindergeschichten.

Und wie sie den kleinen Haymon liegen sah, eingefangen vom Schlaf, wünschte sie sich für den nächsten Abend die Kraft, eine heitere Geschichte zu erzählen, ihr Kind soll lachen. In der ersten Zeit, erinnerte sie sich, hatte sie das Kind lange Monate aus dem Haus gegeben zu einem Freund. Es war mißtrauisch geworden zu jedem, es hatte nur zwei Worte geredet: Geh weg. Es war störrisch geworden, hatte jeden Gegenstand, einen geschenkten oder einen aufgelesenen, ein geschnitztes Spielzeug oder ein Stück Kiesel, fest in der Faust gehalten, zäh verteidigt, nicht einmal zum Vorzeigen freigegeben, und hatte zu den zwei verneinenden Worten drei andere unfreundliche, rechthaberische hinzugefügt: Das ist meins. In diesen Monaten hier in Lyon war das Kind liebenswürdig geworden, zutraulich. Jetzt durfte es nicht aufs neue erschreckt werden mit ihrer Traurigkeit. Und sie überlegte sich die Geschichte für den nächsten Abend. Was auch immer den Tag über geschehen wird, ob eine Nachricht von Henri kommen wird oder nicht, sie wird ihm, dem kleinen Haymon, abermals eine Geschichte vom Flachskorn erzählen, und es wird die Geschichte einer großen Liebe sein, einer guten. Sie wird erzählen, wie das Flachskorn in der Erde liegt und wie es da schon etwas hört, etwas Mächtiges, das es sich nicht erklären kann, wie es nur fühlt, dieses Mächtige, diese Kraft ist nicht unter der Erde, ist über der Erde. Wie es sich anstrengt und streckt, den Keim als Kundschafter hinausschickt, durch die Erde hindurch zur Luft. Und wie der Keim da berührt wird. Einmal sanft, einmal rauh, von verschiedenen Seiten. Immer ein anderer, aber immer derselbe. Und wie die Pflanze sich streckt unter den Berührungen, den milden und harten, den heißen und kalten. Aber sie weiß nicht, was das ist, weil sie allein ist, nur eine einzelne Pflanze und kann mit niemandem darüber reden. Und so wird sie abgeerntet, kommt nun zusammen mit anderen vielen in den Schnee, in den Regen, gehechelt, geknickt. Hart behandelt. Aber nun: wie das Leinenkorn, das Flachskorn ein Segel geworden ist. Wie es nun weiß, wenn es sich bläht, stolz und schön, wenn es das Schiff vorantreibt, wie es nun weiß, was das gewesen war, damals, das mächtige Geräusch. Und was es noch immer ist. Diese eigenartige Berührung, diese Liebe war der Wind in seiner immer gleichen, aber sich doch stets wandelnden Gestalt, aus der Kälte des Nordens, der Hitze des Südens, den Tau beim Sonnenaufgang trocknend und aus der Richtung des Sonnenuntergangs Feuchte bringend. Und an einem guten Tag, mein kleiner Haymon, wirst du auch auf einem Schiff sein und wirst die Segel setzen, und wenn du mich fragst, wohin, werde ich dir sagen, wohin du willst. Und diese Geschichte werde ich dir von nun an jeden Abend wiederholen, die Geschichte von der großen Liebe des Flachskorns zum Wind. Er kommt bestimmt. Unangekündigt, angekündigt, zu jeder Jahreszeit, zu jeder Tageszeit. Man muß nur darauf vorbereitet sein.

Der Inquisitor

68

Lyon 1535. Heinrich Cornelius Agrippa von Nettesheim wird aus dem Stadtverlies auf den Rabenhügel ins Schloß gebracht, jetzt wieder Sitz des Erzbischofs. Ein Inquisitor aus dem Orden der Dominikaner, eigens von Paris angereist, wünscht den Gefangenen zu sprechen.

Der Gefangene erkennt den Raum, das kleine Kabinett, damals hatte er sich noch einmal zu Madame umgewendet. Und den schmutzigen Mantel beiseite gelegt. Schon damals war er keineswegs frei. Auf andere Art eingeschlossen.

Der Inquisitor sitzt auf einem verhältnismäßig bescheidenen, aber bequemen Stuhl. Die Rückenlehne endet in der Höhe seiner Schultern. Agrippa kennt sein Gesicht nicht. Es ist lang, hager, das Eingefallene der Wangen deckt der dunkle Bart zu, ein Magenleiden deutet sich an. Der Bart über der fast ungewöhnlich schmalen, jedoch nicht verkniffenen oberen Lippe zeigt sich schwärzlich braun, unten am Kinn weiß und spitz zulaufend. Aus kleinen, sehr aufmerksamen, hellwachen Augen, mit einem Blick aus den Winkeln her, betrachtet der Inquisitor den Vorgeführten. Diese schwarzen Augen sind nicht ohne Güte. Eifernde Güte.

Beide Arme ruhen auf den Lehnen. Es geht keine Unruhe von ihm aus. Aber Unbehagen. Das Bedrohliche liegt in seiner Haltung. Wenn es stimmt, daß die Hände das andere Gesicht des Menschen sind, dann wiederholen sie das Gütige und das Wildeifernde. Das Gütige der rechten Hand, die edle Linie der langen, schmalen Finger, segenspendende, Ruhe verheißende Hand.

Aber die Linke verkrallt sich an der Lehne. Mit eiferner Kraft. Sie kann, was sie greift, zerbrechen. Und zwei Ringe an jeder Hand. Macht.

Er schaut durch die schwarzgerandete Brille mit den runden Gläsern, ohne auch nur ein einziges Mal den Blick vom Befragten abzuwenden.

»Sieben Jahre sind vergangen, seit Sie Paris und unser Frankreich verlassen haben. Warum sind Sie zurückgekehrt? Warum sind Sie nach Lyon gekommen?«

Frag doch nicht, warum. Zurück, obwohl es gewiß ist, daß sich im Leben nichts wiederholt. Und doch ist der Wunsch, es möge alles noch einmal so sein wie damals, ein Antrieb. Ein Antrieb, der stärker sein kann als die Vernunft. War das die goldene Zeit, damals, Leibarzt der Königin-Mutter Aloysia? Da schon nicht mehr. Vielleicht war alles nur ein Hinwenden zu einer einzigen Betäubung. Ich habe mich nie mit anderen verglichen. Ich hielt mich für unvergleichlich. Aus jeder Bedrängnis, aus jeder Stadt, aus jedem Gefängnis bin ich immer herausgekommen, und reicher, als ich hereinkam. Bereichert um feindliche Leute: feindliche Fürsten, feindliche Mönche, feindliche Regentinnen. Aber die Freunde? Vielleicht wohnten hier auf der Insel, die in Wirklichkeit keine Insel ist, die mir freundlichsten Menschen. Warum noch einmal zurück nach Lyon, und wissen, es wiederholt sich nichts. Und war es noch so bitter und war es noch so süß, es wiederholt sich nicht.

»Wollen Sie nicht antworten, Doktor Cornelius Agrippa?«

»Ich will eine Gesamtausgabe meiner Bücher vorbereiten.«

»Ich wußte Ihre Antwort im voraus. Sie sind ein glänzender Jurist. Und seien Sie versichert, es fehlt mir nicht an einer gewissen Hochachtung vor Ihrer Erfahrung, gerade im Umgang mit Angehörigen unseres Ordens. Nur, verwechseln Sie mich bitte nicht mit jenem unglückseligen Bruder Nikolaus Savini, den Sie wegen Unwissenheit aus dem Saal weisen konnten. Ihr Verweisen auf den Plan einer Gesamtausgabe Ihrer Bücher erscheint nur äußerst geschickt. Sicher, wir haben Sie aufgegriffen in Melchior und Caspar Trechsels Offizin, im Gespräch mit einem Korrektor, aber das beantwortet wohl nicht ganz meine Frage. Das ist mir einfach zu simpel. Die Herausgabe Ihrer Bücher? Unter den Augen der Herren der Sorbonne? Unter den Augen unseres Königs? Bücher, die verboten sind?«

»Der Platz, an dem ich aus den wissenschaftlichen Bahnen gedrängt wurde, sollte der Ort werden, an dem mein Ruf durch meine gesammelten Veröffentlichungen wiederhergestellt wird.«

»Und alle Briefe?«

»Alle Briefe.«

»Auch Ihre Bemerkung, Madame Aloysia, die leider allzufrüh dahingegangene Mutter unseres Königs, sei – schwachsinnig gewesen?«

»Sie wissen genau, Eminenz, ich formuliere anders. Genauer und feiner. Ich beklagte meine eigene zwei-, ja dreifache Dummheit, daß ich wie ein *Sklave*, denn *ich bin ja nur ein Arzt, der mit Kot und Urin zu schaffen hat*, mich um *den ungesunden Geist dieser Frau bemühe. Als ob ich nicht von anderen Dingen etwas wüßte oder damit umgehen könnte.* Ich hatte mein wissenschaftliches Streben hier auf dem

Rabenhügel, an dieser Stelle, wenn Sie es ganz genau nehmen wollen, geopfert.«

»Ich bitte Sie, Doktor Cornelius Agrippa, erregen Sie sich nicht. Wenn ich Sie frage, betrachten Sie das nicht als ein Verhör. Wir sind ja auch allein, kein Schreiber ist da. Auch niemand hinter den Türen. Ich sage ausdrücklich, es ist ein Gespräch. Ein Gespräch, um einiges zu klären. Ein Gespräch, das wir in einer schönen Ordnung halten wollen. Ich denke, in sechs Tagen, wir wollen uns nicht überanstrengen, wir sind beide nicht mehr die Jüngsten, also in sechs Tagen werden wir Ihr Leben durchgesprochen haben. Und am siebenten wollen wir ruhen.«

Es blieb offen, was er damit meinte. Über der Erde oder unter der Erde.

»Heute, am ersten Tag, möchte ich beginnen zu ergründen, warum Sie noch einmal nach Lyon gegangen sind. Das ist im übrigen die einzige Frage, die ich an Sie habe.«

»Am sichersten wären Sie dahintergekommen, wenn Sie mich nicht gleich nach meiner Ankunft in Lyon gewaltsam aus der Druckerei entfernt hätten. Dann hätten Sie das Wachsen des Werkes beobachten können. Auch bisher Unbekanntes, mein angefangenes Buch über den Bergbau, hätte ich hier zu Ende gebracht. Meine Erfahrungen mit mechanischen Geräten. Am sichersten werden Sie dahinterkommen, wenn Sie mich an den Platz zurückbringen, an dem Sie mich festnehmen ließen.«

»Sehr feinsinnig bemerkt. Wie hieß der Korrektor in Trechsels Offizin? Der Mann, mit dem Sie sprachen, als Sie – abgeholt wurden?«

»Eminenz, Sie haben vorhin erwähnt, ich möchte Sie nicht verwechseln mit einem gewissen Inquisitor von Metz. Das war Savinis Methode, die Angeklagten direkt auszuforschen, nach Namen und Adressen. Als Verteidiger habe ich meine Mandanten darauf aufmerksam gemacht, wenn sie nach Namen gefragt werden und nicht ausweichen können, unter der Folter, sie sollen Namen von Toten nennen, das befriedigt den Inquisitor. Zunächst. Und es schützt die noch freien, Lebenden.«

»Der Korrektor nennt sich Villanovanus. Ich wollte mich vergewissern, ob Sie wissen, daß dieser Mann, dieser junge Mann, ein Spanier ist, Sohn einer alten Juristenfamilie, Servede, mit Vornamen Miguel. Ob Sie wissen, daß er schon ein bewegtes Leben hinter sich hat. Sekretär des Beichtvaters Karls V. gewesen. Bis vor wenigen Jahren. Zu vertraute Gespräche mit Oekolampadius in Basel, mit dem Feind des alten Glaubens. Entsprechende Titel tragen Servedes Veröffentlichungen, etwa – vor drei Jahren in Hagenau gedruckt: ›Der Irrtum von der heiligen Dreieinigkeit‹.«

»Wir Mediziner betrachten Villanova, der dem Mann, von dem Sie sprechen, Eminenz, offensichtlich Anlaß gab, gerade diesen Namen zu wählen, wir betrachten Villanova, den alten, großen Geheimnisvollen aus der Zeit vor dreihundert Jahren, als ein Vorbild. Auch er, Leibarzt mehrerer Päpste sogar, wurde von der Inquisition verfolgt. Aber dieser Arnaldus Villanova hatte zur Behandlung eines Leidens eine entscheidende Einsicht gewonnen und weitergegeben: Für den Arzt kommt es darauf an, daß er in rechter Weise die Leidenschaften der Menschen benutzen kann und ihr Vertrauen zu gewinnen und ihre Einbildungskraft in Bewegung zu setzen versteht. Dann kann er alles ausrichten.«

»Namen von Toten nennen, das befriedigt den Inquisitor. Zunächst. Sie sind konsequent, Doktor Cornelius Agrippa. Aber Sie enthüllen auch ein Stück Ihrer eigenen Kunst: Die Leidenschaften der Menschen benutzen.

Dann kann er alles ausrichten. Warum haben Sie nicht die Leidenschaft der damals regierenden Königin-Mutter auf die Errichtung eines medizinischen Kollegs in Lyon gelenkt? War Ihnen der Mann, der Sie für Ihren Freund hielt, der edle Doktor Symphorien Champier das nicht wert? Das ist kein zusammenhangloser Sprung, Doktor Cornelius Agrippa. Champier hat das Leben des großen, von Ihnen soeben gefeierten Arnaldus Villanova in einem Buch beschrieben. Halten Sie es für möglich, daß er Einfluß auf die Namensgebung des Spaniers Miguel Servede hatte? Kann man den neuen Villanovanus als seinen Schüler betrachten?«

Jetzt nichts sagen über die Hoffnung, die ein Mensch auf einen Schüler gründen kann. Wenn heute und morgen und die sechs Tage lang die Fragen, die unbedeutend und absichtslos erscheinenden, kommen, dann den eigenen Schüler mit dem Mantel des Schweigens schützen. Und wenn nichts anderes gewesen wäre in den sieben Jahren, in der Zeit der Abwesenheit von Frankreich: Er, Heinrich Cornelius Agrippa von Nettesheim, hat sein Wissen an einen Bestimmten weitergegeben. Aber hier, vor dem Inquisitor, wird er, Henri, die Kunst des unbestimmten Antwortens üben:

»Ein Schüler, Eminenz, was ist ein Schüler? Wir kennen die vier Arten. Er ist wie ein Schwamm oder wie ein Trichter oder wie ein Sieb oder wie eine Schwinge. Der Schwamm saugt ein, der Trichter läßt hinaus, das Sieb läßt Wein durch, behält Hefe zurück. Die Schwinge wirft Kleie aus, behält das Mehl. Und wir wissen von den vier Fähigkeiten der Schüler: Leicht fassen und leicht vergessen. Schwer fassen und schwer vergessen. Leicht fassen und schwer vergessen. Schwer fassen und leicht vergessen. Was ist ein Schüler? Haben wir aus den vier Arten und aus den vier Fähigkeiten einen wirklich

LA

Plaiſante, &

IOYEVSE

hiſtoyre du grand

Geant Gargantua.

Prochainement reueue, & de beaucoup augmentée par l'Autheur meſme.

A Valence,

Chés Claude La Ville.

1547.

Titelseite des »Gargantua und Pantagruel« von François Rabelais

Fähigen, dann erst können wir beginnen, ihn auf den Weg zu führen, daß er weise wird. Dann erst können wir ihn in den sieben Punkten prüfen, an denen man einen Weisen erkennen kann: Der Weise schweigt vor einem Überragenden. Er fällt dem anderen nicht ins Wort. Er ist bedachtsam mit der Antwort. Er kann zur Sache fragen und antworten. Er ist imstande, vom ersten zuerst und vom letzten zuletzt zu sprechen. Und wenn er etwas nicht weiß, sagt er, ich weiß es nicht. Und schließlich, wenn er einsieht, daß er sich irrt, gesteht er ein, daß er sich irrt.«

»Wie pikant, Doktor Cornelius Agrippa, aus Ihrem Munde die Betrachtungen zu hören, wie sie im Talmud stehen. Nicht ich, ein Kollege von Ihnen, der Doktor François Rabelais, derzeit Stadtarzt hier zu Lyon, wie Sie sicher bei Ihrem Eintreffen erfahren haben, man mußte ja nach dem Ereignis von 1529 etwas für die Verbesserung der Gesundheit in der Stadt tun, dieser Kollege von Ihnen nennt Sie, wenn die Rede auf Sie kommt, und das geschieht, wie wir inzwischen wissen, in den Straßen und Gassen, auf dem Berg und unten am Fluß sehr häufig, er nennt sie – den Herrn Trippa und den judaisierenden Ketzer.«

Bei dem Gespräch mit einem Inquisitor nicht über Lebende reden. »Ein anderes Vorbild war für mich der hochberühmte Arzt Isaak Judaeus, die Erinnerung an ihn stützt mich in meiner Absicht, über Rabelais zu schweigen. Isaak Judaeus empfiehlt in der Summe seiner Erfahrungen für Ärzte, man soll vor Laien nicht schlecht über einen Kollegen sprechen, denn, so meint es Isaak Judaeus, über jeden kommt seine Stunde.«

»Mein Gedächtnis läßt nach, judaisierender Ketzer hat Sie ja der Franziskanerbruder genannt, damals, vor fünfundzwanzig Jahren. Wie hieß er doch? Ich komme nicht darauf. Rabelais, der sicher nicht den Judaeus gelesen hat, hat Sie ja ganz anders genannt. Und ist im Grunde in doppelter Beziehung Ihr Kollege, als Arzt und als Verfasser von schönen Schriften. Katholjude hat er Sie bezeichnet. Und dreißig Teufel sollen Sie holen.«

»Ich, für meine Person, bin da noch nicht einmal so sicher, ob es überhaupt einen gibt. Und wenn es einen gibt, ob er etwas ausrichten kann, schon damals in Metz, vor dem Herrn Savini, habe ich die Gelegenheit nicht versäumt, meinen Zweifel an der Wirksamkeit des Teufels auszudrücken. Ich habe nur heute morgen erlebt, daß drei Männer mich äußerst unfreundlich in meiner Arbeit unterbrachen, ihrer Kleidung nach waren das offensichtlich Franziskaner, sie trugen die weißen Stricke, von denen wurde ich geholt. Hierher.«

»In Metz, Doktor Cornelius Agrippa, hatten Sie sicher ein dankbares Publikum für Spaßhaftes dieser Art. Wir wollen doch nicht billig werden, ja? Ich weiß sehr gut, auch in Ihren Schriften, besonders im Buch über die Eitelkeiten und Unsicherheiten aller Wissenschaften, stehen bedenkliche Passagen dieser Art. Die Herren der Theologischen Fakultät der Sorbonne nahmen jedoch zum Anlaß der Verdammung dieses Buches die zu zahlreichen Stellen gegen den Bilderdienst.«

»Auch die Schriften des alten Arnaldus Villanova wurden von der Inquisition zum Verbrennen auf dem Scheiterhaufen verurteilt. Und er ist groß geblieben und unvergessen. Gerade weil meine Bücher öffentlich verbrannt wurden, haben sie noch mehr Aufmerksamkeit erregt. Selbst Erasmus, der Weise, hat gesagt: Es wird über nichts anderes gesprochen als über meine Arbeiten.«

»Man kann über das Verbrennen von Büchern sehr zwiespältiger Meinung sein, Doktor Cornelius Agrippa, man kann das bedauern, denn, was ich vernichte, kann ich nicht widerlegen. Ich persönlich, das mag Ihnen eine Genugtuung sein, bin nicht für das Verbrennen der Bücher. Und ich gebe Ihnen sogar recht, Ihr Ruhm wurde dadurch nicht zerstört. Und uns ist ja auch mit der handwerklichen Fertigkeit der Menschen, mit der sich immer mehr vervollkommnenden Kunst der Buchdruckerei, die Zeit einfach davongelaufen. Es entwischen uns immer einige Exemplare. Ich meine, es gibt wirksamere Methoden. An Ihnen könnte ich das beweisen. Vielleicht kommen wir über einen Umweg zur Beantwortung meiner Frage, warum Sie noch einmal nach Lyon gegangen sind. Sagen Sie mir, was war in Paris. Sagen Sie mir die Wahrheit über Paris. Also, Sie ließen Ihre Frau Jana Tissie allein mit den unmündigen Kindern zurück. Wenn ich recht unterrichtet bin, trafen Sie dort Leporis.« Er unterbrach mit einem ärgerlichen: »Was ist denn?«

Ein Mönch kam nach ankündigendem Klopfen herein, er trug zwar die gleiche einfache Haustracht der Dominikaner wie der Inquisitor, aber die Art, wie er sich dem Stuhl näherte, mit betulicher Diensteifrigkeit, zeigte den Rangunterschied. Auch trug er keinen Ring. Schweigend überreichte der Mönch dem Inquisitor ein Blatt Papier und entfernte sich. Der Inquisitor las.

Ach Gott ja, die Wahrheit über Paris. Was soll er dem Inquisitor sagen? Wie er von einer Schranze abgefertigt wurde? Damals im März 26, als der König aus der Gefangenschaft zurückerwartet wurde. Hatte die Schranze gesagt: Aber mein Herr, warum sind Sie nach Paris gekommen? Wenn Sie in Lyon gearbeitet haben, dann müssen Sie auch in Lyon auf einer Gehaltsliste geführt worden sein. Warum die Mühe der Reise. Lyon ist für Sie zuständig.

Auf deinen harten Fluch hat er nicht geantwortet, nicht gelächelt, nur gefragt: Wie war doch der Name?

Agrippa.

Agrippa? Nie gehört.

Leibarzt der Königin-Mutter.

Ein Irrtum. Der Leibarzt heißt Leporis.

Ich bin Doktor Heinrich Cornelius Agrippa von Nettesheim, verstehen Sie, hat er damals sehr laut und heftig gesagt, und ich fordere mein Gehalt.

Nettesheim? Nie gehört. Gehen Sie zurück nach Lyon. Warten Sie dort.

Warten, worauf?

Ich, Agrippa, bin durch das Schicksal in einen Hund verwandelt. Und kann nur noch beißen und bellen und schreien und fluchen. Zum Hund aber fehlt mir doch etwas, die notwendige Fähigkeit, zu schmeicheln und zu wedeln. Vielleicht aber werde ich in einen philosophierenden Esel zurückverwandelt, denn nichts zu wissen, ist das glücklichste Leben.

Der Inquisitor liest immer noch, schüttelt den Kopf.

Was soll ich ihm sagen über Leporis. Die Wahrheit über Leporis?

Er hat ihn in Paris gesucht. Sonst kannte er dort niemanden. Er, Agrippa, hatte wirklich nicht die notwendige Fähigkeit zu schmeicheln und zu wedeln und jetzt noch einmal zu Madame Aloysia zu gehen. Er wollte nicht mehr den königlichen Launen ausgeliefert sein: Denn so ist unser Pläsier. Er wollte das Land verlassen. Mit Frau und Kindern und Gehilfen und Hunden. Mit allen seinen Schriften und Plänen für Bücher. Er wollte seine Wurzeln ausreißen. Zur Ausreise brauchte er Geld. Auch für den Umzug der Familie, sie sollten nicht mehr allein in Lyon bleiben, sie sollten hierher zu ihm nach Paris kommen. Und zur Ausreise aus dem Land brauchte er einen Geleitbrief. Der mußte allerdings ihre Unterschrift tragen. Leporis könnte die Unterschrift erwirken.

Der Inquisitor schaut durch die Brille den zu Befragenden aufmerksam an, sieht noch einmal auf das Blatt Papier, das der Mönch hereingetragen hat.

Was soll ich ihm vom letzten Treffen mit Leporis berichten? Er, Agrippa, hatte nachgedacht, was er dem Freund Leporis mitbringen könnte. Sicher, in seinen Briefen hatte er, Henri, um die beiden Dinge gebeten: Honorar und Geleitbrief für die Reise. Aber er wird sich am Treffpunkt, dem Griechenkeller am linken Ufer der Seine, nicht wie ein Bittsteller einfinden. Er ist ja nicht mittellos. Nicht arm. Er wird einen Teil seiner Ernte mitbringen. Frühjahr und Sommer hat er, wie ein guter Bauer, nicht vertan.

Er hat geschrieben und geschrieben. Sein Siebentagewerk, seine Erfahrungen vom Rabenhügel. Er wird die Vorrede für das Buch mitbringen, dem Freund vorlesen, damit der einen Geschmack davon bekommt.

Das dem Inquisitor berichten? Die Gefühle, wie er über die ausgetretene Steintreppe hinabging in den Griechenkeller? Tische mit Kerzen, Geruch vom gebratenen Schwein, eine Katze auf der Bank an der Wand. Und die Tochter des Griechen erwähnen? Wie sie den Tisch beiseite rückte, damit er auf der Bank Platz nehmen konnte, wie sie die Gläser für den Wein brachte? Und ihr flüchtiges Lächeln? Ihren stolzen, aufrechten Gang?

Oder den Augenblick heraufbeschwören? Der Freund kam. Der schöne Doktor Leporis. Und er küßte Agrippa auf beide Backen. War es jetzt wichtig, heute, was sie gegessen haben? Daß Leporis bestellte, nicht ohne ein Andeuten, wie bekannt er hier war? Sagte Leporis: Wir essen das, was ich hier immer esse. Was man hier gegessen haben muß. Hammel, verbesserte sich, vielmehr Hammelschulter. So wie es nur in Paris üblich ist, von den Knochen gelöst, gerollt und verschnürt, mit ausgelassenem Schweineschmalz. Du wirst zufrieden sein, Henri. Als sei er damals nur wegen der Hammelschulter mit ihm in diesen Keller gegangen.

Das schmeckt noch heute, angesichts des Inquisitors, bitter, daß er, Henri, sich damals von seiner Eitelkeit hat hinreißen lassen, daß er so begierig war, die Meinung des Freundes zu erfahren, daß er noch vor dem Braten, der berühmten Hammelschulter, aus seiner Vorrede laut gelesen hat. Er kann sich noch genau an die Stellen erinnern, die er für Leporis ausgewählt: *Gegen die starken und mächtigen Jäger aller Gelehrsamkeit ergreife ich jetzt die Waffen. Ich sehe den blutigen und gefährlichen Krieg, in den ich mich einlasse: Ich bin von einem Heer vielwissender Leute umgeben. In welchen Rüstungen werden sie mir entgegenkommen? Zuerst werden die überklugen Grammatici mir entgegentreten mit ihren Etymologien, ihren Wortableitungen, meinen ehrlichen Namen vergessen. Sie werden statt Agrippa Podagra sagen, Fußgichtkranker.*

Er hat es noch im Ohr, wie Leporis lachte, es schreckte die Katze auf. Aber sie kam zurück. Das Lachen klang unangenehm. Es war ein sattes Lachen. Und doch hat er weitergelesen, damals.

Die hochmütigen Poeten werden mich in ihren Versen schlechtmachen. Die großsprecherischen Rhetores oder Redner werden mich einer Majestätsbeleidigung beschuldigen. Die Sophisten oder die Weltweisen werden ihre Worte wie Fesseln um mich legen.

Oder dem Inquisitor berichten, wie die Tochter des Griechen leise, um nicht zu stören, nur den Leporis fragte, ob zum Braten die scharfe Soße gewünscht werde oder die liebliche. Und heute berichten, wie damals bei der geflüsterten Antwort die Hand des schönen Arztes ins Leere ging, wie er, Agrippa, sich gewundert, daß Leporis nicht das Gespür hat, diese stolze Tochter läßt sich nicht auf den Hintern schlagen. Wie er noch weiter gelesen hat, bei der Suppe, hingerissen von seinen eigenen Worten:

Die vieltonigen Musici werden mir mit ihren knarrenden Pfeifen, Posaunen und Waldhörnern den Kopf zum Platzen vollpfeifen. Die stolzen Frauen werden mich nicht zum Tanz bitten, und die jungen Mädchen werden mir ihren Mund nicht mehr zum Kuß bieten. Diejenigen, die glauben, Bildschnitzer und Maler zu sein, werden mich häßlicher als einen Affen schnitzen und malen.

Wie soll das der Inquisitor verstehen, wenn er, Agrippa, es heute selber nicht mehr versteht, daß er damals im Griechenkeller nicht die Blätter beiseite gelegt und mit Lesen aufgehört hat. Über die Bemerkung des Freundes – war er denn je Freund – hinweg: deine Suppe wird kalt, weitergelesen:

Die schändlichen und bissigsten Zynici oder Philosophen werden mich in ein Faß einschließen wollen. Die pestilenzialischen Akademici werden mir eine böse Frau wünschen. Der Gesetzgeber wird mir alle Ämter versagen. Der wollüstige Fürst wird mich vom Hofe wegschaffen, und die Großen werden mich von ihren Tischen verjagen. Der schreckliche Tyrann wird mich zu wilden Tieren einschließen. Sogar das verhärtete Volk wird mich auf den Gassen beschimpfen.

Heute die Läppischkeit erzählen, wie Leporis einfach in sein Lesen hineinredete? Ich mache mich schon an die Vorspeise, Henri, das ist der Schinken, wie du ihn auf der ganzen Welt nicht wieder bekommst: Der Schinken mit der karamelisierten Kruste. Da solltest du niederknien und beten. Entschuldige mich. Lies ruhig weiter. Wenn du das auslassen willst, nehme ich deine Portion mit.

Die zusammengerotteten Regenten werden mich ins Exil verjagen. Der gemeine Mann, und auch das hatte er nun in seiner Einsamkeit in Paris zum langen Kriegsheer gegen sich gezählt, *der gemeine Mann, der wie ein vielköpfiges Tier ist, wird mich nicht anhören und ins Verderben jagen. Das Gemeinwesen wird mich einer Verräterei beschuldigen.*

Der Inquisitor faltet das Blatt Papier zusammen, steckt es in den Ärmel seiner Kutte, steht auf, geht schweigend zum Fenster. Schaut hinaus. Beachtet seinen Gefangenen nicht.

Hier, in diesem Raum, in der Erinnerung, die manches verändert, meint er, die Tochter des Griechen habe Ähnlichkeit mit Nanon gehabt. Nicht das Gesicht, aber die Art, sich zu bewegen. Der Stolz. Das Aufrechte. Ach, er hat sich von Nanon nicht verabschiedet. Seine Liebe zu ihr hat keinen Anfang? Hat kein Ende? Und da hat er dem Leporis in Paris im Griechenkeller auch noch von den Bettlern vorgelesen:

Sogar die Bettler werden das Armenhaus vor mir verschließen.
Er hat dem Leporis so lange vorgelesen, bis der ihn mit einem Wort so störte, daß er endlich die Blätter beiseite auf die Bank legte. So lange, bis das unterbrechende Wort kam, hat er, Henri, sich an seiner eigenen Stimme berauscht:

Die verfluchten Kutten- und Mönchskappenträger werden mich von ihrem Predigtstuhl und von der Kanzel herunterwerfen. Die allmächtigen Päpste werden mich für das Fegefeuer vorsehen. Schiffer, Kaufmann und Steuereinnehmer werden mich ruinieren. Der harte Bauer wird mir Garten und Feld verbieten. Der Hirte wird mir wünschen, der Wolf soll mich niederreißen. Der Fischer wird seine Angel nach mir werfen. Der Jäger Habicht und Hunde über mich schicken. Der Landsknecht wird mich ausplündern, ausrauben und mir eine Kugel schenken. Die dreckfressenden Medici werden mir das Harnglas auf den Kopf gießen ...

Und wo ist für das alles die – jetzt das unterbrechende Wort – Motivation? fragte Leporis kauend.

Motivation? Begründung? Wenn du so fragst, schöner Doktor Leporis, war mein Vorlesen sinnlos. Also gut, essen wir Hammelschulter. Und zum Nachtisch die gekochten Birnen. Dem Inquisitor jetzt über die Katze berichten, wie sie sich auf die beschriebenen Blätter setzte, behaglich? Oder die nicht ausgesprochene Frage an Leporis: Was zählt deine Freundschaft, wenn du nach der Begründung für diese Art meines Schreibens fragst? Ist nicht ein wesentlicher Teil der Freundschaft Bemühen um Verständnis? Oder jetzt berichten: Bevor wir gingen, war die Katze gegangen, hinuntergesprungen vom Papier. Ich griff nach meiner Arbeit, die der Freund kaum zur Kenntnis nahm. Und spürte unter meiner Hand noch die Wärme der Katze auf dem Papier. Die Aufmerksamkeit des Tieres mit seinem Hintern war nachhaltiger als die des Gelehrten, der sich für einen *großen sorbonnischen Doktor* hielt.

Nein, nicht Leporis war Helfer in Paris gewesen. Und er bekommt jetzt nicht mehr die Zeit nachzudenken, was erwähnen, was verschweigen von Paris, der Inquisitor geht vom Fenster her auf ihn zu, bleibt vor ihm stehen, schaut ihn an, auf und ab. Wendet sich zu seinem Stuhl. Setzt sich. Müde mit einemmal.

»Meine Konfratres tragen Zweifel vor, ob Sie wirklich Heinrich Cornelius Agrippa von Nettesheim sind. Sie sind besorgt, ob ich meine Zeit nicht an einen Falschen verschwende. Sie sind doch Heinrich Cornelius Agrippa von Nettesheim?«

»Wenn ich es nicht wäre, wenn ich beweisen könnte, ich bin es nicht, käme ich dann frei, Eminenz?«

»Dann hätten Sie sich wirksamer ausgelöscht, als ich es könnte. Dann wäre Ihr Name gar nichts mehr wert. Fühlen Sie sich stark genug, noch einmal neu anzufangen, als völlig Unbekannter? Und wo, bitte?«

War es nicht Freund Champier, der nicht arme Arzt der Armen, der aus der Legende um den heiligen Antonius das ermunternde Gotteswort einmal, damals, in der Zeit vor seiner Reise zum Herzog von Bourbon, erwähnt? »Antonius, ich will sehen, wie du kämpfen kannst.« Wie soll er hier herauskommen. Wie? Ist das ein Ausweg, der Ausweg, nicht mehr ich selbst sein? Nicht mehr der Mitretter der jüdischen Bücher? Nicht mehr der Retter der Bäuerin von Metz? Und meine Bücher nicht mehr meine Bücher? Und meine Berühmtheit im Beruf der Medizin *bis hin zur Wundertat zum Wohle vieler*? Meine Taten nicht mehr meine Taten?

»Ich sehe, Sie sind erschöpft. Brechen wir ab. Man wird Sie wieder zu Tal führen. Halten Sie sich bereit, bis Sie wieder gerufen werden. Wenn ich Ihnen noch meine Meinung mit auf den Weg geben darf, ich zweifle nicht, daß ich mein Gespräch mit Cornelius Agrippa bisher hatte, der Zweifel kam von meinen Konfratres.«

69

Der zweite Tag vor dem Inquisitor. Derselbe Stuhl, dieselbe Haltung des Fragenden. Läppische Nebensächlichkeit, die dem Vorgeführten durch den Kopf ging auf seinem Weg zum Schemel: über die Bescheidenheit dieses Stuhls. Die Welt kannte inzwischen einen Entwurf Dürers für eine bequeme Sitzgelegenheit eines anderen Kardinals, für den Feind aller Humanisten, man nannte ihn auch »das Aas« Matthias Lang oder den Bauernschlächter. Was will der Inquisitor von mir, mich auslöschen und verändern zu einem anderen, daß ich, der Unbequeme, für seine Bequemlichkeit sorge? Und ausführe, was er sich wünscht, seine Schwierigkeiten verschöne? Ausführer und Verherrlicher? Die Welt ist voll von ihnen, und der Ausführer und Verherrlicher wird es kein Ende nehmen, auch weil da immer wieder die Plünderer sind, die empfindliche Verluste zufügen. Es wird immer genug leeren Raum geben für die Verherrlichung der Taten und genug leeren Raum zum Ausführen der prunkvollen Bedürfnisse.

»Ich bin Heinrich Cornelius Agrippa von Nettesheim. Ich habe nicht den Wunsch, ein anderer zu sein. Ich stehe zu Ihrer Verfügung.«

»Nicht zu meiner, nur zur Beruhigung meiner Konfratres habe ich hier einen gewaltigen Stoß von Notizen und Angaben über Sie, Sie sehen, es hat sich allerhand im Laufe der Jahre gesammelt. Auch dieses und jenes Vertrauliche, das ein Fremder, ein Falscher, zusammenhängend gar nicht wissen kann. Ich wäre Ihnen verbunden, wenn Sie Ihren Lebensgang kurz schildern könnten, ich werfe einen vergleichenden Blick in die Papiere. Und die Konfratres sind zufrieden. Sie sehen, nicht einmal ein Inquisitor kann darauf pochen, ganz frei in seinen eigenen Entschlüssen zu sein und ohne korrigierende Helfer auszukommen.«

»Ich bin am 14. September 1486 in Köln am Rhein geboren. Mein Vater war ein wohlhabender Bürger. Er starb, als ich den Prozeß in Metz gewonnen hatte.«

»Wie waren die Beziehungen zwischen Ihnen und Ihrem Vater?«

»Als ich dreizehn Jahre alt war, brachte er selber mich zu denen, die darüber entscheiden sollten, ob ich an der Kölner Universität aufgenommen werden könnte.

Zu meinem Erstaunen wurde nicht mein Wissen geprüft, sondern der Inhalt des Geldbeutels, den mein Vater abgab. Damals fühlte ich mich von ihm, dem Gebenden, und von den Lehrern, Angehörigen Ihres Ordens, gleichermaßen beleidigt. Ich hatte geglaubt, zumindest meine lateinischen Kenntnisse würden überprüft.«

»Ja, dieses so offene, oft gierige Nehmen, es ist eine Krücke. Und bürgt nicht einmal für Sicherheit. Ich glaube, von unserem gemeinsamen Bekannten, Doktor Symphorien Champier, stammt die geistvolle Bemerkung, die Sorbonne schluckt Berge von Silber, und heraus kommen Leute mit Messern. Wir erziehen unsere eigenen Gegner. Das ist ein Phänomen, dem wir alle unsere Beachtung schenken müssen. Auch Sie haben ja an unserer Sorbonne erst einmal Denken gelernt. Sie waren dort mit sechzehn, siebzehn Jahren. Das sagen die Papiere. Dann kommt wohl Ihr Abenteuer in Spanien. Auf der schwarzen Burg, das schenken wir uns. Ach, hier, der Name des Franziskaners, der mir gestern entfallen war: Jean Catilinet, Beichtvater der Statthalterin von Burgund. Ja, das Alter beginnt sich bemerkbar zu machen, ich hatte sogar vergessen, daß ich den Namen vergessen hatte. Judaischer Ketzer hat er Sie genannt. Warum?«

»Das steht doch in Ihren Papieren.«

»Ich möchte es aber von Ihnen hören. Nur wenn ich Ihre Gedanken zu Ihren Taten erfahre, kann ich meine Konfratres ausreichend beschwichtigen.«

»Dôle. Meine ersten Vorlesungen an einer Universität. In der schönen, apfelreichen Stadt Dôle.«

»Wir kennen Ihre Vorliebe für Apfelkuchen, die Stadt Metz haben Sie ja bei Ihrem Weggang verflucht, auch weil der Apfelkuchen dort so schlecht war, von alten Eiern. Sie sehen, wir sind genau unterrichtet. Für uns gibt es nichts Nebensächliches. Die Wahl Ihres Themas für Ihre Vorlesungen hat Ihnen ja schon von Anfang an einen gewissen Stempel aufgedrückt.«

»Sie meinen, ein Brandzeichen an der Stirn. So wie Sie dem Wollkämmerer Pierre Leclerc eine Lilie in die Stirn einbrannten. Zeichen Ihres Ordens. Also Ihr Eigentum. Das Sie auf den Scheiterhaufen bringen können, wann die Zeit Ihnen dafür gegeben scheint.«

»Bleiben Sie bei der Sache, Doktor Cornelius Agrippa, das Zeichen haben Sie sich selber auferlegt. Es war Ihre Wahl, bei Ihren ersten Vorlesungen in Dôle über das Werk Reuchlins zu sprechen ›Vom wundertätigen Wort‹. Und ich sehe, in Ihrem grenzenlosen Hochmut haben Sie Ihr Leben lang bis heute daran festgehalten, daß Sie selbst gelten wollen als Beschwörer des wundertätigen Wortes. Voll und ganz stimmten unsere beiden Orden, Franziskaner und Dominikaner, in der Verurteilung des Reuchlinschen Werkes und all derer, die es begrüßten, überein. Aber Sie?«

»Alle jüdischen Schriften sollten verbrannt werden. Ich will Sie nicht an Ihre eigenen Worte von gestern erinnern, über das Verbrennen von Büchern. Aber der Angriff der Franziskaner gegen mich war ein Angriff auf den selbständig forschenden Menschen. Ja, ich bekenne noch heute, man kann aus diesen Büchern lernen, wenn auch nicht in dem Umfang, wie ich es damals annahm, daß man mit Hilfe hebräischer Worte alles Verborgene erkennen könne. Es war, und ich sage das nicht ohne Genugtuung, mein erster, nicht unbewußter Schritt zu einer schwierigen Operation. Sie sagten, die Studenten der Sorbonne kämen mit einem Messer aus der Lehranstalt heraus. Ich vervollkommne dieses, Ihr oder Champiers Bild, wenn Sie es gestatten, mit dem Messer des

Verstandes wollte ich die Theologie von den Wissenschaften trennen. Aber im Glauben bei der Kirche bleiben.«

»Ich höre. Weiter.«

»Damals in dieser Zeit in Dôle begann ich nach ausführlichem Studium der Kabbala meine erste Fassung ›De occulta philosophia‹. Und widmete sie dem berühmten Abt von Sponheim, dem gelehrten Trithemius, der die unerlaubte und die erlaubte Magie auf das hervorragendste getrennt hat, in die schwarze und die weiße. Seine Antworten auf die acht Fragen des Kaisers Maximilian über das Verhältnis zwischen den Menschen und den dämonischen Wesen waren dann für meine juristischen Überlegungen zum Hexenprozeß in Metz nützlich.«

Der Befragte bemerkte, wie bei dem Wort nützlich die verkrampfte linke Hand des Inquisitors sich öffnete und wieder schloß. Er wartete einen Augenblick. Da nichts sonst geschah, redete er weiter: »Die Frage des Kaisers an den Abt hieß: ›Warum können gottlose, schlechte und vom Glauben abgefallene Menschen, etwa jene Frauen, die wir Hexen nennen, den bösen Geistern befehlen, während gute und sehr eifrige Christen weder über die guten noch über die bösen Geister zu gebieten vermögen?‹ Die Antwort des Abtes hieß: ›Die Ähnlichkeit des Willens macht die Bösen und Gottlosen den Dämonen gleich. Die Unähnlichkeit des Willens bringt die Guten und Gerechten in einen vollkommenen Gegensatz zu den Dämonen.‹ Sie wissen, Eminenz, zur Erläuterung für den Kaiser meinte der berühmte Abt: ›Wo aber keine Freundschaft infolge der Gleichheit des Willens sich findet, da kann auch kein Vertrauen des einen zum anderen bestehen und kein gegenseitiges Zusammenwirken zum Hervorbringen von Wundern.‹ Und, Eminenz,

Albrecht Dürer, Antwerpen, Landeplatz an der Schelde

der Zusatz steht mir noch genau vor Augen, wie er den Kaiser anredet: ›Auch Ihr, glorreicher Kaiser, nehmt, da Ihr ein Mensch seid, als Fürst und Regent keinen, der in seiner Gesinnung Euch durchaus entgegen und unähnlich ist und sich Eurem Willen beständig widersetzt, zum Vertrauten an.‹ Ich mußte in Metz unter allen Umständen auf einen reinen Hexenprozeß dringen, jede theologische Frage, ob die arme Bauernfrau vom alten Glauben abgefallen sei, als nicht zur Sache gehörig abwenden.«

»Jetzt haben Sie es selber gesagt, es war in Metz eine haeretische Hexe. Es ist in Metz ein ganzes Nest von Ketzern ausgehoben. – Auch Pierre Leclerc, der Gebrandmarkte, ist in diese Stadt gegangen. – Wir wissen, die Frau hat Ketzer versteckt, jetzt wissen wir es. Diese Frau hätte doppelt ins Feuer gehört. Und wenn Sie, Doktor Cornelius Agrippa, dem Scheiterhaufen entgangen sind, so ist das der Unentschlossenheit und Unfähigkeit des dortigen Inquisitors zuzuschreiben. Sie hätten schon damals verbrannt werden müssen. In Erfüllung des Punktes aus dem Hexenhammer, wer sich zu sehr für Ketzer einsetzt, als Verteidiger, ist selber ein Ketzer. Es freut mich, daß ich Sie dazu gebracht habe, mir Ihren Willen zum Bösen zu offenbaren. Es gibt keine Trennung zwischen den Wissenschaften und der Theologie, für mich nicht. Weder in der Juristerei noch in der Medizin. In dieser Frage stehe ich voll und ganz hinter den Professoren der Sorbonne.«

Preisgegeben der Angst. Er spielt mit mir. Und der Entschluß, mich zu verbrennen, ist längst gefaßt. Ich bin ausgeliefert. Und da treibt er sein teuflisches Spiel im Namen seiner Konfratres, die wissen wollen, ob ich es wirklich bin. Sechs Tage lang will er mich vor Augen haben. Wozu? Vorbereitung zu einem Prozeß? Oder ein schnelles Ende ohne Prozeß? Oder gar nichts? Und was wieder ist dann dieses, des Inquisitors Nichts – für mich? Lohnt es zu kämpfen, wenn es keinen Ausweg gibt? Ich weiß nicht, ob ich das aushalte, sechs Tage. Und ohne Hoffnung. Er wartet darauf, daß ich meinen Namen leugne, auf die Knie falle und schreie: Ich bin es nicht. Aber dann lasse ich den Schutzmantel des Namens mit fallen. Dann bleibe ich im finstern Sack eingeschlossen, wenn ich nicht einmal mehr mich laut zu bedauern wage, wie der Talmud es für den Rabbi Tarphon wußte, die Rettung liegt im Bekenntnis zum Namen. Ja, ich habe von ihren Bäumen die Früchte heruntergeholt. Nach ihrer Ernte, die Früchte, die für sie zu hoch oben hingen. Sie geben sich zufrieden mit dem Glauben, das ist ihre Ernte, davon sind sie satt und faul. *Und was sie nicht durch ihre Kraft und ihren Fleiß erforschen können, das verachten sie und lachen es aus.* Noch ist mein Geist stark genug, mich als ein Schüler des Rabbi Tarphon zu versuchen, mich wehren mit dem Wort. Aus der Dunkelheit reden: »Eminenz, in den sieben Jahren, die ich von Frankreich abwesend war, habe ich ausführliche Studien und Versuche über Dämonen betrieben. Die Unsicherheit auf diesem Gebiet ist so groß, weil die Stellen in der Bibel, die herangezogen werden könnten, zu Mißverständnissen führen. Ich habe in diese Aufgabe einen Schüler eingeführt, und ich setze alle Hoffnung auf ihn . . .«

Um Gottes willen. Nicht den Namen des Schülers hineinziehen. Aufhören. Nicht noch eigene Schlingen legen und im dümmlichen Eifer der Selbstverteidigung den Schüler opfern.

»Ja, Doktor Cornelius Agrippa, ich höre. Ich sehe, Sie haben sich gefangen«, doppeldeutiges Wort, »Sie fühlen sich stark genug, ohne Pause sich mir weiter zu eröffnen. Bitte, Sie sagten, Sie setzen alle Hoffnung auf einen Schüler?«

Nichts von der Zeit in Bonn, als er im Studierzimmer mit diesem Bestimmten saß. Er wird abbiegen auf die Zeit vorher. Nichts über Lebende, über Tote reden. Noch einmal ist es Herkules, der ihn vor einem schrecklichen Fehler bewahrt. Herkules, in Antwerpen, in dem schönen Haus, das nach Paris glücklicher Zufluchtsort geworden, gestorben an der Pest. Unter seinen Händen, der sein Leben neben ihm vielleicht nur deshalb ertragen hatte, weil er den Namen Herkules erhielt, der überall in jeder Stadt seine Freunde fand, der zwar ständig nörgelte, alles besser wußte, aber immer zur Stelle war und vieles besser wußte. Und hat die drei goldenen Äpfel von weither, aus erschreckender Ferne geholt, hat das uralte Geheimnis gewußt: Diese goldenen Äpfel, von dem erstaunlichen Baum, sind von einem einzelnen nie und unter keinen Umständen zu erreichen, schon die Auskunft über den Weg dorthin muß ein anderer geben. Und der Weg, vorbei am Fuße des Kaukasus, und den dort festgeschmiedeten Prometheus befreit. Der Befreite, der Rat weiß, der einen Starken kennt, einen Zuverlässigen, einen Erprobten, den man ausschicken kann, diese Äpfel zu holen. Atlas, der auf seinen Schultern das Himmelszelt trägt.

Und in der Zeit, in der Atlas für Herkules die Äpfel aus der Ferne, von den Töchtern der Nacht holt, übernimmt Prometheus den Himmel.

Er, Agrippa, weiß nicht, wer ihm den Himmel getragen hat, er weiß nicht, wie oft ihm der Himmel getragen wurde, er hat die Freunde seines Herkules nie gesehen oder nicht bewußt gesehen, er hat sich bei ihnen nicht bedankt, daß sie für ihn die Last des Himmels auf sich nahmen. Für ihn, Agrippa, hat nur der Augenblick gezählt, in dem er die drei goldenen Äpfel vor der Welt zeigen konnte. Der Glanz der goldenen Äpfel war sein Glanz, er, Agrippa, war noch abhängiger gewesen als Herkules, er hat Herkules zum Diener gehabt.

Nun ist niemand mehr da, der auf diesen Namen hört, den er rufen kann. »Eminenz, ich meinte meinen Vertrauten Herkules, mit ihm hatte ich alle Überlegungen über Dämonen bis in die Tage seines Sterbens, er redete mit der Krankheit, als sei sie eine ansprechbare Person, er redete mit ihr, als sei sie eine Frau, Frau Pest, und könne mit Worten und Beschwörungen zum Weggehen veranlaßt werden.«

»Starb nicht zuerst Ihre Frau? Wenn wir recht unterrichtet sind, waren Sie in Mecheln. In Diensten der Habsburgerin Margarethe, der Schwester des Kaisers. Als Hofhistoriograph. Eigenartig, immerhin, der Mediziner war nicht zur Stelle. Sie weigerte sich, von anderen Ärzten auch nur angerührt zu werden . . .«

Jana Tissie. Ich bin nicht der Erzbischof von Saragossa, ich konnte dir nicht von der heiligen Mutter auf dem Pfeiler den Mantel bringen. Ich glaube nicht an die Kraft des Mantels. Dich zu heilen. Nicht einmal dich zu trösten im Sterben. Aber für dich hätte ich ihn geholt, nur um dich lächeln zu sehen, noch einmal, vielleicht. Große Gesten. Kindlich große Gesten.

Mecheln. War da was? Was war da? Daß ich meine Zeit verlor. Dich. Hofhistoriograph, ja. Aber da war eine Angeklagte.

»Sie haben sich erstaunlich schnell getröstet mit einer anderen Frau, ganz gewöhnlicher Herkunft.«

Ich habe mich nicht getröstet, das zu erklären, und ausgerechnet einem Inquisitor zu erklären, käme einem Verrat gleich. Über diese Tote, über Jana Tissie nicht reden. Da ist noch immer ihre Stimme, vom ersten Morgen, die sagte: Ich will dir erzählen, wie Agrippa ist.

Ich habe dich geweckt, du hast dich nicht gerekelt, hast nicht gegähnt und hast nicht in der Blödigkeit des unterbrochenen Schlafes gefragt, wo bin ich. Du hast gesagt: Ich bin da. Und ein Ja dazugesetzt. Und das Ja klang wie ein tiefes Lachen. Das Lachen, stark zu sein, zu leben und wissen, wofür leben. Ich war neugierig, Henri. Er hatte den Klang ihrer Stimme unauslöschlich in der Erinnerung, gerade dieses leichte des ersten gemeinsamen Tages, ich war neugierig, wie der erste Morgen sein wird. Danach, wie ein Mann am Morgen ist, kann man seine Art zu leben beurteilen. Du brauchst nichts weiter, als einen Mann am Morgen zu sehen. Und schon weißt du, wie sein Wesen ist. Entscheidend ist der Anblick nach dem Erwachen. Da ist er unverstellt. Da zeigt sich sein Inneres außen. Da hatte er noch nicht die Zeit, sich die Maske, welche auch immer, überzuziehen. Dieses Mürrischsein, aus der Wärme des Bettes sich ungern lösen oder mit glotzenden Augen sich die Dumpfheit der Träume noch einmal heranholen, dieweil es schon Tag ist.

Und es ist Tag, auch im Winter, auch wenn Dunkelheit herrscht, ist doch schon Tag. Sie, Jana Tissie, war es von Henri gewöhnt, daß er auch die Dunkelheit der Winterfrühe als Tag anerkannte. Sicher, Maria Genoveva und Herkules waren schon immer zur Stelle. So wie der Bäcker auch in der Frühe am Platze zu sein hat. Und der Bauer, der das Vieh füttert. Das zählte in Jana Tissies von Selbstergriffenheit erfüllten morgendlichen Überlegungen nicht. Das waren die Selbstverständlichkeiten des Lebens. Aber ein Humanist.

Gut, gut, manche machen die Nacht zum Tag und lassen ihr Öllämpchen nicht ausgehen. Und bleiben erst recht in der winterlichen Frühe unter der Bettdecke. Wir kennen ihre Angewohnheiten nicht. Wir wissen nur von Henri, wie es mit ihm war am Morgen, und wir wissen es nur aus der Zeit von Jana Tissie. Hustete er nicht? Spuckte er nicht? Rekelte er sich nicht? Kratzte er sich nicht? Sicher spuckte er vor dem Husten, beim Husten, nach dem Husten. Und kratzte sich auch. Aber er hatte nicht das Stöhnen dabei. Dieses schreckliche, niederziehende Stöhnen, das anzeigt, welch eine Last das Leben doch sei.

Sein Tagesbeginn hatte nichts Niederdrückendes. Er war vielleicht der einzige Mensch auf der Welt – jedenfalls soweit Jana Tissie Einsicht haben konnte –, der mit einem Witz am Morgen aufwachte. Und ihn erzählte, wie andere – möglicherweise – ein Märchen. Er war sicherlich der einzige Mensch auf der Welt, der nachts aufwachte, vor Lachen aufwachte, weil er geträumt hatte, wie er einen Witz erzählt.

Er war nicht rechthaberisch, nicht nachtragend. Das wurde in der dunklen Frühe eines Wintermorgens besonders deutlich. Wenn er ein Hemd nicht am Platze fand, redete er nicht darüber. Er zerredete den beginnenden Tag nicht. Das war sein Geheimnis, seine Maske: Er hatte keine Maske. Das war seine Stärke. Er brauchte sich in der Frühe nicht zu sammeln. Er war gesammelt.

»Sie haben sich erstaunlich schnell getröstet mit einer anderen Frau, ganz gewöhnlicher Herkunft. Warum entgegnen Sie nichts, Doktor Cornelius Agrippa. Was ist?«

»Eminenz, ich kann nicht mehr folgen. Ich kann nicht mehr.«

Der dritte Tag vor dem Inquisitor. »Ich sehe, Sie haben sich gefangen«, ständig wiederkehrendes Wort, doppeldeutiges Wort.

»Sie wollten wissen, Eminenz, warum ich so bald wieder geheiratet habe. Da waren vier unmündige Kinder. Haymon, der Älteste, Heinrich, Johannes und der Kleinste. Auch Genoveva Maria war ein Opfer der Pest.«

Und hatte auch sie nicht retten können, auch für Maria war er zu spät aus Mecheln gekommen. Denn bis auf einen anderen Arzt, Jean Thibault, waren alle Doktoren der Medizin aus der Stadt geflohen. Allein vor dem Anblick der aufbrechenden Beulen, aus Angst, sich anzustecken. Maria hatte sich an ihn geklammert.

Ich darf noch nicht sterben, Herr Agrippa, hören Sie. Sie haben da etwas von mir nicht gewußt, bisher nicht. Ich darf nicht sterben. Noch nicht jetzt. Da ist mein Bruder, für den niemand sorgen wird. Er wird herumgestoßen werden in der Welt. Ich will es Ihnen gestehen, manchmal, wirklich selten, ein-, zweimal, habe ich Ihren Namen benutzt. Habe in Ihrem Namen in Lyon Hilfe bekommen, daß er bei Fischern bleiben konnte. Er ist doch taub. Er kann für sich allein nicht leben. Er ist immer da gewesen, wo ich war. In Genf, in Fribourg und in Lyon, ich habe das Hänsli vor Ihnen verborgen. Ich muß zu ihm. Er ist doch in Lyon geblieben. Lassen Sie mich nicht sterben, ich muß wenigstens jemand zu ihm schikken, mit Geld. Fragen Sie den Herkules, der weiß es. Den habe ich in mein Geheimnis eingeweiht, weil er verschwiegen ist. Er hat Leute gewußt, die geholfen haben, in jeder Stadt. Überall. Er kennt die Fuhrleute, er weiß, welcher Kaufmann eine Sendung nach Lyon hat. Mein Hänsli hatte doch keine Schuld. Sie haben ihn als

Landsknecht gekauft. Sie haben ihn verkauft. Er hat sich verkauft. Ich flehe Sie an, rufen Sie Herkules, ich will ihm mein Erspartes geben, daß er es für Hänsli verwaltet. Herkules ist stark und gut und treu und zuverlässig. Konnte er der Sterbenden sagen, Herkules ist tot? Er, Henri, hat den Namen der Fischer nicht mehr erfahren.

»Sie nannten Ihre dritte Frau in eigenartiger Hartnäkkigkeit die Mechlerin?«

Ach, ja, schwer zu erklären, einem Inquisitor. Bei seiner Arbeit als Historiograph in Mecheln erfuhr er: Eine junge Frau war vor Gericht beschuldigt, ihrem Pflegevater 36 Gulden gestohlen zu haben. Er fühlte sich noch einmal als Jurist gerufen, als Verteidiger. Da stand die Angeklagte. Sie stand da wie die Liebe selbst. Sehr groß, sehr schlank. Das Haar losgelöst, bis hinab zum Gürtel. Sie hatte nichts Rührendes um sich. Nichts Herausforderndes. Sie war ein Bild vollkommener Schönheit. Wie sah ihr Gesicht aus? Regelmäßig. Schon jetzt habe ich die Einzelheiten vergessen. Es paßte alles harmonisch zusammen, Nase, Augen, Ohren, Mund, Stirn. Ich hatte sie vorher nie gesehen. Es ging etwas Unverlierbares von ihr aus, obwohl sie zu den Verlorenen zählte. Mit dem Pflegevater geschlafen, ihn bestohlen, ihm weggelaufen, dann wiedergekommen, getrieben von der Liebe oder dem, was sie Liebe nannte, wie ein Blatt getrieben, ohne zu denken, ohne Gedanken. Da mitten hinein kam der Ruf, Jana Tissie liegt in Antwerpen krank. Ich unterbrach die Verteidigung. Und blieb in der verpesteten Stadt und konnte vielen Hilfe bringen. Und blieb, bis die Pest erloschen war. Und schrieb die Erfahrungen über die Seuche auf. Und tat meine Pflicht als Arzt. Verteidigte den anderen, einzigen, der geblieben war, den Doktor Thibault, vor den Angriffen, die später die sorbonnischen Doktoren gegen ihn gerichtet, er habe kein

Doktordiplom. Ich kehrte zurück nach Mecheln, da hatte die Frau den Prozeß verloren. Als sei das meine Schuld, so fühlte ich. Und wußte, sie liebt mich nicht. Sie ist dankbar und sagt ja. Dankbare Schöne. Schöne Dankbarkeit.

Ja, so läßt es sich doch dem Inquisitor ganz verständlich erklären. Für die Mechlerin war ich gekommen wie der König im Märchen, mit einer Macht, das Tor des Gefängnisses zu öffnen. Nicht mehr jung genug für sie? Ja, ja, aber doch mit aller Kraft und Herrlichkeit und Weisheit auch. Und also wissend, sie, die Mechlerin, hat gar keine andere Wahl. Wer wird, wenn er im kalten, regennassen Verlies sitzt, nein sagen. Und wenn's der Teufel selber wäre, der da sagt: Ich will dich heiraten, und du bist frei. Nun gestürzt in eine andere Unfreiheit. In den Schatten der Dahingegangenen treten. Mutterlose Kinder speisen und kleiden und behüten. Und täglich hören müssen: Aber Jana Tissie hat es so gemacht.

Die Schöne, mit den ebenmäßigen Zügen. Es ist nichts geblieben von der Kunst ihrer Erziehung. Man weiß nichts von großen Taten der Kinder, zu denen sie durch die Kraft der Schönen hingerissen worden wären. Es war gewiß nicht schwer, die Mechlerin zu verführen, einer, irgendeiner hatte das denn auch getan, sie hatte es in Eile vorbereitet, alles Silberzeug aus dem Hausrat verkauft. Und kehrte zu mir ins Haus zurück. Aber sie hat gelebt, sagten manche Nachbarn mit Anteilnahme. Wenn das Leben nichts anderes sein soll als das kurze Feuer, das alle Gedanken verbrennt. Sie kann froh sein, daß sie das hatte, den hat sie doch geliebt, sagten die, die es nie hatten.

»Erst als ich bemerkte, daß sie, für wen auch immer, aus meinen Aufzeichnungen Blätter entwendete, um einem anderen Gelegenheit zu geben, Bücher daraus zu machen, untersagte ich ihr, mein Haus zu betreten. In Ihren Akten, Eminenz, wird sicher nichts als der Vermerk stehen: und hat seine dritte Frau, die Mechlerin, verstoßen. Tafelsilber finden Sie in jedem Schloß und überall bei den Pfründenessern, soviel Sie wollen, aber die eigenen Aufzeichnungen . . .«

»Sie schätzen den Wert Ihrer Schriften hoch ein. Auch den von der Schrift über die Pest?«

Er wußte, schon damals in Antwerpen, es werden Leute kommen und nicht ohne Hohn über ihn sagen: Da hat er eine Schrift über die Pest verfaßt und konnte doch seiner eigenen Frau nicht helfen. Sicher war es so mit Jana Tissie und ihm: Sie hat ihn getragen wie auf Flügeln, und nun sind die Flügel zerbrochen. Er war bei ihr geblieben, Nacht um Nacht, und hatte alles versucht. So hatte er, Henri, der die Wissenschaft der Medizin aus dem Reich des Glaubens und Aberglaubens lösen wollte, in seiner Ohnmacht gegenüber der Krankheit auch mit der Pest geredet wie mit einer Frau. So hatte er dagesessen, aus dem Fenster geschaut, während sie dalag und noch atmete. Und wünschte sich, gleichzeitig mit ihr zu sterben.

Und wünschte sich, es möchte sich noch einmal wiederholen: Lyon. Er schickte die Wolken dahin, wo seine sehnsüchtige Erinnerung hing. Dieser Platz, der einzige Platz, an dem zu leben sich lohnt, schien es ihm. Schien es ihm in diesem Augenblick.

Und sieht auf die Hände des Inquisitors. Die ausgebreitete und die verkrallte. Und begreift abermals seine Ohnmacht.

»Sie schweigen, Doktor Cornelius Agrippa, ich fragte, Sie schätzen den Wert Ihrer Schriften hoch ein? Ich meine jetzt die medizinischen. Ihre Ansichten über den Aderlaß, über das Herz, über das Blut. Haben Sie wirk-

Titelholzschnitt aus einem Leipziger Pestregiment um 1500, links eine Pieta, rechts die Pestheiligen Sebastian und Rochus

lich geglaubt, daß es verborgen bleiben kann, nach welcher Methode Sie – die leider allzufrüh verstorbene – Madame Aloysia zur Ader gelassen? Sie haben gegen das ausdrückliche Verbot der gelehrten Professoren von der Medizinischen Fakultät unserer Sorbonne gehandelt. Sie haben die Methode des Pierre Brissot angewendet. Das war ein Angriff gegen die Autorität dieser ehrwürdigen Institution. Ich weiß, Sie wollen entgegnen, aber Madame ist unter meiner Hand gesundet. Darum geht es heute nicht mehr. Es geht um Ihre Haltung einer ständigen Feindseligkeit gegen die Mächte der Ordnung. Immer wieder, hier die Schriftstücke beweisen es, wenden Sie sich gegen uns, die wir diese Ordnung verkörpern, gegen uns Dominikaner und unsere Brüder vom Orden der Franziskaner. Beginnend mit Ihrem Hinneigen zur hebräischen Sprache. Als eine Warnung, ja ganz einfach und in aller Deutlichkeit, eine Warnung, will ich Ihnen das Beispiel eines Mediziners geben, der uns viel zu schaffen gemacht hat. Matthieu Adriani, 1470 in Spanien geboren, mit den anderen jüdischen Familien aus Spanien – entfernt. Er ließ sich taufen, ließ sich Hadrianus nennen. Und hatte ein großes Programm, was er alles aus seinen Erfahrungen im Reich der Medizin veröffentlichen wollte. In Basel. Auch er hatte eine bedauerliche Hinneigung, vielleicht sogar von Basel her, das manche auch den Garten der Lüste nennen, ich sage, weil da wohl jeder glauben kann, wozu er Lust hat, also vielleicht hat Hadrianus von Basel aus mit den Ketzern im Tal der Durance Briefverkehr gehabt, vielleicht sollte er sogar dort bei unseren Erzfeinden wirken, den waldensischen. Sicher ist jedenfalls, er stand dem Oekolampadus, der auch denen im Tal geschrieben, nahe. Es ist für Sie besonders nützlich zu wissen, daß die Spuren des Arztes Matthieu Adriani sich verloren. Dieser Tage gerade haben wir aufgehört, uns mit ihm zu beschäftigen. Und man kann das vollkommene Vacat in bezug auf seine medizinischen Werke konstatieren.«

Das vollkommene Vacat. Das bedeutet: Es ist nichts mehr da. Überhaupt nichts.

»Im Grunde erstaunlich, Doktor Cornelius Agrippa, welch zutreffende Bezeichnung der Bruder vom Orden der Franziskaner, Catilinet, für Sie schon vor fünfundzwanzig Jahren fand, denken Sie, vor einem Vierteljahrhundert bereits: Haereticus iudaizans. Um diese Formulierung könnte ich den Catilinet fast beneiden, zwei Worte, und der Umriß Ihres Wesens und Ihres Lebens ist geschaffen. Judaisierender Ketzer.«

Er will mich einschüchtern. Er will mir angst machen. Ich soll ins Nichts gestoßen werden. Daneben ist der Verrat von Leporis schon unbedeutend, ich ahnte, spätestens bei unserem letzten Treffen in Paris, auf ihn ist kein Verlaß mehr. Er war der einzige Anwesende, als ich bei Madame die Ader öffnete.

Warum versagt mir die Stimme. Ich müßte ihm entgegnen. Er will mir die Selbstachtung nehmen. Es ist ein Schwirren. Es ist ein Schwirren in mir. Ist das Angst? Wo sind die wundertätigen Worte? Muß ich die Antwort schuldig bleiben? War da nicht im Talmud einer gewesen, der auf alles eine Entgegnung wußte? Sie brachten dem Unentwegten zwei Eier, sie fragten: Welches ist von einer hellen und welches von einer dunklen Henne gelegt? Er zeigte ihnen zwei kleine runde Käse, sagte: Ist dieser oder der andere Käse von einer dunklen oder von einer hellen Ziege. Sie fragten ihn: Wo ist die Mitte der Welt. Er hob seine Hand, antwortete: Hier. Sie fragten: Wo ist der Beweis? Er entgegnete: Her mit den Seilen, und wir messen aus.

Her mit den Seilen, und wir messen aus.

Denn der Mensch, der Weisheit hat, gleicht einer Quelle, die nicht versiegt, und einem Fluß, der sich immer breiter und mächtiger ergießt.

»Sie wollen einen Ketzer aus mir machen, Eminenz, Sie haben das vergangene Vierteljahrhundert heraufbeschworen. Was ich damit gemacht habe?« Die Stimme ist da. Und trägt. »Ich habe mich dem Dienst an der Weisheit hingegeben, die Voraussetzungen eingehalten, wie Weisheit zu erlangen ist: Durch Studium, durch Horchen mit dem Ohr, durch Formen mit den Lippen, durch Einsicht des Herzens, durch Verstand des Herzens, durch Scheu, durch Ehrfurcht, durch Sanftmut, durch Fröhlichkeit, durch Achtung vor den Weisen, durch Gespräche mit Kollegen und Disputationen mit Schülern. Durch Überlegen, durch Bibellesen. Durch Beständigkeit.«

»Da haben Sie von den achtundvierzig Dingen zum Erlangen der Weisheit manches ausgelassen, Doktor Cornelius Agrippa, wollten Sie nicht sagen, durch Talmudstudium? Wollen Sie nicht vollständig zitieren? Die Ansichten des Rabbi Jehoschua, Levis Sohn? War da nicht noch die Rede von den anderen Dingen: Wer seinen Platz kennt. Wer sich an seinem Teil freut. Wer einen Zaun um seine Worte macht? Wann haben Sie, Doktor Cornelius Agrippa, je einen Zaun um Ihre Worte gemacht? Und kennen Sie Ihren Platz?«

Er aber hob seine Hand und sagte: Hier. Her mit den Seilen, messen wir aus.

»Ich bin überzeugt, Eminenz, meinen Platz zu kennen. Im Schutz der großen katholischen Kirche. Ich darf Sie erinnern: *Wie oft haben die scholastischen Theologen ganz offenbar geirrt infolge ihres voreiligen Thesenmachens und mit ihrem doktrinären Verdammen. Wie viele Artikel hat die Schule von Paris einst als gottlos verworfen, die sie heute als wahr und katholisch verteidigt. In den letzten Jahren haben sie den Grafen Pico della Mirandola verurteilt, dessen Schlußfolgerungen heute von allen als durchaus katholisch verehrt werden. Sagen Sie mir doch, welchen Ruhm haben ›unsere Meister‹ aus Löwen und Köln aus dem Streit mit Reuchlin davongetragen? Sind sie nicht in der Schale der Gerechtigkeit gewogen und zu leicht befunden worden. Was haben sie gegen Erasmus von Rotterdam ausgerichtet: Die Tage ›unsrer Meister‹ sind gezählt. Mit ihren Siegen ist es vorbei. Ihre Schulen sind verstummt. Der verführerische Glanz der Trugschlüsse ist verblichen. Sie haben den absteigenden Weg betreten und werden in den Abgrund stürzen, die Welt hat schon viel zu lange ihre unheilbare Unwissenheit geduldet.«*

»Es ist ja auch dieser Ton. Der Ton der Überheblichkeit, der Arroganz, Doktor Cornelius Agrippa, möglicherweise haben Sie diese Theologen, die Begutachter Ihres Buches von der Unsicherheit der Wissenschaften, die Sie ›unsere Meister‹ nennen, schon allein durch Ihre Art zu formulieren gegen sich aufgebracht. Sehen Sie, ich meine Wendungen dieser Art: *Wir wissen aus den Kirchenhistorien, und es hat auch die Erfahrung ergeben, wie die Wissenschaften, nachdem der Glaube aufgekommen ist, verfallen sind, verlorengegangen, verstümmelt. Nie hat sich die Kirche besser gefunden und mehr in stiller Zufriedenheit gelebt als zu der Zeit, da man von Künsten und Wissenschaften nichts gewußt hat. Nichts von Grammatik, nichts von Dialektik, nichts von Rhetorik. Für die mathematischen Disziplinen genügte die Ausrechnung des Kirchenkalenders.«*

»Sic et non. Ist es so! Ist es so? Ich bekenne, ich habe an der Quelle des Abelard gesessen. Ich habe die Lust am Widerspruch, Eminenz.«

»Und am Widersprechen. Und indem Sie widersprechen, beleidigen Sie, wo ist diese Stelle, diese skandalöse Stelle. Ja, hier: *Darum hat Christus seine Lehre für den Weisen und Klugen verborgen und hat sie den Kleinen und Gerin-*

gen offenbart, nämlich denjenigen, die geistig arm sind und mangeln der Wissenschaft, denjenigen, die reinen Herzens sind und nicht mit diesen wissenschaftlichen Versuchen befleckt. Deren Seelen wie ein Blatt weißen Papieres sind, auf dem noch nichts geschrieben steht von menschlichen Traditionen. Denjenigen, die zufrieden sind und nicht mit ihrem rechthaberischen Syllogismus, mit ihren Schlußfolgerungen, mit ihren Vernunftgründen die Wahrheit des Glaubens verjagen.«

»Das ist der ernste Versuch, Eminenz, die Wahrheit, die allein durch die Wissenschaften gefunden werden kann, zu verteidigen. Die Pest kann ich nicht mit Glaubensbekenntnissen heilen. Ich muß die Ursachen wissen. Aber in dem Augenblick, in dem ich nach der bewegenden Kraft forsche und sie im Irdischen suche und Gott dabei außer acht lasse, kommen ›unsere Meister‹. Deswegen schrieb ich, für alle Öffentlichkeit bestimmt, mein Lob des Esels. *Es ist besser, ein völlig Unwissender zu sein und durch bloßen Glauben und mit Liebe seinem Gott glauben und vertrauen und ihm nahe sein, als durch die stolzen, erdachten scharfsinnigen Feinheiten der Wissenschaften in die Herrschaft der Schlange* – die Adam und Eva im Paradies zur Sünde verleitete – *zu fallen. Auch hat Christus nicht die Schriftgelehrten und Meister, nicht die Priester zu seinen Aposteln erwählt, sondern aus dem rauhen Volk die Einfältigen, die ganz und gar nichts gewußt haben und nichts studiert haben. Ja, die Unwissenden. Und Esel.* Eminenz, was ich geschrieben habe, habe ich geschrieben. Auch jetzt in der Ungewißheit der Gefangenschaft halte ich daran fest.«

»Ich bin erst einige Tage in Lyon, Doktor Cornelius Agrippa, Sie haben länger als ein Jahr hier gelebt, hatten Sie nicht Zeit und Gelegenheit, auch von der Weisheit der Lyoneser mit Gewinn zu lernen? Wie sagt man hier? Natürlich ist es nötig, alles zu wissen, was man sagt. Aber man muß nicht alles sagen, was man weiß.«

»Ich habe einen *Zusatz vom Lobe des Esels* gemacht. *Damit nicht etwa einer ausdeuten könnte, ich hätte die Apostel Esel genannt.*«

Eine Unterbrechung. Wieder kommt der Mönch herein. Wieder schweigend. Er reicht dem Inquisitor ein beschriebenes Blatt Papier und bleibt abwartend stehen.

»Nein, nein, heute nicht. Morgen auch nicht. Vielleicht übermorgen. Sagen Sie das den Konfratres ausdrücklich, vielleicht.«

Die Konfratres. Sie bestehen darauf, diesem Mann, mit dem sich der Inquisitor aus Paris schon drei Tage lang beschäftigt, einen angesehenen Bewohner der Stadt gegenüberzustellen, damit der bezeuge, der Befragte ist wirklich Agrippa. Das ist ermüdend. Aber man muß Rücksicht nehmen auf die Geistlichkeit der Stadt mit den vier Handelsmessen. Hier ist, immerhin, das Tor Frankreichs. Eingang und Ausgang aller Güter.

Eingang und Ausgang auch für ketzerische Überzeugungen. Den Gefangenen wegschicken. Allein sein. Unbeeinflußt von seiner Anwesenheit, von seinem Atmen, seiner Stimme, seiner Haltung noch einmal die anstößigen Worte überprüfen. Der Inquisitor nimmt die Brille ab und liest.

Damit nicht etwa einer ausdeuten könnte, ich hätte die Apostel Esel genannt, will ich die Geheimnisse eines Esels untersuchen und bekanntgeben. Denn die hebräischen Lehrer sagen (wieder sein Hinneigen zu den hebräischen Lehrern), *daß ein Esel ein rechtes Vorbild sei einer trefflichen Stärke und Kraft, auch von besonderer Geduld und Langmut. Und derjenige, der die Weisheit studiert, muß unbedingt eines Esels Art an sich haben, denn ein Esel lebt mit geringer Kost, ist mit schlechtem Futter zufrieden, verträgt Hunger, Arbeit, Schläge. Er wird verachtet. Sein Geist steht ihm nicht hoch. Er weiß zwischen Sa-*

lat und Disteln keinen Unterschied. Ist unschuldig und rein in seinem Herzen, hat keine Galle.

Eine erneute Unterbrechung, die Konfratres fragen, da der Gefangene so früh weggeschickt, ob Eminenz das Gebet vor Tisch selbst zu sprechen wünsche. Ja, er wird zum gemeinsamen Tisch erscheinen. Es ist noch Zeit bis Mittag.

Der Esel fängt mit keinem Tier Krieg an, er nimmt seine Last willig auf den Rücken. Und seine Belohnung besteht darin, daß er keine Ungeziefer und Läuse hat, selten krank wird und länger als ein anderes Tier lebt. Der Esel ist ein Zeuge der Geburt Christi gewesen, auf einem Esel ist er triumphierend in Jerusalem eingeritten. Es ist heller, ja klarer als die Sonne, kein Tier ist so fähig für göttliche Sachen wie ein Esel. Und in dieses Tier müßt ihr verwandelt werden, wenn ihr göttliche Geheimnisse tragen wollt.

Der Inquisitor setzt sich die schwarzgerandete Brille mit den runden Gläsern auf, erhebt sich aus dem einfachen, aber bequemen Stuhl. Ungern geht er zum Gebet vor Tisch zu den lieben Mitbrüdern. Für ihn steht außer Frage, der Vorgeführte ist Agrippa. Aber ist er der Ketzer Agrippa? Er ist lästig, ja. Aber ist er ein schädliches Glied der großen Kirche? Zweimal hat er den Vorgeführten im Gespräch mit seinen Argumenten niedergeschlagen. Einmal stand dem Vorgeführten Verzweiflung im Gesicht, das andere Mal Angst. Zweimal ist er wieder aufgestanden. Und hat kein Anzeichen der Reue gezeigt.

71

Der vierte Tag vor dem Inquisitor. Ja, ja, das lebendige Wort, da hat er, der Inquisitor, lange Stunden der Nacht wach gesessen und seines Gesprächspartners *Verteidi-*

gungsschrift gegen die Löwener Aftertheologen durchgeblättert. Hat sich festgehakt, gelesen. Auch um sich Argumente zu holen. *Soviel ist sicher, mein Buch, das ich eine declamatio nannte, wurde von den Gelehrten mit großem Beifall aufgenommen* (wen meint er? Erasmus, ja. Und Thomas Morus in England auch? Danach fragen, zur Zeit, als Morus Kanzler war, wollte der zu Befragende dort auch sein? War er nicht zweimal in England?), *darunter auch von vielen hochgelehrten und gebildeten Theologen* (nachforschen, wer das war). *Mündlich und schriftlich haben sie mich beglückwünscht.* (Den Briefwechsel überprüfen.) *Und nicht einer unter ihnen hat mich der Gottlosigkeit oder der Ketzerei bezichtigt* (das ist bemerkenswert), *höchstens einer gewissen allzu großen und unerschrockenen Offenherzigkeit. Wenn das aber ein Fehler ist, so habe ich ihn mit vielen großen und heiligen Männern gemeinsam, und ich habe es nicht ohne ihr Vorbild getan.* (Nicht jeder kann sich mit Recht auf den großen Abelard berufen. Es eröffnet einen Zugang zum Wesen dieses Doktors der Medizin. Der Umgang mit dem sic et non, dem Ja und Nein, Wissen und Nichtwissen. Sicherheit und Unsicherheit.) *Ich gestehe, es ist einer meiner Geburtsfehler, daß ich nicht schmeicheln kann. Sicher, ich habe viele geärgert, indem ich die Dinge mit dem richtigen Namen nannte, und vielen bin ich unbequem geworden.* (Das war die Überlegung: Lästig.) *Es kann ja sein, es gibt vieles, was sich gemäßigter, umsichtiger, gründlicher hätte behandeln lassen.* Und: *Bei allem, was gesagt oder geschrieben wird, muß man auf die Absicht des Schreibers oder Sprechers achten.*

Also, seine Absichten. Sind wir damit weitergekommen? Laßt uns sehen, was uns der vierte Tag bringt.

Gefährliches Gift, dieses Ja und Nein. Und sich erheben über die einfältigen, treuen Diener der Kirche, meine Ordensbrüder und die Brüder der anderen Orden, die gerade hier in Lyon ein Beispiel der Pflichterfüllung gegeben haben, bei dem Ereignis von 1529. Hätten diese Einfachen, die der Judaisierende hier vor ihm mit dem doppeldeutig eindeutigen Begriff Esel umspielt, hätten die Unwissenden damals vor sechs Jahren auch das spitzfindige Und zwischen Ja, Nein gesetzt, wäre die Stadt verloren gewesen. Man kann nur Ja oder Nein sagen. Entweder wir leben in dieser von uns geordneten Welt, oder wir gehen unter.

Er ist es den wackeren Konfratres schuldig, sie nicht mit einem Vielleicht abzuspeisen, vielleicht wollen wir den Augenzeugen rufen, damit er uns allen bestätigt, der hier ist der Gesuchte, der echte, der wahre Agrippa. Er, der Inquisitor, hat diesen Zweifel von Anfang an nicht gehabt, ja mehr, in dieser Nacht, beim Lesen der Verteidigungsschrift, empfand er Verwandtes. Das mühelose Ausbreiten der Gedanken, Ernstes und Tiefes wie im Spiel. Unter Tränen lächeln. War nicht diese Nacht sein, des Inquisitors Zustand so gewesen, hat er nicht mit dem als Ketzer verdächtigen Verfasser über den Verfall, gerade seiner Brüder, seiner Ordensbrüder, geweint und gelächelt? *Sie sind wie große Meeresvögel, die in einem weiten Meer wohnen und nicht zu zählen sind. Sie vermehren sich und erzeugen Erstaunliches: Bartträger, Seilträger, Stricktträger, Sackträger, barfüßige Schwarzgerockte, Graugerockte, Weißgerockte, Buntgerockte, Schmutzige, Zerlumpte und in Seiden Aufgeputzte.*

Die lieben, großen, dummen Meeresvögel, die auch er als unangenehm verscheuchen wollte, mit ihrem ständigen, aufgeregten Hereinflattern. Ihnen zu Gefallen wird er den Augenzeugen, den Doktor der Medizin Symphorien Champier, heute noch auffordern, zum Schloß auf den Rabenhügel zu kommen.

Nicht nur ihnen zu Gefallen, für sich selbst auch. Er ist bisher nicht zum Wesen und zur Absicht des Gefangenen vorgedrungen. Er wird zum Aufbrechen der Seele des Verstockten diesen Mann gebrauchen, der auch aus dem Reich der Medizin kommt. Der zu Befragende soll in einem Nebenzimmer warten, bis man den Herrn Doktor Symphorien Champier aus der Stadt heraufgeholt hat.

Unter Tränen lächeln, hat er, der Inquisitor, nicht diese Nacht geschwelgt bei der Lektüre? Hat er nicht seinen eigenen König, die Königsfamilie vor sich gesehen, die Fürsten, die Ersten seines Landes, denen er nähersteht als dem Papst in Rom? Hat er nicht geläutet, diese Nacht, und dem eifrig hereinflatternden Meeresvogel den Auftrag gegeben, zur Stärkung einen Krug des köstlichen Beaujolais zu bringen, da er noch sich vorzubereiten habe für den schweren nächsten Tag? Und hat er nicht die Worte eingetrunken wie den Wein? *Über die fürstliche Hofhaltung. Da leiden die Tugenden Schiffbruch.* (Vorliebe des Verfassers für das Bild vom Schiff.) *Gerechte werden ausgelacht und verfolgt. Unverschämte kommen hoch. Die Schmeichler, die Ohrenbläser, Leute, die ein Bein stellen. Die alle können am Hof ihr Glück machen. In ihrem Körper ist eine ganze Herde von Tieren versammelt. Die Grausamkeit des Löwen, das Wüten des Tigers, das Anmaßende des Wildschweins, der Stolz des Pferdes, das Räuberische des Wolfes, das Halsstarrige des Kalbes, der Betrug des Fuchses. Beißende Hunde, trampelnde Elefanten, rachsüchtige Kamele, furchtsame Hasen, stinkende Böcke und unsaubere Hausschweine, alberne Schafe, ungeschickte Esel, verspielte Affen. Auch die Ungeheuer, die Monstren, sind da am Hofe. Pferdemenschen und Menschenpferde.* (Ja, auch er hat es bemerkt, manchesmal schienen ihm die Hofpoeten mit ihrem Hang zu schnellen Pferden als Lohn für ein Gedicht fast selber zu Pferden verwachsen.) *Es kann in Städten nichts Schlimmeres geschehen, als daß der Hof eines Mächtigen einbricht. Er bringt wie eine anstek-*

kende Pest den äußersten Ruin mit sich. (Von einem Mediziner das Bild gebraucht, der weiß, wie die Krankheit um sich frißt.) *Da wird die ganze Gestalt der Stadt verändert. Ich kenne eine berühmte Stadt in Frankreich, die deswegen ganz und gar umgekehrt wurde.* (Ja, unglückseliges Lyon. Und der herrliche Wein.)

War es nicht so, diese vergangene Nacht, daß er sich von dem Buch noch nicht trennen konnte, sich sagte: Nur noch das Kapitel von den Hofdamen. Und dann Schluß. Und Ende. *Auch die Hofdamen haben ihre Mängel. Wir sehen eine Menge von ihnen schön, anmutig, mit Purpur, Gold und Edelsteinen geziert, aber wir können nicht sehen, was unter dieser schönen Haut für Ungeheuer verborgen sind. Die schönen Damen im weichen Müßiggang mit Springen und Singen, im Überfluß erzogen, sie reden über nichts anderes als* (das weiß er ja nun sehr genau, da hat er als Leibarzt seine hautnahen Erfahrungen, um die ihn mancher beneidet): *wie sie die Haare kämmen und flechten und färben, wie man sich schminkt, wie man die Kleider in Falten legt, wie man sie recht eng an den Leib legt, welche Schritte man wählt, wie man aufsteht, wie man sich setzt, wer vorangehen soll. In welchem Wagen man fahren soll. Welche Schmuckstücke wann zu tragen sind. Wem man die Hand, wem man den Mund darbietet. Ob man beim Grüßen lächelt.*

72

»Das Volk starb vor Hunger auf der Straße. Und doch war das Volk von Lyon friedlich, ruhevoll. Es murrte nicht. Aber seit dem Aufkommen dieser verfluchten Sekte, den neuen und doch nicht erneuerten Waldensern, wuchs der Geist des Aufruhrs, verehrungswürdige Eminenz, es ist mir eine besondere Genugtuung, daß ich, aus welchem Anlaß auch immer, gerade Ihnen, einem hochgebildeten Theologen, einem würdigen Vertreter unserer Kirche, den erschreckendsten Einschnitt in meinem Leben schildern darf. Das Ereignis von 1529.«

Der Inquisitor, vorsichtig und umsichtig, muß das Instrument, das er ansetzen will, um die Seele seines berühmten Gefangenen zu öffnen, erst prüfen, wieweit es für ihn brauchbar ist, ob es handlich ist. Erst dann wird er die beiden Mediziner einander gegenüberstellen. Symphorien Champier, Leuchte seiner medizinischen Kunst, sitzt allein mit dem Inquisitor, er weiß nichts von dem Gefangenen nebenan. Er, der große Champier, der Arzt, der Dichter, Verfasser der Lebensgeschichte des Mediziners und Magiers Villanova, auch des Buches über die Erziehung der Regierenden unter dem Titel »Das Schiff der Fürsten«, der Forscher am menschlichen Herzen, fühlte sich durch den überraschenden Ruf zum Inquisitor nicht beunruhigt. Zur Sicherheit nahm er auf den Weg zum Rabenhügel seine kleine Tasche mit den Utensilien zur Hand, die ein Arzt braucht, wenn er zu einem Patienten gerufen wird, dessen Leiden er nicht kennt. Es muß von allem etwas griffbereit sein, eine kleine Apotheke.

Aber der Inquisitor möchte nicht seinen medizinischen Rat. Er hat das Gespräch mit der Frage eingeleitet, wie es sich in Lyon lebt. Der Tonfall des Fragenden ist liebenswürdig, freundlich, anteilnehmend. »Berichten Sie in Ruhe, wir haben Zeit. Wenn Sie nicht zu einem dringenden Krankenbesuch müssen?«

»Man weiß im Spital, wo ich bin, wenn sie dort nicht allein weiterwissen, werden sie mich rufen, dann allerdings müßte ich um Beurlaubung bitten.« Zusichernde Bewegung mit beiden Händen. »Ich sagte, Eminenz, der erschreckendste Einschnitt nicht nur in meinem Leben, auch im Leben der Stadt war die Grande Rebeine. 1529.

Am Sonntag. Tag des heiligen Markus. Der Aufruhr der Bevölkerung von Lyon gegen die Räte der Stadt und namhafte Kaufleute Ende April des genannten Jahres. Aufruhr wegen des Weizens.«

»Sie haben noch im gleichen Jahr ein Buch darüber veröffentlicht, den Bericht als Augenzeuge, verehrter Herr Doktor Champier?«

»Wie schmeichelhaft, Sie kennen meine Veröffentlichung?«

»Wir alle, Theologen an der Sorbonne, haben mit Aufmerksamkeit Ihre untersuchende Betrachtung gelesen. Mir schien – damals, bei der Lektüre –, es blieb ein Rest von Ratlosigkeit.«

»Ja, Eminenz, Ratlosigkeit. Und ich bin froh, gerade vor Ihnen darüber reden zu können.«

Champier, großer Mediziner des Abendlandes. Er war ratlos, als der Aufruhr kam. Er erschrak. Mit Anteilnahme hatte er immer die vor Hunger Sterbenden auf der Straße gesehen, die Toten lagen zur Seite gedreht, wie Schlafende. Das Sterben in den Straßen hatte ihn nur beunruhigt, so wie der Mensch beunruhigt wird von einem Gewitter oder einem Sturm oder einer Überschwemmung. Es war so seit je: Wer arm ist, hat nur die Straße zum Sterben.

Der Aufruhr verlangte eine Entscheidung von ihm. Es war nicht das erste Mal, daß ein Mediziner, einer, der den bindenden Eid geschworen hatte, den Menschen zu dienen, zurückschreckte und, vor die Wahl gestellt, wählte. Er betrachtete seine Kunst, die Kunst der Medizin, nicht als Aufruhr. Er wollte das Alte bewahren und dort, wo es sich als notwendig herausstellte, korrigieren. Symphorien Champier, der nicht arme Arzt der Armen von Lyon.

»Früher, Eminenz, Sie werden sich nicht daran erinnern, Sie sind jünger als ich, waren die Unteren demütig zu den Oberen. Zum Beispiel die Weinbauern. Sie begnügten sich mit dem Wasser, das in die Treber gegeben wurde, nachdem der reine Wein aus den Trauben gepreßt war. Aber heute wollen die Knechte den besseren Wein trinken, den Herrenwein, ohne Wasser, ungemischt. Ich sage das aus Erfahrung, ich habe, wie jeder angesehene Lyoneser Bürger, ein Weingut. Diese Änderung, nicht mehr den Wein zu mischen, aber den Unterschied zwischen Herren und Knechten verwässern, das ist gegen alles Recht, gegen alles gottgegebene Recht. Wir wissen, hochverehrungswürdige Eminenz, der heilige Apostel Petrus gab das Vorbild: Man muß seinem Herrn gehorchen und sich an seine Gebote halten, sonst würde die Welt ohne Ordnung sein. Und die Güter der Erde würden brachliegen, die Felder unbestellt. Wie in Ungarn, wo doch die Erde sehr gut ist, aber die Leute sind nachlässig, die das Feld bestellen, wollen ihrem Herrn nicht mehr gehorsam sein und ihn nicht mehr lieben, so wie man einen Vater liebt.«

»Diese in Ungarn setzten als ihren Vater einen gewissen Dosza. Und guter Wein, abendländischer Wein, ging uns verloren.«

»Wurde teurer, hochwürdige Eminenz. Wein, das ist immer wieder ein Problem, über das ich auch als Mediziner nicht glücklich bin. War es nicht so, Sie, als Mitglied des Kollegiums der Theologen der Sorbonne, werden da tiefer sehen, war nicht nach der Schöpfung die Welt ohne Weintrinken. Auch ohne Fleischessen? War das Volk nicht gesünder? Lebte vom einfachen Brot, von Kräutern und Früchten. Und lebte ohne irgendwelche Krankheiten?«

»Sie meinen, liebwerter Doktor Champier, vor der Sintflut.«

»Ja, seit Noah den Weinstock pflanzte, ist das menschliche Leben verkürzt, und vermehrt sind die Krankheiten. Mehr Männer und Frauen sind durch Wollust und zuviel an Essen und Trinken umgekommen als durch Schwerter.«

Der Inquisitor wußte, viele Menschen haben die Eigenart, bevor sie zu ihrer eigenen Sache kommen, über anderes zu plaudern, möglichst noch vor der Sintflut beginnen, er war ungeduldig, aber er nahm sich Zeit zur Geduld.

Champier, äußerst feinfühlig, spürte, seine Neigung, auch noch über die Römer und die Griechen und ihren Umgang mit Wein zu sprechen, schien nicht am Platze. Also, über Lyon.

»Es gab vor etwa vier Jahren beim Stadtrat die ernste Diskussion über die Ausbesserung der Gehsteige, wie die Kosten aufgebracht werden sollten. Nein, warten Sie, das war etwas früher, es war zu der Zeit, als Madame Aloysia für ihren Sohn regierte, als der Herr Agrippa von Nettesheim ihr Leibarzt war. Ich habe mich mit ihm darüber unterhalten, ich erinnere mich sehr genau. Der Stadtrat hat mich damals gefragt, wie die Stadt das Geld für die Ausbesserung der Gehsteige beschaffen solle. Einfuhrsteuer auf Weizen oder Wein. Ich habe darauf aufmerksam gemacht, in einer öffentlichen Rede, daß der Weizen schon Gegenstand der Spekulation der Kaufleute wurde. Weizen darf nicht teurer werden, für das Wohl der allgemeinen Sache ist er wichtiger als Wein.«

»Sie waren mit Cornelius Agrippa befreundet?«

»Ja, ich glaube, er war mir gleichzeitig ein Freund und ein Fremder.«

»Wäre nicht Ihr Platz damals im Schloß gewesen?«

»Wenn Sie so wollen, ehrwürdige Eminenz, sicher gab

es schwache Stunden, in denen ich ihn beneidete, nicht so sehr wegen seines Platzes auf dem Rabenhügel, sondern, lassen Sie es mich so ausdrücken, im Herzen meiner Lyoneser unten, an den Ufern von Fluß und Strom. Als er krank in meinem Spital lag, kamen viele Unbekannte, unbedeutende kleine Leute, das war, ich muß es noch heute zugeben, rührend. Und ungerecht. Denn in den schwierigen Zeiten, da ist ja Agrippa längst in Antwerpen gewesen. Er hat die Grande Rebeine nicht unmittelbar erlebt. Und dieselben Leute, die vielen, die unbekannten, die unbedeutenden, die rührenden, das waren jetzt Aufrührende geworden. Und denen stand ich Auge in Auge gegenüber. Ich bin kein Magier wie Agrippa. Ich fand kein Mittel, sie zu besänftigen. Dieses Volk, wie rasend. Mehr als zweitausend kamen zu meinem Haus. Mit großer Wut. Sie brachen das Tor auf. Ich fragte sie, aber meine Herren, was suchen Sie. Sie antworten, Getreide. Ich lasse ihnen alle Zimmer öffnen. Ich zeigte ihnen mein Getreide, das waren ungefähr zwei Pferdelasten in einem Faß. Und während ich ihnen die Zimmer zeigte, zerbrachen die anderen, die vielen, Männer und Frauen, die Figuren unten in der Halle meines Hauses. Sie zerbrachen die Heiligen Petrus und Paulus, sie stießen Pythagoras und Demokrit und Hippokrates von den Sockeln. Sie zerbrachen das Gesicht des Gekreuzigten. Sie stießen mich hinaus aus meinem eigenen Haus.« Er bedeckt mit beiden Händen sein Gesicht, noch heute, in der Erinnerung an diese Augenblicke, kommen Tränen. »Ich habe diese Leute verflucht. O schlecht beratenes Volk, das weiß, ich bin immer für das Gemeinwesen dagewesen. Ich habe immer zum Volk gehalten, die Armen behandelt. Aber Lyon ist verflucht seit den Zeiten des Petrus Valdes, immer wieder steigt das herauf, der Geist der Waldensersekte, der zwischen den zwei Flüssen wohnt. Und Bilder zerstört.«

Mit Abstand betrachtet der Inquisitor den erregten Doktor, ach, diese Humanisten, wie viele von ihnen wissen nicht, was das Volk in Wirklichkeit ist. Sie gefallen sich in einer Hinneigung zu diesen Armen in ihrem Drang zu schreiben, aber wenn die Armen in ihrer lebendigen Bosheit sich zusammengerottet haben und ins Haus eingedrungen sind, dann wird um die zerschlagenen Figuren geweint. Erst selber an den Säulen der alten Ordnung rütteln, heidnische Philosophen auf die Sockel heben, neben den Gekreuzigten und die Apostel, und dann ratlos sein.

»Verehrungswürdige Eminenz, bedenken Sie, diese Leute haben in meinem Weinkeller den Fässern den Boden ausgeschlagen, sie haben den Wein auslaufen lassen. Da waren aber auch welche, die haben getrunken und getrunken, sie schliefen in meinem Stall ein. Dieselbe Klage habe ich auch vom Kaufmann Morin gehört, der die schönsten Weinberge des Landes hat, sie haben seinen Lagerkeller verwüstet, alle Fässer zerschlagen. Da sie schon einen ganzen Tag die Herrschaft hatten, maßten sie es sich auch an, den reichen und angesehenen Bäcker Laurin abzuführen, als wären sie Leute vom Gericht. Laurin hatte ihnen kein Mehl mehr verkauft. Und wirklich nur eine kleine Quantität für sich reserviert. Darum wurde er auch geplündert. Mehrere andere Häuser wurden von diesen Leuten nach Getreide durchsucht. Aber nicht geplündert. Sie machten Unterschiede, bei Gott, sie machten Unterschiede. Dann wurde es Nacht.«

»Und Sie gingen unbelästigt wieder nach Hause?«

»Ohne körperlichen Schaden, wenn Sie das meinen, Eminenz. Aber das Faß Weizen war abtransportiert, der

Wein ausgelaufen, die Halle übersät mit den Marmorsplittern meiner kostbaren Figuren.«

»Dann kam der Montag.«

»An diesem Morgen, hochwürdige Eminenz, als ich schon alles verloren gegeben hatte, gab es mit dem Volk Verhandlungen. Ein Stellvertreter des Königs fragte: Meine Herren, was wollen Sie? Sie antworteten, daß sie Getreide haben wollten und daß eine ganze Anzahl von Kaufleuten in großen Speichern Getreide die Menge verborgen hätte. Und daß in der Abtei der Cordeliers mehr als dreitausend Pferdelasten Getreide lagerten. Der Beauftragte des Königs erklärte, er wolle mit einigen der Leute, mit den Anführern gehen, zuerst zu den Speichern in der Stadt und dann zur Abtei, um ihnen Getreide zu übergeben. Das war dann schon, wenn ich mich recht erinnere, am Dienstag. Und weder am ersten noch am zweiten, noch am dritten Tag war die Raserei des Volkes beruhigt. Der Torhüter zur Abtei wurde überwältigt.«

Der Inquisitor hat es gelernt, seine Ungeduld zu verbergen. Wir kennen das doch alles, Herr Doktor Champier, wir, vom Kollegium der Theologischen Fakultät der Sorbonne. Das Ermüdende an diesem, seinem Beruf sind die ständigen Wiederholungen, die immer Beteuerungen gleichkommen, wenn er Menschen gegenübersitzt, die Wert darauf legen, ihre Rechtgläubigkeit zu beweisen. Er weiß es doch, ich habe es gesagt, ich kenne Ihre Schrift über die Grande Rebeine. Es sind fast dieselben Formulierungen. Das Geschehen hat sich so und nicht anders in seinem Kopf eingenistet. Und jetzt wird er mir in diesem seinem Ton der Ratlosigkeit den Zustand der Franziskanerabtei schildern. Als ob er, der Doktor der Medizin, der nicht arme Arzt der Armen, noch einmal besonders versichern müsse, daß er nicht verwechselt zu werden wünsche mit Unwissenden, die einen heiligen Kelch nicht von einem heiligen Kelch zu unterscheiden wissen. Ja, wir vom Orden der Dominikaner wissen es doch selbst recht genau, es war eine gewisse, man sollte nicht sagen Ungerechtigkeit, besser, eine gewisse Vorliebe der Nachfolger des Königs und Kaisers Charlemagne eben für die anderen, für die Franziskaner. Also bekamen sie den einzigen, echten, ehrwürdigen Kelch, aus dem der Herr seinen Jüngern zu trinken gab. Den hatten nun sie, die Cordeliers, als Hauptreliquie. Neben anderen heiligen Gegenständen wie das Horn des Roland, das er bei seinem Tode in Ronceval bei sich trug. Wir wissen, so gut wie kaum andere, daß gerade in unseren Tagen die Echtheit der Reliquien immer wieder angezweifelt wird. Aber der Herr Champier redet nicht nur vom heiligen Kelch, er verteidigt die getreidereichen Klosterbewohner, den hohen Prior, die Sekretäre, die adligen Leute von Haus und Ehre, ihr Weizen sei sehr verschieden von den Vorräten anderer. Ihr Weizen sei die Ernte ihrer erfüllten Pflichten.

Ein braver, ernsthafter Mensch, der den Versuch überwunden hatte, für sich selbst oben und unten auszugleichen. Der vielleicht manchesmal nicht gewußt, wo er nun sein Herz hatte. Jetzt, nach der Grande Rebeine, hatte er sein wahres Herz entdeckt. Von Verrat konnte man da nicht sprechen, weil er immer derselbe geblieben war. Lassen wir ihn nach Hause gehen, zu seiner Frau, dem Lorbeerblättchen. Wozu ihn noch einmal unserem Gefangenen gegenüberstellen? Damit sie sich guten Tag sagen, vielleicht umarmen, vielleicht auf die Backen küssen. Der Inquisitor wird die Konfratres beruhigen, ihre Zweifel waren nicht seine Zweifel.

»Um meinen Bericht abzuschließen, hochwürdigste

Eminenz, der Stellvertreter des Königs wurde erst spät, wohl am dritten Tag, Herr der Situation, erst als er heimlich die Anführer greifen ließ. Als das gelungen war, wurden sie öffentlich gehenkt. Und endlich hatten Truppen des Königs zur Verstärkung der Stadtwacht durchgegriffen.« Und als wolle er das kalte Wort durchgreifen verwischen, setzte er zögernd hinzu, während er Anstalten macht aufzustehen, da das Gespräch offensichtlich beendet: »Und doch fühlte ich keinen Triumph, als ich die Gehenkten sah. In einem erkannte ich einen Eisengießer, dem ich eine Verletzung an der linken Hand kunstvoll und erfolgreich genäht hatte, in einem anderen einen Druckergesellen, der in der letzten Zeit auf Jahrmärkten als Schwertschlucker aufgetreten war. Auch ihn erkannte ich wieder, auch er war in meinem Spital gewesen, Sie erinnern sich, verehrungswürdige Eminenz, ich erwähnte den Besuch der kleinen Leute am Krankenbett des Herrn Agrippa. Wahrscheinlich war derselbe sogar in meinem Haus gewesen und hatte mir aus der Druckerei ein neues Buch gebracht. Seltsames wollte er von mir wissen, Seltsames aus dem Munde eines Mannes, der es doch nur gewohnt war, mit den Händen zu arbeiten. Er suchte die Frage zu klären: Wie soll man leben?«

73

An diesem vierten Tag, vorgesehen zum Gespräch mit dem Gefangenen, gab es eine Störung, der Inquisitor empfand sie als ausgesprochen unerfreulich. Sie erwies sich als so zeitraubend, daß der Gefangene, ungehört, ins Verlies zurückgebracht werden mußte.

Der General Robert de la Marck hat sich angemeldet.

»Eminenz, es ist mir eine große Genugtuung, zu hören, daß es endlich gelungen ist, den Erzfeind Agrippa in Gewahrsam zu haben. Nun erfahre ich, daß Sie schon tagelang mit ihm zusammensitzen, in Gesprächen unter vier Augen. Und ich versichere Ihnen, wir sehen das nicht ohne Sorge mit an. Ich weiß nicht, wie weit Sie unterrichtet sind, aber wir, die Landsknechte unseres allergnädigsten Königs, haben keinen Anlaß, nicht auf eine harte Bestrafung zu dringen. Er hat nicht nur unser allerhöchstes Königshaus beleidigt, Gott und alle Heiligen gelästert, er verhöhnt auch noch unseren Landsknechtsstand. Wenn Sie die Stellen nicht kennen, ich habe ein Exemplar der sogenannten Verteidigungsschrift mitgebracht. Ich will es Ihnen vorlesen. Wenn Sie gestatten.«

Der Inquisitor gestattet es.

»Also, Agrippa verteidigt seinen Satz: *daß nämlich Kaufleute und Landsknechte keine echte Buße wirken können. Zweifellos beanstanden diesen Satz die Mönche, sie streichen ja ihren Anteil ein an dem, was Kaufleute und Landsknechte auf unrechte Weise gewonnen haben. Dagegen versprechen sie ein ruhiges Gewissen, wenn man ihnen nur den größten Teil der Beute gibt.* Auch Sie sind angegriffen, Eminenz, Ihr Orden.«

»Ich weiß«, entgegnet der Inquisitor, korrigiert sich, mit leiser, aber unmißverständlicher Betonung: »Wir haben das alles zur Kenntnis genommen.«

»Auch das über den Krieg?«

»Auch das über den Krieg, Herr General.« Ach, jetzt in der stillen Studierstube sitzen, allein und mit aller Verantwortlichkeit lesen. Und um Erleuchtung beten. Wenn dieser General doch aufhören könnte mit dem Vorlesen, die harte Stimme. Er marschiert über die so feinsinnigen, so elegant gesetzten Stellen mit der einfallslosen Geradheit der Landsknechtsstiefel. Und gehört zu denen, die der Verfasser gemeint hat: *Was sie mit ihren Worten nicht vermögen, das suchen sie mit brutalem Machtwort durchzusetzen.* Die auf doppelte Wirkung berechneten Formulierungen kann er sich nicht auf der Zunge zergehen lassen. Er schluckt sie hinunter und verschluckt sich daran. Der Inquisitor, geübt, sich in Geduld zu fassen, hört dem General unbewegt zu.

»Auch aus dieser abgeschmackten Verteidigung: *Im Kapitel über die Kriegskunst habe ich geschrieben, die Kirchenlehrer Augustin und Bernhard haben die Kriegskunst an manchen Stellen gutgeheißen, und auch die Erlässe der Päpste mißbilligen sie nicht. So nehme ich denn, was ein Augustin, ein Bernhard, überhaupt was die heiligen Väter geschrieben haben, immer mit der gebührenden Achtung auf,* bitte, jetzt kommt es: *halte mich aber nicht so an ihre Autorität gebunden, daß jeder Widerspruch oder Zweifel verboten wäre.* Was reden Sie denn schon drei Tage mit dem Agrippa, wenn Sie das kennen, bitte: *Ob also Augustin und Bernhard über den Krieg in jeder Hinsicht richtig urteilen, erlaube ich mir noch immer zu bezweifeln. Den Erlässen der Päpste erweise ich gebührenden Gehorsam. Die allgemeinen Konzilien stelle ich höher.* Hören Sie, Eminenz, wenn Ihr zu langes Reden mit dem Gefangenen Hilflosigkeit bedeutet, dann sehen Sie hier in mir einen, der Ihnen helfen kann und wird. Das sind doch teuflische Worte: *Aber die unaussprechliche Wahrheit, um die sich wahrer Glaube wie Ketzerei drehen, finde ich in ihnen nicht. Daß in anderen Dingen auch die Kirche irren kann, geben auch die Scholastiker zu. Wenn nun beides der Ketzerei verdächtig ist, kommt es dann der Ketzerei näher, zu sagen: Man müsse überhaupt vom Kriege abstehen, was doch mit der Lehre des Evangeliums und der Apostel übereinstimmt. Oder zu sagen, das Kriegführen sei erlaubt, wovon wir in den evangelischen Schriften nichts finden.* Da gesteht er doch selber, beides, was er behauptet, ist Ketzerei. Mit diesem Menschen sollten Sie, Eminenz, sich nicht in ein stilles Kämmerlein allein zusammensetzen, er gehört vor ein öffentliches Gericht.

Wenn Sie aber Angst haben, von diesem sieggewohnten, geschwätzigen Advokaten überredet zu werden, so kann ich Ihnen einen guten und wirksamen Vorschlag zur Lösung dieses Falles machen. Fühlen Sie sich denn bei diesen gehässigen Angriffen nicht auch persönlich getroffen? Hier bitte: *Aber ich möchte es einmal erleben, daß diese Aftertheologen, die in so echt religiösem Geist den Krieg in Schutz nehmen, auch nur ein einziges Wort Christi oder einen Gedanken des Evangeliums beibrächten, der den Krieg gutheißt. Wenn sie das fertigbrächten, ohne unredliche Verdrehungen, dann würde ich mich für besiegt erklären und ihnen die Palme reichen.«*

»Und was haben Sie für einen Vorschlag zur Lösung dieses Falles, Herr General?«

»Wir haben, wie Sie wissen, eine eigene Gerichtsbarkeit. Und wir haben, über diese hinaus, noch die Möglichkeit, die Männer aus meiner schwarzen Bande einzusetzen. Diese Männer sind zuverlässig und verschwiegen. Wir haben den Fluß und den Strom. Diese Männer hinterlassen keine Spuren.«

Da der Inquisitor schweigt und den Blick auf seine Hände gesenkt hat, glaubt der General, noch deutlicher werden zu müssen.

»Wie hervorragend diese Männer gearbeitet haben, beweist der Fall eines Angehörigen aus Ihrem Orden. Nach dem skandalösen Vorfall vor etwa zehn Jahren, am hohen Festtag des heiligen Symphorianus, haben meine Leute die Welt von dem Prediger, der sich Jean nannte, befreit. Die wohltätigen Wasserläufe von Lyon löschen Unangenehmes. Beseitigen Ketzer.«

»Mein Konfrater Jean ist Mitglied der Kongregation des heiligen Dominikanus gewesen. Ob er ein Ketzer war, das hätten wir in einem ordentlichen Inquisitionsverfahren untersucht. Solange wir ihn nicht ausgestoßen haben, hätten wir ihn geschützt. Aber nachts Menschen meuchlings morden und in den Fluß stoßen, da leisten Sie der Willkür Vorschub. Der heilige Kirchenvater Augustinus sagt, eine Gesellschaft, die ihre eigenen Gesetze nicht achtet, gleicht einer Räuberbande.«

»Ach, hören Sie doch auf. Sie wissen selber recht gut, ehrwürdigster Vater, es geht nicht immer, Gesetze und Verträge einzuhalten. Nicht einmal der König kann das. Muß ich Ihnen in Erinnerung rufen, daß eben gerade damals, zu der Zeit, als der lebensferne Körper des lästigen Predigers dem Wasser anvertraut wurde, unser allergnädigster Herr Franz, er möge lange leben, sich aus der Gefangenschaft befreite, weil er dem Feind zugab: Ja, ich verzichte auf Neapel und Mailand, ich versöhne mich mit Karl von Bourbon, ich heirate die verwitwete Schwester des Kaisers. Und wäre es nicht schändlich gewesen, er hätte das wirklich eingehalten? Wir wissen, als er frei war, hat er alle Bedingungen mit starker Hand zerbrochen. Aber die starke Hand, hochwürdigster Vater, sind wir, die Generäle.«

»Ihr Rat ist nicht immer nützlich. Zwei Kriege gegen Habsburg seitdem. Verlorene, mein General. Und waren es dann im Grunde nicht doch dieselben Bedingungen von Madrid, die angenommen werden mußten? Ich weiß, mein General, jetzt werden Sie mir erklären, Armeen sind wohl verlorengegangen, aber genügend Leute wachsen in Gottesfurcht nach, unsere guten Kriegsknechte, da sie nun in Italien nichts mehr zu tun haben, können mit ganzer Kraft im Inneren aufräumen. Ich weiß, der Kampf gegen die Ketzer liegt uns beiden gleichermaßen am Herzen. Und wir können zufrieden sein, daß wir gemeinsam mit unserem König eine große Dankprozession feiern durften aus Anlaß des Sieges über die Ketzer in unserem Land. Wenn wir auch wissen, der Kampf ist noch nicht zu Ende. Wir können mit gerechter Freude den Weg der fast verloren geglaubten Tochter, der Margarethe aller Margarethen, verfolgen, wie sie – nun Mutter geworden und Königin von Navarra – doch zu einer gewissen inneren Einkehr gefunden hat. Ihre frühe Hinneigung zu dem Unwesen von Meaux veränderte sich ja in dem Maße, in dem sie erkennen mußte, gewöhnliche Handwerker wollten nicht nur Änderungen im Glauben, sondern auch Änderungen im Leben. Besitz geriet in Gefahr. Mit wirklicher Genugtuung können wir feststellen, daß auf dem Lande bei den Bauern und auch in den Städten bei den Handwerkern der Drang nachgelassen hat, selber lesen und schreiben zu wollen. Man hört allerorten auf unsere Prediger. Das ging nicht ohne gewissen Nachdruck. Aber wem sage ich das, mein General.«

»Und um diesen, auch im Inneren erzwungenen Frieden zu erhalten, bestehe ich darauf, fremde Elemente, wie diesen Heinrich Cornelius Agrippa von Nettesheim, der ja doch wohl immer noch Anhang in unserem Land hat und Anklang findet, zu beseitigen. Er ist ein Ketzer.«

Das sagt der General. Was weiß er von unseren Zweifeln, von unseren Anfechtungen. Er, der Inquisitor, hat ja doch dieselben Anfänge gehabt wie Agrippa. Auch er hat seinen Abelard bewundert und die Nächte durchwacht beim Studium der hebräischen Sprache, denn die Forderungen Reuchlins hatten sich durchgesetzt: Man sollte kennen, was man angreift. Zwar gewiß nicht allgemein durchgesetzt, denn die Gefahr war nicht zu übersehen, kennenlernen bedeutet nächste Nachbarschaft von liebenlernen. Ja, der Inquisitor liebte die Sprache des Cornelius Agrippa und seine Art zu denken, da ihm die Einsicht gegeben war: Ein echter Ketzer ist ein Bekenner. Die anderen sind trauriges Mittelmaß.

Die sechs Tage werden ihm nicht reichen. Er weiß es ja, auch das hat er von Anfang an gewußt, sein Gefangener ist ein echter Bekenner.

Aber er hat nichts gestanden. Er zeigt keine Reue.

Der Inquisitor ist sich selbst ausgeliefert, eine ganze lange Nacht. Dann und wann von Gebeten unterbrochen. Der Entschluß, den öffentlichen Prozeß gegen Agrippa in die Wege zu leiten, bedarf gründlicher Überlegung. Er ist gegen die Folter, er, der Inquisitor, ist überzeugt, den Hochmut des Gefangenen kann man nur durch die Kunst der Freundlichkeit brechen.

Für eine Verurteilung wird das Geständnis gebraucht.

Dieser Prozeß mit dem Geständnis als Krönung, das könnte ein Triumph seiner Methode der sanften Überführung werden.

Eine Überführung aus Kenntnis. Aus Liebe.

Wie barbarisch, diesen Mann ungehört in einem Fluß zu ertränken.

Was für ein Magier, in sieben Sätzen kann er alles heraufbeschwören, unser Land, dieses Lyon, die Menschen. Die Unbefangenen und die Befangenen. Freude und Schmerz. Und mitten darin der Magier mit der Entzauberung der Inquisitoren. Ach, nur noch diese sieben Sätze in der Nacht, dann schließen wir seine Schriften und setzen uns wieder in unseren Stuhl, Auge in Auge mit dem Gefangenen.

Wenn die Weinberge schön stehen, wie oft habt ihr da nicht schon gesehen, wie des Urbans Bild gleich dem Bacchus mit Reblaub bekränzt unter dem Vortritt von Trommlern, Flöten- und Geigenspielern in Begleitung eines Priesters im feierlichen Zug durch die Stadt getragen wurde. Dann wurden in irgendeiner Weinstube Orgien gefeiert, der Priester und die anderen tranken tüchtig, und darauf trug man das Bild mit derselben Feierlichkeit in seine Kirche zurück. Habt ihr aber nicht auch erlebt, wenn einmal Frost und Reif die Reben verheert hatten, daß dann das gleiche Bild mit einer Schlinge durch Schmutz und Dreck geschleift, angespuckt und beschimpft wurde? Ich will nicht davon sprechen, was eure Pächter mit dem Bilde des heiligen Paulus machen, wenn einmal am Fest seiner Bekehrung Schnee fällt oder Regen. Habt ihr das nicht alles angesehen und durch euer Schweigen gebilligt. Habt ihr nicht den Unfug mit hellem Gelächter begrüßt und seid ihr nicht mitschuldig bei diesem Frevel geworden. Da sagt mir einmal, ihr, unsere Meister, ihr Inquisitoren und Ketzerrichter, wen unter diesen habt ihr je wegen Ketzerei oder Ärgernis belangt?

Nur nicht gekränkt sein. Man müßte auch über sich selbst lachen können. Halt, da war etwas gewesen im Gespräch mit dem Doktor Champier, das hatte er sich merken wollen. Ach, daß man alt wird. Und das Gedächtnis verliert. Er blättert in den Papieren, die bei dem Gefangenen gefunden worden sind. Ein Brief. Ohne Anrede. Er liest, liest sich fest, der Brief ist an eine Frau. Später im Text wird sie zwei-, dreimal angeredet: Allerschönste Helena. Auch hier ein fast salopper Ton. Offensichtlich wird ein Bild beschrieben. Auch hier wird Klage geführt über scholastische Professoren. Unterzeichnet hat ein gewisser Basilius. Reichlich anmaßend, er nimmt Bezug auf sechs vorhergehende Briefe, die er, der Inquisitor, nicht kennt, in diesen Basiliusbriefen habe der Absender die erstaunlichen Bilder des niederländischen Malers Hieronymus Bosch beschrieben. Mit einer gewissen heiteren Resignation beklagt der Briefeschreiber sich, er habe vergebens auf ein Echo zu seinen Gedanken über die Bilder gewartet. Nun versuche er es noch ein letztes Mal, die wunderliebe Helena aus ihrem Schweigen zu holen. Basilius Amerbach aus Basel schreibt an seine ferne Geliebte, die unerreichbare Jana Tissie. Der Gefangene muß das Schreiben aus dem Nachlaß der Verstorbenen seit Antwerpen bei sich geführt haben.

Offenbar sollte das Gleichnis vom Narrenschiff weiterverwendet werden.

In dem Brief war ein Wort ausgestrichen, vier andere Worte darübergeschrieben, augenscheinlich in der Hand des Agrippa die Korrektur.

Das Schiff. Klein, überschaubar. Voller Menschen. Ein Mönch, eine Nonne und satte Bürger. Sie singen, sie haben getrunken, sie wollen trinken, sie trinken. Einer der Satten klettert am Mastbaum empor, um auch noch das gebratene, mit Blütenzweigen verzierte Huhn herunterzuschneiden. Mit dem großen Messer. Zwar satt schon, aber doch nur nichts auslassen. Und in der großen Flasche hängt der Wein zum Kühlen an einem Strick ins Wasser. Die schwarze Oberfläche des Wassers verbirgt die mörderische Flachheit. Das Schiff wird festfahren. Zwei sind von draußen um das Schiff bemüht. Der Unbesonnene und der Besonnene. Der Besonnene hat wenigstens das Festfahren gemerkt und will mit seinen zu schwachen Kräften das Schiff freibekommen. Er allein. Der Unbesonnene, eifrig heranschwimmend, will ihm eine Schale voll Weins reichen, als ob seine Kräfte nicht schon gering genug wären. Ein Narr hat auf einem ins Schiff gerammten Baum Platz genommen, mit dem Rücken zur Gesellschaft, die Singenden brauchen ihn gar nicht, sie sind mit sich selbst vollauf beschäftigt, so wie der, dem schlecht geworden ist, der die Speisen wieder von sich gibt, ins schwarze Wasser.

Die Nonne spielt auf der Laute, und die Kirschen haben sie nicht einmal aufgegessen. Und über allem die Türkenfahne. Es ist mehr als ein gewöhnliches Narren-

Hieronymus Bosch, Das Narrenschiff

schiff. So wurde das eine Wort durch vier ersetzt. Es ist: das Schiff der Zufriedenen.

Und darunter noch die Einfügung: Die Zufriedenen sind das Salz der Erde.

Der Inquisitor legt den Brief zurück. So sind sie, diese Unzufriedenen, mit ihrer Sucht, das, was geschaffen ist, abwägend zu betrachten, das, was besteht, in Zweifel zu ziehen. Die Gefahr der Unzufriedenen. Sie bringen die ganze schöne Welt durcheinander. Sie stören den Gesang der Gläubigen. Ja, vielleicht bin ich mit den Unzufriedenen verwandt in der tiefsten Tiefe meines Herzens, aber mein Platz ist mitten im Schiff an der Seite der Zufriedenen. Mögen sie ihre Feste der Zusammengehörigkeit feiern, mag dem einen oder dem anderen unter denen auch einmal schlecht werden. Sie sind demütig, deshalb kann man ihnen ihre Trunkenheit verzeihen.

Ah, jetzt hat er die Erinnerung zurück, welch eine erlösende Wohltat. Der Doktor Symphorien Champier hat die kleine Begebenheit erwähnt. Einer der Unzufriedenen – ja doch, welch eine gefährliche Übereinstimmung, eine Unzufriedenheit ganz anderer Art, sicher –, einer der Aufrührer, der Wortführer, der Anführer, der Druckergeselle und Schwertschlucker, hat den Doktor Cornelius Agrippa im Spital besucht. Seine erste Frage heute morgen wird sein: Kennen Sie diesen Druckergesellen, den Schwertschlucker.

Er, der Inquisitor, fühlt sich für den kommenden Tag gut gerüstet. Ja, er gehört zu den Zufriedenen. Und er wird alles dafür tun, um diese Zufriedenheit zu erhalten.

»Doktor Cornelius Agrippa, kennen Sie den Druckergesellen, der auch als Schwertschlucker auf den Jahrmärkten zu sehen war? Ich sage war. Er hat in der Grande Rebeine an der Spitze der Unzufriedenen gestanden. Und ist am dritten Tag durch den Strang gerichtet worden.«

»Ja«, und Henri sagt nichts weiter als dieses Ja. Der gute Geselle Pierre. Und Nanon?

Wer wird sich an einen Schwertschlucker erinnern. Über die Gelüste der Königin-Mutter blieb als eindrucksvolles Denkmal ihrer Leidenschaften mindestens das Heptameron der Tochter, der unvergleichlichen Margarethe, auch Königin von Navarra genannt. Vom Zerstörer des stillen Tals der Durance, dem König Franz, berichten auch gezierte Pinselstriche kunstfertiger Maler. Aber wer malte den Schwertschlucker?

Da fragt der Inquisitor, Doktor Cornelius Agrippa, kennen Sie diesen Druckergesellen. Ja, ich könnte noch sagen, er hat, was er druckte, verstanden. Und wir haben über das Buch, das in aller Munde war, über die Utopia des Thomas Morus gesprochen. Ich könnte das vor dem Inquisitor erwähnen, wenn es nicht so sicher wäre, daß er sogleich erwidern wird: Das sind die gesuchten Zusammenhänge, die Vorliebe zu den Werken des Lordkanzlers eines Ketzerkönigs, der sich aus Wollust von unserer heiligen Kirche getrennt hat.

Was weiß ich von Pierre. Er hat sein Leben vollendet, und der Ton, in dem der Inquisitor mir sein Ende mitteilt, zeugt von einer gewissen Angst. Er hat in der Grande Rebeine an der Spitze der Unzufriedenen gestanden. Angst vor den Unzufriedenen, denen der gute Geselle Pierre Vorbild ist.

Er, Agrippa, ist nicht Zeuge der großen Rebellion von

Galen zwischen Hippokrates und Avicenna, Holzschnitt, 1528

Lyon gewesen. Er hatte zwar geschrieben, über den Mißbrauch, auch der Bilder.

Diese aber hörten auf, die Bilder anzubeten, es war ein anderes Leben, sie hatten andere Vorbilder. Jetzt war nichts mehr rückgängig zu machen. Und Champiers Angst vor der Gewalt. Aber wie sollte es anders sein. Sie machen die Vorratshäuser selber auf. Bedient euch? Bedient euch. Das war dir eine Stufe zu tief? Champier.

Vor dem Vorratshaus der Cordeliers hatten sich nicht schwärmerische Herumprobierer getroffen. Bittere Not trieb sie. Notwendigkeit. Dieses Tor mußte aufgeschlagen werden. Oh, sollte das mißlingen, wird eine solche Nacht über Lyon hereinbrechen.

Die Drucker und die Eisengießer, Handwerker und Leute ohne Arbeit, sie wollten der Hungersnot Einhalt tun, sie wollten Brot. Die Kinder hungerten.

Das war zu billig, die Unzufriedenheit auf den bösen Geist von ausländischen Fremden zu schieben oder auf ein Aufflackern der Gedanken des Waldus. Das hier waren die Armen von Lyon des Jahres 1529, Menschen, die man nicht beschwichtigen konnte mit der geruhsamen Geschichte der Lilien und Raben, die nicht säen und nicht ernten. Sie hatten ja schon die erste Forderung nicht erfüllt: Sie hatten ja doch gesät. Aber geerntet hatten sie nichts. Nie für sich geerntet.

Der Schwertschlucker Pierre, gelernter Buchdrucker, hatte das Wort an sich genommen. Worte waren Handlung geworden.

Und es geschah die Geschichte vom Weizenkorn.

Das Tor war aufgebrochen. Wer will es wagen, den Schrei der Menge beschreiben, als sie den Berg des goldenen Weizens sah. Für die Verhungerten war es zu spät.

Heilige Handlung. Der Mann, der Schwerter schlukken kann, der mit seinen Händen auch Buchstaben gesetzt, jetzt teilen diese Hände Weizen aus.

Es waren drei Tage, herausgehoben aus der endlosen Reihe. Wie ein Fest. Die Straßen und Gassen und Plätze gehörten ihnen. Den Handwerkern, ihren Gesellen und den Leuten, die keine Arbeit hatten. Die Reichen waren auf ihre Landgüter geflohen, kein Priester ließ sich sehen, kein Landsknecht. Die Unzufriedenen beherrschten die Stadt. Sie hatten das Maß festgesetzt, nach dem das Getreide verteilt werden sollte, das Brot, die Leinwand. Sie teilten aus, was sie vorfanden. Und fanden Geschickte, die sich beteiligten, etwa Paul Perrault, der sein Gasthaus weit öffnete, seine Kochkunst nicht verweigerte, als die Unzufriedenen ihn ersuchten, für sie die Speisen so gut zu bereiten wie für die Königlichen. Aber billig. Und wie er in der Küche wirkte. Langsam, sagte er zu seinen Gehilfen, serviert langsam, dieses Fest, das nicht unser Fest ist, muß ein Ende nehmen, es kommt ja nichts Neues herein, es wird nur verbraucht, ich kann nicht kaufen, kein Fleisch, kein Gemüse. Eine Mahlzeit kann drei, vier Stunden dauern. Laßt sie zwischen den Gängen warten. Die Bauern kommen nicht, die Märkte sind leer, die Vorratshäuser sind leer. Auch euer Schwertschlucker, erklärte Paul Perrault, kann euch die Frage nicht beantworten, was dann, wenn alles aufgegessen ist. So sagten die einen, es war alles sinnlos. Und begrüßten die Landsknechte, die das Handwerk des Aufräumens, wie sie es nannten, betrieben.

Es war nicht sinnlos, auch wenn jetzt die Hände, die den Weizen an alle Hungernden ausgeteilt, abgeschlagen wurden. Für einen Augenblick, drei festliche Tage lang, hatten diese Hände den Schleier weggezogen, den die Mächtigen über ihrer Ohnmacht tragen.

Nun mußten sie sehen, ihre Nacktheit zu kleiden. Mit

eilfertiger Heftigkeit beschwichtigen. Ihre Angst zudekken. Die Angst vor den Händen, die gerecht austeilen wollen. Die Hände anders beschäftigen. Die Hände der Unzufriedenen einspannen, abermals und noch einmal die nackte Angst der Mächtigen zu umhüllen.

76

Der sechste Tag vor dem Inquisitor.

»Das Leben in Lyon hat sich verändert, Doktor Cornelius Agrippa, ich bin versucht, Ihnen das mit einer eingängigen Formel zu erklären: Der Glauben an Gott und seine alleinseligmachende Kirche ist dem Glauben an das alleinseligmachende Geld gewichen. Wenn Sie jetzt den Rabenhügel heruntergehen, so werden Sie überall das Klappern der Webstühle hören. Die mächtigen Handelshäuser haben die Angst vor dem Hunger und den Hungernden ausgenutzt und für sich umgewendet zu reinem Gewinn. Es ist ja das Unglück, daß wir in Lyon keine Zünfte haben. So kann jeder Beliebige, vorausgesetzt, er hat genügend Geld, sich einen Meister kaufen, sich hundert Webstühle hinsetzen. Und Leute beschäftigen. Die Löhne sind billiger in Lyon als in Genua und in Siena, die Besitzer der Webstühle haben den Italienern die Muster abgekauft und die Manier, wie man Seidenstoffe für Tapeten und Kleider und Teppiche webt, übernommen. Jetzt sind sie die mächtigen Gönner. Sie haben es dem König vorgeschlagen, man muß den Unzufriedenen von Lyon, den Armen von Lyon Arbeit geben. Man muß sie für sich arbeiten lassen. Sie nennen die neuen Arbeitsstätten Seidenmanufakturen. Es wird gebaut, es werden Webstühle gezimmert. Und so nutzen diese sogenannten mächtigen Gönner das Elend der armen

Leute aus. Jetzt sind die Hungerleider dankbar, daß sie ein Stückchen Brot verdienen. Aber es ist ihnen Zeit genommen für den täglichen Gang zu den Gebeten in die Kirchen, von Sonnenaufgang bis Sonnenuntergang sitzen sie an den Webstühlen. Auch Kinder. Und schwangere Frauen. Ich weiß nicht, soll ich das ewige Klappern der Webstühle beklagen oder begrüßen. Für mich, Doktor Cornelius Agrippa, ist hier ein neues Ja und Nein gewachsen.«

Der Inquisitor nimmt die Brille ab. Er steht auf. Auch Agrippa erhebt sich. Sie sind gleich groß. Der Gefangene weicht den Augen des Inquisitors nicht aus.

»Alles beherrschen die Handelshäuser, Doktor Cornelius Agrippa, jetzt teilen diese, die mächtigen Gönner, die Almosen aus. Nicht wie die Kirche und die Orden zur Linderung des Hungers. Nein, aus Angst vor einer neuen Rebeine. Und sie greifen mit ihrem Geld auch nach dem Glauben, nach der Reinheit der Lehre. Herr Doktor Heinrich Cornelius Agrippa von Nettesheim, Sie sind frei. Freigekauft.«

Der Inquisitor reicht dem anderen nicht die Hand. Er geht mit abgemessenen Schritten zur Tür. Wendet sich noch einmal um.

»Aber seien Sie versichert, der Orden der Dominikaner hält Sie nicht für unschuldig. Und schon jetzt kann ich, nicht ohne Genugtuung, feststellen, die Welt beginnt, Sie zu vergessen. Schlimmer, alles, was Sie gedacht und getan haben, wird die Welt einem anderen zuschreiben, einem Scharlatan, der auf Jahrmärkten mit Taschenspielertricks auftritt, der sich Magier nennt.«

Frei. Freigekauft. Wie er das Wort hingespien hat. Verächtlich. *Der Aufseher der Religion. Der Scholastiker.* Und hat ihm nicht die Hand gereicht. Auch nicht gesagt, wer das Geld gegeben, wer ihn, Agrippa, losgekauft hat. Und wie hoch die Summe gewesen. Wer wieviel für ihn veranschlagt.

Wer? Ein Menschenfreund wie der gute Kaufmann Jean Cleberg, der, wie man weiß, Beträchtliches zum Almosenberg beigesteuert hat. Der aber nun mit seiner Gabe für ihn, Agrippa, einen Prozeß verhindert hat. Seinen großen, seinen letzten Prozeß, in dem er sich vor aller Öffentlichkeit vor den Ketzerrichtern hätte verantworten können. Dann hätte die Welt ihn gehört. Und nicht vergessen. Der gute Kaufmann hatte ihm das Leben erleichtern wollen. Und leise, leise die Tür des Gefängnisses geöffnet. Mit feiner Zurückhaltung, die keinen Dank verlangt.

Oder war es der schlechte Kaufmann, der Augsburger, der den Aufsehern der Religion ausreichend Geld gegeben, um einen Prozeß gegen Heinrich Cornelius Agrippa von Nettesheim zu verhindern? Einen Prozeß, in dem der Plan zur Sprache gekommen wäre, weite Gebiete vom französischen Mutterland abzutrennen?

Frei. Und steigt hinab vom Rabenhügel. Er hat nicht versagt in der Auseinandersetzung mit dem Inquisitor. Er hat aber auch nicht gewonnen. Er fühlt sich seltsam schwach. Sicher, die Genugtuung bleibt, er hat der Versuchung widerstanden, vor dem Inquisitor das letzte Wort zu haben. Er hat geschwiegen, als der Ausforscher des Glaubens ihm das Bild malte eines Scharlatans, der ihm Namen und Ruhm nimmt. Er ist, wie es einem Weisen geziemt, bis zuletzt verschwiegen gewesen. Und hat den Namen des Schülers, des Bestimmten, nicht ausgesprochen.

Die Güte der spendefreudigen ungenannten und unbekannten Gönner hat ihn gelähmt. Sie werden ihre Güte so weit treiben, sollte er bald sterben, und ihn sogar in einer Dominikanerkirche begraben. Er, unser

Henri, könnte den zufriedenen, treusorgenden Gönnern noch die Grabinschrift liefern. Das Epigramm, das er für sich selber geschrieben hat.

Und er geht aus der Stadt. Die Glocken beginnen zu läuten, als geschehe das für ihn. Das Angstläuten am Nachmittag, erinnere dich an die Angst des Gekreuzigten, habe auch Angst vor den Türken. Er bleibt stehen. So wird er das Angstläuten nie wieder hören, diesen nur Lyon eigenen Klang, oben vom Berg, unten von den Flüssen, als laufe der Ton über das Wasser entlang, als beginne das Wasser zu klagen.

Begreift, was er verloren hat. Und fängt an zu fluchen. Die Stadt zu verfluchen, gewisse Leute, wie er es immer getan, wenn ein Abschnitt seines Lebens beendet war. Hier sammelten sich mit den Königlichen, den Schranzen, auch die Generäle. *Ein Brutplatz für Totschläger. Aus Ehrgeiz und Unrecht sind Namen entstanden*, schreit er an gegen das Kirchengeläute, *Generäle, Grafen, Freiherren, Ritter, Kapitäne, Hauptleute, Fähnriche. Aber die eigentlichen Namen müßten lauten: Räuber, Einbrecher, Entführer, Banditen, Diebe, Tempelschänder, Frauenschänder, Kuppler, Hurer, Ehebrecher, Verräter, Staatskassenräuber, Viehdiebe, Spieler, Lästerer, Giftmischer, Vatermörder, Mordbrenner.* Barone des Nordens. Und ihre zu ihnen gehörigen Apotheker und Mediziner und Maler und Poeten. Und alle gemeinsam Diener der Scholastiker. *Die scholastischen Tellerlecker.*

Nein, nein, nein. Die Worte nicht in den Wind rufen. Und nicht diese wehmütigen Spiele mit dem eigenen Grabstein. Das, was sein Wesen ausmacht, sein Buch über die Eitelkeit und Unsicherheit der Wissenschaften und seine Schrift zur Verteidigung und das Lob des Esels, das Buch soll das Epigramm tragen. Und wenn sie ihn hier in Lyon auch weggefangen haben, aus der vorbereitenden Arbeit in der Druckerei, wenn die Nachauf-

Jörg Breu d. Ä., Der Narrenbaum

lage nun nicht hier unter seinen Augen entstehen kann, so weiß er doch den Weg, wie seine Worte das Angstläuten überwinden können. Der Schüler, der Bestimmte, ist jetzt in Paris, studiert an der Sorbonne die Kunst der Medizin. Er wird einer von denen sein, auf die das Wort von Champier zutrifft: Auch der Bestimmte wird die Sorbonne mit dem Messer des Verstandes verlassen. Er wird, wenn er das Epigramm, den Sinnspruch für das Buch erhält, lächeln und begreifen, Worte sind stärker als Angst.

77

Selten, aber doch hin und wieder ist der Lehrer der Ruhm des Schülers und der Schüler der Ruhm des Lehrers. Selten und doch dann und wann nehmen die Versuche des Lehrers, zu wirken, in der Arbeit des Schülers einen lückenlosen Fortgang.

Der Bestimmte, der Doktor der Medizin Johannes Weyer, schreibt über Heinrich Cornelius Agrippa von Nettesheim. Der Schüler beschreibt seinen Lehrer:

»Weil ich zu Cornelius Agrippa gekommen bin, so kann ich der Wahrheit zuliebe nicht mit Schweigen übergehen, ich muß aussagen, was man davon halten soll, daß namhafte Leute über Cornelius Agrippa schreiben, er habe bis zu seinem letzten Atemzug einen Teufel neben sich gehabt, der sei in Hundegestalt neben ihm gelaufen. Und sei auch mit Agrippas Tod verschwunden. Ich wundere mich, daß hochgestellte und angesehene Leute es nötig haben, diese Märchen auszudenken und durch öffentlichen Druck zu verbreiten. Und sie können keine andere Begründung und keinen besseren Beweis bringen als das gemeine Geschrei der Leute, das doch erstunken und erlogen ist. Aber der schwarze Hund. Es ist wahr. Er hat einen gehabt, der war ziemlich groß und hörte auf den französischen Namen Monsieur, das heißt auf deutsch soviel als ein Herr. Ich habe ihn auch besser gekannt als jeder andere. Ja, ich habe ihn oft, wenn ich mit Agrippa ausgegangen bin, an einer Leine geführt. Er war aber nicht, wie die Leute sagen, ein Teufel, sondern ein rechter, wahrhaftiger, natürlicher Hund. Ein Männchen, dem auch in der Zeit, da ich noch bei Agrippa im Haus war, eine Hündin auferzogen worden. Sie hat an Farbe und Gestalt des Leibes dem Männchen ähnlich gesehen. Und auf französisch Mademoiselle geheißen. Das Gerede ist vielleicht aufgekommen, weil er den Hund so lieb hatte und, wie es der Brauch vieler Leute ist, küßte. Gewöhnlich hatte er ihn am Tisch an seiner Seite sitzen. Und nachdem er 1535 in Bonn seine Frau, die Mechlerin, verstoßen, hatte er des Nachts den Hund bei sich in seinem Bette. Und fast den ganzen Tag lag er in Agrippas großem Bibliothekszimmer auf dem Tisch zwischen mir und ihm, wenn wir einander gegenübersaßen und studierten.

Vielleicht kommt das Gerede daher: Damals saß Agrippa, mein Lehrer, stets zu Hause über seinen Büchern. Oft tat er ganze acht Tage nicht einen Schritt vors Haus. Und doch wußte er alles, was sich ereignet hatte und ereignete. Da haben unverständige, grobe Leute geglaubt, er kann sein Wissen nur vom Teufel haben, vom Teufel in Gestalt unseres Hundes. Aber in Wahrheit hatte er es nirgends anders her als aus den Briefen, die von allen Orten und Enden der Welt durch gelehrte Leute täglich an ihn geschrieben wurden.«

Wir werden uns von nun an diesem Schüler anvertrauen, dem Doktor der Medizin Johannes Weyer, wir können ihn wie einen Schlüssel einsetzen. Einen Schlüssel, der uns das Verständnis zu dem Magier, Philosophen, Mediziner, Juristen und Freund der Frauen, dem Doktor Heinrich Cornelius Agrippa von Nettesheim auftut. Weil er die Gedanken seines Lehrers als Richtlinien für sein Handeln nahm.

Wir fanden ihn als einen guten Bekannten wieder. An ihn war der Brief über Paracelsus gerichtet. Der Schüler des Paracelsus, Oporinus, hatte dem Schüler des Agrippa, Weyer, seine Meinung über seinen Lehrer eröffnet. Oporinus hatte den Paracelsus, in literarisch eingängiger Form, für die Öffentlichkeit bestimmt, geschildert als einen, der auf verdächtige Weise, wann er wollte, über Nacht den leeren Geldbeutel in einen gefüllten verwandeln konnte, hatte seinen Lehrer Paracelsus als einen unsauberen verschwenderischen Aufschneider bezeichnet, der erstaunlicherweise dennoch auf dem Gebiet der Kunst der Medizin erfolgreich war, obwohl er, der Schüler, jede Gelehrsamkeit an ihm vermißt. Hatte im Tone der Entrüstung vermerkt, Paracelsus sei, als er Basel verlassen, von bäuerischen Vornehmen und vornehmen Bauern im Elsaß wie ein zweiter Äskulap gefeiert worden.

Mit Erstaunen und Befremden hielt unser Johannes Weyer diesen Brief in den Händen. Das war eine versteckte, aber gezielte Drohung. Ein Hinweis, auch er, Doktor Johannes Weyer, solle sich lossagen von seinem Lehrer. Auch er solle seinen Beginn widerrufen. Das, was beide, Paracelsus und Agrippa, unabhängig voneinander an neuen Erkenntnissen über das Licht der Natur geöffnet hatten, sollten die Schüler wieder zuschütten. Verscharren. So wie ein Tier seine Ausscheidungen verscharrt. Und zurückgehen in den dunklen, bequemen Schoß des lauwarmen Nichtwissens. Und selber Dunkelmann werden.

Die Drohung, aufzuhören mit seinem Buch, das auf

den Erkenntnissen des Agrippa fußte: »Vom Betrug mit den Dämonen.«

Eine Anzahl unter den Humanisten war sich in der Theorie einig gewesen, es ist lächerlich, es ist unsinnig, anzunehmen, es seien Dämonen in dieser Welt, und Menschen könnten mit Dämonen schlafen und fleischliche Bündnisse eingehen und wieder Kinder zeugen. In vorsichtigen, abwägenden Worten hatten die Besten von ihnen, Reuchlin, Erasmus, erklärt, es sei fragwürdig, auf Grund von Verdächtigungen, da und dort gebe es Männer und Frauen, die könnten Umgang mit Dämonen gehabt haben, Menschen zu verurteilen und zu verbrennen. Diese Verklammerung, wer am alten Glauben zweifelt, ist den Dämonen verfallen, diente zur Stütze des Alten, Hergebrachten, diente aber auch erstaunlicherweise einigen, die dem neuen Glauben zuneigten.

Aber er, sein Lehrer, Heinrich Cornelius Agrippa von Nettesheim, hatte gehandelt.

So werden wie Cornelius Agrippa. Die Wahrheit wissen und nicht verschweigen. Alles einsetzen und nicht für sich selbst. Für andere. Um die Gerechtigkeit kämpfen. Nicht für einen Reichen, nicht für einen König, nicht für einen Grafen, nicht für einen Kaufmann. Kämpfen für eine namenlose, alte, unbekannte Frau. Eine Bäuerin. Mißachtet. Mißhandelt. Verlassen. Ohne Angst um das eigene Leben sich einsetzen und gewinnen. Mehr tun als die Pflicht.

Es gibt ein Bild dieses Schülers, dieses Bestimmten, der für seinen Lehrer Agrippa Hoffnung war in der Zeit der Gefangenschaft in Lyon. Das Bild zeigt den Doktor der Medizin Johannes Weyer im Alter von sechzig Jahren. Und mit aller Bescheidenheit, die einem wahrhaft Berühmten zu Gebote steht, hat er gebeten, den Spruch vince te ipsum, besiege dich selbst, links oben in die Ecke zu setzen.

Na ja, es sind ihm nun, da er sein Leben überschaut, doch starke Siege beschieden gewesen. Über andere. Über diejenigen, die zur Zeit seines Lehrers die Dunkelmänner genannt wurden. Er, Johannes Weyer, hat die Waffen des Agrippa zur Hand genommen: die juristischen Kenntnisse, die medizinischen Einsichten, die philosophischen Überlegungen und die Kunst, mit den Worten die wunderbare Kraft der Vernunft zu befreien. Mit dem Zorn des Gerechten und dem Lächeln des Weisen.

Ja, es ist ihm sogar gelungen, den verleumderischen Schüler Oporinus zu tätiger Reue zu zwingen. Das Druckhaus des Johannes Oporinus, oder Herbst auch genannt, gibt die Arbeit des Doktors der Medizin Johannes Weyer, den großen Angriff gegen die Hexenprozesse heraus.

Das war es doch, was er vom Lehrer gelernt: »Ich will sehen, wie du kämpfen kannst.« Wie. Schon der Ton der Einleitung zu seiner großen Arbeit über das Verbrechen der Hexenprozesse: »Aus herzlichem Mitleid mit denjenigen, die in solchen hohen Ämtern von dem leidigen, verführerischen Teufel verblendet sind.« Mitleid mit den Ausübenden, welch eine Überlegenheit. Aus genauer Kenntnis. Schreibt über die als Hexen Verfolgten, es sind »Frauen, meistens von hinfälligem Zustand und betagtem Alter, ihrer Sinne nicht völlig mächtig, arbeitsame, elende«.

Auf diesem Bild hält Doktor Johannes Weyer, der Schüler des Agrippa, seine Hand über einen knöchernen Schädel. Ungezählte hat er mit seinem öffentlichen Angriff gegen die Hexenprozesse vorm Scheiterhaufen gerettet, hat mit seiner Hand dem Tod Einhalt geboten.

Das Bild zeigt das Gesicht eines gütigen alten Mannes, das Haupthaar ist längst geschwunden, aber in den Augen ist das Feuer, wie es durch das Wissen um die Vernunft und die Lust am Kampf belebt wird. Um den Mund das ermutigende Lächeln. Und weiß, er mit seinem Wissen ist eine Institution geworden. Er konnte es sich leisten, seine grundsätzliche Arbeit an den Kaiser, die Fürsten und alle regierenden Herren zu schicken, mit der Aufforderung, es zu lesen und zu verstehen. Er versuchte mit dieser fast tollkühnen Schrift das Denken derer zu verändern, von denen er – ähnlich wie Agrippa, der die Königin-Mutter zu beeinflussen sich bemühte – nicht wußte, daß sie nicht denken konnten, nicht denken wollten. Und er klagte an: »Ihr Tyrannen, blutdürstige Richter, Schlächter, Folterknechte und Räuber, die ihr die Menschlichkeit ausgetrieben habt und keine Gnade kennt. Ich lade euch vor den Richterstuhl Gottes, der zwischen uns entscheiden wird, wo die Wahrheit, die ihr unter die Füße getreten und begraben habt, auferstehen und euch verdammen wird.«

Und es lasen auch andere seine Schrift, die denken konnten und denken wollten. Sein Buch wurde immer wieder verlangt. Eine zweite Auflage war nötig, eine dritte, eine vierte.

Und für die fünfte Auflage – und für die Verständigen – wollte er doch noch einmal in der so glorreichen Manier seines Vorbildes Agrippa die Kraft des wundertätigen Wortes ausprobieren. Ein Anhang für die fünfte Auflage. Doktor Weyer schreibt vom »Lügenreich der Höllengeister«. Aufgezählt sind alle Dämonen, die höchsten der Hohen, wie er sie damals in Bonn mit Agrippa durchgenommen hat. Die großen Neunundsechzig. Unter ihnen einer mit stark glänzender Krone, ihm folgen nur Posaunenbläser. Jedenfalls, so behauptete Doktor

Der Mensch versucht zu neuen Erkenntnissen über das Weltall vorzustoßen, Holzschnitt aus dem 16. Jh.

Weyer, gebe es unter diesen Dämonen eine genaue Rangordnung, ihm scheine, sie entspreche der Rangfolge, wie sie im Heiligen Römischen Reich Teutscher Nation herrsche.

Oberteufel, wie Herzöge, Grafen und Barone. Und jedem Oberteufel stehen entsprechend der Würde Unterteufel als Vollstrecker zu Diensten. Die Beschwörungsformeln gebe er, Doktor Weyer, vorsichtshalber nur verkürzt, damit niemand in Versuchung gerate, diese Dämonen heranrufen zu wollen.

Gegen die Angst das Lachen setzen, das Lachen der Vernunft.

78

Aus England kam die Anfrage an Doktor Johannes Weyer; er solle entscheiden, er habe sich in aller Öffentlichkeit als Schüler des großen Magiers bekannt, er könne es am besten ermessen, ob für die englische Ausgabe das Epigramm genauso wie in der lateinischen Ausgabe vorangestellt werden solle. Er möchte sich bitte vergewissern, ob dieses Epigramm für die italienische, die deutsche und die holländische Fassung von den verschiedenen Druckhäusern verwendet wurde. Er möge umgehend antworten, ob es im Sinne des großen Magiers sei, für sein Buch »Von der Eitelkeit und Unsicherheit aller Wissenschaften« nun auch im Englischen das Epigramm voranzusetzen.

Diese Wortwahl »großer Magier«, das publikumssichere Denken. Ob dieser kritische, spöttische Spruch geeignet sei, seinen Lehrer vorzustellen? Vielleicht zu großsprecherisch?

Er sucht den Brief, den Agrippa ihm nach Paris schrieb.

»Unter dem Läuten der Angstglocken von Lyon hab ich Dir das aufgesetzt. Es gehört auf die erste Seite des Buches.« Also auch in jeder Sprache der Welt.

Bei den Göttern sitzt
Momus,
der alles tadelt.
Bei den Helden bekämpft
Herkules
die Ungeheuer.
Bei den Dämonen beherrscht
der König der Unterwelt
alle Schatten.
Über alles lacht
Demokrit,
einer der Philosophen.
Entgegen steht
Heraklit,
der über alles weint.
Nichts weiß
Pyrrho.
Und alles glaubt
Aristoteles
zu wissen.
Alles verachtet
Diogenes.

All das kann auch Agrippa.

Verachtet.
Weiß und weiß nicht.
Weint. Lacht.
Kämpft. Herrscht. Und tadelt.
So ist er.
Ein Philosoph.

Ein Dämon.
Ein Held.
Ein Gott.
Und alles.

Inhalt

1. Auflage 1988

Einbandgestaltung Norbert Barowski
Typographie Renate Möller
Karl-Marx-Werk, Graphischer Großbetrieb, Pößneck V 15/30
Printed in the German Democratic Republic
Lizenznummer 220. 415/1/88
Bestellnummer 618 472 2
01080

ISBN 3-352-00186-3

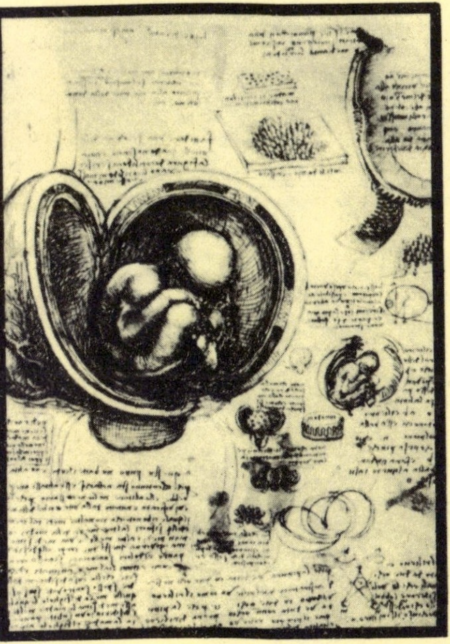